EILEEN DREYER

Lustvolles Erwachen

Buch

Miss Grace Fairchild macht sich keine Illusionen über ihre Reize und Vorzüge. Als unscheinbare Soldatentochter hat sie ihr bisheriges Leben damit verbracht, sich nützlich zu machen. Von den trügerischen Gepflogenheiten der High Society weiß sie nichts – bis sie eines Morgens neben Englands begehrtestem und attraktivstem Frauenhelden aufwacht.
Diccan Hilliard hat keine Ahnung, welcher seiner Feinde ihn betäubt und in Grace' Bett gelegt hat, aber er weiß genau, was er jetzt zu tun hat: Eine Hochzeit ist unausweichlich. Zu seiner Überraschung flammt eine wilde, feurige Leidenschaft zwischen ihnen auf. Doch Diccan ist gefangen in einer tödlichen Intrige, von der Grace nichts ahnt. Seine Lügen drohen sein neues Glück mit Grace zu zerstören. Darf er noch auf eine Zukunft mit ihr hoffen, trotz eines alten Feindes, der sie beide in sein mörderisches Visier genommen hat?

Autorin

Eileen Dreyer liebt das Schreiben, denn die Recherchen für ihre Romane bieten ihr immer wieder einen hervorragenden Vorwand für ihre zweite große Leidenschaft: das Reisen. Für ihre Romane wurde sie schon vielfach ausgezeichnet, u. a. mit fünf RITA Awards, was ihr einen Platz in der Hall of Fame der renommierten Schriftstellervereinigung Romance Writers of America bescherte. Eileen Dreyer lebt mit ihrem Mann und ihren zwei Kindern in St. Louis, Missouri.

Außerdem von Eileen Dreyer bei Blanvalet
Unvergessliches Verlangen (38066)

Eileen Dreyer

Lustvolles Erwachen

Roman

Deutsch
von Christiane Meyer

blanvalet

Die Originalausgabe erschien 2011 unter dem Titel
»Never a Gentleman« bei Forever, Hachette Book Group, New York.

MIX
Papier aus verantwortungsvollen Quellen
FSC
www.fsc.org
FSC® C014496

Verlagsgruppe Random House FSC® N001967
Das FSC®-zertifizierte Papier *Holmen Book Cream*
für dieses Buch liefert Holmen Paper, Hallstavik, Schweden.

1. Auflage
Deutsche Erstausgabe September 2013
bei Blanvalet Verlag, München,
in der Verlagsgruppe Random House GmbH

Dieses Werk wurde vermittelt durch die Literarische Agentur
Thomas Schlück GmbH, 30827 Garbsen.

Umschlag: © Johannes Wiebel | punchdesign,
unter Verwendung von Motiven von terekhov igor/Shutterstock.com
und von Chris Cocozza
Redaktion: Ilse Wagner
wr · Herstellung: sam
Satz: DTP Service Apel, Hannover
Druck und Einband: GGP Media GmbH, Pößneck
Printed in Germany
ISBN: 978-3-442-38124-1

www.blanvalet.de

Es ist schon zu lange her, dass ich das hier gemacht habe.
Für Rick – denn ohne dich wäre es bedeutungslos.
Als Nächstes reisen wir nach Machu Picchu, okay?

Prolog

Paris, September 1815

Im Zimmer stank es nach Whisky, Schweiß und Verzweiflung. Im obersten Stockwerk eines heruntergekommenen Hotels gelegen, zeigte die Suite noch immer Anzeichen des Glanzes vergangener Zeiten. Die eingerissene Tapete war golddurchwirkt. Die schäbigen Möbel offenbarten elegante Linien, und die Fenster, die zu schmutzig waren, um hindurchblicken zu können, waren drei Meter hoch. Die Eleganz hatte sich im Laufe der Zeit abgenutzt, und der derzeitige Bewohner hatte den Rest erledigt. Essensreste und Flaschen türmten sich auf jeder verfügbaren Oberfläche. Schmutzige Kleidung war auf dem Boden verteilt. Ein Tisch lag zertrümmert vor der Tür, und Rotwein tropfte von der Wand.

Bertie Evenham, der für das Durcheinander verantwortlich war, wippte nervös auf den Fußballen, als würde er auf mögliche Verfolger lauschen. Die Haare aschblond, hatte er aristokratische Züge, große blaue Augen und eine Hakennase, die noch nicht zu ihm zu passen schien. Sein Haar war ungewaschen und ungekämmt, seine Kleidung verschmutzt, und seine Hände zitterten. Ungeduldig huschte sein Blick zwischen seinem Gast und der Tür hin und her.

Ihm gegenüber hatte Diccan Hilliard es sich auf einem zerschlissenen Sessel mit blauem Brokatbezug bequem gemacht. Die Beine hatte er lässig übereinandergeschlagen.

In der linken Hand hielt er sein Monokel, das leicht pendelte. Diccan musste sich zusammenreißen, um still sitzen zu bleiben. Er hasste Beichten, und Bertie schien sich gerade veranlasst zu sehen, ein Bekenntnis abzulegen. Erpicht darauf zu scheinen, hier so schnell wie möglich verschwinden zu wollen, wäre allerdings schlecht: Bertie hatte wichtige Informationen, die er mitteilen wollte. Und außerdem hatte er eine Waffe auf Diccans Kopf gerichtet.

»Aber warum sollte ich Ihnen glauben, alter Freund?«, fragte Diccan den blassen, ungewaschenen Jungen. »Sie müssen zugeben, dass es sich ein wenig abwegig anhört. Eine Gruppe von britischen Adligen, die versucht, den eigenen König zu stürzen …«

Bertie rieb sich mit der freien Hand über das Gesicht. »Verstehen Sie denn nicht? Sie sind in Gefahr. *England* ist in Gefahr.«

»Das haben Sie bereits erwähnt.« Diccan lehnte sich zurück und zupfte seine Manschetten zurecht. »Warum informieren Sie nicht die Botschaft?«

Bertie lachte kurz auf. »Weil ich mir sicher bin, dass einige der Botschaftsmitarbeiter Mitglieder sind.«

Diccan nickte. »Von dieser Gruppe, die Sie erwähnten und die sich selbst die ›Britischen Löwen‹ nennt. Sie haben mir allerdings auch erzählt, dass Sie Napoleon geholfen haben, nach Frankreich zurückzukehren. Das ist Hochverrat, mein Junge. Sie bitten mich, einem Mann zu glauben, der sein Vaterland verraten hat?«

Falls das überhaupt möglich war, schien der junge Mann noch verzweifelter zu werden. »Meinen Sie nicht, dass mir das klar ist? Doch sie haben mich erpresst. Sie werden Sie auch erpressen, verdammt noch mal. Warum glauben Sie mir nicht?«

»Vielleicht, wenn Sie mir verraten, was Sie für ein Geheimnis haben, das diesen Leuten verfänglich genug erschien, um Sie damit zu erpressen.«

Die Pistole in der Hand des jungen Mannes begann zu zittern. Diccan bemerkte, dass es eine handgefertigte *Manton*-Duellpistole war. Wie leicht konnte der Junge in dieser Situation einen Fehler machen. Er war zu labil. Zu verzweifelt. Schweiß rann ihm die Schläfen hinab.

Bertie wandte sein Gesicht ab. Diccan konnte nicht anders – er hatte Mitleid mit dem jungen Mann, egal, was er verbrochen hatte. »Sie verstehen das nicht«, flüsterte der Junge. »Sie können es nicht verstehen. Sie sind nicht … *unnatürlich.*«

Aha.

»Tristram Gordon«, sagte Diccan behutsam.

Evenham verzog schmerzerfüllt das Gesicht. »Sie wissen es?«

»Dass Sie und Lady Gracechurchs Cousin einander geliebt haben? Ja. Sie haben allerdings recht – die meisten wissen es nicht.«

»Ihr Ehemann hat ihn ermordet!«

»Es war kein Mord«, erwiderte Diccan ruhig. »Ein Duell. Ich weiß es. Ich war dabei.«

Der Junge bebte noch heftiger. »Ich auch. Und ich konnte nicht einmal zu ihm …«

Diccan verabscheute es, Fliegen die Flügel auszureißen oder Kinder zu quälen. Evenham konnte nicht älter als fünfundzwanzig Jahre sein. »Was soll ich Ihrer Meinung nach tun, Bertie?«

»Warnen Sie die Regierung. Bringen Sie sie dazu einzusehen, dass diese Männer gefährlich sind. Sie sind der festen Überzeugung, alles besser machen zu können.« Er zuckte mit den Schultern und ließ sich unvermittelt auf einen hochlehnigen Stuhl fallen, als hätte er sein letztes

Fünkchen Energie verbraucht. »Wir haben einen verrückten König und einen lasterhaften Thronfolger«, sagte er und klang, als würde er einen auswendig gelernten Vortrag halten. »Die unteren Schichten proben den Aufstand, und die Mittelschicht bedroht die Macht. Es gibt Arbeitslosigkeit, Kriminalität, Missernten, steigende Preise. Diese Leute glauben, dass sie das alles ändern können, wenn die Macht wieder beim Adel liegt.«

»Was ist mit dem König?«

Wieder zuckte er mit den Schultern. »Ich weiß es nicht. Sie sind nicht so dumm, solche brisanten Informationen mit jemandem zu teilen, der zum Mitmachen gezwungen wurde.« Er zog die Augenbrauen hoch. »Im Übrigen sind die Löwen so organisiert, dass nur wenige alles wissen. Vielleicht fünf oder sechs Mitglieder. Jedes dieser wenigen Mitglieder hat einen eigenen Verantwortungsbereich und zieht eigene Leute heran und organisiert selbstständig, sodass niemand in der Lage ist, die gesamte Gruppe zu verraten. Selbst diejenigen, die an die Sache glauben, kennen nur ihre direkten Vorgesetzten.«

»Also wissen Sie nicht, von wem Ihre Gruppe geführt wird?«

Er schüttelte den Kopf und rieb sich über die Augen. Die Pistole war leider noch immer auf Diccan gerichtet. »Ich weiß, wer mich überwacht hat. Ich habe Ihnen die Namen bereits genannt. Sie haben Napoleon mit Gold und Männern unterstützt. Die Löwen glaubten, wenn er auf dem Kontinent regieren würde, dann würden die Löwen die britische Regierung beherrschen können.«

»Woher wissen Sie, dass gerade *ich* in Gefahr bin?«

»Ich habe sie belauscht. Sie denken, Sie wären leicht zu beeinflussen. Und sie glauben, dass Sie Kontakte haben, die ihnen von Nutzen sein könnten.«

Diccan schüttelte den Kopf und fragte sich, ob es jemandem gelungen war, einen Blick hinter seine Fassade zu werfen. »Der Gedanke, dass ich ein so interessantes Leben haben könnte, ehrt mich natürlich. Ich kann mir gar nicht vorstellen, wie sie darauf kommen. Die interessantesten Menschen, denen ich begegne, sind Küchenchefs und Fischverkäufer. Und diesen Leuten ist klar, dass meine anspruchsvollsten diplomatischen Aufgaben darin bestehen, Feiern zu organisieren, oder?«

»Ich weiß es nicht. Sie werden allerdings erfolgreich sein. Wenn sie Sie nicht erpressen können, bedrohen sie Sie auf andere Art und Weise. Und falls die Drohungen nicht wirken sollten, werden Sie einen tödlichen Unfall erleiden, damit Sie die Gruppe nicht verraten können. Als sie hinter mir her waren, haben sie mir erklärt, dass sie meiner Mutter oder meinen Schwestern etwas antun würden, falls ich versuchen sollte, ihnen zu entwischen.«

Diccan lachte belustigt auf. »Für den Fall, dass sie probieren sollten, sich mit meiner Mutter anzulegen, würde ich mir eine Eintrittskarte besorgen. Sie würde sie vernichten – ohne mit der Wimper zu zucken.«

Von seinen Schwestern sprach er jedoch nicht. Er beschloss, die Kontrolle über die Situation zu erlangen, und deshalb tat er so, als wollte er aufstehen. Sofort sprang Bertie auf und packte die Pistole ein bisschen fester.

»Ich werde Sie erschießen. Wenn Sie mir nicht helfen, werde ich Sie töten. Verstehen Sie denn nicht?« Tränen schimmerten in den Augen des Jungen. »Ich habe alles aufs Spiel gesetzt.«

Ja, das war Diccan bewusst. Der Junge hatte sich nicht nur durch die Löwen in Gefahr gebracht. Seine Liebe zu einem Mann war ein Vergehen, das mit dem Tode bestraft wurde.

»Und es gibt nichts, das Sie mir sonst noch sagen können?«, fragte Diccan. »Ich meine, ich weiß Ihre Sorge um mich zu schätzen, aber ich fürchte, das wird nicht reichen, um das Interesse des Verteidigungsministeriums in Whitehall zu wecken.«

»Na ja, wie wäre es damit: Die Löwen sind auf der Suche nach etwas, das sie verloren haben. Ich weiß nicht, um was es sich dabei handelt. Ich weiß nur, dass es ein Startsignal darstellt, um einen Plan in die Tat umzusetzen. Wenn sie es finden, werden sie handeln.«

»Was haben sie vor?«

»Sie wollen Wellington ermorden.«

Diccan spürte, wie ihm der Atem stockte. »Ja«, überlegte er laut, »ich denke, das wird die Regierung interessieren.«

»Die Gruppe, die Napoleon unterstützt hat, hat eine neue Aufgabe bekommen. Jetzt sollen die Leute dem ›Chirurgen‹ helfen.«

Diccan hatte das Gefühl, nicht mehr atmen zu können. »Der Attentäter?« Bilder der Arbeit des Chirurgen tauchten vor seinem inneren Auge auf: blutende, grobe Wunden, aus denen das Leben strömte; bleiche Leichen. »Er sitzt doch in Newgate ein.«

Bertie schüttelte so heftig den Kopf, dass Schweißtropfen flogen. »Nicht mehr lange.«

Instinktiv wollte Diccan widersprechen. Niemand kam aus dem Newgate-Gefängnis frei. Aber wenn die Löwen so gut organisiert waren, wie Bertie behauptete, war nichts unmöglich.

»Also gut.« Dieses Mal kam Diccan auf die Füße, ohne bedroht zu werden. »Sie haben mein Wort, Bertie. Ich werde umgehend, *ventre à terre*, nach London reiten, um die Regierung ins Bild zu setzen. Wir werden die ganze Sache aufhalten, ehe Wellington auch nur annähernd in Gefahr gerät.«

Der Junge lachte. »Seien Sie sich da nicht so sicher. Die werden nicht aufgeben. Sobald Sie einen von ihnen erwischen, nimmt ein anderer seinen Platz ein. Sie haben keine Ahnung, wie engagiert diese Leute sind. Und Sie ahnen nicht, wie gut positioniert die Löwen sind.«

Wenn Diccan in dieser Sache nicht schon Nachforschungen angestellt hätte, dann hätte er Berties Beschuldigungen entschieden zurückgewiesen. Doch ein paar Verräter waren bereits enttarnt worden, und sie waren in der Tat gut organisiert gewesen.

»Danke, Bertie«, sagte er und hoffte, dass der Junge merkte, wie ernst es ihm damit war. »Sie haben Ihrem Vaterland und mir große Dienste erwiesen. Falls Sie jemals Hilfe brauchen sollten, melden Sie sich bei mir.«

Es schien, als hätte nur Berties Wille ihn aufrecht gehalten und als hätte Diccans Zugeständnis ihm diese Willenskraft nun geraubt. Der Junge sackte buchstäblich in sich zusammen. Tränen rannen über seine eingefallenen Wangen. Die Hand, mit der er die Waffe hielt, sank herab. Diccan spielte mit dem Gedanken, nach der Pistole zu greifen, aber er glaubte, dass Bertie sowieso keinen Grund mehr hatte, ihm wehzutun.

»Danke«, sagte der Junge und strich sich mit der freien Hand über die Augen. »Sie sind sehr nett.«

Diccan wusste, dass davon nicht die Rede sein konnte. Er nickte trotzdem und griff nach seinen Handschuhen. »Wenn Sie alles gesagt haben, werde ich gehen.«

Bertie nickte. Er holte Luft. »Ich habe getan, was getan werden musste.«

Diccan war noch immer damit beschäftigt, sich die Handschuhe überzustreifen, als er bemerkte, wie Bertie wieder die Pistole hob. Instinktiv sprang Diccan zur Seite, als ihm klar wurde, dass Bertie nicht vorhatte, ihn zu erschießen. Er wollte sich selbst erschießen.

»Nein!«, schrie Diccan und wollte zu Bertie stürzen.

Es war zu spät. Lächelnd, als wäre er erleichtert, richtete Bertie die Waffe gegen sich selbst. Diccan konnte nichts weiter tun, als den Jungen in den Armen zu halten, als er starb.

Kapitel 1

Canterbury, England
Drei Tage später

Grace Fairchild war verwirrt. Sie träumte. Sie wusste es. Doch der Traum ergab keinen Sinn. Oh, sie hatte schon solche Träume gehabt: vage, unruhige Träume von einem Mann, der mit ihr schlief. Aber für gewöhnlich waren ihre Träume verschwommen, eher Andeutung als Tatsache. Eher visuell als emotional. Nachdem sie ihr ganzes bisheriges Leben beim Militär verbracht hatte, wusste sie, wie es aussah, wenn ein Mann mit einer Frau schlief. In Indien hatte sie Darstellungen des Aktes gesehen – gemalt oder in die Mauern eines Tempels geritzt –, Bilder von Paaren, die sich eng umschlungen im Rausch der Gefühle wanden.

Ihre Träume spiegelten diese Darstellungen wider. Sie sah, was passierte; sie spürte es nicht. Selbst wenn ihr Traumpartner sie nahm, war sie nur die Beobachterin, eine Voyeurin in ihrem eigenen Schlafgemach.

Dieses Mal war jedoch alles anders. In diesem Traum konnte sie ihren Liebhaber spüren, der, dicht an ihren Rücken geschmiegt, hinter ihr lag. Haut an Haut, Hitze an Hitze, pochendes Herz an pochendem Herz. Sein frischer Duft drang ihr in die Nase. Sein Atem wehte durch ihr Haar. Er liebkoste ihren Hals und löste eine Welle von Schauern aus, die durch ihren Körper rieselte. Mit seinen rauen Fingern strich er sacht über jeden ihrer Rückenwirbel. Sie hätte schwören können, seine Haare an ihren Beinen und an ihrem Po zu spüren; und sie hörte ihren und seinen Atem.

Sie erschauerte, bevor ein Ansturm von Empfindungen sie überrollte, die sie nie zuvor erlebt hatte: eine beinahe schmerzvolle Lust, Hitze wie unter der Sonne von Madras, Schauer, die durch ihren Körper zuckten wie Blitze. Ihre Haut schien Feuer gefangen zu haben, seine raue Hand entzündete sie wie Feuerstein trockenen Zunder. Eine himmlische, begierige Erregung erfasste sie, strich über ihre Beine, über die empfindsame Haut ihrer Brustspitzen, durch die tiefsten Tiefen ihres Bauches, um ihren geheimsten Punkt zu treffen – wie die Sonne einen schlafenden Samen wach küsste. Ihr Innerstes fühlte sich an, als würde es schmelzen, und sie schien nicht stillhalten zu können.

Im Schlaf lächelte sie, denn im Schlaf war es sicher, sich ihren Träumen hinzugeben. Hier konnte sie sich in Erinnerung rufen, dass unter den grauen Kleidern und der sachlichen Miene, die jeder sah, eine Frau steckte. Und dass selbst eine unscheinbare Frau dasselbe wollte wie alle anderen Frauen, die das als selbstverständlich betrachteten. Berührungen. Freude. Lust. Sie wollte eines dieser Tempelbilder *sein.*

In ihrem Kopf bat sie ihn, sich zu beeilen. Das Feuer zu schüren; den Hunger zu stillen. Sie an sich zu ziehen, noch näher, damit sie nie wieder allein sein musste. Sie streckte sich wie eine Katze in der Sonne und drängte sich dichter an seinen muskulösen, schlanken Körper. Als sie den harten Schaft spürte, der sich gegen ihren Po presste, rang sie nach Luft. So eine neue lustvolle Empfindung, so fesselnd. So sinnlich.

Sie hörte ein Stöhnen – eine raue, tiefe Klage, die in ihr widerhallte. Ein erotischer, faszinierender Laut. Sie musste leise lachen. Mit der einen Hand streichelte er ihre Brüste und reizte die Nippel, bis sie sich aufrichteten. Mit der anderen Hand strich er langsam nach unten, stahl ihr den Atem. Ihr Herz hämmerte, ihre Haut war feucht. Wieder hörte sie ein Aufstöhnen.

Sie erstarrte und schlug die Augen auf.

Sie hatte *tatsächlich* ein Stöhnen gehört.

Verzweifelt versuchte sie nachzudenken. Sie konnte das fahle Licht der Morgendämmerung sehen, das durch das Fenster in das Pensionszimmer drang. Ja, das stimmte. Am Abend zuvor hatte sie mit ihrer Freundin Lady Kate zusammen im *Falstaff Inn* in Canterbury haltgemacht. Behutsam sog sie die Luft ein und rechnete damit, den Rauch des Feuers zu riechen, die frische Luft, die durch das offene Fenster kam, ihren eigenen Duft nach Rosenwasser. Aber stattdessen roch sie Brandy und Tabak und den unterschwelligen Geruch von Moschus. Sie nahm Männerschweiß wahr.

Ihr Herz zog sich zusammen. Ihr Gehirn setzte aus. Es war ein Traum gewesen, und sie hatte sich den Mann nur eingebildet – da war sie sich sicher. Warum konnte sie ihn dann trotzdem riechen? In dem Moment spürte sie, wie seine Hand zu den Löckchen zwischen ihren Schenkeln glitt. Und da wusste sie es. Er war kein Traum.

Kreischend richtete sie sich auf. Die Decke hatte sich um ihre Beine gewickelt. Sie zerrte an dem Stoff, trat mit den Füßen danach und versuchte verzweifelt, sich zu befreien. Unglücklicherweise waren ihre Bemühungen ein bisschen zu überschwänglich, und sie fiel aus dem Bett. Wild mit den Armen rudernd, versuchte sie noch, das Gleichgewicht zu halten. Mit einem lauten Aufschrei landete sie unsanft auf dem Boden.

Einen Augenblick lang blieb sie überrascht liegen. Sie

hatte die Augen geschlossen. Schmerz jagte durch ihr schlimmes Bein, und ihr Magen drohte zu rebellieren. Die Hitze in ihr war mit einem Schlag erloschen. Ihr war schwindelig, ihr Mund war trocken, und sie war verwirrt. Und offensichtlich lag sie auf dem Boden im Schlafzimmer eines fremden Mannes und hatte sich in seiner Bettdecke verfangen. Herr im Himmel, wie hatte es so weit kommen können?

»Verflucht noch mal!«, erklang eine Stimme aus dem Bett. Ohne die Augen zu öffnen, wusste sie, dass es noch weitaus schlimmer war, als sie angenommen hatte. Denn im Bett lag kein Fremder. Es war Diccan Hilliard, der eleganteste Junggeselle in ganz England. Der einzige Mensch, dem es bei jeder Begegnung mühelos gelang, aus Grace eine stammelnde Närrin zu machen.

Noch immer fluchend, setzte er sich auf. In der Morgensonne sah seine Haut so golden aus wie auf einem Gemälde von Rembrandt. Seine Muskeln und Sehnen und Knochen wirkten wie aus flüssigem Gold. Schatten grenzten sein kantiges Kinn und die Wangen ab und spielten in seinem zerzausten dunkelbraunen Haar, als er mit gespreizten Fingern hindurchfuhr. Er schüttelte den Kopf, dann rieb er sich die Augen. Grace wusste, dass sie fliehen sollte, ehe er sie erblickte. Allerdings schien sie den Blick nicht von ihm abwenden zu können.

Hätte er noch verlockender sein können? Man konnte ihn nicht direkt als hübsch bezeichnen. Sein Gesicht war ein bisschen zu breit, seine Nase ein wenig schief, seine Augen zu geisterhaft grau. Doch er war groß und elegant und bis in die Zehenspitzen aristokratisch. Der perfekte Widerspruch zu der hoffnungslosen Jungfer, die wie ein Häufchen Elend auf seinem Fußboden kauerte.

»*Merde*«, murmelte sie verzweifelt.

Bei dem Geräusch wandte er sich ihr zu und starrte sie mit offenem Mund an. Augenscheinlich hatte er jetzt erst erkannt, wen er da liebkost hatte.

»Miss Fairchild«, sagte er mit eisiger Stimme. So anmutig wie ein Gott stieg er aus dem Bett, ging zu ihr und blieb vor ihr stehen. »Wenn ich fragen darf: Was, zum Teufel, machen Sie hier?«

Ihr stockte der Atem, und sie konnte nicht antworten. Grundgütiger, er war nackt. Er war atemberaubend. Seine Schultern waren kräftig und seine Arme muskulös. Seine Brust war straff und schlank. Ein Streifen lockiger dunkler Haare zog sich hinunter bis zu seinem … Ihr wurde heiß, und die Röte schoss ihr in die Wangen. Um Himmels willen. Er war prachtvoll. Er war wie eine antike Statue, die zum Leben erwacht war … nun, bis auf eine Kleinigkeit.

Na ja. Eigentlich war es keine Kleinigkeit. Und »er« ließ sich nicht übersehen. Er war nicht nur auf Augenhöhe. Wenn die alte Tempelkunst zumindest im Wesentlichen der Wahrheit entsprach, war Diccan Hilliard erregt. Der bloße Anblick seiner Erektion, die sich aus dem Nest dunkler Haare emporreckte, jagte ihr Schauer durch den Körper. Dagegen verblassten die zweidimensionalen bunten Bilder.

Natürlich sank sein Schaft in sich zusammen, als er sie erblickte.

»Ich muss noch immer träumen«, murmelte sie. Zu ihrer Schande schien sie nicht wegschauen zu können. »Das ist es. Ein Albtraum. Ich hätte gestern Abend auf das zweite Stück Taube verzichten sollen.«

Sie hätte ihre Augen schließen sollen. Sie hätte ihre Kleider zusammensammeln und weglaufen sollen. Sie hätte sich zumindest verteidigen sollen. Aber sie konnte nichts anderes tun, als zu blinzeln. Noch immer spürte sie seine Hände auf ihrer Haut, das unerträglich lustvolle Gefühl seines Körpers, der sich an ihren schmiegte. Beim Anblick seiner entsetzten Miene wollte sie vor Scham im Boden versinken.

»Ich hätte etwas anderes von Ihnen erwartet, Miss Fairchild«, sagte er. In seiner Stimme lag Verachtung, und seine Hände hatte er in seine sündhaft schmalen Hüften gestemmt. »Niemals hätte ich für möglich gehalten, dass Sie eines dieser durchtriebenen Luder sind, die sich in das Bett eines Mannes schleichen. Was haben Sie mir in mein Getränk gemischt?«

Mit einem Mal war Grace wütend. Sie kam auf die Füße und hielt sich an einem Bettpfosten fest, als ihr schlimmes Bein sich schmerzhaft verkrampfte. »Was *ich* Ihnen in *Ihr* Getränk gemischt haben soll, fragen Sie?«, erwiderte sie, außer sich vor Wut. »Sie unausstehlicher, selbstsüchtiger, eingebildeter Taugenichts! Sie wären der letzte Mensch auf Erden, den ich *je* …«

Statt sich zu entschuldigen, schloss er die Augen. »Um Himmels willen, Madame, bedecken Sie Ihre Blöße.«

Grace blickte an sich hinab und quietschte erschreckt auf. Sie hatte nicht daran gedacht, dass sie keine Kleidung trug. Sie hatte sich die Decke geschnappt, weil es kalt in dem Zimmer war. Nicht, weil sie … *Oh, verflucht.* Sie war genauso nackt wie er. Und im Moment gewährte sie ihm einen Blick auf jeden knochigen Zentimeter ihrer Brust und ihrer Schultern.

»Wo sind meine Kleider?«, rief sie und versuchte, jeden Zoll von sich mit der dicken Decke zu verbergen.

»Vergeuden Sie nicht Ihre Zeit«, versetzte er knapp. »Bedecken Sie sich einfach.«

»Das könnten Sie auch tun«, erwiderte sie genauso knapp.

Mit gebieterischer Miene zog er eine Augenbraue hoch und betrachtete seinen Zustand. »Das könnte ich, oder? Doch ich dachte, das wäre es, auf was Sie aus waren.«

Grace spürte, wie die Panik ihr den Atem raubte. Ihr Kopf schmerzte. Ihr war übel. »Ich habe es Ihnen schon gesagt«, beharrte sie, und ihre Stimme klang unverzeihlich schrill, »ich war auf nichts aus.«

Plötzlich flog die Tür zum Zimmer auf und krachte gegen die Wand. Mindestens ein halbes Dutzend Menschen, die alle Nachtwäsche trugen, steckten den Kopf zur Tür herein und gafften. Grace tat das Einzige, was ihr einfiel: Sie ließ sich auf den Boden fallen und zog sich die Bettdecke über den Kopf.

»Ist das nicht General Fairchilds Tochter?«, wollte eine Frau, die wie Lady Thornton klang, wissen. Grace machte sich unwillkürlich noch kleiner.

»Wie delikat«, sagte eine andere, dünnere Stimme. Ein erfreutes Kichern ertönte. »Dieses dumme unattraktive Ding denkt offensichtlich, dass es sich auf diese Weise Diccan Hilliard geschnappt hat.«

Grace hörte Gelächter und wollte sterben. Wie viele Menschen standen dort?

»Schön, Sie alle zu sehen«, sagte Diccan, als wären diese Leute auf eine Tasse Tee vorbeigekommen. »Entschuldigen Sie bitte vielmals, dass ich mich Ihnen *en deshabille* präsentiere.«

Wieder erklang anzügliches Gelächter. Grace kniff die Augen zusammen. Ihr Herz hämmerte so laut, dass sie darüber kaum Lord Thornton und ein paar andere unbekannte Herren hören konnte, die laut über ihre Zukunft nachdachten und Wetten abschlossen. Sie hatte Angst, sich noch mehr zu blamieren. Ihr Magen war in Aufruhr, als wäre sie wieder auf dem Paketboot auf dem Kanal.

»Schön, schön«, hörte sie eine andere Stimme, die sich einmischte, und war erleichtert. »Letitia Thornton. Ich hatte keine Ahnung, dass Sie nachts so etwas tragen. Eine erstaunliche Farbe. Sie müssen aus dem Schlaf gerissen worden sein. Keine sehr attraktive Tageszeit für Sie, nicht wahr? Und Geoffrey Smythe. Was für ein interessanter Morgenrock. Sind das Gockel auf Ihrer Brust? Hm. Ich muss zugeben, dass ich noch nie zuvor ein puterrotes Huhn gesehen habe.«

Lady Kate war da.

Wenn das alles jemand anders passiert wäre, hätte Grace vermutlich geschmunzelt. Sollte Kate ruhig die Crème de la Crème der feinen Gesellschaft dazu bringen, wie beschämte Debütanten davonzuhuschen. Aber es passierte *ihr.* Sie war diejenige, die nackt unter einer Decke auf dem Boden hockte, während das Publikum lachte.

Offenbar hatte sie überhört, wie die Tür geschlossen worden war, denn mit einem Mal spürte sie eine Hand auf ihrer Schulter.

»Grace?«

Wenn das überhaupt möglich war, fühlte sie sich nun noch schlechter. Sie hatte nur wenige Freundinnen. Um ehrlich zu sein, waren es nur drei: Olivia Wyndham, Lady Bea Seaton und Lady Kate Seaton, die sie bei sich aufgenommen hatte, nachdem Grace' Vater bei Waterloo gefallen war. Lady Kate war es gewesen, die sich während dieser schrecklichen Zeit um sie gekümmert hatte, die sie beschützte und unterstützte, bis Grace sich an das Leben außerhalb des Militärs gewöhnt hatte. Grace konnte ihre Freundin nicht so blamieren. Selbst für eine berüchtigte Witwe wie Kate gab es keinen Grund, sich mit einer verdorbenen Jungfer abzugeben.

»Grace, sag mir, ob es dir gut geht«, bat Kate besorgt.

»Mir geht es gut«, brachte Grace hervor, während sie noch immer kläglich auf dem Boden kauerte.

Es kam ihr nicht in den Sinn, in Tränen auszubrechen. *Soldaten weinen nicht,* hatte ihr Vater ihr immer wieder gesagt. *Zumindest nicht mehr nach ihrem siebten Geburtstag.*

»Ist das einer deiner Scherze, Kate?«, hörte sie Diccan fragen. Er klang wie ein bockiges Kind.

Lady Kate schnaubte wütend. »Du bist wohl verrückt. Ich bin noch überraschter als du. Ich weiß mit Sicherheit, dass Grace eigentlich einen sehr viel besseren Geschmack hat.«

»Tja, mein schreckliches Kind«, knurrte er. »Deiner *Freundin* ist es gelungen, von den schlimmsten Klatschmäulern der feinen Gesellschaft in meinem Bett erwischt zu werden. Nackt.«

»Tatsächlich, Diccan? Dann muss sie ja ganz schön hinterlistig und schlau sein, da keiner von uns dich oder diese Leute hier erwartet hätte.«

»Verdammt, sie *muss* es gewusst haben! Sie sind hier. Und sie ist … hier.«

Lady Kate seufzte. »Deine Argumente wären sicherlich überzeugender, wenn du angezogen wärst, Diccan.«

»Und was ist mit *ihr*?«

Noch immer unter der Decke kauernd, zuckte Grace zusammen. Ihr Bein schmerzte. Die Decke fing allmählich an, unangenehm zu kratzen, und ein eisiger Luftzug wehte unter den Stoff und quälte sie. Und trotzdem hatte sie nicht vor, sich zu rühren.

»Grace kann sich ankleiden, sobald du verschwunden bist«, sagte Lady Kate über Grace' Kopf hinweg. »Übrigens: aus *ihrem* Schlafzimmer.«

»Aus *ihrem*?«

»Das Bild ihres Vaters in Paradeuniform auf dem Nachttischchen sollte ein eindeutiges Zeichen sein.«

Grace lauschte dem Rascheln von Kleidung. Anscheinend zog er sich an.

»Was machst du überhaupt hier?«, erkundigte Lady Kate sich, als würden sie bei einer Tasse Tee zusammensitzen. »Wir sollten dich eigentlich morgen in Dover treffen.«

Mit einem Mal herrschte Stille. »Das hier ist nicht Dover?«

»Canterbury«, erwiderte Grace, ohne nachzudenken.

»*Canterbury?*«, wiederholte Diccan. Sämtliche Geräusche verstummten. »Hol's der Teufel. Wie, zur Hölle, bin ich hierhergekommen? Das Letzte, an was ich mich erinnere, ist, dass ich auf dem Paketboot nach Dover war. Wo ist Biddle?«

»Dein Diener?«, fragte Kate und klang belustigt. »Der ist ohne Zweifel auf der Suche nach dir. In Dover. Wir werden jemanden nach ihm schicken, sobald wir alle angezogen sind. Geht es dir unter der Decke noch immer gut, Grace?«

Grace spürte wieder, wie ihr die Röte ins Gesicht schoss. »Kannst du meine Kleider sehen?«, fragte sie.

»Sie sind im Zimmer verstreut, als hätten sie in Flammen gestanden und du hättest sie dir in Panik vom Leib gerissen«, entgegnete Kate. »Noch ein Grund, der mich in der Überzeugung bestärkt, dass du hier nicht die Schuldige bist. Selbst während der grauenvollen Tage, in denen wir uns um die Verwundeten von Waterloo gekümmert haben, hast du stets deine Kleider zusammengelegt – wie eine erstklassige Zofe.«

»Sie hätte es aber auch eilig haben können, ins Bett zu kommen«, warf Diccan trocken ein.

»Ganz sicher nicht mit dir«, antwortete Kate und klang entzückt. »Sie mag dich nämlich nicht.«

Grace stieß einen Protestlaut aus. Es war unhöflich, so etwas zu sagen – selbst wenn es stimmte. Sie mochte ihn tatsächlich nicht. Das bedeutete aber nicht, dass sie gegen ihn gefeit war. Er war wie ein kaputter Zahn, den Grace immer mit der Zunge berühren musste; eine Erinnerung daran, was sie nicht war und niemals sein würde.

»Sei nicht albern«, erwiderte Diccan. »Jeder mag mich.«

»Würden Sie jetzt *bitte* Ihre Hose anziehen und gehen?«, bat Grace, die allmählich die Geduld verlor. »Ich bekomme hier unten sonst Schüttelfrost.«

Und er besaß die Unverfrorenheit, leise zu lachen. »Alles, was Sie wünschen, Boudicca.«

Grace fühlte sich schlagartig noch schlechter. Ein paar Monate zuvor hatte Diccan ihr den Spitznamen der britannischen Königin und Heerführerin gegeben – ohne Zweifel, weil ihm sonst keine Frau einfiel, die groß genug war, um ihm in die Augen zu blicken. Was, wie Grace inzwischen wusste, nicht unbedingt ein Kompliment war.

»Warum reservierst du nicht ein privates Speisezimmer für uns drei?«, schlug Kate vor. »Wir treffen uns dann gleich dort.«

Grace vernahm ein unverständliches Brummen.

»Vertrau mir«, sagte Kate lachend. »Sie ziehen sich gerade an. Du musst versuchen, in den Salon zu gelangen, ehe sie wieder aus ihren Zimmern kommen. Ich möchte dich nur daran erinnern, dass eine dieser Personen Letitia Thornton ist – und du weißt, dass ein Tag für sie nur dann ein guter Tag ist, wenn sie den Ruf von dem einen oder anderen zerstört hat.«

Dieses Mal war es Grace, die aufstöhnte. Die Nachricht von ihrem Unglück, ihrem Ruin, würde noch vor dem

Abendessen in ganz London die Runde gemacht haben. Diccan schien nichts mehr zu sagen zu haben. Grace hörte, wie die Tür geöffnet und wieder geschlossen wurde, und wusste ohne Zweifel, dass er gegangen war.

»Komm raus, kleine Schildkröte«, sagte Lady Kate. Ihre Stimme klang für Grace' Geschmack viel zu freundlich.

Grace blickte unter der Decke hervor und sah, wie Kate die eingesammelten Kleider auf das Bett legte. »Ich habe wirklich nicht versucht, ihn in eine kompromittierende Situation zu bringen, Kate.«

Kates Lächeln war gütig. »Meine liebe Grace, das habe ich auch nie angenommen.« Sie legte den Kopf schräg. »Trotzdem war es eine Überraschung. Wer hätte gedacht, dass Diccan über derart erstaunliche ... Merkmale verfügt?«

Grace hätte sich um ein Haar wieder unter der Decke verkrochen. Kate hatte eines dieser Merkmale nicht einmal in voller Pracht gesehen.

Anscheinend entging Kate Grace' Reaktion, denn sie trat ans Fenster und ließ sich in einem Sessel nieder. Die Sonne fiel warm auf ihr hellgelbes Kleid und ließ ihr Haar schimmern. Die dichten rotbraunen Locken umrahmten das reizende Gesicht, das durch kluge grüne Katzenaugen belebt war. Grace fühlte sich in ihrer Gegenwart wie ein Ackergaul.

»Eines muss ich allerdings zugeben«, fuhr Kate fort. Ein Schatten huschte über die glänzenden Augen. »Es lässt sich nicht verleugnen, dass wir in der Bredouille stecken. Was weißt du noch vom gestrigen Abend?«

Vorsichtig erhob Grace sich und sammelte ihre Kleider zusammen. Grace konnte das Durcheinander nicht betrachten, ohne an die paar Momente des Glücks zurückdenken zu müssen. Sie wusste, dass sie ungefähr von den

Knien aufwärts rot geworden war. Rothaarige Menschen erröteten leicht – Grace bekam hektische Flecken.

»Ich erinnere mich daran, hier angekommen zu sein«, begann sie, während sie sich bemühte, in ihr Unterkleid zu schlüpfen und ihren Reifrock anzulegen. »Ich erinnere mich an das Abendessen.«

Kate nickte. »Großartiger Braten. Die Rüben dagegen waren nicht der Rede wert.«

»Ich erinnere mich auch daran, dass wir nach dem Essen ein Glas Cognac getrunken haben.«

»Hat der Cognac seltsam geschmeckt?«

Unwillkürlich musste Grace lächeln. »Cognac schmeckt meiner Meinung nach immer seltsam, Kate. Im Gegensatz zu dir habe ich nie eine Vorliebe dafür entwickelt.«

»Und nachdem ich dich in dein Zimmer gebracht habe?«

Das graue Kleid in der Hand, hielt Grace inne. Sie versuchte, es sich ins Gedächtnis zu rufen: Ins Zimmer gekommen zu sein, die Kerze auf die kleine Kommode gestellt und den Knoten in ihren Haaren gelöst zu haben.

Sie schüttelte den Kopf. »Ich weiß nicht einmal mehr, wie ich die Treppe hinaufgekommen bin. Hast du mich wirklich in mein Zimmer gebracht?«

»O ja. Ich nehme an, dass es mir aufgefallen wäre, wenn Diccan sich schon im Raum befunden hätte.«

»Ich hätte mehr Lärm gemacht als eine von Artillerieoffizier Whinyates' furchtbar lauten, aber nicht sehr brauchbaren Raketen.«

»So wie heute Morgen?«

Grace seufzte und fragte sich, ob sie sich noch elender fühlen konnte. »Wie konnte das alles passieren?«

Lady Kate erhob sich und strich sich das Kleid glatt. »Eine exzellente Frage. Zieh dich an, meine Liebe, und dann sehen wir mal, ob wir die Antwort darauf finden können.«

Diccan Hilliard war wütend. Natürlich sah man ihm das nicht an. Schon vor langer Zeit hatte Diccan die Maske ungerührter Gleichgültigkeit perfektioniert, die zu seinem Markenzeichen geworden war. Doch als er fünfzehn Minuten später den Flur entlang in Richtung des privaten Speisezimmers schlenderte, kochte er innerlich. Wie hatte das passieren können? Er war schließlich kein Grünschnabel, der sich mit heruntergelassener Hose erwischen ließ. Und doch war er irgendwo zwischen Paris und Dover unter Rauschmittel gesetzt, überrumpelt, ausgezogen und in diese unmögliche Situation gebracht worden. Und zwar nicht von Grace Fairchild. Egal, wie sehr er es auch versuchte – die Fakten wollten einfach nicht zu seinen Anschuldigungen passen. Grace Fairchild war mit Kate zusammen gewesen und hatte sich nicht, eine Flasche Laudanum unter ihrem Rock versteckt, auf das Paketboot geschlichen.

Steckten tatsächlich die Löwen dahinter? Hatte Bertie recht gehabt? Diccan rang den Drang nieder, sich verwirrt über die Stirn zu streichen. Ihm war noch immer schwindelig vom Laudanum, und sein Kopf schien zu klein für sein schmerzendes Gehirn zu sein. Er konnte kaum einen klaren Gedanken fassen, was in seiner derzeitigen Lage verflucht unpraktisch war. Wenn ihm nicht bald etwas einfiel, saß er in Canterbury fest, obwohl er so schnell wie möglich nach London musste, um Berties Informationen weiterzuleiten. Er musste den armen, traurigen Jungen rehabilitieren, den er in dem stinkenden Apartment hatte liegen lassen. Er musste sich selbst rehabilitieren, weil er ihn enttäuscht hatte.

Er verspürte den Drang, laut zu fluchen. London musste warten. Er saß hier fest, bis er diese Unannehmlichkeit behoben hatte. Er musste seinen Diener ausfindig machen, der eigentlich bei ihm hätte sein sollen. Er musste herausfinden, wie er hierhergekommen war und wie sein Pferd in den Stall gekommen war. Und er musste sich mit Grace Fairchild auseinandersetzen.

Himmel, dachte er. Sein Kopf schmerzte immer schlimmer. *Warum sie*? Grace Fairchild war vermutlich die ehrenhafteste, angesehenste unverheiratete Frau in England. Außerdem war sie die bedauernswerteste. Größer als die meisten Männer, sah sie, um es geradeheraus zu sagen, unscheinbar und recht unattraktiv aus. Seine Tante Hermitrude sah besser aus, und die war immerhin schon sechzig Jahre alt und schielte. Um es noch schlimmer zu machen, ging Miss Fairchild nicht – sie taumelte wie ein Seemann an Land. Wer auch immer ihr den Namen Grace verpasst hatte, musste blind gewesen sein. Wer auch immer Diccan in ihr Bett gelotst hatte, musste grausam sein.

Er mochte sie. Er mochte sie wirklich. Das bedeutete aber nicht, dass er die nächsten vierzig Jahre lang morgens neben ihr aufwachen wollte. Seine Hoden zogen sich beim bloßen Gedanken daran schon zurück. Er weigerte sich, darüber nachzudenken, dass er erregt aufgewacht war und dass diese knochige Frau der Grund dafür gewesen sein sollte.

Er sah den Fachwerkflur entlang zur Eingangstür. Ihm schoss durch den Kopf, wie leicht es wäre, einfach zu verschwinden. Er müsste nur durch die Tür gehen, auf Gadzooks steigen, losreiten und erst wieder anhalten, wenn er London erreicht hätte. Vielleicht nicht einmal dann.

Allerdings war das genau die Reaktion, die seine Feinde sich von ihm erhofften. Falls er sie nicht heiratete, wäre sein Ruf ruiniert – und zwar noch gründlicher als der von Lord Byron. Und jeder von ihm geäußerte Verdacht würde erst einmal angezweifelt werden. Falls er sie heiratete, würde ihn das aufhalten und ablenken und den Löwen die Zeit geben zu suchen, was sie verloren hatten, und dann Wellington anzugreifen. Es war eine schwere, eine schier unmögliche Entscheidung.

Verdammt. *Verdammt!* Das hatte er nicht verdient. Nicht jetzt, da der Krieg vorüber war und er endlich aus den Schatten treten konnte. Nicht jetzt, da seine Zukunft so vielversprechend aussah.

Ein schlurfendes Geräusch warnte ihn, dass er nicht mehr allein war. Als er in Richtung des großen öffentlichen Speisesaals blickte, bemerkte er, dass sich beinahe alle Zeugen des morgendlichen Fiaskos zu ihm gesellt hatten. Natürlich würde Lord Thornton wieder als Erster sprechen. Sein Standesgenosse, der wie ein Schwein aussah, und seine dürre Gattin waren keine Freunde von Grace.

»Ließ sich in der Stadt nichts Besseres finden, um sich die Zeit zu vertreiben, alter Junge?«, fragte Thornton mit einem affektierten Lächeln und einem Stoß in die Rippen seines Freundes Geoffrey Smythe. »Ich weiß, dass Sie Ihrer hübschen kleinen Geliebten nachtrauern, die Sie in Belgien zurücklassen mussten. Doch selbst Ihr klappriger Gaul mit dem Hohlkreuz wäre lieblicher.«

Die Bosheit in den Worten ließ Diccan erstarren. »Wie bitte?«

Der dicke Lord gluckste. Er stellte seinen Mangel an Intelligenz unter Beweis, als er sich nahe genug zu Diccan vorbeugte, sodass der seinen schlechten Atem riechen konnte, und dann sagte: »Obwohl die beiden eine gewisse Ähnlichkeit haben.«

Bewusst atmete Diccan langsamer. Er musste sich ermahnen, dass es nur noch mehr Zeit kosten würde, wenn er diesen Wurm auf dem Boden zertreten würde. »Mein Freund«, entgegnete er ruhig, »ich weiß, wie vernünftig Sie sind.«

Plötzlich wirkte Thornton etwas weniger selbstsicher. »Aber ja.«

Neben ihm lehnte sich der elegante Geoff Smythe an die Wand und verschränkte die Arme vor der Brust, als würde er es sich bequem machen, um sich ein Theaterstück anzusehen. Diccan beachtete ihn nicht weiter.

»Gut.« Er nickte Thornton zu. »Gut. Dann würden Sie ja auch nichts tun, was mich zwingen würde, Sie zum Duell zu fordern. In dem Wissen, dass ich mich schon viermal duelliert habe.« Er lächelte ihm knapp zu. »Und jedes Mal allein vom Platz gegangen bin.«

Fast sah es so aus, als würde Thornton schlucken. Dennoch hob der Mann das Kinn, sodass er nur noch drei hatte. »Sie übertreiben, nicht wahr? Sie werden das junge Ding doch wohl nicht heiraten.«

Diccan erstarrte. Natürlich dachte Thornton so. Die Löwen hatten darauf gezählt, wie ihm mit einem Mal klar wurde. Diccan hatte nie ein Geheimnis aus seinen sexuellen Vorlieben gemacht, und es gab keinen Menschen in der Stadt, der es wagen würde zu behaupten, dass Grace Fairchild seinen Anforderungen entsprach. Und hatte er nicht gerade noch hier gestanden und seine Flucht geplant?

Doch er konnte Grace nicht diesen Schakalen überlassen. Diese Genugtuung würde er Thornton nicht gönnen. Und er würde Thorntons Frau auch keine verletzliche Seele überlassen, die sie zerstören konnte. Grace verdiente etwas Besseres.

»Ich werde sie nicht heiraten?«, erwiderte er und ließ sein Monokel kreisen. »Warum nicht?«

Es war Geoff Smythe, der antwortete. Seine klassisch hellen, britischen Züge spiegelten seine Belustigung wider. »Warum *nicht*? Sie wollen sich wirklich der Aussicht stellen, ihr jeden Morgen am Tisch gegenüberzusitzen, weil sie sich in Ihr Bett geschlichen hat?«

»Tatsächlich tue ich das«, entgegnete Diccan und wandte sich ab, damit niemand sehen konnte, wie ihm die Tragweite seiner Entscheidung gerade selbst bewusst wurde.

»Jetzt mal im Ernst«, widersprach Thornton und packte Diccan am Arm. »Sie können das Mädchen nicht heiraten.«

Diccan bemerkte einen leichten Schweißfilm auf Thorntons Stirn.

»Welche Alternativen würden Sie vorschlagen?«

Aber Thornton schien darauf keine Antwort einzufallen. *Grundgütiger*, dachte Diccan. *Steckt Thornton auch mit in der Sache? Er ist mit Sicherheit nicht derjenige, der das alles geplant hat. Thornton kann nicht einmal ein Frühstück organisieren. Vielleicht sollte er jedoch Zeuge sein. Der Erpresser.*

Was Geoff Smythe anging, war Diccan sich nicht so sicher. Geoff Smythe war ein stilles Wasser. Ein Mensch, den er genauer unter die Lupe nehmen musste. Sobald er von hier weg war.

»Der Pater will mich schon seit Jahren davon überzeugen, zur Ruhe zu kommen«, sagte Diccan und schob Thorntons Hand von seinem Arm. »Ich denke, Miss Fairchild ist genauso gut wie jede andere. Wenn ich sie heirate, werden Sie sicher verstehen, dass ich weitere Verunglimpfungen meiner Frau nicht dulden kann.«

Thornton wirkte, als wäre ihm übel. »Selbstverständlich«, murmelte er. Smythe lächelte noch immer.

Diccan drehte sich wieder um, um zu gehen, als er noch

einmal innehielt. »Übrigens, Thorny«, sagte er, als wäre ihm nicht aufgefallen, dass der dicke Mann sich die Stirn mit einem bestickten Taschentuch abwischte. »Ich weiß, warum ich hier bin. Doch was, um alles in der Welt, hat Sie an einen langweiligen Ort wie Canterbury geführt?«

Thornton erschrak. Das Taschentuch fiel ihm aus der Hand wie ein Blatt von einem Baum. »Ich wollte mir Pferde ansehen. Der alte Brickwater hat einige zu verkaufen.«

Wenn er Thorntons Leibesfülle so betrachtete, hoffte Diccan, dass Brickwater Ackergäule verkaufte. Er schwieg jedoch und nickte nur knapp, ehe er ging.

Die Bediensteten des *Falstaff* hatten offenbar geahnt, was er brauchte, denn als er den privaten Salon erreichte, standen eine Kaffeekanne und eine Tasse auf dem Tisch. Er ließ sich in einen Sessel sinken und trank eine Tasse Kaffee nach der anderen, bis er wieder klar denken konnte.

Aber mit klarem Kopf sah die Situation auch nicht viel besser aus. Noch vor einer Woche hatte er voller Zuversicht in die Zukunft geblickt. Man hatte ihm eine Entschädigung für seine harte Arbeit versprochen. Eine traumhafte Stellung in einer der neu eröffneten Botschaften vielleicht. Einen Platz bei den Friedensgesprächen. Er hätte sich endlich amüsieren und tun können, was er am besten konnte, und das Beste genießen, was die Welt zu bieten hatte.

Über eine Ehe hatte er bisher noch nie nachgedacht. Es würde sich schon ergeben, wenn er bereit war. Wahrscheinlich würde er die Tochter eines Diplomaten heiraten; jemanden wie seine Cousine Kate: scharfsinnig, intelligent, elegant und eine Herausforderung. Eine Frau, die ihn dabei unterstützen konnte, seinen Weg zu planen, und die den Erfolg, von dem sie beide träumten, mit ihm feiern würde. Stattdessen musste er sich überlegen, was er mit Grace Fairchild machte.

Frustrierend war, dass er rothaarige Frauen mochte. Er konnte sich nichts Herrlicheres vorstellen als das flammende Rot zwischen den Schenkeln einer Frau, eher Versprechen als Farbe, eine Andeutung der Freuden, die darunter verborgen lagen, ein Aufleuchten von Verlockung, Hitze, Begierde. Er liebte alles an rothaarigen Frauen. Er liebte ihre milchweiße Haut, ihre lebhafte Persönlichkeit, ihr eindrucksvolles Temperament. Er liebte sogar die Farbe ihrer Sommersprossen. Tatsächlich liebte er Rothaarige so sehr, dass er seinen letzten beiden Geliebten vorgeschlagen hatte, ihm zuliebe ihr Schamhaar mit Henna rot zu färben. Beim bloßen Gedanken daran schoss ihm das Blut in die Lenden.

Bis auf die Sommersprossen hatte Grace Fairchild nichts von alledem vorzuweisen. Sie einen »Rotschopf« zu nennen grenzte schon an übertriebene künstlerische Freiheit. Ihr Haar war farblos, fast so ausgewaschen und fade, wie man es bei alten Frauen sehen konnte. Ihre Haut war unglaublich dunkel, da sie jahrelang unter der iberischen Sonne gelebt hatte. Und ihr Erröten war unvorteilhaft. Sie hatte keine nennenswerte Form, kein Temperament, keinen Schwung.

Die schärfste Reaktion, die er je bei ihr erlebte, hatte sie an dem Tag gezeigt, als er sie zum ersten Mal Boudicca genannt hatte. Für einen winzigen Moment hatte ein Funke in ihren Augen geleuchtet, hatte kühner Trotz sie ein bisschen aufrechter stehen lassen. Doch so schnell ihr Zorn sich erhoben hatte, war er auch wieder verschwunden, fast so, als gäbe es keinen Platz für ihn. Die Leute erzählten sich, dass sie nicht einmal geweint hätte, als sie den Leichnam ihres Vaters aus Waterloo geholt hatte.

Wie aufs Stichwort ging die Tür auf, und sie kam herein. Sie trug eines dieser grauen Kleider, die sie immer anhatte. Ihre Haare waren zu einem festen Knoten zurückgebunden. Es überraschte Diccan nicht, dass sie ihn nicht ansehen konnte. Er konnte genauso wenig glauben, was an diesem Morgen passiert war. Seine Hoden schmerzten noch immer, weil seine Erwartungen unerfüllt geblieben waren. Als er sie nun wiedersah, konnte er sich nicht erklären, warum er so empfand. Sein Körper schien an dieser schlaksigen, unscheinbaren Frau, die mit der Lebhaftigkeit eines angeschossenen Kavallerieoffiziers ins Zimmer humpelte, vollkommen uninteressiert zu sein.

Diccan hätte sich mit einem Seufzen beinahe selbst verraten, als er sich erhob und tief verneigte, während Kate Miss Fairchild folgte und die Tür schloss. »Kate. Miss Fairchild. Ich werde nach dem Frühstück klingeln.«

Miss Fairchild wurde kreidebleich. »Nicht für mich, danke. Nur etwas Tee und Toast.«

Diccan legte den Kopf schräg und musterte sie. »Ist Ihr Magen ein wenig in Aufruhr?«

»Ein wenig.«

»Kopfschmerzen? Verwirrung? Schwindel?«

Sie blickte kurz auf, als sie den Tisch erreichte. »So ist es.«

Diccan rückte ihr den Stuhl zurecht und wartete ab, bis sie sich gesetzt hatte. »Das dachte ich mir. Ich habe diese Symptome ebenfalls. Ich weiß nicht, ob Sie bis zum Umfallen trinken, Miss Fairchild, aber ich mache das so gut wie nie. Und schon gar nicht auf einem Paketboot. Da es keine anderweitigen Beweise gibt, gehe ich davon aus, dass wir beide unter Drogen gesetzt wurden.«

Er war enttäuscht, als Miss Fairchild nicht reagierte. »Das überrascht Sie nicht?«, fragte er.

Ruhig blickte sie zu ihm auf. »Das würde einiges erklären.«

Er schüttelte den Kopf. Ihre Gelassenheit verwirrte ihn. »Kate«, sagte er und wandte sich um, damit er auch seiner Cousine den Stuhl anbieten konnte, »wer hat dir die Nachricht geschickt, mich zu treffen?«

Sie nahm Platz. »Ich dachte, die Nachricht wäre von dir gekommen. Ich nehme an, ich habe mich geirrt.«

»Das hast du. Wo hast du sie bekommen?«

»Wir waren das Wochenende über auf dem Land bei Marcus Drake. Gestern Abend haben wir es dann bis Canterbury geschafft.«

Bei der Erwähnung des Namens drehte sich Diccan abrupt ihr zu. »Drake? Wer wusste, dass du dort sein würdest?«

Kate warf ihm ein Lächeln zu. »Jeder, denke ich. Die Mitteilung stand im Gesellschaftsteil.«

Dennoch. Marcus Belden, Earl of Drake, war derjenige, der Diccan gebeten hatte, sich mit Evenham zu treffen. War er möglicherweise in dieses Fiasko verstrickt? Diccan wollte es nicht glauben.

»Die Nachricht schien aus deiner Feder zu stammen«, sagte Kate und lenkte seine Aufmerksamkeit wieder auf sich. »Weißt du, was der Grund sein könnte?«

»Ich war in einige delikate Verhandlungen verwickelt. Die neuen Landesgrenzen in Europa nach dem Krieg und so etwas.« Er zuckte mit den Schultern und hoffte, er würde überzeugend wirken. »Vielleicht wollte jemand, dass ich dabei ins Straucheln gerate.«

Kate hob den Kopf. »Sie haben dir endlich einen richtigen Auftrag gegeben?«

Diccan warf ihr ein Lächeln zu. »Allein durch Zermürbung, meine Liebe. Alle anderen waren zu beschäftigt.«

Sie nickte ihm knapp zu. »Also gut. Ich denke, eine Entschuldigung wäre jetzt angebracht.«

Bei dem Gedanken zuckte Diccan zusammen. Er versuchte ein letztes Mal, sich vorzustellen, dass Grace Fairchild eine Hochzeit eingefädelt hatte, um irgendetwas zu entfliehen. Doch ein Blick auf ihre bleichen Wangen reichte aus, um diese Theorie zunichtezumachen. Sie war, wie er vermutet hatte, ein Bauernopfer. Also erhob er sich und verneigte sich vor Miss Fairchild.

»Ich hatte kein Recht, solch abfällige Bemerkungen über Ihren Charakter zu machen«, sagte er. »Ich entschuldige mich dafür.«

Und überraschenderweise bekam er dafür ein Lächeln. »Danke, aber ich würde an Ihrer Stelle nicht so hart mit mir ins Gericht gehen. Ich kann mir nicht vorstellen, dass Sie gegenüber einer Frau in Ihrem Bett, die Sie dort nicht erwartet hätten, anders hätten reagieren können. Ich würde gern dabei helfen herauszufinden, wie das alles passieren konnte. Und warum.«

Diccan nickte. Er spielte in Gedanken schon durch, wie er die Angelegenheit am schnellsten über die Bühne bringen konnte. »Natürlich«, entgegnete er. »Tja, ich habe einiges auf dem Plan, also müssen wir uns mit dem weiteren Vorgehen beeilen. Zum Glück sind wir in Canterbury, und der Erzbischof ist ebenfalls ein Cousin von mir. Ich sollte bis heute Nachmittag eine Lizenz erhalten haben. Möchten Sie hierbleiben, oder möchten Sie sich nach London begeben, um die Zeremonie dort abzuhalten?«

Kate sah zu Grace, die plötzlich verstummt war. »Ach, London«, sagte Kate, »dann sieht es nicht wie ein schlichtes, überstürztes Ereignis aus.«

Abwesend nickte Diccan und fing an, im Salon auf und ab zu gehen. »Gut. Ich muss sowieso so schnell wie möglich nach London. Ich kann jemanden vorausschicken, um Zimmer im *Pulteney* zu reservieren. Wenn Biddle zu uns stößt, kann er beginnen, meine Sachen aus meiner Wohnung im Albany zu holen.« Missbilligend blickte er seine Cousine an, als ihn jäh eine Angst überfiel. »Du erwartest doch nicht, dass der Vater bei der Hochzeit anwesend ist, oder?«

Kate seufzte. »Es würde seltsam wirken, wenn dein Vater nicht mit einbezogen werden würde, Diccan. Er ist immerhin Bischof.«

Das brachte das Fass endgültig zum Überlaufen. Um diese Farce noch absurder zu machen, fehlte nur noch sein Vater, der in einem Anfall von selbstgerechter Entrüstung sein Missfallen zum Ausdruck brachte. Wenn die Bedienstete käme, würde Diccan sie einfach um den Schierlingsbecher bitten.

»Entschuldigen Sie«, meldete Grace sich zu Wort.

Diccan hielt inne. Zum Teufel, wie hatte er vergessen können, dass sie auch noch da war. »Ja?«

»Spiele ich in diesen Plänen auch eine Rolle?«

Er blinzelte. Sicherlich war sie nicht so begriffsstutzig. »Natürlich tun Sie das. Was denken Sie denn?«

»Ich dachte, Sie hätten mich auch mal fragen können.«

Ihre Miene war ernst, aber Diccan bemerkte an ihrem Hals, dass ihr Puls schneller schlug. »Was? Möchten Sie lieber in Canterbury heiraten? Das kann ich Ihnen nicht verübeln. Vater ist der reinste Tyrann.«

»Ich würde lieber gar nicht heiraten.«

Es dauerte einen Augenblick, bis ihre Worte in sein Bewusstsein drangen. »Sie haben keine Wahl«, erklärte er knapp und dachte an Thorntons Äußerungen.

»Natürlich habe ich die«, erwiderte sie mit einem leichten Lächeln. »Und meine Wahl ist, dass Sie sich um Ihre Angelegenheiten kümmern und dass ich nach Hause reise, um mich um meine zu kümmern.«

Diccan war sich nicht sicher, warum er so wütend war. Sie hatte ihm gerade eine Möglichkeit eröffnet, alldem zu entkommen. Er hatte ihr die Hochzeit angeboten, und sie hatte Nein gesagt. Nun lag es bei ihr. Doch er nahm ihr die unbekümmerte Ablehnung seines Opfers sehr übel.

»Sie haben gerade noch versprochen mitzuarbeiten.«

»Ich habe versprochen zu helfen. Damit meinte ich, dass ich mich aufs Land zurückziehen könnte, wo es niemanden stört, was in Canterbury vorgefallen ist. Damit könnten Sie dann eine Hochzeit umgehen, die keiner von uns beiden sich wünscht.«

Sie verschlimmerte seine Kopfschmerzen nur noch. »Seien Sie nicht albern«, erwiderte er. »Jedes Klatschmaul Londons steht draußen vor der Tür und wartet. Sie können diesen Raum nicht verlassen, ohne eine Verlobung bekannt zu geben.«

Ihr Blick war leer. »Eine Verlobung? Ach, das ist es, worüber wir sprechen?«

»Selbstverständlich.«

Kate trat ihm leicht gegen das Schienbein. »Ein Heiratsantrag wäre jetzt ganz passend, Diccan.«

Diccan atmete scharf ein. Er hatte keine Zeit für so etwas. Je länger Miss Fairchild sich weigerte, desto mehr geriet er in Verzug. Evenhams Beichte lastete auf ihm. Er hätte schwören können, das Blut des Jungen noch immer an seinen Händen riechen zu können. »Verdammt noch mal«, murmelte er und presste seine Handballen gegen die Augen, als könnte er so die hämmernden Kopfschmerzen vertreiben. »Gut. Miss Fairchild. Würden Sie mir die Ehre erweisen, mich zu heiraten?«

Es war vielleicht nicht der romantischste Antrag, aber es rechtfertigte ganz bestimmt nicht Miss Fairchilds Antwort.

»Wenn Sie mich beleidigen wollen«, sagte sie gelassen, während sie sich majestätisch erhob und zu ihm trat, »können Sie das auch hinter meinem Rücken tun. Ich habe zu viel zu tun, um hier Zeit zu vergeuden.«

»Verdammt …«

Sie ließ ihn nicht aussprechen. Unvermittelt holte sie wie ein Preisboxer aus, schlug ihm auf die Nase und verließ den Salon.

Als sie fort war, hallte in dem Raum die Stille wider. Diccan war überrascht, dass das Blut aus seiner Nase nicht auf seine Krawatte tropfte. Miss Fairchild hatte ihr Leben nicht beim Militär verbracht, ohne zu lernen, wie man zuschlug.

Kate stand ebenfalls auf. »Nun ja«, sagte sie und klang verdächtig belustigt, als sie ihr hellgelbes Kleid glatt strich. »Jetzt verstehe ich, warum du als der charmanteste Mann Englands giltst.«

Diccan wusste, dass er eigentlich kein Recht dazu hatte, doch er fühlte sich gekränkt. »Ich werde sie heiraten, Kate. Was willst du noch?«

Sie warf ihm einen traurigen Blick zu. »Höflichkeit wäre ein guter Anfang.« Damit ging auch sie.

Diccan stand noch immer mitten im Salon, als die Bedienstete endlich kam. Er ließ sich wieder in seinen Sessel sinken und stützte den Kopf in die Hände. »Kaffee«, knurrte er. »Und schauen Sie nach, ob Sie vielleicht noch etwas Gift finden.«

Kapitel 2

Grace legte gerade ihre Kleider zusammen und packte sie in ihren Handkoffer, als Kate ins Zimmer geschlendert kam.

»Darf ich hereinkommen?«, fragte sie und schloss die Tür hinter sich.

Grace machte sich nicht die Mühe hochzusehen. »Sofern du niemanden mitgebracht hast.«

Kate lachte. »Ich glaube, er ist noch unten und prüft, ob seine Nase in Ordnung ist.« Ehe Grace etwas darauf erwidern konnte, hob sie die Hand. »Und wage es nicht, dich zu entschuldigen. Ich kenne diesen Taugenichts seit meiner Taufe, und ich habe noch nie gesehen, dass er eine Situation so vermasselt hat wie diese. Wenn wir hier nicht über *ihn* sprechen würden, hätte ich gesagt, er war vollkommen durcheinander.«

»Ich glaube, das war er«, entgegnete Grace und schüttelte ihr graues Abendkleid aus moiriertem Stoff aus. »Ich denke, sich im Bett mit einer unattraktiven Frau wie mir wiederzufinden, war das Letzte, was er erwartet hätte.«

»Grace«, warnte Kate sie und setzte sich in den Sessel am Fenster, »das ist deiner nicht würdig.«

So unglücklich sie sich auch fühlte, musste Grace lächeln. »Liebste Kate«, sagte sie und strich die triste Seide glatt, »ich habe nicht nach Mitgefühl gesucht. Ich weiß sehr wohl, wer ich bin. *Und* wer ich nicht bin. Und ich bin definitiv keine Frau, die Diccan Hilliard bemerkt hätte, wenn er mich nicht zufällig bei einer deiner Gesellschaften getroffen hätte.«

»Er mag dich sehr«, widersprach ihre Freundin.

»Natürlich tut er das. So gern, dass er den Hut lupfen würde, wenn er mir auf der Straße begegnen würde. Aber nicht so gern, um mit mir ins Bett zu gehen.«

Als sie spürte, wie sie wieder errötete, beschloss sie, dass sie es satthatte, sich immer unwohl zu fühlen. Doch das Gefühl seiner Hand auf ihrer Haut war so wundervoll gewesen …

»Hier«, sagte Kate, als hätte sie den Aufruhr in Grace' Kopf mitbekommen, »ein winziger Schluck sollte gestattet sein.«

Grace blickte auf und sah eine kleine, ziselierte Silberflasche in Kates Hand. »Hast du die Flasche noch immer?«

Kate warf ihr ein schelmisches Lächeln zu. »O ja. Ich gebe nichts auf, das ich von einem Freund gestohlen habe.«

Der bloße Anblick der Flasche löste eine Welle von Erinnerungen in Grace aus. Sie erinnerte sich an die grauenvollen Tage bei Waterloo, an die Suche nach ihrem Vater, an das Auffinden von Jack Wyndham, Earl of Gracechurch, der um sein Leben gekämpft hatte. Sie erinnerte sich an die darauffolgenden Tage, als eine Gruppe von Vaterlandsverrätern die Frauen bedrohte, die ihn versteckt hatten. Diccan Hilliard hatte geholfen, sie alle zu retten.

Dadurch waren Grace die Augen für ihn geöffnet worden. Bis zu dem Zeitpunkt hatte sie in ihm nichts weiter als einen gleichgültigen Genussmenschen gesehen. Sehr geistreich, vernichtend sarkastisch und ganz offen der Lust und dem Laster ergeben, war selbst seine Stellung im diplomatischen Korps nicht mehr als eine Entschuldigung, um Zerstreuung zu finden. Aber als sie ihn um Hilfe gebeten hatten, war er nicht nur tüchtig und diskret gewesen, er hatte Grace auch mit der ungewöhnlich liebevollen Fürsorge überrascht, mit der er sich um Jacks verzweifelte Frau Olivia gekümmert hatte. Mehr noch – für einen erstaunlichen Moment hatte der Mann, den man nur »die Perfektion« nannte, sich gegenüber Grace, der unbeholfenen Tochter eines alten Soldaten, absolut freundschaftlich gezeigt.

Diese Tage und Wochen nach der Schlacht von Waterloo waren ihr nur noch verschwommen in Erinnerung. Vor allem, nachdem sie ihren sterbenden Vater auf dem blutgetränkten Kopfsteinpflaster im Hof von Château Hougoumont gefunden hatte. Doch ein Bild war geblieben: das Bild, wie die Sonnenstrahlen durch die Zweige der Bäume im Parc Royale von Brüssel gefallen waren und Diccan wärmten, als er die Hand mitfühlend auf ihren Arm gelegt hatte. Der Rubin in seinem Siegelring hatte im Licht gefunkelt. Es war das erste Mal gewesen, dass er sie bewusst berührt hatte – mehr als die Berührung der Hände bei der Begrüßung oder ein zufälliges Streifen im Vorübergehen. An dem Tag hatte er sie im Park bemerkt und war zu ihr gekommen. Der rätselhafteste Mann der gesamten feinen Gesellschaft hatte gelächelt, als er ihr erzählt hatte, was für ein guter Mensch ihr Vater gewesen war. Damals war ihr aufgefallen, dass diese kühlen grauen Augen auch freundlich blicken konnten.

Wieder betrachtete sie die Flasche. Sie hatte Jack gehört, aber Kate hatte sie ungeniert an sich genommen. Einen verrückten Moment lang spielte Grace mit dem Gedanken, ihrer Freundin die Flasche aus der Hand zu reißen und sie zu leeren.

»Kannst du es nicht vielleicht doch ermöglichen, ihn zu heiraten?«, fragte Kate.

»Nein«, antwortete Grace. »Und er will es auch gar nicht.« Sie widmete sich wieder ihrem Koffer. Versonnen nahm sie die alte rote Gardistenuniformjacke, die sie in dem vom Krieg erschütterten Spanien ständig getragen hatte. Sie wusste, dass sie sie eigentlich wegpacken sollte – genau wie die Uniformen ihres Vaters und ihre Schwesternschürze. Aber es tröstete sie, diese Jacke zu tragen, wenn sie ausritt. Und in ihr wuchs der Verdacht, dass sie diesen Trost in den kommenden Tagen gut brauchen könnte.

Ohne zu klopfen, schob Diccan Hilliard die Tür auf und stolzierte ins Zimmer. »Wir müssen uns unterhalten.«

»Bist du dir sicher, dass du noch immer im diplomatischen Dienst stehst?«, fragte Kate.

Er schnaubte empört. »Ich habe jetzt keine Zeit für Diplomatie, Kate. Ich muss so schnell wie möglich nach London. Und jede Sekunde, die Miss Fairchild zaudert, wirft mich in meinem Zeitplan zurück.«

Grace hielt die Uniformjacke so fest umklammert, dass sie wusste, dass die Litzen Abdrücke in ihren Händen hinterlassen würden. Sie konnte es kaum ertragen, der Wut in seinem Blick zu begegnen. »Ich weiß nicht, was Sie noch hier hält, Mr. Hilliard«, sagte sie und bemühte sich, ihre Stimme möglichst ruhig klingen zu lassen. »Ich bin es ganz sicher nicht.«

Kate bot wieder ihre Flasche an. »Möchtest du einen Schluck, Diccan?«

Mit einem ungeduldigen Blick zu Kate trat Diccan zu Grace. »Sie verwirren mich, Miss Fairchild«, sagte er. Doch er hörte sich eher zornig als verwirrt an. »Sicherlich kennen Sie den Lauf der Dinge.«

Er war ihr viel zu nahe. Grace wich zurück und stieß versehentlich gegen das Bett. Sie hatte das Gefühl, dass er die Luft aus dem Raum stahl. Ihr blieb nur, sich mit der vertrauten Jacke in ihren Armen zu trösten.

»Genauso wie Sie, Sir«, entgegnete sie mit, wie sie fand, bewundernswerter Ruhe.

»Vielleicht ist Ihnen nicht klar, wie sehr Sie von dieser Ehe profitieren würden«, sagte er. In seiner Stimme schwang ein Hauch von Herablassung mit.

Sofort reagierte ihr Körper. Hitze blühte tief in ihrem Bauch auf und wand sich durch ihre Glieder. Sie wusste sehr wohl, was sie durch diese Verbindung gewinnen konnte – es loderte in ihr. Und dennoch reichte das nicht.

»Ich gewinne nichts, das ich mir wünsche, Mr. Hilliard.«

Er wirkte erstaunt. »Einen stolzen Namen.«

»Ich bin sehr zufrieden mit meinem eigenen Namen.«

»Ein Vermögen.«

»Ich habe bereits eines, vielen Dank. Eine exzentrische Tante von mir ist verstorben und hat ihren Besitz zwischen mir und ihrem Affen aufgeteilt. Sie sehen also, dass es andere Menschen gibt, die mich schätzen.«

Ironisch zog er eine Augenbraue hoch. »Sie bekämen mich.«

Zum ersten Mal hatte sie das Gefühl, lächeln zu müssen, auch wenn ihr Herz hämmerte. »Eine fast unwiderstehliche Versuchung – das steht fest. Und trotzdem muss ich ablehnen.«

»Ihr Ruf wird ruiniert sein!«

Abschätzend legte sie den Kopf schräg. »Ist es ein Unglück, von einer Gesellschaft ignoriert zu werden, die mich sowieso schon immer ignoriert hat? Oder wäre es schlimmer, mich für alle Ewigkeit an einen Mann zu binden, der mich nicht einmal ansehen kann? Lassen Sie es gut sein,

Sir. Ich bin zufrieden. Sie müssen sich nicht auf dem Altar der Ehe opfern, um mich zu retten.«

Er wirkte seltsam verärgert, während er ihrer Antwort lauschte. »Und was ist mit mir?«

Sie zwang sich zu einem Lächeln. »Nachdem ich bei Lady Kates Gesellschaften Zeit mit Ihnen verbracht habe, bin ich mir sicher, dass Sie bestimmt erleichtert über meine Absage sind. Genießen Sie diese Erleichterung – meinen Segen haben Sie.«

Obwohl sich ihr Herz vor Scham zusammenzog, weil sie so unverblümt die Wahrheit verkündet hatte, wandte Grace sich wieder ihrem Koffer zu. Sie hoffte, dass niemand bemerkte, wie sehr sie zitterte. War sie eine Närrin? Sie könnte ihr Leben an der Seite dieses Mannes verbringen. Sie könnte seine Kinder bekommen. Sie könnte ihn jeden Tag sehen und ihn lehren, sein Glück bei ihr zu finden. Bei allem, was ihr heilig war – sie könnte ihn in ihrem Bett haben.

Und dann zusehen, wie er in jedes andere Bett in diesem Königreich stieg.

Grace besaß nicht viel. Aber sie hatte Selbstachtung. Sie würde sich selbst betrügen, wenn sie sich für einen so unaufrichtigen Trost hergab. Auch nicht für das Recht, diese eleganten, klugen Hände auf sich spüren zu dürfen.

Sie wusste, dass er noch immer hinter ihr stand. Noch nie hatte sie sich mit ihm in einem Raum befinden können, ohne ihn zu bemerken. Sie konnte es spüren. Es war wie ein Kribbeln auf ihrer Haut, wie eine magnetische Anziehung zwischen ihnen beiden, die nun, nachdem er sie berührt hatte, noch stärker zu sein schien. In der Hoffnung, dass er niemals merken würde, welche Wirkung er auf sie hatte, nahm sie ein Kleid in die Hände und legte es zusammen. Allein diese Routine hinderte sie daran wegzurennen. Oder noch schlimmer: ihn zu bitten, ihren Widerspruch einfach nicht zu beachten und sie kurzerhand zu heiraten.

»Miss Fairchild«, warnte er sie. Seine Stimme klang tiefer, strenger. Es war nicht mehr der weiche Tonfall des Dandys. Es war eher der Tonfall eines Mannes, der schon mehrere Duelle ausgefochten hatte. »Sie haben keine Familie, die Sie beschützt.«

Sie erstarrte. »Tatsächlich habe ich die sehr wohl.«

Kate warf ihm ein flüchtiges Lächeln zu. »Sie ist mit der Hälfte der großen Häuser Britanniens verwandt«, sagte sie. »Die Familie Hilliard eingeschlossen.«

Grace zuckte mit den Schultern. »Meine Großmutter war eine Cavendish.«

»Ich spreche von der engsten Familie. Nicht Cousins dritten oder vierten Grades.«

Für einen Moment blickte Grace auf. »Es gibt Onkel Dawes. Er ist General der Husaren.«

Das schien Eindruck auf Diccan zu machen. »General Wilfred Dawes? Der Held von Tarrytown?«

Sie gestattete sich ein Lächeln. »Ja, genau. Er wird mir ganz sicher zur Seite stehen.«

»Er wird Sie auf den Strich schicken.«

»Ach, hör auf, Diccan«, schimpfte Kate und wedelte mit der Hand, als wäre er eine lästige Mücke. »Irgendwo zwischen Brüssel und Canterbury scheinst du deine Sprachgewandtheit eingebüßt zu haben. Bevor du die nicht wiederbekommen hast, bist du nicht gerade von Nutzen.«

»Du verstehst nicht, Kate«, beharrte er, »ich habe keine Zeit zu verlieren.«

Kate reagierte nicht. Grace hatte Angst, dass die beiden wortlos miteinander kommunizierten und ohne Zweifel eine Verschwörung gegen sie ausheckten. Es war egal. Ihr war zu bewusst, wie das Leben an der Seite von Diccan aussehen würde, um ihre Meinung noch einmal zu ändern.

Tatsächlich seufzte sie erleichtert auf, als Diccan die Tür aufmachte und hinausging. Wahrscheinlich hätte sie ihm nicht mehr lange widerstehen können.

»Nicht dein Ruf wird ruiniert«, sagte Kate zu Grace, als die Tür ins Schloss gefallen war.

Grace hielt inne. Die Stille im Raum hallte in ihren Ohren wider. Sie konnte es nicht ertragen, ihre Freundin anzusehen. »Es tut mir leid.«

Kate sprach mit sanfter Stimme weiter. »Vor zwölf Jahren bot Diccan seinem Vater die Stirn, als er sich weigerte, die Priesterweihe zu empfangen. Wenn du den Bischof kennenlernst, wirst du verstehen, wie mutig diese Entscheidung war. Umgehend hat er sich von Diccan losgesagt und bisher keinen Schritt auf seinen Sohn zu gemacht. Doch Diccan hat durch seine Redegewandtheit eine Stellung im diplomatischen Korps ergattert – eine ganz einfache Stellung auf niedrigster Stufe. Er behauptet, dass er diese Stelle angenommen hat, um von seinen Eltern unabhängig zu sein. Ich glaube, dass er sie angenommen hat, um selbstständig sein zu können. Und das ist ihm gelungen. Aber seine Karriere hängt von seinem guten Ruf ab.«

Grace' Herz fing an, beinahe schmerzhaft zu pochen. Irgendwie hatte sie wieder die Uniformjacke in den Händen. Sie drückte sie an ihre Brust, als könnte sie sich dadurch schützen. »Wie gut kann der Ruf eines Mannes sein, der schon vier Duelle ausgetragen hat?«, wollte sie wissen.

Kate lächelte traurig. »Sicherlich besser als der Ruf eines

Mannes, der den Namen einer unschuldigen Frau zerstört hat.« Kurz glitt ihr Blick auf das rote Bündel, das Grace an sich gepresst hatte. »Du hast jedes Recht, Diccan den Laufpass zu geben«, sagte sie sanft. »Er war unfreundlich und ungehobelt. Doch denk über Folgendes nach, Grace: Jemand hat dafür gesorgt, dass er mit einer der ehrenhaftesten jungen Damen Britanniens in einer kompromittierenden Situation erwischt wurde. Glaubst du wirklich, dass Diccans Feinde die feine Gesellschaft in dem Glauben lassen, dass *du* es warst, die Nein zu dieser Ehe gesagt hat?«

Selbstverständlich nicht. Wer würde glauben, dass eine unscheinbare, langweilige Frau sich davor scheuen würde, »die Perfektion« zu heiraten? In Diccans Kreisen gewiss niemand. »Ich werde gern eine Anzeige in der *Times* schalten, in der ich verkünde, dass er mich gefragt hat und dass ich abgelehnt habe.«

»Das wäre zu spät. Dann hätte Letitia Thornton ihr Gift längst versprüht. Euer beider Ruf wäre zerstört. Den Gedanken, dass du leiden musst, kann ich kaum ertragen.«

»Also soll ich mich der hinterhältigen Meute von Schakalen opfern, damit sie mir den Rest des Lebens zur Hölle machen? Ich habe nichts verbrochen, Kate. Ich sollte nicht dafür büßen müssen.«

»Nein, das solltest du nicht. Und trotzdem kennst du die Welt genauso gut wie ich. Jemand hat dafür gesorgt, dass du – eine angesehene unverheiratete Frau – an Diccans Seite warst.«

Grace hätte beinahe höhnisch gelächelt. »Du weißt sehr genau, dass ich nicht für meine Arbeit bei den Verwundeten ausgewählt wurde. Ich wurde wegen meines Aussehens ausgewählt. Wegen meines Beines. Wer auch immer Diccan schaden wollte, hat dafür gesorgt, dass er mit der letzten Frau auf Erden, die er hätte heiraten wollen oder sollen, *in flagranti* erwischt worden ist. Wenn ich seinen Antrag angenommen hätte, hätte ihn das nur noch mehr gedemütigt. Ich kann das nicht tun, Kate.«

Grace hatte Kate während grauenvoller Zeiten erlebt. Sie hatte sie nie so voller Bedauern gesehen. »Du kannst dir nicht vorstellen, verheiratet zu sein? Ich glaube, es würde nicht lange dauern, bis du dein Leben so leben könntest, wie du es dir vorgestellt hast. Du musst nur lange genug warten, um eure Namen zu schützen.«

Grace lachte und war überrascht, wie bitter es klang. »Ich habe mein ganzes Leben lang darauf gewartet, mein Leben endlich so führen zu können, wie ich es will«, entgegnete sie und ließ ihre Uniformjacke in den Koffer fallen. »Jeder Militärposten, jede Schlacht, jeder Einfall der Regierung und der Armee und des Generals hat mich weiter von dem Leben entfernt, das ich mir wünsche. Aber ich bin immer mitgegangen, weil ich wusste, dass sie mich brauchen. Na ja, Kate, jetzt braucht mich niemand mehr. Ich will es auch nicht mehr. Ich möchte nach Hause auf mein Stück Land und Pferde züchten. Allein. Ich möchte *endlich* die Grace Fairchild werden, von der ich immer geträumt habe.«

Grace war es klar, dass Kate das nicht verstehen würde, denn sie wusste nicht, was es war, das Grace so lange versteckt hatte. Was sie so lange schon hervorholen wollte. Und sie war beinahe so weit. Sie war beinahe am Ziel!

Kate sah sie mit fast greifbarem Bedauern an. »Und diese Verhandlungen, von denen Diccan gesprochen hat und in denen es um das Nachkriegseuropa geht? Was ist, wenn seine Schande diese Verhandlungen gefährdet?«

Grace spürte, wie die Schlinge sich enger um ihren Hals zog.

»Wenn es einen anderen Weg gäbe«, sagte Kate, und ihre strahlenden grünen Augen schimmerten verdächtig, als sie schließlich aufstand, »würde ich dein Gepäck höchstpersönlich aus diesem Wirtshaus schleppen und diesen Wichtigtuern gehörig Bescheid sagen. Doch was hier passiert ist, war kein Zufall. Es war bis ins kleinste Detail geplant. Und wenn du recht hast und wenn es dein Aussehen war, das für diese Feiglinge wichtig war, dann haben sie wahrscheinlich darauf gehofft, dass Diccan seinen Ruf selbst ruiniert, indem er einfach geht.«

»Das würde er niemals tun«, erwiderte Grace instinktiv.

»Nein«, stimmte Kate sanft zu, »das würde er nicht. Aber die meisten Menschen machen sich nicht die Mühe, hinter Diccans Fassade zu blicken.«

Grace wünschte sich nichts mehr, als aus diesem Wirtshaus zu verschwinden und die Leute und dieses Unglück hinter sich zu lassen. Sie wollte den ganzen Weg zurück zu ihrem Anwesen namens Longbridge laufen, wo sie in Sicherheit wäre. Wo sie nicht mehr durch Diccan Hilliards Heiratsantrag in Versuchung wäre.

»Es geht alles so schnell«, erklärte sie und blickte aus dem Fenster in Richtung Freiheit. »Ich muss nachdenken.«

»Was wäre, wenn wir nur die Verlobung bekannt geben würden?«, schlug Kate vor. »Den Rest können wir uns danach überlegen.«

Grace' Herz machte einen Hüpfer. Sie drehte sich mit einem angespannten Lächeln zu ihrer Freundin um. »Denkst du, dass dies reichen würde, um Mr. Hilliards Ruf zu retten?«

»Ich denke auf jeden Fall, dass es den Versuch wert wäre.«

Grace bemühte sich, nicht der Hoffnung zu erliegen. »Im Frühling wird sich niemand mehr daran erinnern, wer ich war. Ich könnte absagen, könnte sagen, wir würden nicht zusammenpassen. So könnte niemand ihm die Verantwortung dafür geben.« Sie warf Kate einen flehentlichen Blick zu. »Sicherlich würde ihm das genug Zeit lassen, um seinen wichtigen Auftrag zu erledigen.«

»Der Plan klingt überzeugend. Lass uns Diccan fragen.« Kate schenkte ihr ihr unbeschreibliches Lächeln. »Und, Grace, nach diesem Morgen meine ich, dass du das Recht hast, ihn bei seinem Vornamen zu nennen.«

Grace gestattete sich ein leises Seufzen. »Ich nehme an, ich kann ihn nicht einfach ›Dummkopf‹ nennen, oder?«

Kates Lachen klang wie heller Sonnenschein. »Natürlich kannst du das. Doch ich empfehle ›dämlicher Fischkopf‹. Das ist viel befriedigender.«

»Nichtsnutzige Vogelscheuche.«

»Verrückter Pantoffelheld.«

Lachend schüttelte Grace den Kopf. »Man kann Diccan Hilliard ja viele Namen geben – aber Pantoffelheld gehört sicher nicht dazu.«

Kate nickte und hob ein weiteres von Grace' Kleidern hoch. »Lass uns hier alles zusammenpacken. Dann können wir Diccan über unsere Entscheidung in Kenntnis setzen.«

Grace fügte sich nur zu gern.

»Hat deine Tante ihr Geld wirklich einem Affen hinterlassen?«, fragte Kate, als die beiden ein paar Minuten später Grace' Zimmer verließen.

Grace lächelte. »O ja. Ich habe den Fehler gemacht, das Tier aus Indien mitzubringen. Trotzdem habe ich, was das Testament betrifft, nicht die ganze Wahrheit gesagt.«

»Ach ja?«

»Der Besitz wurde nicht halbiert.« Sie lachte leise. »Der Affe hat mehr bekommen.«

Lachend kamen sie in den Eingangsbereich. Ein Blick auf den rothaarigen Husaren, der auf sie zutrat, wischte Grace das Lächeln aus dem Gesicht. »*Maldiçao*«, murmelte sie und blieb stehen.

»Sag mir, dass das nicht wahr ist«, flehte der junge Soldat. Bekümmert hatte er das Gesicht verzogen, als er mit militärischer Geste vor ihr stehen blieb. »Dieser seltsame Kerl hat tatsächlich deinen Ruf besudelt?«

»Was machst *du* denn hier?«, wollte sie wissen.

»Wir haben einen neuen Einsatzbefehl bekommen. Und jetzt erzähl mir alles, Grace.«

Grace hatte keine Ahnung, was sie sagen sollte. In der Hoffnung, ein bisschen Zeit schinden zu können, stellte sie Kate den jungen Mann erst einmal vor. »Lady Catherine Seaton, darf ich vorstellen: Captain Lord Phillip Rawlston. Phillip, das ist die verwitwete Duchess of Murther.«

Mit ehrfürchtiger Miene verbeugte er sich formvollendet und ergriff Kates Hand. »Es ist mir eine Ehre, Ma'am«, begrüßte er sie und hauchte einen angedeuteten Handkuss in die Luft. »Ich habe von Ihren großartigen Diensten während der Schlacht von Waterloo gehört. Sie haben sich in Ihrem eigenen Haus um einige meiner Kameraden gekümmert.«

Kate winkte ab. »Bei einem gut aussehenden Soldaten kann ich einfach nicht Nein sagen, Captain. Deshalb lagen eine ganze Menge junger Soldaten auf meinem Boden.«

Phillip lächelte, und sein strenges Gesicht erstrahlte. »Seien Sie unter allen Umständen versichert, Eure Durchlaucht, dass Sie nun ein Ehrenmitglied von *Grace' Grenadieren* sind.«

»*Grace' Grenadiere?*«, fragte Kate.

Röte überzog seine hohen Wangenknochen. »Ein alter Club aus den Zeiten, als wir auf der Iberischen Halbinsel weilten. Der kleine Colonel hier hat immer dafür gesorgt, dass niemand von uns aus der Reihe tanzte. Sie hat sich darum gekümmert, dass wir alle genug zu essen hatten und gepflegt waren – wie in einem Waisenhaus voller zerrissener kleiner Bälger. Wir sind ihre ergebenen Diener.« Er verbeugte sich noch einmal. »Und jetzt auch die Ihren.«

»Danke, Captain, ich fühle mich geehrt, Ihr Angebot anzunehmen.«

»Wir waren gerade auf dem Weg nach draußen«, sagte Grace und versuchte, einen Schritt an ihm vorbeizumachen.

Ihr Fluchtversuch wurde schnell vereitelt, als Phillip sich ihr in den Weg stellte. »In dem Fall werde ich euch begleiten. Du sollst nicht noch weitere Kränkungen erleiden müssen.«

Grace legte ihre Hand auf seinen Arm mit den silbernen Litzen. »Alles ist gut, Phillip. Mr. Hilliard hat um meine Hand angehalten.«

»Gut«, erwiderte er mit einem knappen Nicken, »dann bleibe ich, um dich zum Altar zu führen. Die anderen Jungs sorgen dafür, dass Hilliard auch dort steht und auf dich wartet.«

Grace versuchte, nicht in Panik auszubrechen. Die anderen Jungs? Wie viele Grenadiere konnten in Canterbury sein? »O nein, Phillip. Lady Kate und ich werden nach London zurückkehren, um die Hochzeit zu planen.«

Der junge Rawlston erstarrte. Die silbernen Schnüre an seiner Uniformjacke glitzerten im Morgenlicht. »Die Hochzeit findet statt, ehe du die Stadt verlässt«, beharrte er. »Ich traue Hilliard nicht.«

»Sei nicht albern«, erwiderte Grace steif. »Er ist ein ehrenwerter Mann.«

Phillip lachte. »Bestimmt.«

»Außerdem ist er Lady Kates Cousin.«

Augenblicklich verneigte der junge Mann sich noch einmal. »Entschuldigen Sie, Eure Durchlaucht. Doch Sie kennen diesen Taugenichts besser als ich. Keine gute Strategie zuzulassen, dass er so weit gehen muss.«

»Phillip!«, protestierte Grace. »Ich bin mit Mr. Hilliard verlobt. Reicht dir das nicht?«

»Nein, Gracie, das reicht mir nicht. Man soll den Tag nicht vor dem Abend loben, meine Liebe. Und ich traue Hilliard zu, dass er sich aus dem Staub macht, ehe es vollbracht ist. Solange ich euch beide nicht mit eigenen Augen vor dem Pfarrer stehen sehe, bevor wir abreisen, muss ich seine Absichten anzweifeln.«

Grace hatte nicht bemerkt, dass sie Gesellschaft bekommen hatten, bis zwei weitere Stimmen erklangen. »Wir auch.«

O nein. Zwei unfassbar junge Männer in voller Gardistenuniform – der eine groß, blond und dünn, der andere klein, noch blonder und elegant – kamen durch den Eingangsbereich marschiert, als wären sie auf dem Exerzierplatz.

»Wir sind nur eine Kanonenkugel von einer Truppenschau entfernt«, sagte Kate.

Grace seufzte. »Lady Kate Seaton, darf ich vorstellen: Ensign William Tyson und Lieutenant Charles Grim-Fisher. Sie wollen versuchen, Diccan einzuschüchtern.«

Die beiden verbeugten sich gleichzeitig.

»Er muss sehen, dass wir es ernst meinen«, sagte Phillip.

»Ich meine es genauso ernst«, erwiderte Grace. »Ich möchte, dass ihr mit diesem Unsinn aufhört.«

»Unsinn, Gracie?«, fragte Billy Tyson und beugte sich – schlaksig, wie er war – etwas vor, um sie stirnrunzelnd anzusehen. »Kennst du den Ruf dieses Mannes?«

»Ich weiß, dass er aus vier Duellen als Sieger hervorgegangen ist«, entgegnete sie. »Und ich will nicht, dass einem von euch etwas geschieht.«

Phillip zog eine seiner rotbraunen Augenbrauen hoch. »Hat er am Mont-Saint-Jean Kanonen geladen?«

»Ich bezweifle, dass Diccan sich in die Artillerie begeben würde«, erwiderte Kate trocken.

»Mir zuliebe«, flehte Grace und straffte die Schultern, sodass sie sehen konnten, dass sie größer als jeder von ihnen war. Und damit sie wussten, dass sie zwar dankbar für ihre Unterstützung war, dass sie ihren Schutz jedoch nicht brauchte. »Fordert ihn nicht heraus.«

»Natürlich nicht«, sagte Grim-Fisher mit einem breiten Grinsen. »Solange er noch heute mit dir vor den Altar tritt.«

»Ich weiß, dass dieser Vorschlag ein bisschen spät kommt«, sagte Kate, die neben Grace stand. »Aber warum setzen wir diese Diskussion nicht im Salon fort?«

Erschrocken stellte Grace fest, dass sie erneut die Aufmerksamkeit von Bediensteten und Gästen auf sich gezogen hatten. »O ja«, sagte sie und packte Phillip am Arm, um ihn in den privaten Salon zu führen.

»Ich werde einfach folgen, ja?«, erklang eine weitere Stimme.

Grace wusste, dass sie erledigt war, als sie sich umdrehte und Harry Lidge erblickte, der sich zu ihnen gesellt hatte. Ihr Lieblingsgrenadier trug seine grüne Uniform und hatte seinen Tschako unter dem Arm.

»Harry Lidge«, knurrte Kate leise hinter ihr.

Grace drehte sich um. Sie war erstaunt, wie giftig die

Stimme ihrer Freundin klang. Harry entdeckte die Duchess und verneigte sich steif und voller Verachtung. »Ach, meine Liebe. Warum überrascht es mich nicht, ausgerechnet *dich* im Mittelpunkt dieses Fiaskos zu sehen?«

»Wo hätte ich deiner Meinung nach denn sein sollen, Harry?«, fragte Kate. »Hätte ich darauf warten sollen, dass du dieses Spektakel hier eröffnest?«

»Du hast noch nie auf irgendetwas gewartet, meine Liebe.«

Abrupt drehte Grace sich zu ihm um. »Genug, Harry. Sie hat nichts damit zu tun.«

Harry hatte den Blick nicht von der Duchess abgewandt, die, wie Grace sehen konnte, vor Wut zitterte. *Grundgütiger,* dachte sie. *Und jetzt?*

»Ihr kennt euch offensichtlich«, sagte sie.

»Ziemlich gut sogar«, entgegnete Harry kalt.

»Offensichtlich nicht so gut, wie ich gedacht hatte«, versetzte Kate.

Die Köpfe der Zuschauer in der Lobby drehten sich hin und her, als würden sie ein Badminton-Spiel verfolgen.

»Ich glaube, Kate hat recht«, erklärte Grace und legte ihre Hand auf Harrys Arm. »Lasst uns im Salon weiterreden.«

Umgehend öffnete Harry die Tür – und Grace erlebte noch einen Rückschlag. Vor dem Frühstück, das einen Fuhrmann gesättigt hätte, saß kein Geringerer als Diccan Hilliard.

»Ich bin immer froh, wenn das Militär endlich auftaucht«, sagte er und legte sein Besteck zur Seite. »Doch ich weigere mich, mein Frühstück mit all diesen Leuten zu teilen.«

An der Tür wartete Phillip, bis auch der letzte Neugierige der Meute eingetreten war, ehe er den Schaulustigen die Tür vor der Nase zuschlug. »Auf ein Wort, Mr. Hilliard«, sagte er und trat zu ihm.

Diccan war bereits aufgestanden. Grace bemerkte sofort, dass er sich die Zeit genommen hatte, um seine Morgentoilette zu erledigen. Von seinen Reitstiefeln mit den blassbraunen Gamaschen bis zu seiner jagdgrünen Jacke und seiner gebundenen Krawatte sah er ordentlich und elegant aus. Sein Haar, von dem sie nun wusste, dass es sich morgens wild kräuselte, hatte er gezähmt und in weiche, braune Wellen gelegt. Seine eisgrauen Augen blickten sie unergründlich an. Er war der perfekte Dandy.

»Es kommt mir so vor, als wären Sie im Vorteil, Captain«, sagte Diccan und erhob sich. »Harry, wenn mich nicht alles täuscht. Bist du Teil dieser Abordnung?«

Harry grinste. »Nur ein besorgter Beobachter.«

Grace blieb nichts anderes übrig, also übernahm sie die Vorstellung. »Bitte, nehmt alle eine Tasse Kaffee. Lady Kate hat eine überzeugende Idee, wie dieses Problem gelöst werden kann.«

Diccan musterte sie bedächtig von Kopf bis Fuß. »Sind diese Herren hier in unserem kleinen Lustspiel der griechische Chor?«

Mehr als einer von Grace' Freunden stöhnte bei dieser Wortwahl auf.

»Bitte«, sagte Grace und fühlte sich unsagbar erschöpft, »können wir das geistreiche Geplänkel auf später verschieben und uns der Situation mit dem angemessenen Ernst widmen? Diese Herren sind Freunde, die nur sichergehen wollen, dass mein guter Name keinen Schaden nimmt.«

»Ich habe ja bereits versucht, Ihren Ruf zu schützen«, warf Diccan ein.

Ohne ihn zu beachten, nahm Grace neben Kate Platz.

Die Grenadiere folgten ihr. Sie nahmen Diccan in die Mitte. Dennoch war es Grace, die sich bedrängt fühlte.

»Um es geradeheraus zu sagen«, begann Kate und stibitzte sich eine Scheibe knusprigen Specks von Diccan, »möchte Grace heute nicht heiraten.« Wieder stöhnten die Männer auf, aber sie blickte sie so streng an, dass sie verstummten. »Warum reisen Grace und ich nicht nach London, wo sie sich mit Diccan sehen lassen und wo ich einen Ball organisieren kann, bei dem die Verlobung bekannt gegeben wird? Geben wir ihnen die Zeit, einander kennenzulernen, ehe sie ihr Ehegelübde ablegen.«

Grace bemerkte, wie Diccans Miene sich anspannte, und wünschte sich nichts sehnlicher, als ihm zu erklären, dass diese Verlobung nur vorgetäuscht sein würde. Doch angesichts der Tatsache, dass die Grenadiere ihn anfunkelten, als hätten sie selbst ihn dabei erwischt, wie er sie verführte, wusste sie, dass es besser war, den Mund zu halten.

»Das ist das Vernünftigste«, sagte Grace, an ihre Freunde gewandt. »Versteht ihr? Es würde mir Zeit verschaffen.«

»Wenn Sie dem zustimmen«, warnte Phillip Diccan und erhob sich, »sehen wir uns im Morgengrauen.«

Tyson und Grim-Fisher standen ebenfalls auf. Ihre Mienen waren ernst, und sie schwiegen.

Plötzlich stand auch Grace. »Ach, setzt euch wieder«, stieß sie hervor, »so etwas werdet ihr nicht machen. Ich habe euch nicht um euren Schutz gebeten.«

»Das musst du auch nicht, Gracie«, erwiderte Phillip sanft. Phillip, der drei Jahre jünger war als sie. »Wir haben es alle damals in Spanien geschworen. Willst du, dass wir unser Wort brechen?«

»Das will sie nicht«, mischte Diccan sich behutsam ein. »Und ich auch nicht. Ihr Verhalten macht Ihnen alle Ehre.«

Erstauntes Schweigen war die Antwort auf seine Worte. Bevor Grace widersprechen konnte, hatte er sich bereits erhoben und hielt nun ihre Hand. »Miss Fairchild«, sagte er und klang so erschöpft, wie sie sich fühlte, »ich weiß, dass Sie mich dahin wünschen, wo der Pfeffer wächst. Aber Sie können das Unvermeidliche nicht abstreiten. Und Sie können auch nicht mit diesen guten Freunden streiten, die nur Ihr Bestes im Sinn haben. Erlauben Sie mir, eine Sondergenehmigung einzuholen, damit wir heiraten können, bevor wir Canterbury verlassen?«

Sie machte den Mund auf, um Nein zu sagen, doch sie nahm die erwartungsvolle Stille wahr. Sie spürte die Blicke ihrer Freunde. Diccans Berührung schien sie zu ersticken. Vor seinen rätselhaften grauen Augen kam sie sich nackt und schutzlos vor. Sie fühlte sich klein und unbedeutend – was eigentlich lustig hätte sein können, da sie ohne Schuhe schon einen Meter achtzig maß. Aber vor allem war sie der Überzeugung, nicht tun zu können, um was er sie gebeten hatte.

Er konnte das nicht von ihr erwarten. Keiner von ihnen konnte das. Doch als sie in die Runde blickte, sah sie die grimmige Entschlossenheit auf den Gesichtern der Grenadiere und die Gewissheit in Kates Augen. In Diccans Augen sah sie nichts. Zumindest nicht die Verachtung, mit der sie eigentlich gerechnet hätte. Wenn sie Nein sagte, konnte sie noch immer nach Longbridge fliehen. Niemandem würde das etwas ausmachen. Niemand würde sie jagen oder sich an sie erinnern. Sie wäre nicht mehr als eine bedauernswerte unattraktive Frau, die einst mit dem angesehenen Lebemann Diccan Hilliard in Konflikt geraten war.

Aber wenn sie es tat, wenn sie Nein sagte, würde Diccan Hilliard sich im Morgengrauen auf der Heide wiederfinden und gegen diese fähigen Soldaten antreten müssen. Und es würde keine Rolle spielen, wer gewann. Diccans Zukunft wäre zerstört. Ihre Grenadiere könnten ebenfalls zu Schaden kommen. Und jemand, vielleicht sogar jemand, den sie liebte, könnte getötet werden.

Sie musterte all diese Menschen, die sie erwartungsvoll anblickten. Ihr Herz zog sich zusammen. Ihre Hoffnung auf ein ruhiges Leben schrumpfte.

»Antworte ihm, mein Mädchen«, forderte Harry sie leise auf.

»Lass sie in Ruhe«, zischte Kate.

Grace wollte Diccans Reaktion auf ihre Worte nicht sehen – sie schloss die Augen. »Es wäre mir eine Ehre, Ihren Antrag anzunehmen, Mr. Hilliard.«

Und mit diesen Worten lösten sich die Träume, die sie seit ihrer Kindheit hatte, in Luft auf.

Kapitel 3

Für Diccan wurde der Tag nicht besser. Er kam nicht einmal dazu, sein Frühstück zu beenden. Umgehend wurde er von einem Trupp missmutiger Soldaten aus dem Salon geführt.

»Schick jemanden ins *Old Coaching Inn* in Barham«, bat er Kate, als er an ihr vorbeikam. »Biddle wartet zweifelsohne dort und fragt sich, was aus mir geworden ist. Ich weigere mich, ohne die Hilfe meines Dieners zu heiraten.«

Diccan nahm an, dass Kate nickte, doch seine militärische Eskorte ließ ihm keine Zeit, um es herauszufinden. In geschlossener Front geleiteten sie ihn auf die St. Dunstan's Street und am River Stour entlang zu dem Platz, an dem sich die Kirchturmspitzen der Kathedrale über die bunten Dächer Canterburys erhoben.

Diccan überlegte sich während des erzwungenen Spaziergangs, welche Argumente er vorbringen wollte, um möglichst schnell eine Heiratserlaubnis zu bekommen. Es gelang ihm sogar zu lächeln, als man ihm sagte, dass der ehrwürdige Erzbischof von Canterbury sich freuen würde, Mr. Hilliard zu empfangen.

Das Lächeln und seine Redegewandtheit verschwanden in der Sekunde, als er das Büro seines Cousins betrat. Cousin Charles wartete tatsächlich mit einem herzlichen Lächeln auf den Lippen auf ihn. Aber er wartete nicht allein. In einem der Ledersessel saß, als wäre es ein Richterstuhl, der ehrenwerte Pastor Lord Evelyn Richard Garwood Hilliard, Bischof von Slough.

Wie die Etikette es verlangte, begrüßte Diccan zuerst den Erzbischof. »Cousin Charles«, sagte er und ergriff die Hand des würdevollen Mannes. Dann verbeugte er sich vor dem Gast des Erzbischofs. Seine professionelle Miene verbarg seine Verachtung. »Vater. Ich wünsche dir einen guten Tag.«

»Was hast du mit Eurer Exzellenz zu besprechen?«, wollte sein Vater wissen. Wie immer war sein Blick finster. Es kam Diccan so vor, als würde er seinen Vater ohne dieses immerwährende Stirnrunzeln vermutlich gar nicht erkennen. »Siehst du nicht, dass wir eine Besprechung haben?«

»Das ist wahrscheinlich, da du so weit weg von zu Hause bist«, entgegnete Diccan locker. »Wie geht es meiner Mutter?«

Der Blick seines Vaters wurde noch finsterer. »Wer sind diese Leute, die dich begleiten?«

Diccan drehte sich um, als wäre er überrascht, dass der Trupp von Soldaten immer noch bei ihm war. »Moralische Unterstützung«, antwortete er. »Sie haben angeboten, draußen auf das Ergebnis unserer Unterredung zu warten.«

»Das ist wahr«, sagte Harry Lidge und brachte die kleine Gruppe in den Flur. »Wir werden so lange im Salon warten.«

»Warum?«, wollte Diccans Vater wissen. »Stehst du unter Arrest? Was hast du getan?«

»Nichts, was einen Arrest nötig machen würde, Sir, das kann ich versichern.« Er warf seinem Cousin, der viel verständnisvoller als sein Vater war, ein Lächeln zu. »Zumindest dieses Mal.«

Cousin Charles ließ sich in seinem Sessel zurücksinken. »Nichtsdestoweniger, Diccan, dein Besuch kommt unerwartet. Möchtest du es vielleicht erklären?«

Diccan nahm auf einem Sessel vor dem Schreibtisch des Erzbischofs Platz. »Es scheint so, als müsste ich dich um einen ganz besonderen Gefallen bitten, Cousin«, begann er und tat sein Bestes, seinen missbilligend dreinblickenden Vater zu ignorieren. »Ich brauche eine Sondergenehmigung. Schnell, fürchte ich.«

»Grundgütiger!«, stieß sein Vater hervor – aufbrausend wie eine erzürnte Hausmutter. »Was hast du angestellt?«

Diccan zog seine Schnupftabakdose hervor und nahm sich eine Prise. »Ich glaube, ich bin in einen Versuch verwickelt, die Verhandlungen in Wien zu stören. Ich sollte wichtige Informationen zurückbringen. Als ich auf einem Paketboot Richtung Dover war, bin ich anscheinend unter Drogen gesetzt und überwältigt worden. Ich werde euch die schmutzigen Details ersparen. Nur so viel: Ich erwachte im Bett einer ehrenhaften jungen Dame. Und nun wird der Ruf nach einer schnellen Eheschließung laut.«

»Ich nehme an, dass du deshalb in Begleitung des Militärs bist?«, sagte Cousin Charles mit erfreulicher Gelassenheit.

Diccan warf ihm ein schiefes Lächeln zu. »Mein Ruf ist mir vorausgeeilt.«

»Beschönige die Sache nicht, du undankbarer Mensch«, wütete sein Vater, wie nicht anders zu erwarten gewesen war. »Das ist nur noch eine weitere Möglichkeit, um Schande über deine Familie zu bringen. Tja, ich werde das nicht hinnehmen. Bezahle das junge Ding und vergiss die Sache.«

»Evelyn«, rügte Cousin Charles ihn ruhig.

»Ich lasse nicht zu, dass diese Schmach irgendwann Inhalt eines jämmerlichen Kinderliedes wird«, widersprach Diccans Vater und zeigte voller Verachtung auf seinen Sohn. »Und ich werde nicht hinnehmen, ein Flittchen als Schwiegertochter zu haben. Er ist ein Hilliard, mein Gott. Das sollte er nicht vergessen.«

»Er sitzt zufällig vor dir«, erinnerte Diccan seinen Vater in gespielt sanftem Tonfall. Plötzlich nahm er es seinem Vater übel, dass er beinahe dieselben Worte benutzt hatte wie er selbst zuvor, um eine unschuldige Frau zu verurteilen. »Und die Dame, die ich heiraten werde, ist Miss Grace Fairchild.« Seine Stimme klang eiskalt. »Vielleicht sagt dir der Name etwas.«

Abrupt erstarb Cousin Charles' Lächeln. »Ob er mir etwas sagt? Ich glaube, ich bin mit ihr verwandt.«

»Das sind wir alle«, informierte Diccan ihn mit einem gleichgültigen Schulterzucken. »Also, ja, Vater, sie wird deine Schwiegertochter. Und wenn ich du wäre, würde ich vor Dankbarkeit vor dem Allmächtigen niederknien.«

»Sie ist ein Krüppel«, höhnte sein Vater.

Und du bist ein Mistkerl, dachte Diccan lieblos. »Ich fürchte, ich kann nicht dulden, dass du so über meine zukünftige Ehefrau sprichst.«

»Ich spreche über sie, wie es mir gefällt. Deine Mutter und ich haben zehn Jahre lang versucht, dich dazu zu bringen, deine Pflicht zu erfüllen. Und das ist deine Antwort darauf?«

Wieder zuckte Diccan mit den Schultern – er wusste, wie sehr seinen Vater das ärgerte. »Zumindest *tue* ich meine Pflicht. Ihr habt gewonnen. Können wir jetzt weitermachen? Mein militärischer Begleitschutz da draußen nennt sich selbst *Grace' Grenadiere.* Sie werden erst Ruhe geben, wenn Grace verheiratet ist. Und, Vater, ehe du deine Ansichten über diese Ehe vor ihnen äußerst, denk daran, dass sie bewaffnet sind. Und dass Grace jedem von ihnen im Laufe der vergangenen zehn Jahre mindestens ein Mal das Leben gerettet hat.«

Cousin Charles klingelte nach seinem Sekretär. »In dem Fall«, sagte er und klang mit einem Mal ganz wie der Erzbischof von Canterbury, »glaube ich, dass wir eine Hochzeit arrangieren werden.«

Lady Kate stand am Fenster von Grace' Schlafzimmer, als sie Diccan mit seinem Gefolge zurückkehren sah. »Wenn ich dich einen Moment allein lasse, wirst du dich nicht aus dem Fenster stürzen, oder?«

Grace, die am Kamin saß, lächelte. »Ich würde mir bei dem Versuch nur die Beine brechen. Das wäre kein Spaß.«

»Braves Mädchen.«

Kate hob ihr Kleid an und stieg die Treppe herunter. Sie musste mit Diccan sprechen. Er musste sie davon überzeugen, dass alles gut werden würde. Kates Meinung nach hatte Grace schon viel zu viel durchgemacht. Ihr Vater war erst vor zwei Monaten umgekommen. Ihre berühmten verwandtschaftlichen Bindungen waren nicht besonders eng, und sie hatte keine Familie mehr. Für Kate war klar, dass sie diese Aufgabe übernehmen musste.

Sie war so konzentriert darauf, Diccan zu treffen, dass sie tatsächlich vergaß, wer ihn begleitete. Sie hatte gerade die Eingangshalle erreicht und wollte zur Tür hinausgehen, als sie Schritte hinter sich hörte.

»Also bist du noch immer da«, hörte sie eine Stimme sagen.

Augenblicklich richteten sich die Härchen in ihrem Nacken auf. Warum hatte sie nicht geahnt, dass das hier geschehen würde?

»Wenn du etwas sagen möchtest, Harry«, erwiderte sie und drehte sich zu dem großen, rötlich-blonden Grenadier um, der sie finster anfunkelte, »sag es. Ansonsten würde ich gern so tun, als wären wir uns nie begegnet.«

»Das wäre mir auch lieber«, erklärte er. Seine himmelblauen Augen blickten sie kalt an. »Doch es scheint mir, als müssten wir zumindest den heutigen Tag zusammen verbringen. Grace hat nur eine Möglichkeit, unversehrt aus der Geschichte herauszukommen. Und ich bin hier, um sicherzustellen, dass du diese Chance nicht ruinierst. Das arme Mädchen hat schon zu viel durchgemacht.«

Tja, wenn er vorgehabt hatte, Kate zu erzürnen, dann war ihm das zweifelsohne gelungen. Sie richtete sich zu ihren vollen ein Metern fünfundfünfzig auf und warf ihrem Freund aus Kindertagen ihren eisigsten Blick zu. »Ach ja?«, erwiderte sie. »Tatsächlich? Das wusste ich gar nicht. Anscheinend hat sie in den drei Monaten, die sie bei mir gewohnt hat, vergessen, es mir gegenüber zu erwähnen. Vor allem an dem Tag, als wir die vierzig Meilen nach Waterloo gefahren sind, um ihren Vater zu beerdigen.« Sie legte ihren Kopf schräg und wirkte wie der Inbegriff der Verwunderung, als sie ihn nun fragend musterte. »Allerdings habe ich dich dort nicht gesehen. Genau genommen habe ich dich in der ganzen Zeit, die wir in Brüssel verbracht haben, nicht gesehen. Und ich habe dich auch anschließend in London nicht gesehen. Du kannst dir also vorstellen, wie verwundert ich bin, dass du so genau zu wissen scheinst, was die Gute durchgemacht hat.«

Es hatte ihm die Sprache verschlagen. Sein wundervoll lebhaftes hübsches Gesicht wurde rot, und seine wilden blauen Augen verengten sich zu schmalen Schlitzen. Oh, wie sie diese Augen einst geliebt hatte. Vor sehr langer Zeit.

Schließlich verneigte er sich formvollendet. »Natürlich hat Eure Durchlaucht in allem recht.«

»Wie schön, dass du das einsiehst.«

Er sagte kein Wort mehr, drehte sich um und ging davon. Seine Stiefel klackten auf dem Holzfußboden. Kate war atemlos und zitterte. *Zur Hölle mit ihm. Verflucht noch mal.* Wie konnte er sie so reizen, dass sie ihre guten Manieren vergaß? Wie schaffte er es nur immer, dass sie sich schlecht und wertlos fühlte?

Zum Glück war es Diccan, der sie zuerst erblickte, denn sie wusste, dass man ihr die Anspannung ansehen konnte. Er sagte nichts, hakte sie nur unter und führte sie durch die Eingangstür hinaus.

»Du überraschst mich immer wieder, Kate«, sagte er und geleitete sie die schmale Kopfsteinpflasterstraße entlang. »Ich kann mich nicht daran erinnern, Harry Lidge je so aufgewühlt erlebt zu haben. Und ich habe ihn schon in allen Lebenslagen gesehen – auf Huren und Kavalleriepferden.«

»Halt den Mund, Diccan.«

Sein Lächeln war unerschrocken. »Ist er nicht in der Nähe des Schlosses aufgewachsen?«

Sie seufzte und blickte in den Morgenhimmel über den Fachwerkhäusern, dessen Farbe sie an ein Paar ganz bestimmter Augen erinnerte. »Sein Vater war Gutsherr. Er und mein Vater spielten gern Schach miteinander.«

Diccan lachte und schüttelte den Kopf. »Ein beklagenswerter Mangel an Standesbewusstsein für einen Duke. Kein Wunder, dass mein Vater der Meinung ist, er selbst hätte eigentlich der Erbe sein sollen. Er lässt dich übrigens grüßen.«

Erstaunt wandte Kate sich ihm zu. »Dein Vater? Er ist hier?«

»O ja. Und er kocht vor selbstgerechter Empörung. Er freut sich unsagbar über die Bestätigung, dass es richtig ist, nicht viel von mir zu halten.«

»Er ist dumm. Und er hat mich noch nie grüßen lassen. Er hasst mich noch mehr, als er dich hasst.«

Diccan hob ihre Hand und küsste sie. »Wir sind wohl zwei Verdammte, nicht wahr?«

Kate nahm sich Zeit, um Diccans finstere Miene zu betrachten, und spürte, wie Wut in ihr hochstieg, als sie über die Situation nachdachte. »Es ist so ungerecht«, sagte sie. »Für euch beide.«

»Ach, meine Liebe, du weißt, dass es keinen Sinn hat, darüber nachzugrübeln«, sagte er und ging weiter.

»Ja, das weiß ich«, entgegnete sie. »Cousin Charles hat zugestimmt, euch zu vermählen?«

»Er wird den Gottesdienst zu unserer Hochzeit selbst abhalten. Heute Nachmittag um vier.«

Sie nickte. »Ich werde ein kleines Hochzeitsmahl organisieren.« Sie zögerte. Ihr Blick ging zu den Fachwerkhäusern, an denen sie vorbeikamen. »Diccan. Wegen Grace …«

Diccan sah sie an. »Sie ist nicht auf und davon, oder?«

»Natürlich nicht. Wenn es etwas gibt, das Grace im Laufe der Jahre eingetrichtert wurde, dann, dass sie ihre Pflicht zu erfüllen hat. Sie würde ganz sicher keinen Rückzieher machen. Was mich dazu bringt, eine Drohung auszusprechen.«

Diccans Lächeln war unerträglich charmant. »Ich fürchte, dafür musst du dich hinten anstellen, altes Mädchen.«

Sie blieb stehen und zwang ihren viel größeren Cousin dazu, ebenfalls am Ufer des River Stour anzuhalten. »Grace vermittelt allen Menschen um sie herum den Eindruck, dass sie aus Eisen gemacht wäre«, sagte Kate. »Sie ist die

Erste, die da ist, wenn jemand Hilfe braucht. Sie ist diejenige, an die jeder sich wendet. Aber ich habe das Gefühl, dass Grace viel zerbrechlicher ist, als wir alle ahnen. Ihr blieb nicht einmal genug Zeit, um ihren Vater zu trauern. Ich kenne dich besser als jeder andere, Cousin. Und ich weiß, dass du – auch wenn du widersprechen wirst – genauso ehrenhaft bist wie sie.« Sie sah zu ihm hoch. Er war der Mensch, der ihr auf dieser Welt am meisten bedeutete. Und dann tat sie etwas Unvorstellbares. Sie flehte: »Versprich mir, dass du ihr nicht wehtun wirst.«

Bedächtig zog Diccan eine Augenbraue hoch. »Aus deinem Mund klingt es, als wäre ich ein Wilder.«

Kate schnaubte. »Alle Männer sind Wilde, Diccan. Du bist nur eleganter als die meisten anderen. Versprich es mir.«

Einen Moment lang glaubte sie, er würde nicht antworten.

Er blickte zu den Schwänen, die sich auf dem schmalen Fluss treiben ließen, der sich durch die Stadt schlängelte. »Das kann ich nicht.«

Kate hätte ihn beschimpft, wenn sie nicht in dem Moment seine Augen gesehen hätte. Unergründlich, eisgrau, mit einem blauen Rand, für gewöhnlich so undurchsichtig wie Spiegel. Plötzlich konnte sie hier, auf einer Straße in Canterbury, Unsicherheit, Entsetzen, Schmerz darin lesen. Sie erkannte, dass ihr Cousin, der in der feinen Gesellschaft nur als »die Perfektion« bekannt war, auch verletzlich war.

»Kannst du mir wenigstens versichern, dass du es versuchen wirst?«, bat sie sanft.

Er seufzte und zuckte mit den Schultern, als wäre das Gewicht seines Versprechens fast zu schwer. »Ja, Katie, ich verspreche, dass ich es versuchen werde.«

Kate stellte sich auf die Zehenspitzen, um ihn auf die Wange zu küssen. »Dann bin ich zufrieden. Vergiss nur nicht: Ich bin immer für dich da.«

Mit einem weiteren Kuss auf ihre Hand drehte er mit seiner Cousine um und ging wieder Richtung Wirtshaus. »Tja, damit bist du die nächsten fünfzig Jahre über ausgelastet.«

Grace wurde mit vollen militärischen Ehren in der Kathedrale von Canterbury getraut. Und nicht an einem Nebenaltar, wo sie sich zumindest ein wenig unbeobachteter gefühlt hätte. Nein. Der ehrwürdige Charles Manners-Sutton, Erzbischof von Canterbury, bestand darauf, dass sein Cousin Diccan am Hauptaltar vermählt wurde – als würde ihm das den Ernst dieses Moments bewusster machen.

Und als ob die ganze Situation für Grace nicht schon unangenehm genug gewesen wäre, gesellte sich am Altar auch noch Diccans Vater zu ihnen. Groß, dünn und allmählich kahl werdend, wirkte er in seinem kirchlichen Gewand, als würde er darin versinken – wäre da nicht die eisige Verachtung in seinem Blick gewesen. Er hatte dieselben hellgrauen Augen, die auch sein Sohn hatte, doch der Ausdruck in ihnen war ohne Zweifel noch feindseliger. Er stand direkt hinter dem Erzbischof und funkelte die beiden an, ohne zu blinzeln.

Diccan schien das Ganze sehr amüsant zu finden, denn ein wissendes Lächeln umspielte seine Mundwinkel. Grace fand das alles nur erdrückend. In der Kirche war es eiskalt, und der Steinboden unter ihren dünnen Schuhen war unangenehm hart. Wolken waren aufgezogen und verschluckten das wunderbare Licht vor den Fenstern des Hochaltars. Kerzen flackerten, aber die Steinwände erhoben sich düster und kühl. Die Stimme des Erzbischofs stieg wie Weihrauch bis in die schattigen Winkel empor.

Selbst die anwesenden Gäste schienen sich zu verschwören, um Grace zu verunsichern. Diccan trug das übliche makellose Schwarz und Weiß mit einer mit Silberfäden durchwirkten, elfenbeinfarbenen Weste. Perfekt bis ins Letzte, hatte er seine Krawatte zu einem *trone d'amour* gebunden und mit einem unanständig großen Rubinanstecker gesichert, der zu dem Rubin passte, der an seinem Ring funkelte.

Die beiden Bischöfe trugen Perücke und Mitra sowie schimmernde Roben. Kate hatte ihr bestes blaues Kleid aus seidig glänzendem Stoff angezogen und dazu eine passende Haube aufgesetzt. Ein Trupp von *Grace' Grenadieren* hatte sich im Chor der Kirche versammelt. Ihre Uniformen bildeten einen bunten Strauß von Farben. Bei jeder Bewegung erklang ein Klappern der Schwerter und Sporen, das so laut war, dass es die Stimme des Erzbischofs beinahe übertönte.

Und Grace? Nachdem sie nur sechs Stunden gehabt hatte, um sich vorzubereiten, und keinen Modisten, der zufällig mit maßgeschneiderten Kleidern für eine Amazone bereitgestanden hätte, stand Grace in ihrem grauen Reisekleid und ihrer Haube vor dem Altar. Sie kam sich vor wie eine Motte unter Schmetterlingen.

Und sie sind wirklich alle in ihren Uniformen gekommen, sodass man sie leicht zuordnen kann, dachte Grace. Ihre Soldaten, ihr amateurhafter Ehemann, ihr berüchtigter Freund. Der würdevolle Bischof und die ungewollte Braut.

»Sprich mir nach«, verkündete der Bischof. »Ich, Richard William Price Manners Hilliard …«

Grace war sich sicher, dass sie eigentlich aufmerksam hätte zuhören sollen. Doch sie schien sich auf nichts anderes konzentrieren zu können als auf Diccans Belustigung, als er die Worte wiederholte, die sie aneinanderbinden würden. Es wirkte fast so, als wäre das alles für ihn nicht mehr als ein Gesellschaftsspiel. Sie konnte ihren Blick nicht von seinen unheimlichen blassgrauen Augen abwenden. Und sie fühlte nur seine warme, starke Hand, mit der er sie festhielt. Sie konnte nur daran denken, dass sie hier vor einem der höchsten, heiligsten Altäre Großbritanniens einen Pakt mit dem Teufel schloss. Indem sie den Schwur leistete, verpflichtete sie sich zu einem Leben voller Trauer, Einsamkeit und Kummer.

Zumindest ein Gutes hatte das alles, schoss ihr durch den Kopf. Bald würde Diccan seine eleganten Hände wieder auf sie legen. Bald würde sie vom Meister selbst in die Geheimnisse der Liebeskunst eingeweiht werden. Zum ersten Mal in ihrem Leben würde sie kein Zaungast sein und nur zusehen. Sie wäre kein verkrüppeltes Mädchen, das bloß beobachtete. Sie würde die unglaublichen Empfindungen erleben, die am Morgen nur angedeutet worden waren.

Diccan würde sie nehmen, und ihr Leben würde sich verändern. Mit einem Mal konnte sie an nichts anderes mehr denken.

»Miss Fairchild«, sagte der Erzbischof geduldig.

Grace wurde aus ihren Tagträumen gerissen und versuchte, die Schauer zu verbergen, die sie durchzuckten. Sie blickte auf und konnte dem Erzbischof ansehen, dass er sich wiederholte.

»Ich, Grace Georgianna Fairchild«, sagte sie, und ihre Stimme löste sich zu einer kleinen weißen Wolke kalter Luft auf, während Diccan ihre Hand überraschend sanft in seiner hielt, »nehme dich, Richard William Price Manners Hilliard …«

Das Nächste, an was sie sich erinnerte, war, dass der Erzbischof ihren Ring segnete. Sie hatte keine Ahnung, wie Diccan ihn so schnell aufgetrieben hatte – es war ein schlichtes goldenes Band, das perfekt zu ihr, der unscheinbaren grauen Frau, passte. Der Erzbischof reichte Diccan den Ring. Bedächtig streifte Diccan seine Handschuhe ab, ehe er den Ring nahm.

Als er wieder ihre Hand ergriff, zuckte Grace zusammen. Sie konnte nichts dagegen tun. Es kam ihr vor, als würden seine Finger Blitze aussenden. Sie war bis in die Fußspitzen geschockt. Die heiße Energie schoss in ihren Bauch. Er steckte ihr den schlichten goldenen Ring an den Finger, und es fühlte sich an, als würde er Wärme, Leben, Kraft in sie gießen. Es fühlte sich an, als hätte die seltsame Anziehungskraft zwischen ihnen sich in greifbares Licht verdichtet.

»Eine Ehefrau würde vor der Berührung ihres Ehemannes nicht zurückschrecken«, murmelte er. Seine Augen wirkten fast schwarz.

»Ein Ehemann würde vor einem Priester nicht zu seiner Ehefrau sprechen«, erwiderte sie genauso leise.

Plötzlich wurde er still. Grace blickte auf und bemerkte, dass die Worte endlich zu ihm durchgedrungen waren. *Ehemann.*

Ehefrau.

Diccan Hilliard war einer der elegantesten Herren seiner Generation. Niemand hatte die Aura von Langeweile und Teilnahmslosigkeit so perfektioniert wie er. Dennoch sah Grace ihm einen winzigen Moment lang an, wie die Wahrheit ihm dämmerte. Sie sah das Entsetzen in seinen grauen Augen aufblitzen, und sie sah, dass er versuchte, es zu verbergen. Sie spürte, wie es sie trotzdem traf – heftiger als der Blitz, der sie durchzuckt hatte, als seine Fingerspitzen sie berührt hatten, kälter als der finstere Blick seines Vaters. Tödlicher als eine Wunde, die einem durch eine rostige Klinge beigebracht worden war.

So schnell, dass sonst niemandem seine Entgleisung auffiel, hatte er sein für ihn so typisches Lächeln wieder aufgesetzt. Aber nicht so schnell, dass es Grace nicht aufgefallen wäre. Wenn er sie nicht festgehalten hätte, dann hätte sie sich blamiert, indem sie den Mittelgang der Kathedrale entlanggestürmt wäre. Denn in diesem flüchtigen Moment der Ehrlichkeit hatte sie ihre Zukunft gesehen.

»Diccan und Grace haben den Wunsch, in den heiligen Stand der Ehe zu treten«, verkündete der Erzbischof und hielt seine Hand über die verschlungenen Hände der beiden.

Nein!, dachte Grace entsetzt. *Er wird mich zerstören!*

»Und so erkläre ich sie hiermit zu Mann und Frau – im Namen des Vaters, des Sohnes und des Heiligen Geistes.«

Zu spät. Sie konnte es in Diccans Augen sehen. Sie konnte es an ihrem eigenen Herzschlag hören, der mit Sicherheit das einzige Geräusch in der Stille der Kathedrale war.

»Amen.«

Grace wollte ihm ihre Hand entziehen. Sie wollte die Augen schließen, als würde ihr das helfen, dem Unausweichlichen zu entrinnen. Sie wollte alles, außer das freudlose Bekenntnis in den Augen ihres frisch Angetrauten sehen zu müssen.

Und dann erklang hinter ihr Harrys Stimme. »Jetzt küss sie schon, du Narr!«

Mit einem schiefen Lächeln in Richtung der Gäste beugte Diccan sich zu ihr vor, um sie zu küssen. Sie wusste, dass er es nicht gern tat. Wieso sollte er? Doch woher sollte er wissen, dass es ihr erster Kuss war? Und, ach, es war ein Kuss, von dem ein junges Mädchen träumte: sanft und langsam und süß. Es war der Kuss, der Grace' Schicksal besiegelte. Denn die Wärme senkte sich so tief in ihr Herz, dass sie sie niemals wieder aufgeben wollte.

»Tja, meine Liebe«, flüsterte Diccan ihr ins Ohr, »sollen wir jetzt unsere treuen Unterstützer begrüßen?«

Sie konnte nichts anderes tun, außer zu nicken. Also verneigte er sich vor den beiden Bischöfen, drehte sich mit Grace am Arm um und wollte sie den Mittelgang entlangführen.

»Nein«, sagte sie unvermittelt, als sie sah, wie weit sie würde gehen müssen. Sie waren durch einen Seiteneingang in die Kirche gekommen. Jetzt wollte Diccan sie durch die massive Tür geleiten, die am Ende des Hauptschiffes der Kathedrale geöffnet worden war und durch die Licht auf den langen, dunklen Gang fiel. Grace wurde klar, dass sie den ganzen schmerzhaften Weg bis zur Tür würde entlanghumpeln müssen. »Können wir nicht zur Seitentür hinausgehen?«

Diccan umklammerte ihre Hand noch ein bisschen fester. »Und deine Grenadiere enttäuschen? Ich glaube, sie warten draußen, um dir ihre Ehre zu erweisen.«

Sie warf einen Blick zum Chor der Kirche hinüber, der inzwischen verlassen war. Nur Kate und ein Mann, der augenscheinlich Diccans Diener war, saßen noch dort. Sie wünschte sich von ganzem Herzen, dass all ihre Freunde hier wären, um sie zu unterstützen: Olivia und Lady Bea und Breege und Sean Harper. Aber Olivia war in Sussex, und Lady Bea wartete in Kates Haus. Breege und Sean waren nicht da, weil sie sie nach Longbridge geschickt hatte, um das Haus für sie vorzubereiten.

Natürlich waren diese Vorbereitungen jetzt nicht mehr

wichtig. Ihr neuer Ehemann würde ihr wahrscheinlich sagen, dass sie ihr Zuhause nicht mehr brauchte. Und genauso wenig einen einbeinigen irischen Exsoldaten und seine große laute Frau. Und Gott allein wusste, was er zu ihrem Koch sagen würde.

Tja, sie würde genug Zeit haben, um sich später darum zu kümmern. Jetzt musste sie sich erst mal um einen würdevollen Abgang bemühen. Sie legte ihre Hand auf Diccans Arm und wandte sich der Tür zu. Sie war unbeholfen, und ihr Knie schmerzte. Mit aller Kraft versuchte sie, beides zu ignorieren. Ihre Aufmerksamkeit war auf die riesige offene Tür gerichtet, die sechs bis acht Meilen entfernt zu sein schien. Vorsichtig humpelte sie die Stufen hinunter, die von Generationen von Pilgern ausgetreten waren, und ging den Mittelgang entlang.

»Ein Lächeln wäre jetzt gut«, erinnerte Diccan sie, als er sie am kunstvoll geschnitzten Chorgitter vorbei in das hoch aufragende Kirchenschiff führte.

Sie tat ihr Bestes, obwohl sie überzeugt war, dass ihr Lächeln wie eingefroren wirkte. Inzwischen zitterte sie, doch sie schob es auf die Kälte. Die Kirche schien sich um sie herum immer weiter auszudehnen, die Schatten wisperten von ihrer Herrlichkeit, die große Westtür war ungefähr eine Meile weit entfernt. Sie war sich sicher, dass es regnete. Es hätte auf jeden Fall gepasst.

Und dann traten sie und Diccan aus der Tür in den klaren Nachmittag hinaus, und sie sah, wohin ihre Grenadiere verschwunden waren. Sie standen in zwei Reihen auf den Treppenstufen Spalier. Fünf Offiziere befanden sich auf jeder Seite – Gardisten und Husaren, Dragoner und Grenadiere. Als sie sie erblickten, wurde der Befehl gerufen, und sie hoben ihre Schwerter, um ein Spalier zu bilden. Harry ließ die Männer dreimal »Hurra!« brüllen.

Hinter ihnen hatte sich eine Menschenmenge auf dem Hof versammelt. Die Zeremonie hatte sie angelockt. Grace bemerkte sie kaum. Sie sah nur ihre Freunde, die strammstanden, um sie zu ehren. Sie hörte nur ihre Jubelrufe. Die Gefühle schnürten ihr die Kehle zu, und sie befürchtete, sich vor ihnen zu blamieren. Aber sie lächelten sie alle an. Sie wünschten ihr das Beste. Also erwiderte sie das Lächeln. Und mit aller Würde, die sie aufbringen konnte, humpelte sie durch den Bogen aus Schwertern, den Kopf hocherhoben und die Hand auf Diccans Arm.

»Wegtreten, Männer!«, rief sie fröhlich. »Mein Ehemann hat gerade erklärt, dass heute kein Soldat für seine Getränke bezahlen muss.«

Der Jubel, der auf ihre Worte hin ausbrach, war ohrenbetäubend. Noch ein Befehl erklang, und sie machten auf dem Absatz kehrt und folgten dem frisch vermählten Paar, als wäre es eine Parade.

»Beeindruckend«, sagte Diccan, ohne sich umzudrehen.

»Schau nicht auf sie herab«, warnte sie ihn ernst.

Er warf ihr einen erstaunten Blick zu. »Du tust mir unrecht, meine Liebe. Ich dachte nur gerade darüber nach, was für einem Menschen eine solche Hingabe gebührt, und wundere mich darüber, dass dieser Mensch meine Frau ist.«

Nun wirkte Grace erstaunt. Sie wandte sich ihrem Ehemann zu und erwartete, diesen vertrauten hämischen Ausdruck in seinen Augen zu sehen. Doch sie konnte dort nichts dergleichen erkennen. Er hob ihre Hand und hauchte einen Kuss darauf. Hinter ihnen fingen die Männer wieder an, laut zu jubeln. Grace wusste nicht, was sie tun sollte, außer weiterzugehen.

Kapitel 4

Das Hochzeitsmahl verlief ausgelassen und lustig. Lady Kate gab den Ton an, als sie jedem Soldaten ein Glas Champagner und einen Kuss gab. Diccan ging im Raum herum, als wäre er auf einem diplomatischen Empfang. Die Grenadiere wussten, wie man feierte.

Grace rührte sich nicht aus dem Ohrensessel, den Diccan zwischen dem Kamin und den vertikal unterteilten Fenstern für sie hatte aufstellen lassen. Es war eine rücksichtsvolle Geste von ihm, als wüsste er, wie sehr ihr Bein schmerzte und in ihrem Kopf alles durcheinanderging. Ihre Grenadiere kamen der Reihe nach zu ihr, umarmten sie, gratulierten ihr und sicherten ihr ihre Unterstützung zu. Sie lächelte, nippte an ihrem warmen Champagner und balancierte einen Teller mit Essen auf ihrem Schoß. Das Essen hatte sie noch nicht angerührt. Sie kämpfte gegen das immer stärker werdende Gefühl an, auf eine Theaterbühne gestoßen worden zu sein, ohne den Text des Stückes zu kennen.

Vollkommen unerwartet trat Diccan hinter sie und nahm ihr den Teller ab.

»Wenn ich Ihnen meine Frau entführen dürfte, meine Herren«, begrüßte er sie. »Ich bin gerade ein kleines bisschen neidisch auf das Militär.«

»Seien Sie nicht albern«, widersprach einer der Männer. »Sie haben das hübscheste Mädchen von ganz England geheiratet.«

Sein Lächeln wirkte ehrlich. »Ja, aber ich habe das Gefühl, eine Heldentat vollbringen zu müssen, damit sie mir dasselbe Lächeln schenkt, das sie Ihnen zuwirft.«

Grace wusste, dass er sein »Gesellschaftsgesicht« aufgesetzt hatte. Trotzdem konnte sie nicht verhindern, dass sie errötete. Wenn es doch nur wahr wäre. Sie gestattete Diccan, ihr aufzuhelfen. Dann machte sie einen Knicks vor den Männern, die sie immer als ihre Familie angesehen hatte, und hakte sich bei dem Mann unter, der dieses Privileg nun für sich beanspruchte.

»Ich möchte dich nicht von der Feier wegzerren«, sagte er und hatte sich zu ihr vorgebeugt, sodass sie seinen Atem wie einen verführerischen Hauch in ihrem Haar spüren konnte. »Aber ich muss nach London.«

Einen Moment lang starrte Grace ihn mit leerem Blick an. Wollte er sie verlassen?

»Kates Ankleidedame hat für dich gepackt«, fuhr er fort. »Ich muss dich bitten, dich von den Gästen zu verabschieden, damit wir aufbrechen können.«

Er sprach, als würde ihr Einverständnis von vornherein feststehen. »Wir haben doch noch nicht einmal deinen Vater gesehen«, hörte sie sich stammeln.

Sein Lächeln war trocken. »Oh, er wird nicht kommen. Er hält nichts von Alkohol. Oder Festen. Oder Freude.«

In dem Moment kam Lady Kate zu ihnen. Sie hielt Grace' Umhang und ihre Haube in der Hand. »Sieht so aus, als hättest du es geschafft, sie wegzulocken.«

»Du wusstest darüber Bescheid?«, fragte Grace und fühlte sich verraten und überrumpelt.

Kates Lächeln war schuldbewusst. »Er hat uns gesagt, dass er gehen muss. Ich habe angeboten, mit dir zusammen nach London zu reisen, doch ich glaube, er hat recht. Ihr beide solltet jetzt als vereinigte Front auftreten.«

Grace seufzte. »Das stimmt natürlich.« Das Gefühl, vollkommen fehl am Platz zu sein, wuchs noch weiter. Sie nahm die unscheinbare graue Haube entgegen. »Es kam nur ein wenig überraschend.«

»Ich muss Bea von zu Hause abholen«, sagte Kate. »Aber sobald wir London erreichen, hat Diccan mir versprochen, dass Bea und ich dir helfen dürfen, ein Haus zu suchen. Bea wird sehr erfreut sein.«

Grace musste bei dem Gedanken an die liebe, treue Lady Bea lächeln. Sie war sich allerdings nicht so sicher wie Kate, dass Lady Bea die überstürzte Hochzeit gutheißen würde.

Grace band gerade ihre Haube zu, als der scharfe Klang einer Stimme sie zusammenfahren ließ.

»Wohin wollt ihr?«

Sie drehte sich um und erblickte Phillip, der auf sie zukam.

Diccan packte sie sanft am Ellbogen. »Ich bringe meine Ehefrau zurück nach London«, sagte er.

»Heute Abend noch?«, entgegnete Phillip laut und zog die Aufmerksamkeit der Anwesenden auf sich. »Seien Sie nicht albern. Es ist schon nach sechs.«

»Heute Abend noch«, erwiderte Diccan. »Ich habe dort Geschäftliches zu erledigen, das keinen Aufschub duldet.«

»Geschäftliches.«

»Mit der Regierung.«

Phillip verschränkte die Arme und stellte sich breitbeinig hin. Er wirkte wie eine lebendige Absperrung. »Diese Ehe muss vollzogen werden.«

Als es um sie herum mit einem Mal still wurde, wusste Grace, dass alle im Raum ihn gehört hatten. Sie fühlte, wie ihr Magen sich zusammenzog. »Wie bitte?«

Diccan ließ sie gerade lange genug los, um den Husaren am Arm zu packen und in ein Nebenzimmer zu ziehen. Die beiden Gardisten, die in dem Zimmer Würfel gespielt hatten, bemerkten den Ausdruck auf Diccans Gesicht und flohen. Grace' Herz stockte, als sie kurz darauf mit Kate zusammen Diccan und Phillip folgte. Sie kam gerade rechtzeitig, um zu hören, wie Diccan den jungen Phillip barsch anfuhr.

»Wenn es Ihr Ziel ist, meine Frau zu demütigen«, sagte er, und seine Stimme triefte vor Verachtung, »dann machen Sie das sehr gut.«

Doch Phillip gab nicht nach. »Sie wissen, was ich meine. Was nützt es, wenn Sie die Ehe hintanstellen? Geben Sie mir Ihr Wort.«

»Ich bin auch noch da«, meldete Grace sich, obwohl ihr Hals wie zugeschnürt war. »Und auch wenn ich deine Hilfe sehr zu schätzen weiß, Phillip, geht dich dies nichts an.«

Er wandte sich ihr zu. Und in dem Moment sah sie, dass er auch nach all den Jahren im Kampfeinsatz noch ein junger Mann war. »Ich habe versprochen, auf dich aufzupassen, Gracie. Er möchte vielleicht nicht mit dir schlafen, aber es ist seine Pflicht. Denn ansonsten kann die Ehe annulliert werden.«

Grace blieb buchstäblich die Luft weg. Sie wusste, dass es der Wahrheit entsprach. Doch es so direkt zu hören, verletzte ihren Stolz. Ihre Unsicherheit versetzte ihr einen Stich – wie ein Raubvogel, der seine scharfen Krallen in seine Beute schlug.

»Sie haben mein Wort«, sagte Diccan unvermittelt. »Sobald ich die wichtige Besprechung hinter mich gebracht habe, wird es mir eine Ehre sein, mit meiner Frau zu schlafen.«

Eine weitere Pflicht, die es zu erledigen gilt, hallte es in Graces Kopf wider.

»Meine Güte, ihr beide wisst wirklich, was zu sagen ist, damit eine Frau sich attraktiv fühlt«, sagte Lady Kate, und ihr Blick war kühl. »Ich bin froh, dass ihr *mir* nicht den Hof macht.«

Mir macht auch niemand den Hof, wollte Grace einwenden.

»Das hier ist zu wichtig«, beharrte Phillip. »Ich traue ihm nicht.«

Grace fühlte sich überflüssig und seufzte. »Er hat sein Wort gegeben«, sagte sie und legte die Hand auf Phillips Arm. »Mehr kannst du nicht verlangen. Du solltest dich für mich freuen.« Und weil es keinen anderen Weg gab, um den Streit beizulegen, log sie: »Ich freue mich jedenfalls.«

Trotzdem funkelte Phillip Diccan finster an. »Sie hat Freunde, Hilliard.«

Diccan machte eine perfekte, höfliche Verbeugung. »Und einen Ehemann.«

Grace spürte, wie sich Phillips Arm anspannte, als wollte er Diccan schlagen. Lady Kate musste es auch bemerkt haben, denn sie erhob das Wort. »Ach, wie schön«, sagte sie, ergriff unbekümmert seinen Arm und führte Phillip zur Tür, »dann wäre das ja geklärt. Und jetzt, Captain, lassen Sie uns mit dem geschmuggelten Champagner feiern. Glauben Sie mir, ich habe einen außerordentlichen Durst.«

Und damit verschwanden sie, während Grace zurückblieb.

Sie starrte noch immer Phillip hinterher, als sie aus den Augenwinkeln sah, wie Diccan sich die Schläfen rieb. »Es tut mir leid, Grace«, sagte er leise. »Das war unangebracht.«

Sie schüttelte den Kopf, als würde es keine Rolle spielen. »Ich bin diejenige, die sich entschuldigen sollte. Ich glaube, es wurde heute genug an deinem Wort gezweifelt.«

»Zur Hölle mit meinem Wort!«, versetzte er scharf, und sie glaubte, tatsächlich Schmerz in diesen geisterhaft grauen Augen zu erkennen. »Du bist es, die über alle Maßen gekränkt worden ist. Und ich kann nicht bleiben, um das wiedergutzumachen.«

Grace konnte es nicht glauben. Er war ehrlich. Allein dafür hätte sie sich schon in ihn verlieben können. »Danke«, sagte sie, stellte sich auf die Zehenspitzen und hauchte ihm einen Kuss auf die Schläfe, die er sich gerade noch gerieben hatte. »Aber wir müssen los.« Lächelnd zog sie sich die Handschuhe an. »Außerdem liegt hier ein beträchtlicher Haufen Münzen auf dem Boden und wartet darauf, dass die Soldaten zurückkehren. Lass uns den beiden die Chance geben, ihr Spiel zu beenden.«

Sie drehte sich um, damit sie den Ausdruck auf seinem Gesicht nicht sehen musste, und trat aus der Tür. *Und das war es*, dachte sie.

Doch sie irrte sich gewaltig. Ob es nun daran lag, dass er den Beleidigungen gegen sie begegnen wollte, oder daran, dass er den Klatsch zerstreuen wollte – Diccans Gesichtsausdruck beim Verlassen des Nebenzimmers war eindeutig ein anderer als beim Hineingehen. Wieder legte er ihre Hand auf seinen Arm und lächelte Grace an, als hätten sie beide ein Geheimnis. Grace erwiderte sein Lächeln und hoffte, dass ihm nicht auffallen würde, wie viel ihr dies bedeutete.

Obwohl er so dringend aufbrechen musste, ließ er es sich nicht nehmen, durch den Raum zu schlendern, als würde er nichts lieber tun, als Zeit mit seiner Angetrauten zu verbringen. Er lachte sogar, als er die Spieler erblickte, die ungeduldig vor der Tür auf und ab gingen. »Es fehlt kein Penny, meine Herren«, versicherte er.

Die Soldaten kehrten in das Zimmer und zu ihrem Spiel zurück.

Diccan beugte sich zu Grace. »Ich habe eine Postkutsche organisiert«, sagte er. »Ich hoffe, es ist einigermaßen angenehm.«

Das Lächeln fiel ihr leicht. »Mein lieber Mr. Hilliard«, entgegnete sie, »ich bin es gewohnt, auf ungezogenen Pferden zu reiten oder zu Fuß zu gehen. Ich ertrage so ziemlich alles, solange ich vor schlechtem Wetter geschützt bin.«

Er schüttelte offensichtlich belustigt den Kopf. »Ich muss mich daran gewöhnen, eine unerschrockene Frau zu haben. Und du musst dich daran gewöhnen, meinen Vornamen zu benutzen. Es würde sehr seltsam wirken, wenn du mich mit derselben Vertrautheit ansprechen würdest wie den Postboten.«

Sie nickte. »Das hat Kate auch gesagt.« Sie konnte nicht anders und musste lächeln. »Obwohl sie ein paar schillerndere Vorschläge hatte, wie ich dich sonst noch nennen könnte.«

Diccan lachte leise. »Das kann ich mir vorstellen.«

Sie hatten sich verabschiedet und gerade die Tür erreicht, als Diccan sie aufhielt. Sie sah ihn an und bemerkte ein Lächeln in seinen Augen.

»Jetzt küss sie schon, du Narr«, murmelte er und wiederholte die Aufforderung, die er in der Kirche gehört hatte.

Grace erstarrte wie ein Kaninchen beim Anblick des Falken. Seine Berührung ließ sie versteinern, und sein Blick wärmte sie. Sie fürchtete, dass ihr das Herz aus der Brust springen würde. Himmel, was würde erst passieren, wenn er sie überall berührte?

»Ja … äh … danke.«

Der Kuss war anders als der letzte. Länger, inniger, bedächtiger. Grace spürte Diccans Finger auf ihrem Gesicht und nahm den leichten Duft von Tabak und Sandelholzseife wahr. Sie schmeckte den Champagner auf seinen Lippen und dachte, wie weich sie doch waren. Wie geschickt, als diese Lippen nun an ihren knabberten, sie reizten, sie prüften, als würden sie sie in Besitz nehmen. Es gab einen Funken, ein Glühen, ein wundervolles Feuer, das in seinen Lippen zu lodern schien und das sich nun in ihr ausbreitete, in ihrer Brust, in ihrem Bauch. Sie fühlte sich, als würde sie dahinschmelzen.

Er spürt es offenbar auch, dachte sie. *Wie konnte er es nicht bemerken, wenn dieses Feuer doch so hell brannte?*

Abrupt löste Diccan sich von ihr und zog sich zurück. Grace schlug die Augen auf und sah, dass er die Schultern straffte. Seine Miene wirkte ungerührt. Sie war noch immer in den lustvollen Empfindungen gefangen und kam sich klein vor, weil er ihr diesen Kuss geschenkt hatte. Und er hatte nichts gefühlt. Diese Lektion sollte sie sich vermutlich zu Herzen nehmen. Mit einem Schlag verglühte das Feuer zu Asche.

Erst in dem Moment hörte sie das Jubeln um sie herum. Diccan blinzelte, als wäre er unerwartet aus seinen Gedanken gerissen worden, und warf den Zuschauern ein überraschtes, erfreutes Lächeln zu. »Nun, jetzt habe ich den meisten Soldaten im Dienste Ihrer Majestät etwas voraus«, verkündete er und klang triumphierend. »Keiner von Ihnen war klug genug, sich meine Grace zu schnappen, ehe ich es getan habe.«

Ohne auf die Protestrufe zu achten, nickte er den Leuten unbekümmert zu, legte seinen Arm um Grace und führte sie hinaus. Die Abendluft kühlte Grace’ erhitzte Wangen. Das Licht war sanft, sodass selbst der überfüllte laute

Hof des Wirtshauses eleganter wirkte, als er es eigentlich war. Die Postkutsche wartete am Rand. Die Tür stand offen, und ein massiger Mann in Livree, der allmählich eine Glatze bekam, verbeugte sich.

Jetzt habe ich ein paar Stunden mit Diccan in einer Kutsche, dachte sie, und wieder schlug ihr Herz schneller. Was würde er tun? Was würde sie sagen?

Offensichtlich nichts, denn Diccan nahm einem Stallburschen eine Satteltasche ab. Ein gesatteltes Pferd stand in einer dunklen Ecke. »Wenn du in London ankommst«, erklärte Diccan und führte sie zur Kutsche, »werde ich alles zu deiner Zufriedenheit arrangiert haben. Versuche, dich ein bisschen auszuruhen, wenn es geht.«

»Du reitest?«, fragte sie dummerweise und blickte in den wolkenverhangenen Himmel hinauf. »Es wird regnen.«

Ein bedächtiges Lächeln umspielte seine Mundwinkel. »Deshalb reite ich ja. Du weißt doch, wie schlecht die Dover Road ist. Ich kann es mir nicht leisten, im Schlamm stecken zu bleiben. Biddle wird dich begleiten, und er kennt die Straße besser als sämtliche Wegelagerer. Er wird dafür sorgen, dass es dir gut geht.«

Solange wir nicht mitten im Nirgendwo im Schlamm stecken bleiben, dachte sie. Unmut machte sich in ihr breit. Mit einem flüchtigen Kuss auf die Wange schwang Diccan sich in den Sattel und ritt davon. Sie blieb allein auf dem Hof des Wirtshauses zurück und blickte ihm wortlos hinterher.

Kapitel 5

»*Bastún*«, zischte Grace.

»Das klingt nicht gerade wie ein Kompliment«, stellte Kate fest, als sie zu ihr trat.

Grace seufzte. »Deinem Cousin täten ein paar Manieren ganz gut, Kate.«

Lady Kate lachte. »O nein, meine Liebe. Manieren hat er. Es scheint ihm an Mut zu mangeln. Es ist schön zu sehen, dass mein hübscher Diccan von derselben Unruhe erfasst wird wie jeder andere Ehemann auch.«

»Hm.«

Mit einem trällernden Lachen hob Kate die Arme, um Grace innig zu umarmen. »Oh, ich werde dich vermissen, mein kleiner Colonel. Versprich mir, dass du mich nicht vergisst, wenn du erst eine richtige Ehefrau und Hausherrin bist.«

Grace erwiderte die Umarmung und fühlte sich, als würde sie alles verlieren, was ihr vertraut war. »Ich bin nicht weit weg«, sagte sie. »Eigentlich habe ich das Gefühl, dass wir uns noch sehr oft sehen werden, weil ich dich um Ratschläge für die Ehe bitten muss.«

»Um Himmels willen, erwarte nicht, dass *ich* irgendetwas weiß.« Kate tupfte sich die Augen ab und schob Grace in die Kutsche. »Und jetzt los. Je eher du aufbrichst, desto schneller bist du da.«

Die Tür fiel zu, und Grace winkte ihrer Freundin ein letztes Mal zu. Als die Kutsche anfuhr, fiel Grace auf, dass sie nicht allein war. Diccans Diener saß ihr gegenüber.

»Oh, guten Tag«, begrüßte sie den mürrischen kleinen Mann. »Biddle, habe ich recht?«

Hoheitsvoll neigte er den Kopf. »So ist es. Sie haben keine Zofe, Madame?«

»Nein. Lady Kate hat mir ihre Zofe angeboten, aber ich habe sonst auch keine Hilfe.«

Seine geschürzten Lippen zeigten deutlich, was er davon hielt, doch er schwieg. Er sah aus wie ein Hund – die hängenden Wangen, die traurigen Augen, sogar seine Ohren schienen zu baumeln. Erstaunlicherweise reichten, wie Grace bemerkte, seine Füße nicht einmal bis zum Boden. Er war wahrscheinlich nicht viel größer als Lady Kate.

Grace verbrachte eine Stunde damit, ein Gespräch mit dem griesgrämigen kleinen Mann anzufangen – vergeblich. Egal, was sie auch versuchte, Biddle blieb einsilbig. Und sie hatte nicht den Mut, die Fragen zu stellen, die ihr eigentlich wichtig waren. Zum Beispiel: wie, um alles in der Welt, ein so winziger Diener es schaffte, dem ein Meter achtundachtzig großen Diccan Hilliard den Mantel um die Schultern zu legen. Benutzte er einen Hocker? Stellte er sich auf eine Hutschachtel? Hüpfte er auf Diccans Bett auf und ab?

Anscheinend hatte sie sich verraten, denn, ohne den Blick vom Fenster abzuwenden, begann Biddle zu sprechen: »Ich springe hoch, Madame. Wie ein Hase.«

Grace war so verdutzt, dass sie in Lachen ausbrach. »Danke, Biddle, ich bin beeindruckt. Mr. Hilliards Mäntel weisen nie auch nur eine Falte auf.«

Ohne sie anzusehen, nickte er ihr knapp zu.

»Sie heißen Mr. Hilliards Vermählung mit mir nicht gut, nicht wahr?«, fragte Grace.

Noch immer starrte er aus dem Fenster. »Ich heiße nichts gut, was mein Herr tut, Madame.«

Verwirrt blinzelte sie. »Warum sind Sie dann sein Diener?«

Endlich reagierte er: Er war schockiert. »Sollte ich es ablehnen, für den elegantesten Herrn Englands zu arbeiten? Was glauben Sie denn?«

Biddle richtete den Blick wieder aus dem Fenster. Also, dachte Grace, keine Unterhaltung über Diccan oder über die Arbeit als Diener oder das diplomatische Leben. Womit sollte sie sich die nächsten achtzig Meilen beschäftigen?

Sie sollte schlafen, aber in der Kutsche war es zu unbequem. Die Dover Road wurde ihrem Ruf gerecht. Sie wurden fürchterlich durchgeschüttelt. Und es würde ohne Zweifel Regen geben, der alles noch schlimmer machte. Jedes Mal, wenn sie seit ihrer Rückkehr nach England in einer Kutsche gesessen hatte, hatte sie nach draußen geblickt und die Aussicht genossen. Es war wie eine Offenbarung gewesen. Im Laufe ihres Lebens hatte sie in Indien gewohnt, in Ägypten und in Amerika und auf den Westindischen Inseln. Sie war in Ceylon und der Türkei, in Italien und Spanien gewesen und hatte jeden exotischen Anblick, jedes exotische Geräusch genossen. Doch sie hatte nie die Möglichkeit bekommen, ihr eigenes Land zu erkunden.

Sie nahm alles wie Nahrung für eine hungernde Seele in sich auf. Grün und hügelig und friedlich, war es das Land von gepflegten Bauernhöfen und Dörfern mit weiß getünchten, reetgedeckten Häuschen, idyllischen Gasthäusern im Fachwerkstil und unverwüstlichen Burgen aus Stein. Alles war so angeordnet, als hätte ein meisterhafter Gartengestalter Hand angelegt, um die Schönheit der

Landschaft noch hervorzuheben. Sie hätte schwören können, dass es das aufgeräumteste, ordentlichste Land war, das sie je gesehen hatte.

Doch es war nicht der richtige Moment, um einfach nur aus dem Fenster zu blicken. Wenn sie das tat, blieb ihr viel zu viel Zeit, darüber nachzudenken, was gerade passiert war. Und darüber, was noch passieren würde.

Plötzlich spürte sie Diccans letzten Kuss wieder auf ihren Lippen. Wie überraschend sanft seine Lippen gewesen waren, wie glatt seine Wange und wie rau sein Daumen. Wie der Drang, sich an ihn zu schmiegen, sie fast überwältigt hatte, wie gefesselt sie von dem starken, faszinierenden Körper an ihrem gewesen war, von der Hitze, die seine Haut abstrahlte.

Wusste er nicht, wie sehr er sie quälte, indem er den Vollzug ihrer Ehe aufschob? Wusste er nicht, wie viel Angst sie hatte? Wie aufgeregt sie war? Wie hoffnungsvoll? Sie wusste theoretisch, was geschehen würde. Sie konnte es in Hindi, auf Portugiesisch, auf Französisch, Latein, Spanisch, Urdu und in der Sprache der Cree erklären. Sie wusste, was wohin musste. Da sie sich so lange um Soldaten gekümmert hatte, wusste sie auch, wie das »was« aussah. Sie wusste sogar, wie die Männer es nannten, wenn sie nicht ahnten, dass sie von einer Frau belauscht wurden.

Schwanz. Rute. Dolch. Riemen. Bajonett. John Thomas. Einige Männer waren sogar so eigenwillig, dass sie das Ding ansprachen, als würden sie sich mit ihm unterhalten. Ihr Lieblingsausdruck stammte von einem Sergeant im Regiment ihres Vaters. Ohne zu wissen, dass sie zuhörte, hatte er zugegeben, sein Ding Mr. Gurke zu nennen. Wie soll ein Mädchen das alles ernst nehmen, hatte sie sich damals gefragt.

Als sie Diccan erblickt hatte, hatte sie es ernst genommen. Als sie *sein* Bajonett aufgerichtet und stramm und pulsierend gesehen hatte. Sie hatte immer geglaubt, dass die Phalluszeichnungen in den Tempeln zu einem gewissen Grad übertrieben gewesen wären – ähnlich wie die Altersangaben in der Bibel oder die Stärke von irischen Helden. Nachdem sie Diccan gesehen hatte, musste sie zugeben, dass sie sich geirrt hatte. Der bloße Gedanke daran jagte ihr wieder einen Schauer über den Rücken. Es juckte sie in den Fingern, ihn zu berühren und herauszufinden, ob er so unerklärlich war, wie er aussah. So weich *und* hart.

Obwohl sie es nicht wollte, wurde ihr heiß. Sie rang den plötzlichen Wunsch nieder, sich zu bewegen, als könnte sie damit das begehrliche Gefühl lindern, das sich zwischen ihren Schenkeln ausgebreitet hatte. Ihre Haut schien zu spannen, und ihre Brüste, ihre kleinen praktischen Brüste, kribbelten und sehnten sich nach einer Berührung. Sie war ruhelos und ungeduldig und angespannt. Sie nahm einen unbekannten Geschmack auf ihrer Zunge wahr und identifizierte ihn als den der Erwartung.

Sie wusste, wie sie Abhilfe schaffen konnte. Ihre Freundin Ghitika hatte es ihr eines Tages in Indien gezeigt. Über die unverständliche britische Zurückhaltung lachend, hatte das indische Mädchen die Tempelkunst benutzt, um zu erklären, wie man diese … Spannung abbauen, wie man den Hunger stillen konnte. Aber ganz sicher nicht in einer fahrenden Kutsche, mit einem Zeugen, dachte Grace.

Abrupt verlagerte sie das Gewicht auf dem Sitz. Das half nicht. Sie brauchte Ablenkung.

Listen. Sie musste Listen erstellen. Es war immer ihre Aufgabe gewesen, dafür zu sorgen, dass ihr Vater ein gemütliches Feldlager hatte. Sie würde das hier als einen weiteren Schritt betrachten. Ein neues *haveli* in Indien. Ein Bauernhaus in Portugal. Der Unterschied wäre lediglich, dass sie es nicht für ihren Vater, sondern für ihren Ehemann planen würde. Für ihren Ehemann, der überraschend raue Hände hatte und einen Mund, der zaubern konnte. Für ihren Ehemann, der eine Tür aufgestoßen hatte, von der sie schon lange geglaubt hatte, dass sie für immer verschlossen wäre: die Möglichkeit, ein Zuhause zu haben. Eine Familie. Ein Leben, das sich nicht länger am Rande abspielte, sondern mittendrin und tief im Innersten.

Angestellte, dachte sie und durchwühlte hektisch ihre Damenhandtasche nach einem Block und einem Stift. Sie würde Angestellte brauchen. Breege und Sean natürlich. Sean war immer da gewesen – zuerst als Offiziersbursche für ihren Vater und dann, nachdem er durch eine verirrte Kanonenkugel sein Bein verloren hatte, als »Mann für alle Fälle« und Grace' guter Freund. Breege war später dazugekommen. Doch es war Breege gewesen, die ihr die Grundlagen guter Haushaltsführung beigebracht hatte. Was den Rest der Angestellten auf Longbridge anging, so konnten sie dableiben, wo sie sich wohl- und sicher fühlten. Sie konnte sich nicht vorstellen, dass Radhika und Bhanwar London mögen würden.

Also. Angestellte. Sie nahm an, dass für Wasser und für die Sicherheit gesorgt worden war. Blieben noch Unterkunft, Verpflegung, Gemütlichkeit. Möbel. Garderobe. Sie unterstrich das Wort »Garderobe« und fügte »Nachtwäsche« hinzu. Diccan wollte sicherlich nicht ihr altes Nachthemd sehen. Es war fadenscheinig, schlicht und praktisch.

Diccan wollte allerdings auch *sie* nicht wirklich sehen. Sie hatte den gequälten Ausdruck auf seinem Gesicht nicht vergessen, als er sie nackt gesehen hatte. Sie schauderte. Irgendwann im Laufe der nächsten Tage würde Diccan Hilliard mit ihr schlafen. Aber wenn sie weiterhin daran dachte, würde sie die Stunden, bis es so weit war, nicht überstehen. Also beugte sie sich eifrig über ihre Notizen. Sie hatte Listen zu erstellen.

Ich werde mit Grace Fairchild schlafen müssen. Nein, dachte Diccan. *Ich werde mit meiner Ehefrau schlafen müssen.* Himmel, sein Kopf schmerzte.

Genau genommen sollte er über sein Treffen mit Marcus Drake nachdenken. Er war spät daran, er war in einer kompromittierenden Situation erwischt worden und hatte es nicht geschafft, Evenham am Leben zu halten. Es würde jeder Menge diplomatischer Fähigkeiten bedürfen, wenn er die Regierung davon überzeugen wollte, wie schlimm die Lage war. Stattdessen ritt er in leichtem Galopp auf dem unermüdlichen Gadzooks Richtung London und dachte über die Frau nach, die er gerade verlassen hatte. Über das Leben, in das er gestolpert war. Über die Aufgabe, die ihm aufgetragen worden war. Beim bloßen Gedanken daran erschauderte er.

Wenn sie doch nur nicht so verdammt nett wäre. Er mochte sie. Aber es war unvermeidlich, dass er sie am Ende verletzen würde. Oh, er würde erledigen, was von ihm als Ehemann erwartet wurde. Immerhin hatte er sich seit zwei Wochen nicht mit seiner Geliebten getroffen, was nicht gut für ihn war – um das eindrucksvoll unter Beweis zu stellen, war er an diesem Morgen mit einer unglaublichen Erektion erwacht. Die Erektion war nicht nur einfach daher gekommen, dass er Druck auf der Blase verspürt hatte. Sie war auch nicht daher gekommen, dass ein Mensch mit Brüsten in seinem Bett gelegen hatte. Selbst an diesen langen, unfassbar dünnen Körper geschmiegt, war er hart gewesen. Hart und durchdrungen von dem unerfüllten Wunsch, sein Schwert in diese Scheide zu stecken. Hart und voller Lust, sich in diesen Körper zu ergießen.

Und dann dieser letzte Kuss. Er hatte Grace einen züchtigen Abschiedskuss geben wollen, um dem Affront durch ihren Grenadier zu begegnen. Doch irgendwann zwischen dem Angebot und dem tatsächlichen Kuss hatte sich etwas verändert. Der Kuss war sanfter geworden, bedächtiger, und er hatte sich gefühlt, als würde er an einer kühlen, süßen Limonade nippen. Eine Überraschung, die er der nur langsam nachlassenden Wirkung des Laudanums zuschrieb. Eine Erinnerung, bei der sein kleiner Freund sich regte – auch jetzt noch.

Aber sogar dann, wenn er es so gut machte, dass Grace eine Anzeige in der *Times* schaltete, wäre es eine Farce. Er sollte nicht verheiratet sein. Er wäre ein katastrophaler Ehemann. Und Grace …

Ihretwegen bekümmert, schüttelte er den Kopf. Die Vorstellung, dass sie ein Teil seines Lebens wurde, war lächerlich. Er war Diplomat. Die Frau eines Diplomaten musste ein geselliges Wesen sein: klug und geistreich und gelassen. Grace war ehrlich und unbeholfen und schüchtern. Sie trug ihre grauen Kleider wie eine Uniform und das Haar so straff zurückgebunden, dass es beinahe unsichtbar wirkte.

Wenn sie doch nur eine echte Rothaarige gewesen wäre. Wenn sie mit dem Feuer und dem Temperament einer Rothaarigen gesegnet wäre oder sogar mit der ungeheuerlichen Selbstsicherheit seiner Cousine Kate. Kate hätte bei einem diplomatischen Empfang unter vollen Segeln jede Klippe souverän umschifft. Grace Fairchild würde auffallen wie ein Frosch in einem Fischglas.

Unter Diccan schnaubte Gadzooks und schüttelte den Kopf, als würde er ihn ausschimpfen wollen. Diccan wusste, dass er gemein war. Aber es fing an zu regnen, die Straße wurde rutschig, und er war nass und unterkühlt. Und er hatte ein erschreckend klares Bild, wie sein Leben mit Grace Fairchild an seiner Seite aussehen würde.

Vielleicht wäre es das Beste für sie beide, wenn er mit ihr schlafen, ihren Ruf so schützen und dann einen Weg finden würde, damit sie beide getrennt voneinander ihr Leben weiterleben konnten. Sie brauchte ihn ganz sicher nicht. Er könnte auf seinen Posten in Frankreich zurückkehren und sie zurücklassen, damit sie sich um das Haus in London kümmerte. Sie und den Affen. Das sollte doch reichen, oder?

Exzellent. Problem gelöst. Plötzlich von einer seltsamen Enttäuschung befallen, trieb er Gadzooks zum Galopp an. Er hatte keine Zeit für so etwas. Es gab dringendere Probleme, mit denen er sich beschäftigen musste. Er musste Evenham rehabilitieren, indem er die Regierung warnte, dass der Chirurg hinter Wellington her war. Und dann würde er, weil er das Versprechen gegeben hatte, mit seiner Ehefrau schlafen.

Es regnete wie aus Kübeln. Der Regen störte den Verkehr auf der Dover Road. Die Wirtshäuser an der Strecke waren vollkommen überfüllt. Es regnete die ganze Nacht hindurch und bis in den Morgen hinein. Die Wolken hingen tief und dicht in einer anscheinend unendlichen Front am Himmel. Als Grace nach einer kalten, feuchten Nacht wieder in die Kutsche kletterte, war sie bewaffnet mit dem Reisebericht, den sie gelesen hatte, als sie und Kate in Canterbury haltgemacht hatten.

Für gewöhnlich war sie ein stiller Leser. Dieses Mal

schien es jedoch so, als würde sie beim Lesen leise murmeln.

»Stimmt etwas nicht, Madame?«, erkundigte Biddle sich.

Erschrocken durch den unvermuteten Klang der Stimme, sah Grace auf und bemerkte, dass der Morgen fast vorüber war. Sie hatte stundenlang gelesen. »Nein. Danke, Biddle. Ich finde nur, dass diese Beschreibung von Ägypten nicht richtig ist.«

»Waren Sie schon einmal in Ägypten, Ma'am?«

»Ja. Doch ich bezweifle, dass dieser Mr. Pettigrew auch schon dort war. Er hat das Tal der Könige an den falschen Ort gelegt.«

»Warum lesen Sie das Buch dann?«

Sie lächelte. »Damit ich weiß, wie ich es auf keinen Fall machen soll, wenn ich meinen eigenen Reisebericht schreibe.«

Biddle runzelte die Stirn. »Schreiben … oh, ich verstehe. Sie scherzen.«

Sie konnte es sich nicht verkneifen, den Diener ein bisschen aufzuziehen. »Natürlich nicht. Was hätten all meine Reisen denn für einen Sinn gehabt, wenn ich mein Wissen anschließend nicht teile? Ich glaube, dass ich von Hester Stanhope deshalb ein bisschen enttäuscht bin. Sie hat ihre Abenteuer bisher nicht festgehalten.«

Tatsächlich verhaspelte er sich. »Lady … Stanhope?«, stieß er schrill hervor. Seine Meinung über die Frau, die sich entschieden hatte, bei den Beduinen zu leben, war eindeutig. »Sie kennen sie?«

»Ja, das tue ich.« Sie legte den Kopf schräg. »Bin ich deshalb inakzeptabel?«

Er machte den Mund auf, aber ihm schienen die Worte zu fehlen.

»Meine Verbindung zu Hester sollte meine traurige Berühmtheit nur noch unterstreichen«, sagte Grace, und ihre Augen funkelten frech. »Vielleicht kann ich sogar Vorträge halten. Was meinen Sie?«

Biddle schürzte die Lippen. »Mr. Hilliard würde dem niemals zustimmen. Viel zu gefährlich für eine Frau.«

Grace lachte leise. »Gefährlicher als gegen französische *voltigeurs* oder algerische Piraten zu kämpfen? Oje, ich muss mein Land anscheinend besser kennenlernen. Oder mir noch eine Pistole beschaffen.«

Er wurde blass. »Noch eine ... Sie machen schon wieder Scherze, Madame.«

»Über meine Pistole? O nein. Ohne eine Pistole gehe ich nirgendwohin.«

»Unvorstellbar. Sie müssen sich auf den Schutz verlassen, den Mr. Hilliard Ihnen bietet.«

Grace hätte beinahe die offensichtliche Frage gestellt: Wie er annehmen konnte, dass ein von Diccan bezahlter Postkutscher im Notfall sein Leben für eine Fremde aufs Spiel setzte. Doch ein Blick in das bleiche Gesicht des Dieners sagte ihr, dass er es nicht verstehen würde. Sollte er ruhig in seliger Unwissenheit bleiben. Sie würde ihre Pistole immer griffbereit haben.

Einen Moment später fragte sie sich, ob sie das Unglück heraufbeschworen hatte. Sie waren schon die ganze Zeit langsam vorangekommen, aber als sie sich nun einen steilen Hang hinaufkämpften, schien der Schlamm die Räder zu verschlucken. Der Kutscher schrie. Die Pferde wieherten. Die Kutsche fing an, nach hinten wegzurutschen.

Grace packte den Haltegriff und klammerte sich fest. Biddle stöhnte. Grace konnte spüren, wie die Pferde sich ins Geschirr stemmten. Die Kutsche geriet ins Schlingern.

Der zweite Kutscher schrie etwas, und sie hörte das Knallen einer Peitsche. Doch es kam nicht zum Schlimmsten. Sie steckten nur fest.

Grace schnürte ihre Haube gegen den Wind zu, nahm die Pistole aus ihrer Damenhandtasche und steckte sie in die Tasche ihres Kleides. Dann öffnete sie die Tür und kletterte hinaus. Im nächsten Moment stand sie im Schlamm und sank mit ihren Stiefeln bis zum Knöchel ein. »Mr. Wilson! Halt!«, rief sie und blinzelte gegen die Regentropfen, die ihr ins Gesicht klatschten. »Holen Sie unser Gepäck herunter. Wir steigen aus, und dann können Sie es noch einmal versuchen.«

Der Kutscher blickte erstaunt zu ihr hinunter. Sein Gesicht schaute unter dem tropfenden Schlapphut hervor. »Sieht aus, als hätten Sie recht, Missy. Wir stecken fest.« Er verzurrte seine Zügel und sprang vom Kutschbock.

»Kommen Sie, Mr. Biddle«, drängte Grace und beugte sich in die Kutsche, während der Postillion zur Gepäckablage stapfte.

»Aber der Schlamm …«, widersprach der Diener schwach.

»Das wird nur noch schlimmer, je länger wir hierbleiben. Glauben Sie mir. Ohne ein bisschen Hilfe werden wir hier den Rest des Tages festsitzen. Meinen Sie, dass es in der Nähe einen Bauernhof gibt, Mr. Wilson?«

»Die Browns werden helfen«, lispelte der zweite Fahrer, ein schmächtiger kleiner Mann, durch seine Zahnlücke. Auch er war inzwischen vom Kutschbock geklettert. »Sie kennen die Gefahren von Shooter's Hill.«

»Shooter's Hill?«, wiederholte der Diener mit zitternder Stimme. »Oh … nein.«

Grace warf dem Fahrer einen fragenden Blick zu. Sein Lächeln wirkte entschieden zu fröhlich. »Wegelagerer. Sie lieben diese Gegend. Keine Sorge. Habe seit Wochen keinen mehr gesehen.«

Wie aufs Stichwort erklangen plötzlich Getrappel und der Knall einer Pistole.

»Stehen bleiben und Geld her!«

Grace seufzte. Natürlich. Ohne nach Biddle zu sehen, schlich sie sich zum Kutschbock, wo Mr. Wilson, wie sie hoffte, ein Gewehr aufbewahrte. Alle anderen schienen erstarrt zu sein. Sie konnte hören, dass zwei Reiter sich von der Seite der leuchtend gelben Kutsche näherten. Vielleicht konnte sie sie überraschen.

Wieder erklang ein Schuss, und Biddle schrie auf. Der Kutscher sackte in sich zusammen. Grace sah, dass er eine Pistole hervorgezogen hatte. Ihr Herz schlug schneller, doch sie spürte auch die unnatürliche Ruhe, die sie in solchen Gefahrensituationen immer überkam.

»Raus aus der Kutsche!«, brüllte eine harte Stimme. Pferde stampften ungeduldig auf der anderen Seite der Kutsche. Grace glaubte nicht, dass man sie entdeckt hatte.

»Machen Sie die Tür auf und klettern Sie hinaus, Biddle«, drängte Grace ihn leise. »Und geben Sie ihnen, was sie verlangen.«

Biddles Stöhnen klang wie das einer Frau in Geburtswehen. Aber je mehr die Räuber abgelenkt waren, desto besser standen Grace' Chancen. Verstohlen hob sie den Arm und tastete mit der Hand den Boden unter dem Sitz des Kutschers ab. Ja, genau dort, wo sie gehofft hatte. Eine Donnerbüchse, die unter dem Regenschutz verborgen lag. Sie konnte nur beten, dass das Pulver noch trocken war.

Sie zog das Gewehr vorsichtig ein Stück zu sich heran, spannte den Hahn und spähte am Polster der Bank entlang, um die Situation einschätzen zu können. Es waren zwei Räuber, beide groß und maskiert, beide mit Waffen ausgestattet. Nur einer von ihnen hatte schon geschossen und seine Waffe entladen. Inzwischen war er vom Pferd gesprungen und stapfte zur Rückseite der Kutsche.

»Schön, dass Sie uns Zeit ersparen«, sagte er zu Mr. Wilson, der bereits Grace' Tasche heruntergeholt hatte. »Machen Sie sie auf. Und Sie da in der Kutsche. Ich sag es nicht noch einmal: Raus jetzt.«

Grace hörte, wie Biddle aufkeuchte, doch er machte die Tür auf und kletterte langsam hinaus. Für den kurzen Moment waren die beiden Männer abgelenkt. Grace packte die Donnerbüchse und richtete sie auf den Mann auf dem Pferd.

Plötzlich brüllte der Mann, der hinten an der Kutsche stand: »Da ist noch jemand!«

Grace sprang zur Seite und feuerte das Gewehr ab, während sie fiel. Mit einem knirschenden Geräusch landete sie auf ihrem schlimmen Bein. Die Pferde wieherten und scheuten. Sie hörte den Räuber auf dem Pferd fluchen und stieß selbst einen Fluch aus. Sie hatte ihn nicht richtig erwischt. Es war lediglich ein Streifschuss am Arm. Sie zog die Pistole aus ihrer Rocktasche und rollte unter die Kutsche. Der Räuber war inzwischen von seinem Pferd gestiegen. Seine Pistole hielt er im Anschlag. Er rief seinem Freund zu, Mr. Wilson endlich den Rest zu geben.

»Bewegung, Biddle!«, schrie sie.

Biddle fiel prompt aufs Gesicht. Der bewaffnete Räuber erblickte Grace und wirbelte herum. Er schoss. Sie schoss. Er fiel. Biddle kreischte wieder. Die Pferde wichen zurück und schafften es beinahe, die Kutsche freizubekommen, während Grace darunterlag. Am hinteren Teil der Kutsche kämpften die beiden Männer noch immer miteinander. Grace rappelte sich im dicken Schlamm auf und rannte los, um sich die Waffe von dem zweiten Fahrer zu holen, der auf dem Boden lag. Dann drückte sie sie dem Räuber an den Kopf, bevor er Mr. Wilson erwürgen konnte.

»Ich denke, Sie sollten jetzt aufhören«, sagte sie. Ihre Stimme klang unnatürlich ruhig.

»Verflucht«, keuchte er und ließ von Mr. Wilsons Hals ab.

»Mist«, stieß Mr. Wilson hervor und hustete, während er auf die Füße kam.

Grace rührte sich nicht. »Sehen Sie bitte nach dem Fahrer, Mr. Wilson. Biddle, vergewissern Sie sich, dass der Dieb tot ist.« Sie stieß den Räuber mit der Pistole an. »Und bitte, Sir, unterschätzen Sie mich nicht, weil ich eine Frau bin. Ich habe schon bessere Männer als Sie erschossen.«

»Jeb lebt!«, rief Mr. Wilson. »Aber er blutet stark. Der andere Räuber hat ein Loch zwischen den Augen. Verdammt.«

»Bringen Sie Jeb in die Kutsche«, sagte sie. »Dann halten Sie diesen Mann fest, während Biddle ihn fesselt.«

Sobald Jeb auf dem Sitz lag, steckte Grace ihre Pistole weg. Sie holte ihren Handkoffer mit der medizinischen Ausrüstung und humpelte zur Tür der Kutsche. Sie griff bereits nach einem Unterrock, um ihn zu zerreißen. »Biddle«, sagte sie leise, »wenn der Räuber gefesselt ist, wäre es das Beste, wenn Sie zum Bauernhaus gingen. Wir brauchen jetzt dringend Hilfe.«

Die nächsten vierzig Minuten lang übernahm Grace das Kommando. Sie beruhigte die verzweifelten Verwundeten und die unruhigen Pferde. Als der Bauer mit seinem Karren kam, konnten sie Jeb transportieren, der fürchterliche Kopfschmerzen haben würde, wenn er wieder aufwachte. Außerdem gelang es ihnen, die Pferde aus dem Schlamm zu befreien. Gerade wollte Grace dem Bauern folgen, um zumindest die Gelegenheit zu bekommen, sich den Schlamm von den Händen und aus dem Gesicht zu waschen, als Biddle wieder aufkreischte.

»Ihr Arm! O Madame, Sie bluten!«

Und in dem Moment machte Grace den ersten Fehler an diesem Nachmittag. Sie sah zu der Wunde, auf die Biddle deutete. »Oh«, sagte sie verwirrt, »es sieht so aus, als wäre ich auch angeschossen worden.«

Ohne einen Laut, der die anderen gewarnt hätte, kippte sie mit dem Gesicht voran ins Gras.

Kapitel 6

Diccan Hilliard war es nicht gewohnt, dass man ihn warten ließ. Seit fünf Uhr am Morgen war er zurück in London. Er hatte seine Informationen an seine Kontaktleute weitergegeben und war gebeten worden, auf eine Antwort zu warten. Er war ins Albany zurückgekehrt, um seinen Umzug vorzubereiten, und hatte im *Pulteney Hotel* eingecheckt. Er hatte sich sogar mit Barbara Schroeder getroffen, Cognac getrunken und ein bisschen Behaglichkeit genossen, während sie angesichts der Tatsache, dass Diccan nun verheiratet war, über eine Veränderung ihrer Abmachung verhandelt hatten. Er hatte gebadet, geschlafen und gegessen und seine Frau gegen Mittag erwartet. Inzwischen war es fast acht Uhr, und es gab noch immer keine Spur der Postkutsche.

Unwillkürlich fragte er sich, ob sie geflüchtet sein mochte. Es war ungerecht, so etwas zu denken, doch er war sich nicht sicher, ob er es ihr übel nehmen würde, wenn sie es tat. Es gab bei Gott genug Momente, in denen er selbst das Bedürfnis hatte, einfach wegzulaufen.

Es klopfte an der Tür, und er sprang auf, um zu öffnen. Es war nur eine der Hotelbediensteten, die nervös knickste. »Da die Madame bisher noch nicht erschienen ist, Sir – sollen wir mit dem Abendessen noch warten?«

Er hatte sogar ein *dîner à deux* organisiert, um seinen überstürzten Aufbruch vom Abend zuvor wiedergutzumachen. »Ja. Ich bin sicher, dass sie gleich hier sein werden. Sie sind vermutlich auf der fürchterlichen Straße stecken geblieben.«

Das dralle junge Mädchen knickste wieder, als Diccan Geräusche vernahm. In der Lobby schien es einen Aufruhr zu geben. Ein neuer Gast, wenn man den lauten Stimmen glauben konnte. Er folgte der Bediensteten in die Halle, um nachzusehen, als er die gereizte Stimme seines Dieners hörte.

»Madame, Sie haben eine Schusswunde. Um Himmels willen, lassen Sie sich von uns helfen!«

Sekunden später war Diccan die Treppe hinuntergerannt.

»Schusswunde?«, wollte er wissen. Die hochgezogenen Augenbrauen der anderen Gäste, die es ungewöhnlich fanden, wie der eleganteste Mann Englands seine Stimme erhob, als wäre er ein Feldwebel, bemerkte er nicht. »Was, zur Hölle, ist hier los?«

Sein Blick fiel auf Grace, auf deren bleichem Gesicht ein Ausdruck angespannter Langmut stand, während sie sich auf die Schulter eines der Kutscher stützte, die er angeheuert hatte. Nass und schmutzig, von Kopf bis Fuß mit Schlamm beschmiert, sah sie aus, als hätte sie auf der Jagd einen Kopfsprung gemacht. Hinter ihr stand wie ein nervöser Gefolgsmann Biddle, der nur unwesentlich besser aussah.

»Ich habe versucht, es ihnen zu erklären, Diccan«, sagte Grace, und ihre Stimme klang gefährlich dünn. »Ich habe keine Verletzung davongetragen. Ich humpele, weil ich bei meinem Sturz auf meinem schlimmen Bein gelandet bin. Die Schussverletzung ist nicht der Rede wert.«

»Nicht der Rede wert?«, wiederholte Biddle aufgebracht. »Madame, Sie sind mitten auf der Straße in Ohnmacht gefallen!«

»Ich habe es Ihnen doch gesagt«, erwiderte Grace, als wäre es ein altes Lied. »Beim Anblick von Blut werde ich ohnmächtig.«

Diccan hatte kaum seine legendäre Beherrschung wiedererlangt und hob ironisch eine Augenbraue. »In Ohnmacht gefallen? Eine Frau, die die gesamte Iberische Halbinsel medizinisch versorgt hat?«

Sie hob den Blick, und er sah die Anspannung in ihren Augen. »Beim Anblick von *meinem* Blut«, erklärte sie. »Eine traurige Schwäche, aber so ist es. Ich kann bis zu den Knien in geronnenem Blut stehen, doch sobald ich ein Tröpfchen von meinem eigenen Blut sehe, kippe ich um.«

Also hatte seine Boudicca eine Schwäche. Der plötzliche Drang zu grinsen überraschte Diccan. Ein Blick auf ihre Miene hielt ihn jedoch davon ab. Das, und die Leute, die um sie herum zusammengeströmt waren, um alle entsetzlichen Einzelheiten zu hören. Er hatte in den vergangenen zwei Tagen genug sensationslüsterne Menschen erlebt.

Instinktiv wusste er, dass seine Ruhe ihr helfen würde, ihre Haltung zu bewahren. Und so ging er zu ihr, um sie vom Kutscher zu übernehmen. »Eine traurige Schwäche, meine Liebe. Zum Glück ist Biddle da ein bisschen tapferer. Er fällt erst in Ohnmacht, wenn er Grasflecken auf meiner Hose entdeckt.«

Da. Er hatte es geschafft, sie zum Lächeln zu bringen. Alle anderen wirkten wie panische Tiere. Er verstand. Er hatte selbst einen Schock verspürt, als er den dicken weißen Verband um Grace' Oberarm gesehen hatte.

»Sie kümmern sich selbstverständlich um einen Arzt«, wandte er sich anscheinend gelangweilt an einen Hoteldiener, der untätig herumstand. »Meine Frau braucht außerdem ein Bad und ein Dienstmädchen, da ihre Zofe die Reise nicht mitmachen konnte. Das erklärt ohne Zweifel, warum sie aussieht wie ein Schmutzfink.« Er gab dem seltsamen Drang nach, ihr eine lose Strähne von der schmutzigen Wange zu streichen. »Und du, meine Liebe«, sagte er und führte sie Richtung Treppe, »wirst mir jetzt die Schussverletzung erklären.«

Sie nickte und atmete bedächtig, als müsste sie den Schmerz bekämpfen.

»Wegelagerer«, keuchte Biddle. Seine Hände flatterten wie Vogelflügel, als er ihnen zur Treppe folgte.

»Es war ein Glückstreffer«, sagte Grace und klang entrüstet, während sie neben Diccan herhumpelte. »Ich hatte mir gerade die Donnerbüchse genommen …«

Diccan blieb stehen. »Donnerbüchse? Du wolltest eine *Waffe* führen?«

Hinter ihm lachte der Kutscher auf. »Eine Waffe führen, ja? Sie hat die Waffe nicht nur geführt. Sie hat einem Kerl die Lichter ausgeblasen und dem anderen genug Angst eingejagt, dass er sich in die Hose gepisst hat.«

»Sie hat uns das Leben gerettet«, erklärte Biddle, und Diccan stellte erstaunt fest, dass in den Augen des Dieners ein demütiger Ausdruck schimmerte. Grundgütiger, was war nur aus der Welt geworden?

»Wir besprechen das oben, Grace«, sagte er grimmig. »Wenn du die Stufen hochsteigen kannst.«

Sie schnaubte ungeduldig. »Mein Bein tut weh, mein Lieber. Es ist nicht abgefallen.«

»Und dein Arm?«

Sie warf ihm ein schiefes Lächeln zu. »Der tut auch weh.« Dann drehte sie sich um und lächelte dem Kutscher zu, der tropfnass, den Hut in der Hand, mitten in der eleganten Lobby des *Pulteney Hotel* stand. »Mr. Wilson, ich danke Ihnen. Ich weiß, dass mein Ehemann Ihnen Ihre Hilfe sehr gern angemessen entlohnen wird.«

Der große Mann errötete wie ein kleiner Junge. Seinen Schlapphut hatte er nervös zusammengerollt. »Nein, Mylady, ich schulde Ihnen etwas. Hoffe, dass alles gut wird. Sie können sich auf Tom Wilson verlassen, wenn Sie mal irgendwas brauchen.«

»Biddle«, rief Diccan.

Der Diener zog eine Geldbörse hervor und folgte dem Mann durch die Eingangstür. Sobald die beiden verschwunden waren, wandte Grace sich wieder den Treppenstufen zu. »Danke. Er ist ein guter Mensch. Ich glaube, ich habe ihm Angst gemacht.«

Diccan schüttelte den Kopf. »Du hast mir einen Schrecken eingejagt, Madame.«

Sie verzog das Gesicht. »Meinst du, du könntest aufhören, mich mit diesem gemeinen Unterton in der Stimme ›Madame‹ zu nennen? Ich dachte, wir hätten uns auf Diccan und Grace geeinigt. Obwohl …«, gab sie beim Anblick ihres zerstörten Äußeren mit einem traurigen Lächeln zu, »im Moment sehe ich alles andere als graziös aus.«

Bedächtig musterte er sie von Kopf bis Fuß. »Eine Meisterin der sprachlichen Beschönigung, wie ich sehe. Denk dir nichts dabei. Ich bin mir sicher, dass du dich wieder besser fühlen wirst, sobald du einen oder zwei Zentimeter von der Schlammschicht von deinem Körper gekratzt hast.«

Erschöpft humpelte sie die Stufen hinauf und nickte seufzend. »Ich hasse es, so unhöflich sein zu müssen, aber ich glaube, dass sich durch diese Sache unser Zeitplan um einen Tag verzögern könnte.«

»Sprichst du von Captain Rawlstons nettem Vorschlag?«

Grace errötete, und Diccan schoss es durch den Kopf, wie unvorteilhaft das aussah. »Das war kein Vorschlag, mein Lieber, das war Erpressung.«

»Ach, meine Liebe«, entgegnete Diccan, während er sie die breite Treppe hinaufgeleitete, »was wäre das Leben ohne ein bisschen Erpressung? Ganz sicher hätte die feine Gesellschaft sich nichts mehr zu erzählen. Ich für meinen Teil werde die Wartezeit überleben. Falls es nicht zu lange dauert. Ein Mann hat schließlich seine Bedürfnisse.«

Wirklich verwirrend an seiner Bemerkung war, dass er es ernst meinte. Wie konnte er erleichtert über den Aufschub sein und gleichzeitig Enttäuschung empfinden?

Die Nachricht erreichte die Männer *White's* um zehn Uhr am Abend. Der Chirurg war aus dem Gefängnis entkommen. Der am meisten gefürchtete käufliche Spion des Kontinents hatte im *Newgate*-Gefängnis eingesessen und auf seinen Prozess wegen Mordes und Landesverrats gewartet. Laut Bericht war er irgendwann in der Nacht zuvor verschwunden. Zurückgelassen hatte er zwei Wachen mit durchschnittenen Kehlen. In ihre Stirn hatte er die Worte *Au revoir!* geritzt.

Bei einem *Chambertin*-Brandy im Lesesaal des *White Club* studierte Marcus Belden, Earl Drake, den Bericht. Leise stieß er einen kernigen Fluch aus. Das hatte ihnen gerade noch gefehlt. »Wissen Sie, warum wir erst jetzt davon erfahren?«, fragte er den Mann, der die Mitteilung gebracht hatte.

Zwanzig Jahre älter als Drake, war Baron Thirsk bescheiden und so unauffällig, dass Menschen in Verlegenheit kamen, wenn sie ihn beschreiben sollten. Er saß in dem anderen Ledersessel und schwenkte ein Cognacglas. »Die Verantwortlichen in Newgate sind nicht erpicht darauf, dass ihre kleinen Fehltritte öffentlich gemacht werden.«

Drake zog eine Augenbraue hoch. »Ein leichtes Mädchen, das dabei erwischt wird, wie es einen Wärter bedient, ist ein kleiner Fehltritt. Die geglückte Flucht eines der gefährlichsten Männer Europas ist eine Katastrophe. Vor allem im Moment. Haben Sie von Hilliards kleinem Zwischenfall gehört?«

Thirsk zuckte mit den Schultern und nippte an seinem Brandy. »Er ist dabei ertappt worden, wie er einer der bekanntesten Jungfrauen des Königreichs unter den Rock geschielt hat, wie ich gehört habe.«

Drake schüttelte den Kopf. »Ihm ist eine Falle gestellt worden. Er hat uns erzählt, dass Evenham ihn gewarnt hat, dass so etwas passieren würde.«

»Wie praktisch für Hilliard, dass er uns erst nach der begangenen Tat informiert hat, finden Sie nicht auch?«

Drake hob den Bericht hoch, den er in der Hand hielt. »Er hat uns auch wegen des Chirurgen gewarnt.«

»Zu spät, zu spät.«

»Glauben Sie, dass er sich das alles ausgedacht hat? Sogar den Plan, ihn zu erpressen? O nein, Hilliard hat genug Informationen geliefert, um den Sekretär des Finanzministeriums auseinanderzunehmen. Meinen Sie nicht, dass die Opposition alles tun würde, um ihn aufzuhalten?«

Thirsk schniefte. »Er ist nur verheiratet worden, nicht belauert und ermordet. Im Übrigen wissen nur ein paar Auserwählte über Hilliards Aktivitäten Bescheid. Sind Sie sicher, dass Hilliard sich die Anschuldigungen nicht nur ausgedacht hat, um das Augenmerk davon abzulenken, dass er den Jungen falsch behandelt hat?«

»Ich habe noch nie erlebt, dass Hilliard lügt. Nicht in solchen Angelegenheiten.«

»Ich hätte auch nie gedacht, dass Evenham ein Vaterlandsverräter ist.«

Im Foyer ging die Tür auf und ließ einen kalten Windhauch herein, als zwei Klubmitglieder gingen. Drake beobachtete von ihrer kleinen Ecke aus das Kommen und Gehen und dachte über die seltsamen Unglücksfälle nach, die sie verfolgt hatten. Er grübelte darüber nach, welche Zugriffsmöglichkeiten vonnöten gewesen sein mussten, um das alles einzufädeln. Jeder der Männer, die durch diese Tür kamen, hätte in die Sache verwickelt sein können.

»Innenminister Sidmouth denkt, dass es nichts weiter als Irreführung ist«, sagte Thirsk und starrte in seinen Cognacschwenker. »Revolutionäre, die uns ablenken wollen. Bis uns das klar wird, haben sie das Parlament schon zerstört. Und sie haben bereits angefangen, wenn man die verdammten Ludditen betrachtet, die die Webstühle vernichten. Oder den Mob, der wegen der Getreidezollgesetze tobt.« Drake wollte antworten, doch Thirsk war in seiner Wut nicht mehr zu bremsen. »Und dann sind da die zurückkehrenden Soldaten, die in den Straßen herumlungern und nur für Ärger sorgen. Ich sage, wir sollten unter ihnen nach unseren Verrätern suchen.«

Drake schüttelte den Kopf. »Ich bin mir sicher, dass der Innenminister das gern glauben würde. Aber Hilliard und Jack Wyndham sind auf *dieselben* Informationen gestoßen, und es gibt keinen Hinweis auf unzufriedene Soldaten als Drahtzieher. Vielmehr deutet alles auf Männer mit Besitz hin.« Er schnaubte ungeduldig. »Die ›Britischen Löwen‹. Idiotischer Name für eine Gruppe von Vaterlandsverrätern.«

Thirsk blickte ihn an. »Sie sprechen von Männern im Adelsstand. Von Männern, die auf oberster Ebene in der

Regierung tätig sind. Was sollte diese Leute dazu bringen, ihre eigene Position in Gefahr zu bringen?«

Drake stärkte sich mit einem Schluck Brandy. »Sie haben den Bericht gelesen. Sie wollen den Thron. Vergessen Sie das nicht. Evenham hat Hilliard erzählt, dass die Gruppe Napoleon unterstützt hat – in dem Glauben, er würde ihnen den Thron überlassen.«

Bei dem Gedanken an den Preis dieses Verrats erschauderte er. Wellington war zwar in Waterloo siegreich gewesen, doch die Menschen, die sterben mussten, waren eine Katastrophe.

»Hilliard *behauptet*, dass Evenham das gesagt hat«, gab Thirsk zu bedenken.

Drake blickte zu Thirsk und bemerkte das Misstrauen, das ständig in diesen unauffälligen braunen Augen stand. »Ich glaube ihm. Nach allem, was ich mit Gracechurch erlebt habe, zweifle ich nicht daran, dass mächtige Kräfte hinter alldem stehen. Und ebendiese Leute haben vor, die Regierung zu übernehmen. Uns bleibt nicht viel Zeit, um sie aufzuhalten.«

Er sah, dass Thirsk zuerst widersprechen wollte. Stattdessen schüttelte der ältere Herr den Kopf und blickte sich um, als wollte er sich mit der Normalität im Club beruhigen. »Nun ja, bis wir Hilliards Informationen besser beurteilen können, stecken wir in einer Sackgasse.«

Drake musste ihm zustimmen. »Wenn er nur seine beste Quelle nicht verloren hätte.«

»Die Geliebte?«

Drake nickte. »Madame Ferrar. Ich weiß, wie sehr er sich bemüht hat, sie dazu zu überreden, ihm nach England zu folgen.«

Thirsk lachte leise. »Nachdem ich sie gesehen habe, kann ich das verstehen. Eine bezaubernde Person. Sieht so aus, als würde Hilliard nachlassen. Ist zumindest Schroeder mit ihm nach London gekommen?«

»Babs? Sie wissen, dass er nie ohne sie gehen würde. Was Madame Ferrar betrifft, habe ich einen anderen Herrn geschickt, der sehen soll, ob er bei ihr etwas erreichen kann. In der Zwischenzeit wäre es angeraten, wenn wir uns bedeckt halten und die Informationen vertraulich behandeln würden. Schließlich war die Verhaftung des Chirurgen ein Staatsgeheimnis. Wer auch immer in die Sache verwickelt ist, hat genug Macht, um ihn laufen zu lassen.«

Das gefiel Thirsk überhaupt nicht. »Achten Sie auf Ihre eigene kleine Gruppe, Drake. Vergessen Sie nicht: Wir wissen noch immer nicht, was genau Gracechurch in Frankreich gemacht hat.«

Eine bemerkenswert gleichgültige Äußerung über einen Mann, der im Dienste seiner Majestät vier Jahre seines Lebens und sein Erinnerungsvermögen geopfert hatte.

»Jack weiß es auch nicht«, sagte er. »Er ist noch immer auf seinem Anwesen in Sussex und erholt sich von der Schlacht bei Waterloo.«

Und er hilft seiner Frau dabei, von den Verletzungen zu genesen, die ihr durch den Chirurgen beigebracht worden sind, dachte Drake. Verletzungen, für die Drake sich mitverantwortlich fühlte. Er war es gewesen, der Jack nach Frankreich geschickt hatte, um die Regierung zu unterwandern. Und er war auch für Jack und Olivias Sicherheit zuständig gewesen, nachdem Hilliard sie aus Belgien zurück nach England gebracht hatte. Nach alldem hatte Gracechurch sich nur an Bruchstücke der Informationen erinnert, für die er sein Leben riskiert und die er dann wegen einer explodierenden Granate auf dem Schlachtfeld verloren hatte.

»Wir sollten ihn warnen«, sagte Drake und stellte sein Glas ab.

»Es wird sofort ein Kurier losgeschickt.«

»Nein. Ich werde gehen. Wie Sie schon sagten, obliegen die Mitglieder von *Drake's Rakes* meiner Zuständigkeit. Vielleicht nehme ich Diccan mit.«

»Nein.« Thirsk starrte in seinen Cognac. »Ich würde es begrüßen, wenn Hilliard im Augenblick nicht in die Nähe von brisanten Informationen gelassen würde.«

Drake runzelte die Stirn. »Dann glauben Sie ihm doch nicht.«

»Sagen wir einfach, dass Hilliard im Augenblick in Whitehall kein gutes Ansehen genießt. Der Großonkel der kleinen Fairchild ist der alte General Dawes, und der sorgt für Unruhe. Für genauso viel Unruhe, wie wir vom Viscount Bentley zu erwarten haben, wenn er von Evenhams Selbstmord erfährt. Der Junge war sein einziger Erbe.«

Drake wollte widersprechen. Whitehall, das Verteidigungsministerium, spielte dem Feind in die Hände, indem Diccan Hilliard ins Abseits gedrängt wurde. Aber Drake hatte dort keinen Einfluss. Also würde er seine eigene Mission erfüllen und sein Bestes tun, um Diccan alle Steine aus dem Weg zu räumen. Zumindest die Steine, die ihm die Regierung in den Weg legte.

Thirsk hatte sich schon erhoben.

»Wenn ein weiterer Anschlag auf Hilliard stattfindet, soll er sich dann kooperativ zeigen?«, fragte Drake und folgte Thirsk.

Thirsk zögerte. Sein Blick ging ins Leere. »Ich würde es nicht gern darauf ankommen lassen.«

»Sie *werden* ihn weiter verfolgen. Wenn er nicht wenigstens zum Anschein auf etwaige Forderungen eingeht, wird er andere in Gefahr bringen. Evenham hat gesagt, die Löwen würden Hilliard damit erpressen, dass sie denen, die ihm etwas bedeuten, etwas antun.«

Thirsk schnaubte. »Da werden sie keinen Erfolg haben. Jeder in England weiß, dass seine Familie ihn verstoßen hat.«

»Was ist mit seiner Frau?«

»Schwierig, einem Mann damit zu drohen, einer Frau etwas anzutun, die er nie wollte. Verdammt, sie tun ihm wahrscheinlich einen Gefallen damit.«

»Wenn sie sie dem Chirurgen überlassen?«

Thirsk wurde bleich. »Warten wir erst die Drohung ab. Wenn wir wissen, wie sie aussieht, können wir entsprechend handeln. Jetzt gibt es erst einmal einen ziemlich schwierigen deutschen Prinzen, von dem wir wegen der Kanalrechte abhängig sind. Er möchte unbedingt das Pferderennen von Newmarket erleben. Hilliard wäre das perfekte Kindermädchen.«

Drake schüttelte den Kopf. »Er wird es Ihnen nicht danken.«

Zum ersten Mal lächelte Thirsk. »Ach, das denke ich doch. Vergessen Sie nicht: Ich habe seine Frau gesehen.«

Diccan war hin- und hergerissen. Das Letzte, was er wollte, war, eine launische Hoheit zu beaufsichtigen. Das Pferderennen würde ihm gefallen, aber nicht mit dem Prinzen an seiner Seite. Ein Mann konnte nur einer bestimmten Menge an Erzählungen über äußerst unwahrscheinliche sexuelle Heldentaten lauschen, ehe er vor lauter Verzweiflung Selbstmord beging.

Andererseits war er froh, dass er eine Entschuldigung hatte, um die Hochzeitsnacht hinauszuzögern. Er mochte es nicht, verwirrt zu sein, und Grace Fairchild verwirrte ihn. Gestern hatte er sich Sorgen um sie gemacht. Er war erleichtert gewesen, als sie wieder aufgetaucht war, und erfreut, als sie eine so unerwartete Verletzbarkeit gezeigt hatte. Und er war überrascht gewesen, dass er beim Anblick des Verbandes an ihrem Arm Angst verspürt hatte.

Das hatte jedoch nichts an seiner Meinung über ihre Zukunft geändert. Tatsächlich hatte es seinen Standpunkt nur noch gefestigt. Im Augenblick gab es für solche Sorgen keinen Platz in seinem Leben. Er wollte sich nicht ständig Gedanken über sie machen. Verdammt, er wollte nicht einmal mit ihr schlafen.

Ja, er hatte in ihrer Nähe ein paar kurze Phasen von Erregung erlebt. Doch das war nie wieder passiert. Er konnte sich auch nicht vorstellen, dass es jemals wieder passieren würde. Nicht bei einer Frau, die sich wie ein Kindermädchen kleidete, die wie ein Husar kämpfte und die nicht kokett sein konnte, selbst wenn ihr Leben davon abhing.

Vor zwei Wochen noch hatte Diccan die wundervollen weißen Brüste von Minette Ferrar gestreichelt. Wie, in Gottes Namen, sollte Grace Fairchild da mithalten? War es nicht besser, er wartete, bis er sich zumindest ein bisschen mehr für die ganze Angelegenheit begeistern konnte?

Es war keine Hilfe, dass Biddle unentwegt leise schnaubte, während er packte. Diccan wusste, dass Biddle ihm ablehnend gegenüberstand. Kein anderer Mensch verfügte über ein derartiges Repertoire an resignierten Seufzern und missbilligendem Schnaufen wie Biddle. Dieses besondere Schniefen hörte sich allerdings allmählich so an, als würde er Diccans Frau in Schutz nehmen, die die Nachricht von seiner Abreise mit stiller Zustimmung aufgenommen hatte.

»Wenn Sie so unglücklich sind, Biddle«, sagte Diccan

und schlüpfte in seinen grauen Überrock, »kann ich Ihnen bestimmt ein gutes Empfehlungsschreiben ausstellen.«

»Ich bin mir sicher, dass das nicht nötig sein wird, Sir.«

Diccan nahm den Hut, den Biddle ihm reichte. »Wenn Sie sowieso schon seufzen, vergessen Sie nicht, aufmerksam zu bleiben. Der Chirurg ist auf der Flucht, und ich weiß, wie sehr Sie Überraschungen hassen.«

»Sie haben seine Flucht gegenüber Mrs. Hilliard nicht erwähnt?«

Diccan zuckte mit den Schultern. »Ich will nicht, dass sie sich unnötig Sorgen macht. Sie wird überwacht. Im Übrigen hat sie ihre Rolle in dieser Farce schon gespielt.«

Biddle antwortete mit einem weiteren Schnauben. Diccan gab auf und verschwand. Er würde losreiten. Endlich war die Sonne herausgekommen und machte es überflüssig für ihn, sich mit seinem korpulenten Diener in eine Kutsche zwängen zu müssen. In Gedanken bei den kommenden Tagen, trat er aus der Eingangstür des *Pulteney,* um im nächsten Moment abrupt stehen zu bleiben. Seine Frau stand da, flüsterte beruhigend und streichelte den Kopf von Gadzooks. Das Pferd, das für gewöhnlich genauso mürrisch war wie Biddle, schnaubte ihr wie ein liebestrunkener Verehrer in die Haare.

»Um Himmels willen, meine Liebe«, sagte Diccan und zog sich die Handschuhe an. »Was hast du denn mit dem ungezogenen Biest vor?«

Sie blickte auf, und er bemerkte, dass ihr Gesicht leuchtete. Seltsamerweise zog sich bei diesem Anblick sein Herz zusammen. »Ich glaube, ich habe diesen schönen Herrn vor Kurzem erst gesehen«, sagte sie. »Gehört er dir?«

Der Stallbursche, der die Zügel hielt, bemühte sich, eine ungerührte Miene zu machen. Diccan lachte laut auf. Gadzooks war sicherlich das hässlichste Pferd in der gesamten christlichen Welt. Gadzooks war ein knochiger, dummer, dreckiger Rotschimmel und damit die Lachnummer im diplomatischen Korps.

»Ich glaube, du hast zu viel Zeit mit den Soldaten verbracht, wenn du diesen Arbeitsgaul einen ›Herrn‹ nennst«, widersprach er trocken. »Gadzooks' Visage jagt kleinen Kindern Angst ein und erschreckt Krähen.«

Grace lachte. Es war ein angenehmes, kehliges Lachen, das eine ganz erstaunliche, aber unbequeme Wirkung auf seinen »kleinen Freund« hatte. »Gadzooks? Ein Ausruf wie ›sapperlot‹?«, wiederholte sie und drückte ihre Stirn an die des Pferdes. »Wie passend! Auf einer Rennstrecke würde er in der Tat für eine echte Überraschung sorgen, nicht wahr? Er hat das Herz eines Champions. Ich kann verstehen, warum er dir so viel bedeutet.« Ihr Lächeln wurde breiter. »Auch wenn er gewöhnlich aussieht.«

Diccan hätte schwören können, dass sein Herz stockte. »Dieses Stück Hundefutter?«, erwiderte er und fühlte sich seltsam verwirrt. Niemand hatte je bei der ersten Begegnung Gadzooks Potenzial erkannt. Niemand erfasste, was für ein treuer und entschlossener Freund er war. »Wie kommst du darauf?«

Ihre Augen funkelten. »Unschöne Pferde sind mir wohlvertraut, Diccan. Schließlich würde Wellingtons Copenhagen das Aussehen dieses Herrn hier noch in den Schatten stellen – und er hat das größte Herz, das ich kenne. Versprich mir, dass du vorhast, mit ihm zu züchten. Ich habe die perfekte Stute für ihn.«

Diccan blinzelte. Sein Herz schlug schneller. »Du?«

Sie nickte. »Ein Mensch, der sozusagen in der Kavallerie groß geworden ist, muss sein Vieh kennen. Meine Epona würde haargenau zu Gadzooks passen.«

»Sag nichts – sie hat ein fürchterliches Hohlkreuz und ist auf einem Auge blind.«

Wieder lachte Grace leise, und Diccan konnte nicht anders, als zurückzulächeln. »Sie ist eine robuste schwarze Schönheit, die mein Vater mir in Spanien zum Geburtstag gekauft hat. Kennst du Andalusier?«

Diccans Herz hätte beinahe einen Schlag lang ausgesetzt. Ob er Andalusier kannte? Seit Jahren wünschte er sich ein solches Pferd – mit diesem großartigen gebogenen Hals, der muskulösen Brust und den klugen Augen. »Aber ohne das Einverständnis des Königs dürfen echte Rassepferde nicht aus Spanien hierhergebracht werden.«

Sie lächelte verschmitzt. »Mein Vater hat den Großteil der königlichen Herde vor der Einberufung zu den Französischen Dragonern gerettet. Der König war ihm sehr dankbar.«

Eine Andalusierstute. Diccan lief das Wasser im Mund zusammen. Gadzooks würde vor Freude sterben.

Er riss sich aus seinen Grübeleien. »Wir werden sehen, meine Liebe, wir werden sehen. Jetzt muss ich mich erst mal darauf konzentrieren, einen übergewichtigen Jungen im Auge zu behalten, damit er nicht unbeabsichtigt einen wichtigen Vertrag vermasselt.«

Er dachte, sie würde zurückweichen und verschwinden. Stattdessen trat sie zu ihm und zupfte seinen Mantel zurecht. Dann klopfte sie ihm kurz auf die Brust. »Ich werde zu tun haben, während du weg bist. Ich brauche eine Zofe, Garderobe und eine Liste von Häusern, die zum Verkauf stehen und die ich mir ansehen kann.«

Einen gefährlichen Moment lang musste er gegen den Drang ankämpfen, dort stehen zu bleiben, wo er war. Etwas an ihrem familiären Abschied weckte in ihm den Wunsch, sie zu umarmen.

Bevor er der Versuchung erlag, trat er mit einem knappen Nicken einen Schritt zurück. »Ich habe mich um eine Zofe für dich gekümmert. Sie kommt heute an. Was den Rest betrifft, warte auf Kate. Ich vertraue ihrem Geschmack. Sie hat ein sicheres Auge für so etwas.«

Grace wurde still. Plötzlich verunsicherte das Schweigen Diccan. »Weißt du«, sagte sie leise, »es gibt einen Unterschied zwischen einer Vorliebe und der Notwendigkeit.«

Er ertappte sich dabei, wieder zu blinzeln. »Wie bitte?«

Doch sie war bereits auf dem Weg ins Hotel. »Eine schöne Reise wünsche ich dir, Diccan. Pass auf dich auf.«

Allein auf der Straße, versuchte Diccan noch immer, seine unbegreifliche neue Frau zu verstehen, als Gadzooks ihm einen Stoß versetzte. »Ja, also gut. Lass uns losreiten.« Diccan funkelte sein Pferd an. »Wenn es dir nichts ausmacht, dass ich auf dir Platz nehme.«

Gadzooks schnaubte, und Diccan schoss es unwillkürlich durch den Kopf, wie sehr ihn das an Biddles Schniefen erinnerte.

Es wäre leichter für Grace gewesen, wenn Diccan nicht so schnell nach ihrer Ankunft verschwunden wäre. Oder wenn er nicht so erleichtert ausgesehen hätte, dass er gehen konnte. An dem Abend, als sie das *Pulteney* erreicht hatte, war sie schon aufgeregt genug gewesen. Selbst die Fürsorge der erstklassigen Bediensteten hatte sie nicht beruhigen können, auch wenn sie ihre körperlichen Schmerzen gelindert hatten. Der Arzt hatte erklärt, ihre Wunde sei nicht so dramatisch, und die Dienstmädchen hatten ihr geholfen, ungefähr drei Pfund Schlamm aus ihrem Haar zu waschen. Sie hatte durchgeschlafen und war dann bereit gewesen, sich der Aufmerksamkeit ihres Mannes zu widmen. Aber er hatte sich bereits im Aufbruch befunden.

Sie kannte ihre Pflicht. Sie versuchte, ihn voller Mitgefühl und Unterstützung zu verabschieden, und er bedankte sich dafür, indem er ihren Geschmack, ihr Urteilsvermögen und ihre Fähigkeiten infrage stellte. Die Enttäuschung wurde unvermeidlich zu Wut, und sie verbrachte den ersten Tag damit, seine edle Abstammung in sechs Sprachen anzuzweifeln.

Und um alles noch schlimmer zu machen, erschien ihre neue Zofe. Als Grace Barbara Schroeder die Tür aufmachte, nahm ihr ohnehin schon schwaches Selbstbewusstsein noch weiter ab. Die Frau sah eher wie eine Zofe aus als Grace wie die Gattin eines Diplomaten. Dem Jugendalter schon entwachsen, war Barbara Schroeder kurvig, blond und mit großen blauen Augen gesegnet, in denen immer ein Lachen zu stehen schien.

»Mein Ehemann hat Sie angestellt?«, war die einzige Frage, die Grace einfiel.

»O ja, Ma'am«, antwortete Schroeder mit einem leichten deutschen Akzent. »Mein Dieter war Sergeant im zwanzigsten Infanterieregiment. Er ist in der Schlacht von Vitoria gefallen. Doch niemand möchte eine Frau mit meinem … Akzent einstellen.«

Das schien auch sie zu belustigen. Grace war nicht so gut gelaunt. Sie glaubte nicht, dass es der Akzent war, der eifersüchtige Frauen daran hinderte, sich Barbara Schroeder ins Haus zu holen. Wenn Schroeders Geschichte wahr war, hatte Diccan etwas Löbliches getan. Wenn nicht …

Da sie erst so kurz verheiratet war, entschied Grace sich, erst mal das Beste über ihren Mann zu denken. Sie ließ sich von Schroeder dabei helfen, sich für die Nacht fertig zu machen. Auch das war eine neue Erfahrung, von der sie sich noch nicht sicher war, ob sie ihr gefiel. Aber sie konnte nicht genau sagen, ob es daran lag, dass sie plötzlich eine Zofe hatte, oder daran, dass es *diese* Zofe war.

Am zweiten Tag wachte Grace mit einem Gefühl der Leere auf. Angesichts der Tatsache, dass sie sich, eingekuschelt in meterweise Baumwollstoff und Gänsedaunen, in einem warmen Zimmer und in einem reizenden Hotel befand, fragte sie sich, woran das liegen mochte. Sicherlich hatte sie turbulente Zeiten durchgemacht, doch was Umbrüche und Turbulenzen betraf, hatte sie sich im Laufe ihres Lebens daran gewöhnt. Ja, sie vermisste ihren Vater, aber die Wahrheit war, dass sie sich auf seinen Verlust vorbereitet hatte, seit sie wusste, was Soldat zu sein bedeutete. Ihr altes Leben war vorbei, doch auch das war unvermeidbar. Ihre Wünsche und Bedürfnisse wurden erfüllt, ihre Füße waren trocken, und ihr Magen war voll. Was stimmte also nicht?

Und dann hörte sie es. Stille.

Sie umgab sie, schirmte sie vom Rest der Welt ab. Unter ihrem Fenster waren die Geräusche der Stadt zu hören – Karrenräder rumpelten, Straßenhändler schrien, Hufe klapperten. Aber der Lärm klang fast unwirklich. Es war die Stille, die echt war und in ihren Ohren widerhallte wie etwas Lebendiges.

Es erinnerte sie an die Momente vor einer Schlacht: die Minuten, wenn das Leben auf der Grenze zu einer ungewissen Zukunft balancierte. Wenn jeder Mann und jede Frau zwischen Vorbereitung und Handeln innehielten und auf den Sturm warteten, der über sie hereinbrechen würde.

Zumindest hatte sie damals gewusst, was zu tun war. Sie hatte die Bedrohungen und die Reaktionen darauf gekannt. Jetzt wusste sie nicht einmal mehr das. Selbst nachdem sie eine Zeit lang bei Lady Kate gelebt hatte, wusste sie nicht, was sie von dieser neuen Welt zu erwarten hatte. Sie hasste dieses Gefühl. Schlimmer noch: Sie hasste das Gefühl, unvorbereitet zu sein. Dass es niemals reichen würde – egal, wie sehr sie es versuchte oder wie geschickt sie sich anstellte. Sogar ihre Zofe schien besser in diese Welt zu passen als sie.

Sie wünschte, ihre Mutter wäre hier, um ihr mit Rat und Tat zur Seite zu stehen. Um ihr Kraft zu geben. Allerdings war ihr klar, dass ihre Mutter keine Hilfe gewesen wäre – ob sie nun hier war oder nicht.

Mit einem ungeduldigen Schnauben schlug Grace die Decke zurück und kletterte aus dem Bett. Sie hatte kein Verständnis für Menschen, die Zeit damit vergeudeten, sich in ihrem Unglück zu suhlen. Das machte sie ungeduldig. Es war viel besser zu handeln.

Es würde ganz leicht werden. Sie hatte ihr Leben damit verbracht, das zu sein, was die anderen von ihr erwarteten: Tochter, Freundin, Schwester, Haushälterin, Wächterin, Geburtshelferin und Bestatterin. Sie musste nur herausfinden, was Diccan brauchte, und dann konnte sie diese Rolle ausfüllen. Sie hatte keine Ahnung, wie sie sich Diccans Liebe verdienen sollte, doch sie war sehr gut darin, sich unentbehrlich zu machen.

Sie legte sich ihren Umhang um, humpelte zu dem tragbaren Schreibtisch und holte die Listen hervor, die sie in der Kutsche begonnen hatte. Es war an der Zeit anzufangen.

Am Ende des Nachmittags hatte sie Geld von ihrem Konto bei der *Hoare's Bank* abgehoben und sich um eine Liste der zum Verkauf stehenden Anwesen bemüht. Sie hatte Informationen über Möbelhäuser, Galerien und über zuverlässige Handwerker gesammelt und sich an die *Parker*-Arbeitsvermittlung gewandt, um Bedienstete zu engagieren. Und durch diese kleinen Erfolgserlebnisse ermutigt, hatte sie ihre beste graue Haube und ihren Mantel angezogen und sich auf den Weg gemacht, um Lady Kates Modistin, der großen Madame Fanchon, gegenüberzutreten.

»Sie sind die Gesellschafterin von der Durchlaucht of Murther, nicht wahr?«, fragte die elegante Dame mit argwöhnischem Unterton in der Stimme, als Grace sie um eine vollständige Garderobe bat.

»Ich bin ihre Freundin«, antwortete Grace und versuchte, der Verachtung der kleinen Französin mit ihrer Größe zu begegnen. »Man kennt mich auch als Mrs. Diccan Hilliard.«

Die Modistin stieß ein überraschtes Lachen aus und wandte sich ab, um zu gehen.

»Sie könnten natürlich auch auf die Rückkehr der Duchess of Murther nächste Woche warten, um sie persönlich zu fragen«, sagte Grace leise zu der Modistin. »Aber ich bezweifle, dass diese Verzögerung Mr. Hilliard besonders gefallen würde. Er war immerhin derjenige, der mir Ihr Geschäft empfohlen hat.«

Das hatte er selbstverständlich nicht getan. Doch wenn es etwas gab, das Grace nach all den Jahren gelernt hatte, in denen sie Nahrungsmittel hatte beschaffen müssen, dann war es, sich durchzusetzen. Zumindest gelang es ihr, Madame dazu zu bringen, stehen zu bleiben.

»Selbst mir ist klar, dass es einen Unterschied zwischen der Garderobe der Tochter eines Soldaten und der Garderobe der Frau eines Diplomaten gibt«, fuhr Grace fort. »Ich habe gehofft, Sie könnten mir raten, wie ich das am besten in Angriff nehme.«

Madame drehte sich wieder um, eine Augenbraue ungläubig hochgezogen. Grace schenkte dem jedoch keine Beachtung. Ihr Blick hing an einem Stoffballen ziemlich weit oben in Madames Regal. Es war ein leuchtendes Orange – die Farbe des Sonnenuntergangs in der Wüste. Der Ton war so strahlend, dass ein Kleid daraus wie eine Dschungelblume in einem Raum mit Stiefmütterchen wirken würde. Fast konnte sie die Säure auf ihrer Zunge schmecken. Und daneben lag ein kräftiges Blau, das wie die sich ständig verändernden Farbtöne des Karibischen Meeres aussah. Es waren glühende, außergewöhnliche Farben, bei deren Anblick sie an Abenteuer und Freude denken musste.

»Die«, sagte Madame, pure Verachtung in der Stimme, »nicht.«

Sanft lächelte Grace sie an. »Natürlich nicht.« Und wieder schob sie ihre Hoffnungen beiseite.

Es brauchte zwei Tage voller Anproben und Beratungen, aber die Bestellung umfasste alles – von den Unterkleidern bis hin zu Kleidern für gesellschaftliche Anlässe. Alles war in Brauntönen, in Grün und Blau gehalten. Und es waren alles Uniformen, die Respekt einflößen sollten. Angemessen für eine Frau der feinen Gesellschaft, die nie von den einzigartigen Farben Indiens in Versuchung geführt worden war.

Nach der letzten Anprobe war Grace gerade auf dem Weg nach draußen, als Madame ihren Arm ergriff.

»Ich habe etwas Besonderes für Sie«, sagte die Französin leise und beugte sich zu ihr, als ginge es um ein Staatsgeheimnis. »Etwas, um einen ganz speziellen Gentleman zu verführen. In der Farbe einer mondlosen Nacht, sanft auf Ihrer blassen Haut. Aus der schönsten luftigen Seide – Schein und Verlockung.«

Diese Worte reichten, und Grace konnte es vor sich sehen. Sie konnte vor ihrem inneren Auge sehen, wie sie diesen Hauch von Nichts trug, den Madame ihr zeigte. Fast konnte sie das Flüstern der Seide auf ihrer Haut spüren, wenn Diccan es ihr abstreifen und sie der kühlen Luft und seinen heißen Berührungen aussetzen würde. Sie wusste, dass sie errötete, denn Madame lächelte.

»Eine Frau muss jeden Vorteil nutzen, oder? Vor allem, wenn es um einen Mann wie Monsieur Hilliard geht.«

Aus den Augenwinkeln bemerkte Grace, wie ein verstohlenes Lächeln über das Gesicht ihrer Zofe huschte. Und sie wusste, dass es nur eine Antwort gab.

»Ja«, sagte Grace, »das muss sie.«

Kapitel 7

Grace versuchte, sich in den folgenden zwei Tagen zu beschäftigen und abzulenken, doch nachdem Madame ihr das Negligé gezeigt hatte, ging ihr das Bild nicht mehr aus dem Kopf. Es verfolgte sie zu *Hatchards* Buchladen und zum Hutmacher. Es folgte ihr die Gänge des Militärkrankenhauses hinunter, in dem sie freiwillig Dienst leistete. Es folgte ihr bis in den Schlaf. Was auch immer sie tat, sie hörte das verheißungsvolle Flüstern von Madame Fanchon, dachte über die Magie in einem einfachen Stück Stoff nach und ertappte sich dabei, auf ein Wunder zu hoffen.

Als Diccan schließlich zurückkehrte, war sie gespannter als eine Violinensaite.

»Nun, Grace«, begrüßte er sie und schlüpfte aus seinem Umhang, während er in den Salon ging, »ich sehe, dass du noch immer auf Kate wartest.«

Grace reagierte gereizt. »Es wird schön, sie wiederzusehen, aber ich hatte auch so genug zu tun.«

Er hob eine Augenbraue, als er ihr graues indisches Mullkleid betrachtete.

Sie bemühte sich, ruhig zu bleiben. »Selbst eine so fähige Modistin wie Madame Fanchon braucht länger als zwei Tage, um eine Garderobe für Boudicca zu nähen, mein Lieber.«

Er warf ihr ein Lächeln zu. Schnell wurde das Lächeln zu einem Stirnrunzeln, das sie lesen konnte wie die *Times.*

O Himmel, was für eine Katastrophe wird die unscheinbare Grace aus ihrer Garderobe machen?

»Ich wollte mir gerade vor dem Abendessen einen Sherry genehmigen«, sagte sie und wandte sich ab. »Leistest du mir Gesellschaft?«

Er nickte und nahm ihr gegenüber Platz.

Sie tranken zusammen Sherry und aßen dann gemeinsam in ihrem Salon über der Stadt zu Abend. Beide waren beherrscht, gesittet. Ihre Unterhaltung entsprach den üblichen Gepflogenheiten – es ging um das Wetter und Bekannte und um Diccans letzte Reise. Und schließlich sprachen sie bei Früchten und Nüssen über seine Stellung im diplomatischen Korps.

»Wirst du jetzt nach Frankreich geschickt?«, fragte Grace und knabberte an einer Aprikose.

»Das will ich hoffen. Wir werden sehen, was geschieht, wenn sich die Aufregung um unser kleines Drama gelegt hat.«

Sie legte ihre Gabel beiseite. »Dann musst du dafür büßen?«

»Nein. Ich werde nur verwarnt. Nichts, worüber du dir Sorgen machen müsstest. Jetzt iss auf.«

»Wirst du im diplomatischen Dienst bleiben?«, wollte sie wissen. »Nachdem ich Gadzooks gesehen habe, dachte ich, du könntest vielleicht an der Pferdezucht interessiert sein.«

»Gadzooks ist mehr ein Freund als eine Anlage«, erwiderte er nach einer kurzen Pause. »Ich hätte gern Fohlen von ihm. Allerdings will ich ihn eigentlich nicht zum Decken verwenden. Das würde ihn nur ablenken.«

Beim Gedanken an den langgliedrigen Rotschimmel musste sie lächeln. »Wirklich ein furchtbares Schicksal.«

Tatsächlich musste auch Diccan lächeln. Noch nie hatten sie ihre Zukunft besprochen. Sie mieden das Thema, als könnten sie das eigentlich Unvermeidliche ewig vor sich herschieben. Als wären sie Tischnachbarn bei einem Dinner in der feinen Gesellschaft – kaum miteinander bekannt und nur wegen gesellschaftlicher Konventionen überhaupt im Gespräch miteinander. Vielleicht ist es auch nur mein Gefühl, in der Luft zu hängen, dachte Grace. Diccan war es vermutlich egal, dass er das Versprechen gegeben hatte, so schnell wie möglich mit ihr zu schlafen. Und dass diese Nacht die Nacht sein würde, in der es passierte – außer er wurde zu einem Notfall gerufen.

Grace war es nicht egal. Für sie spielte es eine Rolle. Jedes Mal, wenn sie einen Hauch von seiner Sandelholzseife wahrnahm, wurde sie daran erinnert. Jedes Mal, wenn er die Hand hob, um sich durchs Haar zu fahren, und sie den Rubin an seinem Ring sah, der wie ein Blutstropfen schimmerte. Jedes Mal, wenn er lachte und sie sein Lachen wie ein honigsüßes Rumpeln in ihrem Bauch spürte.

Sie dachte, sie hätte ihre Nerven gut im Griff und würde sich nichts anmerken lassen, doch auf ihren Körper schien sie keinen Einfluss zu haben. Immer wenn Diccans Hand ihr näher kam, fing ihre Haut an zu kribbeln. Immer wenn er lächelte, musste sie den Drang niederkämpfen zurückzulächeln – auch wenn sein Lächeln noch so unpersönlich war. Stolz zu sein, auch wenn sie wusste, dass es genauso sinnlos wie lächerlich war. Er zeigte kein Anzeichen, dass er vorhatte, mit ihr zu schlafen. Dennoch war ihr Körper voller Hoffnung. Neben aller Unsicherheit wuchs ihre freudige Erregung. Sie wurde von einem zittrigen, aufgeregten Gefühl übermannt und fühlte sich fremdartig und lebendig. Und die ganze Zeit über tat Diccan so, als würde er nicht mehr tun, als eine weitere unwichtige Hoheit zu beaufsichtigen.

Erst als die Gedecke vom Tisch geräumt wurden, verriet er sich. Er hatte seine Eindrücke vom Hof in Sankt Petersburg erzählt, als die Tür sich zum letzten Mal für diesen Tag hinter dem Kellner schloss. Plötzlich verstummte Diccan und sah sich um, als wäre er überrascht, einen leeren Tisch zwischen ihnen zu sehen. Er stand auf und strich seine Jacke glatt. Seine Bewegungen wirkten fahrig.

Angesichts seiner offensichtlichen Nervosität fühlte Grace sich ein bisschen besser. »Diccan?«

Er schenkte sich am Barschrank einen Brandy ein, trat zum Fenster und blickte hinaus. Grace, die noch am Tisch saß, hatte keine Ahnung, wie es nun weitergehen sollte. *Er* war schließlich derjenige, der die Erfahrung hatte. Er sollte sich eigentlich mit ihr unterhalten, lächeln und ihr zeigen, wie der Abend sich weiterentwickeln sollte.

»Ich glaube, dass deine Zofe dich schon erwartet«, sagte er, ohne sich umzudrehen.

Grace spürte Verärgerung in sich aufsteigen und war überrascht über die Empfindung. Dieser schreckliche Kerl. »War sie wirklich schon mal mit einem Soldaten verheiratet?«, konnte sie sich nicht verkneifen zu fragen.

Diccan warf ihr einen flüchtigen Blick zu. »Das war sie. Du wirst nichts an ihr auszusetzen haben.«

Das hatte sie sehr wohl. Aber Grace wusste nicht, wie sie das vage Gefühl von Unsicherheit erklären sollte, das sie in Schroeders Nähe empfand. Also stand sie ohne ein weiteres Wort auf und verschwand in ihr Schlafzimmer. Dort traf sie wie versprochen auf Schroeder, die ihr ein besonders selbstzufriedenes Lächeln schenkte. Grace wollte sie zurechtweisen, als sie den Grund dafür bemerkte. Ausgebreitet auf dem hohen Himmelbett, lag das empörendste Kleidungsstück, das sie je gesehen hatte.

Es war in einem so dunklen Blau gehalten, dass nur die

Bewegung die wahre Farbe verriet – wie der Schimmer auf dem Flügel einer Amsel.

Grace spürte, dass sie zitterte. »*Sapristi*«, hauchte sie beinahe ehrfürchtig.

»Wenn er bei diesem Anblick nicht hinsieht«, versprach Schroeder, »ist er schon tot.«

Grace konnte nicht atmen. Sie sollte dieses Ding *anziehen?* Sie würde fast nackt sein, etwas, an das sie nicht gewohnt war. In all den Jahren, die sie beim Militär verbracht hatte, hatte sie sich zu einer wahren Expertin entwickelt, wenn es darum ging, keine nackte Haut zu zeigen.

Doch das hier war für ihren Ehemann. Für ihren Ehemann, der genau genommen gar nicht mit ihr schlafen wollte. Vielleicht half dieser Hauch von nichts dabei, dass er seine Meinung änderte.

Sie atmete abrupt aus. »Tja«, sagte sie, »dann sollten wir mal beginnen, oder?«

Barbaras Lächeln wurde noch strahlender, und die beiden Frauen machten sich daran, Grace' Haarknoten zu lösen und sie von ihren schlichten Kleidern zu befreien, bevor sie ihr Madames Kreation über den Kopf zogen. Schließlich schickte Grace, der in dem relativ kühlen Raum mit einem Mal sehr warm war, Barbara fort und wartete auf ihren Ehemann.

Und wartete.

Sie weigerte sich, ins Bett zu steigen und dort zu liegen wie eine Jungfrau auf dem Opferstein. Stattdessen rollte sie sich in einem Ohrensessel mit Damastbezug zusammen und legte sich den Reisebericht über Ägypten auf den Schoß, als wollte sie lesen. Sie sah aus dem Fenster, blätterte im Buch und zählte die Schläge der Uhr im Salon. Vier Mal zählte sie sie, und noch immer war Diccan nicht erschienen.

Sie war gekränkt und hatte Angst. Erinnerungen an das letzte Mal, als sie das Bett geteilt hatten, überfielen sie. Sie dachte an die verführerische Wärme seines Körpers, daran, wie seine Hände über ihre Haut geglitten waren. Sie dachte an das Bedauern darüber, dass sie ihn gestoppt hatte, ehe er die heiße, begierige Stelle zwischen ihren Beinen erreicht hatte. Die Stelle, die sich nun nach Diccans Rückkehr sehnte. Als wäre sie schon an seinen Duft gewöhnt. An seine Aufmerksamkeit. Seine Herrschaft über sie. Er hatte noch nicht einmal die Tür geöffnet, und sie war schon feucht vor Begierde.

Als sie hörte, wie die Uhr Mitternacht schlug, beschloss sie, dass sie genug hatte. Diccan war die ganze Situation vielleicht unangenehm, aber sie konnte ihm nicht unangenehmer sein als ihr. Glaubte er, es würde sie freuen, behandelt zu werden wie die einzige Person, die noch schlimmer war als ein dicker Prinz?

Ehe sie es sich anders überlegen konnte, stand sie auf und ging zur Tür. Das Kaminfeuer im Salon war fast erloschen, und der Tisch war entfernt worden. Diccan war nirgendwo zu sehen. Grace blickte zu der verschlossenen Tür zu seinem Schlafzimmer und fluchte. Er sollte jetzt besser dort drin sein – denn wenn er sich aus dem Staub gemacht hatte, würde sie ihn mit einem Schürhaken verfolgen.

Sie legte die Hand auf ihre Brust, in der plötzlich Aufruhr herrschte. Barfuß tapste sie über den Teppich und klopfte an seine Tür. Sie hörte ein Murmeln, entschied, dass das einer Erlaubnis einzutreten gleichkam, und betrat das Zimmer.

Beim Anblick von Diccan hätte sie beinahe kehrtgemacht und wäre weggelaufen. Er hatte es sich in einem Sessel rechts neben dem langsam verlöschenden Kaminfeuer bequem gemacht. Seine bloßen Beine schauten unter einem eleganten schwarzen Morgenrock hervor. Es schien das Einzige zu sein, was er trug, falls der Anblick seiner nackten Brust ein Hinweis war. Haare kräuselten sich auf seiner Brust und bildeten einen Streifen nach unten. Seine Beine waren stark und lang, die Haare an ihnen seltsam faszinierend. Doch seine Füße waren es, von denen Grace die Augen nicht abwenden konnte. Sie waren so lang und elegant und sinnlich.

Wie konnten Füße sinnlich sein? Aber sie waren es. Grace spürte, wie das Gefühl der Spannung, das sich zwischen ihren Schenkeln ausbreitete, immer stärker wurde. Ihr Innerstes schien zu schmelzen. Sie wusste, was sich unter diesem Morgenrock befand – und sie wollte es. Sie wollte, dass dieser etwas zerzauste Lebemann sie in die Geheimnisse der Liebe einführte.

Erst das Geräusch des Cognacschwenkers, der auf den Teppich fiel, riss sie aus ihren Tagträumen. Sie bemerkte, dass er sie anstarrte. »Was, um alles in der Welt, glaubst du, machst du hier?«, knurrte er. Seine Augen wirkten leer.

Sie zitterte und war verunsichert. Eigentlich wollte sie im Moment nichts lieber tun, als sich zu verstecken. Und das bedeutete, dass sie mit einem Mal ganz ruhig wurde. »Ich habe nur meinen Ehemann gesucht«, sagte sie mit fester Stimme. »Ich hatte den Eindruck, ich würde ihn heute Nacht sehen.«

Er ging nicht auf ihre Andeutungen ein. »Hat Kate dir das geliehen?«

Er betrachtete ihr Nachthemd. Überrascht stellte sie fest, dass sie nicht am ganzen Körper errötete. »Sei nicht albern. Ich würde jedes Kleid, das Kate mir leihen würde, unweigerlich zerstören – schon beim Versuch, es über meine Schultern zu streifen. Gefällt es dir?«

Noch ein Fehler. Eine Dame erwähnte niemals Körperteile. Andererseits kam eine Dame auch niemals unangekündigt in das Zimmer eines Herrn. Selbst wenn es sich bei dem Herrn um ihren Ehemann handelte.

Wie in Trance erhob Diccan sich. »Wo kommen all die Haare auf deinem Kopf her?«

Grace blinzelte. »Die waren schon immer dort«, erwiderte sie. »Ich war der Meinung, dass heute Nacht keine gute Nacht für einen Zopf wäre.«

Er schüttelte den Kopf, als würde er ihr nicht glauben. Oder als würde er nicht glauben, was er sah. »Komm her.«

Bei dem Knurren in seiner Stimme kämpfte Grace gegen Wogen von Enttäuschung und zugleich von Freude an. Doch das Letzte, was sie jetzt brauchen konnte, war es, quer durchs Zimmer humpeln zu müssen. »Bin ich schon«, sagte sie. »Du bist dran.«

Sie konnte nicht glauben, dass sie so kess war. Aber sie nahm den Duft von Brandy wahr, den er getrunken hatte, und sah, dass die Karaffe an seiner Seite beinahe leer war. Der Feigling hatte sich erst einen antrinken müssen, um ihr gegenübertreten zu können. Und dann hatte er anscheinend so viel getrunken, dass er vergessen hatte, es tatsächlich zu tun.

Er legte den Kopf schräg, und Grace fand, dass er fast ein bisschen teuflisch wirkte. In seinen grauen Augen schien sich das Licht und das Glühen zu fangen. Sein Gesicht, nicht schön, doch durch die breite Stirn und das markante Kinn männlich, war wie mit starken Strichen gemalt. Sein Körper, so wundervoll proportioniert, so viel größer als ihrer, strahlte Kraft aus. Ihre Knie wurden weich, und dabei hatte er sie noch nicht einmal berührt.

»Du bist erstaunlich, Grace«, sagte er und streckte den Arm aus, um mit dem Finger über ihren Arm zu gleiten.

Das Gefühl löste Schauer in ihr aus. »Ich hätte nicht gedacht, dass du in solchen Dingen so aufgeschlossen bist.«

Sie zitterte. Sie konnte die Hitze fühlen, die von ihm ausging. Bitte, hätte sie beinahe laut gefleht. *Bitte.*

Und wie sie gehofft hatte, ergriff er unvermittelt den Saum ihres Nachthemds und fing an, ihn anzuheben. Einen Moment lang verspürte sie Panik. Hätte er nicht das Licht löschen sollen? Hätten sie nicht im Bett liegen sollen? Wie sollte sie sich verstecken, wenn sie mitten im Raum stand?

Sie schwieg. Ein Widerwort, und er wäre verschwunden. Und das hätte sie nicht ertragen.

»Du hast kleine Füße«, murmelte er und klang erstaunt.

»Für meine Körpergröße, ja«, antwortete sie. Das Gefühl der kühlen Luft, die nun unter ihr Negligé drang, ließ sie erstarren. Stumm betete sie, dass die Schatten die unschönen Narben an ihrem schlimmen Bein verbargen.

Diccan schien sie nicht zu hören. »Ich glaube, ich werde es genießen, eine so große Partnerin zu haben.«

Dann ließ er seinen Blick nach unten wandern. Und mit einem Schlag war alles anders. Regungslos stand er vor ihr und packte knapp über ihrer Hüfte den schimmernden dünnen Stoff des Nachthemds. Unwillkürlich hielt sie den Atem an. Sie wollte die Augen zukneifen. Sie konnte fühlen, wie feucht sie war, und das machte ihr Angst. Allerdings nicht so viel Angst wie sein unerwartetes Auflachen.

Sie öffnete die Augen und erblickte ein bitteres Lächeln auf seinem Gesicht. Kopfschüttelnd starrte er zwischen ihre Beine, als könnte er die verräterische Feuchtigkeit sehen, die ihre Löckchen benetzte.

»Gott, bin ich ein Narr«, murmelte er. Seine Stimme

klang scharf. »Ich kann nicht glauben, dass mir das neulich Morgen nicht aufgefallen ist. Dann hätte ich zumindest *etwas* Spaß bei der ganzen Sache haben können.«

Sie ballte die Hände zu Fäusten und kämpfte gegen den Drang an, ihm das Nachthemd zu entreißen und ihre Blöße zu bedecken. »Wie bitte?«

Er beachtete sie nicht. Mit geschlossenen Augen schüttelte er weiter den Kopf, wobei er ein bisschen aus dem Gleichgewicht geriet und schwankte. »Und ich dachte, du wärst das Opfer«, knurrte er. »Tja, das wird mir eine Lehre sein.«

Grace war vollkommen verwirrt. »Was meinst du?«

Sein Lachen klang hart. »Guter Trick, Grace. Wie, um alles in der Welt, hast du es geschafft, deinen Spitznamen zu behalten?« Er sah sie an. Seine Augen wirkten kalt. »›Allgemein bekannte Jungfrau‹. Ja, klar. Allgemein bekannt bestimmt. Aber wie lange ist es her, dass du Jungfrau warst?«

Während er sprach, drängte er sie unaufhaltsam rückwärts zum Bett. Grace machte den Mund auf, um zu widersprechen, doch ihr Geist verweigerte die Mitarbeit. Wovon sprach er?

»Woher wusstest du es?«, fragte er. »Hat Kate es dir erzählt? Nein. Ich habe es ihr gegenüber nie erwähnt. Das ist nichts, was man mit seiner Lieblingscousine bespricht. Dann war es einer deiner Soldatenfreunde. Wie praktisch.«

»Ich weiß nicht …«

Ohne Vorwarnung packte er sie an der Taille und warf sie auf die Matratze. Sie war so verwirrt, dass sie sich nicht rühren konnte.

»Diccan?«

»Ich muss mich bei demjenigen bedanken – wer auch

immer es war. Und natürlich muss ich mich bei dir bedanken, weil du dir die Mühe gemacht hast. Ich hatte solche Angst, dass ich das hier nicht schaffen würde. Aber nachdem du nun so freundlich warst, meiner kleinen Vorliebe entgegenzukommen, habe ich wahrscheinlich sogar Spaß dabei.« Er strich mit den Händen ihre Beine hinauf. »Wo hast du das gelernt? Bei einer indischen Tänzerin? Bei einer Dirne in einer Hafenstadt? Richte ihnen meinen Dank aus.«

Grace versuchte, von ihm wegzurutschen. Ihr Herz hämmerte wie wild. »Diccan, ich verstehe nicht, wovon du sprichst.«

»Natürlich verstehst du, meine Liebe«, erwiderte er und packte mit eisernem Griff ihre Beine. »Es ist schon in Ordnung. Bei rotem Haar sage ich nie Nein – vor allem, nachdem du es extra für mich gefärbt hast.«

Wieder machte sie den Mund auf, um zu protestieren. Doch er bemerkte es nicht. Er zog sie an die Bettkante und beugte sich über sie. Über ihren Schoß. Sie konnte nicht atmen. Sie konnte nicht denken. Er presste sein Gesicht in ihre feuchten roten Löckchen. Sie hätte schwören können, dass er tief einatmete. Er sog die Luft ein, als würde er ein Parfum testen, und sein Gesicht war nur Zentimeter entfernt von …

Oh, lieber Himmel.

Verzweifelt bemühte sie sich, ihre Beine zusammenzuhalten. Was *tat* er nur? Es ging alles so schnell. Ihr Kopf schrie, aber ihr Körper, ihr gieriger Körper gab nach.

»Öffne dich für mich«, knurrte er. »Braves Mädchen. Zeig mir den Preis, der sich hinter den reizenden Flammen verbirgt.«

Sie fühlte, wie er die Hände um ihre Knie schlang, und sie schluchzte auf. Er lächelte auf sie herab, auf das Nest von Löckchen zwischen ihren Schenkeln, und sie errötete. Ihr war heiß, und Scham erfüllte sie. Empörung. Freudige Erwartung.

Und dann öffnete er den Mund und presste ihn auf sie. Lust durchzuckte sie. Sie bäumte sich auf, wand sich, fiel fast vom Bett. Der kühle Hauch seines Atems streichelte ihr unglaublich empfindliches Fleisch, und Blitze jagten durch ihren Körper. Seine Zunge entfesselte ungeahnte Begierden. Sie packte das Laken und drängte den Impuls nieder, laut zu schreien. Lieber Gott, was tat er da? Er nippte an ihr, leckte sie, knabberte … ah, *oh*! Mit den Zähnen berührte er ihren empfindlichsten Punkt, quälte sie. Er berührte sie nur dort. Nur dort und an den Knien. Ihr Körper war noch immer in den mitternachtsblauen Stoff gehüllt, ihr Haar war auf dem Bett ausgebreitet.

Sie schloss die Augen, denn sie konnte es nicht ertragen, ihm weiter zuzusehen. Ihr Herz stolperte, ihre Lunge zog sich zusammen. Sie hätte sich bewegen sollen. Sie hätte ihn treten sollen. Weglaufen. Schreien.

Oh, sie würde schreien. Sie fürchtete, dass sie wie eine Banshee, eine Geistfrau, heulen würde. Er lachte leise und summte. Sie konnte seine glatte Wange an ihrem Schenkel fühlen. Ihr schoss durch den Kopf, dass er sich rasiert haben musste. Sie fühlte den unerträglich süßen Druck seiner Lippen, mit dem er die Lust, die sich in ihr ausbreitete, anfeuerte. Starke Lust. Empfindungen, die sie zuvor nie erlebt hatte, die sie sich zuvor nicht einmal hätte vorstellen können.

»Und du bist schon feucht«, sagte er beinahe im Plauderton und legte einen Finger an die Knospe, die er gerade noch liebkost hatte.

Grace zuckte zurück. Es war zu viel. »Hör auf, bitte … *bitte …*«

Offenbar hatte er sie nicht gehört. Er tauchte seinen Finger in sie, tief in sie hinein, und zog ihn wieder heraus. Hinein und wieder heraus. Sie spürte, wie ihr Körper seinen Finger willkommen hieß, wie er sich seinem Verlangen hingab. Sie spürte, wie sein Finger abermals in sie drang, wie sein Mund sie wieder küsste. Sie spürte, wie Blitze sie durchzuckten, spürte Feuer, spürte einen Strudel der Gefühle, und all das machte ihr Angst. Und dennoch konnte sie sich nicht lösen.

All die Empfindungen, die durch ihren Körper strömten, fingen an, sich zu zentrieren. Sie schlug die Augen auf und erblickte sein zerzaustes schwarzes Haar über ihren roten Löckchen. Es war das wohl Erotischste, was sie je gesehen hatte. Bis er mit dem Finger nach unten strich und mit seiner Zunge ein Stück nach oben wanderte.

Seine Zunge. Himmel, seine Zunge. Es war ein Instrument, um sie zu quälen. Er tauchte sie in sie, leckte, umkreiste, reizte sie, brachte ihr Fleisch dazu anzuschwellen, brachte ihren Körper dazu zu glühen, zu brennen, sich aufzulösen.

»O ja, meine Liebste, komm für mich«, murmelte er. »Schreie.«

Er flüsterte weiter Zärtlichkeiten, anzügliche Vorschläge, scharfe Befehle. »Spiel nicht mit mir«, befahl er, und sein Atem fühlte sich auf ihrer feuchten Haut unerträglich gut an. »Meine Geduld ist am Ende. Du wirst gleich genommen – und zwar richtig gut. Und du weißt, dass du es nicht mehr erwarten kannst.«

Sie konnte es wirklich nicht mehr erwarten. Und genau das machte alles so demütigend. Sie wollte, dass er all das mit ihr machte, was er gesagt hatte. Sie wollte, dass er es *jetzt* tat. Sie wollte, dass ihr Körper mitspielte. Sie wusste nur nicht, wie. Sie keuchte, wimmerte, warf den Kopf hin und her, als könnte sie irgendwie finden, was sie suchte. Was sie sich so verzweifelt wünschte. Die Blitze, die durch ihren Körper jagten, schienen sich zu sammeln, glitten ihre Beine hinauf, ihre Arme hinunter, durch ihre Brust. Die Energie sammelte sich in ihrer Mitte und löste einen Strudel in ihr aus. Diccans Stimme klang verschwommen. Ihr Körper, ihr bereitwilliger, begieriger Körper, hielt inne, als würde er sich für eine bevorstehende Schlacht vorbereiten.

Und plötzlich, von einem Herzschlag zum nächsten, löste sie sich in Licht auf, in Klänge und Farben und Musik. Sie konnte Diccan lachen hören und wusste, dass ihr Schreien der Grund dafür war. Sie schrie, weil sie es nicht zurückhalten konnte – nicht etwas so Großes, so Heftiges. Ihr Körper wand sich, zuckte unter seinen Händen. Ihr Herz pochte wie wahnsinnig, ihre Augen füllten sich mit Tränen des Erstaunens, der Verwunderung. Ehe sie sich sammeln konnte, drang er mit seinem großen harten Schaft in sie. Und wieder schrie sie.

Unvermittelt hielt er inne. Grace, die gegen den unerwarteten, sengenden Schmerz ankämpfte, blickte auf und sah das Entsetzen auf Diccans Gesicht. Er wirkte erschüttert, und mit einem Mal wollte Grace sich nur noch zusammenrollen und verschwinden. Er zog sich aus ihr zurück, als hätte sie ihn betrogen.

»Verdammt!«, rief er. »Du bist noch Jungfrau!«

Kapitel 8

Er fühlte sich wie der größte Idiot der Welt. Er fühlte sich wie ein Vergewaltiger. Er fühlte sich …

Er fühlte sich wie ein Narr, als er mit seinem erregten Schaft vor Grace stand, die verwirrt und verletzt aussah und benutzt wie eine Hure. Er hatte ihr wehgetan. Doch wie, zur Hölle, hätte er ahnen sollen, dass sie Jungfrau war? Niemand, der wusste, wie man seine Schamhaare färbte, konnte unschuldig sein. Nicht, wenn es diese Farbe war, die Farbe der Sünde und der Verführung. Seine Lieblingsfarbe. Die Farbe des Feuers und der Lust. Nein, nicht einfach Rot. Flammen. Sonnenschein. Sex.

Ja, das war es. Sex-Rot. Und er war darauf hereingefallen.

»Du bist *Jungfrau*«, wiederholte er, als würde es helfen, die Tatsache in sein noch immer vernebeltes Bewusstsein zu bringen.

»Nicht mehr«, erwiderte sie mit unglaublicher Ruhe. Sie lag auf dem Bett und rührte sich nicht. Ihr Haar war auf den Kissen ausgebreitet. Nur das Nachthemd hatte sie hastig wieder heruntergezogen.

Dieses Nachthemd war ein weiterer Grund gewesen, warum er sie für erfahren gehalten hatte. In einem Hauch aus Seide, bei dem selbst Minette errötet wäre, war sie in sein Zimmer getänzelt und hatte ihn wie die erfahrenste Kurtisane betört. Sie hatte nicht nachgegeben oder war zurückgewichen. Oh, sie hatte »Hör auf!« gesagt, aber sie hatte auch »Bitte … bitte …« geflüstert. Sie war feucht gewesen. Sie war schon feucht gewesen, ehe er sie überhaupt berührt hatte, und sie hatte einen Höhepunkt erlebt. Sie hatte ihre Lust so laut herausgeschrien, dass man sie vermutlich in der Küche, die sich vier Stockwerke unter ihnen befand, noch gehört hatte. Jungfrauen bekamen keinen Höhepunkt.

Frustriert und wütend rieb er sich über das Gesicht, als könnte er so den Rest Brandy aus seinem Körper verscheuchen, der ihm den Geist umnebelte. »Es tut mir leid.« Er konnte sie nicht einmal ansehen. Als ihm auffiel, dass er noch immer erregt war, zog er seinen Morgenrock zu und band den Gürtel zusammen.

»Du bist allerdings noch nicht befriedigt«, sagte sie und klang bestürzt. »Willst du es nicht zu Ende bringen?«

Er starrte sie an. »Kein Gentleman …«

Doch er konnte den Gedanken nicht weiterführen. Es war zu verstörend, sich eingestehen zu müssen, dass er Grace gerade wie eine billige Dirne behandelt hatte. Er war vielleicht weltgewandt, aber er hatte seine Prinzipien. Und eines dieser Prinzipien war, dass man eine Jungfrau nicht auf diese Weise in das Wunder der körperlichen Liebe einführte. Verdammt, er hatte sie noch nicht einmal richtig geküsst. Er hatte nur …

»Es tut mir leid«, wiederholte er und wich zurück.

Langsam setzte sie sich auf. »Warum?«

Sein Blick verfinsterte sich. »Wenn du das nicht weißt, dann hast du zu viel Zeit beim Militär verbracht.«

Sie zuckte mit den Schultern. »Ohne Zweifel. Doch ich bin noch immer verwirrt. Sollten wir nicht … äh … weitermachen? Bis zum Schluss?«

»Nein. Wir sind fertig. *Du* bist fertig.«

Sie ließ ihren Blick auf die offensichtliche Ausbeulung

in seinem Morgenrock wandern. »Bitte, Diccan, mach kein Drama daraus. Wir wussten, dass es … unangenehm werden würde. Aber wenn wir nicht versuchen, ein bisschen Normalität zu schaffen, sind wir schon jetzt zum Scheitern verurteilt.«

Sie hatte recht. Wieder rieb er sich über das Gesicht. Er atmete tief durch. Natürlich müsste er nur noch ein bisschen länger hier stehen, und sein Schaft würde welken und in sich zusammensinken. Doch er hatte das seltsame Gefühl, dass sie das nur noch mehr kränken würde. Also nickte er. Sie legte sich wieder hin, und er kletterte auf das Bett. Behutsam schob er das Nachthemd gerade so weit nach oben, dass er einen Blick auf die feuerroten Löckchen erhaschen konnte, spreizte ihre Beine und kniete sich dazwischen. Dann stützte er sich mit geschlossenen Augen zu beiden Seiten ihres Kopfes mit den Ellbogen ab und machte sich bereit, seine Aufgabe zu beenden.

Er hasste sich selbst dafür, aber nachdem er erneut in sie eingedrungen war, schien er sich nicht mehr zurückhalten zu können. Er stieß wieder und wieder in ihre enge, heiße Höhle, bis er den Höhepunkt erreichte. Die Heftigkeit, mit der er kam, überraschte ihn selbst. Er ertappte sich dabei, wie er tief und tiefer in sie stieß, bis er schließlich den Kopf in den Nacken warf und aufschrie. Und als er sich am Ende auf sie sinken ließ, das Gesicht an ihrem Hals vergraben, wurde ihm klar, dass sie nicht so unscheinbar war, wie er geglaubt hatte.

Doch jetzt war es zu spät. Er war fertig, er schämte sich und, verdammt, er war verärgert. Warum hatte sie nicht die Dirne sein können, für die er sie gehalten hatte? Jetzt würde er nicht die wundervoll abartigen Dinge mit ihr anstellen können, die er sich selbst versprochen hatte, als er sie mit dem Mund verwöhnt hatte.

Er spürte, dass er errötete. Diccan Hilliard, »die Perfektion«, hatte sich soeben einer Frau gegenüber, die etwas Besseres verdient hatte, wie ein liebestoller Zweitklässler verhalten. Aber was hatte sie erwartet, nachdem sie ihr Schamhaar in dieser sündigen Farbe gefärbt hatte? Er rollte von ihr herunter, lag auf dem Rücken und starrte an die Decke. »Wo hast du gelernt, wie man … die Löckchen färbt?«, wollte er wissen. »In Indien?«

Sie zögerte, doch er blickte sie nicht an. »Ja«, erwiderte sie schließlich, »in Indien.«

Er nickte. »Du solltest das vielleicht nicht mehr tun. Du siehst ja, was dann passiert.«

Darauf bekam er nur ein Schweigen als Antwort. Ein Schweigen, das ihn bedrängte. Ein Schweigen, das ihn anklagte.

»Geht es dir gut?«, fragte er.

»Ja, danke.«

Er nickte. Er wusste nicht, was er nun tun sollte. Noch nie hatte er mit einer Jungfrau geschlafen. Er war sich nicht sicher, was sie hören wollte. Welche Fürsorge, welchen Trost sie brauchte. Und es half auch nicht, dass er fünf Tage Zeit gehabt hatte, um darüber nachzudenken, und dass ihm nichts eingefallen war. »Ich werde ein bisschen nach unten gehen, ja? Soll ich?«

Er konnte das Rascheln ihrer Haare auf dem Kissen hören, als sie den Kopf drehte. »Wird es so gemacht?«

Einen Moment lang konnte er nichts anderes tun, als die Augen zu schließen. »Ich glaube schon.«

Ohne auf ihre Reaktion zu warten, stand er auf. Er blickte nicht zu seiner Frau, die noch immer auf seinem Himmelbett lag, während er sich ankleidete. Wenigstens nahm er sich einen Augenblick Zeit, um einen Lappen im lauwarmen Wasser in seinem Krug nass zu machen.

Er wünschte, er hätte gewusst, was ihr durch den Kopf ging. Aber als er sich umdrehte, um ihr den Waschlappen zu geben, wirkte sie so wie immer – ruhig und gefasst und seltsam unsichtbar. Wie konnte das dieselbe Frau sein, die sich noch vor einigen Minuten unter seinen Berührungen gewunden hatte?

»Das wird nicht wieder vorkommen«, versprach er, obwohl er nicht genau wusste, warum er das sagte.

Sie setzte sich auf. »Überhaupt nie mehr?«

Er senkte den Blick, ihren Geschmack noch immer auf der Zunge. Er musste hier raus, ehe er sie wieder aufs Bett warf. Seine Frau.

Grundgütiger. In was war er da nur hineingeraten?

»Nicht wenn du es nicht möchtest.«

Sie runzelte die Stirn. »Warum sollte ich es nicht wollen?«

Er nickte ihr knapp zu. Aus irgendeinem Grund fiel ihm in dem Moment auf, dass er ihre Beine anstarrte. Es waren lange, starke Beine. Nun, zumindest das linke. Das rechte war ein bisschen dünner, die Muskeln nicht so ausgeprägt. Und da beging er den nächsten Fehler: Er zuckte zusammen.

»Wie habe ich dein Bein vergessen können?«, sagte er. »Ich hoffe, es ist nicht in Mitleidenschaft gezogen worden.«

Als er zu ihr sah, bemerkte er, dass sie endlich reagierte. Sie saß auf der Bettkante, den Lappen in der Hand, das Gesicht aschfahl und angespannt. Ihre Augen wirkten mit einem Mal riesig und tief. Er sah, dass sie von demselben Grau waren wie seine Augen. Und doch waren ihre anders: wie Sturmwolken. Jetzt allerdings blickte sie ihn niedergeschlagen an. Offensichtlich machte er gerade alles falsch, was man nur falsch machen konnte. Er schüttelte den Kopf und wusste nicht, wie er sich entschuldigen sollte.

»Ich werde das Nachthemd nicht noch einmal tragen«, bot sie an, als würde ihn das erleichtern.

Wieder schüttelte er den Kopf. Und weil er nicht wusste, was er tun konnte, ohne sie noch weiter zu verletzen, schnappte er sich die restlichen Kleider und ging.

Eine ganze Weile saß Grace einfach da. Der Waschlappen in ihrer Hand kühlte ab, ihr Bein schmerzte, weil er sie so grob genommen hatte, und ihre Kehle war vor Beschämung wie zugeschnürt. Ihr Vater hatte recht gehabt. Keine anständige Frau sollte Haare in der Farbe haben. Gute Männer würden das nicht dulden. Andere Frauen würden sie dafür verachten. Sie hatte nicht nachgedacht.

Sie wünschte sich, sie wüsste, was jetzt zu tun war. Sie fühlte sich, als wäre sie von einer riesigen Woge erfasst und an einen kalten Strand geschleudert worden. Sie fühlte sich leer und traurig. Es war die umwerfendste Erfahrung in ihrem Leben gewesen. Eine Tür war geöffnet, ein Licht entfacht worden. Und dann hatte Diccan dieses Licht brutal ausgelöscht, indem er die wundervollste Erfahrung ihres Lebens in die schmählichste verwandelt hatte.

Wenn nur ihre Haut nicht mehr kribbeln würde. Wenn sie das erstaunlich böse Lächeln auf seinen Lippen vergessen könnte, als er sich heruntergebeugt hatte, um … um sie zu *schmecken.* Sie konnte es noch immer fühlen, als hätten Flammen an ihr gezüngelt. Sie konnte noch immer sein kehliges Lachen hören. Ihr Körper schien zu leuchten wie der Himmel nach einem Abendgewitter. Ihr Herz schlug noch immer nicht normal. Es war so wundervoll gewesen – bis zu dem Moment, als er bemerkt hatte, dass sie Jungfrau war.

Sie wusste, dass er ihr nicht hatte wehtun wollen. Tatsächlich hatte er mit seinem Schrecken über sein eigenes Verhalten ihre Zuneigung gewonnen. Aber das hatte nichts am Ergebnis geändert. Sie hatte eine Offenbarung erlebt, einen flüchtigen Blick in ein fernes Land erhascht, in das sie niemals würde eingeladen werden. Und dann war es ihr schnell und brutal wieder entrissen worden.

Da sie nicht wusste, was sie tun sollte, stand sie schließlich auf. Es war sinnlos, den Rest der Nacht damit zu vergeuden, sich mit dem Gedanken zu quälen, was gerade passiert war. Sie konnte genauso gut nach vorn schauen und weitermachen. Sie nahm sich ein paar Minuten, um sich mit zitternden Händen zu waschen. Dann ging sie in ihr Zimmer zurück und tauschte das Negligé gegen ein Nachthemd aus Baumwolle. Ohne die feine Seide mit ihren rauen Händen zu zerstören, faltete sie das Negligé zusammen und legte es unter einen Stapel praktischer grauer Kleidung. So musste sie es nicht sehen und bei dem Anblick an die falschen Erwartungen denken, die damit verbunden gewesen waren. Und so konnte sie hoffentlich vergessen, wie nahe sie dem Glück gekommen war.

Sie hatte geglaubt, dass sie mit Diccan vielleicht ihr schlichtes graues Leben hinter sich lassen könnte. Sie hatte sich getäuscht. Er war entsetzt darüber gewesen, was er getan hatte. Was er hatte tun müssen, weil er der Meinung war, sie hätte ihn in eine Falle gelockt und ihn so dazu gezwungen. Tja, es war ein Fehler, den er nie wieder begehen würde.

Sie ertappte sich dabei, wie sie vor dem Spiegel stand, der auf dem kleinen Toilettentisch angebracht war, und die gespenstisch blasse Frau betrachtete, die ihr entgegenblickte. Sie fragte sich, ob sie jemals einen Weg finden würde, das, was sie war, hinter sich lassen zu können. Die einfache, unscheinbare Frau. Die praktische Frau. Die fachkundige Krankenschwester und treue Freundin. Die Frau, die sich nach Kraft, nach Tiefe sehnte und sich mit Schweigen zufriedengab.

Wenn nur ihr Körper nicht so wehgetan hätte. Wenn er nur gegangen wäre, bevor er ihr die Jungfräulichkeit genommen hatte. Es war schmerzhaft gewesen. Noch nie hatte sie etwas so Schmerzhaftes erlebt. Sie konnte sich nicht vorstellen, sich jemals an dieses Gefühl von Fülle in sich, an dieses Eindringen, an diese völlige Unterwerfung zu gewöhnen. Sie konnte sich nicht vorstellen, dass sie sich jemals daran gewöhnen *wollte.* Sie würde sich wünschen, dass es jedes Mal eine Überraschung wäre, eine Explosion von Emotionen wie Verwunderung, erwartungsvolle Freude und Zugehörigkeit. Für ein paar Momente war sie ein Teil von ihm und er ein Teil von ihr gewesen, so untrennbar miteinander verbunden, wie zwei Menschen es nur sein konnten. Einen kurzen, außergewöhnlichen Augenblick lang war sie nicht allein gewesen.

Bewusst wandte sie sich ab. Sie flocht ihr Haar zu einem Zopf, machte ein Feuer im Kamin und holte ihre Listen hervor. Heute Nacht würde sie sowieso nicht schlafen können. Also konnte sie sich genauso gut mit etwas Sinnvollem beschäftigen.

Er hatte nicht gewusst, wohin er sonst gehen sollte. Sicherlich konnte er nicht im *Pulteney* bleiben. *Sie* war dort und rief ihm jeden sinnlichen Moment in Erinnerung, den er mit ihr verbracht hatte. Verwirrte ihn mit der Ungeduld, mit der er sie genommen hatte. Verärgerte ihn mit dem unschuldigen Auftreten, obwohl er den Beweis gesehen hatte, dass sie so unschuldig nicht sein konnte. Was, zur Hölle, hatte sie in Indien gelernt?

Für einen Augenblick dachte er darüber nach, es herauszufinden. Wenn sie gelernt hatte, ihr Schamhaar zu färben, was hatte sie dann noch aufgeschnappt? Würde sie es mit ihm tun? Seine zitternde Hand ignorierend, steckte er den Schlüssel in die Tür zu seinen Räumlichkeiten. Sie würde es *nicht* mit ihm tun. Bei Gott, er konnte sich nicht vorstellen, dass er es sich je wünschen würde. Es wäre, als würde er sich mit einer Nonne vergnügen. Mit einer pferdegesichtigen Nonne. Mit einer langweiligen, pferdegesichtigen Nonne. Die Tatsache, dass er maßlos ungerecht war, machte ihn nur noch wütender.

Er hatte einfach zu lange enthaltsam gelebt. Er hätte Minette einen Sack über den Kopf ziehen und sie mit sich nach London nehmen sollen. Dann hätte er nicht nur weiterhin seine geheimen Informationen bekommen, sondern auch verhindern können, dass das passiert wäre, was heute Nacht geschehen war. Er wäre zu befriedigt gewesen, um überhaupt mit dem Gedanken zu spielen, seine Frau zu verführen.

Seine Frau, die sich das verdammte Schamhaar gefärbt hatte. Verflucht, er hatte Minette *bitten* müssen, das zu tun.

Er war froh, dass er seine Wohnung im Albany nicht aufgegeben hatte. Er brauchte heute Nacht ein bisschen Abstand. Einen Ort, an dem er sich Grace' Duft und die Beweise seines Fehltritts vom Körper waschen konnte. Er musste allein sein.

»Tag, alter Junge, ich hätte nicht erwartet, dich hier zu sehen.«

Diccan blieb abrupt in der Tür stehen. Sein Salon war voller Menschen. Kurz fragte er sich, ob er versehentlich in das falsche Zimmer gegangen war. Aber nein. Da war sein braunes Ledersofa, und da hingen die Jagdbilder, die der Vormieter an den Wänden hatte hängen lassen. Ein paar Ausgaben des *Edinburgh Journal* lagen ordentlich gestapelt, zusammen mit einer Zeichnung von Gadzooks, die seine Schwester Winnie angefertigt hatte, auf dem Beistelltisch. Das waren seine kunstvoll verzierten Brandyschwenker, die er aus Irland mitgebracht hatte. Ja, das hier war definitiv seine Wohnung. Und gerade wurde sein Salon ganz offenbar von *Drake's Rakes* als Klubraum genutzt.

Während Diccan sich noch sammelte, stand Marcus Drake aus seinem Sessel auf. »Ich dachte, es macht dir nichts aus. Wir brauchten einen Ort, an dem wir uns ungestört treffen können.«

Marcus mochte grau melierte, braune Haare und braune Augen haben, doch Diccan hatte bei seinem Anblick immer an einen Wolf denken müssen. Drake war wachsam, raubtierhaft. Der geborene Anführer – sowohl als Earl Drake wie auch als Gründer der *Rakes.*

Chuffy Wilde, der Marcus folgte, war vollkommen anders. Er war rundlich und voller Sommersprossen und noch immer anfällig für Pickel. Er stand in der Gruppe für den zaghaften Versuch, an der Unschuld festzuhalten. Es war Chuffy, der Diccan die Hand reichte, als hätte dieser sie alle zu sich eingeladen. »Schön, dich zu sehen, alter Freund.«

Der Rest der Gruppe blieb einfach auf seinen Sofas und Sesseln sitzen, rauchte Zigarillos und trank seinen Alkohol. Ian Ferguson. Alex Knight. Beau Drummond. Nate Adams. Es war also eine beschlussfähige Mehrheit zusammengekommen, auch wenn Nate nach einem Abend bei Madame Lucille seinen Champagnerrausch ausschlief.

Für gewöhnlich hätte Diccan sich gefreut, jeden dieser Männer zu sehen. Aber heute war er sich nicht sicher, ob er dem gewachsen war. Er hatte das unangenehme Gefühl, dass er nach Sex roch. Nach Verführung. Nach Grace.

»Man kann nur hoffen, dass ihr mir zumindest ein wenig von meinem eigenen Brandy übrig gelassen habt«, brummte er und ergriff Chuffys dickliche Hand. »Seid ihr gekommen, um mit mir meine Hochzeit zu feiern? Ich hätte dich eigentlich bei der Trauung erwartet, Drake.«

Marcus Drake lächelte. »Ich war genauso überrascht wie du, alter Junge.«

Diccan zog eine Augenbraue hoch. »Nicht *ganz* so überrascht, denke ich.«

»Wie auch immer«, entgegnete Drake mit einem wissenden Gesichtsausdruck, »eine Feier ist angebracht. Ich mag sie.«

»Die Lady hätte es besser treffen können«, sagte Diccan.

»Das stimmt«, erwiderte Chuffy, dem die Zwischentöne entgangen waren. Er ließ sich wieder aufs Sofa fallen. »Eine wundervolle Frau. Sie hat meinem Bruder nach der Schlacht bei Cornwall das Bein gerettet.«

»Ich glaube, die Schlacht fand bei La Coruña statt, Chuff«, korrigierte Alex Knight ihn von seinem Platz in einem Sessel aus. Er hatte in der einen Hand ein Glas mit Brandy, in der anderen eine Zigarre. Sein weißblondes Haar fiel über seinen zerknitterten Kragen.

»Tatsächlich?« Chuffy blinzelte und lachte dann. »Natürlich. Ihr müsst es wissen. Unverständliche Namen. Schlachten sollten nur noch an Orten stattfinden, die man auch aussprechen kann.«

»Wie Cornwall?«

»Genau!«

Diccan ging zum Barschrank, um sich einen Drink zu nehmen. »Was treibt solche *bon vivants* wie euch hier zusammen?«

»Ich habe sie zusammengerufen, um sie auf den neuesten Stand zu bringen«, erklärte Drake und nahm wieder Platz.

»Was für ein Unglück, diese Sache mit Evenham«, brummte Chuffy. Das Licht brach sich in seiner Brille. »Arme Sau.«

Es war Beau Drummond, der schließlich das Wort ergriff. »Er war ein Vaterlandsverräter«, sagte der Viscount unnachgiebig und blickte mit finsterer Miene in die Runde. Beau hatte in der Schlacht von Talavera einen Bruder verloren. »Er hatte Glück, dass ich nicht da war.«

»Mehr als tot geht ja nicht«, erwiderte Diccan und nippte an seinem Brandy. Seltsamerweise beruhigte diese Unterhaltung ihn. Er war in seinem Element. Es gab ein Problem, das es zu lösen galt.

Ferguson schüttelte seinen großen Kopf mit den rotbraunen Haaren. »Selbst für einen kleinen Engländer war er eigentlich nicht der Typ für so etwas.«

»Wenn man einen Vaterlandsverräter irgendwie an seinem Aussehen erkennen kann«, sagte Drake, »verrate dem Innenministerium bitte, wie das geht. Es würde allen viel Zeit und Mühe ersparen.«

Der Schotte runzelte die Stirn. Sein sonst so offenes Gesicht wirkte mürrisch. »Du weißt, was ich meine. Der Junge war ein verfluchter Chorknabe. Wie haben diese Leute ihn dazu gebracht?«

»Das weiß ich nicht«, sagte Diccan, der keine Bedenken hatte zu lügen. »Die Antwort hat er mit ins Grab genommen.«

»Seid ihr sicher, dass der Innenminister sich irrt?«, fragte Alex. »Dass Evenham nicht nur ein Ablenkungsmanöver der Revolutionäre war?«

Ferguson lachte laut auf. »Sidmouth sieht überall Revolutionäre. Er wäre nicht so wahnhaft, wenn er mehr Zeit damit zubringen würde, sich um die echten Probleme zu kümmern, statt zu versuchen, jeden einzusperren, der sich beklagt.« Sein Lächeln war grimmig. »Hebt das für uns radikale Kelten auf.«

»Über Politik können wir später noch diskutieren«, schlug Marcus vor. »Wir sollten uns auf das Wesentliche konzentrieren. Du scheinst eine Zielscheibe zu sein, Diccan. Hast du irgendeine Ahnung, hinter was sie her sind?«

»Ich habe keine Ahnung. Ich kann mir vorstellen, dass man mich loswerden will, doch ich kann mir nicht denken, was ich ihrer Meinung nach wissen sollte.«

»Meint ihr, diese Leute wissen über uns Bescheid?«, fragte Drummond, als er aufstand, um die Gläser aufzufüllen.

»Dass die *Rakes* eigentlich Regierungsagenten sind, die sehr gut als aristokratische Lebemänner getarnt sind?«, fragte Drake trocken. Ohne die Augen aufzumachen, hob Nate Adams sein Glas. Drummond schenkte ihm nach.

Diccan zuckte mit den Schultern. »Es gibt nur einen Weg, um das herauszufinden. Wir müssen uns Einblick in ihre Organisation verschaffen.«

Einen Moment lang herrschte Schweigen im Raum, dann ergriff Drake das Wort. »Wenn uns nichts anderes einfällt, müssen wir deine Haushaltsarmee engagieren, um die Häuser von einigen der Personen zu infiltrieren, deren Namen Evenham genannt hat.«

»Haushaltsarmee?«, fragte Chuffy.

»Ach, stimmt«, sagte Ferguson und blickte auf, »du warst ja nicht auf dem Kontinent. Diccan hat einige Dienstmädchen angeheuert, die für ihn an Schlüssellöchern lauschen.«

Chuffy nickte wissend. »Niemand erfährt schneller, was los ist, als die Hausangestellten.«

»Die Informationen, die sie ihm in Wien liefern konnten, haben den Verlauf der Verhandlungen entscheidend verändert«, sagte Alex. »Sind sie dir über den Kanal gefolgt?«

Diccan zuckte mit den Schultern. »Ein paar von ihnen. Ich habe versucht, einige in Bentleys Anwesen unterzubringen. Es ist zwar vielleicht weit hergeholt, aber möglicherweise hat Bertie Evenham etwas im Haus seines Vaters hinterlassen, das uns nützlich sein könnte.«

Nachdenklich nickte Drake. »Was ist mit dir? Bereit dazu, dass die Löwen über dich herfallen?«

Diccan starrte in sein Glas. Er ließ den Brandy langsam kreisen. Das Licht brach sich in der bernsteinfarbenen Flüssigkeit. »Ich weiß nicht. Laut Bertie kommen nach dem Erpressungsversuch die Drohungen. Ich will Grace nicht in Gefahr bringen.«

»Das sollte kein Problem sein«, erwiderte Drummond. »Es war schließlich keine Liebesheirat zwischen euch beiden. Du solltest einfach dafür sorgen, dass jeder das weiß.«

»Vielleicht versuchen sie es nun auch bei einem anderen *Rake*«, sagte Alex Knight. »Immerhin gibt es zehn von uns.«

»Und wenn man unserem Ruf trauen kann, sind wir alle auch erpressbar«, warf Chuffy grinsend ein. »Mir würde es nichts ausmachen, wenn sie hinter mir her wären. Wäre mir eine Ehre. Ich war schließlich nie so berühmt-berüchtigt wie ihr, meine Herren.«

Eine weitere Stunde lang diskutierten sie über Pläne und Möglichkeiten. Am Ende beschlossen sie jedoch abzuwarten. Die Glocken von St. George schlugen drei Uhr, als

Drake Nate Adams wach rüttelte, weil die *Rakes* gehen wollten. Doch als die anderen hinausgingen, blieb Drake mit Diccan zurück.

»Eines noch, alter Junge«, sagte Drake verdächtig ruhig. »Ich nehme an, dass du gerade von dort gekommen bist, wo auch immer du und deine Frau derzeit wohnen.«

Mit dem Schlüssel in der Hand hielt Diccan inne. »Und wenn es so wäre?«

»Ich meine, Hinweise zu entdecken, die in mir den Eindruck wecken, dass deine Braut nun keine Jungfrau mehr ist.«

Diccan erstarrte. »Das geht dich überhaupt nichts an!«, erwiderte er aufgebracht.

»Das tut es doch, wenn du oder deine Gattin getötet werdet. Ich stimme Beau zu. Euer bester Schutz ist es, wenn du konsequent Desinteresse an ihr zeigst. Zumindest für den Augenblick. Du willst sie doch nicht zur Zielscheibe machen, oder?«

Diccan nahm Marcus seine Einmischung sehr übel. Verdammt, hatte er nicht schon genug Probleme mit seiner Ehe, ohne dass andere Leute ihre Nase in seine Angelegenheit steckten? Er funkelte Drake an, trank seinen restlichen Brandy aus und stellte das Glas ab. »Gut. Von jetzt an werden meine Gedanken rein sein, und meine Hände bleiben bei mir.«

Bemerkenswert, dass er keine Erleichterung empfand.

Nur wenige Blocks entfernt, in einem Stadthaus in der Bruton Street, beobachtete der Chirurg aus den Schatten heraus, wie zwei ältere Mitglieder der Löwen sich über einen Schreibtisch hinweg stritten. Sie waren allein in einer mit Holz vertäfelten Bibliothek, während einen Flur weiter die Geräusche eines Balls zu hören waren.

»Warum muss es Hilliard sein?«, wollte der Herr auf der Besucherseite des Schreibtischs wissen. »Sicherlich gibt es jemanden, der besser geeignet ist und den wir für uns gewinnen können.«

»Ihre einzige Aufgabe bestand darin, ihm zu schaden«, erwiderte sein Vorgesetzter mit vernichtend kalter Stimme. »Da Sie nicht einmal das geschafft haben, bezweifle ich, dass irgendjemand an Ihrer Meinung interessiert ist.«

Der Besucher schnaubte. »Wie konnten wir ahnen, dass er das Mädchen tatsächlich heiraten würde? Grundgütiger, haben Sie sie gesehen?«

»Das spielt keine Rolle mehr. Wir müssen weitermachen, und Hilliard ist noch immer unsere beste Wahl. Unsere Quelle in Frankreich meint, dass man ihn umdrehen könnte.«

»Nicht mit Erpressung. Es sei denn, er bringt zufällig seine Frau um.«

»Die Möglichkeit haben wir noch nicht endgültig verworfen. Aber für den Moment sollten Sie die beiden einfach nur im Auge behalten. Bald soll jemand aus Frankreich kommen und uns helfen, Hilliard für uns einzufangen. Hilliard ist unsere Verbindung. Außerdem ist er der Letzte, der Bertie Evenham lebend gesehen hat. Ich muss wissen, ob der Junge etwas gesagt hat.«

»Er hatte den Vers nicht?«

»Nicht, als unsere Leute dort eintrafen. Evenhams Vater behauptet noch immer, dass Bertie ihn nie genommen hätte, doch er ist auch sonst nirgends aufgetaucht.«

»Sind Sie sicher? Könnten Ihre Informanten gelogen haben?«

»Nicht, als *ich* sie befragt habe«, erwiderte der Chirurg und trat aus seinem Versteck.

Ein Blick auf den Chirurgen reichte aus, und der Besucher wurde bleich. »Natürlich. Natürlich. Sie sind extrem gründlich.«

»Extrem«, versicherte der Chirurg und trat ein bisschen zu nahe an den Mann heran, ehe er sich setzte. Er lehnte sich auf seinem Stuhl zurück, zog sein Lieblingsmesser hervor und fing an, damit über seine Handfläche zu streichen. »Es wäre mir ein Vergnügen, mich an Ihrer Stelle um Hilliard zu kümmern.«

»Vielleicht später«, versprach sein Vorgesetzter mit einem seltsam gierigen Lächeln. »Wenn es anders nicht klappt oder wenn wir ihm einen ... Beweis liefern müssen, dass unsere Drohungen ernst gemeint sind.«

»Lady Kate?«, fragte der Besucher.

»Zu problematisch. Sie ist vielleicht berüchtigt, aber die Duchess ist komischerweise auch sehr beliebt. Dagegen würde Hilliards Frau sich anbieten, denke ich. Wer würde schon den Verlust einer Soldatentochter beklagen?«

Der Besucher lachte. »Sehen Sie sie an, und sagen Sie mir, ob es Hilliard selbst etwas ausmachen würde. Um ehrlich zu sein, würden Sie ihm damit wahrscheinlich einen Gefallen tun.«

Der Vorgesetzte lächelte. »Ich glaube, der Chirurg ist ... erfahren genug, um sie am Leben zu lassen.«

Der Chirurg blickte ihn finster an. »Sie wäre nicht meine erste Wahl. Sie ist makelbehaftet.«

»Ich denke, Sie werden einen Weg finden, um Ihre Abneigung zu überwinden.«

Nun lächelte der Chirurg. »Ich werde mir größte Mühe geben, um das perfekte Zitat zu finden, das ich auf ihre Brust ritzen werde.«

Der Vorgesetzte nickte. »Gut. In der Zwischenzeit ...« Wieder waren seine langen Finger in Bewegung. Diesmal klopfte er auf einen ungeöffneten Umschlag. »... holen

Sie noch mehr Informationen über Hilliard ein. Er scheint seltsam gut gekleidet zu sein für jemanden, der von seinem Vater verstoßen worden ist und keine Unterstützung bekommt. Ich habe Gerüchte gehört, dass er nicht abgeneigt ist, Informationen gegen Gold zu tauschen.«

Der Chirurg drehte das Messer, um zu beobachten, wie das Licht sich auf der Klinge brach. »Was die Frage aufwirft, warum er die Chance, eine reiche Erbin zu heiraten, in den Wind geschrieben hat, um diese Vogelscheuche zu ehelichen. Ich wette, sie wird als Jungfrau sterben.«

»Das will ich nicht hoffen«, erwiderte der Vorgesetzte, »denn sonst können wir sie nicht benutzen.«

Der Chirurg seufzte ungeduldig. »Sind Sie sicher, dass wir ihn nicht einfach töten und weitermachen können?«

»Noch nicht. Das bedeutet jedoch nicht, dass wir ihn nicht zerstören können.«

Kapitel 9

Am nächsten Morgen erwachte Diccan und wusste noch immer nicht, wie er sich seiner Frau gegenüber verhalten sollte. Er wusste, dass er nach ihr sehen sollte, ehe er aufbrach, um seinen Verpflichtungen nachzukommen. Er musste ihr seine Entscheidung bezüglich ihrer Ehe mitteilen. Aber er war sich sicher, dass sie noch zu verletzt war, um mit ihm zu sprechen. Es war besser, ihr etwas Zeit zu geben. Er schlüpfte gerade aus seinem Zimmer, als er über eine Überraschung stolperte, die seine Laune hob. Barbara Schroeder räumte den Salon auf.

»Tja, Babs«, begrüßte er sie lächelnd, »wie es aussieht, warst du erfolgreich.«

Beim Klang seiner Stimme richtete Babs sich auf und drehte sich mit einem erfreuten Lächeln zu ihm um. »Tja, wenn das nicht Diccan, der unverbesserliche Dandy, ist«, erwiderte sie in einem Ton, der sanft und geheimnisvoll war.

Diccan konnte nicht anders – er verglich sie mit Grace. Grace war kantig und sachlich. Babs war kurvig, hatte immer ein Lächeln auf den Lippen und die richtige Körpergröße, um sich perfekt in den Arm eines Mannes zu schmiegen.

»Du hattest recht«, sagte sie und trat so nahe an ihn heran, dass niemand anders sie hören konnte, »ich musste nur die tragische Geschichte erzählen, eine Kriegswitwe zu sein, und schon hatte ich die Anstellung. Ich fürchte, sie ist wirklich eine nette Lady.«

»Das habe ich auch gehört.«

Er war überrascht, wie finster sie ihn anblickte. »Ich meine es ernst.«

Er konnte das Zitronenkrautöl riechen, das Babs als Parfum trug, und es beruhigte ihn. »Ich weiß. War die Nummer von gestern Nacht deine Idee?«

Ihr Lächeln war abgeklärt, als sie den Kopf schüttelte. »Wirst du ihr die Wahrheit über mich erzählen?«

Er runzelte die Stirn. »Himmel, nein. Warum sollte ich?«

Babs sah ihn an, als wäre er der größte Narr der Welt. »Sie wird es herausfinden.«

»Nicht, wenn du es ihr nicht verrätst. Und jetzt sei ein braves Mädchen und kümmere dich um deine Herrin.« Mit einem leichten Klaps auf ihren Po ging er pfeifend davon.

Grace war schließlich doch noch eingeschlafen. Warm zugedeckt und zusammengerollt, lag sie in einem Sessel am langsam erlöschenden Kaminfeuer. Das Murmeln von Stimmen, das aus dem Salon drang, weckte sie. Sie rieb sich die Augen, reckte sich und stand auf.

Das Aufstehen allein reichte, um ihr zu zeigen, wie dumm es gewesen war, in dieser Stellung zu schlafen. Ihr Knie verkrampfte sich, und Schmerz schoss durch ihr Bein. Einen Moment lang konnte sie nur dort stehen bleiben, wo sie war, und sich mit den Händen an der Rückenlehne des Sessels festklammern.

Wie immer ging der Krampf irgendwann vorbei. Dieses Mal konnte sie allerdings nicht so tun, als würde das alles keine Rolle spielen. Es war eine Mahnung, was für einen Preis Diccan zahlen musste, weil er sie geheiratet hatte. Er war nicht nur mit einer gewöhnlichen, unattraktiven Frau belastet, sondern mit einem Krüppel.

Der Krampf hatte sich schon lange gelöst, bevor sie endlich den Tag beginnen konnte.

Als Schroeder an die Tür klopfte und eintrat, wusch Grace sich, als wäre es ein ganz gewöhnlicher Morgen. Sie beachtete Barbaras hochgezogene Augenbraue beim Anblick ihres Baumwollnachthemds nicht. Sie war zu beschäftigt damit, ihre nächste Begegnung mit Diccan zu planen. Sie mussten das, was in der vergangenen Nacht passiert war, vergessen. Und Grace wusste, dass Männer nicht gern mit ihren Fehlern konfrontiert wurden. Also würde es an ihr liegen, ihre gemeinsame Zukunft zu bestimmen.

»Wissen Sie, ob Biddle schon Mr. Hilliard geweckt hat?«, fragte sie, während sie ihr Haar hochsteckte.

Die hübsche blonde Frau runzelte die Stirn. »Ich glaube, Mr. Hilliard ist schon zum Frühstück nach unten gegangen, Ma'am.«

Grace seufzte. Sie hätte lieber allein mit ihm gesprochen, aber sie hatte nicht vor, diese Möglichkeit, ihn zu beruhigen, ungenutzt verstreichen zu lassen. Sie bedankte sich bei Schroeder, nahm ihre Listen und trug sie ins Speisezimmer, wo Diccan saß und bei Kaffee und einem Rindersteak die *Times* las.

»Guten Morgen, Diccan«, begrüßte sie ihn und war erleichtert, dass sie so nüchtern klang.

Sein bloßer Anblick ließ ihr Herz beunruhigend stolpern. In seiner tabakbraunen Jacke und der blassbraunen Kniebundhose sah er sehr gepflegt aus. Sein Haar war in sanfte Wellen gelegt. Nichts erinnerte mehr an die wilden Locken der vergangenen Nacht. Dieser gut aussehende Mann hatte ihr gehört – wenn auch nur kurz.

»Meine Liebe«, sagte Diccan und sprang auf, um ihr den Stuhl zurückzuziehen.

Bei der Anspannung in seinem Gesicht wäre Grace beinahe zusammengezuckt. Er konnte sie kaum ansehen. Für diesen bedeutungsvollen Moment hing das, was passiert war, zwischen ihnen, und Grace hatte das Gefühl, keine Luft mehr zu bekommen. Sie hätte schwören können, ihn in sich zu spüren und dieses erstaunliche, faszinierende Gefühl der Erfüllung zu fühlen. All die verbotenen Empfindungen, die er in ihr ausgelöst hatte, trieben ihr die Röte ins Gesicht. Doch er wirkte so gequält.

»Danke«, sagte sie und bemühte sich, möglichst ungerührt zu klingen, als sie sich setzte. »Oh, das Steak sieht wundervoll aus.«

Ein Kellner tauchte an ihrer Seite auf. »Steak, Madame?« Er klang leicht erschrocken.

Sie legte ihre Listen ab und lächelte. »O ja. Blutig, bitte. Und Eier. Und, oh, Brötchen mit Streichrahm und Marmelade. Tee und … hm, vielleicht ein paar Früchte. Haben Sie Orangen? Seit ich in Spanien gelebt habe, habe ich eine Schwäche für Orangen.«

Der Kellner verbeugte sich und verschwand. Diccan nahm wieder Platz und warf ihr ein trockenes Lächeln zu. »Bist du dir sicher, dass der Kellner nicht einfach ein Rind auf den Tisch packen sollte – und fertig?«

Sie lachte leise. »Ich fürchte, ich bin keine dieser zerbrechlichen Schönheiten, die wie ein Vögelchen essen.«

»Ach, ich weiß nicht. Ich habe schon Vögel gesehen, die genauso viel essen. Das waren allerdings Andenkondore.«

Wieder lachte sie. »Beizeiten würde ich gern mehr darüber hören. Aber für den Moment kannst du in Ruhe deine Zeitung zu Ende lesen. Wenn du später allerdings ein paar Minuten Zeit hättest, würde ich gern deine Meinung über ein paar zum Verkauf stehende Anwesen hören. Ich hatte gehofft, heute mit den Besichtigungen anfangen zu können.«

Jeder andere hätte nur die seltsame Belustigung in Diccans Augen gesehen. Grace dagegen bemerkte, wie die Bestürzung der Überraschung wich und sich schließlich Erleichterung in seinem Blick zeigte. Sie hatte das Gefühl, er hatte für ihre erste Begegnung das Speisezimmer gewählt, damit sie ihn nicht auf die letzte Nacht ansprechen konnte. Hoffentlich war er jetzt beruhigt. Sie hatte genauso wenig ein Interesse daran, über das zu sprechen, was geschehen war, wie er. Ihr Körper erinnerte sie daran, wie dumm sie gewesen war. Ihre Brüste schmerzten, und ihre Gliedmaßen fühlten sich noch immer schwach und zittrig an.

»Du machst mich fertig, meine Liebe«, sagte er und wies mit einem Kopfnicken auf die Blätter, die sie auf dem Tisch ausgebreitet hatte. »Was tust du nach dem Mittagessen? Eine Invasion vorbereiten?«

»Noch nicht. Zumindest nicht, bis meine Garderobe geliefert worden ist.«

»Du solltest dich heute oder morgen mit Kate treffen. Sie kann sich die Anwesen genauso gut ansehen.«

Der Kellner kehrte zurück und schenkte Tee ein. Grace konzentrierte sich auf den bitteren Geschmack und nicht auf die Ungerechtigkeit von Diccans Worten. »Warum warten?«, fragte sie. »Traust du deinem eigenen Geschmack nicht?«

»Es liegt nicht an mir …« Jäh hielt er inne, und sie sah, dass sie ihn nervös gemacht hatte. Er hielt seine Frau für einen Tölpel und wollte es ihr nicht sagen. Plötzlich wollte Grace ihn dazu zwingen.

»An mir liegt es auch nicht«, entgegnete sie knapp und blätterte ihre Listen durch. »Ich verstehe, dass du eher an

Lady Kates Geschmack gewöhnt bist, doch sie wird nicht dort wohnen. Wir werden dort wohnen.«

Sie blickte auf und rechnete damit, Verärgerung in seinem Blick zu sehen. Sie spürte, wie ihr Herz wieder zu stolpern begann, denn sie nahm kurz Reue, Ungewissheit wahr … ein starker Ausdruck dieser Gefühle. Aber Diccan war ein Meister darin, seine Gefühle zu verbergen, doch sie hatte es gesehen – und es tat weh.

Grace hatte jahrelange Erfahrung darin, ihre Kränkung nicht zu zeigen. Glücklicherweise wurde in diesem Moment das Frühstück gebracht. Der Kellner stellte einen vollen Teller auf den Tisch. Es war eine gute Art und Weise, die nächsten Minuten zu verbringen, auch wenn sie eigentlich den Appetit verloren hatte. Diccan widmete sich wieder der *Times,* und sie betrachtete ihre Listen.

»Ich habe heute Vormittag eine Verabredung in Whitehall. Ansonsten hätte ich mir die Anwesen mit dir angesehen«, sagte er irgendwann. »Ich habe nur vorgeschlagen, dass du dir Kates Rat holen könntest, weil sie sich in London auskennt. Ich wollte dich nicht verletzen.«

Grace unterdrückte ein Seufzen. »Selbstverständlich wolltest du das nicht. Woher sollst du auch wissen, dass mein Geschmack nicht so fürchterlich ist? Wenn es dir lieber ist, werde ich auf Kate warten. Aber ich hasse es zu warten. Es wäre vielleicht hilfreich, wenn du mir einfach verrätst, was dir gefällt.«

»Du zuerst«, erwiderte er und legte die Zeitung beiseite. »Hast du eine Ahnung, was du willst?«

Einen Moment lang kämpfte sie gegen eine Welle der Traurigkeit. O ja, sie wusste, was sie wollte. Sie hatte ihr gesamtes Leben damit verbracht, Longbridge einzurichten, damit sie sich dort wohlfühlte. Es hätte ihr Zuhause sein und ihr allein gehören sollen. Es hätte ein Ort sein sollen, an dem sie sie selbst sein konnte, ohne Angst haben zu müssen, dass man sich über sie lustig machte.

Wenn sie allerdings die Kleidung in Schwarz und Weiß betrachtete, die Diccan zu tragen pflegte, glaubte sie kaum, dass er für das Zuhause, das ihr vorschwebte, schon bereit war. Sie war sich nicht einmal sicher, ob er jemals dafür bereit sein würde. Wenn sie ihn besser kannte oder wenn sie ihm mehr vertraute, würde sie ihre Majolika-Stücke – bunt bemalte Keramiken – oder ihre goldene Ganesha-Statue hervorholen. Sie würde ihm Bhanwar Singh vorstellen und ihn mit Currygerichten verwöhnen. Aber im Moment durfte sie nicht vergessen, dass es ihr Plan war, das zu sein und zu verkörpern, was Diccan brauchte.

»Na ja«, sagte sie und schmierte Butter auf ihr letztes Brötchen, »ich würde mir wünschen, dass unser Haus nicht wie ein Kuhstall oder eine ausgebombte Kirche aussieht. Ich kann nicht sagen, dass mir das gefallen würde.«

Er zog eine Augenbraue hoch. »Ein Kuhstall?«

Sie lächelte. »Sehr warm im Winter. Und Kühe sind sehr genügsame Hausgäste.«

»Keine Kühe – egal, wie gefällig sie sind. Hauswirtinnen in Mayfair sehen Nutztiere nicht gern.«

»Aha. Das ist etwas, bei dem wir uns schon mal einig sind. Noch etwas?«

Er sah aus, als würde er tatsächlich darüber nachdenken. »Durch meinen Job habe ich nie irgendwo Wurzeln schlagen können. Doch wenn du Kates Stil als Vorlage nimmst, könnte ich mir vorstellen, dass es passt.«

»Klare Linien, und sonst sehr schlicht und nicht zu überladen.«

»Genau.«

Sie nickte und betrachtete ihre Liste mit Möbelbauern. »Das sehe ich genauso. Krokodilfüße gehören in einen

Fluss, nicht an ein Sofa. Gibt es Familienschätze, die einen besonderen Platz benötigen? Ich habe gehört, dass du ein Anwesen in Gloucestershire besitzt. Gibt es dort etwas, das hierhergebracht werden sollte?«

»Gott, nein, das ist ein freudloses, düsteres Haus. Das einzige Bild dort zeigt meinen Großonkel Philbert, der noch freudloser und düsterer war als sein Haus. Ich war mir immer sicher, dass er mich in einen Ofen stoßen und mich zum Abendessen braten würde. Ich kann mir nicht vorstellen, welche Wirkung er auf die Kinder haben würde.«

Grace fing an, leise zu lachen. Als sie jedoch aufblickte, bemerkte sie, dass Diccan still geworden war. Er starrte sie mit einem eindringlichen Ausdruck in den Augen an. Und plötzlich verstand sie.

»Kinder«, sagte sie und wusste, dass sie aufgewühlt klang. »Ich habe nicht daran gedacht …«

Ganz sicher nicht vor seinem Besuch in der Nacht. Allein der Gedanke daran ließ sie wieder erröten.

»*Willst* du Kinder?«, fragte er, als hätte er eigentlich »Bettwanzen« sagen wollen.

Sie blinzelte. Ein Sturm der Gefühle entfesselte sich in ihrer Brust. Hoffnung, Angst, Erstaunen. »Ich hätte mir nie …« *Ich hätte mir nicht träumen lassen, einmal Kinder zu haben,* dachte sie. Sie hatte schon vor langer Zeit erkannt, dass kein Mann der Vater ihrer Kinder sein wollte, und hatte die Vorstellung an einem Ort verschlossen, an dem sie ihr nicht weiter wehtun konnte. Sie wusste nicht, was sie nun damit anfangen, was sie antworten sollte. »Was ist mit dir?«

Sein Blick verfinsterte sich. »Danke, nein.«

Sie fragte sich, wie seine Antwort gelautet hätte, wenn sie eine andere Frau gewesen wäre.

»Zumindest für den Augenblick«, sagte er und klang gequält. »Es wäre also besser …«

Entschlossen drängte sie die Hoffnung zurück, die für einen winzigen Moment in ihr aufgestiegen war. Sie nickte und wandte sich wieder ihren Listen zu. »Natürlich. Ich werde mich darum kümmern.«

Seltsamerweise schien sie ihn mit dieser Antwort schockiert zu haben. »Meine liebe Grace, das ist eine ungehörige Vorstellung.«

Sie legte den Kopf schräg und fand es plötzlich lustig. »Dass ich weiß, wie man eine Schwangerschaft verhütet? Dachtest du, dass nur Soldaten meine Hilfe gebraucht haben? Glaube mir, es gibt nicht viele Dinge, die noch gefährlicher sind, als auf dem Vormarsch ein Kind zu bekommen. Die vernünftigeren Frauen tun ihr Bestes, um das zu verhindern. Ich habe geholfen, wo ich konnte.«

Langsam schüttelte er den Kopf. »Du bist immer für eine Überraschung gut.«

»Warum eigentlich? Du weißt, dass ich keine normale Kindheit hatte.«

»Ich fange an, das zu schätzen.«

Einen Moment lang glaubte sie, die Erinnerung an die Nacht zuvor in seinen Augen stehen zu sehen. Sie wünschte sich, er hätte nicht so empört über das Geschehene gewirkt. Aber das war nichts, worüber man in einem öffentlichen Raum sprechen konnte. Genauso wenig wie über die Verhinderung einer Schwangerschaft. Mit einem Mal ertappte sie sich dabei, dass sie lachte.

»Was findest du so komisch?«, erkundigte Diccan sich.

Sie schüttelte den Kopf. »Ich dachte nur gerade, dass ich kein Paar kenne, das weniger voneinander weiß als wir.«

Er warf ihr ein Lächeln zu. »Das stimmt nicht ganz, meine Liebe. Du weißt, dass ich in jeder Hinsicht einen beispiellosen Geschmack habe und dass in meinen Händen ein Monokel tödlicher sein kann als ein Säbel.«

»Und dass dein Vater der Ansicht ist, dass es allen anderen Sterblichen an moralischer Stärke mangelt.« Sie hatte es kaum ausgesprochen, als sie auch schon wieder errötete. »Es tut mir leid. Das war gemein.«

»Entschuldige dich niemals dafür, die Wahrheit gesagt zu haben, Grace. Das ist ermüdend.«

Er war in seine öffentliche Rolle geschlüpft, wie Grace feststellte: der Blick verschleiert, die Haltung lässig, der Tonfall amüsiert. *Ist das gut oder schlecht?*, dachte sie. Bisher hatte es sie verunsichert, wenn er so gewesen war.

»Selbst wenn die Wahrheit unangenehm ist?«, fragte sie.

»Vor allem dann. Doch das gilt nur mir gegenüber. Denn ich bin mir nicht sicher, ob die Damen der feinen Gesellschaft das genauso zu schätzen wüssten wie ich.«

Ich will dich. Sie hatte keine Ahnung, woher der Gedanke gerade gekommen war. Nein, sie wusste es genau. Es war eine plötzliche Erinnerung, die diesen Gedanken aufgebracht hatte. Eine Erinnerung an sein zerzaustes Haar zwischen ihren Knien, seine Finger, die eine Spur von Flammen auf ihrer Haut hinterlassen hatten, seine Augen, in denen Sünde und zugleich Lachen gestanden hatten, als er Unbeschreibliches mit ihr getan hatte. Beinahe verzweifelt wünschte sie sich, die vergangene Nacht hätte anders geendet.

Sie hätte sich auch wünschen können, ein anderer Mensch zu sein. Ein Mensch, der einen Mann, der so kultiviert, so erfahren und lebendig war wie Diccan, wirklich anziehen konnte. Ein Mensch, der zu ihm passte. Sie hätte sich genauso gut wünschen können, ihr Vater würde zurückkommen. Oder – wenn sie schon solche Gedanken hegte – ihre Mutter.

»Welche Wahrheit lässt dich schon wieder erröten?«, fragte er, als der Kellner die leeren Teller abräumte.

Sie konnte sich nicht daran erinnern, etwas gegessen zu haben. »Mein Appetit.«

»Tja. Das ist allerdings etwas, bei dem man durchaus erröten kann. Ich muss gestehen, dass ich erstaunt bin. Wie kann es sein, dass du weniger wiegst als Lady Cornley?«

Grace nippte an ihrem Tee. »Ist sie eine Freundin von dir?«

Diccan schauderte. »Himmel, nein. Ich könnte schwören, dass die Frau ihre Freunde isst.«

Grace stellte fest, dass sie lachen musste. »Du kennst sehr interessante Menschen.«

Diccan nahm Grace' Listen und las sie, während sie ihren Tee trank. »Möpse«, sagte er plötzlich. »Ich will diese abscheulichen Kreaturen auf keinen Fall in meinem Haus haben – egal, für welches Haus wir uns entscheiden sollten.«

Grace lächelte. »Hat ein Mops dich mal vor den Kopf gestoßen?«

»Alle zivilisierten Menschen sollten Möpse ablehnen, meine Liebe«, entgegnete er beleidigt. »Sie *schnüffeln.* Meine Mutter hat es sich zur Lebensaufgabe gemacht, diese kleinen Monster zu züchten.«

Grace nickte. »Dann entscheidest du über unsere Haustiere. Ich habe sowieso keine Erfahrung damit.«

Diccan sah sie an. Seine Miene wirkte seltsam ungerührt. »Dann entscheide ich, dass wir überhaupt keine Haustiere haben werden. Was ist mit dem Affen?«

Sie lächelte. »Ich habe bisher noch nicht mit ihm zusammengewohnt. Ich habe allerdings gehört, dass man, wenn man ihn als Haustier hat, keine Feinde mehr braucht.«

»Unglaublich, meine Liebe. Besser wär's, wenn du nicht

so ein großes Herz für Tiere hättest. Aber du hast ja sogar Gefallen an meinem hässlichen Pferd gefunden.«

Wieder lächelte sie. »Ich habe nie gesagt, dass ich keine Tiere möchte. Ich habe gesagt, ich hätte nie eines gehabt. Pferde und Jagdhunde sind die einzigen Tiere, die einen Gewaltmarsch, wie er im Krieg manchmal nötig war, überstehen – und bekanntermaßen sind sie die denkbar schlechtesten Haustiere zum Streicheln. Hattest du als Kind Haustiere? Außer den Möpsen natürlich.«

»Möpse sind keine Haustiere. Sie sind Ungeziefer. Und selbstverständlich hatte ich ein Haustier. Ich hatte eine Gans.«

Grace hätte beinahe ihren Tee ausgespuckt. »Wie bitte?«

Er sah sie ernst an. »Eine Gans. Sicherlich hast du schon Bekanntschaft mit der einen oder anderen Gans gemacht.«

»Sicher. Das habe ich. Ich habe sie verspeist.«

Er zuckte zusammen. »Erspare mir die Details. Meine Gans war die mutige Beschützerin von kleinen Jungs und Scheunenhöfen. Ihr Name war Mildred.«

Grace verspürte den unbändigen Drang, laut loszuprusten. »Ein schöner Name.«

Diccan warf ihr einen Blick zu, der bedrohlich hätte wirken können, wenn seine Augen nicht gefunkelt hätten. »Diese Information ist nicht für die Öffentlichkeit bestimmt.«

»Du liebe Zeit, nein. Angesichts der Tatsache, dass du ein Vorreiter in Sachen neuester Mode bist, würde es vielleicht Schule machen, dass man eine Gans neben sich in der Kutsche hat – und was würde dann aus dem traditionellen Weihnachtsbraten werden?«

Seine Mundwinkel hoben sich. »Genau. Hast du einen

Stift? Auf der Liste stehen einige Anwesen, deren Besichtigung man sich sparen kann.«

Grace reichte ihm ihren Bleistift, und er fing an, einige Adressen durchzustreichen.

»Bentley?«, überlegte er laut und runzelte die Stirn. »Wie kommt es, dass ich nichts davon gehört habe?«

»Viscount Bentley? Der Makler meinte, dass er auch seinen Stall verkauft. Er klang, als wäre es von großer Bedeutung.«

Diccan sah stirnrunzelnd auf. »Er hat gerade seinen Sohn verloren. Jetzt frage ich mich, was noch …«

»Wie bitte?«

Er schreckte auf, als wäre er aus seinen Grübeleien gerissen worden. »Kannst du fahren?«

Unwillkürlich fragte sie sich, was er ihr verschwieg. »Zählen Kamele auch?«

»Nur wenn sie vor einen Zweispänner gespannt sind.«

Sie nickte. »In dem Fall werde ich lediglich damit prahlen, dass ich vom Verpflegungswagen bis zur Herrenkutsche alles fahren kann. Ich wollte auch mal ein Geschütz bewegen, doch General Picton hat Einspruch erhoben.« Als Diccan die Augenbrauen hochzog, lächelte sie. »Zwischen den Feldzügen hatten wir viel Zeit. Die Männer meines Vaters haben dann am liebsten meine Fähigkeiten geprüft und erweitert.«

»Ihr hattet Herrenkutschen in Talavera?«

»In Kalkutta.«

Er schüttelte den Kopf. »Kamele zu den Pyramiden zu reiten hätte mir als Eignungsnachweis schon ausgereicht. Bentley hat Kutschpferde, die gut für dich wären. Und du hast erwähnt, du hättest schon ein Pferd?«

Sie nickte. »Ich hatte gehofft, dass Harper sie mitbringen würde, wenn wir ein Anwesen gefunden haben.«

»Wo ist sie jetzt?«

»Auf Longbridge. In Berkshire.«

Er warf ihr ein schiefes Lächeln zu. »Sie wohnt mit dem Affen zusammen?«

»Genau.«

»Sieh dich nicht genötigt, die Einladung auch auf ihn auszuweiten. Ich habe eine Abneigung gegen Flöhe.«

Sie lachte leise. »Lass dir gesagt sein, dass Mr. Pitt anspruchsvoller und penibler ist als die meisten Adligen, die ich kennengelernt habe.«

»Das bewundere ich. Trotzdem ist in meinem Haus kein Platz für ihn. Das ist meine zweite Regel, was Haustiere angeht.«

»Was ist mit den Harpers? Sie sind für mich wie eine Familie. Gibt es für sie einen Platz?«

»Ich erinnere mich an sie. Ein lebhafter kleiner Ire und eine grimmige große Irin?«

Sie nickte. »Sie sind auch auf Longbridge. Seit ich sieben Jahre alt war, kümmern sie sich um mich.«

»Ich nehme an, dass sie keine Flöhe haben?«

»Breege würde dir allein für diese Frage eine Backpfeife versetzen.«

»Hast du sie über deinen veränderten Status informiert?«

Unbehaglich stellte sie die Tasse ab. »Ich … äh … ich dachte, ich würde ihnen Bescheid sagen, sobald ich eine Adresse habe. Es wäre doch dumm, Harper mit Epona in ein Hotel kommen zu lassen, um sie dann woanders hinzubringen.«

Er nickte. »Sie können kommen. Obwohl ich glaube, dass sie sich in einem Stadthaus vielleicht ein bisschen eingeengt fühlen.«

Sie gab es nicht gern zu, aber er hatte recht. Sean und

Breege würden in dieser exklusiven Atmosphäre verwelken. Sie hatten schon den Aufenthalt bei Lady Kate nur knapp überstanden. Es wäre besser, sie blieben auf Longbridge, um den Singhs zu helfen, sich einzurichten und einzuleben. Doch andererseits wusste sie nicht, wie sie ohne die beiden zurechtkommen sollte.

»Wenn ich es mir recht überlege«, sagte Diccan, »hätte ich allerdings ein besseres Gefühl, dich hier zurückzulassen, wenn die beiden da wären.«

Zum zweiten Mal innerhalb kürzester Zeit brachte er sie dazu, ihn abrupt anzusehen. »Zurücklassen? Wohin willst du?«

Er winkte ab. »Paris. Zuerst einmal. Aber wer weiß? Ich könnte mich auch in der Wildnis von Siam wiederfinden.«

Eine Welle von Verlustgefühlen überrollte sie. War das nicht genau das, was sie sich wünschte? Allein zu sein? Doch wieder einmal zurückgelassen zu werden wie ein alter Regenschirm?

Ihre Bestürzung hatte sich anscheinend auf ihrem Gesicht gezeigt, denn Diccan war mit einem Mal ganz ruhig. »Das hast du doch von mir gewusst.«

»Stimmt. Das habe ich gewusst.« Grace gelang ein schiefes Lächeln. »Ich habe nur gerade denken müssen, dass ich noch nie in Siam war.«

Diccan sah sie finster an. »Ich dachte, du würdest es vorziehen hierzubleiben.«

Grace bemühte sich, nicht zu enttäuscht und verletzt auszusehen. »Würdest du es *vorziehen,* dass ich dich nicht begleite? Das ist eine ganz neue Situation für uns beide.«

Er nahm sich Zeit für seine Antwort. Grace' Herz sank.

Schließlich lächelte er sie steif an. »Wie sollen wir wissen, was wir wollen? Wir kennen uns noch überhaupt nicht. Ich würde vorschlagen, dass wir täglich eine Stunde damit verbringen, Informationen auszutauschen: Vorlieben, Abneigungen, Lieblingsmenschen, -speisen und so weiter. Magst du die Farbe Blau? Musst du bei Stücken von Shakespeare weinen? Würdest du für die letzte Hummerpastete über Glasscherben gehen? Es sollte nur ein paar Monate dauern, um genug zu wissen, damit man noch mal auf diese Frage zurückkommen kann, meinst du nicht?«

Grace legte den Kopf schräg, als würde sie über die Frage nachdenken. »Die Lieblingsmenschen aufzuzählen würde eine Weile dauern. Aber die anderen Fragen? Ja, ja und absolut. Ich würde dich sogar hinter mir herschleifen, wenn es zusätzlich *gulab jamun* gäbe.«

Er zog eine Augenbraue hoch. »Ich hoffe nur, dass das etwas zu essen ist und keine heidnische Religion.«

Sie lächelte. »Das ist eine indische Delikatesse. Meine Freundin Radhika macht sie für mich. Es sind frittierte Teigbällchen in mit Rosenwasser und Kardamom aromatisiertem Zuckersirup. Dagegen haben englische Süßspeisen keine Chance.«

Diccan hatte noch immer die Augenbrauen hochgezogen. »Rosenwasser findet man in Parfums, nicht in Desserts.«

»Komm schon«, erwiderte sie, »sicherlich hast du schon Exotischeres gegessen als Braten und Räucherheringe.«

»Und dabei die Stunden gezählt, bis ich ins Land der langweiligen Speisen zurückkehren konnte. Es gibt genug Überraschungen in meinem Leben, meine Liebe. Da brauche ich das nicht auch noch am Tisch.«

Wie so oft konnte Grace nicht genau sagen, ob Diccan noch immer scherzte oder nicht. Sie hoffte, dass es nicht sein Ernst war, denn sonst passten sie noch weniger zusammen, als sie befürchtet hatte. Erst recht, weil sie plötzlich erkannt hatte, dass sie – egal, was zwischen ihnen passiert war – nicht Monate und Jahre von ihm getrennt sein wollte. Auch wenn sie dafür ihr Zuhause und ihre Träume aufgeben musste, wollte sie die Möglichkeit haben, ein Leben mit diesem Mann zu führen.

Sie dachte, sie hätte vorher schon Angst gehabt, doch dieser Gedanke versetzte sie in Panik. Sie hütete sich allerdings davor, Diccan etwas spüren zu lassen. »Ich glaube, ich sollte besser einen guten englischen Koch auf meine Liste setzen.«

»Eine rotgesichtige Frau mit zupackenden Händen, die mit einem Braten umzugehen weiß.«

Sie lächelte. »Ich weiß, dass diese Ehe nicht das ist, was du dir gewünscht hast, Diccan«, sagte sie. Als er widersprechen wollte, hob sie die Hand. »Tu die Wahrheit nicht so leicht ab; du könntest es bereuen. Ich will nur sagen, dass ich versuchen werde, ein Gewinn für dich zu sein. Ich weiß vielleicht noch nicht, wie man die Sitzordnung bei einem offiziellen Abendessen gestaltet, aber ich kann dir die beste Unterkunft in Bangkok besorgen.«

Sie war sich nicht sicher, welche Reaktion sie erwartet hatte. Sie wusste, dass er nicht erfreut war, und glaubte sogar zu sehen, dass Diccan blass wurde.

»Ich glaube, es wäre besser, mindestens eine oder zwei Wochen zu warten, ehe wir über die Zukunft nachdenken, oder?«, sagte er und lehnte sich zurück, als hätte er Angst, sich mit irgendetwas anzustecken.

Grace schalt sich selbst, weil sie ihrer Zunge freien Lauf gelassen hatte. Männer schätzten es nicht, bedrängt zu werden, und Diccan empfand ihre Worte sicherlich als aufdringlich. Als würde er ihre Gedanken bestätigen, trommelte er ungeduldig mit den Fingern auf die Tischplatte.

»Bis wir einander besser kennen«, fuhr er fort, und seine Stimme klang seltsam angespannt, »sollten wir die … körperliche Seite der Beziehung ebenfalls hintanstellen.«

Grace fühlte sich, als hätte sie einen Schlag in den Magen bekommen. Nein!, wollte sie rufen. *Nimm mir das nicht auch noch weg.*

»Ich möchte nicht, dass du wieder unter meinen irrigen Vorstellungen zu leiden hast«, fügte er hinzu.

Instinktiv wollte sie widersprechen. Wie kam er auf die Idee, sie hätte gelitten? Ein Blick auf den gequälten Ausdruck in seinen Augen ließ sie allerdings verstummen. Sie nickte nur knapp, als hätte er ihr nicht gerade den Boden unter den Füßen weggezogen. Schon wieder.

Er wartete ihre Antwort nicht ab. Die Zeitung unter dem Arm, erhob er sich. »Ich fürchte, ich werde die nächsten Tage beschäftigt sein«, sagte er und hatte zumindest den Anstand, so auszusehen, als wäre es ihm unangenehm. Sie hoffte, er fühlte sich wirklich schlecht. »Ich habe zu viele dringende Geschäfte. Und dann gibt es zwei Diplomatenbälle …«

Wieder hielt er inne. Offenbar war ihm bewusst, dass er sie schon wieder verletzt hatte. Er ging zu Bällen und wollte anscheinend nicht, dass sie ihn begleitete. Weil sie ihn blamieren würde. Weil sie es niemals wert wäre, seine Frau zu sein – egal, wie sehr sie versuchte, ihre Unzulänglichkeiten hinter Madame Fanchons Handarbeit zu verstecken.

Vielleicht ist es auch gut, dass er keine körperliche Beziehung will, dachte Grace. Vermutlich würde sie ihn, sollte sie ihn je wieder nackt sehen, mit Alkohol übergießen und wie einen Plumpudding anzünden. Doch sie bekam nicht einmal die Gelegenheit, ihm das zu sagen. Ohne sie eines weiteren Blickes zu würdigen, machte er eine steife Verbeugung und ging.

Sie hatte offenbar die Schicksalsgöttinnen verärgert, denn sie suchte noch immer ihre Listen zusammen, als Diccan wieder in der Tür auftauchte. Er sah aus, als wäre ihm ausgesprochen unbehaglich zumute.

Instinktiv erhob sie sich. »Was ist passiert?«

»Wir sind nicht schnell genug entkommen, meine Liebe«, sagte er und hielt mit spitzen Fingern eine Visitenkarte fest, als handelte es sich um eine tote Ratte. »Wir haben einen Gast. Meine liebe Mutter ist da.«

Grace hatte mit einem Mal das Gefühl, nicht mehr richtig durchatmen zu können. »Ist sie so schlimm wie dein Vater?«

Diccan lachte scharf auf. »O nein, sie ist viel schlimmer.«

Graces Stimmung sank schlagartig. Sie sah an ihrem schlichten grauen Kleid hinab. Sie wusste, dass ihre Frisur langweilig wirkte – ein Knoten, der nur den Zweck hatte, ihr das Haar aus dem Gesicht zu halten. Und ihr Bein war nach der Nacht im Sessel noch immer steif. Das war nicht gerade die Verfassung, in der sie ihrer Schwiegermutter gern zum ersten Mal gegenübertreten wollte.

»Ich fürchte, es würde ihr nicht reichen, nur dich zu treffen, oder?«, schlug sie mit einem schwachen Lächeln vor.

Statt einer Antwort streckte er ihr die Hand entgegen. »Komm, mein Mädchen, sie ist nur eine alte Frau. Ich würde jederzeit auf Boudicca wetten.«

Als sie den Ausdruck auf seinem Gesicht sah, bezweifelte Grace, dass sie ihm glauben konnte. Allerdings war ihr klar, dass sie keine Wahl hatte. Also legte sie die Hand auf seinen Arm und ließ sich von ihm durch die Halle in einen der privaten Salons führen.

Lady Eloise stand am Kamin, wo die Morgensonne ihr

Alter nicht verraten würde. Weder groß noch klein, nicht besonders hübsch, nicht richtig blond. Aber majestätisch. Jeder Regimentssergeant wäre bei ihrer Haltung vor Freude in Tränen ausgebrochen. Debütantinnen hätten unter dem Blick aus diesen kalten grauen Augen mit den hervortretenden Augäpfeln vor Angst gezittert. Und der Teufel selbst hätte sie um die Selbstzufriedenheit in dem schmallippigen Lächeln beneidet. Bekleidet mit einem täuschend schlicht wirkenden cremefarbenen Tageskleid aus *indienne,* einem bedruckten Baumwollstoff, mit dazu passender grüner Jacke und Haube, war sie der Inbegriff von Eleganz.

Es war offensichtlich, dass Diccan das Aussehen eher von seiner Mutter geerbt hatte, obwohl das kantige Kinn und die breite Stirn deutlich besser zu seiner männlichen Erscheinung und dem dunkleren Typ passten. Der Ausdruck auf Lady Eloises Gesicht überzeugte Grace davon, dass sie ihm auch sein beleidigendes Gehabe beigebracht hatte. Dieser Eindruck wurde bestätigt, als Lady Eloise Grace erblickte. Ihre geisterhaft grauen Augen wirkten wach und klug. Ein Ausdruck von Überlegenheit stand in ihrem Blick. Und ein wohlplatziertes verächtliches Lächeln.

»Ich verstehe«, sagte die Lady und hob ihr Monokel mit derselben gnadenlosen Bestimmtheit wie Diccan. »Dein Vater hat nicht übertrieben.«

Sie bot keinem der beiden einen Platz an. Grace hatte den Eindruck, dass es ihre Art war, um ihre Überlegenheit deutlich zu machen. Bei verängstigten Debütantinnen funktionierte das sicherlich sehr gut. Es war Pech für Lady Eloise war, dass Grace schon Generäle überlebt hatte, von denen die alte Frau sich eine Scheibe hätte abschneiden können. Und nicht nur das: Grace überragte Lady Eloise und machte es der alten Dame schwer, auf sie herunterzublicken.

Diccan machte eine formvollendete Verbeugung vor seiner Mutter. »Der Lord Bishop hat ohne Zweifel erzählt, was für ein glücklicher Mann ich bin. Mutter, darf ich dir deine neue Tochter vorstellen: Grace Fairchild Hilliard. Grace, das hier ist meine Mutter, Lady Eloise Hilliard. Wie reizend, dass du es nicht erwarten konntest, uns zu sehen. Ich nehme an, dass Winnie und Charlie dich aus dem Grund nicht begleiten. Meine Schwestern«, wandte er sich an Grace, die den Blick nicht von seiner Mutter abwenden konnte.

Lady Eloises Reaktion war so, wie man es typischerweise auch von Diccan kannte: ein wohlüberlegtes Seufzen, das Bände sprach – allerdings ohne den Funken Humor, der Diccans Angriffe abmilderte. »Winifred und Charlotte«, antwortete sie in leidendem Tonfall, »sind in der Schule, wie du weißt.«

»Es ist mir eine Freude, Sie kennenzulernen, Mylady«, sagte Grace und machte einen akkuraten Knicks.

Diccans Mutter beachtete sie nicht einmal. »Wenn das deine Vorstellung von Rebellion sein soll, Diccan«, sagte sie in einem nüchternen, fast gelangweilten Ton, der Grace gerade durch seine Milde einen Schauer über den Rücken jagte, »bin ich nicht erfreut darüber.«

Grace wollte Diccans Arm loslassen und sich setzen – ob sie nun die Erlaubnis dazu hatte oder nicht. Doch unter ihrer Hand spürte sie, wie seine Muskeln sich anspannten, und beschloss, ihn nicht dieser … Kreatur zu überlassen.

»Ich bin enttäuscht«, fuhr seine Mutter fort und ließ das Monokel sinken, als wäre es mit einem Mal zu schwer geworden. »Du warst für Besseres bestimmt.«

Diccans Lächeln wirkte säuerlich. »Grace und ich freuen uns über deine guten Wünsche.«

Seine Mutter stieß kaum wahrnehmbar die Luft durch die Nase aus, dann wurde ihr raubtierhaftes Lächeln breiter, und Grace spürte, wie sich ihr die Nackenhärchen aufstellten. »Du freust dich über gute Wünsche?«, wiederholte Lady Eloise amüsiert. »Ja, das kann ich mir vorstellen. Ich glaube, das angemessenere Gefühl wäre, dass du deine wohlverdiente Strafe bekommen hast. Weiß er, wer Ihre Eltern sind, meine Liebe?«

Grace bemerkte, dass die Verärgerung nackter Angst wich. »Er hatte die Ehre, meinen Vater kennenzulernen, Mylady.«

»Und Ihr Vater hat ihm selbstverständlich alles erzählt«, entgegnete die Frau mit einem schmallippigen Lächeln.

Grace konnte sie nur anblicken wie eine Maus, die erstarrt vor einer Schlange hockte. *Warum habe ich das nicht kommen sehen?*

»Worauf willst du hinaus, Mutter?«, fragte Diccan. »Willst du sagen, dass Grace' Familie untragbar ist? Ich darf dich daran erinnern, dass sie auch mit dem einflussreichen Haus der Hilliards verwandt ist.«

»Ja«, zischte seine Mutter mit einem leichten Nicken, »das ist sie. Aber du weißt nicht genau, wie, oder, Richard? Ich vermute, dass nicht du es warst, der den Text für die Anzeigen in den Zeitungen zusammengestellt hat, oder?«

Diccan zuckte zusammen. »Die Anzeigen …«

Grace fühlte, wie sie innerlich in sich zusammensank. Lady Kate hatte sich offenbar um alles gekümmert. Doch wie hatte sie das geschafft? Sie hatte keine Informationen über Grace' Familie gehabt.

Lady Eloise lachte leise, und der Klang kroch Grace

über die Haut. »Du weißt nicht, wer ihre Mutter war, nicht wahr, Richard?«

Diccan blickte zu Grace. Grace kämpfte dagegen an, vor Scham zu erröten. »Sollte ich?«

Wieder lachte seine Mutter. Sie nickte sich selbst zu und nahm ihre Handtasche und ihren Sonnenschirm. »Indem du deine Frau ansiehst, wirst du es nicht erfahren – das versichere ich dir. Aber du wirst es herausfinden. Bitte, sag mir Bescheid, wenn du es erfährst. Ich möchte deinen Gesichtsausdruck auf keinen Fall verpassen.«

Und ohne ein weiteres Wort verließ sie das Zimmer.

Grace ließ sich in einen Sessel fallen. Sie wollte sich zusammenrollen und einfach verschwinden. Wieso hatte sie diese neue Demütigung nicht vorhergesehen? Wie hatte sie annehmen können, dass niemand über ihre Mutter Bescheid wusste?

»Ich muss es dir sagen«, wandte sie sich an Diccan und wusste, dass sie so elend klang, wie sie sich gerade fühlte.

Diccan seufzte, und sie bemerkte, dass er die Hände zu Fäusten geballt hatte. »Warum? Gibt es in deiner Familie Schwerverbrecher?«

»Nein.«

»Dein Großvater war ein Straßenhändler.«

Sie lachte auf und war selbst überrascht. »Schlimmer. Ein Admiral.«

»Wie lange ist sie schon nicht mehr da?«

»Meine Mutter?« Grace schluckte. »Seit ich sieben Jahre alt war.«

Er steckte sein Monokel in seine Weste und streckte den Arm aus. »Dann spielt es keine Rolle.«

Grace blickte zu ihm hoch und wusste, dass seine Mutter recht hatte. Irgendjemand würde herausfinden, wer ihre Mutter war. Und sie würden es genießen, Diccan im ungünstigsten Moment die Wahrheit zu sagen.

»Ich fürchte, es spielt sogar eine große Rolle. Ich denke, du solltest es wissen.«

»Und ich sehe das anders.« Mit einer ungeduldigen Geste forderte er Grace auf aufzustehen. »Komm schon. Ich bin spät dran.«

Grace ahnte, dass sie es ihm jetzt sagen sollte, denn sonst würde sie es nie mehr tun. Es war besser, es unter vier Augen zu besprechen. Mit einem beruhigenden Atemzug erhob sie sich.

»Bevor sie meinen Vater geheiratet hat«, sagte sie und spürte, wie die Kälte der unvermeidlichen Wahrheit in ihre Knochen drang, »hieß meine Mutter Lady Georgianna Hewitt.«

Er reagierte genau so, wie sie befürchtet hatte. Natürlich kannte er ihre Mutter. Jeder Einwohner einer Großstadt in Europa kannte ihre Mutter. Vor allem die Männer. Vor allem die *gut aussehenden* Männer.

Eine ganze Weile starrte Diccan sie nur an. Offenbar konnte er keinen klaren Gedanken fassen. »Die Glorreiche Georgianna?«, wollte er schließlich wissen. Er klang zutiefst schockiert. »*Sie* ist deine Mutter?«

Grace hätte eigentlich an diese Reaktion gewöhnt sein müssen. Doch es war so lange her, dass sie es jemandem erzählt hatte. »Es sei denn, ein paar Feen hätten mich bei der Geburt vertauscht«, erwiderte sie. »Obwohl sogar das angedeutet worden ist.«

Vor allem von meiner Mutter selbst.

Er war fassungslos. Sie konnte es ihm ansehen. Genau wie jeder andere Mensch, der den unausweichlichen Vergleich zwischen der Glorreichen Georgianna und dem kleinen Colonel zog. Aber die wahre Demütigung kam erst noch, als Diccan, der lässigste Mann im gesamten Königreich, sich in den Sessel fallen ließ, den sie gerade verlassen hatte, und sie entsetzt schweigend anstarrte. Es schien, als hätte er endlich etwas gefunden, das ihn noch mehr erschütterte als seine Ehe.

Kapitel 10

Diccan wusste, dass er ihr eine taktvolle Antwort hätte geben sollen. Etwas Nettes oder Unverbindliches. Doch alles, was er hervorbrachte, war: »Aber sie lebt noch.«

Grace, die arme Grace, nickte nur. Ihre Miene war ausdruckslos, und die Arme hatte sie um ihre Taille geschlungen, als müsste sie sich buchstäblich selbst Halt geben. »Ja«, sagte sie leise, »ich weiß.«

»Sie ist nicht nur lebendig«, fuhr er fort, als hätte er nicht verstanden, »sie war sogar die beliebteste Begleitdame beim Wiener Kongress.«

»Der perfekte Ort für sie.«

Unentwegt schüttelte er den Kopf. Wenn er nicht schon gewusst hätte, dass Gott einen bisweilen seltsamen Sinn für Humor hatte, so war diese Situation Beweis genug. Grace Fairchild war die Tochter einer der berühmtesten Schönheiten dieser Zeit. Reynolds hatte Georgianna Hewitt nicht weniger als sechs Mal gemalt, genauso Romney und Raeburn. Jedes Porträt war erfüllt von dem seltenen himmlischen Strahlen, das wahre Schönheit auszeichnete.

Die Glorreiche Georgianna war der Inbegriff von Anmut und Schönheit: blond, blauäugig und mit einer wunderbaren pfirsich- und cremefarbenen Haut. So zierlich wie eine Porzellanpuppe, jedoch mit weiblichen Rundungen.

Und ihr Lächeln. Sonette waren über dieses Lächeln geschrieben worden, Oden über ein Gesicht, das zugleich schelmisch, süß und verführerisch war. Als Diccan Georgianna vor einem Jahr zuletzt gesehen hatte, hatte sie den Habsburger Hof mit diesem Lächeln beglückt. Selbst mit ihren vierzig Jahren war sie noch so hübsch, dass man sich nach ihr umdrehte.

Wenn er so darüber nachdachte, fiel ihm wieder ein, dass man sich erzählte, sie wäre einst mit einem gut aussehenden Soldaten verheiratet gewesen. Die Legende sagte, dass enttäuschte Bauernburschen am Tag ihrer Hochzeit einen Berg von Blumen auf ihrer Türschwelle zurückgelassen hätten. Wieso hatte niemand über Grace Bescheid gewusst?

Er betrachtete sie, wie sie wie ein Verdächtiger auf der Anklagebank vor ihm stand, auf ihrem unerträglich gewöhnlichen Gesicht ein gefasster Ausdruck, das Haar aus der hohen Stirn zurückgekämmt und zusammengebunden. Und er konnte den Wahnwitz der Situation kaum fassen. Grace lächelte, doch Diccan war nicht so dumm anzunehmen, dass sie das alles irgendwie lustig fand. O Gott. Wie viele Menschen hatten genauso reagiert wie er?

Mit der Entschuldigung, die ihm auf der Zunge lag, hätte er beinahe alles noch schlimmer gemacht. Statt also um Verzeihung zu bitten, erhob er sich, als könnte er seine Reaktion abmildern, und stieß ein leises Pfeifen aus. »Ich muss zugeben, dass ich es schon für fast ausgeschlossen gehalten habe, es dem größten Moralisten der ganzen Welt recht machen zu können. Ich kann mir nicht vorstellen, wie es war, im Schatten von Helena von Troja aufzuwachsen.«

Grace wirkte noch immer niedergeschlagen. »Mit Legenden zu leben ist nie leicht.«

»Warum hast du behauptet, deine Mutter wäre tot?«

»Das habe ich nicht. Ich habe gesagt, sie wäre nicht mehr da. Und das stimmt ja auch.«

»Seit deinem siebten Lebensjahr.«

Sie sah tatsächlich verständnisvoll aus. »Einige Frauen sind nicht dafür geschaffen, mit dem Militär zu ziehen. Sie hat es versucht. Sie hat es wirklich versucht. Aber am Ende war es zu viel für sie.«

Doch was war mit ihrer Tochter? Hatte die Glorreiche Georgianna nie daran gedacht, ihr Kind mitzunehmen? Es klang nicht so, als hätte sie sie je wiedergesehen.

»Bist du ein Einzelkind?«

Sie konnte ihm nicht in die Augen sehen. »Ich hatte noch eine Schwester. Sie kam tot zur Welt. Ich glaube, das war der Tropfen, der das Fass zum Überlaufen gebracht hat. Sie war das perfekteste Baby, das ich je gesehen hatte, und sie hat nicht einen Atemzug machen dürfen.«

Und der makellosen Schönheit war nur noch ein kleines Mädchen geblieben, das in keiner Hinsicht als makellos bezeichnet werden konnte. Kate hatte ihm einmal erzählt, dass Grace mit dem lahmen Bein auf die Welt gekommen war. Hatte Georgianna diesem Kind je Liebe entgegengebracht? Oder hatte sie dem kleinen Mädchen im Laufe der Jahre jedes Fünkchen Selbstwertgefühl geraubt? War das der Grund, warum Grace mit der Frau, die sie verlassen hatte, Mitgefühl hatte und warum sie Verständnis für sie zeigte? War nicht einmal mehr genug Selbstachtung übrig geblieben, um wütend auf diese Frau zu sein?

Da er nicht wusste, was er sonst tun sollte, stand er auf und nahm ihre kalte Hand in seine. »Nicht jeder ist so heldenhaft wie Sie, Mrs. Hilliard«, sagte er und hoffte, dass es die richtigen Worte waren.

Ihr Lächeln wurde echt. »Oh, ich bin sehr zäh, Mr. Hilliard. Geradezu unzerstörbar. Ich entschuldige mich dafür, dass ich dich gegenüber deiner Mutter in eine so unangenehme Situation gebracht habe. Ich schwöre, dass ich keine weiteren Geheimnisse mehr habe. Du kennst schon meinen vollen Namen. Grace Georgianna. Ein bisschen Wunschdenken seitens meiner Mutter, glaube ich.«

»Das war viel klüger, als sie gedacht hätte«, versicherte er und hauchte einen Kuss auf ihre von der Arbeit raue Hand.

Und seltsamerweise meinte er es ernst.

»Du bist nett«, sagte Grace. Ihre Röte vertiefte sich zu einem unschönen Ziegelrot.

»Nein«, entgegnete er und erwiderte ihr Lächeln, »das bin ich nicht.«

Er wusste, dass er sie wieder in Verlegenheit brachte. Sicherlich war er nicht der Erste, der Grace je solche Komplimente gemacht hatte. Trotzdem sah sie bei seinen armseligen Worten so aufgeregt aus wie ein junges Mädchen. Das machte ihn wieder wütend.

Grace entzog ihm sanft die Hände und zeigte ihm damit, dass ihr kleines Tête-à-Tête vorbei war. »Also, meinst du nicht, dass wir jetzt in den Tag starten sollten? Ich glaube, du hast erwähnt, dass du eine Verabredung hast.«

Er nickte, noch immer durcheinander. »Sobald ich sicher bin, dass du den Zusammenstoß mit meiner Mutter gut überstanden hast.«

Grace warf ihm einen verstohlenen Seitenblick zu. »Ich fürchte, es ist nicht besonders christlich, darauf zu hoffen, dass ihre Möpse sie fressen?«

Überrascht lachte er laut auf. »Ich glaube, wir verstehen uns besser, als wir gedacht hätten, meine Liebe.« Noch immer lachend, drehte er sich um, um die Tür zu öffnen. »Leider kann ich nicht einmal einem Mops eine derartige Magenverstimmung wünschen.«

»Darf ich noch eine Frage stellen?«

Er hielt inne, die Hand auf dem Türknauf. »Selbstverständlich.«

Sie legte den Kopf schräg und wirkte so seltsamerweise kleiner. »Was hast du getan, dass dir eine solche Bitterkeit entgegenschlägt?«

Er lächelte und wusste, wie grimmig dieses Lächeln wirkte. »Ich habe überlebt. So, ich habe wirklich viel zu tun heute. Aber vielleicht möchtest du mit mir zu Abend essen. Dann können wir mit dem Kennenlernen beginnen.«

Grace errötete wie ein Mädchen, das zum Tanz aufgefordert worden war. »Das wäre schön.«

Nie hätte er gedacht, ein Feigling zu sein. Als er jedoch das Erröten sah, glaubte er es. Das Erröten weckte in ihm den Wunsch, sie in die Arme zu schließen und festzuhalten, um ihr zu zeigen, dass sie Besseres verdient hatte als die Zurückweisung durch ihre Mutter. Aber das wäre ein Zeichen für eine neue, engere Beziehung gewesen, und das würde Grace in Gefahr bringen. Zumindest war das seine Rechtfertigung vor sich selbst.

Schließlich zog er sich so schnell zurück, wie er sich angenähert hatte. »Gut. Dann sehen wir uns später, ja?«

Und noch bevor sie geantwortet hatte, war er bereits verschwunden.

An diesem Abend bereitete Grace sich besonders sorgfältig auf das Essen vor. Natürlich trug sie noch immer Grau – eines ihrer unvermeidlichen grauen Abendkleider, die sie allmählich selbst zu hassen begann. Das Kleid war nicht hässlich. Es war nur nichtssagend. Früher war genau das ihr Ziel gewesen. Doch eine Frau auf einem Militärstützpunkt in Portugal hatte ganz andere Ansprüche an ihre Garderobe als eine Frau, die den Speisesaal des *Pulteney Hotel* in London betrat.

Diccan begrüßte sie mit seltsamer Förmlichkeit, ehe er ihr persönlich den Stuhl heranrückte und dann das Essen bestellte.

»Also«, sagte er, als er einen Löffel von seiner klaren Rinderbrühe nahm, »wo sollen wir anfangen?«

Sein Lächeln wirkte gezwungen. Grace konnte ihm das nicht verübeln. Nach ihrem Bekenntnis am Morgen war sie sich sicher, dass er sich innerlich auf weitere Überraschungen eingestellt hatte – wie eine Vorliebe für Whisky oder unnatürliche Gewohnheiten im Badezimmer. Sie glaubte nicht einmal, dass er wusste, wie angespannt er wirkte, so als würde er sich gegen eine Katastrophe wappnen.

»Tja, wir können mit den gesellschaftlichen Grundlagen beginnen«, schlug sie vor. »Magst du die Oper?«

Er schien über die harmlose Frage ein bisschen überrascht zu sein. »Wenn es tatsächlich einen Inbegriff des Fegefeuers gibt«, sagte er schließlich und versteckte sich hinter seiner gesellschaftlichen Maske, »dann ist es die Oper. Erspare mir bitte kreischende Soprane. Das darfst du allerdings niemandem verraten. Für meinen Ruf wäre das tödlich.«

Grace lächelte. »Das muss schwer für dich sein. Ich kann mir vorstellen, dass ein Diplomat ziemlich regelmäßig in die Oper eingeladen wird.«

»Ja, meiner Meinung nach viel zu oft. Was ist mit dir? Bist du eine Liebhaberin der Arie?«

Wieder lächelte Grace. »Ich bin mir noch nicht sicher. Für die Oper hatte ich nie viel Zeit.«

»Nicht einmal, als du bei Lady Kate gewohnt hast?«

»Sie mag die Oper genauso wenig wie du.«

Nachdenklich nickte er. »Das stimmt. Was ist mit anderen Arten der Unterhaltung? Was unternimmst du in deiner Freizeit?«

Bisher hatte sie immer genäht, gekocht oder geputzt. »Na ja«, sagte sie stattdessen, als der Kellner den Fisch brachte, »mein Vater hat immer darauf geachtet, dass wir genug Bücher dabeihatten. Ich liebe die Klassiker.«

Er wollte gerade mit der Gabel in den Fisch stechen, als er abrupt innehielt und die Stirn runzelte. »Bitte, nicht im Original.«

»Und warum nicht?«

Er stöhnte auf. »Meine Liebe, mit dir stimmt etwas nicht, und das sollte man besser verschweigen. Mit deiner Belesenheit kann ich nichts anfangen. Du hättest viel besser zu meinem Bruder Robert gepasst.«

Überrascht blinzelte sie. »Du hast einen Bruder?«

Es war nur ein Moment, doch er zögerte, ehe er lächelte. »Hatte.« Grace sah den Schmerz in den kühlen grauen Augen. »Ein netter Kerl. Er war ein aufstrebender Kirchenmann, der für große Dinge vorbereitet wurde.«

Sie wollte seine Hand berühren, aber sie rührte sich nicht. »Was ist passiert?«

Wieder eine Pause. Ein Schluck Wein. »Ach, nichts von Bedeutung. Er war dem Bischof einfach nicht gewachsen.« Bevor sie nachhaken konnte, warf er ihr ein ausdrucksloses Lächeln zu, das die Tür zu seinem wahren Ich wieder schloss. »Was ist mit anderen Interessen?«, erkundigte er sich. »Theater? Ballett? Irgendetwas, über das man bei Tisch eine gepflegte Unterhaltung führen könnte?«

Sie setzte ein Lächeln auf. »Harry Lidge hat mal ›Die Lästerschule‹ auf die Bühne gebracht. Harry hat Lady Sneerwell gespielt.«

»Wen hast du gespielt?«, entgegnete er locker. »Die aufrichtige Maria?«

Ihm musste klar sein, wie lächerlich das war. Maria war wunderschön.

»Die Theatergruppe bestand nur aus Soldaten«, sagte sie und wandte ihre Aufmerksamkeit dem pikant gewürzten Fisch zu. »Meine Rolle war die des begeisterten Publikums.«

Für eine ganze Weile waren die einzigen Geräusche zwischen ihnen das sporadische Klirren der Bestecke und Gläser, als sie in ihrem Essen herumstocherten.

»Und das war in Indien?«, fragte Diccan schließlich. Seine Stimme klang ungewöhnlich zögerlich. »Das Theaterstück? Ich weiß, dass Harry einmal erzählt hat, dass er dich dort kennenlernte. Irgendetwas war da mit einem Elefanten, glaube ich.«

»In Hyderabad. Er hat mich davor gerettet, zertrampelt zu werden.« Bei der Erinnerung musste sie lächeln. »Die Tatsache, dass er den Elefanten überhaupt erst betrunken gemacht hat, dürfte sein Handeln aufwiegen.«

Diccan zog eine Augenbraue hoch. »Wie viel Bier braucht man, um einen Elefanten betrunken zu machen?«

»Kein Bier. Whisky. Und er hat ungefähr den gesamten Vorrat des Kommandanten verbraucht.«

Er lachte leise. »Kein Wunder, dass Harry noch immer nur Major ist. Wie lange warst du dort?«

Sie zuckte mit den Schultern. Mit einem Mal war sie wieder verunsichert und fragte sich, was Diccan tatsächlich von ihrem Vagabundenleben hielt. »Ich bin in Kalkutta geboren. Wir sind zweimal dorthin zurückgekehrt. Einmal mit Wellington, einmal mit General Lake. Um genau zu sein, war ich in Bharatpur, als er es belagerte.«

Sie war sich nicht sicher, warum sie das erzählte. Vielleicht nur, um Diccans Reaktion zu sehen. Sie wünschte sich, sie wäre überrascht gewesen. Er starrte sie an, als hätte sie ihm offenbart, Mitglied des *Hellfire Club* zu sein.

»Du warst während einer militärischen Belagerung in einer feindlichen Stadt in Indien? Hattest du keine Angst?«

Sie erinnerte sich an die Tage in den sonnendurchfluteten Räumen hoch über der Stadt und weit weg von den Kämpfen zurück und lächelte. »Ich nehme an, ich hätte Angst haben sollen. Ich war vierzehn Jahre alt und von Einheimischen auf der Straße nach Deeg vor Banditen gerettet worden. Leider war das, kurz bevor unsere Armee vorrückte. Der einzige Grund, aus dem ich verschont blieb, war, dass Ranjit Singh dachte, ich wäre Irin. Er meinte, es wäre eine Tatsache, dass die Iren die Briten hassen würden.«

»Es muss eine enorme Erleichterung gewesen sein, schließlich gerettet worden zu sein.«

Sie konnte in seinem Blick lesen, was er vermutete: Sie war von der Hölle in den Himmel gekommen, indem sie aus den großen Toren des Forts Lohagarh getreten war.

In ihrem Kopf allerdings spielte sich etwas anderes ab. Vor ihrem inneren Auge sah sie, wie das Sonnenlicht durch die vergitterten Steinfenster und Scharten der Zenana – so nannte man den Wohnbereich der Frauen – fiel und zarte Muster bildete. Sie hörte die plätschernden Brunnen, die die Marmorhallen mit Musik erfüllten. Beinahe konnte sie den Jasmin wieder riechen, das Gemurmel der wunderschönen, zarten Frauen hören, die sich um sie kümmerten und ihr Zuckerwerk und Honig gaben. Und wie das Annähern des Riesen im Märchen hörte sie auch die Detonationen der riesigen Geschütze, als Lake mit Kanonenkugeln auf die massiven Lehmmauern unten am Berg schoss.

An einigen Tagen hatte sie an den großen Fenstern des Forts gestanden und versucht, ihren Vater jenseits des Festungsgrabens zu entdecken, wo die Armee sich ständig aufgelöst und wieder neu formiert hatte wie fleißige Ameisen in Rot. An einigen Tagen hatte sie sich gefragt, ob sie wirklich gerettet werden wollte.

Doch war das etwas, das sie mit Diccan teilen konnte? Die Kehle wie zugeschnürt, versuchte sie es. »Natürlich war ich froh. Mein Vater hatte sich die größten Sorgen gemacht. Aber ich kann nicht behaupten, dass ich in irgendeiner Weise misshandelt worden wäre. Ich habe mir die Zeit vertrieben, indem ich den Frauen in der Zenana beigebracht habe, wie man knobelt. Sie haben mir Henna-Tattoos gemacht. Ich habe es für ein großes Abenteuer gehalten.«

Hinter ihr keuchte jemand auf. Grace sah auf und bemerkte, dass eine Frau am Nebentisch sie durch ihr Opernglas hindurch entsetzt ansah. Tatsächlich wurde sie auch von anderen beobachtet, die mitten in der Bewegung innegehalten zu haben schienen, als wären sie zu neugierig, um weiterzuessen.

Grace errötete. Sie suchte bei Diccan nach Unterstützung, doch er hatte die Frau offenbar auch gehört. Er sah die Dame an, und seine Miene war mit einem Mal angespannt. »Etwas, das du vielleicht nicht jedem erzählen solltest«, sagte er und blickte wieder zu Grace. Plötzlich klang er kühl und widerwillig.

Ihre schwache Hoffnung war mit einem Schlag dahin. »Warum?«

Er zog eine Augenbraue hoch und senkte die Stimme. »Glaubst du wirklich, dass Geschichten aus einer Zeit, die du in einem heidnischen Harem verbracht hast, angemessen für eine höfliche Unterhaltung bei Tisch sind?«

Grace machte den Mund auf, um zu widersprechen, aber Diccan hatte sich bereits wieder dem Essen zugewandt. Sie war versucht, damit herauszuplatzen, welches Wissen die Frauen hinter vorgehaltener Hand und von Eunuchen bewachter Tür noch mit ihr geteilt hatten. Sie wollte ihm versichern, dass sie, wenn sie all das angewendet hätte, was sie dort gelernt hatte, ihr Schamhaar niemals hätte färben können – denn sie hätte gar keines gehabt.

»Ich dachte, dass zumindest du dich darüber amüsieren könntest«, sagte sie. Sie wollte nicht einfach klein beigeben.

»Ich bin mir nicht sicher, warum ich das tun sollte.« Sein Lächeln war kalt, als er zusah, wie der Kellner den nächsten Gang auftrug. Der Duft von Rindfleisch vertrieb die Erinnerung an Jasmin und Zuckerwerk. »Eigentlich bin ich kein Verfechter des Ungewöhnlichen.«

Grace sah ihn an und hoffte, hinter seiner Überheblichkeit seinen feinen Humor entdecken zu können. Doch sie konnte es nicht. »Bist du nicht dem diplomatischen Korps beigetreten, um die Welt kennenzulernen?«

Er nahm seine Gabel. »Ich bin dem diplomatischen Korps beigetreten, um so weit weg von meinem Vater zu sein wie nur irgend möglich. Bisher hat das gut funktioniert.«

»Wenn ich nicht über mein Leben in Indien sprechen darf«, fragte sie, »worüber darf ich denn dann reden? Als deine Frau.«

Seine Stimme klang milde, fast wie bei einem Lehrer, der mit einem begriffsstutzigen Schüler sprach. »Über alles, was eine anständige britische Frau nicht schockiert.«

Und eine Frau, die ihre Zeit in den Zenanas Indiens genossen hatte, war keine anständige britische Frau. Ebenso wenig wie eine Frau, die griechische Bücher im Original las oder Banditen erschoss oder Schneeschuhe anfertigte. Grace' Interesse an der Unterhaltung war mit einem Mal verflogen. Während er die Schwierigkeiten eines Briten darlegte, der im Ausland lebte, widmete Diccan sich seinem *boeuf tremblant.* Grace war sich nicht sicher, ob er überhaupt bemerkt hatte, dass sie nicht weiteraß.

War Diccan tatsächlich so engstirnig, wie seine schwarzweiße Uniform glauben machte? Grace dachte an die Schätze, die sie auf Longbridge aufbewahrte. Die Schätze, die nun wahrscheinlich niemals das Tageslicht sehen würden.

Als Diccan sich auf den Weg zum Botschaftsball machte, war sie beinahe erleichtert, dass er ging.

Eine Stunde später dachte Diccan noch immer über das Abendessen nach. Er war auf dem Ball der belgischen Botschaft und tat das, was man von ihm erwartete. Mit einem Glas Champagner in der Hand stand er, an die Balkontür gelehnt, da und beobachtete die Gäste, die im Walzerschritt an ihm vorbeitanzten. Unentwegt musste er an die Frau denken, die er im Hotel zurückgelassen hatte. Er versuchte, sich vorzustellen, wie die unsichtbarste Frau der ganzen feinen Gesellschaft in diese exklusive Runde passte.

Er konnte es nicht. Er konnte sich nicht vorstellen, dass Grace sich irgendwann einmal in dieser Atmosphäre wohlfühlen würde. Alles war zu grell, zu verderbt, zu vornehm. Und sie war die gehbehinderte Tochter eines Soldaten.

Die Tochter eines Soldaten, die einen bösen Sinn für Humor und bessere Geschichten auf Lager hatte, als er von seinen Reisen erzählen konnte. Er lächelte still in sich hinein. Er wünschte sich, er hätte auch den Rest der Geschichte aus den Zenanas hören können. Sie hatte so glücklich ausgesehen, als sie in Erinnerungen geschwelgt hatte. Er fragte sich, welche anderen Lektionen sie noch gelernt hatte.

Glücklicherweise hatte er es nicht herausgefunden. Was wäre passiert, wenn dieser alte Drachen am Nebentisch nicht aufgekeucht hätte? Er war sich sicher, dass Beobachter gesehen hätten, wie er sich näher zu Grace gebeugt hätte, als hätte er ihre Worte so leichter hören können. Sie hätten bestimmt auch gesehen, wie sie einander angelächelt, wie sie einander vielleicht sogar berührt hätten. Sie hätte es beinahe getan, als er ihr von Robert erzählt hatte. Sie hätten wie ein Paar ausgesehen, das eine engere Beziehung aufbauen wollte.

Bei dem Gedanken rieselte ihm ein Schauer über den Rücken. Wenn Bertie recht gehabt hatte, dann war die Katastrophe vorhersehbar. Diccan hatte im Restaurant einige Leute wiedererkannt. Er hätte nicht beschwören können, dass sie zu den Löwen gehörten, aber als er aufgeblickt hatte, hatte er das seltsame Prickeln im Nacken verspürt, das ihn bei Gefahr warnte. Irgendjemand in dem Saal war viel zu interessiert an den Geschehnissen an Diccans Tisch gewesen.

»Mir ist zu Ohren gekommen, dass du geheiratet hast«, säuselte neben ihm eine sinnliche Stimme.

Diccan wandte den Kopf und sah Lady Glenfallon, die neben ihm aufgetaucht war. Sie nippte an einem Glas Champagner. Bette und er waren in Wien einmal Geliebte gewesen. Er hatte es nicht bereut, dass sie sich getrennt hatten. Sie war die Art von Hyäne, vor der er Grace würde beschützen müssen.

»Das habe ich. General Sir Hillary Fairchilds Tochter. Möchtest du mir gratulieren?«

Ihr aufgemalten schwarzen Augenbrauen schossen in

die Höhe. »Ich denke, ich werde mich beglückwünschen«, erwiderte sie mit einem verschlagenen Lächeln. »Bei einer solchen Gattin wird es nicht lange dauern, bis du nach … Ablenkung suchst.«

Er wollte der Ziege sagen, dass er niemals eine ehrenwerte Frau betrügen würde. Er wusste, dass er das nicht konnte. Er hob sein Glas zu einem Toast. »Ich bewundere ihren Fleiß und ihr Mitgefühl.«

Bettes Lachen perlte wie der Champagner in ihrem Glas. »Oh, eine achtbare Dame, oder? Ich kann nur hoffen, dass ich dieses Musterbeispiel einer Frau einmal kennenlernen darf. Wird sie dich auch mit in die Kirche schleppen? Was meinst du? Um mittellose Witwen und kleine Schornsteinfegergehilfen zu unterstützen?«

»Natürlich. Kann ich auf eine Spende von dir zählen?«

Irgendwann ging sie wieder. Er sah ihr hinterher und spürte, wie sein Mut sank. Er konnte Grace nicht Frauen wie Bette ausliefern. Sie würden sie zerstören. Sie wären selbstverständlich nicht direkt unhöflich, dazu waren sie viel zu raffiniert. Ihre Waffen waren Worte und Blicke und die hohe Kunst des Schweigens. Doch das waren gegen eine Frau wie Grace noch grausamere Waffen. Sie würden sie zermürben, bis außer Elend und Unglück nichts mehr von der Frau übrig wäre, die er einmal Boudicca genannt hatte. Zu ihrem eigenen Besten musste er sie vor ihnen beschützen.

Er nickte Lord Castlereagh zu. Von der gegenüberliegenden Seite des Saales aus lächelte Sir Charles Stuart ihm zu und winkte. Diccan wollte Grace nicht verletzen. Sie war eine nette Frau. Sie *war* achtbar und bieder, verdammt. Aber das hier war einfach nicht ihre Welt. Das hier war seine Welt. Er fühlte sich lebendig, wenn er sich in diesen Gewässern tummelte, wo Regeln gemacht wurden und ab und zu die Zukunft riskiert wurde. Darin war er verdammt gut. Doch welche Erfolgsaussichten hatte er mit einer Ehefrau wie Grace?

In dem Moment erschien Marcus Drake. Seine Miene wirkte ernst. »Ich muss mit dir sprechen.«

Wieder verspürte Diccan das Kribbeln in seinem Nacken. Ohne ein Wort trat er auf den Balkon hinaus.

»Heute Abend bist du bei einem sehr innigen und vertrauten Essen mit deiner Frau beobachtet worden«, sagte Marcus ohne Vorgeplänkel. Sein Ton war vorwurfsvoll.

Diccan seufzte. »In dem Bericht hätte ruhig erwähnt werden können, dass unser Abschied nicht eben freundlich war.«

Drake musterte ihn, als wollte er herausfinden, wie aufrichtig er war. »Ich weiß, dass es nicht leicht ist, aber dir muss bewusst sein, dass wir nicht die Einzigen sind, die dich im Auge haben.«

Es dauerte einen Moment, bis Diccan antwortete. »Weißt du das mit Sicherheit?«

Drake blickte in den Garten, der im Dunkeln lag. »Einer von Thirsks Männern hat sie gesehen.«

Es irritierte Diccan, dass ihm seine Verfolger nicht aufgefallen waren. »Ist es jemand, den ich kenne?«

»Nein. Ich werde dafür sorgen, dass man dich unauffällig auf diese Leute hinweist.«

»Gut. Ich denke, ich werde heute früher gehen, um meine Männer zu informieren.«

»Erst wenn du den Rest gehört hast.«

Diccan beschlich bei Drakes Ton eine böse Vorahnung. Er hielt inne. »Was denn noch?«

Marcus sah sich auf dem Balkon um, doch sie waren allein. »Bentley ist tot.«

Diccan erstarrte. »Was? Kein Selbstmord.«

»Nein. Nicht wie Evenham.«

Nicht wie Evenham – mit einer Explosion von Blut, das er in seinen Träumen noch immer riechen konnte. »Wie dann?«

»Man hat ihm die Kehle durchgeschnitten.«

Diccan spürte, wie ihm der Atem stockte. »Ich nehme nicht an …«

»… dass ihm eine Nachricht in seinen Körper geritzt wurde?« Drake fuhr sich mit den Fingern durchs Haar, und Diccan konnte die Bestürzung in seinen Augen erkennen. »Die Information ist vertraulich. Der Öffentlichkeit wird erzählt, dass er von Straßenräubern überfallen und getötet worden ist. Aber ja, die Nachricht stand auf seinem Rumpf. *Das ist ein weiser Vater, der seinen eigenen Sohn kennt.*«

Diccan rieb sich über die Stirn. »Der Chirurg. Bedeutet das, dass der alte Mann in die Sache verwickelt war?«

»Wir wissen es nicht. Ist es dir gelungen, in seinem Haus einen deiner Leute unterzubringen?«

Diccan nickte.

»Du musst mit mir kommen. Wir müssen deine Leute auf den neuesten Stand bringen. Und dann müssen wir uns die ganze Situation noch einmal genauer ansehen. Bentley ist zuletzt mit Thornton gesehen worden.«

Diccan schüttelte bereits den Kopf. »Thornton? Er hat nicht einmal genug Verstand, um eine Geburtstagsfeier organisieren zu können – geschweige denn eine Revolution.«

»Ja, doch er steht Geoffrey Smythe so nahe wie ein Bruder. Und *der* hat den Verstand. Außerdem arbeitet er in Sidmouths Büro im Innenministerium. Wir denken, dass es an der Zeit ist, dass du dich wieder näher mit der Gruppe anfreundest.«

Diccan reagierte gereizt. Plötzlich machte ihn das falsche Spiel wütend. »Warum lassen wir das nicht die Profis machen?«

Drake beugte sich zu ihm. »Evenham hat gesagt, dass es ein Leck im Innenministerium gibt. Ich glaube, er hatte recht. Das bedeutet, dass wir ihnen nicht trauen können. Sie können ihre eigenen Leute nicht überprüfen.«

Diccan massierte sich die Schläfen. »Ich werde Grace eine Nachricht schicken, dass ich spät nach Hause komme.«

»Du wirst Grace überhaupt nichts schicken.«

Diccan sah seinen Freund und Mentor an und fluchte. Natürlich hatte Marcus recht. Er konnte Grace nichts sagen. Er konnte ihr gegenüber nicht einmal die nötigste Höflichkeit zeigen. Er gefiel sich selbst weniger und weniger.

In dieser Nacht fand Grace keinen Schlaf. Unentwegt horchte sie in die Stille hinein auf Diccans Schritte und kam sich albern vor. Sollte so ihre Ehe aussehen? Sollte sie ewig darauf warten, ob ihr Mann nach Hause kommen würde? Sie hätte sich gewünscht, es würde ihr nichts ausmachen. Aber das tat es. Sie war an einen Mann gebunden, der sie niemals schätzen würde. Einen Mann, der sie eher als *aide-de-camp*, als Adjutanten, denn als Geliebte betrachtete.

Oh, sie konnte nicht von ihm erwarten, sie zu lieben. Doch plötzlich, hier in der drückenden Stille des fremden Zimmers, wünschte sie sich, dass er sie brauchte. Dass er sie vermisste, wenn sie nicht da war, und dass er sich freute, wenn sie zurückkehrte. Sie wollte zu ihm gehören.

Und das quälte sie am meisten. Nicht dass sie zu jemandem gehören wollte. Sie kannte das Gefühl nur zu gut.

Aber sie konnte sich nicht daran erinnern, es sich jemals so ... *heftig* gewünscht zu haben.

Sie konnte es nicht verstehen. Natürlich sah er gut aus; er war geistreich und intelligent, ehrenhaft und oft auch nett. Doch das waren die meisten Offiziere ihres Vaters auch. Was war das gewisse Etwas, das ihn von den anderen unterschied? Warum war sie ausgerechnet für Diccan Hilliard so anfällig? Und wohin konnte das führen?

Wahrscheinlich würde er sie niemals nahe genug an sich heranlassen, um das herauszufinden. An diesem Abend hatte er das mehr als deutlich gemacht. Seine Ehe würde ein Spiegel seiner Gesellschaft sein – höflich und freundlich, mehr nicht. Keine Überraschungen, keine Träumereien. Keine Lektionen aus den Zenanas.

Es war dumm zu fragen, ob sie sich damit zufriedengeben konnte. Selbstverständlich würde sie es müssen. Ihr blieb keine andere Wahl. Sie wünschte sich nur, noch etwas in sich zu haben, etwas von ihrem eigenen Ich, das ihr Hoffnung geben würde. Wie Schätze, die sie in einem leer stehenden Haus aufbewahrte und die ihre werden würden, wenn sie nur geduldig blieb und lange genug wartete. Schätze wie Unabhängigkeit, Frieden, Schönheit. Aber sie würde diese Ehe niemals hinter sich lassen. Sie würde nie die Tage zählen können, bis das alles vorbei war. Es würde erst vorbei sein, wenn sie tot war. Und sie musste einen Weg finden, um sich darauf einzustellen. Um sich auf ihn einzustellen.

Ungeduldig mit sich selbst, trat sie ans Fenster, das zum Green Park hinausging. Es war finster. Nur ein paar Gaslaternen vertrieben das Dunkel der Nacht. Es war selbst für die feine Gesellschaft zu spät, um noch unterwegs zu sein, also war sie überrascht, als sie auf der anderen Straßenseite einen Mann stehen sah, der zu ihr hinaufblickte.

Eine Sekunde lang erstarrte sie. Er sah aus wie ein Gentleman, doch er trug keine Abendgarderobe. Er lächelte, als würde er an etwas Lustiges denken. Und er beobachtete sie, den Kopf in den Nacken gelegt, die Hände in den Taschen. Sie spürte, wie ihr ein Schauer über den Rücken rieselte. Beobachtete er das Hotel oder gezielt sie? Es war kein Zufall gewesen, dass er sie erblickt hatte, denn er hatte schon in ihre Richtung gesehen, als sie ihren Vorhang im zweiten Stock zugezogen hatte. Hatte er vielleicht irgendetwas mit Diccans Mission zu tun? Da sie nicht wusste, was sie tun sollte, zog sie den Vorhang wieder zu und beschloss, Diccan Bescheid zu sagen, wenn sie ihn sah. Wann auch immer das sein würde.

Als sie und Schroeder am nächsten Tag ihre Garderobe aussortierten, war er noch nicht zurück.

»Nehmen Sie sich, was Sie möchten, Schroeder«, sagte sie ihrer Zofe, während sie ihre grauen Kleider ordentlich zusammenfaltete und aufs Bett legte. »Sie können gern alles verkaufen. Ich werde nur ein paar Kleider für das Militärkrankenhaus aufbewahren.«

Grace fuhr mit dem Finger über das Kleid, das sie am Tag zuvor getragen hatte, als sie bei einem Jungen Wache gehalten hatte, der an einer Infektionskrankheit starb. Sie konnte noch immer sehen, wie glasig und fern sein Blick gewirkt hatte, konnte noch immer hören, wie der Tod an seiner Brust gerüttelt hatte. Sie konnte den Pesthauch riechen, der durch das Krankenhaus gezogen war, und die harte Kante des Hockers spüren, die gegen ihre Schenkel gedrückt hatte. Sie dachte an all die Betten, an denen sie gesessen hatte, an die Operationstische, auf denen Gliedmaßen amputiert worden waren, an die Schlachtfelder, die mit Menschen übersät gewesen waren. Ihre Probleme waren dagegen unwichtig. Selbst wenn Diccan niemals lernen würde, sie zu ertragen, wäre das Schlimmste, was ihr widerfahren könnte, die Einsamkeit. Sie hatte kein Recht, betrübt zu sein.

Sie war so in Gedanken versunken, dass sie das Klopfen an der Tür zum Salon nicht hörte.

»Hat dir niemand erzählt, dass du auf einer Chaiselongue sitzen, Bonbons kauen und Liebesromane lesen solltest?«, erklang eine fröhliche Stimme an der Tür. »So verhält sich keine Dame der feinen Gesellschaft.«

Grace drehte sich um und erblickte Kate und Lady Bea, die in der Tür standen. »O Kate!« Sie rannte los, um ihre Freundinnen zu begrüßen. Es war ihr fast unangenehm, wie dankbar und froh sie war, die beiden zu sehen. »Und Bea! Oh, es ist so schön, euch zu sehen.«

Mit hochgezogenen Augenbrauen ließ Kate sich umarmen. »Himmel. Selbstverständlich ist es immer ein Privileg, mich zu sehen, aber du bist ja völlig außer dir. Diccan hat dich nicht etwa geschlagen, oder?«

Unwillkürlich errötete Grace. »Natürlich nicht. Ich könnte nur gerade eure Hilfe brauchen.«

Kate klatschte in die Hände. »Ausgezeichnet. Ich liebe es, wenn ich helfen kann. Was willst du wissen? Wie man in den Skandalblättern landet? Wie man mit mehr als einem Liebhaber umgeht? Wo man die schönste erotische Kunst findet?«

Nur allzu vertraut mit Kates Freude daran, andere zu schockieren, lächelte Grace. »Ich habe zehn Jahre lang in Indien gelebt, Kate. Ich weiß genau, wo man erotische Kunst findet.«

Kates Lachen klang wie Musik in Grace' Ohren. »Und das hast du mir nicht verraten?«

Es war der Klang eines trockenen Hüstelns, der Grace wieder zur Besinnung brachte. »Oh, Kate, Bea, das ist

Schroeder, meine Zofe. Schroeder, wir machen dann später weiter.«

Schroeder machte einen glaubwürdigen Knicks. »Wie Sie wünschen, Madame.«

Bea blinzelte sie an. »Herkunft?«, fragte sie.

Grace lächelte. »Die Referenzen?«, übersetzte sie, da sie sich längst an Lady Beas einzigartige Weise zu kommunizieren gewöhnt hatte. »Diccan hat sie mitgebracht.«

Nun starrten beide Frauen die erstaunlich gelassene Schroeder an. Grace schritt ein, ehe es zu einem Kreuzverhör kam. »Schroeder hilft mir dabei, meine alte Garderobe wegzuräumen.«

Kate betrachtete die Stapel auf dem Bett. »O ja, die Uniform der Krankenschwester auf der Iberischen Halbinsel. Ein guter Zeitpunkt. Da wir nun hier sind und es ein wundervoller Tag ist, könnten wir zusammen zu Madame Fanchon gehen, um eine neue Garderobe zu bestellen. Ich weiß nicht, warum Diccan nicht daran gedacht hat.«

Zum ersten Mal seit einer Ewigkeit strahlte Grace. »Weil es bereits erledigt ist. Ich warte nur noch auf die Lieferung.«

Es war fast komisch, wie hoch Kates Augenbrauen schossen. »Gutes Mädchen. Sie hat sich persönlich um dich gekümmert?«

»Nachdem ich deinen und Diccans Namen angeführt habe.«

Endlich hatte sie auch die Gelegenheit, Lady Bea zu umarmen. Auf den ersten Blick erinnerte Lady Bea an Diccans Mutter. So majestätisch wie ein Mitglied des Königshauses, schien die alte Dame und Tochter eines Dukes streng und abschätzig auf die Welt zu blicken. Nachdem man allerdings einige Momente mit ihr verbracht hatte, stellte man fest, dass ihre ernste Miene nur ein Schutz für ihr außergewöhnlich sanftes Herz war. Wenn man einen Tag in ihrer Gesellschaft erlebt hatte, konnte man auch ihre verworrene Art zu sprechen verstehen. Ihr Sprachzentrum war nach einem schlimmen Unfall dauerhaft geschädigt.

»Vergissmeinnicht«, sagte Bea mit einem lieben Lächeln und hob ihre beringte Hand, um Grace über die Wange zu streicheln.

Grace schob Bea eine schneeweiße Locke aus dem Gesicht. »Ich habe dich auch vermisst. Versprich mir, dass du regelmäßig zu Besuch kommst. Und dass du mir dabei hilfst, einen Platz zu finden, an dem ich leben kann.«

»Das würde sie um nichts in der Welt versäumen wollen«, versicherte Kate. »Und wenn ich es mir recht überlege, ich auch nicht. Du kannst uns alles darüber erzählen, wenn wir durch den Park fahren.« Sie gab Grace einen leichten Stoß. »Los. Die Hauben.«

»Ach, ich weiß nicht …«, entgegnete Grace zögerlich und blickte an ihrem Kleid herab.

Kate seufzte laut auf. »Sag nicht, dass ich meine Zeit mit dir vergeudet habe, Grace. Mach es von Anfang an richtig. Im Übrigen wirst du mit mir zusammen sein. Und wer wird dich im Schatten meiner Pracht überhaupt sehen?«

Kate trug ihre typische Tagesgarderobe. Es war ein Kleid in Grün und Creme – wie das von Diccans Mutter. Doch mit den Farben endeten auch schon die Ähnlichkeiten, denn Kate trug ein Kutschenkleid aus gestreiftem Sarcenet-Stoff, eine apfelgrüne kurze Jacke mit geschlitzten spanischen Ärmeln und eine große Haube aus Stroh, die mit Früchten bestückt war.

Kate hatte natürlich recht. »Wie immer«, sagte Grace, »beuge ich mich deiner Weisheit.«

Nachdem sie ihre Haube aufgesetzt und ihren Umhang

angelegt hatte, führte Grace ihre Freundinnen zu dem Landauer, der auf sie wartete.

»Wo ist Thrasher?«, fragte sie, als sie anstelle des zwölfjährigen Stallburschen von Kate einen hochgewachsenen Mann in mittleren Jahren erblickte. Mit seinem Mondgesicht und den langsamen Bewegungen wirkte er in Kates Livree irgendwie fehl am Platz.

»Das ist George«, verkündete Kate und tätschelte seinen Arm. »Er hat gefragt, ob er mal London sehen dürfe, also habe ich ihn vom Gutshof mitgebracht. George ist bei mir, seit ich zehn Jahre alt war. Stimmt's, George?«

George hatte ein Lächeln wie ein zu groß geratenes Kind. »Das stimmt, Miss Kate.«

Er half den Damen in die Kutsche, nahm dann seinen Platz in dem Landauer ein und fuhr los. Es war einer der seltenen Tage mit klarem Himmel und einer leichten Brise. In den umliegenden Gärten leuchteten die letzten Blumen, und der Wind trug den Duft von Rosen mit sich.

Der Park war gut besucht. Spaziergänger flanierten die Wege entlang, und Kutschen rollten auf den Fahrstreifen. Es war eine Szene voller Farben, voller Lachen und voller Schönheit – die feine Gesellschaft in Bestform.

»Also«, sagte Kate und nickte Lady Yardley und ihren beiden Töchtern zu, als sie in einer rosafarbenen Kutsche, die zu ihren Kleidern passte, vorbeifuhren, »ehe wir zu dir kommen, haben wir Neuigkeiten.«

Sie griff in ihre Damenhandtasche, zog einen Brief hervor und reichte ihn Grace. Er war abgestempelt von Jack Wyndham, dem Earl of Gracechurch, und enthielt eine Einladung, die Grace mit Freude las.

»Olivia und Jack heiraten noch einmal!«, rief sie. »Oh, ich hoffe, wir können zur Hochzeit gehen.«

»Selbstverständlich wirst du hingehen.« Kate schnaubte.

»Du glaubst doch wohl nicht, dass diese Hochzeit ohne die drei Grazien vollständig wäre, oder?«

Grace fuhr mit den Fingerspitzen über die Einladung, als könnte das dabei helfen, die Erinnerung an die gefahrvollen Tage nach der Schlacht von Waterloo wiederaufleben zu lassen. Damals waren drei vollkommen fremde Frauen, die nur die »drei Grazien« genannt worden waren, zu wahren Freundinnen geworden. Grace wollte nicht darüber nachdenken, wie ihr Leben verlaufen wäre, wenn sie ihre Freundinnen nicht gehabt hätte.

»Es ist nicht vorauszusagen, was Diccan in einem Monat zu tun hat, ob er Zeit hat, wo er ist.«

Kate zuckte mit den Schultern und winkte einer Gruppe von gut aussehenden Männern zu, die an ihnen vorbeiritten. »Es spielt überhaupt keine Rolle, ob Diccan da ist oder nicht. Du wirst da sein.«

Grace lächelte flüchtig. »Wer bin ich denn, dir widersprechen zu wollen.«

»Genau. Also, Grace«, sagte Kate, »wenn Fanchon dich nicht so in Aufregung versetzt, wer ist es dann?«

Instinktiv blickte Grace sich um, um zu sehen, ob jemand in Hörweite war. Eine Menge Menschen betrachteten die Kutsche, aber keiner von ihnen war nahe genug, um sie belauschen zu können. »Ich brauche Unterricht.«

Kate hob eine Augenbraue. »Wenn ich über die Dinge nachdenke, die ich weiß, bin ich mir nicht sicher, ob ich wissen will, worin. Soll ich vorsichtshalber mein Riechfläschchen hervorholen?«

»Das ist nicht nötig. Ich muss lernen, wie ich Diccan eine gute Ehefrau sein kann.«

Beide Frauen starrten sie an. »Bist du verrückt?«, entgegnete Kate. »Du bist schon jetzt viel zu gut für ihn.«

»Du weißt, dass das nicht stimmt, Kate. Ich bin nicht

einmal annähernd das, was Diccan braucht. Ich habe mein Leben beim Militär verbracht, und das ist nicht gerade die Welt von Abendeinladungen und kultivierten Unterhaltungen. Niemand hat mir je etwas über Takt oder Etikette oder Tabuthemen beigebracht. Himmel, die einzige Rangordnung, die ich kenne, ist die militärische. Ich passe nicht in die bessere Gesellschaft, Kate.«

»Unsinn«, erwiderte Kate und klang sehr ernst. »Du hast drei Monate lang in meinem Haus gelebt. Ich würde dich nicht als Landei bezeichnen. Du zählst Lady Castlereagh und den Duke of Wellington zu deinen Freunden, und du hast an einigen der exotischsten Orte der Welt gelebt.«

Grace seufzte. »In Baracken. Nicht in Salons.«

»Du sprichst zwölf oder dreizehn Sprachen.«

»Acht, um genau zu sein. Allerdings nur Flüche, Trinksprüche und ansonsten gerade genug, um ein Hühnchen zu kaufen. Es reicht nicht für eine höfliche Unterhaltung.«

»Du bist einer der verständigsten und einsichtigsten Menschen, die ich kenne.«

Neben Kate schnaubte Lady Bea und winkte ab. »Pelz für ein Huhn.«

Es dauerte einen Moment, doch dann hatte Grace verstanden, was Bea damit sagen wollte. »Du meinst, wenn man sich in der feinen Gesellschaft unter die Leute mischt, sind Verstand oder Einsicht nicht unbedingt vonnöten.«

Bea lachte.

Mit ungewöhnlich ernster Miene betrachtete Kate Grace. »Eine Ehe bedeutet mehr, als nur ein paar Botschaftern vorgestellt zu werden«, sagte sie.

Grace nickte. »Ich weiß. Aber es gehört dazu, verstehst du nicht? Wenn ich nicht lerne, mich in diese Welt einzufügen, wird er sich niemals mit mir wohlfühlen.«

Vor Grace' innerem Auge tauchte ein Bild von Diccans zurückgeworfenem Kopf über ihr auf, von seinem angespannten Gesicht und seinen festen Muskeln. Sie konnte ihn wieder in sich spüren. Diesen einen Moment lang hatte er sich vollkommen wohlgefühlt. Sie wollte diesen Moment wieder erleben und wusste nicht, wie sie das erreichen sollte.

Lady Kate musste ihr etwas angemerkt haben, denn sie spannte abrupt ihren Schirm auf, als wäre er eine Waffe. »Dieser blinde Narr«, zischte sie. »Ich werde ihm das Herz herausschneiden.«

Grace legte ihre Hand auf Kates Arm. »Muss ich dich daran erinnern, dass er diese Ehe weder gewollt noch irgendwie hat vorhersehen können? Er tut sein Bestes.«

»Unsinn. Sein Bestes wäre, wenn er einsehen würde, dass er das beste Geschenk seines Lebens bekommen hat. Du musst nur du selbst sein – das reicht, damit er sich in dich verliebt.«

»Ich habe versucht, ich selbst zu sein, Kate«, erwiderte sie mit einem schiefen Lächeln. »Doch sogar meine Mutter konnte mich nicht ertragen.«

Grace bemerkte ihren Fehler, als sie kurz Mitleid in Kates Augen aufflackern sah. Mit hochrotem Kopf blickte Grace in Richtung des Sees, den die Leute Serpentine Lake nannten. Das Wasser glitzerte hinter den Bäumen. Sie standen nun auf dem Fahrstreifen, während um sie herum Landauer und Kutschen hinter Vollblütern warteten und Bekannte sich wie Vögel auf den Bäumen etwas zuriefen. Es waren Leute, die einander kannten und wussten, wie man sich auf dem gesellschaftlichen Parkett bewegte, während Grace nicht einmal eine Ahnung hatte, wie man eingelassen wurde.

»Er nimmt an Veranstaltungen der Botschaft teil, ohne

mich mitzunehmen«, sagte sie und konnte ihre Freundin nicht anblicken. »Ich kann nicht zulassen, dass er sich daran gewöhnt, denn sonst wird er mich nie mitnehmen.«

Dieses Mal war Lady Beas Reaktion unmissverständlich. »Idiot.«

Kate wirkte ebenfalls streitbar. »In dem Fall müssen wir ihn umstimmen. Ich liebe nichts mehr, als einen Mann mit dem zu überraschen, was sich direkt vor seiner Nase befindet.« Sie lachte und tätschelte Lady Beas Knie. »Was meinst du, Bea? Werde ich eine gute Erzieherin abgeben?«

Bea lachte nur. Und endlich lächelte auch Grace. Kates Worte nahmen ihr ein bisschen von der Angst. Sie hatte einen Plan. Sie hatte Freunde, die ihr halfen. Sie hatte ein Ziel. Was spielte es für eine Rolle, dass es nicht das Ziel war, das sie sich erhofft hatte? Es würde von Nutzen sein. Sie hoffte, dass sie so davor bewahrt blieb, ewig nur am Rande an Diccans Leben teilhaben zu dürfen.

Kate klatschte in die Hände. »Großartig. Wir fangen gleich morgen an. Noch etwas?«

Grace starrte auf ihre Hände. »Du hast die Hochzeitsanzeige in die Zeitungen gesetzt.«

Kate grinste. »Du hast es herausgefunden, nicht wahr?«

»Diccans Mutter war es.«

Bea schnaubte verächtlich.

Kates Blick verfinsterte sich. »Du hast sie getroffen? Eine niederträchtige Frau. Hat sie dich mit ihrer unermesslichen Überlegenheit erdrückt?«

»Sie hat einen beherzten Versuch unternommen. Ich wollte dich fragen, was du in der Mitteilung geschrieben hast.«

»Du willst wissen, ob dort stand, dass deine Mutter die Glorreiche Georgianna Hewitt ist? Nein. Ich habe nur von General Sir Hillary und Lady Fairchild geschrieben. Der Rest ist allein deine Sache und geht niemanden etwas an.«

Grace spürte, wie ihr der Atem stockte. »Ihr habt es gewusst?«

Lady Bea hob ihre behandschuhte Hand. »Cousine.«

»Ihr habt nie etwas gesagt.«

»Was sollten wir sagen?«, entgegnete Kate. »Solange sie nicht in meinem Salon auftaucht, gibt es kein Problem mit ihr.«

So einfach war das. Grace hätte beinahe laut aufgelacht. Und Kate, die praktische Kate, winkte bereits einer älteren Dame in einem Landauer zu. »Miss Dix«, sagte sie. »Reizende Frau. Denkt, sie wäre Galileo.«

»Ich habe noch eine Frage«, sagte Grace und zog ihre Handschuhe glatt. »Zu Diccan. Also eigentlich zu seinem älteren Bruder. Wie ist er gestorben? Diccan sagte nur, er sei dem Bischof nicht gewachsen gewesen.«

Beide Frauen runzelten die Stirn. »Das ist kein Geheimnis«, sagte Kate. »Der Bischof dachte, er hätte ihn zum perfekten Hilliard geformt. Er wollte etwas Großes aus ihm machen. Bis Robert sich zu Tode getrunken hat.«

Grace hätte schwören können, den Schmerz über diesen Verlust spüren zu können. »Standen er und Diccan sich nahe?«

Kate zuckte mit den Schultern. »Schwer zu sagen bei den beiden. Diccan hat nie darüber geredet. Erst als seine Eltern ihr Augenmerk auf ihn richteten. Er sollte die Lücke füllen. Doch er sagte ihnen, sie sollen zur Hölle fahren.«

Grace war nicht überrascht. Offenbar hatte er sehr um seinen Bruder getrauert.

»Emporkömmling«, murmelte Kate, als ein Einspänner vorbeikam. »Gib dich nicht mit ihr ab. Sie schlägt ihre Zofe.«

Grace folgte Kates Blick und entdeckte jemand anders. Harry Lidge, der auf einem Pferd saß, winkte ihr vom Ende des Fahrstreifens aus zu. Oje. Was sollte sie tun? Kate und Harry schienen einander zu hassen. Doch sie hatte ihn seit Canterbury nicht mehr gesehen.

»Willst du aussteigen?«, fragte Kate, ohne ihn eines Blickes zu würdigen. »Ich kann den lieben Harry nicht lange ertragen, aber ich weiß, dass ihr befreundet seid.«

Grace sagte: »Wenn es dir nichts ausmacht …«

»Wir werden ein paar Runden durch den Park fahren und dich dann wieder abholen.«

Grace wünschte sich, Kate würde ihr erzählen, was zwischen ihr und Harry vorgefallen war, doch dazu hatte sie nicht das Recht. Also ließ sie sich von George aus der Kutsche helfen und humpelte zu Harry, der gerade von seinem Pferd stieg.

Mit einem eindringlichen Blick gab er ihr einen Kuss auf die Wange. »Geht es dir gut, Gracie?«

»Ja, Harry. Was machst du in der Stadt?« Sie streckte den Arm aus, um den weißen Stern auf der samtigen Stirn von Harrys Wallach zu streicheln. »Und du, mein lieber Beau. Hat er dich gezwungen, vor den Leuten zu posieren?«

Beau, der sie gut kannte und mehr als einmal auf seinem Rücken getragen hatte, schnaubte leise.

»Begleitet Hilliard dich heute nicht?«, fragte Harry.

Wie oft würde sie diese Frage beantworten müssen? »Er hat Verpflichtungen.«

»Er hat gerade erst geheiratet«, erwiderte Harry und schaffte es, dass Grace sich noch schlechter fühlte.

»Und die Hochzeit hat ihn von wichtigen Besprechungen abgehalten, die er jetzt nachholen muss«, antwortete sie. »Und? Hast du schon einen neuen Einsatzbefehl bekommen?«

Es dauerte ein paar Minuten, ehe Harry sich entspannte, aber am Ende spazierten er und Grace durch den Park und sprachen wie alte Freunde über Gott und die Welt. Auch wenn er an ihrer Eheschließung mitschuldig war, war sie froh, jetzt bei ihm zu sein.

Die Freude reichte allerdings nicht aus, um das unbehagliche Gefühl aufzuwiegen, das immer stärker wurde, je länger sie durch den Park flanierten. Die Leute starrten sie unverhohlen an. Angesichts der Tatsache, dass die meisten sie mit derselben hinterhältigen Verachtung anlächelten wie Diccans Mutter, war sie sich ziemlich sicher, dass sie wussten, wer sie war. Das große, schlaksige Mädchen, das nicht besonders gut aussah, fürchterlich humpelte und sich den eleganten Diccan Hilliard geschnappt hatte.

»Ich habe gehört, dass sein Vater versucht hat, sie abzufinden«, hörte sie eine junge Frau sagen.

Jemand lachte. »Ich habe gehört, sie hätte *ihn* abgefunden.«

»Beachte sie gar nicht«, sagte Harry und nahm ihre Hand, während sie weitergingen. »Sie sind nur neidisch.«

Grace setzte ein etwas zu strahlendes Lächeln auf. »Du siehst in deiner grünen Grenadiersuniform wirklich schneidig aus.«

Doch seine Miene war noch immer angespannt, auch wenn sie versucht hatte, die Situation aufzulockern. »Lady Kate ist von ihrer Spritztour durch den Park zurück«, sagte er. »Soll ich dich zu ihr begleiten?«

»Damit ihr beide mitten im Park in Streit geratet? Nein danke. Eines Tages musst du mir wirklich erzählen, warum ihr zwei auf Kriegsfuß miteinander steht.«

Er lächelte schmallippig. »Eines Tages werde ich das vielleicht tun.«

Mit einem Handkuss verabschiedete er sich. Grace wartete, bis er davongeritten war, ehe sie zu Kate zurückging. Die beiden Spaziergänger, die auf sie zukamen, waren ihr nicht aufgefallen. Sie hatten sie allerdings sehr wohl bemerkt. Es waren eine hübsche blonde Frau, die in pfirsichfarbenen Rüschen fast unterging, und ein schlanker junger Herr.

»Ich muss sagen, dass ich froh bin, einen Blick auf sie erhascht zu haben«, sagte das Mädchen zu dem jungen Dandy, während sie ihren pfirsichfarbenen Sonnenschirm mit den Rüschen in den Händen drehte. »Andernfalls hätte ich mir nicht vorstellen können, wie schlimm es wirklich ist. Armer Mr. Hilliard.«

»Wie wahr, wie wahr«, entgegnete er und tätschelte ihre Hand. »Man sollte meinen, sie hätte Schamgefühl.«

Das Mädchen schniefte. Es wirkte wie der Inbegriff des Hohns. »Ich hoffe nur, dass es ihm nicht gelingt, so etwas in Mode zu bringen. Derart herumzutorkeln wäre so entsetzlich ermüdend.«

Grace rang den Impuls nieder stehen zu bleiben. Es war schlimm genug, dass sie sie gehört hatte. Noch schlimmer war jedoch, dass sie errötete. Sie bekam die hässlichen roten Flecken, die ihr so peinlich waren. Die beiden waren keine drei Meter mehr von ihr entfernt. Sie sammelte ihren letzten Stolz, straffte die Schultern und ging weiter.

Sie war sich nicht sicher, wie es passierte. Sie hatte zu Lady Bea in der Kutsche geblickt und sie angelächelt, während das Paar sich näherte.

»Bei dem Anblick wird mir übel«, spottete das Mädchen. »Sie sollte nicht in der Öffentlichkeit herumlaufen dürfen.«

»Tja«, sagte der Dandy mit einem höhnischen Grinsen, »das wird sie auch nicht mehr.«

Und ehe Grace reagieren konnte, streckte er seinen Spazierstock aus und ließ sie stolpern. Ihr schlimmes Bein knickte ein. Sie wollte nach irgendetwas greifen, um sich festzuhalten. Doch das Paar wich zurück und lächelte, als würde es sich einen Trick in *Astleys Amphitheater* ansehen. Grace ruderte in dem letzten verzweifelten Versuch, Halt zu finden, mit den Armen und stürzte dann mit dem Gesicht voran auf den Kiesweg.

Kapitel 11

Eine scheinbare Ewigkeit konnte Grace nur mitten im Hyde Park auf dem Weg liegen – ein unordentlicher Haufen von Grau und beschämtem Rot.

»Siehst du, was ich meine?«, hörte sie das Mädchen fragen. Sie musste hochblicken, um zu sehen, ob so ein hübsches Kind wirklich so boshaft sein konnte. Das Lächeln des Mädchens war wunderschön. Man musste schon ganz genau hinsehen, um den Hauch von Bösartigkeit zu erkennen.

In dem Moment sah Grace Kates Stallburschen George, der mit der Kutsche auf sie zurollte. Sein Gesicht wirkte besorgt. Mit unheilvoller Miene stieg Kate aus der Kutsche. Oje, war alles, was Grace denken konnte. Frustriert senkte sie den Kopf. Sie stand besser auf, ehe Kate hier eine Szene machte.

Sie blickte auf ihre Hände und sammelte Kraft, um sich hochzustemmen, als sie Schritte auf dem Kies vernahm.

»Es tut mir leid, George«, entschuldigte sie sich, ohne ihn ansehen zu können, »aber ich scheine ganz versessen darauf zu sein, hier eine Schildkröte nachzuahmen. Könnten Sie mir Ihre Hand geben?«

»Du hast meine Hand doch schon«, sagte jemand, und sie wäre beinahe wieder zu Boden gesunken. »Außerdem hast du mein Vermögen, soweit vorhanden, und mein Herz.«

Diccan. Ach, *merde.* Sie hätte wissen müssen, dass er

rechtzeitig auftauchte, um sie in dieser unrühmlichen Lage zu erwischen. »Und das macht mich reicher«, sagte sie mit einem steifen Lächeln und blickte in seine kühle Miene. »Im Moment reicht mir erst mal deine Hand.«

Er half ihr auf die Beine. Sein sicherer Griff um ihre Arme war erstaunlich sanft. »Schön, dich zu sehen, meine Liebe.« Er rückte ihre Haube zurecht und lächelte. »Ich hatte gehofft, dass wir uns heute treffen.«

Sie hoffte, nicht zu erröten. »Nicht so unerwartet, sollte man hoffen.«

»Jedes Treffen ist eine angenehme Überraschung.«

Ungeduldig klopfte sie sich den Staub vom Kleid und warf einen Blick auf Diccans makellose kaffeebraune Jacke, seine hellbraune Hose und die glänzenden Schuhe. Selbstverständlich sah er elegant und unerschütterlich aus. Sie dagegen sah aus, als hätte sie die Treppe geputzt. »Ich nehme nicht an, dass du so nett sein könntest, auch ein wenig derangiert auszusehen?«

Er zog eine Augenbraue hoch. »Ich würde fast alles für dich tun, meine Liebe. Aber meinen *Weston*-Mantel zerknittern? Willst du Biddle quälen?«

Sie lächelte. »Ich muss von meinem Wunsch erfüllt sein, den Park zu verlassen.«

»Ich werde dich begleiten«, sagte Diccan. »Gleich nachdem ich mit dem jungen Mr. Palmerston hinter dir gesprochen habe.«

Der Junge straffte die Schultern. »Es ist mir ein Vergnügen«, sagte er und wirkte mit einem Mal nervös. »Darf ich vorstellen …«

Diccan hob sein Monokel. »Nein«, sagte er kühl, »ich glaube nicht, dass Sie das dürfen.«

Das Mädchen wurde blass. Der Junge versuchte, sich herauszureden. »Wir haben es ein bisschen übertrieben,

Sir, nicht wahr?«, platzte er heraus und umklammerte sein eigenes Monokel. »Es war im Grunde genommen ein Unfall.«

Diccan bewegte sich nicht. Grace hörte jemanden aufkeuchen. Ihr stockte der Atem, als Diccan sein Monokel sinken ließ. Seine sonst so gelangweilte Miene wirkte plötzlich kalt wie der Tod. »Seltsam«, sagte er, und Grace rann ein Schauder über den Rücken, »ich habe etwas ganz anderes gesehen. Etwas, das unentschuldbar ist.«

Der junge Mann erkannte endlich die Gefahr und fing an, sich hastig zu entschuldigen.

»Siehst du, Chuffy?«, hörte Grace hinter sich jemanden sagen, »wir hätten gar nicht rennen müssen. Ich habe dir gesagt, dass er im Park niemanden tötet. Das würde nur den Verkehr aufhalten.«

»Das hat ihn sonst auch nicht davon abgehalten«, erklang die Antwort.

Grace drehte den Kopf und erblickte zwei Herren, die herbeieilten. Einer der Herren war groß und breit und hatte dichtes rotbraunes Haar und eine laute Stimme. Der andere war kleiner, dicker und kahler, und seine Brille rutschte ihm die Nase herunter. Sie waren in Kates Begleitung und führten ihre Pferde am Zügel.

»Er ist ja inzwischen auch viel älter«, sagte der Größere von beiden. »Er hat nicht mehr die Energie. Im Übrigen weiß er, dass Grasflecken nur sehr schwer aus der Hose zu entfernen sind.«

»Wann war ich je so weit, mir über Grasflecken Gedanken zu machen?«, fragte Diccan. »Nein, dieser junge Gentleman hat gerade meine Einladung angenommen, morgen bei Jackson gegen mich zu boxen. Ist es nicht so?«

Der Junge wurde noch bleicher, und Grace wusste, dass Diccan sich die perfekte Bestrafung ausgesucht hatte. Es war nicht nur eine öffentliche Demütigung, sondern es gab dem Jungen auch Zeit, sich Gedanken über sein Verhalten zu machen, durch das es so weit gekommen war. Diccan hatte dem Jungen wirklich Angst gemacht. Er schwitzte, und Grace wusste, warum. Diccan hatte ihr auch Angst eingejagt.

In diesem einen Moment – fast zu schnell, um es erfassen zu können – waren seine Augen gespenstisch leer gewesen. Der kultivierte Gentleman, den sie kennengelernt hatte, war verschwunden, und jemand ganz anderes war an seine Stelle getreten. Jemand, der so hart und unbarmherzig wie der Tod war. Jemand, den sie nicht kannte.

Plötzlich fragte sie sich, ob sie ihren Ehemann überhaupt kannte. Selbst wenn er noch so wütend war, hatte sie diese Seite an ihm bisher noch nie erlebt. Diese Seite, bei der sie dachte, er könnte sein Gegenüber mit seinem bloßen Blick körperlich verletzen. Ja, er hatte sie alle ganz knapp aus dem vom Krieg erschütterten Belgien herausgebracht und vor einem Mörder gerettet. Sie hatte immer geglaubt, er hätte dazu seine diplomatischen Fähigkeiten eingesetzt. Zum ersten Mal fragte sie sich nun, ob das die Wahrheit war.

»Grace«, sagte Lady Kate, »ich habe noch jemanden mitgebracht.«

Und mit einem eisigen Blick zu dem blassen Pärchen drehte Lady Kate den beiden demonstrativ den Rücken zu. Grace sah, wie das Mädchen wankte. Ohne ein weiteres Wort flohen sie und ihr Freund.

»Lass mich dir Diccans besondere Freunde vorstellen«, sagte Kate. »Viscount Charles Wilde und Mr. Ian Ferguson. Meine Herren, das ist meine liebe Freundin Mrs. Grace Fairchild Hilliard.«

Sie begrüßten einander. »Es ist mir ein Vergnügen, Sie

kennenzulernen, Ma'am«, sagte Viscount Wilde. Sein Kopf wippte so heftig, dass ihm die Brille wieder die Nase hinabrutschte. »Nennen Sie mich Chuffy. Jeder nennt mich so.«

Er war das komplette Gegenteil von Diccan: füllig und ein bisschen zerknittert und insgesamt gemächlich. Grace fand, dass es leicht war, mit ihm zu lächeln.

»Danke«, erwiderte Grace, »das ist sehr nett.«

Grace strich sich noch einmal über ihr Kleid und sah sich verstohlen nach einer Möglichkeit um, schnell und unauffällig zu verschwinden. Offenbar hatte Chuffy jedoch andere Pläne.

»Sind Sie unverletzt, Ma'am?«, fragte er, nahm seinen Hut ab und schien nicht zu bemerken, dass sein Pferd an seiner Krawatte knabberte. »Das war ein ziemlicher Sturz.«

»Mir geht es gut. Danke.«

Sein Erröten sah noch unvorteilhafter aus als bei Grace. »Glück, Ma'am. Glück. Ich kann nicht zulassen, dass Ihnen irgendetwas passiert. Sie haben meinem Bruder in Cardiff das Leben gerettet, wissen Sie noch?«

»Coruña«, korrigierten Diccan und Mr. Ferguson ihn wie aus einem Mund.

»Meinetwegen«, entgegnete Chuffy. Sein Lächeln war ansteckend. »Wie auch immer.«

»Hast du dir wirklich nicht wehgetan?«, fragte Diccan und ergriff ihre Hand.

Grace erkannte echte Besorgnis in seinem Blick und errötete vor Freude. »Nur mein Stolz ist angeknackst. Doch auch der ist wie ich ein alter Kämpfer und wird sich bald wieder erholt haben.«

Er hat keine Handschuhe an, dachte sie, obwohl es vollkommen unwichtig war. Seine Haut war rau und warm, sein Griff sanft. Um seine Augen sah sie winzige Fältchen. Grace konnte ihren Blick nicht von ihm abwenden. Für diesen einen Moment schien es Diccan nicht anders zu gehen.

Lady Bea mahnte zur Eile. »Sirup!«, rief sie aus der Kutsche.

Grace zuckte zusammen und wurde aus ihren Grübeleien gerissen. »Ich sollte Bea Bescheid sagen, dass es mir gut geht.«

Diccan wirkte überrascht, dass er noch immer bei Grace stand. »Natürlich«, sagte er und ließ ihre Hand los.

Sie wollte protestieren. Sie wollte den Arm ausstrecken und seine Wärme wieder spüren. Es war der quirlige und im Augenblick etwas begriffsstutzige Chuffy Wilde, der vortrat und ihr seinen Arm anbot. »Wäre mir eine Ehre, Sie zu begleiten, Ma'am«, sagte er. Mit der freien Hand hielt er die Zügel seines Fuchses, der inzwischen an seinem Hut knabberte.

Grace wartete einen Herzschlag lang darauf, dass Diccan widersprach. Selbstverständlich tat er das nicht. Sie versuchte, nicht zu seufzen, und lächelte Chuffy zu. »Ihr Bruder ist nicht zufällig Brock Wilde, oder?«

Chuffy strahlte. »Sie erinnern sich an ihn!«

»Wer könnte ›Wilde and Ready‹ vergessen?«, fragte sie und legte die Hand auf Chuffys Arm. »Während der Belagerung von Burgos hat er uns eigenhändig mit gekochtem Kaninchen versorgt.«

Hinter ihnen konnte sie Diccan seufzen hören. »Noch ein Herz erobert. Ich sage dir, Ferguson, das reicht, um das Selbstvertrauen eines Mannes zu erschüttern.«

»Nur Freunde, Hilliard«, versicherte Chuffy. »Ich bin nicht in der Stimmung für ein Duell. Das würde meiner Mutter auch missfallen.«

Paarweise gingen sie zurück zur Kutsche, als wäre es so vereinbart worden. Die Aufmerksamkeit, die Grace auf sich gezogen hatte, ließ wieder nach. Nicht zuletzt Diccans besitzergreifendes Verhalten und die gute Laune seiner Freunde sorgten dafür. Grace wusste, dass sie dankbar sein sollte. Sie sollte sich freuen, und sie freute sich auch. Egoistischerweise wünschte sie sich jedoch, dass Diccans Sorge nicht nur reine Höflichkeit wäre, sondern dass mehr dahinterstecken würde. Sie wünschte sich, dass es die Wahrheit gewesen wäre, als er gesagt hatte, sie besäße sein Herz.

Ach Grace, dachte sie, während Diccan ihr mit einem schwungvollen Handkuss in Kates Kutsche half, *du warst schon immer ein gieriges Kind.*

»Danke, Mr. Hilliard«, sagte Jim Jackson. Sein rundes Gesicht hatte er zu einem schiefen Lächeln verzogen. »Das war ausgesprochen unterhaltsam. Geradezu schlagfertig.«

Diccan nahm sich das Handtuch, das Ian Ferguson ihm zugeworfen hatte, und wischte sich den Schweiß ab, der ihm das Gesicht herunterströmte. In der gegenüberliegenden Ecke des Raumes versuchte sein junger Gegner, sich auf den Beinen zu halten. Blut rann aus seiner gebrochenen Nase und über seinen dürren Oberkörper, und sein rechtes Auge schwoll an. Es hätte noch schlimmer sein können. Diccan hatte überrascht festgestellt, wie gern er den kleinen Mistkerl umgebracht hätte. Wenn der Junge sich seiner Bestrafung nicht wie ein Mann gestellt hätte, hätte er ihn vernichtet. Aber er hatte ihm eine Lektion erteilt.

»Danke, Sir«, nuschelte der Junge. Ein Handtuch an sein Gesicht gepresst, verneigte er sich vor Diccan. »Ich glaube, ich habe verstanden, was Sie mir damit zeigen wollten.«

Diccan verspürte noch immer den Wunsch, irgendetwas zu schlagen. Doch nicht diesen Jungen, der zur Einsicht gekommen war. Er erwiderte die Verneigung. »Achten Sie darauf, dass Sie den Fehler nicht noch einmal machen. Vergessen Sie nicht, was mit Ihrer Nase passiert ist.«

»Das wird ihm eine Lehre sein. Großartig«, hörte Diccan jemanden zu seiner Rechten sagen. Er wandte den Kopf und erblickte Geoffrey Smythe, der lächelnd auf ihn zukam. »Ich bin froh, dass ich Ihrer Frau stets mit Respekt begegnet bin.«

Diccan spürte, wie es in ihm zu brodeln begann. Er mochte diesen aalglatten blonden Jungen nicht. Der Mann hatte etwas Hinterlistiges an sich. Aber ein warnender Blick von Ian reichte, und Diccan riss sich zusammen und hielt den Mund.

Er schlüpfte in sein Hemd und zuckte mit den Schultern. »Diese kleinen Lektionen sind ermüdend, für die Erziehung eines Gentlemans allerdings unerlässlich.« Mit einem weiteren Schulterzucken warf er ihm ein erschöpftes Lächeln zu.

Ian wirkte besorgt. Smythe wirkte belustigt. Diccan wurde es übel. War er nicht vor Kurzem erst eindringlich gewarnt worden, Grace vorerst zu ignorieren? Ihr gegenüber keine Herzlichkeit zu zeigen? Hier stand Smythe und suchte offenbar nach seiner Achillesferse. Und er ahnte nun, dass Grace diese Achillesferse war.

»Ich habe guten Schnaps – *uisce beatha* – im Club«, schlug Ferguson vor, während Smythe davonschlenderte.

Mit einem Nicken ging Diccan zur Tür. In Zukunft würde er sich mehr anstrengen müssen. Er musste Grace beschützen. Wenn ein verzogener Bursche sie das nächste Mal im Park zu Fall brachte, würde er wegsehen müssen.

Wahrscheinlich spielte das jedoch keine Rolle mehr.

Denn wahrscheinlich hatte er bereits einen verhängnisvollen Fehler begangen.

Diccan kam in dieser Nacht nicht nach Hause. Grace wusste, dass sie es gar nicht hätte bemerken sollen. Doch sie hatte es allmählich satt, dass sie sich Hoffnungen machte, die dann wieder enttäuscht wurden. Sie war es leid, Diccans Aufmerksamkeit weder mit Souveränität noch mit Gewalt bekommen zu können. Und sie hasste sich selbst dafür, dass sie, nachdem sie von seinem Bruder gehört hatte, bereit war, ihm sein gedankenloses Verhalten zu verzeihen.

Wenigstens war ihre Garderobe geliefert worden. Als sie von ihrem einsamen Frühstück zurückkehrte, fand sie auf ihrem Bett Kleidung in allen Farben und Formen. Ihr Herz machte einen Sprung. Endlich. Ein weiterer Schritt nach vorn. Eine Chance, um … um was? Um die Aufmerksamkeit ihres Mannes zu ergattern? Um der feinen Gesellschaft gegenübertreten zu können, ohne Angriffsfläche zu bieten? Um sich selbst zu demütigen, indem sie versuchte, aus einem Ackergaul ein Rennpferd zu machen?

»Das Grüne, denke ich, Ma'am«, sagte Schroeder, ohne aufzusehen. Sie sortierte gerade Unterwäsche in den Schrank. »Ich habe es schon für Sie herausgelegt. Und ich hoffe, Sie halten mich nicht für anmaßend, aber Lady Kate hat mir den Namen eines Friseurs gegeben. Er wird heute Nachmittag vorbeikommen.«

Instinktiv hob Grace die Hand, um ihr zurückgebundenes Haar zu berühren. Es war so lange her, dass sie etwas anderes damit getan hatte, als es sich aus dem Gesicht zu kämmen. »Das wäre schön.«

Bevor sie die Gelegenheit hatte, sich umzuziehen, klopfte es an der Tür. Sie öffnete. Ein Diener wartete draußen.

»Entschuldigen Sie, Ma'am. Unten ist ein Herr, der Sie sehen möchte.«

»Schicken Sie ihn nach oben.«

»Äh … nein. Er … äh … kann nicht. Er möchte Sie draußen vor der Tür treffen.«

Grace folgte dem Jungen nach unten. Sie war sich nicht sicher, was sie erwartete, doch sie hätte nie mit dem gerechnet, was sie kurz darauf erblickte. Vor dem Hotel auf dem Piccadilly stand ein kleiner o-beiniger Mann mit knallrotem Haar, einem schelmischen Lächeln und zwei erstklassigen Pferden am Zügel.

»Harps?«, flüsterte sie überwältigt.

Ein Grinsen erstrahlte auf seinem Gesicht. In den Händen hielt er die Zügel eines gescheckten Wallachs und einer kohlrabenschwarzen Andalusierstute, die bei Grace' Anblick sofort anfing, leise zu wiehern. Grace schossen Tränen in die Augen. Sie ertappte sich dabei, dass sie dem kleinen Mann fast in die Arme gesprungen wäre.

»Harps!«, rief sie und ergriff seine Hand.

»Ach, schon gut«, knurrte er. Auch seine Augen glänzten verdächtig. »Du erinnerst dich noch. Meine Frau und ich dachten schon, nachdem du nun mit den feinen Leuten herumziehst, vergisst du deine alten Freunde. Kein Wort haben wir von dir gehört. Nicht einmal eine Einladung zu deiner Hochzeit haben wir bekommen. Dann haben wir jedoch diese gute Nachricht erhalten.«

Spaziergänger blieben stehen, um den kleinen Mann anzustarren, der vor Grace stand und sie anblitzte.

»Nachricht?«, fragte sie und beachtete die Leute nicht. Harps war hier, und er hatte ihr Mädchen mitgebracht. Sie musste sich zusammenreißen, um nicht zu weinen, als sie ihren Kopf an den Hals der Stute schmiegte. »Was für eine Nachricht?«

Sean Harper legte den Kopf schräg. »Mal sehen. Zwar hat er etwas Verrücktes gesagt, wie keine Möpse oder Affen in seiner Nähe haben zu wollen, doch er meinte auch, ein Mädchen sollte sein Pferd bei sich haben.«

Sie hob den Kopf. »Wer hat das gesagt?«

»Dein Ehemann, mein Mädchen. Und er hat mich gebeten, deine schöne Epona höchstpersönlich zu bringen, damit ich dir meinen Segen geben kann. Als wäre ich dein Dad.«

»Du bist tatsächlich so etwas wie mein Dad.« Ihr Hals war wie zugeschnürt, als sie die samtartigen Nüstern der Stute streichelte. »Er hat dich wirklich gebeten, Epona hierherzubringen? Diccan?«

»Dieser hochnäsige Kerl? Der Cousin von Lady Kate? Genau der. Willst du weiter hier herumstehen und die Männer Londons unterhalten, oder reitest du mit deiner kleinen Lady aus?«

»Warte hier.«

Sie drehte sich um und eilte die Treppe hinauf. Diccan war in der vergangenen Nacht nicht nach Hause gekommen. Aber er hatte sich die Zeit genommen, nachgedacht und ihr Harper und Epona geschickt. Wie konnte sie sich nicht in einen solchen Mann verlieben?

Kapitel 12

Diccan sah sie im Park. Wie konnte man sie übersehen? Zum ersten Mal, seit er sie kennengelernt hatte, erlebte er seine Frau in ihrem Element. Sie ritt die Andalusierstute. Das Pferd war glänzend schwarz. Noch nie zuvor hatte er ein so schönes Tier gesehen: Die Stute hatte große, strahlende Augen, der Hals war elegant gebogen, und sie hatte einen wundervollen Kopf. Grace hatte recht gehabt. Mit dieser Stute und Gadzooks zu züchten, das würde die besten Fohlen hervorbringen.

Doch dem Pferd galt nur ein Teil seiner Aufmerksamkeit. Grace gehörte der Rest. Bekleidet mit einer alten Uniformjacke und einem geschlitzten Kleid, ritt sie wie ein Husar – mit fließenden Bewegungen wie ihr Pferd, die Hände entspannt, die Haltung aufrecht. Sie war bewegte Poesie. Und sie glühte. Nur so konnte man es beschreiben. Die frische Luft färbte ihre Wangen, und ihre Augen strahlten. Ihr markantes Gesicht wirkte weicher. Wenn sie auf der Iberischen Halbinsel so ausgesehen hatte, war es kein Wunder, dass die Männer vernarrt in sie waren.

Er hatte sie Boudicca genannt. Damit hatte er es genauer getroffen, als er ahnen konnte. Sie war großartig. Eine Göttin. Eine Kriegerin in einer alten roten Uniformjacke. So sinnlich wie der Sommer. Und er war nicht der Einzige, dem das auffiel. Die Leute drehten sich nach ihr um. Männer lächelten. Damen richteten sich im Sattel auf, damit sie sich nicht blamierten. Er spürte, wie ungewohnter Stolz ihn erfasste. Er hatte Grace immer respektiert. Zum ersten Mal, seit er aus ihrem Bett geflüchtet war, glaubte er zu verstehen, warum sie ihn so heftig erregt hatte.

Er wusste, dass er es nicht tun sollte. Trotzdem rief er nach ihr und winkte. »Sei gegrüßt, meine liebe Gattin!«

Wenn er sie vorher schon für eindrucksvoll gehalten hatte, verblasste das gegen den Anblick ihres Lächelns, als sie ihn sah. »Diccan!«, rief sie und lachte, als die Stute tänzelte. »Komm und lerne Epona kennen.«

Diccan hätte vor Schreck beinahe seine Zügel verloren. Grundgütiger. Grace Fairchild hatte ein Grübchen. Ein großes, freches Grübchen links neben ihrem Mund, das nur sichtbar wurde, wenn sie lachte. Hatte er sie zuvor nicht lachen sehen? Anders konnte er es sich nicht erklären, denn er war sich sicher, dass er sich an etwas so Verschmitztes und Verführerisches erinnert hätte.

Gadzooks schien ähnlich auf Grace' Pferd zu reagieren. Mit einem Mal fing der Hengst an, unruhig zu werden, hob den Kopf, blähte die Nüstern und näherte sich der Stute wie ein Flaneur.

»Gadzooks, mein Junge«, sagte er und klopfte dem Rotschimmel auf den Hals, »du hast ein gutes Auge.«

Grace hielt an und beugte sich vor. Ihre grauen Augen leuchteten. »Du bist mein Held.«

Diccan hob die Augenbrauen. »Gadzooks? Ich gebe zu, dass er ein hübscher Kerl ist, aber ich bin mir nicht sicher, ob Heldenhaftigkeit ihm so unbedingt im Blut liegt.«

»Lass dich von ihm nicht beleidigen, Gadzooks«, mahnte sie und bückte sich, um dem Tier über die Nüstern zu streicheln. »Du weißt ganz genau, dass ich nicht Gadzooks meine. Wie kann ich dir für diese Überraschung danken?«, fragte sie Diccan und streckte die Hand aus.

»Du kannst dir nicht vorstellen, wie mir das den Tag versüßt hat.«

»Ich weiß, wie sehr es meinen Tag versüßt«, erwiderte er und war seltsam berührt. »Ich kann mir nichts Eleganteres vorstellen als eine außergewöhnliche Reiterin – außer eine außergewöhnliche Reiterin auf einem wundervollen Pferd. Deine Epona ist genau so, wie du sie beschrieben hast, meine Liebe. Ich bin voller Bewunderung.«

Unter ihm wieherte Gadzooks leise und stupste den Kopf der Stute an. Epona tänzelte spielerisch davon, und Diccan verspürte den überraschenden Drang, ihnen zu folgen. Wie Gadzooks zu stolzieren, um die Aufmerksamkeit seiner Partnerin zu wecken. Plötzlich wollte er sie wieder so sehen wie in seinem Bett – die Haut zart errötet, die Augen dunkel und verträumt.

Offenbarte Grace Hilliard sich auf diese Weise? Reichte es aus, um ihr in seinen Kreisen Respekt zu verschaffen? Und wie sollte er sie weiter hinhalten, wenn er wusste, dass hinter der unscheinbaren Fassade etwas so Wunderbares schlummerte?

»Kommst du später nach Hause, meine Liebe?«, fragte er so beiläufig, als hätte er sie sich nicht gerade vor sich liegend und feucht vor Lust vorgestellt. »Hast du Zeit? Ich würde gern die Gangarten der beiden hier vergleichen.«

»Das wäre schön. Ich glaube, Harper hat auch Lust dazu, dich auszufragen.«

»O ja«, stimmte Harper mit einem Nicken zu, »das habe ich.«

Diccan nickte. Plötzlich wollte er diese neue Grace kennenlernen. Diese überraschende Grace. Er wollte sie Schritt für Schritt erkunden, abschätzen, wollte zusehen, wie sie auf einem galoppierenden Pferd zum Leben erwachte. Er musste sich überlegen, wie er einen Ausritt mit ihr genießen konnte, ohne sich zu verraten.

Er hatte sich gerade abgewandt, als ein alter Mann auf einem robusten Grauschimmel auf sie zugejagt kam.

»Grace!«, rief der alte Mann und hob die Hand, als wollte er zum Angriff blasen.

Grace starrte den Mann an. »Onkel Dawes?«

Der alte Mann brachte sein Pferd knapp vor ihnen zum Stehen. Der Kies spritzte zur Seite. »Wo warst du, mein Mädchen?«, wollte er wissen. »Ich vergeude seit drei Tagen meine Zeit hier auf den Reitwegen, um dich zu suchen.«

Groß und so kräftig wie sein Pferd, trug er das feine schwarze Tuch eines Landedelmannes. Sein Gesicht war gerötet, er hatte fröhliche Augen und enorme weiße Koteletten. Offensichtlich war er Kavallerist.

Grace beugte sich vor, um dem alten Mann einen Kuss auf die Wange zu geben. »Oh, ich hätte nicht gedacht, dass du in der Stadt bist. Ich habe dir und Tante Dawes nach Marchlands geschrieben. Ich bin so froh, dass du gekommen bist!«

»Wo sollte ich wohl sonst sein, nachdem ich erfahren habe, dass du von diesem Taugenichts wie ein Fuchs gejagt und zur Strecke gebracht worden bist?« Ohne ein Zögern oder eine Entschuldigung hob der Mann sein Monokel und wies auf Diccan. »Himmel, mein Mädchen, was für ein Jammerlappen!«

Unwillkürlich musste Diccan lachen. Grace lachte ebenfalls. »Ich glaube, du unterschätzt ihn maßlos, mein Lieber«, sagte sie zu dem alten Mann. »Wusstest du, dass er vier Duelle gewonnen hat, ein Dutzend Pferderennen und einen Boxkampf gegen Mr. Jackson höchstpersönlich?«

Diccan war überrascht – nicht so sehr über Grace' korrekte Aufzählung, sondern über den Stolz, der in ihrer Stimme mitschwang. »Du lässt mich erröten, meine Liebe«, wiegelte er ab.

»Unsinn«, widersprach sie mit einem glucksenden Lachen. »Du hättest nichts davon getan, wenn du nicht gewollt hättest, dass man darüber spricht.«

Ihr Onkel brach in Gelächter aus. »Verschwenden Sie nicht Ihre Zeit damit, mit ihr die Klingen kreuzen zu wollen, mein Junge. Sie ist tödlich.«

»Das habe ich schon mitbekommen, Sir.«

Grace strahlte. »Onkel Dawes, darf ich dir meinen Ehemann Mr. Diccan Hilliard vorstellen? Diccan, das ist General Lord Wilfred Dawes.«

Dawes blickte Diccan an, als wäre er ein neuer Rekrut. »Schwere Dragoner der Kronprinzessin, Sir. Und Sie?«

Diccan verneigte sich. »King Georges Leichtes Diplomatenkorps. Es ist gut zu wissen, dass Grace einen Beschützer hat. Nun ja, außer den ungefähr achttausend Soldaten, die sie auf der Iberischen Halbinsel gerettet zu haben scheint.«

Der stechende Blick des Generals wurde noch grimmiger. »Machen Sie sich über die Soldaten lustig, Sir, oder über meine Großnichte?«

»Über mich selbst, Sir. Nur über mich selbst.«

Das schien dem alten Choleriker gut zu gefallen. »Zumindest sind Sie vernünftig. Und wenn ich den Gaul betrachte, haben Sie ein Auge für Pferde. Ist er so übellaunig, wie er wirkt?«

»Schlimmer. Und jetzt hat er noch eine Sünde zu seiner Liste hinzugefügt, indem er sich in die reizende Epona verliebt hat.«

Diccan hatte kaum zu Ende gesprochen, als Gadzooks sich auf das Pferd des Generals stürzte. Der General fluchte, sein Pferd wieherte schrill und wich zurück, und Gadzooks schüttelte selbstzufrieden den Kopf.

Diccan schlug ihm auf den Hals. »Ruhig, du miesepetriges Tier. Ich versuche hier gerade, die Familie dieser Lady zu beeindrucken.«

»So läuft es für uns bedauernswerte Kerle«, sagte der General mit einem dröhnenden Lachen. »Immer schmachten wir nach den hübschen jungen Dingern.«

Gadzooks schüttelte wieder den Kopf. Grace, die ihn beobachtete, lachte leise. »Oh, er wird wundervollen Nachwuchs bekommen. Voller Kampfgeist. Onkel Dawes, du musst mir versprechen, zum Abendessen zu kommen.«

»Sobald wir ein Zuhause gefunden haben«, fügte Diccan hinzu, »können Sie es auch als das Ihre betrachten.«

General Dawes warf ihm einen scharfen Blick zu. »Oh, das werde ich, mein Lieber. Das werde ich.«

Diccan verneigte sich. »Und jetzt werde ich Grace ihren zwei Helden überlassen. Bevor ich Ihre Nichte auf dem Pferd erblickt habe, hätte ich nicht gedacht, dass mich irgendetwas von meinen Verpflichtungen abhalten könnte.«

Grace errötete. Der General lachte bellend und nickte, als wäre er erfreut. Als er sich jedoch abwandte, bemerkte Diccan die Kälte in den alten Augen und fragte sich, was noch auf ihn zukommen würde.

Allerdings war der Gedanke an den General nur flüchtig. Er hatte Wichtigeres im Kopf. Zum Beispiel die Frage, ob er Grace' Pferd überhaupt in die Stadt hätte bringen lassen sollen. Möglicherweise war das die Brücke, die sie brauchten, um eine richtige Ehe zu führen. Doch wollte er das? Sollte er es gerade jetzt wagen, dieses Risiko einzugehen?

Am späten Nachmittag erhaschte Diccan den ersten Blick auf die neue Grace. Er kam zum *Pulteney Hotel* und sah sie mit ihrem treuen Freund Harper und den Pferden vor dem Gebäude stehen. Sie lächelte, als sie ihn erblickte.

»Ach, wie schön«, sagte sie und strich mit ihrer behandschuhten Hand über den glänzenden Hals von Epona. »Ich hatte gehofft, dass du es nicht vergessen würdest.«

»Natürlich habe ich daran gedacht«, antwortete er und trat näher. »Und als Belohnung darf ich dich in neuem Glanz sehen. Meine tief empfundene Entschuldigung dafür, dass ich je an dir gezweifelt habe, meine Liebe. Du und Madame Fanchon habt auf ganzer Linie gesiegt.«

Grace taten die neue Garderobe von Madame Fanchon und die neue Frisur gut. Ihre streng geschnittene Reitkleidung war eine Sinfonie der Schneiderkunst – aus grünem Kaschmir mit Brustschnüren *a la militaire,* passendem Tschako und einem Schal, der mit der Brise flirtete. Darunter war ihr langes Haar zu einem Nackenknoten geschlungen. Der Stil unterstrich ihre ranke, schlanke Figur und hob sich gegen das glänzende Schwarz ihres Pferdes ab. Diccan konnte nicht aufhören, sie anzustarren.

»Zumindest hast du so viel Verstand«, murmelte Harper.

»Still, Harps«, ermahnte Grace ihn, als der kleine Mann ihr auf das Pferd half. »Woher sollte Diccan wissen, dass ich mich auch zurechtmachen kann? Ich danke dir, Diccan. Ich muss zugeben, dass ich mich fast sträflich gut fühle. Ich werde niemals Kate sein, aber zumindest sehe ich nicht mehr aus wie ein bezahltes Klageweib. Also«, drängte sie und packte die Zügel, »wohin reiten wir? Ich würde lieber nicht wieder zurück in den Park. Epona muss sich austoben.«

»Das habe ich mir gedacht.« Diccan führte sie auf die

Straße. Der unerschütterliche Harper folgte ihnen. »Außerdem müsste ich im Hyde Park jeden Soldaten im Umkreis von einer Meile abwehren, um ungestört mit dir sprechen zu können.«

Selbst Grace' Erröten wirkte weicher, ihre Haltung weiblicher. Diccan wurde vom Anblick ihrer Hände an den Zügeln abgelenkt. Sie hatte das perfekte Gefühl für das Maul des Pferdes, einen sanften Griff, der sich bestimmt auch auf den Körper eines Mannes übertragen ließ.

Wieder überfiel ihn die Erinnerung. Dieses Mal musste er an den Moment denken, als er keuchend und erschöpft von einem erstaunlich heftigen Höhepunkt auf sie gesunken war. Sie hatte ihre Arme um ihn geschlungen und seinen Rücken mit diesen Fingern gestreichelt, die schlank und elegant waren und gerade so rau, dass es faszinierend war. Er spürte die kleinen wohligen Schauer, die ihm über den Rücken rieselten, und fragte sich, wie es sich anfühlen würde, wenn sie damit seinen harten Schaft streichelte.

Unter ihm trat Gadzooks nach einem vorbeifahrenden Karren und riss Diccan aus seinen Träumereien. Mit den Knien übte er Druck aus und lenkte das Tier zur Seite. Er konnte nur hoffen, dass er sich nicht verraten hatte.

In dem Moment hörte er ein verdächtiges Schnauben hinter sich und wurde das Gefühl nicht los, dass es nicht von Harpers Wallach stammte. Offensichtlich würde er sich in der Nähe des Iren zusammenreißen und darauf achten müssen, was er tat und sagte.

»Wenn du Zeit hast«, sagte er zu Grace, »werden wir Richtung Kensington reiten, wo wir die Wege für uns allein haben.« Und wo er einen Verfolger leichter ausmachen konnte.

»Das klingt gut«, sagte sie mit einem strahlenden Lächeln.

In dem Augenblick schnitt eine Bierkutsche ihnen den Weg ab. Grace' Pferd wich zurück und drehte sich verängstigt im Kreis. Epona wieherte, und Grace lachte laut auf. Diccan war nicht bewusst gewesen, dass er unwillkürlich den Arm ausgestreckt hatte, um einzugreifen, bis Grace ihr Pferd beruhigt und eine Entschuldigung von dem Bierkutscher bekommen hatte, der sich an die Kappe tippte.

»Es gibt keinen Grund, die Hand meines Mädchens zu halten«, sagte Harper leise hinter ihm. »Ich habe ihr das alles beigebracht, noch ehe sie Treppen steigen konnte.«

Diccan drehte sich um und erblickte in den Augen des ehemaligen Sergeants ein grimmiges, fürsorgliches Funkeln. »Waren Sie auch derjenige, der ihr beigebracht hat, wie man auf einem Kamel reitet?«

Das brachte Harper zum Lachen. »Himmel, nein. Das hat die Kleine sich ganz allein beigebracht. Sie war nicht einmal vier Jahre alt, als ich sie eines Tages auf dem Basar verlor. Kurz darauf fand ich sie auf einem Kamel wieder. Sie plauderte mit dem Reiter, als wäre er ein Cousin, den sie lange nicht mehr gesehen hätte.« Er schüttelte den Kopf. »Immer habe ich sie aus Schwierigkeiten gerettet. Um ehrlich zu sein, ist es eine Erleichterung, dabei jetzt Unterstützung zu haben.«

Diccan verbrachte einen wunderschönen Nachmittag. Er und Grace ritten in wildem Galopp über die Wiesen und sprangen über Zäune und Hecken. Ihr Lachen wehte mit dem Wind davon, als sie den Mut ihrer Pferde testeten. Gadzooks gewann natürlich. Doch Diccan merkte, dass die Andalusierstute nicht zu unterschätzen war. Das Tier behauptete sich wacker. Und das, musste er zugeben, galt auch für die Reiterin. Der graue Geist, den er in Brüssel kennengelernt hatte, hatte sich zu einer heißblütigen Frau gemausert. Vielleicht machte es ihm am Ende doch nicht so viel aus, mit ihr verheiratet zu sein.

Seine Laune wurde sogar noch besser, als er zum *Pulteney* zurückkehrte und dort auf eine seiner Spioninnen und Babs traf, die in seinem Schlafzimmer auf ihn warteten.

»Das hier ist Sarah«, stellte Babs das Mädchen vor. Die junge Dienstmagd hatte ein rundes Gesicht, einen fülligen Körper, lange blonde Haare und kräftige Arme. »Sie hat für Viscount Bentley gearbeitet.«

Diccan bot den beiden einen Platz an und bat Biddle, dafür zu sorgen, dass Grace beschäftigt war.

»Das Begräbnis von Bentley hat gestern stattgefunden, nicht wahr?«, fragte er.

Das Mädchen nickte. »Ja, Sir. Das vom Herrn und das von seinem Sohn. Es waren viele Leute dort.«

Diccan nickte. Man hatte das Gerücht in Umlauf gebracht, dass Bentley am Kai angegriffen worden wäre, wo er die Leiche seines Sohnes abholen wollte, der bei einem Duell auf dem Kontinent gestorben war.

»Was können Sie mir sagen, Sarah?«

»Der Anwalt von meinem Herrn, Mr. Melvin, hat den gestrigen Tag mit Mr. Geoffrey Smythe zusammen bei uns auf dem Anwesen verbracht. Sie haben die persönlichen Sachen des Herrn durchstöbert. Sie haben immer wieder gesagt, sie müssten sichergehen, dass Bentley den Vers bestimmt nicht hätte. Sie meinten, Bentley wäre verantwortlich gewesen, und der Vers wäre verschwunden.«

Sein Herz schlug ein bisschen schneller. »Ein Vers? Etwas wie ein Gedicht?«

»Das weiß ich nicht, Sir. Ich glaube nicht, dass sie ihn gefunden haben. Sie haben das Büro meines Herrn völlig auf den Kopf gestellt.«

Diccan dachte darüber nach, was sie gesagt hatte. »Noch etwas?«

»Ja, Sir. Sie meinten, die Zeit würde ablaufen. Dass die Lage allmählich brenzlig würde. Sie sagten irgendetwas über den Duke of Wellington, aber ich konnte es nicht genau verstehen. Ich musste mich verstecken, damit sie mich nicht sahen.«

»Sie haben das großartig gemacht, Sarah. Vielleicht haben Sie dem Duke damit das Leben gerettet.«

Das Mädchen nickte. Ihr Gesicht war rot wie ein Ziegelstein. »Das hoffe ich, Sir.«

»Babs«, sagte er und wandte sich ihr zu, »ich nehme nicht an, dass du für einen Anwalt arbeiten möchtest, oder?«

»Nein danke«, sagte sie mit einem verstohlenen Lächeln, »ich behalte lieber deine Frau im Auge.«

»Wird das Haus noch immer überwacht?«

Sie nickte. »Das Haus. Du. Und ein Mann von der Regierung beobachtet die Leute, die euch beobachten.«

»Also, lass sie nicht allein. Ich weiß, dass wir erst einmal die Drohung abwarten. Aber ich möchte kein Risiko eingehen.«

Ein Fortschritt, dachte er, als er sich an seinen Schreibtisch setzte, um Drake eine Nachricht zu schreiben. *Neue Mitspieler, ein Hinweis auf einen Vers* – und Diccans sechster Sinn sagte ihm, dass es sich dabei um den Gegenstand handelte, auf den die Löwen, wie Evenham erzählt hatte, warteten. Ein möglicher Weg in Bentleys Haus, um eine neue Suche zu starten.

Vielleicht war das der Weg, um den Fall zu lösen. Vielleicht bedeutete das, dass er nicht mehr die Aufmerksamkeit der Löwen auf sich lenken musste. Vielleicht, ja, vielleicht würde er nun tatsächlich Zeit haben, um seine Frau kennenzulernen. Er dachte an ihren gemeinsamen Ausritt und hoffte es. Es war erst eine Stunde her, und er war schon wieder begierig darauf, ihre Fähigkeiten zu testen und sie zum Lachen zu bringen, damit er das Grübchen wieder sehen konnte.

Seine Erfahrung sagte ihm allerdings, dass er sich nicht darauf verlassen sollte.

Für Grace war der Tag ein Omen für die folgende Woche. Sie begann jeden Tag mit einem Ausritt und beendete ihn mit einem stillen Abendessen im Salon. Während der restlichen Stunden verschwand Diccan in seinen Klubs, und sie begab sich entweder zu Kate zum Unterricht und auf die Suche nach einem Haus, oder sie ging ins Militärkrankenhaus, um sich um ihre Männer zu kümmern. Nachdem ihre Abendkleider fertig waren, begleitete Diccan sie und Kate sogar zu ein paar Veranstaltungen und zog sich erst dann ins Kartenspielzimmer zurück, wenn er mindestens ein Mal mit ihr getanzt hatte.

Er hatte ihr auch zugehört, als sie ihm erzählte, dass sie denselben Mann wiedergesehen hatte, der schon einmal das Hotel beobachtet hatte. Sie erklärte ihm, dass sie ihm vertrauen würde, als er ihr versprochen hatte, sich darum zu kümmern. Und offensichtlich tat sie es.

Zögerlich fing sie an zu hoffen. Je mehr Zeit sie mit Diccan verbrachte, desto lieber mochte sie ihn. Und desto mehr wollte sie über ihn erfahren. Diccan schien sich ebenso für sie zu interessieren. Und die gemeinsamen Ausritte machten ihm anscheinend Spaß. Gestärkt durch ihre neue, farbenfrohe Garderobe, spürte Grace, wie sie die Rolle als Ehefrau und Begleiterin mehr und mehr genoss. Sie entdeckte Hinweise, dass es Diccan mit seiner Rolle als Ehemann ähnlich ging, und tat ihr Bestes, um geduldig auszuharren, bis er sich wohl genug fühlte, um in ihr Bett zurückzukehren.

Zu warten war schwierig. Ihr Körper jubelte jedes Mal, wenn Diccan ihr half, auf Epona zu steigen, wenn seine starken Hände auf ihrer Taille lagen und seine Augen funkelten. Ihre Knie wurden weich, sobald er beim Hinsetzen oder beim Treppensteigen kurz ihre Hand nahm. Sie fühlte, wie ihr Herz pochte, wenn sie bemerkte, wie seine Augen sich verdunkelten, sobald er sie anblickte. Oder wie er ganz leicht die Nasenflügel blähte – wie ein Hengst, der eine Stute witterte. Sie fing an, auf diese Zeichen zu achten, danach zu suchen, und wünschte, sie wüsste, wie sie diese winzigen Reaktionen auslösen könnte. Sie wollte, dass er sie berührte. Sie wollte, dass er mit ihr all die erstaunlichen Dinge tat, die er schon ein Mal mit ihr getan hatte. Sie wollte seine Hände auf ihren Brüsten spüren, seinen Atem an ihrem Hals, sein Aufstöhnen an ihren Lippen. Sie wollte herausfinden, ob sie tatsächlich dieses Gefühl von Erfüllung verspürt hatte und ob seine Hitze in ihr wirklich in unzählige Sterne zersprungen war.

Doch er blieb der perfekte, lässige und höfliche Gentleman, und sie wusste nicht, wie sie mehr einfordern konnte. Also tat sie das, was sie am besten konnte: Sie arbeitete hart daran, diejenige zu sein, die er brauchte, und begann zu hoffen, dass es reichen würde.

Ihr erster Triumph zeigte sich darin, dass sie das perfekte Haus fand. Das schlichte weiße Stadthaus mit den schmiedeeisernen Balkonen, großen Schiebefenstern und dem beleuchteten Eingang war in der Clarges Street ganz in der Nähe von Kates Haus in der Curzon Street gelegen. Als sie Diccan die sauberen Räume mit den hohen Decken zeigte, war sie stolz. Hier wäre dann ihr Salon, erklärte sie, und hier der große Salon und hier, der Raum mit den Bücherregalen und den Glastüren zum Garten hinaus, wäre Diccans Arbeitszimmer.

»Das wird dein ganz persönlicher Bereich«, versprach sie und legte ihre Hand auf seinen Arm. »Ich werde nicht einmal die Dienstmädchen hineinlassen.«

Er lächelte sie an. »Niemand wird mir glauben, dass ich so häuslich geworden bin«, sagte er. »Robert hat geschworen, dass ich den Rest meines Lebens im Hotel verbringen werde.«

Sie bedauerte, dass sie Diccan nicht dazu bringen konnte, sich zu öffnen und über seine Kindheit, über seine Familie, seine Hoffnungen, Enttäuschungen und Träume zu erzählen – egal, was sie auch versuchte. Er teilte nicht mehr als die nötigsten Informationen mit ihr. *Bald*, dachte sie. Er würde es tun, sobald er sich ein bisschen wohler mit ihr fühlte.

Schließlich nahm er sie zu ihrem ersten großen Ball mit, der von Lady Castlereagh veranstaltet wurde. Lady Castlereagh hatte die junge Grace in Irland unter ihre Fittiche genommen, als Grace' Vater zuerst Lord Castlereagh und dann den Lord Lieutenant unterstützt hatte.

»Nun ja, Mr. Hilliard«, verkündete die Dame und ergriff Grace' Hand, »Sie haben es besser getroffen, als ich gedacht hätte. Wenn jemand Sie im Zaum halten kann, dann ist es wohl Grace.«

Diccan wollte sein Bestes tun und verneigte sich tief. »Sie haben ihr eine undankbare Aufgabe zugeteilt, Ma'am.«

Lady Castlereagh lächelte wissend. »Das stimmt, Hilliard. Sehe ich Sie beide im *Almacks Club*?«

Von dem Moment an schränkte nicht einmal das Humpeln Grace mehr ein. Sie hatte Diccan bei diesem wichtigen Ereignis nicht blamiert. Sie hatte sich bei ihm untergehakt und trug das schönste Kleid, das sie je besessen hatte. Es war eine bronzefarbene Robe mit V-Ausschnitt aus glänzendem Stoff und einem mit Pailletten besetzten Tuch, das ihre Schultern sehr schön betonte. Zum ersten Mal in ihrem Leben fühlte sie sich nicht wie ein lästiges Anhängsel.

Es half, dass ihre Grenadiere auch dort und an ihrer Seite waren, als Diccan irgendwann im Kartenspielzimmer verschwand. Und es half, dass Kate und Lady Bea ihr so großzügig Unterricht gegeben hatten. Zum ersten Mal in ihrem Leben fühlte Grace sich beinahe elegant, und die anderen Gäste schienen darauf zu reagieren. Sie hatte eine neue Berufung. Sie *konnte* die Ehefrau sein, die Diccan brauchte. Jetzt musste sie nur noch die Ehefrau sein, die er sich auch wünschte. Denn sosehr sie sich auch bemühte, sie konnte sich nicht selbst betrügen: Sie war dabei, sich zu verlieben.

Diccan stand am Rande des Ballsaals und beobachtete Grace, die mit ihren Grenadieren lachte. Er rang eine wachsende Frustration nieder. Mittlerweile waren acht Tage vergangen, und nichts war geschehen. Niemand war auf ihn zugekommen, hatte ihn bedroht oder hatte ihm einen Vorschlag unterbreitet, seine Zukunft sichern zu können. Thornton war eine Kröte, Smythe eine Eidechse, und ihre Freunde waren allesamt nichtsnutzig. Und während seine Frau ihre Zeit damit verbrachte, sich um verletzte Soldaten zu kümmern und Möbelhäuser zu besuchen, war er gezwungen, seine Zeit bei Hahnenkämpfen, in Spielhöllen und in Bordellen zu verschwenden. Sie half dabei, Wohltätigkeitsgruppen zu gründen, und er würfelte mit Fremden.

Er war verunsichert, weil er die Wirkung unterschätzt hatte, die seine Frau auf ihn hatte. Mehr und mehr wollte er sehen, was sie tat, und hören, was sie dachte. Er wollte ihre Gedanken über den Fall hören, obwohl er wusste, dass er nicht das Recht hatte, sie in die Sache hineinzuziehen.

Das Beste, was er tun konnte, war, zur Seite zu treten und zuzusehen, wie sie die Flügel spreizte. Denn Grace Fairchild war nicht das hässliche Entlein, das jeder – ebenso er selbst – in ihr gesehen hatte. Sie war nicht hübsch und würde es auch nie sein. Aber sie wuchs in ihre neue Rolle hinein, bis niemand mehr ihren schlurfenden Gang oder ihre überdurchschnittliche Größe bemerkte. Noch immer war sie zu blass, zu schlaksig, oft zu still. Doch sobald man sie auf dem Rücken eines Pferdes sah, spielte das alles keine Rolle mehr. Sobald man sie kennenlernte, konnte man nicht anders, als ihren ruhigen Anstand und ihren trockenen Witz zu bewundern.

Was ihn am meisten beunruhigte, war, dass er die Distanz nicht mehr aufrechterhalten konnte. Wie sollte er jemanden davon überzeugen, dass sie ihm vollkommen egal war, wenn er sich doch nichts sehnlicher wünschte, als in ihrer Nähe zu sein? Wenn es ihn in den Fingern juckte, ihre Haare zu spüren und die sanfte Rundung ihrer Hüften zu fühlen? Wenn er für sich beschlossen hatte, dass sie interessanter war als seine Arbeit? Wie sollte er sie vor seinen Feinden schützen, wenn er sie nicht einmal vor sich selbst beschützen konnte?

Dass er sich hinreißen ließ, sie zu küssen, war der größte Fehler. Meist küsste er sie am Rand der Tanzfläche, wo die Leute sich dann erzählten, dass Hilliard das Beste aus einer schlimmen Situation machte. Einmal hatte er sie im Salon ihres neuen Hauses geküsst, als er ihr geholfen hatte, Tapeten auszusuchen. Es waren immer flüchtige, unpersönliche Küsse gewesen, die ihm eigentlich nicht reichten.

Aber dann, an diesem Morgen, wäre es beinahe zur Katastrophe gekommen.

Sie waren in Richmond, wo die glitzernde Themse sich durch die hügelige grüne Landschaft schlängelte wie ein achtlos weggeworfenes Band. Harper hatte noch nicht zu ihnen aufgeschlossen, und Grace lachte vor Freude, als es ihrer Stute gelang, Gadzooks einzuholen. Was Gadzooks betraf, so liebkoste er Epona wie ein unerfahrener Junge seine erste Liebe.

Vielleicht war das Diccans Inspiration. Er wusste es nicht. Er wusste nur, dass er Grace von Epona herabhalf und sie an sich hinabgleiten ließ, bis ihre Lippen sich zu einem leidenschaftlichen Kuss fanden.

Er spürte, wie sie erstarrte. Ihre Hände lagen still auf seinen Schultern. Er konnte Staub an ihr riechen, Pferd, einen winzigen Hauch von Schweiß, den Duft von exotischen Blumen. Als sein kleiner Freund dieses Mal sein Interesse bekundete, wehrte er sich nicht. Er genoss die langsam wachsende Erregung, während sein Schaft sich gegen Grace' Bauch drängte. Er hörte das Rauschen seines Blutes und fühlte es in seinem Innersten pulsieren. Er schmeckte Sonnenschein und Aufregung auf ihren Lippen und begehrte mit seiner Zunge Einlass.

Das könnte mir gefallen, dachte er, als sie mit einem Mal weich wurde und sich hingab. Sich öffnete. Ihn einlud. Ihre Hände auf seinen Schultern bewegten sich – wie die Pfoten einer Katze, die einen Überwurf durchknetete. Hitze an Hitze. Ihre Körper passten perfekter zusammen, als er es je für möglich gehalten hätte. Ja, er würde sie halten, sodass ihre Brüste an ihn gepresst wurden, ihre Zehen den Boden berührten, ihr Kopf leicht geneigt war, damit sie ihn besser küssen könnte. Und sie würde sich darauf einlassen, würde die Initiative ergreifen, würde schließlich den Mut finden, mit ihrer Zunge seine zu berühren – glatt, heiß, drängend. Sie würde ihn willkommen heißen, als wollte sie ihn nach Hause geleiten.

Er *wollte* es, verdammt. Und wenn irgendjemand sie beobachtete, würden sie Bescheid wissen. Mit einem Keuchen beendete er den Kuss und löste sich von ihr, ehe noch Schlimmeres passierte.

»Gut, meine Liebe«, sagte er knapp und wich zurück, als wäre nichts geschehen – nicht einmal die verräterische Ausbeulung in seiner Hose, »ich glaube, du hast gesagt, dass du dir heute einige Möbelhäuser ansehen würdest. Also sollten wir zurückkehren.«

Eine Sekunde lang schien sie zu schwanken. Ihre Augen waren ein bisschen zu weit aufgerissen, ihre Haut zu bleich. Als würde sie auf einen Befehl reagieren, lächelte sie unvermittelt und trat zurück. Mit beiden Händen strich sie sich das Kleid glatt. »Natürlich. Ich genieße schließlich das Privileg, in Mr. Wedgwoods Vorführungssaal eingeladen worden zu sein.«

»Gefallen dir seine Arbeiten?«, fragte Diccan und dachte daran, wie langweilig Jasperware aussah. Zwar war das Steinzeug handwerklich wunderbar gemacht, doch meist in einem faden Blau und Weiß gehalten.

»Oh«, entgegnete sie, »man hat mir versichert, dass es das perfekte Accessoire im Haushalt eines aufstrebenden Diplomaten ist. Kate kommt mit, um meine allzu überbordende Spontaneität beim Kaufen zu zügeln.«

Diccan hätte beinahe laut aufgelacht. Wenn es etwas gab, das er Grace nicht vorwerfen konnte, dann war es ein Übermaß an überbordender Spontaneität – außer vielleicht im Sattel. Und er glaubte auch nicht, dass Kate wusste, wie man irgendjemanden zügelte. *Ich sollte etwas sagen*, dachte er, *fragen, was sie von italienischer Majolika oder ve-*

nezianischem Glas hielt. Wenn er sich so die gedämpften Farben ansah, die sie für gewöhnlich trug, wollte er die Antwort gar nicht wissen. Vielleicht würde er die Majolika-Stücke in sein Büro stellen.

»Nun ja«, sagte er und half ihr in den Sattel, »wir sollten Mr. Wedgwood nicht warten lassen.«

Während der nächsten Tage, in denen sein Haus Gestalt annahm, ließ sich über Grace' Geschmack nicht streiten. Er war untadelig, wenn auch ein bisschen trist. Wahrscheinlich würde sein Haus nicht besonders aufregend aussehen, aber gemütlich sein. Nur einmal gab es Streit: Als ihn von der Wand im Salon ein bekanntes Gesicht anlächelte.

»Was, zur Hölle, macht das hier?«, wollte er wissen und deutete auf die makelloseste Schönheit Europas, die den Betrachter in Gestalt von Aphrodite mit einem Apfel in der Hand und einem Funkeln in den Augen einladend ansah.

Grace betrachtete das Gemälde, als würde sie nicht verstehen. »Das ist meine Mutter«, erwiderte sie.

Diccan funkelte sie an. »Ich weiß, dass das deine Mutter ist. Woher hast du das?«

Sie wurde ruhig und zögerte, wie sie es so oft tat. Unwillkürlich musste Diccan an ein in die Ecke gedrängtes Tier denken. »Das Bild hat meinem Vater gehört. Gibt es ein Problem? Er hat es für eines der besten Werke Raeburns gehalten.«

Diccan, der verbindlichste Mann Englands, wusste nicht, wo er beginnen, was er antworten sollte. War Grace denn wirklich so blind, dass ihr nicht klar war, dass die Leute das Gemälde mit ihr vergleichen würden? Dass die feine Gesellschaft, sobald sie davon erfuhr, herbeiströmen würde, um zu sehen, wie Grace damit fertigwurde, dass ihre verschwundene Mutter ihr wie ein Schreckgespenst dessen, wie sie hätte sein sollen, über die Schulter blickte?

»Das ist das Einzige, was mir noch von meinem Vater geblieben ist«, sagte sie leise. »Er hatte es immer bei sich.«

In dem Moment hätte er sie beinahe in große Gefahr gebracht. Denn in ihren Augen sah er den Schatten eines Schmerzes, wie er ihn nicht kannte – Verlust, Leid, Trauer –, der älter war als der Schmerz über den Tod ihres Vaters. Und ihm wurde bewusst, dass er sie einfach nur in die Arme schließen und ihr versichern wollte, dass es jemanden gab, der sie schätzte, wie sie es verdiente. Jemanden, der sie nicht nur wegen ihrer Hilfsbereitschaft und Fürsorge liebte.

Guter Gott. Was war mit seiner Sachlichkeit passiert? Mit seiner Überzeugung, dass sie nichts miteinander zu tun hatten und dass sie ohneeinander besser dran wären? Änderte er gerade seine Meinung?

Er musste zurückweichen. Er konnte das Risiko, sich selbst zu verraten, nicht eingehen – nicht, wenn er beobachtet wurde.

Resigniert hob er die Hand und wandte sich ab. »Ich würde es vorziehen, dass es in den Privaträumlichkeiten hängt.«

Ihre Antwort war vorhersehbar. »Selbstverständlich.«

Von dem Moment an verbrachte er weniger Zeit mit ihr. Zuerst sagte er ein paar Abendessen ab, dann einen Ausritt. Er kam spät nach Hause und stand spät auf, mit der Ausrede, einen russischen Diplomaten begleiten zu müssen, der sich zurzeit in der Stadt aufhielt. Er hätte erleichtert sein sollen. Stattdessen war er unsicher und verärgert – vor allem, als ihm klar wurde, dass Grace' Grenadiere so viel mit ihr unternahmen, dass sie ihn vermutlich nicht einmal vermisste.

Er beschloss, dankbar dafür zu sein. Er konnte nichts anderes tun. Das alles änderte sich, als er nach Hause kam und Kit Braxton im Salon sitzen sah.

»Grundgütiger«, sagte er, als der ehemalige Soldat, der in der Schlacht einen Arm verloren hatte, sich aus dem Sessel erhob, »was machst du denn hier?«

Kit war ein ganz besonderer Freund von Grace und eines der Gründungsmitglieder von *Grace' Grenadieren.* Doch das war es nicht, was Diccan Kopfzerbrechen bereitete. Was ihm Kopfzerbrechen bereitete, war die Tatsache, dass Kit auch ein Mitglied von *Drake's Rakes* war. Eigentlich sollte er in Frankreich sein und Informationen für sie sammeln. Kit hier zu sehen bedeutete, dass sich irgendetwas geändert und dass man Diccan nicht Bescheid gegeben hatte.

»Ich bin hier, um das glückliche Paar zu besuchen«, sagte Kit mit offenbar gespielter Freude. Diccan erschauderte. »Außerdem wurde es in Paris zu heiß für mich. Ich bin nicht so erpicht auf Duelle wie du, Diccan, und alle Franzosen wollen einen *ständig* zum Duell herausfordern. Ich bin es leid.«

Grace hatte gelacht, als Diccan eingetreten war. Nun stand sie da, als würde sie auf etwas warten. »Möchtest du eine Tasse Tee mit uns trinken?«, fragte sie und hatte die Hände wie immer an ihre Taille gelegt. In einem ihrer neuen Kleider, das aus pfirsichfarbenem seidigem Sarcenet-Stoff mit frühlingsgrünen Bändern genäht war und wie ein Rosenbukett aussah, sah sie fast hübsch aus.

»Das geht leider nicht, meine Liebe. Sehe ich dich heute Abend in der Oper? Ich fürchte, es gibt Gluck.«

»O ja.« Sie wandte sich ihrem Freund zu. »Würdest du gern in die Oper gehen, Kit? Ein bisschen vor den Damen posieren?«

»Danke, Gracie, aber ich würde lieber morgen mit dir ausreiten.«

Diccan verspürte einen Stich, was ihn ärgerte. »Morgen früh?«

Grace' Miene hellte sich auf. »Möchtest du mitkommen? Ich weiß, dass du in den vergangenen Tagen zu viel zu tun hattest. Kit hat mir angeboten, mitzukommen. Die arme Epona ist schon ganz unruhig.«

Ohne Zweifel würde er nach einer langen Nacht erst nach Hause kommen, wenn sie schon wieder aufbrechen wollten. »Nein, meine Liebe, um die Uhrzeit braucht ihr mich und meinen schmerzenden Kopf nicht. Ich wünsche euch viel Spaß.«

Sah sie enttäuscht aus? Bei Grace war das so verdammt schwer zu sagen. Kit Braxtons Miene zu deuten war nicht annähernd so schwierig. Sein finsterer Blick spiegelte seinen Unmut wider. »Hast du nachher ein paar Minuten für mich, Diccan?«

»Wenn du später im *Brooks Club* bist, ja. Jetzt habe ich eine Verabredung mit Thornton.«

Braxtons Blick verfinsterte sich noch weiter. »Thornton?«

Wenn Kit nicht über Diccans Anweisung Bescheid wusste, sich mit Thornton anzufreunden, fragte Diccan sich, was er hier wollte. »Er hofft, dass er das Pony zurückgewinnen kann, um das ich ihn in der vergangenen Nacht gebracht habe«, sagte er und nahm eine Prise Schnupftabak.

Das reichte als Erklärung nicht. Und ganz sicher war es keine Entschuldigung. Trotzdem verabschiedete Grace sich ruhig, woraufhin Diccan sich nur noch schlechter fühlte.

Also war Kit Braxton aus Paris zurück. War es ein offizieller Besuch, von dem Drake ihm nichts gesagt hatte? Oder ging es hier um Privatangelegenheiten? Diccan wusste nur zu gut, dass Kit sein Leben für Grace geben würde. War das nötig? Oder ging es um etwas anderes?

Eine Stunde später fand er es heraus, als er sich mit Thornton auf der Straße vor *Mitchells*, einer Spielhölle in der Jermyn Street, traf.

»Hilliard, alter Freund«, begrüßte der dicke Baron ihn und packte mit der Hand seinen Arm. »Ich habe gute Neuigkeiten für Sie! Ihre Bußübung ist vorbei.«

Unsicherheit erfasste Diccan. Irgendetwas an Thorntons Lächeln prophezeite Unglück. »Meine Bußübung?«

Thornton lachte. Es war ein hohes, nasales Lachen, das Diccan in den Ohren wehtat. »Ihre Gattin. Sie ist eine ehrenwerte Frau. Vielleicht sogar ein bisschen zu gut, wenn Sie verstehen, was ich meine. Doch Sie haben sie überallhin begleitet, wie es sich für einen Gentleman gehört. Tja, mein Freund, ich bin hier, um Ihnen zu sagen, dass Ihre Tugendhaftigkeit belohnt wurde.« Er packte Diccans Arm noch fester. »Kommen Sie und sehen Sie.«

Diccan trat durch den leicht heruntergekommenen Eingang zu *Mitchells* ein, zog sich den Mantel aus und blickte sich um. Es gab nicht viel zu sehen, nur die üblichen männlichen Gäste, von denen die meisten sich auf ihre Karten oder Würfel konzentrierten. Die Luft war rauchgeschwängert, und die Wandleuchter flackerten schwach. Das schummrige Licht verbarg einen Großteil der Sünden. Diccan war gerade auf dem Weg ins Hinterzimmer, als ihm jemand zuwinkte.

»Diccan, *chéri*!«

Neben ihm fing Thornton an, leise zu lachen. Diccan hätte beinahe den Kopf geschüttelt, um die weibliche Stimme zu vertreiben, die er hoffte, sich nur eingebildet zu haben. Er wandte sich um und hatte mit einem Mal Angst vor dem, was er erblicken würde.

Sie trug das reizendste silberne Seidenkleid, das er je gesehen hatte. Ihr blondes Haar war zu wilden Locken frisiert, die ihr in den Nacken hingen. Sie hatte Brüste wie Granatäpfel und ein umwerfendes Lächeln, als sie ihn ansah. Sie breitete die Arme aus. An ihren Handgelenken hingen Armbänder mit Diamanten, die er ihr selbst gekauft hatte.

Ein Gefühl von Resignation ergriff ihn, und er wollte eigentlich laut fluchen. Stattdessen nahm er die hübschen kleinen Hände in seine und lächelte. »Minette, meine Liebe. Du bist gekommen.«

Kapitel 13

Grace hörte im Laufe von Tagen Gerüchte über Diccans Liebelei. Sie hätte es leichter ertragen können, wenn es sie nicht so unvorbereitet getroffen hätte. Immerhin hatte sie kurz zuvor die schönsten zwei Wochen ihres Lebens erlebt. Sie und Diccan hatten viel Zeit miteinander verbracht, hatten Interessen geteilt und gemeinsam gelacht. Er hatte sie sogar geküsst – und das waren keine flüchtigen Küsse auf die Wange gewesen. Es waren lange, innige Verschmelzungen von Mündern und Atem und Zungen gewesen. Sie hatte gedacht, er hätte ihre Hoffnungen für die Zukunft geteilt.

Es wäre leichter gewesen, wenn die Gerüchte nicht mehr als ein anzügliches Flüstern gewesen wären. *Haben Sie gehört, mit wem Diccan Hilliard zusammen gesehen worden ist?* Das hätte sie als die unwiderstehlichen Verlockungen von Klatsch und Tratsch einfach ignorieren können. Aber dieser Klatsch ging mit Blicken voller offensichtlich falschem Mitgefühl einher. *Tja, das hat ja nicht lange gedauert, bis er sich anderweitig vergnügt hat, nicht wahr? Armes Ding. Ich hoffe, sie hat sich nicht mehr davon versprochen.*

Sie sagte nichts. Schließlich hatte Diccan sich so ehrenhaft verhalten und sie geheiratet. Er begleitete sie noch immer zu gesellschaftlichen Anlässen, auch wenn er von Tag zu Tag ein bisschen distanzierter und angespannter wurde. Niemand konnte, nüchtern betrachtet, mehr von ihm verlangen. Und man konnte ihn nicht dafür verantwortlich machen, dass Grace' unrealistische Hoffnungen sich in Luft auflösten. Grace war sich sicher, dass er nicht einmal gewusst hatte, dass sie diese Hoffnungen gehegt hatte.

Also hatte es keinen Zweck zuzugeben, dass sie gehört hatte, dass Diccan seine wunderschöne Geliebte durch die Stadt begleitet hatte. Sie wusste inzwischen gut genug, dass dieses Eingeständnis die Gerüchte nur noch weiter anheizen würde. Es würde niemanden interessieren, dass sie nächtelang an die Decke gestarrt und darauf gelauscht hatte, Diccans Schritte auf der Treppe zu hören, oder dass sie sich fühlte, als wäre etwas Wertvolles und Zerbrechliches in ihr zerstört worden. Die Leute hatten es besser gewusst als sie und nichts anderes erwartet.

Und so vergrub sie den Schmerz wieder einmal tief in sich, wo er neben all dem anderen Schmerz Platz finden musste, und widmete sich der Einrichtung ihres Hauses. Kate meinte, dass Diccan Blau-, Braun- und Cremetöne vorziehen würde. Grace befolgte den Vorschlag ihrer Freundin, auch wenn sie sich innerlich nach den sonnigen, leuchtenden Farben sehnte, die sie sich einst für ihr Zuhause vorgestellt hatte. Jeden Morgen ritt sie mit Kit aus, der ihr ergebener Begleiter geworden war, arbeitete dann vormittags im Krankenhaus und nahm abends an den Veranstaltungen teil, die Kate für nötig erachtete.

Sie verbrachte Nachmittage damit, das richtige gesellschaftliche Verhalten zu üben. Jede Lektion drängte sie weiter in eine Rolle hinein, in die sie einfach nicht passte. Es fühlte sich wie ein schlecht sitzendes Korsett an. *Galoppiere nicht im Park. Sprich nicht über Politik, vor allem nicht mit einem Politiker. Sprich niemanden an, der über dir steht – was so gut wie jeder ist –, sondern warte ab, bis du angesprochen wirst. Stelle nicht deine Freundschaft mit*

Soldaten zur Schau. Und zeige niemals Gefühle. Weder Freude noch Wut, Angst oder Verzweiflung.

Kate beachtete diese Regeln nicht und konnte sich das erlauben. Doch sie war eben nicht nur eine Witwe, sie war Kate. Grace dagegen war eine schlichte, unbekannte Frau, die sich ungewollt auf die gesellschaftliche Bühne gedrängt hatte. Sie war Gegenstand von Zorn und Mitleid, und ihr Mann hatte sein Urteil über sie schon gefällt.

Wenn sie anders erzogen worden wäre, hätte sie wie ein Feigling die Flucht ergriffen. Aber sie schuldete es Diccan, es zumindest zu versuchen. Sie schuldete es Kate und Bea, sie nicht zu blamieren. Sie schuldete es sich selbst zu wissen, dass sie alles getan hatte, was in ihrer Macht stand, um erfolgreich zu sein – auch wenn sie den Glauben daran allmählich verlor.

Und sie wollte nicht, dass irgendjemand sagte, *sie* hätte versagt.

Drei Wochen später war sie nicht mehr so zuversichtlich. Oh, sie lernte Kates Lektionen, richtete das Haus ein, stellte Bedienstete ein und war zufrieden damit. Sie nahm an Abendgesellschaften teil, an venezianischen Frühstücken und musikalischen Abenden und ging sogar in die Oper, die sie erstaunlicherweise recht unterhaltsam fand. Man versicherte ihr, dass sie sich langsam zu einem Musterbeispiel an Respektabilität entwickelte. Und sie fühlte sich, als würde sie sich ganz allmählich auflösen.

Der erste Schlag war, von Diccans Geliebter zu erfahren. Danach schien kein Tag mehr zu vergehen, an dem sie nicht noch etwas verlor. Sie war gerade bei Kate und wiederholte, was sie über das Gedeck bei einem formellen Dinner gelernt hatte, als sie erfuhr, dass Diccan nicht vorhatte, jemals auf dem Land zu leben.

»Warum darf man nicht das normale Besteck benutzen,

um Fisch zu essen?«, wollte Grace wissen und betrachtete unwillig das kleine Fischmesser.

»Das kannst du«, entgegnete Kate mit einem ironischen Lächeln, »wenn du möchtest, dass die anderen Gäste dich für eine Marktschreierin halten. Der Punkt ist, dass du dich von den unteren Schichten abheben willst, die mit nur einer Gabel und einem Messer essen können.«

Grace legte das Messer zurück zum restlichen Besteck. »Ich bin so froh, wenn die Saison vorbei ist und wir die Stadt verlassen können. Das Einzige, worüber ich mir zu Hause Sorgen machen muss, ist, wie ich den Fisch von der Angel bekomme.«

Überrascht hörte sie, wie Lady Bea vor Belustigung johlte. »Käsewürfel.«

Grace blickte auf. Kate lachte leise. »Diccan ist definitiv eine Stadtmaus. Du wirst ihn nicht weiter als fünfzehn Meilen aus der Stadt herauslocken können. Er behauptet, dass er von dem Staub überall niesen müsste.«

»Ist das wahr?«, fragte Grace Diccan später am Abend, als er sie bei einem Ball durch den Saal geleitete. »Magst du das Land überhaupt nicht?«

Er schüttelte sich übertrieben. »Ich hasse es. Was kann man dort – außer einem gelegentlichen Besuch beim Pferderennen – schon machen? Es gibt keine gute Gesellschaft oder interessante Freizeitbeschäftigungen. Nein, meine Liebe, du wirst nicht erleben, dass ich aufs Land ziehe – es sei denn, ich bin auf der Flucht vor einem Gerichtsvollzieher. Und meine Finanzen sind zu gut geregelt, als dass das passieren würde.«

»Du hast doch ein Grundstück auf dem Land.«

»Und einen sehr guten Makler.«

»Was ist mit Longbridge?«, fragte sie. »Ich wollte eigentlich dorthin.«

Er nickte einem Pärchen zu. »Ich habe meinen Makler schon informiert, es mit auf die Liste der Dinge zu setzen, die noch erledigt werden müssen. Aber wenn du natürlich auf dem Land leben möchtest …«

Er sagte es, als wäre er erleichtert, wenn sie gehen würde. Und sie war versucht, es zu tun. Es war der Traum, der sie immer aufrecht gehalten hatte. Die Zukunft, die sie sich in ihren Gedanken so sorgfältig ausgemalt hatte. Sie würde sich ein kleines Leben voller Zufriedenheit aufbauen. Sie würde auf dem Land spazieren gehen, das ihr gehörte, und auf Epona über die Felder jagen. Und sie würde die kleine Familie hegen, die sie um sich versammelt hatte, und viele neue Freunde gewinnen.

Sie wollte Tee mit der Gattin des Pfarrers trinken und dabei helfen, eine Feier zu organisieren. Sie wollte lernen, wie man Butter machte, und Obst für den Winter einwecken. Sie wollte Ruhe und Normalität und den Trost täglicher Routine. Sie wollte Wurzeln schlagen, die so tief in die Erde von Berkshire reichten, dass sie von der einheimischen Flora nicht mehr zu unterscheiden war. Stattdessen war sie verdammt, ein Leben im leicht zerbrechlichen Gefüge einer Gesellschaft zu verbringen, die nur wenige ihrer Talente und keine ihrer Qualitäten zu schätzen wusste und wo sie, wenn sie Diccan jemals etwas bedeuten wollte, bleiben musste.

Ihr Herz brach noch ein bisschen mehr. Sie konnte spüren, wie es tief in ihrem Inneren blutete. Doch sie lächelte tapfer weiter. »Ganz bestimmt nicht«, erwiderte sie.

Der zweite Schlag traf sie nicht sofort – diese weitere Enttäuschung erlitt sie nach und nach. Der Mann, der sie beobachtete, war wieder da. Oh, sie sah ihn nicht oft. Und häufig war es auch nicht derselbe Mann. Aber sie hatte schon in Kindertagen gelernt, was Taktik und Strategie bedeuteten, und sie erkannte das Spiel, auch wenn ihr Verfolger in Zivil war und keine grüne Grenadiersuniform trug.

»Ist dir der Mann aufgefallen, der auf der Straße in der Nähe des Hauses herumsteht?«, fragte sie Harper, als sie zu einem Ausritt aufbrachen.

Allerdings war der Mann in dem Moment nicht da. Er schien immer zu verschwinden, wenn es möglicherweise einen Zeugen gab, und lächelte, wenn er anschließend wieder auftauchte. Es fing an, sie zu verunsichern. Unbehagen erfasste sie. Sie war nicht verrückt. Doch wenn sie andere danach fragte, blickten diese sie an, als hätte sie den Verstand verloren. Und je öfter sie sie so ansahen, desto häufiger rang sie den wachsenden Drang nieder, über die Schulter zu schauen.

Lady Castlereagh war der Mann auch nicht aufgefallen, als sie zu Besuch kam. Aber sie war auch von den Neuigkeiten abgelenkt, die sie zu verkünden hatte. »Meine Liebe, ich fürchte, mir ist zugetragen worden, dass Sie sich im Militärkrankenhaus um Verwundete kümmern«, sagte die ältere Dame beim Tee in Grace' neuem blauem Salon. »Spenden zu geben ist in Ordnung. Doch man redet, dass Sie sich auf eine Art um gewöhnliche Männer kümmern, die jede wohlerzogene Frau schockiert und bestürzt. Das gehört sich nicht, Grace.«

Die Teekanne in der Hand, erstarrte Grace. »Ich mache nichts anderes als auf der Iberischen Halbinsel.«

»Aber jetzt sind Sie mit einem aufstrebenden Diplomaten verheiratet«, erwiderte die Dame. »Er genießt vielleicht noch kein hohes Ansehen, doch er hat Potenzial. Sie wollen seine Chancen nicht zunichtemachen, nicht wahr?«

Und so musste Grace der Leiterin des Krankenhauses erklären, dass sie, statt sich um die Soldaten zu kümmern, die die feine Gesellschaft vergessen hatte, in ihrem blassblauen Salon sitzen musste, um mit Damen Tee zu trinken, die sie nicht mochten.

Vier Tage später suchte Diccans Mutter sie genau dort auf, um ihr den schlimmsten Schlag von allen zu versetzen. Wie ein Schneesturm fegte Lady Eloise in den Salon und wartete kaum ab, bis Grace Tee bestellt hatte, ehe sie angriff. »Ich weiß, dass Sie nichts dafür können, wenn man bedenkt, wer Ihre Mutter ist«, sagte sie kühl, während sie auf dem cremefarbenen Sofa Platz nahm, »aber ich kann nicht zulassen, dass Sie Schande über den Namen Hilliard bringen.«

Grace spürte Wut in sich hochkochen. »Ich arbeite nicht mehr im Militärkrankenhaus, wenn es das ist, was Sie meinen.«

Ungeduldig schnaubte Lady Eloise. »Ihre kleinen Hobbys interessieren mich nicht. Ich spreche von Ihren Liebesabenteuern. Selbst Ihre Mutter hat ihre Liebschaften während ihrer Ehe nicht so zur Schau gestellt.«

Grace blinzelte verwirrt. Sie war vollkommen fassungslos. »Meine *was*?«

Doch auf die Antwort musste sie warten. Just in diesem Moment betrat ihr neuer Butler das Zimmer und servierte den Tee. Grace bemerkte, wie Lady Eloise die Lippen schürzte, als Roberts zu ihr humpelte und den Kopf ein bisschen schräg legte, damit er mit seinem gesunden Auge alles überblicken konnte.

Grace musste sich sehr zusammenreißen, um der Dame nicht gehörig die Meinung zu sagen. Sie war besonders stolz auf Roberts. Vor drei Wochen war er – wie die beiden anderen Diener auch – einer ihrer Patienten gewesen. Der neue Stallbursche hatte in der Schlacht von Vimiero seine Hand verloren und der Gärtner sein Bein auf einem

Kriegsschiff. Und Diccans Mutter besaß die Frechheit, diese Männer ekelerregend zu finden?

»Nun ja, es besteht wohl kein Zweifel daran, warum Diccan es vorzieht, nicht nach Hause zu kommen, oder?«, fragte Lady Eloise, sobald die Tür hinter Roberts ins Schloss gefallen war. »Wie können Sie es erlauben, dass eine solche Kreatur in seinen Diensten steht?«

»Nun ja«, erwiderte Grace trocken, »christliche Nächstenliebe vielleicht?«

Wenn das überhaupt möglich war, wurde Diccans Mutter noch empörter. Ihre Augen funkelten.

»Sie wollten etwas sagen, ehe Roberts hereingekommen ist«, sagte Grace, statt eine weitere Beschimpfung abzuwarten. »Was war das?«

Lady Eloise griff nach ihrer Teetasse. »Ihr Verhalten. Haben Sie wirklich geglaubt, dass die feine Gesellschaft es dulden würde, dass Sie jeden Morgen mit einem Mann verschwinden, der nicht Ihr Ehemann ist?« Sie verzog angewidert das Gesicht. »Und dann beweisen Sie noch nicht einmal guten Geschmack. Er hat *Narben.* Aber nachdem ich *das* gesehen habe« – sie wies auf die geschlossene Tür –, »bin ich nicht besonders überrascht.«

Unwillkürlich war Grace aufgestanden. »Danke für Ihre Anteilnahme, Lady Eloise. Mir ist bewusst, dass Sie sich trotz Ihrer vielen Verpflichtungen extra Zeit genommen haben, um mich zu besuchen. Ich weiß, wie froh Sie sind, die Angelegenheit, die Ihnen unter den Nägeln brannte, erledigt zu haben.«

Lady Eloise war mit der Tasse in der Hand erstarrt. Grace wartete einfach ab. Ihr Blick war unerbittlich.

Lady Eloise stellte die Tasse ab und erhob sich wie eine Königin, die eine Strafe abgesessen hatte. »Sie denken, dass ich mich nicht von meinem Sohn trennen würde, um den

Namen Hilliard zu schützen? Bitte, machen Sie sich nicht lächerlich.«

Das hieß, dass Lady Eloise Grace liebend gern höchstpersönlich wegen ihrer Freundschaften zugrunde richten würde, falls niemand anders das tat.

»Da ich Ihren Sohn respektiere«, gestand Grace zu und hatte die Hände so fest zu Fäusten geballt, dass ihre Fingerknöchel schmerzten, »werde ich, wenn ich auf dem Land ausreite, nur meinen Stallburschen mitnehmen, der ein alter Diener ist.«

Lady Eloise antwortete mit einer beinahe unmerklich hochgezogenen Augenbraue. »Ihr treuer Stallbursche, der kein Problem damit hätte, Sie zu einem Stelldichein zu begleiten? Ich glaube nicht. *Damen* reiten im Park.«

Als Grace Diccans Mutter fünf Minuten später hinauskomplimentiert hatte, fühlte sie sich, als wäre sie von einer Lafette überfahren worden. »Roberts«, sagte sie zu dem Butler und starrte niedergeschlagen auf die geschlossene Eingangstür, »ich muss Major Kit Braxton eine Nachricht übermitteln.«

Eine Stunde später war Kit da. Grace empfing ihn in dem für sie immer beengender werdenden blauen Salon.

»Kit, ich fürchte, ich muss unseren morgendlichen Ausritten ein Ende setzen. Sie sind … bemerkt worden.«

Er runzelte die Stirn. »Ich verstehe nicht.«

Also erklärte sie es ihm und lächelte dabei, als würde es ihr nichts ausmachen.

»Es ist nichts Verbotenes an unseren gemeinsamen Ausritten«, widersprach er.

Grace zuckte mit den Schultern. »Trotzdem darf ich das nicht länger tun. Ich bemühe mich so sehr, mich anzupassen, Kit. Ich kann nicht zulassen, dass Lady Eloise alles zerstört. Und das würde sie, ohne zu zögern, tun.«

Kit ging auf und ab. Grace sah seinen leeren rechten Ärmel und die wulstigen Narben in der einen Gesichtshälfte und im Nacken, die verrieten, welche grauenvollen Verwundungen er in Toulouse erlitten hatte. Lady Eloise würde keinen Gedanken daran verschwenden, was sie Kit mit ihren Verleumdungen antat. Einem Mann mit *Narben.* Einem der tapfersten Männer, die Grace kannte.

»Wie kann sie es *wagen?*«, fragte Kit. »Du trägst an der ganzen Situation überhaupt keine Schuld.«

»Ach Kit.« Grace lächelte sogar. »Du bist in dieser Gesellschaft aufgewachsen. Seit wann hältst du sie für gerecht?«

Sein Lächeln war ein bisschen verlegen. »Verstanden. Aber, Grace, ich bin nicht den ganzen Weg nach Hause gekommen, um dir dabei zu helfen, zur Seite zu treten und dich im Hintergrund zu halten.«

Grace stockte der Atem. »Was meinst du mit ›dabei zu helfen‹?«

Ihr wurde bewusst, dass Kit mehr gesagt hatte, als er hatte sagen wollen. Eine unnatürliche Röte stieg seinen Hals hinauf. »Du brauchst jetzt Unterstützung. Das ist alles, was ich sagen wollte.«

Aha, dachte sie und fühlte sich noch kleiner. *Er meint, er könnte mich vor der Geliebten schützen. Wie erbärmlich kann meine Situation noch werden?*

Sie stand auf und ergriff Kits Hand. »Wenn du mir helfen möchtest, dann kannst du zwei Dinge tun. Finde heraus, wer der Mann ist, der mich verfolgt. Und reite heute Nachmittag mit mir in den Park.«

Er betrachtete ihr Gesicht, als wollte er sichergehen, ob sie das alles überstehen würde. *Oh*, dachte sie und lächelte tapfer, *ich werde es überleben. Das habe ich immer geschafft. Doch, mein Gott, es tut weh.*

Schließlich gab er ihr einen Kuss auf die Wange. »Ich hole dich um vier Uhr ab.«

»Wenn es dir nichts ausmacht, könntest du auch ein Pferd für mich ausleihen.«

Abrupt hielt er inne. »Was ist mit Epona?«

Nur Grace' Willensstärke ließ sie weiterlächeln. »Epona kehrt nach Hause zurück.«

Es dauerte zwei Stunden, bis sie den Mut aufbrachte, um Harper ihre Entscheidung mitzuteilen. Sie ging in die Stallungen und fand ihn dort. Er striegelte gerade ihre Stute.

»Du kannst sie nicht wirklich wegschicken, mein Mädchen«, widersprach der Ire bestürzt.

Grace fühlte sich, als würde man ihr das Herz herausreißen. Epona wieherte, und Grace streichelte ihr über die seidigen Nüstern. »Ich kann sie nicht hierbehalten. Wenn ich nicht mit ihr ausreiten kann, wird sie eingehen. Du weißt das.«

Sie wusste, dass er sich darüber klar war. Epona lebte, um zu laufen. Wenn Grace sie nur im Hyde Park ritt, würde sie das Pferd zerstören. Sie wünschte sich nur, Diccan wäre nicht so aufmerksam gewesen, sie hierherzuholen. Es war schwer, sie zurückzuschicken. Grace fürchtete, dass sie an dieser Entscheidung zerbrechen würde.

»Aber du lässt dich von diesen verkniffenen Tanten nicht davon abhalten zu reiten«, entgegnete Harper und hatte seine Hand an Eponas Hals gelegt.

»Natürlich nicht. Allerdings nur im Park. Begleitet. Im Schritt, wie jede andere Dame der feinen Gesellschaft auch.«

Harper fluchte, als hätte sie verkündet, in Eisen gelegt zu werden. Und so wirkte es auch.

»Mir gefällt es nicht, dich zurückzulassen«, sagte Harps. »Nicht wenn er daran arbeitet, dich bloßzustellen.«

»Ich kann sie außer dir niemandem anvertrauen, um sie sicher nach Hause zu bringen«, erwiderte Grace und betrachtete die letzten Blüten im Garten. »Im Übrigen kannst du nichts tun, Harps. Ich muss allein damit fertigwerden.«

Harper schnaubte. »Oh, es gibt etwas, das ich tun kann. Ich denke, ich werde es einfach den Jungs überlassen.«

Sie blickte ihn an. Ihre Stimme klang unnachgiebig. »Die können auch nichts tun.«

Er erwiderte nichts. Sie konnte nichts sagen. Also ging sie davon. Ihr schoss durch den Kopf, dass sie Diccan für das alles hassen würde. Sie war sich nicht sicher, was sie noch alles verlieren konnte. Lady Castlereagh hatte ihr die Arbeit genommen, und dank Diccans Mutter hatte sie auch keine Möglichkeit zur Flucht mehr. Und Diccan? Er hätte ihr genauso gut alle Hoffnung nehmen können.

Sie war schon früher im Stich gelassen worden und hatte es überstanden. Doch sie hatte immer ihre Arbeit gehabt, das Land, das sie beruhigte, die Pferde, die ihr ein Gefühl von Freiheit gaben. Jetzt hatte sie nichts mehr.

Das stimmt nicht, dachte sie, als sie in ihren blauen Salon zurückkehrte, der inzwischen wie ein Gefängnis wirkte. Sie hatte ihre Freunde. Aber ihre Freunde konnten die sich immer weiter ausdehnende Leere in ihr nicht füllen. Sie konnten ihr den Ehemann nicht ersetzen, der plötzlich etwas Besseres zu tun hatte, als Zeit mit seiner Frau zu verbringen. Den Ehemann, der alles noch viel schlimmer gemacht hatte, indem er sie durch seine Aufmerksamkeit dazu gebracht hatte, sich zu öffnen, ehe er sich dann von ihr abwandte.

Sie hatte in der Hoffnung gelebt, dass er schon bald seinen Weg zurück in ihr Bett finden würde. Doch wieso sollte er sich das wünschen, wenn seine Geliebte hier war?

Grace hatte sie ein Mal gesehen. Es war eine hübsche, zierliche Blondine – ein Armvoll, wie ihr Vater gesagt hätte. Eine lachende, sinnliche Süße. Die Frau, gegen die selbst Kate verblasste. Wie konnte Grace ihn dafür hassen, dass er diese Frau begehrte? Wie konnte sie glauben, ihr jemals das Wasser reichen zu können? Und wie lange konnte sie es versuchen?

Sie dachte daran, als sie am nächsten Morgen zum Frühstück nach unten kam und Diccan durch die Eingangstür trat.

»Warum hast du Epona wegbringen lassen?«, wollte er wissen. »Ich habe sie doch gerade erst für dich herholen lassen.«

Er trug noch immer seine Abendgarderobe, wirkte ein bisschen zerzaust, roch nach Rauch und Brandy und war unglaublich anziehend. Wenigstens, dachte Grace müde, riecht er nicht nach Parfum. Wahrscheinlich hätte sie ihm eines der brandneuen Wedgwood-Gefäße auf den Kopf geschlagen, wenn er nach Parfum duftend nach Hause gekommen wäre.

»Ich kann sie nicht hierbehalten, wenn ich sie nur im Park reiten darf«, sagte sie, während sie eine Stufe über ihm stand. »Und im Moment kann ich sie überhaupt nicht reiten – es sei denn, du bist dabei. Die Leute reden schon.«

»Tja, *vergiss* die Leute!«, erwiderte er barsch und warf seinen Zylinder auf den schwarzen Marmorfußboden.

Grace konnte den Blick nicht von dem Zylinder abwenden. »Vielleicht hebst du das besser auf«, sagte sie und verspürte den unbändigen Drang loszulachen. »Roberts kann nur auf einem Auge sehen. Auf dem schwarzen Marmor wird er ihn niemals entdecken.«

»Das ist noch so eine Sache«, entgegnete Diccan gereizt und ging zur Treppe, auf der sie noch immer stand. »Was hast du dir dabei gedacht, ausgerechnet einen einäugigen Butler mit Hinkebein einzustellen?«

Bei seinen Worten, die denen seiner Mutter ähnelten, bröckelte ihre Entschlossenheit noch ein Stückchen. »Aha«, sagte sie und fühlte sich mit einem Mal leer und kalt, »du verstehst jetzt, warum ich Epona nach Hause schicken muss. Und was Roberts betrifft – für ihn gilt dasselbe wie für mich: Man braucht Zeit, um über die Makel hinwegzusehen, bevor man uns akzeptiert.«

Und ehe er etwas darauf erwidern konnte, war sie schon an ihm vorbei ins Frühstückszimmer gegangen. Sie machte sich nicht die Mühe, ihr Hinken zu verbergen. Sie hoffte, dass er ihr nicht folgte.

Natürlich folgte er ihr. Aber er kam nur bis zur Tür. »Grace, es tut mir leid. Das war nicht nett von mir. Es ist nur … Ich bin gerade in eine wichtige Angelegenheit verwickelt und reagiere ein bisschen ungeduldig und gereizt.«

Sie konnte ihn nicht ansehen, also konzentrierte sie sich darauf, Platz zu nehmen. »Selbstverständlich. Sehe ich dich heute Abend bei den Lievens?«

Eine ganze Weile herrschte Stille. Dann seufzte Diccan, als wäre seine Kraft aufgezehrt. »Selbstverständlich. Ich habe allerdings vorher eine Besprechung. Gehst du mit Kate?«

Benny, der neue zweite Diener, kam herein, um ihr Kaffee einzuschenken.

»Ich kann mir vorstellen, dass sie mich abholt«, sagte Grace und rührte bedächtig etwas Sahne in ihren Kaffee.

»Zieh heute Abend das bronzefarbene Kleid an«, schlug er vor. »Das gefällt mir besonders gut.«

Selbstverständlich würde sie das bronzefarbene Kleid tragen. Sie wünschte sich, sie hätte die innere Kraft, ihm zu sagen, er solle zur Hölle fahren, doch in ihr gab es noch immer einen Rest Hoffnung. Und jedes Mal, wenn sie verzweifeln wollte, war er nett zu ihr.

Am Nachmittag ließ sie nach Schroeder schicken, die ihr beim Ankleiden helfen sollte. Lange kam keine Antwort, und dann hörte Grace ein Klopfen an Diccans Tür und Bennys Stimme. Ein Murmeln, eine angstvolle Rückfrage, das Lachen einer Frau.

Schroeder. Grace erkannte das Timbre ihrer Stimme. Woher hatte Benny gewusst, dass er in Diccans Zimmer nach ihr suchen musste?

Grace stand eine ganze Weile da und starrte die Verbindungstür an. *Das würde er nicht tun*, dachte sie. *Nicht hier in meinem Haus. Mit meiner Zofe. Er hat doch schon eine Geliebte.* Sie presste die Hand auf den Mund, weil sie fürchtete, lachen zu müssen. Denn wenn sie erst damit begann, würde sie vermutlich nie wieder aufhören.

Schroeder klopfte an und kam herein. Sah sie selbstzufrieden aus? War ihr Haar zerzaust? Würde Grace es jemals mit Sicherheit wissen? Oder würde sie in eine Welt abtauchen, in der sie nie wieder eine hübsche Frau ansehen könnte, ohne sich zu fragen, ob sie in Diccans Bett gewesen war?

Grace bereitete sich für die Lievens vor, als würde sie ein Himmelfahrtskommando antreten. Sie wusste nicht, was sie sonst hätte tun sollen. Schroeder ließ ihr ein Bad ein und half ihr anschließend in ihr wunderschönes bronzefarbenes Kleid mit dem eckigen Ausschnitt, dem hauchdünnen gemusterten Überkleid und den Puffärmelchen. Grace fragte sich, ob ihrer Zofe aufgefallen sein mochte, dass ihre Herrin zusammenzuckte, wenn sie sie berührte, und fragte sich, ob sie sich in ihrer Gegenwart jemals wieder wohlfühlen würde.

»Noch eines«, sagte Schroeder und wollte Grace eine flache, eckige Schatulle reichen, »Mr. Hilliard hat mich ausdrücklich gebeten, dafür zu sorgen, dass Sie die hier heute Abend tragen. Er sagt, die Stücke hätten seiner Urgroßmutter gehört.«

Grace starrte die Schatulle an, als handelte es sich dabei um eine Schlange. Ein jähes Lachen entrang sich ihr – sie hörte sich an wie eine Wahnsinnige. O Gott, er hatte gar nicht mit Schroeder geschlafen. Er hatte ihr nur heimlich dieses Geschenk für seine Frau gegeben. Grace fühlte sich so unglaublich dumm. Sie nahm die abgewetzte braune Lederschatulle entgegen. Mit einem Mal zitterten ihre Hände. Sie öffnete den Verschluss, klappte den Deckel auf und hielt den Atem an.

Aquamarine. Nicht groß, aber perfekt aufeinander abgestimmt. Das klare satte Meeresblau hob sich gegen das Weißgold der Fassungen ab. Es waren eine Halskette, ein Armband und Ohrringe. Grace konnte den Blick nicht von dem Schmuck abwenden. Jeder, der in Indien gelebt hatte, wusste etwas über Edelsteine. Da der Vater ihrer Freundin Ghitika Juwelier gewesen war, wusste Grace sogar noch mehr als die meisten anderen. Diese Edelsteine waren erlesen.

Ihr Herz pochte heftig, als sie Schroeder die Schatulle zurückgab. »Ich muss mich bei ihm bedanken. Bitte, legen Sie sie mir an.«

Auch wenn die Juwelen vermutlich nur ein Zeichen seines schlechten Gewissens waren, spielte es für Grace mit einem Mal keine Rolle mehr. Es war wie die Geste – unerwartet, aufmerksam, großzügig. Was auch sonst immer vor sich ging, er versuchte, sie als seine Ehefrau einzuführen. Und für eine Gesellschaft, die Wert auf solche Gesten legte, war der Familienschmuck ein deutliches Zeichen.

Als Kate kam, um sie abzuholen, erkannte sie die Juwelen sofort wieder. »Tja, das wurde auch Zeit«, sagte sie, als Grace sich zu ihr in die Kutsche setzte. »Ich weiß nicht, wie er seiner Mutter diesen Schmuck abgeluchst hat. Lebt der Drachen noch, oder musste er sie erschießen, um an die Stücke zu kommen?«

Grace lächelte. »Als sie gestern vorbeikam, um mir ein paar mütterliche Ratschläge wegen meiner morgendlichen Ausritte zu geben, erfreute sie sich jedenfalls noch bester Gesundheit.«

Kate runzelte die Stirn. »Über den Besuch hast du dich sicherlich sehr gefreut.«

Grace tat ihr Bestes, um unbekümmert zu klingen. »Oh, nachdem ich vom Duke of Wellington schon getadelt wurde, verblasst die Gattin eines einfachen Bischofs dagegen. Und nein, Kate, du musst mich nicht vor Diccan verteidigen.«

Kate runzelte die Stirn. »Da bin ich mir nicht so sicher. Selbst Aquamarine können eine so offensichtliche Vernachlässigung nicht wiedergutmachen.«

»Nein«, entgegnete Grace und hoffte, amüsiert auszusehen, »allerdings schaden sie auch nicht.«

Zum ersten Mal freute sie sich, zu einer gesellschaftlichen Veranstaltung zu gehen, als würden die Aquamarine ihr einen zusätzlichen Schutz bieten. Sie bewältigte sogar die Treppenstufen, ohne dass ihr Bein verkrampfte. Sie wollte Kate und Bea gerade in den Salon der Lievens folgen, als Bea plötzlich unterdrückt zischte: »Achtung, Piraten!«

Sofort drehte Kate sich um und versuchte, Beas Blick zu folgen.

Grace starrte die beiden an, doch sie waren damit beschäftigt, die Menge abzusuchen. »Piraten?«

»O ja«, erwiderte Kate. Ihre Stimme klang angespannt.

»Mein Familienwappen. Ein Schiff unter vollen Segeln. Das heißt … ah, ja, da ist sie. Meine Schwägerin. Siehe, meine Liebe: Ihre Durchlaucht Glynis, Duchess of Livingston. Merkst du jetzt, was für eine schlechte Duchess ich bin? Ich habe nichts zu sagen.«

Grace folgte Kates Blick und sah Diccans Mutter am anderen Ende des Salons, die in ihrem narzissengelben Kleid magenkrank aussah. Neben ihr stand eine jüngere Ausgabe von ihr – eine blonde, blauäugige Eisskulptur mit einer scheinbar nicht versiegenden Quelle von Verachtung.

Grace erschauderte. »*Das* ist die Frau deines Bruders?«

Kate neigte belustigt den Kopf. »Ja, das ist sie. Du wirst alles verstehen, wenn ich dir sage, dass sie Lady Eloises Nichte ist und dass Lady Eloise Glynis' Hochzeit mit Edwin arrangiert hat. Glynis passt haargenau zu ihm. Mit dem Gewicht der Arroganz, die die beiden an den Tag legen, könnte man Carlton House, den Wohnsitz von Prinzregent George IV., zum Einsturz bringen. Leider passen sie überhaupt nicht zu mir. Und es freut mich zu sagen, dass dieses Gefühl auf Gegenseitigkeit beruht.«

»Wohin du auch gehst«, sang Bea leise neben ihr, »werde ich dir folgen.«

Kate lachte. »Bea glaubt, dass sie mich schon wieder verfolgen lassen.«

»Verfolgen?«, wiederholte Grace und sah noch immer zu der blassen blonden Frau. »Ist das nicht ein bisschen mittelalterlich?«

Kate spielte an einem ihrer Diamantarmbänder herum. »Oh, das ist sogar sehr mittelalterlich. Aber das sind sie auch. Mir gefällt der Gedanke, dass ich Futter für Edwins Nervenkitzel liefere. Edwin behauptet, er wolle den Namen Hilliard schützen. Er liebt es, düstere Drohungen über die Verbannung auszustoßen.«

Grace ertappte sich dabei, dass sie Kate anstarrte. »Du bist eine Duchess. Er kann dich doch nicht vertreiben.«

»Oh, ich denke, das könnte er«, erwiderte Kate leichthin. »Immerhin ist er ein Duke und das Oberhaupt meiner Familie.«

Grace wusste nicht, was sie sagen sollte. Wenn Kate in dieser Gesellschaft schon keinen festen Stand hatte – und das als Duchess –, welche Chance hatte dann die Tochter eines Soldaten?

»Sicherlich würde Diccan dich beschützen«, sagte Grace.

Wieder lächelte Kate. »Sicherlich würde er es versuchen. Oder, Diccan?«

»Selbstverständlich würde ich das«, erklang unvermutet Diccans Stimme hinter Grace. »Was denn genau?«

Grace spürte, wie ihr mit einem Schlag die Luft wegblieb. Wieso hatte sie nicht bemerkt, dass Diccan sich genähert hatte? Plötzlich stand er neben ihr. Sein Körper verströmte Wärme wie ein geschürter Ofen. Grace erwischte sich dabei, gegen wohlige Schauer anzukämpfen.

Kate lachte. »Du würdest versuchen, meine Familie daran zu hindern, mich in Ketten in ein dunkles Verlies zu zerren.«

Diccan schauderte. »Ich schätze, das bedeutet, dass wir gerade den berühmten Hilliard-Blick abbekommen.«

»Von unzähligen Hilliards«, bestätigte Kate, auch wenn sie unbesorgt wirkte. »Ich denke, deine Mutter könnte gerade die Aquamarine entdeckt haben.«

Statt seine Mutter anzusehen, wandte Diccan sich Grace zu. »Sieh an, sieh an«, sagte er und streckte den Arm aus, um ihre Hand zu nehmen. »Und ich dachte, das vor Wut rote Gesicht meiner Mutter zu sehen, wäre Belohnung genug. Ich habe mich schändlich getäuscht. Dieser Schmuck ist für dich gemacht worden, Grace.«

Wie hübsch er ist, war alles, was Grace durch den Kopf ging, als sie ihn ebenfalls ansah. Gewiss war formelle Kleidung nur erfunden worden, um Diccan Hilliard zu zieren. Das Leinen des Anzugs war glatt und frisch, seine figurbetonte taubenblaue Weste elegant. Anscheinend hatte Biddle versucht, Diccans lockiges dunkles Haar zu zähmen, aber Diccan war mit den Händen wieder hindurchgefahren, denn es war leicht zerzaust und fiel ihm über den Kragen. Sein Gesicht war glatt rasiert, sein Kinn und seine Wangen waren scharf geschnitten, seine Lippen weich und unablässig in Bewegung.

Und seine Augen. Oh, seine Augen – blau umrandet, geisterhaft grau. Mesmer hätte Diccans Augen für seine Experimente benutzen können. Er hätte Leute dazu bringen können, alles zu tun.

»Hat es dir die Sprache verschlagen, meine Grace?«, fragte er mit einem bedächtigen Lächeln.

Schnell sammelte sie sich. »Das hat es allerdings. Ich dachte, ich hätte einfach einen schicken Mann geheiratet. Stattdessen finde ich heraus, dass er ein Ritter früherer Tage ist und einen Drachen bezwungen hat, um mir einen Schatz zurückzubringen.«

Das bescherte ihr ein herzhaftes Lachen und einen Kuss auf den Handrücken. »Dann gefallen dir die kleinen Klunker?«

Sie kämpfte gegen die wohligen Schauer an, die seine Berührung unweigerlich in ihr auslöste. »Du weißt genau, wie sehr der Schmuck mir gefällt. Er ist exquisit. Ich danke dir und deiner Urgroßmutter.«

»Vergiss nicht, meiner Mutter zu danken, weil sie sie mir überlassen hat, ehe ich gezwungen war, eine schwere Körperverletzung zu begehen.«

*Vielleich*t, dachte Grace und hatte ihre Hand in Diccans

Armbeuge gelegt, *hat die alte Hexe es deshalb für angebracht gehalten, mir zu drohen.* Leider wurden die Drohungen der Frau dadurch nicht weniger gefährlich. Und der Schmuck brachte auch Epona nicht zurück. Oder half dabei, Grace zwei Stunden später vor dem Unglück zu bewahren, als sie ihrem Tischherrn zuhörte, der bei der Schildkrötensuppe über die unwürdigen Armen sprach.

Baron Hale war ein kleiner Mann um die fünfzig, der unglaubliche Ähnlichkeit mit einem Frosch hatte. Verstärkt wurde dieser Eindruck durch die vorstehenden Augen, das fleischige Gesicht und den schwitzenden Körper, der leicht nach Kanalisation roch. Für Grace war es schon schwierig genug, das Essen so dicht neben ihm überhaupt zu genießen. Unmöglich wurde es, als er anfing zu erklären, dass man rigoros gegen die Unruhen vorgehen müsste, die im ganzen Land ausbrachen.

Während er über die Getreidezollgesetze und die Technikfeinde, die Luddisten, sprach, gelang es Grace noch, sich zusammenzunehmen. Doch als der Baron seinen Zorn dann gegen die heimgekehrten Soldaten richtete, hatte ihre Geduld ein Ende.

»Guter Mann, dieser Sidmouth«, sagte der Baron und schaufelte Erbsen in seinen Mund. »Weiß, wie man dieses Geschmeiß in Schach hält. Wenn er doch nur etwas gegen all diese Soldaten unternehmen würde, die auf den Straßen herumlungern.«

Grace bemühte sich, taktvoll zu sein. »Sie wissen nicht, wohin sie sollen.«

»Natürlich wissen sie das. Sie sollten für ehrliche Löhne arbeiten, statt an Straßenecken zu stehen und anständige Leute anzubetteln oder auszurauben.«

»Sie haben für ehrliche Löhne gearbeitet, Sir. Wir haben sie nur nicht bezahlt.«

Er schnaubte. »Machen Sie sich nicht lächerlich. Sie haben bekommen, was sie verdient haben. Man kann nicht erwarten, dass die Regierung sich wegen jedes Soldaten, der über sein Schicksal jammert, selbst zugrunde richtet. Ich sage, sie sollen aufstehen und für sich selbst sorgen wie der Rest von uns auch.«

»Großartig«, erwiderte Grace und konnte nichts dagegen tun. »Gestern habe ich einen Soldaten ohne Arme getroffen. Welche Arbeit soll er Ihrer Meinung nach denn übernehmen?«

Hale zischte wie eine überkochende Teekanne. »Madame, es wäre angebracht, wenn Sie nicht über Dinge sprechen würden, von denen Sie keine Ahnung haben. Selbst Wellington hat diese Männer den Abschaum der Menschheit genannt. Sie verdienen nicht mehr, als sie schon bekommen haben.«

»Nein, Sir, *Sie* haben keine Ahnung. Dieser Abschaum ist in die Schlacht von Waterloo gezogen, um Napoleon daran zu hindern, bei Ihnen vor der Haustür aufzutauchen. Und dann sind sie nach Hause zurückgekehrt, um dort nicht beachtet und im Stich gelassen zu werden. Tatsächlich sind sie die letzten zehn Jahre für Sie in Schlachten gezogen. Was genau haben Sie in der Zeit für England getan?«

Ihr war nicht bewusst, dass sie die Stimme erhoben hatte. Sie sah nicht, wie die Gäste um sie herum sie schockiert anstarrten. Aber sie sah den Zorn auf Lord Hales aufgedunsenem Gesicht.

»Wie können Sie es *wagen*, Madame? Was wissen Sie denn schon?«

Zumindest, dachte sie, *habe ich jetzt seine volle Aufmerksamkeit*. Sie wollte ihm gerade erklären, was *genau* sie wusste, als sie eine Hand auf ihrer Schulter spürte. Sie drehte sich um und erblickte Diccan, der hinter ihr stand. Seine Miene war ernst, seine Augen funkelten. »Ich fürchte, ich muss schon aufbrechen, meine Liebe. Würdest du mich begleiten?«

Mit einem Mal wurde sie sich der ohrenbetäubenden Stille im Saal bewusst. Sie sah die Häme in all den aristokratischen Gesichtern. Sie hörte Lady Bea seufzen, die weiter oben am Tisch saß, wo die Tochter eines Dukes hingehörte. »Heilige Johanna.«

Und Grace wollte lachen, weil sie sich nicht sicher war, ob Bea meinte, dass Grace besonders wagemutig war oder dass sie gerade ihre Verbrennung herausgefordert hatte. Plötzlich fühlte sie sich wie erstickt, ihr Herz raste, und ihre Lunge brannte. Sie wollte jeden selbstzufriedenen Menschen tadeln, der einfach an diesen Soldaten vorbeilief, die Baron Hale verachtete. Es waren tapfere, stolze Männer. Jetzt waren sie blind, hatten ein Bein oder einen Arm verloren, waren durch die Geräusche unzähliger Schüsse wahnsinnig geworden, baten nur um die Möglichkeit zu überleben. Wie konnten diese Schmarotzer es wagen, sie zu verurteilen?

Es bedurfte übermenschlicher Kraft, doch es gelang ihr, ruhig aufzustehen und einen Knicks zu machen. »Es tut mir leid, Lord Hale. Wissen Sie, mein Vater war Soldat. Ein General unter dem Duke. Ich werde unvernünftig emotional, wenn ich an die tapferen Männer denke, die er angeführt hat und mit denen er gestorben ist.«

Er lächelte sie an, als wäre sie zehn Jahre alt. »Natürlich, natürlich. Das Zartgefühl der Frauen sollte man immer berücksichtigen. Aber von jetzt an lassen Sie sich von Ihrem Ehemann führen. Ist es nicht so, Hilliard?«

Es war an Diccan, sich zu verbeugen. »So ist es, Mylord.«

Grace richtete einen eiskalten Blick auf Diccans Hand, mit der er ihren Arm festhielt. Diccan ließ sie los, und sie verließ aufgewühlt vor ihm den Saal. Ihr war klar, dass ihr Ausbruch seiner Karriere geschadet haben könnte.

»Ich fürchte, ich kann mich dafür nicht entschuldigen«, sagte sie, während sie im Foyer auf ihre Mäntel warteten.

Diccan seufzte. »Ich habe dir schon einmal gesagt, dass du dich für die Wahrheit niemals entschuldigen solltest. Ich hätte mir nur gewünscht, dass du dir einen besseren Zeitpunkt ausgesucht hättest, um deine Meinung kundzutun. Hale ist der Schwager des Finanzministers.«

Niedergeschlagen rieb Grace sich über den Nasenrücken. »Vielleicht sollte ich mich eine Zeit lang aufs Land zurückziehen. Ich könnte sagen, dass ich mein Anwesen kontrolliere.«

»Nicht jetzt.«

»Warum nicht?«

»Weil ich es sage.«

Sie sah auf und bemerkte die Anspannung in seinem Blick. »Ich fürchte, das reicht mir als Grund nicht, Diccan«, entgegnete sie und hatte Mitleid mit ihm, was sie nur noch wütender machte.

Er nahm dem Diener die Mäntel ab. »Das ist alles, was ich dir sagen kann.«

Und was ist mit meinem Seelenfrieden?, wollte sie erwidern. *Was ist mit meiner Selbstachtung und meinem Glück? Glück,* dachte sie, als Diccan ihr in den Abendumhang half, *ist keine realistische Hoffnung*. Wenn sie sich mit Ruhe und Frieden begnügen könnte, müsste sie schon zufrieden sein. Solange sie allerdings so eng mit ihrem Ehemann zusammenlebte und ihm doch so fern war, war selbst das unmöglich.

Er führte sie hinaus in die kühle Nacht. Sie musste sich

zusammenreißen, um nicht zurückzuzucken. Ihre Haut fing bei seiner Berührung an zu kribbeln. Ihr Herz schrie in ihrer Brust. In diesem Moment hätte sie ihn hassen können.

Er half ihr in die Kutsche, als wäre sie zu schwach, um allein einzusteigen. Als sie glaubte, er würde zu ihr auf den Sitz klettern, schlug er die Tür zu und trat einen Schritt zurück. »Ich fürchte, ich muss noch zu einer anderen Veranstaltung.«

Sie fühlte sich bestohlen und hasste das Gefühl. »Natürlich.«

Mit geschlossenen Augen wartete sie schweigend darauf, dass die Kutsche losfuhr. Sie war froh, dass sie nicht mehr weinte. Wenn sie geweint hätte, hätte sie wahrscheinlich nicht mehr aufhören können – und was für ein Gerede hätte das gegeben.

Als Diccan am nächsten Morgen die Stufen zu seinem Haus erklomm, war er so müde, dass er kaum noch klar sehen konnte. Es war so früh, dass es noch nicht einmal dämmerte. Entlang der Straße schrubbten Dienstmädchen Stufen und polierten Treppengeländer. Karren rumpelten auf dem Weg zum Markt vorbei und weckten die Vögel auf. Er konnte sich nicht daran erinnern, wie oft er in letzter Zeit um diese Uhrzeit nach Hause gestolpert war. Heute war es jedoch besonders schlimm.

»Guten Morgen, Sir«, begrüßte der neue Butler ihn und neigte den Kopf ein wenig, um ihn ansehen zu können.

»Roberts.« Er reichte ihm seinen Hut und die Handschuhe, sah sich um und rechnete mit dem Schlimmsten. Aber alles war ruhig, und die Räume lagen noch in tiefen Schatten. »Ist irgendetwas Außergewöhnliches vorgefallen? Ist meine Frau schon wach?«

Geht es ihr gut, oder hat ihr schon jemand etwas angetan?

Roberts runzelte die Stirn, als würde er darüber nachdenken, ob Diccan geistig noch ganz gesund war. Diccan konnte es ihm nicht verübeln. »Die ganze Welt schläft noch. Bis auf Sie und mich natürlich. Tja, und bis auf den Kerl da draußen.«

Diccan ging bereits die Treppe hinauf, doch das ließ ihn innehalten. »Welcher Kerl?«

»Mrs. Hilliard hat ihn gesehen. Sie meinte, sie hätte es Ihnen gesagt. Hätte ihn gestern Abend beinahe erwischt.«

»Wie sah er aus?«

Roberts zuckte mit den Schultern. »Bloß ein Kerl. Schick angezogen.«

Diccan rieb sich die Augen. Plötzlich war ihm übel. »Und er hat das Haus beobachtet?«

»Nein, Sir, er hat die Misses verfolgt.«

Diccans Magen zog sich zusammen. Drake hatte recht gehabt. Grace stand unter Beobachtung. »Es gibt Leute, die mit meiner Politik nicht einverstanden sind, Roberts. Mrs. Hilliard sollte sich nicht unnötig aufregen.«

»Das wird sie nicht, Sir. Mrs. Hilliard kann sich auf uns verlassen.«

Er nickte und drehte sich um, um die Treppe hinaufzusteigen. »Danke. Schicken Sie bitte Schroeder zu mir.«

Babs kam. Ihre Schürze hing über ihrer Schulter, und sie steckte sich gerade die Haare hoch.

»Was weißt du über einen Mann, der Grace verfolgt?«, fragte Diccan, während er seine Jacke ablegte. »Ist das derselbe Kerl, den Grace gesehen hat, oder ist es jemand anders?«

Sie machte sich weiter zurecht. »Jemand anders. Reilly

ist ihm gefolgt. Hat ihn in Covent Garden verloren. Es waren auch einige ehemalige Soldaten dort, die sich im Park herumgedrückt haben.«

»Und du bist nicht auf die Idee gekommen, mir das mitzuteilen?«

Sie legte den Kopf schräg. »Du warst ja nicht hier, oder?«

Diccan nahm seine Krawatte ab. »Das geht dich nichts an.«

Sie zog eine Augenbraue hoch. »Das solltest du lieber deinem Diener sagen. Er ist bereit, dich mit einem Schälmesser aufzuschneiden.«

»Er wird sich hüten. Genau wie du. Wenn dir irgendetwas Bedrohliches auffällt, nimmst du Kontakt zu mir auf. Hast du verstanden?« Er wartete ab, bis sie mit den Schultern zuckte. »Wem von den Bediensteten können wir trauen?«

»Die Leute, die Mrs. Hilliard eingestellt hat, würden sich für sie vor eine Kanone stürzen. Der Rest arbeitet für dich. Warum? Du bist so nervös wie eine Katze in einem Zimmer voller Hunde.«

Er griff in seine Tasche und zog ein zusammengefaltetes Blatt Papier hervor. »Das war in meinem Mantel, als ich Minette heute Morgen verlassen habe.«

Schroeder nahm das Papier entgegen und faltete es auseinander. »Aha. Die Drohung, auf die du gewartet hast.«

Ihm war nicht bewusst gewesen, welche Wirkung die Drohung auf ihn haben würde.

Freut uns, dass Sie die Reize Ihrer Geliebten genießen. Solange Sie ihr vollkommen ergeben sind, ist niemand anders in Gefahr. Es würde uns schmerzen, Ihrer unschuldigen Ehefrau etwas anzutun.

Die Worte drangen wie scharfe Scherben in sein Innerstes ein. Er wollte irgendetwas zerschlagen. Er wollte Grace in den kleinsten Raum sperren, den er finden konnte, und sie beschützen, bis er ihre Sicherheit garantieren konnte.

»Diese Nachricht muss zu Drake«, sagte er. »Sorge dafür, dass Grace immer begleitet wird. Bewaffne unsere Leute, sorge allerdings auch dafür, dass sie nichts bemerkt. Finde heraus, ob irgendeiner von den Leuten neue Hinweise aufgeschnappt hat.«

»Gut«, sagte sie und steckte den Zettel in ihre Rocktasche. »Was ist mit dir?«

Sehnsüchtig blickte er zum Bett. »Ich habe noch zu tun.«

»Du solltest dir vielleicht vorher den Geruch dieser Hure abwaschen.«

Er hielt inne, die Hände an den Hosenbund gelegt. »Diese Hure hat uns schon zu fünf sehr wichtigen Personen geführt. In der letzten Nacht hat sich mich überredet, vertrauliche Papiere für sie zu stehlen. Sie teilt offenbar auch gern Details des geplanten Anschlags auf Wellington mit. Bis wir alles wissen, habe ich keine andere Wahl.«

Trotzdem zerrte er das getragene Hemd über den Kopf und warf es in die Ecke.

Babs war schon zu lange dabei, um zu diskutieren. »Pass auf dich auf«, warnte sie und stellte sich auf die Zehenspitzen, um ihm einen Kuss auf die Wange zu hauchen, ehe sie wieder verschwand.

Diccan hatte gerade die Knöpfe an seiner Hose geöffnet, als die Tür aufging. »Nicht jetzt«, bellte er.

»Doch, jetzt«, sagte Grace.

Er wirbelte herum und sah seine Frau in der Tür stehen, durch die Babs gerade gegangen war. Ihre Haltung war aufrecht, und ihre Augen blickten kühl, als sie ihren halb nackten Mann betrachtete. »Es gibt Dinge, die ich kontrollieren kann«, sagte sie gefährlich ruhig, »und es gibt andere Dinge, die ich nicht kontrollieren kann. Wenn ich Schroeder jemals wieder *so* aus deinem Zimmer kommen sehe, werde ich sie ohne Empfehlungsschreiben feuern und deinen Kaffee vergiften.«

Letzte Woche noch hätte er zugestimmt. Selbst vor elf Stunden noch hätte er die Wahrheit durchblicken lassen. Aber man hatte ihn gewarnt. Also schützte er sie. »Meine Liebe«, sagte er trocken, »mein Schädel hat die Größe einer Melone, und mein Magen droht, mich zu blamieren. Wenn du weiterhin in dieser widerlichen Art und Weise kreischen willst, mach das vor den Angestellten. Ich lege mich jetzt schlafen.«

Lange starrte sie ihn eindringlich an, dann ging sie einfach und schlug nicht einmal die Tür hinter sich zu. Und Diccan, erschöpft, unglücklich und ergriffen von einer unbekannten Angst, sank auf die Bettkante. Er blickte die Wand an, ohne etwas zu erkennen, und versuchte, sich zu ermahnen, dass das, was er gerade getan hatte, notwendig gewesen war. Aber es gelang ihm nicht, sich selbst zu überzeugen, dass es auch richtig war.

Grace war sich nicht sicher, wie viel sie noch ertragen konnte. Wenn sie fünf Minuten länger gewartet hätte, ehe sie zum Frühstück nach unten gegangen wäre, dann hätte sie nicht mitbekommen, wie Schroeder sich, halb nackt und das Haar hochsteckend, aus Diccans Zimmer geschlichen hatte. Sie hätte noch immer an etwas geglaubt, das es nicht gab.

Doch sie hatte die schuldbewusste Röte in Schroeders Gesicht gesehen, als sie vorbeigehuscht war. Sie hatte Diccan gedroht, aber schon als sie die Worte ausgesprochen hatte, war ihr bewusst gewesen, wie leer diese Drohung war. Sie konnte ihm nicht wehtun. Sie konnte Schroeder nicht wehtun. Offensichtlich war der einzige Mensch, dem sie wehtun konnte, sie selbst.

Sollte sie bleiben? Gab es etwas, für das es sich lohnte zu bleiben? Sie wünschte sich von Herzen, nicht die Stimme ihres Vaters in ihrem Kopf zu hören. *Fairchilds geben niemals auf! Werde dir darüber klar und versuche es noch einmal.*

Es war nicht leicht, doch sie blieb. Sie kehrte zu ihrer täglichen Routine zurück, zu der Diccan überhaupt nicht mehr zu gehören schien. Sie bemühte sich, sich keine Sorgen zu machen. Sie suchte in Menschenmengen nicht mehr nach ihm und lauschte nachts nicht mehr auf seine Schritte auf der Treppe. Sie versuchte ihr Bestes, um in ihrem neuen, eingeschränkten Leben Freude zu finden. Sie verließ sich darauf, dass alle Aufregung sich legen und Ruhe einkehren würde.

Dann kam Onkel Dawes zu Besuch.

Es war Mitternacht, als Grace allein von einem Ball zurückkehrte, auf dem sie ausnahmsweise einmal wieder mit Diccan zusammen gewesen war. Als sie das Haus betrat, teilte Roberts ihr mit, dass ihr Onkel sie erwartete.

»Onkel Dawes?« Sie trat in den warmen Salon, und ihr Onkel erhob sich, einen Brandyschwenker in der Hand, von dem blauen Sofa. »Es ist nach Mitternacht. Was ist passiert? Ist etwas mit Tante Dawes?«

»Ihr geht es gut«, entgegnete er. »Um dich mache ich mir Sorgen. Ich muss dringend mit dir sprechen.«

Verwirrt wies sie auf die Couch, von der er gerade aufgestanden war. »Dann setz dich bitte wieder hin.«

»Nein«, erwiderte er beklommen. »Danke. Ist Hilliard mit dir nach Hause gekommen?«

Sie nahm ihre Haube ab und legte sie zur Seite. »Nein. Er hat sich auf den Weg in den Club gemacht.«

»O nein«, knurrte Dawes und ließ die Schultern sinken. Mit einem Mal verspürte Grace Angst. »Ich *hasse* das hier.«

Er klang mehr als wütend. Er klang traurig. *Er sieht alt aus*, dachte sie. »Du machst mir Angst, Onkel. Bitte, sag es einfach.«

Einen Moment lang wandte er den Blick ab. »Er ist nicht in diesem Club. Jedenfalls nicht in diesem Augenblick. Er hatte ein ganz anderes Ziel, als er die Feier verlassen hat.«

Grace war diese Art von Gespräch leid. »Ich weiß über seine Geliebte Bescheid, Onkel.«

»Nein, das tust du nicht.« Ungeduldig schüttelte er den Kopf. »Du weißt nicht, in was sie verwickelt ist. Du weißt nicht, in was sie *ihn* verwickelt hat.«

»Dann verrate es mir.«

Er blickte sie an, aber sie war sich nicht sicher, ob er sie wirklich sah. »Vaterlandsverrat.«

Grace starrte ihn an. »Wovon sprichst du?«

Er seufzte. »In dieser Minute verrät dein Ehemann sein Vaterland.«

Kapitel 14

Grace wusste nicht genau, wie es so weit gekommen war, doch eine Stunde später hielten sie und Onkel Dawes vor einem gepflegten kleinen Stadthaus in der Half Moon Street. Sie diskutierte noch immer mit ihm.

»Onkel, ich schwöre, Diccan mag ein Frauenheld sein, aber er ist kein Verräter. Vor knapp drei Monaten hat er uns geholfen, einen Mann aus Belgien herauszuschaffen, der einen Anschlag auf die Krone aufgedeckt hat.«

Onkel Dawes half ihr aus der Kutsche. »Weil er sonst enttarnt worden wäre.«

»Woher willst du das wissen?«, fragte sie und blickte die Reihe unscheinbarer schlichter Klinkerhäuser an.

»Von dem Mann, zu dem ich dich jetzt bringe.«

Sie schüttelte den Kopf. »Solange der Beweis nicht darin besteht, mit eigenen Augen zu sehen, wie Diccan King George eine Pistole an die Schläfe hält, vergeudest du, fürchte ich, deine Zeit.«

Plötzlich packte ihr Onkel ihren Arm. »Das ist kein Spaß«, versetzte er barsch, »Menschen werden sterben.«

Grace starrte ihn an. Ihr Onkel Dawes hatte noch nie die Stimme gegen sie erhoben. Er war derjenige, der ihr während des kurzen Sommers, den sie in England verbracht hatte, das Angeln beigebracht hatte. Er war mit ihr ausgeritten, hatte ihr schlechtes Klavierspiel ertragen und über ihre müden Witze gelacht. Zum ersten Mal machten sich Zweifel in ihr breit.

»Also gut«, lenkte sie ein, »lass uns mit dem Mann reden.«

Trotzdem fühlte sie sich ein bisschen albern, als sie durch das schmiedeeiserne Tor trat und den Weg entlanglief. Wenn doch nur der Vorwurf nicht so absurd wäre. Und wenn es doch nur keine Nacht wie aus einem billigen Schauerroman wäre. Es war dunkel und nebelig. Graue Schwaden umschlangen wie Ranken die Laternen und legten sich kalt um Grace' Fesseln. Sie spürte die Feuchtigkeit auf ihrem Gesicht, und ihr fiel auf, wie gedämpft die Geräusche der Kutschen klangen. Es war fast so, als befände sie sich in einem Kokon, an einem kalten, verstörenden Ort, wo sie unsichtbar wurde.

»Müssen wir uns wirklich wie Einbrecher anschleichen?«, fragte sie. Selbst ihre Stimme hörte sich leiser und seltsam an.

»Dein Ehemann könnte deinen Besuch bei diesem Mann zu dieser unchristlichen Stunde hinterfragen.«

Onkel Dawes klopfte an eine schlichte schwarze Tür und führte Grace hinein. Ein Butler empfing sie mit starrer Miene im Foyer und nahm ihnen die Mäntel ab.

»Hier entlang, bitte.«

Es war ein unauffälliges Haus. Flackernde Wandleuchter gaben kaum genug Licht, um die braunen Wände, die schweren roten Samtvorhänge und die nicht zusammenpassenden Teppiche unter den abgenutzten Möbeln zu erkennen. In der Luft hing der schwache Geruch von Tabak und Staub. Die ganze Ausstattung war trostlos – bis auf eine Wand, an der eingerahmte Schmetterlinge hingen. Aus irgendeinem Grund bereitete genau das Grace Unbehagen: schimmernde Objekte, tot und aufgespießt im Dunkeln. Sie folgte dem Butler in den ersten Stock, und ihre Zuversicht schwand von Minute zu Minute. Ihr kam es fast so vor, als wäre in dem Haus nicht genug Luft zum Atmen. Nur Onkel Dawes' Hand an ihrem Ellbogen brachte sie dazu, überhaupt weiterzugehen.

Sie bemerkte nicht, dass im Flur ein Mann wartete. Erst als er sie begrüßte, nahm sie ihn wahr. »Mrs. Hilliard.«

Er war genauso unscheinbar wie das ganze Haus. Sein Gesicht war scharf geschnitten, wirkte aristokratisch. Sein blondes Haar war schütter, und seine Ohren schienen irgendwie zu lang für sein restliches Gesicht zu sein. Durch die gut geschnittene Kleidung wirkte er nicht so dürr, wie er eigentlich war. Er war ein paar Zentimeter kleiner als sie, aber er schien keine Notiz von ihrer Größe zu nehmen. Irgendetwas an ihm kam ihr seltsam bekannt vor.

»Und wer sind Sie?«, fragte sie und blieb außer Reichweite stehen.

Er verbeugte sich. »Peter Carver vom Innenministerium. Lord Sidmouth hat mich gebeten, mit Ihnen zu sprechen.«

Er führte sie in einen weiteren schummrigen Raum. In diesem Zimmer standen Bücher, im Kamin loderte ein Feuer. Grace nahm Platz und erlaubte es den Männern, sich ebenfalls zu setzen.

»Ich habe gehört, dass Sie meinen Ehemann für einen Landesverräter halten.« Sie kam direkt auf den Punkt.

Mr. Carver legte die Hände auf die Knie. »Ich fürchte, es ist so«, sagte er sanft. »Mr. Hilliard gibt Staatsgeheimnisse preis, was irreparable Schäden verursachen könnte.«

»Wem verrät er diese Geheimnisse?«, fragte Grace. »Sicherlich hat im Moment niemand die Energie oder das Geld, um noch einen Krieg zu beginnen.«

»Die Bedrohung kommt nicht von außerhalb. Sie kommt aus England. Von Männern, die die Unruhe im Volk nutzen wollen, um das Feuer der Revolution zu schüren.«

Grace schnaubte. »Machen Sie sich nicht lächerlich. Diccan ist so revolutionär wie der Prinzregent selbst.«

Voller Bedauern sah Mr. Carver sie an. »Mr. Hilliard ist nicht an der Revolution interessiert. Ihm geht es um das Geld. Sie glauben doch nicht, dass er mit seinem Geld von der Regierung seinen Lebensunterhalt bestreitet? Sein Vater unterstützt ihn seit Jahren nicht mehr.«

»Sein Onkel hat ihm ein Anwesen hinterlassen.«

»Ein Anwesen, das vollkommen baufällig ist. Ich fürchte, er arbeitet schon jahrelang – für verschiedene Seiten. Er hat sich in dem einen oder anderen Bereich einen Namen als Mann gemacht, der sich gern mal umstimmen lässt. Wenn der Preis stimmt.«

»Was die Frage aufwirft, warum er noch immer für die Regierung arbeitet.«

Mr. Carver zuckte mit den Schultern. »Er ist der Cousin eines sehr einflussreichen Dukes.« Er umklammerte mit den Händen die Knie und beugte sich vor. »Sagt Ihnen der Name Evenham etwas, Mrs. Hilliard?«

Sie legte den Kopf schräg. »Lord Bentleys Sohn? Der Mann, der in einem Duell ums Leben gekommen ist?«

Mr. Carver schüttelte den Kopf. »Es gab kein Duell. Evenham hatte eine Kugel im Schädel. Ihr Ehemann war mit im Zimmer, als es passierte. Er behauptete, es wäre Selbstmord gewesen. Wir glauben ihm nicht. Wir denken, dass Evenham belastende Informationen über Ihren Ehemann hatte.«

Grace spürte, wie ihre Überzeugung ein wenig ins Wanken geriet. »Das ist kein Beweis, Sir, sondern nur eine weitere Behauptung.«

»Ich weiß. Wir denken, dass er im Besitz von nur für den Dienstgebrauch bestimmten Akten aus dem Außenministerium ist und plant, diese einem Spion zu übergeben. Wir denken auch, dass er Informationen über seine Kollegen gesammelt hat. Ich weiß, dass es viel verlangt ist, aber wir hoffen, dass Sie die Unterlagen für uns suchen und finden könnten. Wir brauchen den Beweis, und bisher ist es niemandem gelungen, diesen Beweis zu beschaffen.«

Ehe sie sich dessen bewusst war, hatte sie sich schon erhoben. »Nein. Es tut mir leid, doch nichts kann mich davon überzeugen, dass mein Mann sein Vaterland verrät. Ich würde jetzt gern nach Hause gehen.«

Onkel Dawes stand ebenfalls auf und bat sie, noch einmal darüber nachzudenken. Mr. Carver stimmte ihm zu. Grace blieb ungerührt, und als sie nicht einlenken wollte, blickten die beiden Männer einander an.

»Wir müssen sie überzeugen«, sagte Mr. Carver voller Bedauern. Er warf einen Blick auf seine Taschenuhr. »Mrs. Hilliard, ich fürchte, ich muss Sie bitten, mir zu folgen.«

»Es muss doch noch einen anderen Weg geben«, sagte Onkel Dawes, und Grace bemerkte, dass er kreidebleich war.

»Warum?«, fragte sie und verschränkte die Arme.

Mr. Carver seufzte. »Ich tue das nur sehr ungern, aber Sie müssen verstehen, womit wir es zu tun haben. Wir haben uns aus einem ganz bestimmten Grund genau hier getroffen.«

Grace konnte den Blick nicht von ihrem Onkel abwenden, der sie nicht ansah. »Aus welchem Grund?«

»Um Ihnen den Beweis zu präsentieren. In diesem Moment ist er mit einer seiner Komplizinnen zusammen. Wir haben ihn hineingehen sehen und haben veranlasst, dass Sie es sich ansehen können.«

Grace ertappte sich dabei, wie sie sich umsah, als würde sie damit rechnen, Diccan durch die Tür spazieren zu sehen. »Wo ist er?«

»Im Haus nebenan. Wir haben einen Durchbruch zwischen den Häusern geschaffen, der hinter einem Spezialspiegel verborgen ist. Lehnen Sie meine Bitte nicht ab, bis Sie es selbst gesehen haben.«

Sie rührte sich nicht. Das war absurd. Welchen Grund sollte Diccan haben, sein Land zu verraten? Wie konnte irgendjemand glauben, dass er in die Angelegenheit verwickelt war?

Ein letztes Mal schüttelte sie den Kopf. Sie hatte keine andere Wahl. »Zeigen Sie es mir.«

Er neigte den Kopf, als würde er darüber nachgrübeln, wie er besonders höflich war. »Wir werden hinauf in eines der Schlafzimmer gehen. Wenn ich die Tür öffne, müssen Sie sich absolut ruhig verhalten. Sie werden ihn hören, doch er könnte Sie auch hören.«

Schon jetzt schlug ihr Herz schneller. Sie spürte einen Schweißtropfen in ihrem Nacken und fürchtete sich wegen ihres Magens, der in Aufruhr war. Eine Hand auf ihren Rücken gelegt, öffnete Mr. Carver die Tür und führte Grace hindurch. Onkel Dawes ließ sich in einen Sessel sinken.

Als sie in das Schlafzimmer trat, war es dunkel. Dort, wo die Möbel hätten sein sollen, waren nur undeutliche Schatten zu erkennen. Der Rauch eines Kohlenfeuers hing in der Luft, und es roch staubig und alt. Carver geleitete sie durch den Raum, wo er vor einer unauffälligen roten Wand stehen blieb. »Vergessen Sie nicht«, flüsterte er, »absolute Ruhe.«

Sie zitterte. Sein Atem auf ihrer Haut verunsicherte sie, und Angst vor dem, was sie vielleicht sehen würde, machte sich in ihr breit. Dann streckte er den Arm aus und schob einen Teil der Vertäfelung zur Seite. Sie konnte in das Zimmer dahinter blicken.

Oh, lieber Gott. Sie konnte es sehen.

»Nein«, wisperte sie und wich abrupt zurück.

»Es tut mir leid«, murmelte er, packte sie an den Schultern und zwang sie, wieder an ihren Platz zurückzutreten. »Aber Sie müssen es sich ansehen. Und Sie müssen bleiben, bis es vorbei ist. Dann wird er sich verraten.«

Sie sollte weglaufen. Sie sollte sich abwenden. Sie sollte die Augen schließen und sich verstecken. Sie konnte es nicht. Sie konnte nur ihren Ehemann anstarren, der in dem Zimmer gerade Sex mit seiner Geliebten hatte.

Sie waren nackt und standen beinahe direkt vor ihr. Der goldene Schimmer des Kaminfeuers ergoss sich wie Wasser über ihre glatten Körper. Perfekt geformte Körper, wie erlesen geformte Kunst, die zum Leben erwacht war. Seine Geliebte sah aus wie eine Fruchtbarkeitsgöttin – üppig, rund, weich und noch reizender, als Grace sie aus Brüssel in Erinnerung hatte. Ihr hellblondes Haar fiel ihr in Wellen über die Schultern, und ihre großen blauen Augen lachten. Sie lehnte sich mit dem Rücken an Diccan, und er hatte seine Hände auf ihre Brüste gelegt. Es waren die wohl makellosesten Brüste, die je erschaffen worden waren: schwere, milchweiße Halbmonde mit rosigen Spitzen unter seinen schlanken Händen.

Grace' Brüste sehnten sich nach seiner Berührung. Ihr Herz stolperte. Sie konnte den Blick nicht von seinen Händen abwenden. Es waren elegante, erfahrene Hände, die diese perfekten vollen Brüste umschlossen. Sein Körper war noch verlockender als an dem einen Tag, als Grace ihn über sich gebeugt gesehen hatte. Fest, muskulös und schlank. Der vollendete Kontrapunkt zu der Weichheit der Frau, die er mit einer Vertrautheit erkundete, die Grace zu zerstören drohte.

»Mir gefällt es auch nicht, einem Mann dabei zuzusehen,

wie er seine Frau betrügt«, murmelte Mr. Carver Grace ins Ohr und löste mit seiner Nähe zu ihr erneut ein Frösteln aus. »Ich glaube, zu Ihnen war er nicht so nett.«

Diccan strich mit der Hand über Minettes Bauch und fing mit der Zunge den Duft von ihrer Schulter ein. Er lachte leise, und das Geräusch traf Grace wie zersplittertes Glas.

»Ich bekomme nicht genug von dir, *mignette*«, brummte er. Grace konnte ihn so deutlich verstehen, dass sie sich fragte, warum er sie keine eineinhalb Meter von ihm entfernt nicht sehen konnte. »Es ist so lange her, seit ich mit dir zusammen war.«

»Du warst fast jeden Tag mit mir zusammen«, sagte die blonde Frau und schmiegte sich an ihn. »Du bist gierig.«

»Nicht so. Nicht nackt und sicher versteckt, sodass wir einander stundenlang genießen können, statt uns heimlich in Hinterzimmern oder in Parks zu treffen. Nicht mit dem Gefühl, dass du bereit bist, alles für mich zu tun.« Er knabberte an ihrem Ohrläppchen, und sie schrie unterdrückt auf. »Wirst du das?«, fragte er. »Wirst du alles für mich tun?«

Grace hätte schwören können, dass sie seine Hand auf ihrer eigenen Haut spürte. Sie musste sich zusammenreißen, um ruhig weiterzuatmen, um stillzuhalten, während die beiden sich gegenseitig erregten und dabei lächelten, als wäre es das reizvollste Geheimnis der Welt.

»Habe ich das nicht schon?«, fragte Minette. »Habe ich nicht schon alles für dich getan?«

Er strich mit dem Finger über ihre kesse Nase. »Bis jetzt noch nicht.«

Sie warf ihm einen neckischen Blick zu, als wäre sie verwirrt. »Dann musst du mich daran erinnern.«

Die Hände in ihren Haaren vergraben, presste er seine

Lippen auf ihren Mund. Augenblicklich gab sie sich hin, stellte sich auf die Zehenspitzen, rieb mit ihren Nippeln an seiner Brust entlang und stöhnte leise auf.

Grace beobachtete, wie er den Mund dieser Frau liebte, und spürte wieder den eisigen Griff des Betrugs um ihr Herz. Er hatte sie auch so geküsst, als wollte er sie sich einprägen und nie mehr vergessen. Es war ein tiefer Kuss voller Versprechungen, innig, als hätte er nicht genug von ihr bekommen können. Doch nun schien es so, als wäre der Kuss nicht so bedeutsam gewesen, wie sie angenommen hatte.

Er hatte einen Arm um Minette gelegt und liebkoste mit der anderen Hand noch immer diese perfekte, weiche Brust. Grace konnte nicht mehr atmen. Sie hörte, wie dem Mann hinter ihr der Atem stockte, als wäre er erregt. Es war beschämend. Sie konnte den Blick nicht von Diccans Händen abwenden, mit denen er Minettes Körper erforschte. Hitze durchströmte sie, und ihr Blut floss träger. Sie war neidisch und wusste, dass er ihren unvollkommenen Körper niemals so nehmen und ihre Haut niemals so streicheln würde, als würde es sich um die wertvollste Seide handeln.

Mit einem letzten Kuss auf den Mund löste Diccan sich von Minette und hob jede ihrer Brüste an, um daran zu saugen. Es war nicht mehr, als ein Baby beim Stillen tat, und trotzdem merkte Grace, wie sie dahinschmolz. Sie wollte sich bewegen, sich strecken, um Erlösung betteln.

»Es muss schwierig sein«, flüsterte Carver ihr wie die Versuchung selbst ins Ohr, »dabei zuzusehen.«

Angewidert und zitternd, war sie sich sicher, dass Carver ihre eigene Lust spüren konnte. Sie zog sich von ihm zurück, ekelte sich vor seiner Berührung. Wunderte sich über einen Mann, der das hier zu genießen schien.

»Das reicht mir nicht«, stöhnte Diccan. »Warte es ab, Süße, du machst gleich den Ritt deines Lebens.«

Und ohne ein weiteres Wort führte er sie zum Bett. Dort drehte er sie mit dem Rücken zu sich und hob ihre Arme über ihren Kopf. Er nahm seine Krawatte, die er auf die Bettdecke geworfen hatte, und fesselte damit ihre Hände in Bauchhöhe an den Bettpfosten.

»Ergib dich«, knurrte er und drängte seinen harten Schaft an Minettes Po. »Sag mir, wie sehr du das hier willst.«

Mit einem kleinen wimmernden Laut bückte Minette sich, sodass ihre Arme vor ihr ausgestreckt waren, und presste sich an Diccan. »Ja«, keuchte sie und wand sich, »*mon Dieu*, ja!«

Diccan stöhnte, beugte sich vor und küsste die Grübchen über ihrem Po. Grace sah, wie Minette erschauerte. Sie hörte, wie sie tief und kehlig wie ein verwundetes Tier aufstöhnte. Grace bebte aus Solidarität mit. Sie wusste, was als Nächstes kommen würde. Sie hatte es in der Bettlektüre gelesen, hatte es in Tempelmauern eingeritzt gesehen. Sie hatte sich immer gefragt, wie es sich anfühlen mochte.

»Spreize deine Beine für mich«, sagte Diccan, während er die milchweißen Hügel ihrer Pobacken küsste. »Zeig mir, wie feucht du bist.«

Instinktiv presste Grace ihre Schenkel zusammen. Sie konnte fühlen, wie feucht und erregt sie selbst war, und schämte sich dafür. Hinter ihr konnte sie das schnelle, stoßweise Atmen von Mr. Carver hören. Das machte alles nur noch schlimmer. Sie wollte Diccans Hände auf ihrem Rücken spüren, wollte, dass sein Atem ihre erhitzte Haut kühlte. Sie wollte sich ihm ohne Angst öffnen.

Er machte einen Schritt zurück und brachte Minette

dazu, enttäuscht zu protestieren. Dann legte er seine Hände an ihre Hüften und umklammerte sie mit den Fingern so fest, dass sie bestimmt blaue Flecke davontragen würde. Sein Schaft reckte sich hart, dick, üppig vor. Adern zeichneten sich darauf ab, und die Spitze glänzte rot. Als Grace das sah, wurde sie von Wellen der Lust und der verzweifelten Sehnsucht überrollt.

»Du quälst mich«, wimmerte Minette, bewegte die Hüften, suchte nach ihm. »Ich vergehe vor Lust, und du weigerst dich, sie zu stillen.«

Diccan reagierte darauf, indem er einen Finger in sie tauchte. Grace sah, wie ihre Säfte an dem Finger glitzerten, als er ihn wieder herauszog und kurz darauf wieder hineinsteckte. Sie hörte, wie Minette stöhnte. »Bitte … bitte, o Diccan, lass mich nicht warten.«

Er machte sich nicht die Mühe, sanft zu sein. Er stieß einfach in sie. Minette bog den Rücken durch und schrie auf. Grace presste eine Faust auf ihren Mund. Diccan packte Minette an den Hüften und drang in sie. Wieder. Wieder. Härter und härter, als wollte er sie bestrafen, als wollte er sie verzehren. Minette fing an zu wimmern. Sie warf den Kopf zurück, die Augen und den Mund geöffnet, den Körper verbogen, um Diccan tiefer in sich aufzunehmen. »Ja!«, schrie sie, und er biss ihr in die Schulter wie ein Hengst, der seine Stute markierte. Es war primitive, rohe Lust. Grace glaubte nicht, dass ihre Beine sie noch länger tragen würden.

Sie fühlte einen schrecklichen Druck in der Brust und Wunden in ihren Handflächen von ihren Fingernägeln und wünschte sich, sie würde sich daran erinnern, wie man weinte. Die Sündhaftigkeit ihrer Erregung, die klaffende Wunde des Verlustes ließen sie erzittern. Sie sah, wie Diccan zum Höhepunkt kam – brutal, hart, kehlig. Sie sah, wie Minette ihn aufnahm, schreiend und stöhnend. Grace wollte es auch. Sie wollte das alles für sich. Und sie wollte es mit einer Gier, die ihr Angst machte. Sie sah, wie Diccan die Fesseln seiner Geliebten löste und sie noch einmal lachend auf dem Bett nahm. Und sie wollte vor Schmerz wimmern.

Grace stand dort und quälte sich selbst, denn obwohl ihr klar war, dass es falsch war zuzusehen, konnte sie doch die Augen nicht abwenden. Und als die beiden schließlich erschöpft auf dem Bett aufeinandersanken, umschlungen wie Weinranken, beugte Mr. Carver sich zu ihr.

»Jetzt«, murmelte er, »jetzt unterhalten sie sich.«

Eine Sekunde lang wusste Grace nicht, was er meinte. Dann hörte sie Diccan reden und wusste es.

»Ich glaube, du schuldest mir noch immer etwas, *mignette.*«

Auf seiner Schulter liegend, lachte die blonde Frau leise. »Wenn, dann habe ich es verbraucht, *chéri.* Wofür sollte ich dir denn etwas schuldig sein?«

»Für Wellingtons Pläne. War ich nicht der Einzige, der über seinen geheimen Abstecher nach Whitehall im nächsten Monat Bescheid wusste? Das sollte doch etwas wert sein.«

»Nicht über den nächsten Monat solltest du dir Gedanken machen, sondern über den Monat darauf.«

Bedächtig streichelte er über ihre Brust. »Worauf wartet ihr – auf die richtige Stellung der Planeten?«

»Erst muss alles für die perfekte Tat vorbereitet sein.«

»Dann erzähle mir davon. Damit ich mich auch daran erfreuen kann.«

»Nein, nein«, murmelte sie, und ihre Stimme klang atemlos, weil er sie mit seinen Liebkosungen schon wieder erregte, »du würdest nicht mitspielen wollen. Du würdest es für einen schrecklichen Affront gegenüber dem ›großen Mann‹ halten. Und ihr Engländer haltet so viel von ihm.«

Diccan hob den Kopf. »Wellington?« Er lachte. »Mein liebes Kind, hast du es noch nicht gehört? Der große Wellington und ich verabscheuen einander von Herzen. Ich habe ihm einmal ein leichtes Mädchen ausgespannt. Er nennt mich eine Vergeudung guter Schneiderkunst.«

Minette erwiderte sein Lächeln und blinzelte wie eine zufriedene Katze. »Gut. Dann wirst du nichts gegen unser kleines Spiel haben. Wir wollen ihn bloß ein bisschen demütigen. Ihn, der all die tapferen Soldaten nicht schützt, die in diesem Krieg gekämpft haben. Sie brauchen Geld. Und er verschwendet seine Zeit damit, sich mit den Franzosen zu vergnügen, statt darauf zu bestehen, dass seine eigene Regierung ihre Schulden bezahlt. Bah! Er sollte sich schämen.«

»Eine Französin, die sich um englische Soldaten sorgt?«

Sie erstarrte, als hätte er sie geschlagen. »Eine Belgierin, deren Lieblingscousine mit einem dieser tapferen Männer verheiratet ist. Sie ist zu stolz, um sich von mir unterstützen zu lassen. Sie sollte sich eigentlich von eurem Duke unterstützen lassen.« Dann spuckte sie aus, als wäre er nicht gut genug für sie. »Auch Belgier sind für ihn gefallen. Und er vergisst sie alle.«

Diccan lächelte rätselhaft. »Also gut. Das ist ein angemessener Grund. Aber warum wartet ihr so lange mit eurem Vergeltungsschlag?«

»Vielleicht sind wir noch nicht so weit. Viele Leute sind daran beteiligt. Es wird eine sehr umfassende Aktion.«

Diccan zuckte lässig mit den Schultern. »Tja, dann werde ich wohl seine Planungen für den Oktober besorgen und dich morgen wieder hier treffen.«

Sie strich mit einem Fingernagel über seine Brust. »Wie kannst du so schnell besorgen, was wir benötigen?«

»Das schaffe ich schon.« Er küsste sie. Es war eine bedächtige, sinnliche Verschmelzung von Lippen und Zungen. Grace fühlte sich bestohlen. »Ich kann mich kaum von dir trennen«, sagte er zu Minette. »Ich wünschte, ich könnte zu dir ziehen und alles wäre vorbei.«

Minette streichelte die feuchten Locken in seinem Nacken. »Was ist mit deiner Frau?«

»Dem Krüppel?«

Grace blinzelte und war sich sicher, sich verhört zu haben. Ihr Herz stand still, während sie wartete. Doch er klang vollkommen gleichgültig. »Sie kann sich nicht beschweren«, sagte er und starrte auf Minettes Brüste. »Ich habe sie geheiratet. Ich will verdammt sein, wenn ich auch noch mit ihr schlafen muss.«

Grace wurde es heiß und gleich darauf eiskalt. Ihr Herz pochte langsam wie der Tod. Sie fürchtete, aufschluchzen zu müssen, und das hatte sie zuletzt an dem Tag getan, als ihre Mutter sie verlassen hatte. Der Riss in ihrem Innern wurde größer, wurde zu einer hässlichen Wunde. Etwas, das sie, solange sie denken konnte, geschützt hatte, löste sich auf. Etwas, das so alt, empfindlich und abgenutzt war, dass es ganz leicht zu zerstören war. Mit ein paar Worten hatte Diccan es beinahe geschafft.

Sie machte sich nicht die Mühe, Mr. Carver um Erlaubnis zu bitten. Sie drehte sich einfach um und ging hinaus. Vor der Eingangstür holte er sie ein und packte sie am Arm. Sie konnte hören, wie Onkel Dawes keuchend hinter ihr die Treppe herunterlief.

Sie sah keinen der beiden an. »Ich weiß nicht«, sagte sie, »ich weiß nicht, ob ich es kann.«

Einen Moment lang antwortete er nicht. Dann sagte

Carver ganz sanft: »Wo das Vertrauen stirbt, erblüht das Misstrauen.«

Grace warf ihm einen überraschten Blick zu. »Wie bitte?«

Er betrachtete sie. Mit seinen blassblauen Augen blickte er sie eindringlich an. Als sich ein Lächeln auf seinem Gesicht ausbreitete, war es seltsam mild. »Ein Zitat. Von Sophokles, glaube ich. Ihnen ist natürlich klar, dass sie Wellington nicht demütigen wollen – sie wollen ihn ermorden.«

Grace konnte den Blick nicht abwenden, auch wenn sie mit einem Mal Angst vor dem seltsamen Funkeln in den Augen dieses Mannes hatte. Endlich holte Onkel Dawes sie ein und stieß keuchend eine Entschuldigung aus.

Grace löste sich aus Mr. Carvers Griff und wich zurück. »Wenn ich es tue«, sagte sie und rieb sich den Arm, »wie kann ich Kontakt zu Ihnen aufnehmen?«

»Ich werde Sie kontaktieren. Falls Sie mich brauchen: Ich mache jeden Tag einen Ausritt im Park.« Er wartete ab, bis sie ihren Mantel bekommen hatte, und machte die Tür auf. »Noch eines, Mrs. Hilliard, sprechen Sie mit niemandem darüber. Auch nicht mit Lady Murther. Und ich bitte Sie, sich an niemanden in der Regierung zu wenden. Wir wissen nicht, wem wir vertrauen können.«

Sie antwortete nicht und ging hinaus.

Als Grace schließlich nach Hause kam, zog sie sich schweigend aus, löste ihren Haarknoten und schlüpfte in ihre Nachtwäsche. Sie fürchtete, dass sie wie ein verirrtes Kind zu weinen anfangen würde, wenn sie jetzt den Mund öffnete. Und dass sie erst aufhören würde, wenn auch der letzte Rest ihres Stolzes und ihrer Selbstachtung sich auf den Boden ergossen hätte.

Das Schlimmste war, dass sie durch das, was sie gesehen hatte, noch immer erregt war. Ihr Körper verhielt sich alles andere als vernünftig. Ehre oder Verrat oder Scham waren ihm egal. Er hungerte. Er hungerte nach Diccan. Nachdem Schroeder gegangen war, schloss Grace die Augen, als wäre sie dadurch unsichtbar. Und dann verschaffte sie sich Erlösung, wie ihre Freundinnen in den Zenanas es ihr beigebracht hatten, während sie vor ihrem inneren Auge Diccan sah, der seine Geliebte wie ein Tier nahm. Aber am Ende verspürte sie keine Erleichterung. Den Rest der Nacht lag sie wach und rührte sich nicht, damit sie nicht noch den Rest von Selbstbeherrschung verlor und vor Schmerz in tausend Stücke zersprang.

Wie hatte Diccan das tun können? Wieso hatte der Mann sie gezwungen zuzusehen? Wie konnte sie je wieder Diccan oder Onkel Dawes oder sonst irgendjemandem gegenübertreten, den sie kannte, wenn Diccans Worte wie ein Todesurteil in ihrem Kopf widerhallten? *Ich habe sie geheiratet. Ich will verdammt sein, wenn ich auch noch mit ihr schlafen muss.*

Erst spät am nächsten Morgen gelang es Grace' Verstand, den lähmenden Schmerz zu durchdringen. Sie hatte ihren Kaffee mit in den Garten genommen, um Diccan nicht zu begegnen, und saß auf der Bank, die an der Gartenmauer stand. Von hier aus konnte sie die letzten Rosenblüten und die Esche sehen, deren Blätter schon gelb wurden, und sich vorstellen, sie wäre auf dem Land.

Das mochte der Grund dafür sein, dass ihr Geist sich so weit beruhigte, dass die winzige Stimme der Vernunft sich durchsetzen konnte. *Ja*, dachte sie, *Diccan hat mich betrogen*. Es würde immer wehtun. Sie könnte es nie vergessen, und sie war sich nicht sicher, ob sie es ihm jemals verzeihen würde. Doch hatte er auch sein Land verraten?

Onkel Dawes hatte es offensichtlich geglaubt. Grace vertraute ihrem Onkel. Sie kannte den Mann und konnte sich nichts vorstellen, das ihn dazu treiben würde, sie unnötig zu verletzen.

Aber sie kannte auch Diccan. Zumindest kannte sie ihn so gut, um zu wissen, dass er bereit war, Annehmlichkeiten für die Ehre zu opfern. Er hätte sich um die Heirat herumdrücken können. Egal, was er gesagt hatte, er wäre vermutlich zu nichts verpflichtet gewesen. Doch er hatte nicht zugelassen, dass Grace die ganze Last der Schande allein tragen musste. Und damals in Brüssel war es ihm ohne Probleme und ganz diskret gelungen, Jack Wyndham und seine Informationen zurück nach England zu schleusen.

Bis Onkel Dawes bei ihr zu Hause aufgetaucht war, hatte Grace Diccan lediglich verdächtigt, ein ausschweifendes Leben zu führen. Obwohl sie gehört hatte, dass er seiner Geliebten seine Dienste angeboten hatte, konnte sie noch immer nicht glauben, dass er seinem Vaterland tatsächlich Schaden zufügen wollte.

Die einzige Person, die sie in diesem Spiel nicht kannte, war Mr. Carver, und die Beschuldigung, Diccan wäre ein Landesverräter, kam allein von ihm. Er behauptete, für das Innenministerium zu arbeiten, aber es wäre dumm von ihr, irgendetwas zu tun, ohne sich vorher zu erkundigen, ob er die Wahrheit sagte. Und das bedeutete, dass sie sich von dieser kleinen Bank erheben und etwas tun musste.

Normalerweise hätte sie sich zuerst an Kate gewendet. Doch Onkel Dawes hatte Mr. Carvers Warnung noch einmal wiederholt. »Sie ist Hilliards Cousine. Wir können uns nicht darauf verlassen, dass sie nicht sofort zu ihm geht und ihm alles erzählt.«

Auch wenn Grace es nicht gern zugab – er hatte recht.

Kate würde sofort zu Diccan gehen, und der würde ein Ablenkungsmanöver starten, bevor Grace die Wahrheit erfuhr.

Aber Grace konnte es Kit Braxton erzählen. Kit hatte bei der Rettung von Jack Wyndham und bei der Gefangennahme des Chirurgen ebenfalls eine wichtige Rolle gespielt. Sie wusste, dass er sein Vaterland liebte. Kit war Thronanwärter in einem Herzogtum. Doch statt sich auf diese Zukunftsaussichten zu verlassen und sein Leben zu genießen, hatte er sich in den Dienst an der Waffe eingekauft und wäre beinahe für sein Vaterland gefallen. Grace konnte sich darauf verlassen, dass er die Wahrheit herausfand – und dass er diskret war.

»Ein Spion?«, fragte er, als sie später zusammen im Hyde Park spazieren gingen und sie das Thema ansprach. »Hilliard?« Er fing an zu lachen.

»Das ist nicht lustig, Kit. Ich habe ihn mit eigenen Augen gesehen, und es schien, als hätte er seiner Geliebten Dinge erzählt, die er ihr eigentlich nicht hätte verraten dürfen.«

Kit blieb wie angewurzelt stehen. Auf seinem Gesicht spiegelte sich sein Zorn. »Du hast ihn gesehen? Wo hast du ihn gesehen?«

Selbstverständlich errötete sie. Es war ein abscheuliches Rot, das sich ganz sicher bis zu ihren Zehenspitzen ausbreitete. »In der Half Moon Street.«

Einen Moment lang schien er nichts erwidern zu können. »Was, zur Hölle, hattest du dort zu suchen?«

Und so erzählte sie ihm von der vergangenen Nacht. Sie offenbarte alles bis auf die Tatsache, dass Diccan sie einen Krüppel genannt hatte. Sie beschloss, dass dazu kein Anlass bestand – egal, was es möglicherweise bewiesen hätte.

Als sie geendet hatte, standen sie am Serpentine Lake. Kit starrte auf das graue Wasser des Sees und rieb sich die verletzte Schulter. »Mistkerl«, knurrte er.

»Vielleicht«, entgegnete Grace, »aber ist er auch ein verräterischer Mistkerl?«

»Sie hat dir *was* erzählt?«

Diccan stellte seine Räumlichkeiten im Albany schon wieder den *Rakes* zur Verfügung. Angesichts Braxtons Anschuldigungen sprang er auf. Er musste sich verhört haben. Bilder der vergangenen Nacht schwirrten ihm durch sein erschöpftes Gehirn. Der Sex mit seiner Geliebten war rein körperlich, unbekümmert, triebhaft gewesen. Er hatte eine Abgebrühtheit an den Tag gelegt, die selbst eine starke Frau nicht ertragen hätte. Und Grace hatte das alles gesehen? Sie hatte alles gehört? Sie hatte gehört, was er *gesagt* hatte?

»Das ist nicht möglich«, beharrte er und wollte hören, dass Braxton sich geirrt hatte, dass er log.

Doch Braxton stand vor ihm wie ein Boxer, der auf den Gong zum Kampf wartete. Seine Miene war unerbittlich, seine Hände zu Fäusten geballt. »Dass du es getan hast oder dass sie es gesehen hat?«

»Oh, sehr schlecht«, sagte Chuffy von seinem Platz auf dem Sofa aus und schüttelte behäbig den Kopf. »Es ist eine Sache, eine Geliebte zu haben. Aber etwas ganz anderes ist es zuzulassen, dass die Gattin einem dabei zusieht. Das ist pervers. Ich glaube, die Franzosen machen das.«

Bei diesem Treffen waren fünf von *Drake's Rakes* anwesend: Chuffy und Braxton sowie Drake und Alex Knight, der für das Kriegsministerium arbeitete. Und schließlich Diccan, den man – ohne Zweifel zu früh – von einem Kampf mit Jackson hierherzitiert hatte. Er verspürte noch immer den überwältigenden Drang, auf irgendetwas einzuschlagen.

»Du hast mich gehört«, sagte Braxton zu ihm. »Was glaubst du, tust du da?«

Diccan kämpfte gegen eine blinde Wut an. »Was das Außenministerium von mir verlangt hat, verdammt noch mal!«

»Und du hast uns wirklich wertvolle Informationen verschafft«, bemerkte Drake und reichte ihm ein Glas von seinem eigenen Brandy. »Vor allem die letzte Sache. Wir werden gleich Wellington alarmieren.«

Diccan blickte ihn eindringlich an. »Wie, zur Hölle, konnte Grace mich sehen?«, wollte er wissen. Drake wirkte für seinen Geschmack ein bisschen zu unbeteiligt. »Habt ihr diesen Häuserblock nicht gesichert?«

»So sollte es eigentlich sein.« Drake schüttelte den Kopf. »Ich werde herausfinden, was passiert ist.«

»Das wirst du, verdammt noch mal, wirklich tun!«

»Wer hat Mrs. Hilliard laut ihrer eigenen Aussage zu dieser Privatvorstellung begleitet?«, fragte Drake Braxton.

Noch immer wütend, nahm Braxton schließlich Platz. »Ihr Onkel. Er hat sie offenbar zu einem Mr. Carver vom Innenministerium gebracht. Habt ihr je von ihm gehört?«

»Alex«, sagte Drake, »du bist in Whitehall unser Informant. Sagt dir der Name etwas?«

In den Tiefen von Diccans bestem Ledersessel nickte Alex und sah mit seinem lockigen blonden Haar aus wie ein Engel, der wohlwollend das Tischgebet zur Kenntnis nahm. »Ein neuer Mann in Sidmouths Büro. Sekretär, glaube ich.«

»Wenn er für die Farce von gestern Abend verantwortlich ist«, knurrte Diccan, »dann ist er mehr als nur ein verfluchter Sekretär.«

Wieder überfiel ihn die Erinnerung. Minettes derbes Lachen, der Duft von Moschus. Die blinde Erschöpfung nach einem heftigen Höhepunkt. Und Grace hatte alles gesehen. Sie hatte gehört, wie er sie einen Krüppel genannt hatte.

Er ließ sich auf die Couch fallen und trank seinen Brandy in einem Zug. Er brauchte die wohltuende Wärme des Alkohols. Im Augenblick fühlte er sich, als wäre er in einem Albtraum gefangen. Die letzte Nacht hatte er damit verbracht, Grace aus der Schusslinie zu nehmen, damit niemand auf die Idee kam, es würde sich lohnen, ihr wehzutun. Warum sollten sie ihr auch wehtun? Offenbar hatte er das selbst schon getan – und erstklassige Arbeit dabei geleistet.

Gott. Er hatte das Gefühl, sich übergeben zu müssen. Warum hatte er nur auf Thirsk, diesen Mistkerl, gehört?

»Ich habe gehört, Ihre Geliebte ist nach England gekommen, um Sie aufzusuchen«, hatte der Adlige gesagt, als Diccan ihn an dem Tag, nachdem er bei McCarthy zufällig Minette in die Arme gelaufen war, in seinem unscheinbaren Büro in Whitehall getroffen hatte.

Er musste sagen, dass er zuerst sehr gut darauf angesprochen hatte. Es war am Anfang so verflucht leicht gewesen. Immerhin hatte er wochenlang enthaltsam gelebt. Er hatte begonnen, Respekt für seine Frau zu empfinden und eine Beziehung zu ihr aufzubauen. Doch wie konnte er auch nur daran denken, sie anzurühren, wenn man ihm gesagt hatte, er würde sie damit in Gefahr bringen? Was konnte es da schaden, hatte er sich gesagt, ein bisschen Spannung abzubauen? Schließlich tat er es im Dienste seines Vaterlandes, nicht wahr?

Die Freude war nicht von langer Dauer gewesen. Oh, er schlief noch immer mit seiner ehemaligen Geliebten. Minette brachte sogar Tote zum Höhepunkt. Aber die Freude und die Lust hatten sich längst in Frustration und Schuld gewandelt. Wie hatte er ahnen können, dass seine unscheinbare, farblose Frau sich so unermüdlich in seine Gedanken schleichen würde? Dass er den Verstand über die Verführung stellen würde? Dass er den Intellekt eher bewundern würde als die Sinnlichkeit?

Er hätte beinahe gelacht. Die Vorstellung, dass Grace nicht sinnlich war, war einfach lächerlich. Man musste sie sich nur einmal hoch zu Ross ansehen.

»Du kannst so nicht weitermachen«, sagte Kit Braxton. »Sorge dafür, dass die Hure sich um jemand anders kümmert.«

Chuffy hob die Hand. »Ich helfe gern.«

»Ich kann nicht«, erwiderte Diccan und hasste diese drei Worte mehr als alles andere, was er je gesagt hatte.

Wie konnte er Grace gegenübertreten, fragte Diccan sich, wenn er wusste, dass er in ihrem Blick den Schmerz über den Betrug sehen würde? Sie würde sich deshalb nicht einmal beschweren. Sie würde glauben, nicht das Recht dazu zu haben. Und er konnte nicht so offen mit ihr reden, um ihr diesen Irrglauben nehmen zu können.

»Was meinst du damit, dass du nicht kannst?«, wollte Braxton wissen und hatte sich wieder erhoben.

Es war Drake, der ihm antwortete. Diccan schaffte es nicht. »Jemand hat Hilliard eine Nachricht zukommen lassen. Wenn er nicht mit Minette zusammenarbeitet, wird Grace etwas passieren.«

Einen Moment lang herrschte bestürztes Schweigen. »Das können wir nicht zulassen«, sagte Chuffy schließlich. »Nicht Grace.«

»Was sollen wir denn tun?«, fragte Braxton.

Es war Drake, der die schreckliche Wahrheit aussprach. »Nichts.«

Braxton wirkte noch fassungsloser als Chuffy. Diccan wusste genau, wie sie sich fühlten.

»Ihr müsst noch etwas wissen«, fuhr Drake fort. »Diccans Haushaltstruppe hat sich bewährt.«

Diccan blickte abrupt hoch. »Babs hat mir nichts gesagt.«

»Du warst nicht zu Hause. Sie hat Nancy als Dienstmädchen in Melvins Haus untergebracht. Melvin ist Evenhams Anwalt. Nancy hat Melvin belauscht, als er mit jemandem über den Vers gesprochen hat, den Bentley eigentlich hätte haben sollen.«

Nun richtete sich sogar Chuffy beunruhigt auf. »Geht es um den Vers, nach dem wir suchen?«

Drake nickte. »Scheint, als wäre er gefunden worden. Der Besucher, den Nancy nicht sehen konnte, sagte eindeutig: ›Die Hure hat ihn. Also wissen wir, wo er ist, wenn wir ihn brauchen.‹«

Diccan fühlte, wie sein Magen sich zusammenzog. »Die Hure. Minette?«

Drake zuckte mit den Schultern. »Wer sonst? Nancy meinte, es habe sich angehört, als könnten sie den Hauptteil ihres Plans ohne den Vers nicht umsetzen. Und das heißt, wir müssen den verdammten Vers finden, bevor sie es tun.«

Diccan blickte eindringlich in die Runde. »Durchsucht ihr Haus.«

»Das haben wir. Du musst sie durchsuchen.«

»Das sollte nicht so schwierig sein«, überlegte Chuffy laut. »Sie hat nicht gerade die Angewohnheit, besonders viele Kleider zu tragen.«

Diccan dachte an all das Gepäck, das Minette zu benötigen schien. »Er könnte überall sein.«

»Na ja, dann musst du ihn finden.« Drake erhob sich. »In der Zwischenzeit schicke ich Ferguson los, damit er in Paris ein Auge auf Wellington hat. Chuffy, du versuchst weiter, dich mit den Evenhams anzufreunden, und Alex, du hältst in Whitehall weiterhin Augen und Ohren offen. Überprüfe diesen Carver.«

Alle außer Chuffy nickten ihm zu. Chuffy zupfte an seinem Ohrläppchen, als würde ihm dies das Denken erleichtern. »Wenn man sogar der Regierung nicht mehr vertrauen kann, wem dann?«

»*Drake's Rakes,* Chuff, sonst niemandem.«

Das schien Chuffy zu reichen.

Diccan stand auf. »Und was ist mit meiner Frau?«

»Du musst es ihr sagen«, erklärte Braxton. »Du weißt, dass du ihr trauen kannst. Muss ich dich daran erinnern, wer sie ist? Oder dass sie geholfen hat, Informationen über die Löwen zu bekommen?«

»Ich gebe zu, dass sie mutig ist«, sagte Drake. »Doch wir können uns nicht darauf verlassen, dass sie sich nicht verrät. Die Löwen müssen glauben, dass Diccan sie wirklich und wahrhaftig im Stich gelassen hat, denn sonst werden sie sie als Druckmittel benutzen. Würdest du ihr Leben auf ihre schauspielerischen Fähigkeiten setzen?«

Selbst Kit, Grace' treuester Grenadier, konnte das nicht. Und das heißt, dachte Diccan düster, dass ich mir einen Weg überlegen muss, um sie noch mehr zu verletzen.

»Das Einzige, was noch wichtiger ist als ihre Sicherheit«, sagte Drake, »ist die Sicherheit des Vaterlandes.«

»Das musst du«, sagte Chuffy unvermittelt. »Du musst sie schützen, Diccan. Trotzdem ziemt es sich nicht.«

Diccan musste ihm zustimmen. Es ziemte sich nicht.

Grace kleidete sich gerade für eine Zusammenkunft bei den Wildes an, als Diccan durch die Tür zu ihrem Boudoir stürmte. »Raus«, war alles, was er zu Schroeder sagte.

Die Zofe blickte ihn kühl an, aber sie gehorchte und ließ Grace in ihrem Unterkleid und ihrem Mieder sitzen.

Diccan schien den Blick nicht zu bemerken. Er schwankte ein bisschen, als wäre der Boden unter seinen Füßen nicht stabil. »Ich habe gerade erfahren, dass du gestern Nacht in der Half Moon Street warst.«

Sie war enttäuscht. »Hat Kit dir das gesagt?«

»Braxton? Du hast mit *Braxton* darüber gesprochen?« Er trat zu ihr und baute sich vor ihr auf. In seinen Augen funkelte ein besonderes Licht, das ihr Schauder über den Rücken jagte. »Möchtest du mir vielleicht erklären, warum du unsere Privatangelegenheiten mit Kit Braxton besprichst?«

Sie saß reglos da, weil sie fürchtete, sonst ihren ganzen Schmerz an ihm auszulassen. Doch das wäre sinnlos, demütigend und auch keine Lösung gewesen.

»Du hast mir nicht geantwortet, Grace«, höhnte Diccan. Seine Worte klangen ein bisschen verwaschen. *Er hat getrunken*, dachte Grace überrascht. Sie konnte sich nicht vorstellen, dass Diccan Hilliard sich jemals nicht unter Kontrolle hatte.

Nun ja, bis auf die Nacht, in der er mit ihr geschlafen hatte. Vielleicht konnte er sie nüchtern einfach nicht ertragen.

»Du hast nicht damit gerechnet, dass ich dich fragen würde, oder?«

Einen Moment lang glaubte sie, ihn möglicherweise verletzt zu haben. Statt sich abzuwenden, beugte er sich jedoch vor. Seine Augen funkelten. »Hat es dir Spaß gemacht zuzusehen, Grace? Hat dich das, was du beobachtet hast, befriedigt?«

Sie musste sich zusammenreißen, um sitzen zu bleiben. Ihr Magen drehte sich um. Ihre Hände hatte sie zu Fäusten geballt. Aber auf keinen Fall wollte sie ihm die Genugtuung verschaffen und eine Reaktion zeigen.

»Bist du es?«, fragte sie stattdessen, ohne den Blick von ihm zu wenden.

Er blinzelte. »Bin ich was?«

Sie legte den Kopf schräg. »Ein Spion.«

Diccan zog kühl die Augenbrauen hoch. »Mein liebes Kind, ich habe kaum die Energie, um Diplomat zu sein. Wie kommst du auf diese lächerliche Idee?«

»Eigentlich hat mich mein Onkel Dawes auf die Idee gebracht. Er ist derjenige, der mich zu dem Haus in der Half Moon Street fuhr.«

Einen Moment lang senkte er den Blick und lachte auf. »Zumindest hat er jetzt den Beweis, dass ich nicht schwul bin. Was genau hast du gesehen?«

Ihr Herz pochte wie verrückt. Sie konnte nicht sagen, ob es Angst war oder – zur Hölle mit ihm – Erregung. »Abgesehen vom Offensichtlichen?«

Für den Bruchteil einer Sekunde glaubte sie, Schmerz in seinen Augen zu erkennen. Doch es war zu schnell vorbei, um es mit Sicherheit sagen zu können.

»Du hast ihr Wellingtons Pläne verraten«, sagte sie.

»Weil ihr Bruder die Kontaktperson der Franzosen für sein Büro ist.«

»Und die ›kleine Demütigung‹?«

Er seufzte, als wäre sie lästig. »Nicht mehr als Schaumschlägerei. Was noch?«

»Wie ist Bertie Evenham tatsächlich ums Leben gekommen?«

Die Frage überraschte selbst sie. Aber sie sah, dass sie einen wunden Punkt getroffen hatte. Diccan straffte unwillkürlich die Schultern und wirkte überrascht. »Was, in Gottes Namen, hat Bertie Evenham mit alldem zu tun?«

Sie stand auf. Sie war es leid, sich wie eine Bittstellerin zu fühlen. »Wie ist er gestorben?«

»Er ist bei einem Duell getötet worden«, erwiderte Diccan gelangweilt. »Das weißt du doch.«

Sie trat zu ihm. »Nein, das weiß ich nicht. Der Mann vom Innenministerium hat behauptet, er sei durch einen Kopfschuss ums Leben gekommen. Und dass du dort gewesen wärst, als es passierte. Stimmt das?«

Dieses Mal bemerkte sie eine Veränderung an ihm, die er nicht verbergen konnte. Der Ausdruck in seinen Augen war düster. Er erstarrte, als würde er sich innerlich wappnen, und wandte den Blick ab.

»Ja«, sagte er mit rauer Stimme, »ich war dort. Ich sah, wie er sich selbst richtete.«

Sie war schockiert. Instinktiv streckte sie die Hand aus, aber er nahm sie nicht wahr. »Warum?«

Endlich drehte Diccan sich um. Zum ersten Mal dachte Grace, dass er zerbrechlich aussah. »Spielschulden. Ich habe keinen Grund gesehen, einer trauernden Mutter zu erklären, dass ihr Sohn gesagt hat, er habe es nicht verdient zu leben, ehe er sich die Pistole an die Schläfe gesetzt hat.«

Sie presste ihre Hände auf ihre Brust. Der Schmerz drohte, sie zu versengen. Diccan hatte indes seine äußere Ruhe und Gelassenheit wiedergefunden. Aus irgendeinem Grund jedoch hatte Grace den Eindruck, dass hinter dieser schönen Fassade ein Sturm tobte. Dieses Gefühl weckte in ihr die Sehnsucht nach ihm, und das machte sie wütend.

»Bei deiner Ehre?«, fragte sie aufgewühlt.

Diccan sah sie eindringlich an. »Bei meiner Ehre. Lässt du es jetzt gut sein?«

Eine ganze Weile fand sie keine Antwort darauf. Irgendetwas fühlte sich falsch an, und sie wusste nicht, was es war. Doch es war ein Schlag zu viel für sie gewesen, und sie war es leid.

»Ich weiß es nicht«, gab sie zu und überraschte mit der Antwort auch sich selbst.

Seufzend fuhr Diccan sich durchs Haar. »Was muss ich tun, damit du zufrieden bist und Ruhe gibst?«, wollte er wissen. »Was willst du von mir?«

Und ehe es ihr überhaupt bewusst war, sagte sie es ihm. »All die Dinge, die du gestern Nacht mit deiner Geliebten getan hast …«, sagte sie und zitterte ob der Ungeheuerlichkeit ihres Mutes. »Ich will, dass du mit mir das Gleiche machst.«

Kapitel 15

Diccan machte den Mund auf, aber er wusste nicht, was er sagen sollte. Er war sich sicher, etwas missverstanden zu haben. Auf keinen Fall hatte Grace gesagt, was er gerade zu hören geglaubt hatte. Nicht die nüchterne, praktische, zurückhaltende Grace. Doch sie stand mit ernster Miene vor ihm, und ihm wurde bewusst, dass sein Herz zu hämmern begonnen hatte. Ihm schien der Atem zu stocken. Er fühlte sich, als wäre er in einen reißenden Strom gestoßen worden.

»Möchtest du dich erklären?«, fragte er, so ruhig es ging.

»Ich hatte Zeit nachzudenken«, erwiderte sie. Ihre Stimme klang wie dunkle Seide. Die Hände hatte sie gefaltet, und ihr Kopf war hoch erhoben. »Und ich bin zu dem Schluss gekommen, dass Enthaltsamkeit überbewertet wird. Da du nicht geneigt bist, etwas an dem derzeitigen Zustand zu ändern, schien es an mir zu sein, dich zu fragen. Wie auch immer, ich würde es bevorzugen, mich nicht an jemand anders wenden zu müssen, um meine … Lust zu stillen.«

Sie wirkte so verdammt ruhig und kühl – wie eine barfüßige, wild gelockte Kriegerin in Mieder und Unterrock. Anfänglich hatte er ihre Ruhe fälschlicherweise für Gleichgültigkeit gehalten. Jetzt wusste er es besser. Ihre Anspannung zeigte sich in den flachen Atemzügen, an dem fleckigen Rot, das von ihrem Dekolleté aufstieg, an der Art, wie sie die Hände vor sich gefaltet hatte, als würde sie Tee mit seiner Mutter trinken.

Sie konnte nicht verzweifelter sein als er. Sie hatte genau gesehen, was er mit Minette getan hatte. Bei Gott, sie hatte ihn *gehört*, und was er gesagt hatte, war unverzeihlich. Und er konnte es ihr nicht erklären.

Es kam ihm vor, als würde der Raum immer enger werden. »Du willst, dass ich mit dir das Gleiche mache, was ich gestern Nacht getan habe.«

Den Rücken durchgedrückt und die Fingerknöchel weiß, nickte sie. Er rieb sich mit den Handballen über die Augen. Seine Erschöpfung löste sich auf wie dichter Nebel. Sein Verstand wusste, dass er ihrer Bitte nicht nachgeben sollte. Seinem Körper jedoch war das vollkommen egal. Er war schon jetzt erregt.

»Sei nicht albern, Grace«, sagte er und hoffte halbherzig, dass die Beleidigung sie aufhalten würde, »du weißt ja nicht, wovon du sprichst.«

Majestätisch wie eine Königin hob sie das Kinn an. »Ich bin es allmählich auch leid, dass Männer mir immer erzählen wollen, ich wüsste nicht, wovon ich spräche. Wenn ich über letzte Nacht nachdenke, glaube ich nicht, dass du körperlich nicht imstande bist, mir gefällig zu sein. Dass du nicht willens bist, ist eine andere Sache – das verstehe ich. Aber wenn du dich dazu durchringen kannst, hätte ich gern meinen gerechten Anteil.«

Er musste es sagen. »Warum? Du weißt, dass das nichts an meinen Gefühlen für dich ändern würde.«

Sie sah aus, als hätte er ihr eine Ohrfeige gegeben. Nüchtern, bleich, erstarrt. Und er hatte geglaubt, sich nicht noch schlechter fühlen zu können.

»Vielleicht«, sagte sie leise und vollendete seine Bestrafung, »möchte ich nur so tun als ob.«

Darauf wusste er nichts zu erwidern. Zum Teufel, er konnte nicht einmal richtig atmen. Diese wenigen, so ruhig ausgesprochenen Worte waren wie eine gezackte Klinge in seine Brust gedrungen. Er war sich sicher, innerlich zu verbluten. Wie sollte er es nur schaffen, ihr weiterhin so wehzutun?

Er musste es. Der Chirurg lauerte irgendwo da draußen.

»Und wann soll es deiner Meinung nach passieren?«, fragte er.

An ihrem Hals konnte er ihren Pulsschlag sehen. »So schnell wie möglich, denke ich. Ich verstehe natürlich, dass du vermutlich ein bisschen Zeit brauchst, um dich darauf vorzubereiten.«

»Wenn du noch einmal so redest«, drohte er, »werde ich dir überhaupt nicht gefällig sein.« Bilder schossen ihm durch den Kopf, unverzeihliche Sünden gegen seine Frau. »Was genau hast du gesehen?«

Sie legte den Kopf schräg, und ihre mausbraunen Haare fielen ihr in sanften Wellen bis zu Taille. Aus irgendeinem Grund konnte er den Blick nicht von ihrem Haar abwenden. »Das Entkleiden ist mir leider entgangen«, sagte sie. »Wenn ich mir allerdings ins Gedächtnis rufe, wie der Fußboden aussah, kann ich mir nicht vorstellen, dass es besonders lange gedauert hat.«

Er schien nicht aufhören zu können, sie zu reizen, als müsste er sich mit dem Schmerz in ihren Augen selbst quälen. »Tatsächlich hat es nicht lange gedauert.«

Ihre Augen weiteten sich. »Also gut.«

Er spürte, wie ihm der Atem stockte. »Das ist es? ›Also gut‹? Du lässt mir freie Hand?«

Er bemerkte, wie ihre Pupillen größer wurden. Ihre Nasenflügel bebten fast unmerklich, und er spürte, wie das

Blut in seine Lenden schoss. Es war ein Gefühl, als würde er ertrinken und als würde jedes Wort ihn weiter unter Wasser ziehen.

Und ohne sich dessen bewusst zu sein, versetzte sie ihm den tödlichen Stoß. »Du wirst mir nicht wehtun.«

Sie meinte es ernst. Bei Gott, sie meinte es *ernst,* obwohl er ihr schon so viel Schmerz zugefügt hatte, dass sie ihm den Chirurgen hätte an den Hals wünschen sollen. Er riss sich zusammen, um sich die Schuldgefühle nicht anmerken zu lassen, und ging zur Tür. »Gut. Sei heute Nacht bereit.« Die Hand auf der Klinke, hielt er inne. »Und wenn wir uns wiedersehen, empfängst du mich besser auf den Knien.«

Er wartete gerade lange genug, um die Wirkung zu bemerken, die die Worte auf sie hatten. Dann öffnete er die Tür und ging hinaus. Er wusste nicht, wie, doch irgendwie lief er kurz darauf durch den Green Park. Die Hände in den Manteltaschen, den Kopf gesenkt und ohne die anderen Spaziergänger überhaupt wahrzunehmen, ging er die Wege entlang, als würde er Spuren verfolgen. Nannys zogen Kinder zur Seite, und Bekannte machten einen großen Bogen um ihn.

Er konnte so nicht weitermachen. Früher hatte er die Arbeit für Drake aufregend gefunden. Es war eine Herausforderung gewesen. Aber damals hatte er auch nur an sich selbst denken müssen. Damals hatten seine Bettpartnerinnen nach denselben Regeln gespielt. Keine Schuldgefühle. Keine Bindungen. Keine Schauspielerei. Es war ihm sogar egal gewesen, ob eine seiner Eroberungen ihn benutzt hatte, um an Informationen zu kommen, während er sie benutzt hatte. Es war schließlich nur ein Mädchen gewesen, das seine Arbeit gemacht hatte.

Doch in dem Moment, als er die Augen aufgemacht

und Miss Grace Fairchild in seinem Bett gefunden hatte, hatte sich alles verändert. In seinem neuen Leben war das schlechte Gewissen sein ständiger Begleiter geworden. Scham, Reue, Abscheu. Es hatte ihm ganz und gar nicht gefallen, sich plötzlich um eine Ehefrau kümmern zu müssen. Er hatte sich wie wahnsinnig darüber geärgert, dass sie ihm aufgezwungen worden war. Und trotzdem ertappte er sich immer öfter bei dem Gedanken, mehr Zeit mit ihr verbringen zu wollen. Ihm fiel kein schönerer Klang ein als Grace' Lachen. Und er kannte keinen reizenderen Anblick als Grace, die mutig und verwegen auf ihrer Stute über einen Zaun sprang.

Er hatte keine Bindung zu ihr aufbauen wollen. Himmel, er hatte nur seine Pflicht tun und dann einen Weg finden wollen, sich elegant aus der Affäre zu ziehen. Aber sie war ihm ans Herz gewachsen. Sie hatte außergewöhnlichen Mut, unerwarteten Geist und einen messerscharfen Verstand gezeigt. Sie hatte sich angestrengt, um ihm das Leben so angenehm wie möglich zu machen, und hatte im Gegenzug nichts verlangt. Ihr war es sogar gelungen, nicht nur aus seinem Diener, sondern auch aus seinem Pferd hingebungsvolle Untergebene zu machen.

Er konnte sie nicht als Märtyrerin bezeichnen. Noch nie hatte er sie gequält seufzen hören oder mitleiderregend dreinblicken sehen. Sie hatte ihn für sein Verhalten nie zur Rechenschaft gezogen – und das machte es für ihn noch schlimmer.

Zur Hölle mit ihr. Er konnte sie noch immer nicht als schön bezeichnen. Nicht einmal als hübsch. Doch durch ihre Ehrlichkeit, ihren Humor und ihre Treue war sie verlockend. Sie war – Gott im Himmel – erregend.

Er schüttelte den Kopf und musste lächeln, als er sich daran erinnerte, wie sie blutend und mit Schlamm beschmiert gelassen erklärt hatte, dass nach allem, was sie durchgemacht hatte, der Anblick ihres eigenen Blutes sie in Ohnmacht fallen ließ. Wäre es nicht wundervoll, noch einmal einen Blick hinter diese einzigartig besonnene Fassade werfen zu dürfen?

Wagte er es? Drake würde sagen, dass er Grace in Gefahr bringen würde, wenn er ihrem Wunsch entsprach. Diccan wusste, dass Drake recht hatte. Aber würde eine Nacht den Ausschlag geben? Sie hatte ihm nicht ihre Liebe beteuert. Sie hatte nur darum gebeten, Erlösung zu finden. Konnte er diesem Wunsch nachkommen, ohne ihr das Gefühl zu geben, sie würde ihm etwas bedeuten?

Als er eine gute Stunde später die Stufen zum *White Club* erklomm, hatte er noch immer keine Entscheidung getroffen.

Niemand, der Grace bei der Zusammenkunft bei den Wildes sah, hätte sie als besonders aufgewühlt bezeichnet. Sie lächelte und unterhielt sich mit den anderen Gästen und trank mit ihren Grenadieren Champagner. Sie lachte mit Kate und ging mit Chuffy Wilde und seinem Bruder Brock spazieren, dem sie – laut Chuffy – nach der Schlacht von Croydon das Leben gerettet hatte.

»Ein paar Jahrhunderte später«, sagte der gut aussehende blonde Brock.

»Ach, stimmt«, entgegnete Chuffy mit einem triumphierenden Lächeln. »Coruña.«

Brock lächelte. »Ciudad Rodrigo, um genau zu sein.«

Chuffy wirkte niedergeschlagen. »Verdammt. Jetzt muss ich mir etwas Neues überlegen.«

Diccan tauchte nicht auf. Die Leute unterhielten sich sogar in Grace' Anwesenheit offen darüber, wie selten er an ihrer Seite gesehen wurde. Chuffy und Brock beschützten sie, Lady Bea sang ein kleines Liedchen über einen Seemann und seinen Papageien, und Kate gewann einen Trinkwettbewerb gegen einen ihrer Begleiter. Und Grace, für die all diese Possen veranstaltet wurden, fühlte sich einsamer denn je.

Zum ersten Mal in ihrem Leben konnte sie nicht die Wahrheit sagen. Sie konnte nicht unachtsam werden. Sie konnte sich nicht einmal mehr in einer Ecke verstecken. Jeder kannte nun ihren Namen, wusste, wer sie war und wen sie geheiratet hatte. Die meisten hatten sogar schon Partei ergriffen – die feine Gesellschaft stand hinter Diccan, und die Grenadiere unterstützten sie. Sie fühlte sich wie ein Federball und ahnte, dass ihr das Schlimmste noch bevorstand.

Wenigstens befasse ich mich nicht länger damit, was in meinem Boudoir vorgefallen ist, dachte sie, während sie an einem Glas mit warmer Limonade nippte. Ihr Herz schmerzte noch immer wegen der Worte, die gefallen waren, und ihr Körper kribbelte noch immer wegen der Spannung, die zwischen ihr und Diccan herrschte. Doch sie hütete sich davor zu glauben, dass Diccan sein Versprechen tatsächlich einhalten würde. Egal, wie sehr sie es sich auch wünschte, sie konnte sich nicht an Minettes Stelle sehen. Und Diccan hatte kein Interesse – da war sie sich ganz sicher. Er würde noch mehr Ausreden finden, um sie zu meiden, und sie hätte nicht den Mut, um ihn herauszufordern. Am Ende würden sie so weitermachen wie bisher und sich weiter und weiter voneinander entfernen, bis sie wieder Fremde füreinander waren.

Sie wurde eines Besseren belehrt, als sie nach der Gesellschaft bei den Wildes nach Hause und in ihr Schlafzimmer zurückkehrte. Diccan saß im Ohrensessel und hielt in der einen Hand einen Brandyschwenker und in der anderen eine Reitgerte, mit der er unablässig gegen seinen Schenkel klopfte.

»Ich dachte, ich hätte dir gesagt, dass du bei unserem nächsten Treffen besser auf den Knien wärst«, sagte er und ließ seinen Blick bedächtig über das cremefarbene Seidenkleid gleiten.

Grace hatte das Gefühl, dass mit einem Schlag die Luft aus dem Raum gewichen wäre, und blieb unsicher in der Tür stehen. »Was machst du hier?«, wollte sie wissen und bereute im nächsten Moment ihre dumme Frage.

Sie sah sich sogar um, als wollte sie sichergehen, dass sie sich nicht im Zimmer geirrt hatte. Aber nein, es war ihr Zimmer, das in warmen Holztönen und blassem Blau und Creme gestaltet war. Es war das Schlafzimmer einer ehrenwerten Frau. Sie versuchte, ruhig zu bleiben.

»Halt«, sagte Diccan, als sie ihre Handschuhe ausziehen wollte, »du hast noch nicht die Erlaubnis, dich auszuziehen.«

Sie hielt inne. »Wie bitte?«

Plötzlich fiel ihr auf, wie hell es in dem Zimmer war. Das Licht kam nicht nur vom Kaminfeuer, sondern von einer Vielzahl an Kerzen, die angezündet worden waren. Die Wirkung war magisch. Das sanfte flackernde Licht ließ Diccan, der sich zurückgelehnt hatte und nur ein Leinenhemd und eine schwarze Hose trug, in einem goldenen Schimmer erstrahlen.

»Möchtest du nun eine Wiederholung von gestern Nacht erleben oder nicht?«, fragte er. Seine raue Stimme hatte eine ganz besondere Wirkung auf sie.

Eine Sekunde lang brachte sie vor Aufregung kein Wort über die Lippen. Aufregung? Wohl nicht. Vermutlich war es eher eine bittersüße Mischung aus Verlangen und Angst.

»Ja, das habe ich gesagt«, entgegnete sie und konnte sich noch immer nicht rühren. »Bis auf die Unterhaltung. Ich glaube, die hat mir nicht so gut gefallen.«

Hatte sie Verlegenheit in diesen blassgrauen Augen aufblitzen sehen? Der Moment war zu schnell vorbei, und gelangweilte Belustigung stand in seinem Blick. »Ich finde, dass Worte den Spaß noch verstärken«, sagte er und nahm einen Schluck von seinem Brandy. »Allerdings denke ich, dass ich auch über andere Themen sprechen könnte. Wie zum Beispiel deinen Ungehorsam. Warum bist du noch immer nicht auf den Knien?«

Sie wusste genau, was er meinte. Trotzdem blickte sie sich um, als wäre sie ahnungslos. »Wieso sollte ich das tun?«

Sein Lächeln wirkte so sinnlich – so etwas hatte Grace noch nie gesehen. »Stimmt«, sagte er, »du hast den Anfang des Abends verpasst. Deine Unwissenheit sei dir verziehen.«

Er ist belustigt, dachte sie. Und außerdem war er plötzlich erregt. Aus irgendeinem Grund reizte sie das fast genauso wie das Versprechen, das in seinen Augen zu lesen war.

»Genau so, hast du gesagt«, murmelte er.

»Ja.« Sie atmete bebend ein. »Das habe ich gesagt.« Sie riss sich zusammen, damit ihre Hand nicht zitterte, und zeigte auf die Gerte. »Spielt die Peitsche eine Rolle? Wenn ja, solltest du dir vielleicht einen Moment nehmen, um die Pistole unter meinem Kissen hervorzuholen.«

Er zog eine Augenbraue hoch. »Du hast eine Pistole unter deinem Kissen?«

Obwohl ihre Knie weich wurden, ließ sie sich nichts anmerken und hielt sich aufrecht. »Natürlich. Man weiß ja nicht, welcher Schurke versucht, sich ins Schlafzimmer zu schleichen.«

»Ich verstehe.« Mit der Gerte schlug er sacht und rhythmisch wie ein Metronom auf seinen Schenkel. »Tja, ich kann nicht bestreiten, dass ich ein Schurke bin, also liegt die Entscheidung bei dir.«

Ihr Herz begann, wie wild zu hämmern, und ihre Finger kribbelten. Er überließ ihr die Entscheidung. Das machte den Augenblick nur noch aufregender. Sie schlenderte zum Bett, griff unter das Kissen und zog die *Bunney*-Taschenpistole hervor. Sie hatte nicht vor, sich ganz zu ergeben und vollkommen hilflos zu sein, also legte sie die Pistole auf das Nachttischchen.

Eigentlich hätte sie es besser wissen müssen. »Gut so, meine Liebe«, sagte er lächelnd und nippte ruhig an seinem Brandy.

»Es wäre schlecht, sich stören zu lassen.«

Er nickte. »Stimmt. Ich glaube übrigens, wir sollten das Programm ein bisschen abändern. Ich möchte mich nicht bei der Frage erwischen, mit wem ich da schlafe.«

Grace fühlte sich, als hätte jemand einen Eimer mit kaltem Wasser über ihrem Kopf ausgeschüttet. »Komisch«, sagte sie, machte bewusst einen Schritt zurück und zog sich den Handschuh hoch, »ich kann mich nicht daran erinnern, dass du die Frau, mit der du gestern Nacht zusammen warst, absichtlich beleidigt hättest.«

»Entschuldige. Ich will einfach nicht, dass du einen falschen Eindruck bekommst.«

Sie lachte freudlos auf. »Dass du dich in mich verlieben könntest? Nein, Diccan, die Chance, dass ich diesen Fehler mache, ist verschwindend gering.«

Sie hatte den Eindruck, dass ein Schatten über seine Augen huschte, doch eigentlich wusste sie es besser. Dass sie sich wünschte, er würde sie mögen, bedeutete nicht, dass es auch so kam. Sie musste sich mit Lust zufriedengeben. Und sie wusste, dass er ihr zumindest das verschaffen konnte.

»Nimm die Haarnadeln heraus«, sagte er unvermittelt. »Ich will sehen, wie dein Haar offen herunterhängt.«

Sie zögerte gerade lange genug, um ihm zu verstehen zu geben, dass sie eine weitere Beleidigung nicht dulden würde. Dann hob sie bedächtig die Arme und fing an, die Haarnadeln zu lösen. Für gewöhnlich hätte sie die Nadeln in einer Cloisonné-Schatulle gesammelt. Heute Nacht jedoch ließ sie sie einfach fallen. Die einzigen Geräusche im Raum waren das leise Klingen, als die Nadeln auf den Holzfußboden fielen, und das Atmen von Grace und Diccan.

Sie wandte den Blick nicht von ihm ab. Vielleicht liebte er sie nicht. Vielleicht begehrte er sie nicht wirklich. Aber es gelang ihm noch immer, so zu blicken, als wollte er sie auf den Boden werfen und gleich dort nehmen. Er rührte sich nicht, klopfte nur mit der Gerte gegen seinen Schenkel. Doch Grace fühlte sich eingeengt, ihr war heiß und kalt, und sie zitterte. Ihre Hände bebten.

»Jetzt breite es aus«, sagte er.

Sie fuhr sich mit den Händen durchs Haar, lockerte und schüttelte es, bis es ihr offen über den Rücken fiel. Überrascht bemerkte sie, dass seine Pupillen sich bei diesem Anblick weiteten. Ein warmes Gefühl breitete sich in ihrem Bauch aus und strahlte bis in ihre Beine.

»Zieh eine Locke über deine Brust.«

Sie gehorchte. »So?«

Sein Atem ging flach; sie konnte es sehen. Er nickte. Grace stand still. Ihr Haar hing wie ein Vorhang über ihren Rücken, eine Locke einladend über ihrer Brust, deren Spitze sich aufgerichtet hatte. Seide auf Seide. Fasziniert betrachtete sie die wachsende Ausbeulung in seiner Hose.

»Hm«, seufzte er und legte das Ende der Gerte an seinen Mund. »Ein hübsches Bild. Aber ich glaube, dass die Locke auf deiner nackten Brust noch besser zur Geltung kommen würde. Zieh dich aus.«

Sie erstarrte. »Nein.«

Sein Lächeln wurde kühl. »Dann willst du das hier doch nicht.«

Wenn er sie berührt oder auch nur gelächelt hätte, dann hätte sie vielleicht nachgegeben. »Nicht wenn es bedeutet, dass ich mich erniedrigen muss«, erwiderte sie und wünschte sich, ihre Stimme hätte fester geklungen. »Ich habe nicht vor, mir die nächsten paar Minuten von dir anzuhören, wie wenig ich an deine Geliebte heranreiche. Genieße die Vorstellung, Diccan, die Wirklichkeit verblasst dagegen.«

Er runzelte die Stirn. »Ich dachte, ich hätte dir gesagt, dass du nicht so reden sollst. Ich möchte dich nackt sehen, Grace. Das ist mein Recht. Vor allem, nachdem du mich um das hier gebeten hast.«

Vor Ärger errötete sie und erstarrte vor Unentschlossenheit. Ihr Körper wollte sich fügen, wollte alles tun, damit er bei ihr blieb. Die Erfahrung sagte ihr, dass er noch nicht annähernd betrunken genug war. Der Stolz ließ sie schweigen.

»Grace«, sagte er leise, »ich habe deine Beine schon einmal gesehen. Im Übrigen verspreche ich dir, dass du sowieso bald nackt sein wirst.«

Sie hob das Kinn an. »Aber nicht so.«

Einen schrecklichen Moment lang war Schweigen alles, was sie hörte. Sie riss sich zusammen, um dort stehen zu bleiben, wo sie war, und um nach außen hin so zu wirken, als würde ihr die Demütigung nichts ausmachen. Sie rechnete damit, dass er gehen würde.

»Tja«, sagte er schließlich und lehnte sich wieder in dem Sessel zurück, »wir könnten auch gleich damit weitermachen, dass du auf die Knie gehst.«

»Ja.« Sie sah ihm in die Augen. »Und warum sollte ich das tun?«

Er hob eine Braue. »Minette hat nicht gefragt.«

»Minette musste das wahrscheinlich auch nicht.«

Wieder warf er ihr ein bedächtiges, lässiges Lächeln zu. »Weil«, sagte er geduldig, »wenn du wirklich alles tun willst, was wir gestern Nacht getan haben, dann musst du dich zwischen meine Beine knien und meine Hose öffnen. Du musst deine Hände in meine Hose schieben und ihn herausholen.«

Er sprach langsamer, und seine Stimme klang tiefer, als er sie nun eindringlich ansah. Sie spürte, wie ihr kalt wurde, wie ihre Haut zum Leben erwachte. Sie wollte ihre Schenkel zusammenpressen, damit die Feuchtigkeit nicht ihre Beine hinabrann. Mit einem Blick und ein paar anzüglichen Bemerkungen gelang es ihm, sie unglaublich schnell zu erregen.

»Und dann, Grace«, fuhr er fort und forderte sie heraus, wegzusehen und zusammenzuzucken, »wirst du deinen wunderschönen Mund aufmachen und ihn in dich aufnehmen.«

Für einen Moment war alles, was sie hörte, dass er ihren Mund wunderschön fand. Dann drang auch der Rest seiner Aufforderung in ihr Bewusstsein. Sie atmete erschrocken ein. Das Bild vor ihrem inneren Auge war so deutlich, dass sie das schwellende Fleisch fast an ihrer Zunge spüren konnte. Sie leckte sich über die Lippen, die mit einem Mal trocken waren. Sie bemerkte, wie Diccan der Bewegung ihrer Zunge mit dem Blick folgte, und wurde von einem Gefühl der Macht überrascht.

Natürlich hatte sie diesen Akt schon einmal gesehen. Bisher war sie der Meinung gewesen, dass er eine Frau erniedrigte: wie ein Bettler kniend, Lust bereitend, ohne selbst zu empfangen, in jeder Hinsicht unterwürfig.

Plötzlich sah sie jedoch auch die andere Seite. Er forderte sie nicht nur auf, es zu tun. Er wollte es. Er brauchte es. Sie senkte den Blick und sah, dass sein Schaft sich gegen den Stoff seiner Hose drängte. Diccan rührte sich nicht, und doch fühlte sie selbst über die Entfernung hinweg die Anspannung in ihm, eine pulsierende Kraft, die sie wie Sonnenlicht umschloss. Sie sah, dass er die Hände auf den Armlehnen des Sessels zu Fäusten geballt hatte, und sie hatte das Gefühl, die Kontrolle über die Situation zu haben.

»Und dann?«, fragte sie. Ihre Stimme klang atemlos und leise.

Langsam, bewusst spreizte er die Beine. Es war eher Herausforderung als Einladung. »Dann verwöhnst du mich ein bisschen.«

Ihr Herz hämmerte in ihrer Brust, ihre Handflächen waren feucht. Ihr war heiß, so heiß. Sie zitterte bis in die Zehenspitzen. Wellen der Hitze versengten ihre Haut. Beinahe hätte sie sich auf den Boden fallen lassen, begierig, endlich den harten, samtigen Schaft an ihren Lippen zu spüren, an ihren Zähnen, an ihrem zarten Gaumen. Sie sehnte sich danach, mit der Zunge über die runde Spitze zu gleiten, den Tropfen abzulecken und herauszufinden, ob sie *ihn* zum Schreien bringen konnte.

Sie stand reglos vor ihm. »Und wann bin ich dran?«

Sein Lächeln wurde düster. Seine Augen wirkten beinahe schwarz. Die Gerte lag still in seiner Hand. »Ach, mach dir darüber keine Gedanken«, entgegnete er. »Schon bald. Und wenn du geglaubt hast, in unserer ersten Nacht einen

Höhepunkt erlebt zu haben, hast du keine Ahnung, was dir heute Nacht bevorsteht.«

Seine Worte trafen sie, ein so versengender Blitz, dass sie beinahe zusammensackte. Sie nahm sich einen Moment, um das Gefühl auszukosten. Als er sie beim letzten Mal genommen hatte, hatte der Höhepunkt sie wie ein Blitz aus heiterem Himmel getroffen und sie überwältigt. Es war keine Zeit gewesen, um die Empfindungen zu genießen, die er in ihr ausgelöst hatte.

Langsam und bewusst einen Fuß vor den anderen setzend, ging sie auf ihn zu. Plötzlich fühlte sie das Leben fließend, anschwellend, pulsierend wie Wasser durch sich hindurchströmen. Sie fühlte sich weiblich, als würde ihr Einverständnis ihr das instinktive Wissen von unzähligen Frauen vermitteln, wie man Lust spendete und empfing. Sie bemerkte, wie sie beim Laufen mit den Hüften wackelte, als wäre sie so geschmeidig, weich und sinnlich wie eine Katze. Sie hörte das Rascheln der Seide, die über ihre Beine strich, und genoss das Gefühl, wie der glatte Stoff ihre Haut liebkoste. Sie sah das Feuer, das unvermittelt in Diccans Augen stand, und wusste, dass seine Reaktion diese Nacht zu etwas Besonderem machen würde – egal, was die Zukunft brachte.

»So?«, fragte sie, während sie bedächtig in die Knie sank, als wollte sie einen Knicks vor der Königin machen.

Der Teppich war weich. Sie roch den Brandy und den zitronenartigen Duft von Seife. Und darunter lag der feine Moschusduft seiner Erregung. Sie konnte im Kerzenlicht sehen, wie er schluckte. Ihr Körper reagierte, wurde weich, bog sich, wollte sich an ihn schmiegen. Sie legte ihre Hände auf die Innenseiten seiner Schenkel und schob sie weiter auseinander. Sein überraschtes Aufkeuchen bildete sie sich nicht ein. Unentwegt blickte sie ihn an, während sie langsam mit den Händen bis hinauf zu seinem Schoß strich. Sie hätte schwören können, dass seine Knöpfe unter dem Druck seiner Erektion nachgeben würden. Sie genoss das Gefühl von harten Muskeln unter weichem Stoff, streichelte bis hinauf zu der Knopfleiste und spürte die glühende Hitze. Sie bemerkte, wie sein Schaft pulsierte und zuckte, als würde er instinktiv ihren Mund suchen. Ihre Aufmerksamkeit. Ihre Beherrschung. Sie war auf den Knien, aber er war derjenige, der ihr schon bald hilflos ausgeliefert wäre.

Mit einem bedächtigen Lächeln, mit dem sie Diccan genau das vermittelte, fuhr sie mit den Fingerspitzen um jeden einzelnen Knopf und wurde belohnt, als Diccan unwillkürlich die Hüften anhob. »Grace«, knurrte er grimmig.

»Diccan«, erwiderte sie leise und machte den ersten Knopf auf.

Dann den nächsten. Und den nächsten. Sie musste nicht hineingreifen, um seinen Schaft zu befreien. Er war schon so hart, dass sie den letzten Knopf kaum noch öffnen konnte. Am Ende zog sie einfach daran. Der Knopf sprang ab und prallte gegen einen der Bettpfosten. Es fiel ihr kaum auf, denn im nächsten Moment sprang ihr wie ein Preis für ihre Ausdauer sein harter Schaft entgegen.

Zum ersten Mal unterbrach sie den Blickkontakt zu Diccan und sah sich an seiner Erektion satt. Sie war der Inbegriff von Macht, von Lust. Von Leben. Sie hatte recht gehabt. Die Kunst in all den Tempeln hatte nichts mit Diccan Hilliard gemein. Er war prachtvoll. Sie konnte nicht anders: Sie musste leise lachen.

»Du findest ihn lustig?«

»Nein«, erwiderte sie und konnte es sich nicht verkneifen, mit dem Finger von oben bis unten über den Schaft zu streicheln. Er fühlte sich so samtig an. Das hätte sie nicht erwartet. »Ich dachte nur gerade, dass du wohl für die erotische Tempelkunst in Indien Modell gestanden haben musst. Nur so kann die Größe einiger der Phalli erklärt werden.«

Er lächelte zufrieden. »Ich hoffe, du bist beeindruckt.«

Ach, da war er ja – der perlweiße Tropfen auf der Spitze seines Penis. Langsam leckte sie ihn ab und schmeckte Salz und Rauch. »Ich werde mich mit meinem Urteil zurückhalten, bis ich dran bin, mich verwöhnen zu lassen«, sagte sie grinsend.

Nun schob sie ihre Hand in seine Hose, genoss die Hitze und umschloss seine Hoden, die schwerer waren, als sie gedacht hätte. Mit dem Zeigefinger fuhr sie über seine Spitze und war nicht nur über seine Reaktion, sondern auch über die Glätte erstaunt. Er zuckte ein bisschen, als könnte er seinen Körper nur schwer unter Kontrolle halten. Unwillkürlich presste er die Lippen zusammen, und seine Nasenflügel bebten ein wenig. Sie musste lächeln und verspürte den Wunsch, ihn um den Verstand zu bringen. Mit einem letzten Lächeln neigte sie den Kopf, ließ ihr Haar auf seinen Bauch hängen und schloss dann bedächtig die Lippen um seinen Schaft.

Hm. Weich. Erdig. Sie richtete sich ein Stück auf, nahm ihn noch weiter in den Mund und glitt mit den Lippen daran herunter, bis sie ihn hinten an ihrem Gaumen fühlen konnte. Er war heiß, pulsierend, seidig. Sie war besessen von dieser einzigartigen Beschaffenheit.

Eine Hand an seinen Hoden, zog sie den Kopf zurück, um ihn dann wieder tief in sich aufzunehmen. Sie hörte ein überraschtes Stöhnen und genoss ein erstaunliches Machtgefühl. Sie fing an zu saugen, wenn sie sich zurückzog, und ihr wurde bewusst, dass sie leise summte und das Gefühl auskostete, wie er an ihrer Zunge pulsierte, wie er zuckte, wenn sie sacht an seiner empfindlichen Haut knabberte. Und sie genoss es, wie Diccan das Becken anhob, sich ihr entgegendrängte, als könnte er sich nicht zurückhalten.

»Genug«, knurrte er und packte sie an den Schultern.

Sie beachtete ihn nicht, sondern saugte noch stärker und wollte unbedingt herausfinden, wie es enden würde. Ihre Welt beschränkte sich auf den Geschmack von Salz und Schweiß, auf den Geruch von Erregung, auf das Keuchen und das Saugen ihres Mundes. Sie wollte nicht aufhören. Sie wollte ihn verrückt machen.

Beinahe wäre es ihr gelungen. Doch als sie glaubte, ihn bezwungen zu haben, zog er sich aus ihr zurück und stieß sie zu Boden. Mit einer fließenden Bewegung schob er ihren Rock hoch, drückte ihre Knie auseinander und stieß in sie.

Kein freundliches Wort. Keine Liebkosungen. Seine Augen waren geschlossen, und seine Finger hatte er in ihrem Haar vergraben. Sie hätte schwören können, dass er knurrte, und das Geräusch vibrierte in ihrer Brust. Sie fühlte sich aufgespießt, gespalten, und der Druck in ihrem Innern war fast unerträglich. Und doch spannte ihr Körper sich an, suchte ihn, schwelgte in der Befriedigung zu beobachten, wie Diccan die Kontrolle verlor. Sie hob ihm die Hüften entgegen, um ihn in sich aufzunehmen. Sie schloss die Augen und konzentrierte sich auf die unerträgliche Fülle, auf die versengende Lust, die sie empfand, als er wieder und wieder in sie stieß, auf die Reibung der Kleider, der Knöpfe, des Mieders, als er sie auf dem harten Holzfußboden nahm.

Noch bevor sie begreifen konnte, dass sie überwältigt worden war, bevor ihr Körper intensive Lust verspüren konnte, stieß er einen rauen Schrei aus und ergoss sich in sie, tief in ihr Innerstes, wo sie die Hitze seines Samens in sich fühlte. Leben spendende Wärme. Lebensbejahende Vereinigung. Leben verändernde Kraft. Und dann sank er keuchend auf sie.

Nachdem er sich eine Zeit lang nicht gerührt hatte, fühlte sie sich gezwungen, ihn anzustoßen. »Es scheint schnell zu gehen«, sagte sie, die Arme um ihn geschlungen, als könnte sie ihn so halten, »nicht wahr?«

Er hob den Kopf und blickte sie eindringlich an. »Das ist deine Schuld.«

Verwirrt blinzelte sie. »Meine Schuld? Wieso?«

Er runzelte die Stirn. »Ich weiß es nicht. Aber ich war noch nie so ungeduldig.«

War es falsch, dass sie sich über seine Worte freute? War es möglich, dass er es ernst meinte? War ihm bewusst, was ihr das bedeutete?

Sie beschloss, ihn nicht aufzuklären, um ihn nicht zu verängstigen und zu vertreiben. Stattdessen hob sie den Kopf und leckte die Schweißperlen ab, die sich in der Vertiefung seines Halses gesammelt hatten. Sie wollte fragen: »Und jetzt?« Doch ihr fehlte der Mut. Immerhin waren sie noch bekleidet.

Offenbar musste sie auch nicht fragen, denn er löste sich von ihr und sah sie an. Sie hatte den Eindruck, dass seine Augen weicher wirkten. Er lächelte nicht. Aber das musste er auch nicht.

Und dann küsste er sie, nahm ihr Gesicht zwischen beide Hände und beugte sich herunter, um ihren Mund zu erobern: ein langer, leidenschaftlicher Kuss, eine bedächtige Verschmelzung von Lippen und Zungen, ein lustvolles Raunen. Der Kuss schien eine Ewigkeit zu dauern. Grace neigte den Kopf, um Diccan noch näher sein zu können. Behutsam legte sie ihre Hände in seinen Nacken, um mit seinen feuchten seidigen Locken spielen zu können. Sie genoss das Gefühl, dass ihr Körper auf ihn reagierte, dass ihre Brüste sich nach seiner Berührung sehnten, dass ihre Brustspitzen fast schmerzhaft hart wurden, als sie sie an ihm rieb. Ihr Herz hatte einen Rhythmus gefunden, der seinem Herzschlag entsprach – schnell und intensiv. Ihr Körper schien zu schmelzen und schmiegte sich an seinen, als wäre er aus weichem Kerzenwachs. Sie hätte schwören können, dass sich ihr Innerstes vor Lust zusammenzog.

Er fing an, ihr Ohr zu liebkosen. Dann küsste er ihren Hals und jagte ihr wohlige Schauer durch den Körper. Mit der Hand umschloss er ihre Brust, und Grace richtete sich unwillkürlich auf. *Oh, das habe ich vermisst*, dachte sie, während sie bei den Empfindungen, die er in ihr auslöste, aufkeuchte. *So sähe unser Leben aus, wenn er meine Liebe erwidern würde.*

Endlich gab sie es zu. Wahrscheinlich war es von dem Moment an, als sie sich in einer Ecke versteckt hatte, um ihn zu beobachten, unvermeidlich gewesen. Er faszinierte sie. Er unterhielt sie. Er verwirrte sie. So widersprüchlich er auch war, war er im Herzen der Mann, der sogar die Größe in seinem unansehnlichen Gadzooks erkannt hatte. Er hatte Grace gesehen, und obwohl sie wusste, dass sie die Letzte war, mit der er gern geschlafen hätte, hatte er es doch getan. Und er hatte es mit Leidenschaft und Begeisterung getan. Er war ein Mann, den sie lieben konnte.

Er war ein Mann, den sie *liebte.*

Noch während sie sein Gewicht auf sich wahrnahm, vermisste sie ihn schon schmerzhaft. Sie fühlte seine erfahrenen Hände, mit denen er ihr Mieder öffnete, und ihr schoss durch den Kopf, dass sie alles tun würde, um sie wieder zu spüren. Sie fühlte, wie ihr Körper sich erhitzte, öffnete, verzehrte, und sie wünschte sich, dieses Gefühl immer erleben zu können. Sie wollte das Recht haben, so zu fühlen.

Sie wollte, dass Diccan ihr gegenüber auch so empfand.

Dann verwöhnte er ihre Brust mit seinen Lippen, und sie vergaß, über die Liebe nachzudenken. Sie konnte sich nur noch auf die Lust konzentrieren. »Oje«, keuchte sie und packte seinen Kopf, »das ist ziemlich … schön.«

Er lächelte. »Freut mich, dass es dir gefällt. Ich gebe zu, dass ich mich ein bisschen darüber ärgere, dass mir nicht klar war, wie wundervoll deine Brüste sind.«

Sie blickte an sich herunter und bemerkte, dass es ihm irgendwie gelungen war, ihr das Kleid bis zur Taille hinunterzuschieben. »Kates Koch hat gemeint, ich müsse ein bisschen zunehmen«, erklärte sie unsinnigerweise. Ungeduldig wartete sie darauf, dass er sie wieder berührte. »Möchtest du noch einmal probieren?«

Dieses Mal lachte er leise. Seine Aufmerksamkeit war auf den Nippel gerichtet, den er zwischen die Finger nahm. Lustvoll bog sie sich ihm entgegen. »Bitte, Diccan«, stöhnte sie.

Sein Haar war zerzaust, seine Augen blickten verträumt, und seine Miene wirkte nachdenklich, als er sie ansah. »Nein«, sagte er und hauchte einen Kuss auf ihre Stirn, »wenn wir hier liegen bleiben, werde ich dich nur noch einmal nehmen, und das wäre ungerecht.«

Grace schnaubte. Ihr wurde augenblicklich kalt, als er sich aufsetzte. »Ich kann mich nicht daran erinnern, dass ich mich beklagt hätte.«

Er kam auf die Beine und reichte ihr die Hand. »Du hast gesagt, du willst alles. Komm jetzt.«

Noch immer auf dem Boden liegend, funkelte sie ihn eindringlich an. »Ich fühle mich wie ein Kind, das du über den Jahrmarkt zerrst.«

Sein Lächeln hätte Eisen zum Schmelzen bringen können. »Oh, ich versichere dir, dass du diesen Jahrmarkt genauso sehr genießen wirst wie ich.«

Und damit behielt er recht. Sie ergriff seine Hand und stand auf. Wieder küsste er sie. Seine Hand hatte er an ihren Hinterkopf gelegt und hielt sie fest, während er bedächtig ihren Mund erkundete. Seinen anderen Arm hatte er um ihre Taille geschlungen und hielt sie fest, damit sie nicht wieder zu Boden sank. Sie bestand darauf, ihn auszuziehen, und nutzte diese Ausrede, um mit den Händen, mit den Augen und mit den Lippen seinen schlanken, wohlgeformten Körper zu erforschen. Beinahe wäre sie auf die Knie gefallen, um seinen Schaft wieder in den Mund zu nehmen. Aber Diccan lachte und schloss sie erneut in die Arme, um sie noch einmal zu küssen – spielerisch, innig, verführerisch, bis sie es nicht mehr aushielt. Er zog sie so eng an sich, dass sie kaum noch atmen konnte, und als er zurückwich, lagen ihre Kleider plötzlich neben seinen auf dem Fußboden.

»Ich sehe, dass du die Farbe ausgewaschen hast«, murmelte er.

Fast wäre sie weggelaufen. Bestimmt wollte er nicht alles von ihr sehen. Sie versuchte, sich loszureißen, doch er zog sie wieder an sich. »Muss ich dich festbinden?«, fragte er.

»Du willst nicht …«

Er grinste, und sie spürte, wie ihre Knie weich wurden. Und mit einem Mal hatte er die Krawatte in seinen Händen und fesselte ihre Arme, wie er es bei Minette getan hatte.

»Dem Himmel sei Dank für Krawatten«, sagte sie und zerrte an den Fesseln. Ihre Nacktheit hatte sie ganz vergessen. »Sonst würden deine Partnerinnen bei der ersten sich bietenden Gelegenheit die Flucht ergreifen.«

Sein Lächeln war unglaublich anzüglich. Er drehte sie mit dem Rücken zu sich und schmiegte sich eng an sie. Sein Schaft drängte sich zwischen ihre Pobacken, und er flüsterte an ihrem Ohr. »Oh, du willst gar nicht die Flucht ergreifen.«

Als sie das Flüstern seines Atems an ihrem Ohr spürte, als sie sich an das Gefühl erinnerte, wie er sich an sie gepresst hatte, erwachte ihr Körper zum Leben. Dieses Mal war es jedoch besser. Dieses Mal wollte er bei ihr sein. Er umschloss sie, und sie fühlte sich beinahe unerträglich angebetet.

»Und jetzt?«, flüsterte sie atemlos und verunsichert.

»Das musst du mir sagen«, erwiderte er. Er nahm ihre kleinen Brüste in die Hände, fing an, sie zu streicheln und die Brustspitzen mit den Daumen zu reizen, bis sie vor Ungeduld aufheulen wollte.

»Was soll ich dir sagen?«, entgegnete sie mit schwacher Stimme. »Ich bin hier gefesselt.«

Den Kopf noch immer neben ihr, küsste er ihr empfindliches Ohr, leckte über die Ohrmuschel und blies dann sacht hinein, bis Grace das Gefühl hatte, nicht mehr atmen zu können. Ihr Körper schien in Flammen zu stehen und gleichzeitig zu zittern. Schauer jagten in ihre Beine, ihre Füße, ihre Zehen.

»Möchtest du, dass ich nett bin?«, wollte er wissen. Seine Stimme war so tief, dass sie sie an ihrem Rücken vibrieren spürte. »Oder willst du wissen, wie eine rossige Stute sich fühlt?«

Wieder zuckte etwas wie ein Blitz durch sie hindurch – gleißend, blendend. Sie wollte es nicht »nett«. Sie wollte wissen, wie es war, wenn er schutzlos war. Sie wollte ihn wieder so weit bringen, dass er die Kontrolle über sich verlor.

»Nimm mich«, stöhnte sie und ließ den Kopf in den Nacken fallen.

Er nahm ihre Hände und band sie an einem der Bettpfosten fest. Dann schmiegte er sich an sie, sodass sie die gesamte Länge seines Schafts an ihrem Po spüren konnte. Sie zitterte, atmete bebend ein, und ihr Körper kribbelte vor freudiger Erwartung.

Im nächsten Moment tat er etwas, das sie nicht erwartet hätte. Er band ihr eine Augenbinde um. Sie zuckte zurück. »Das hast du mit ihr nicht gemacht.«

»Ich weiß. Aber bist du nicht abenteuerlustig?«

Sie fühlte sich, als würde sie ganz nahe an einem Abgrund balancieren. Sie war nackt, verletzlich, unterwürfig. Er war hinter ihr, berührte sie nicht, war ihr jedoch nahe genug, dass sie die Hitze spüren konnte, die sein Körper abstrahlte. Sie war unglaublich erregt und angespannt. Es war ihre Entscheidung. Vertraute sie ihm?

»Ja«, sagte sie und entspannte sich in ihren Fesseln, »ich bin abenteuerlustig.«

»Spreize die Beine.«

Sie zitterte vor Aufregung. Bedächtig spreizte sie die Beine und nahm die kühle Luft auf ihrem feuchten Fleisch wahr. Von Dunkelheit umgeben, konnte sie sein raues Atmen und das leise Knarren seiner Schritte auf dem Holzfußboden viel lauter hören.

»Bück dich.«

Sie beugte sich vor.

»Oh, wie wunderschön«, murmelte er. »Ich kann deine Lippen sehen, kann sehen, wie feucht du schon bist. Sag mir, wie sehr du mich willst.«

Durch seine Worte fühlte sie sich nur noch erregter. Noch verunsicherter. Noch zerbrechlicher. Er hatte sie nicht berührt, und sie fühlte sich, als wäre sie in unzählige Scherben zersprungen. Sie konnte nichts hören außer ihrem eigenen Atem. Ihrem eigenen Herzschlag. Doch sie nahm seinen Duft wahr – voller Geheimnisse und Befriedigung. Plötzlich spürte sie den Druck eines rauen Fingers auf sich.

»Sag es mir.«

Sie keuchte. Die Berührung versengte sie. Sie wand sich, suchte nach mehr Nähe. Nur diese eine kleine Reibung mit seinem Finger entfachte in ihr einen Feuersturm.

»Ich will es«, sagte sie und bemühte sich, nicht zu stöhnen, »ich will dich.«

Er griff mit seiner anderen Hand ihre andere Brustspitze, rollte sie zwischen den Fingern, zog sacht daran. Grace stöhnte auf. »Jetzt?«, murmelte er. »Willst du es jetzt?«

»Ja«, zischte sie und war aufgebracht, weil sie warten musste und weil sie nicht wusste, was auf sie zukam.

Eine Sekunde lang fühlte sie seine Hände nicht mehr. Sie zerrte an ihren Fesseln, wollte zu ihm. Sie konnte ihn nicht einmal hören. Sie hielt die Luft an und suchte in der Dunkelheit nach einem Hinweis, dass er noch da war. Gott, sie stand kurz davor zu wimmern, aber sie wollte ihm nicht zeigen, wie sehr sie ihn brauchte.

Dann spürte sie seine Hände auf ihren Hüften. Mehr nicht. Sie zuckte zusammen, als er im nächsten Moment mit der Zunge über das Grübchen über ihrem Po strich. Sie fühlte, wie sein Atem die Stelle kühlte, über die er gerade geleckt hatte, und erschauerte. Sie hörte sein Lachen.

»Zum Teufel mit dir«, sagte sie rau. »Tu es endlich!«

Das ließ er sich nicht zweimal sagen. Er stieß so hart und tief in sie, dass sie erschreckt aufkeuchte. Sie wusste nicht, wie sie ihn ganz aufnehmen sollte, fühlte sich geradezu aufgespießt, überfallen, geschlagen. Mit festem Griff hielt er sie und glitt immer wieder in sie. Wie ein Hengst, der eine Stute nahm. Er wurde langsamer, zog sich fast vollständig aus ihr zurück, bis sie sich auf die Lippen beißen musste, um nicht zu protestieren. Erst dann drang er wieder in sie.

Dieses Mal hielt er länger durch. Dieses Mal murmelte er ermunternde Worte, zärtliche Worte, während er sie markierte, während er das Bild, das sie von sich selbst gehabt hatte, zerstörte. Ihr Körper wurde durch die Empfindungen verzehrt. Es war ein starkes, heißes, schwindelerregendes, bittersüßes Gefühl, von dem sie nicht gedacht hätte, dass es so etwas gab. Sie keuchte, als wäre sie gerannt. Sie erwiderte seine Stöße, bis die einzigen Laute im Zimmer das Geräusch von Haut auf Haut und ihr wildes Atmen waren. Und dann fand er ihren geheimsten Punkt und reizte ihn mit den Fingern. Das war der Funke, der die Explosion herbeiführte.

Grace' Körper versteifte sich. In ihr zersplitterte Licht in Feuerwerke, Wasserfälle, Kanonenfeuer. Sie hörte, wie sie aufschrie. Es war ein hohes, intensives, lustvolles Schreien, das den Raum erfüllte. Sie hörte Diccans atemloses Lachen und spürte, wie er sich in sie ergoss. Dabei umklammerte er sie so fest, dass sie sich sicher war, am nächsten Tag blaue Flecke zu haben. Sie fühlte, wie er sich über sie beugte, sich an sie schmiegte, als könnte er es nicht ertragen, seine Haut von ihrer zu lösen. Er zitterte. Und sie war wieder einmal von dem Machtgefühl ergriffen, dass sie, Grace Fairchild, Diccan Hilliard in die Knie zwingen konnte.

Beinahe hätte sie ihm in diesem Moment gesagt, dass sie ihn liebte, dass sie diesen Augenblick für den Rest ihres Lebens in ihrem Herzen bewahren würde. Sie hätte fast eine unerträgliche Wahrheit preisgegeben: Dass sie in diesem Moment alles für die Chance getan hätte, das hier noch einmal zu erleben.

Doch es sollte noch schlimmer werden. Denn nach diesem rohen, explosiven Akt löste Diccan ihre Fesseln, warf ihre Augenbinde weg und trug Grace zu dem luxuriösen Bett, wo er sie noch einmal liebte. Dieses Mal sanft und zärtlich, und Diccan hatte ein Lächeln auf den Lippen, mit dem er ein Herz aus Stein hätte erweichen können.

Ihr Herz gewann er – jedenfalls die Teile davon, die ihm noch nicht erlegen waren. Und als sie in seinen Armen einschlief, wusste sie, dass sie einen schlimmen Fehler gemacht hatte. Sie hatte ihn zu sehr gewollt, um ihr Herz zu schützen. Sie hatte so getan, als würde es keine Rolle spielen, dass nur einer von ihnen die Liebe, die sie miteinander erlebt hatten, ernst gemeint hatte.

Nun konnte sie nicht länger so tun als ob. Und aus diesem Grund musste sie ihn verlassen.

Kapitel 16

Vielleicht wäre sie geblieben, wenn Diccan nicht noch einmal mit ihr geschlafen hätte. Mitten in der Nacht waren sie aufgewacht, noch immer eng umschlungen, und hatten sich schläfrig berührt, Zärtlichkeiten gemurmelt und sich geküsst. Es hatte so vertraut gewirkt. Sie hatten sich geliebt wie Freunde.

Diccan brachte ihr bei, wie sie ihn ritt. Behutsam hob er sie an, damit sie ihn in sich aufnehmen konnte, als wäre das etwas Selbstverständliches.

Sogar im letzten Schimmer des erlöschenden Kaminfeuers hatte er ihr Erröten mitbekommen, denn er grinste sie an. »Komm schon, meine Grace, du kannst nicht immer noch gehemmt sein.«

Sie starrte scheinbar fasziniert auf ihre Haare, die auf seinem Bauch ausgebreitet lagen. »Ich stelle mich nicht so gern zur Schau«, murmelte sie. »Dürre Frauen mögen das nicht.«

Er schüttelte sie sanft. »Grace, hör auf damit. Du bist nicht dürr, verdammt noch mal. Du bist eine Reiterin. Ist dir je in den Sinn gekommen, dass du rank und schlank bist, weil du dein Leben im Sattel verbracht hast?«

Überrascht blickte sie auf. Seltsamerweise wirkte er genauso erstaunt. »Gütiger Himmel«, sagte er mit einem breiten Lächeln, »mir ist es selbst noch nie in den Sinn gekommen! Ich habe *tatsächlich* eine Kriegerin geheiratet.«

Sie schnaubte, und endlich konnte sie sich so weit entspannen, um seine erstaunliche Fülle in ihrem Schoß genießen zu können. »Bedeutet das, dass du mir Gehorsam leistest, mein Lieber?«

Er lachte leise und rührte sich ein bisschen, um sie daran zu erinnern, wer hier wen aufgespießt hatte. »Stets zu deinen Diensten.«

Sie lachten und spielten und reizten einander, bis zum Höhepunkt, zum Schlaf, zum Trost. Und als sie in seinen Armen lag, erfüllt und entspannt, streichelte er ihr übers Haar. »Heiratet deine Freundin nicht bald?«

»Olivia? Ja. Ich hatte gehofft, dass ich hinfahren kann.«

Er nickte. »Sehr gute Idee. Ich werde mal sehen, ob ich mir ein bisschen Zeit nehmen kann.«

Mehr sagten sie nicht. Sie glitten wieder in den Schlaf, unter der Decke aneinandergeschmiegt. Als Grace am nächsten Morgen aufwachte, fühlte sie sich träge und warm, als würde sie in der Mittagssonne liegen. Es war noch immer früh, rosafarbenes Licht drang durch die geschlossenen Fensterläden. Sie war allein, aber sie konnte noch immer Diccan und diesen wundervollen Gegensatz von frischer Zitrone und würzigem Rauch auf ihrer Haut riechen. Außerdem nahm sie einen Hauch von Brandy und leichten Schweißgeruch wahr. Erdige, echte Gerüche, die ihr dank der Jahre beim Militär vertraut waren.

Doch da war noch ein Duft, den sie nicht kannte: der Duft der Liebe – als wäre das Meer über sie hinweggerollt und hätte einen Rest Salz hinterlassen. Es war ein belebender, hoffnungsfroher Duft. Sie atmete das verführerische Bukett ein, drehte sich auf den Rücken und streckte die Arme über den Kopf. Was konnte sich wundervoller anfühlen als ein Körper nach einer Nacht voller Sex? Welche Erinnerung war schöner als die an das Lächeln eines Mannes, während er einen nahm? Was brauchte eine Frau mehr als diese außergewöhnliche, wunderbare, überwältigende Intimität, die Körper vereinte und Seelen verband? Es war, als hätte Diccan eine Welt aus Schwarz und Weiß in die leuchtendsten Farben getaucht und Grace eingeladen, mit ihm darin zu baden.

Ihr schoss durch den Kopf, dass das, was sie sich erhofft hatte, tatsächlich eingetreten war. Ihre Stunden mit Diccan waren die innigsten, die sie je mit einem anderen Menschen erlebt hatte. Bis Diccan seine Arme um sie gelegt hatte, hatte sie nicht gewusst, wie geliebt man sich fühlen konnte. Oh, Breege und Harps mochten sie, aber es war eine schroffe Zuneigung, bei der man sich auf die Schultern klopfte und flüchtig auf die Wange küsste. Ihr Vater hatte nicht einmal das gekonnt. Und ihren Freunden war beigebracht worden, gebührenden Abstand zur Tochter des Generals zu halten. Nun endlich wusste sie, dass sie in den Armen eines anderen Menschen die Augen schließen und sich vollkommen sicher fühlen konnte.

In dem Moment hallten seine Worte in ihrem Kopf wider.

Ich habe sie geheiratet. Ich will verdammt sein, wenn ich auch noch mit ihr schlafen muss.

Die Erinnerung vertrieb sie aus dem gemütlichen zerwühlten Bett. Nackt und zitternd stand sie auf dem Fußboden. Er hatte so verärgert geklungen, als er es gesagt hatte. So angewidert. Hatte er gelogen? Oder hatte er letzte Nacht gelogen, als er sie in den Armen gehalten hatte, als würde sie ihm etwas bedeuten? Sie wusste es nicht, und der Gedanke jagte ihr einen kalten Schauder über den Rücken.

Weil sie nicht wusste, was sie sonst tun sollte, zog sie

einen Morgenrock an. Ihr Körper schien noch immer zu glühen. Fast konnte sie Diccans Hände auf sich spüren. Sie wollte so gern glauben, dass er seine Geliebte angelogen hatte und dass alles nur Fassade gewesen war. Doch ihre Erfahrungen sagten ihr etwas anderes. Niemand würde sie einer Minette Ferrar vorziehen. Dennoch hatte Diccan ihr zumindest das Gefühl gegeben, er hätte es getan.

Er war nett gewesen. Sie hatte sich verliebt.

Als sie Geräusche in Diccans Zimmer vernahm, musste sie sich zusammenreißen, um nicht hineinzustürzen und ihn anzuflehen, sie in seinen Armen zu halten. Um ihn nicht zu bitten, ihr zu versichern, dass ihm die vergangene Nacht genauso viel bedeutet hatte wie ihr. *Nein*, dachte sie, *ein solches Verhalten würde sie erniedrigen und ihm peinlich sein.* Sie würde bleiben, wo sie war.

Irgendwie ertappte sie sich kurz darauf dabei, dass sie doch vor seiner Tür stand. *Vielleicht*, dachte sie, *kann ich mir selbst etwas beweisen, wenn ich ihn mit einem Lächeln begrüße und ihn dann mit einem lockeren Witz auf den Lippen verabschiede*. Vielleicht konnte sie ihm etwas beweisen, wenn sie ihn so leicht gehen ließ wie zuvor.

Sie hätte es besser wissen müssen. Als sie die Tür zu Diccans Zimmer öffnete, sah sie Schroeder mitten im Raum stehen. Die Zofe hielt eine Porzellanschüssel mit Seifenwasser in den Händen.

Die hübsche blonde Frau errötete, als hätte Grace sie *in flagranti* erwischte. »Ich wollte nur sauber machen.«

»Selbstverständlich.« Grace war stolz darauf, wie ruhig sie klang. »Biddle ist unpässlich?«

Schroeder umklammerte die Schüssel so fest, dass etwas von dem Wasser auf ihre Bluse schwappte. »Er ist mit dem Herrn zusammen auf dem Weg nach Brighton. Der Prinz, wissen Sie …«

Grace fühlte sich, als wäre ihr Herz stehengeblieben. Ihr gelang es, knapp zu nicken. »Aha.«

Er hatte sich nicht einmal von ihr verabschiedet. Für Grace reichte das als Antwort.

»Kann ich irgendetwas für Sie tun, Madame?«

Grace bemerkte das Mitgefühl in Schroeders Blick, und seltsamerweise war das der Tropfen, der das Fass zum Überlaufen brachte. »Ich werde mich anziehen, Schroeder.« Sie wandte sich ab, ging hinaus und schloss die Tür hinter sich.

Natürlich gab es keine Nachricht. Nur Schroeder, die ein hübsches nilgrünes Musselinkleid für sie herauslegte. »Ich hoffe, das ist genehm«, sagte die Zofe angespannt. »Sie haben heute Morgen Unterricht bei Ihrer Durchlaucht. Zum Tee mit Lady Haversham heute Nachmittag das hellgelbe Seidenkleid?«

Grace nickte, als Schroeder ihr dabei half, die Spuren der vergangenen Nacht abzuwaschen und dann ein Unterkleid, das Mieder und das Musselinkleid anzuziehen. Sie hatte das Gefühl, nicht richtig atmen zu können. Immer wieder spielte sich die vergangene Nacht vor ihrem geistigen Auge ab. Sie dachte darüber nach, wie viel Vertrauen nötig gewesen war, damit sie in Diccans Armen die Augen hatte schließen können. Wie viel es ihr bedeutet hatte, dass sie es hatte tun können.

Zum Glück hatte sie es ihm nicht erzählt.

»Möchten Sie frühstücken, Madame?«, fragte Schroeder. »Kakao vielleicht?«

Allein beim Gedanken daran wurde ihr übel. »Heute Morgen nicht, glaube ich.«

Nachdem Schroeder mit einem verwirrten Gesichtsausdruck gegangen war, stand Grace mitten in ihrem Schlafzimmer und fragte sich, wie dieser Tag sich entwickeln würde. Wie überhaupt alles sich entwickeln würde, wenn sie in zunehmend engere Mieder schlüpfen musste, eingesperrt von der Gesellschaft, den Konventionen, der lässigen Unterdrückung der oberen Zehntausend – und das alles, damit sie einen Ehemann halten konnte, der sie nicht wollte.

Einen Ehemann, der ab und zu zu ihr kommen und ihr das Gefühl geben würde, dass sie ihm etwas bedeutete. Der ihre Tage bestimmen würde, ohne es zu wissen. Und Grace würde schließlich alles … *alles* … für diese kurzen Momente mit ihm tun. Sie würde lernen, seine Seitensprünge zu entschuldigen, seine Unaufmerksamkeit, seine gleichgültige Zwangsherrschaft. Sie würde eine dieser bemitleidenswerten Frauen werden, die ihr Leben nur auf die seltenen Zuwendungen ihres Mannes ausrichtete.

Als sie inmitten ihres wenig reizvollen blauen Zimmers stand und aus dem Fenster blickte, wo die frühe Morgensonne auf die Dächer fiel und die Erdbeerverkäufer in den Straßen riefen, traf Grace die folgenschwerste Entscheidung ihres Lebens. Sie würde es nicht tun. Sie *konnte* es nicht. Sie hatte alles für ihn aufgegeben. Alles, was sie sich je gewünscht hatte. Alles, was sie sich je erhofft hatte. Nun blieb ihr nur noch ihre Selbstachtung, und sie hatte nicht vor, diese Selbstachtung für einen Augenaufschlag zu verschachern. Für einen Kuss. Für einen flüchtigen Blick quer durch einen Raum. Dadurch würde sie sich wieder einmal dazu verdammen, am Rande zu leben – nur um von Diccan wahrgenommen zu werden.

Bei Gott, das reichte ihr nicht.

Eine ganze Weile konnte Grace nur dastehen und zusehen, wie die Straße zum Leben erwachte. Eine Hand hatte sie gegen den Schmerz, der in ihrer Brust tobte, zur Faust geballt. Schließlich drehte sie sich um und zog am Klingelseil. Als Schroeder sich meldete, bat sie sie, eine Tasche für sie zu packen und einen Platz in einer Postkutsche zu organisieren. Sie beachtete die irritierten Blicke ihrer Bediensteten nicht, als sie höchstpersönlich ihre rote Uniformjacke und die Reitstiefel einpackte.

Sie zog sich im Foyer gerade die Handschuhe an, als zur Krönung des Tages Kit Braxton durch die Eingangstür trat.

Grace hielt inne und blickte ihn erstaunt an. Grundgütiger, sie hatte es ganz vergessen. »Kit«, begrüßte sie ihn.

Kit wurde von einem weiteren Herrn begleitet, den sie aus dem Krieg kannte. Er war kleiner, mit einem freundlichen Gesicht und den weißblonden Locken eines Engels. »Guten Tag, Alex«, sagte sie. »Warum hat Kit dich mitgebracht?«

»Als moralische Stütze«, erwiderte er mit einem schuldbewussten Lächeln, die Hände in den Taschen vergraben.

Sie nickte und wandte sich zum Salon um. »Ich habe nicht viel Zeit, aber nehmt doch Platz.«

Es war ihr unangenehm zu gestehen, dass sie Kits Mission vergessen hatte. Die vergangene Nacht hatte alles andere aus ihrem Kopf verdrängt.

Kit winkte Alex und sie in den Salon. »Wir müssen uns darauf verlassen können, dass du nicht über deine Vermutungen sprichst«, sagte er und schloss die Tür hinter sich.

Grace bot den beiden Männern einen Platz an, ehe sie sich auf das cremefarbene *Sheraton*-Sofa setzte – ganz die perfekte Dame der feinen Gesellschaft. »Wer wir?«

Kit wechselte einen Blick mit Alex. »Diejenigen von uns, die dich lieben«, erwiderte er.

Grace betrachtete ihn einen Moment lang. »Unsinn. Wer?«

Kits Blick verfinsterte sich. »Das brauchst du nicht zu wissen. Du musst mir nur zuhören.«

Beinahe hätte Grace wieder geflucht. Schweißperlen glitzerten auf Kits Stirn, und er hatte die Hand zur Faust geballt. Vielleicht würde sie die feine Gesellschaft niemals verstehen, aber die Soldaten kannte sie genau. Kit wollte nicht hier sein, doch es war seine Pflicht. Plötzlich hörte sie zwischen seinen Worten die Stimmen ungenannter Männer, die versuchten herauszufinden, was sie mit ihr, der unerwarteten Figur im Schachspiel, tun sollten.

»Habt ihr darauf gewartet, dass Diccan nach Brighton aufbricht?«, wollte sie wissen. »Oder ist das bloß ein Zufall?«

Der Blick, den Kit und Alex tauschten, war Antwort genug. Der Zeitpunkt dieses Besuchs war kein Zufall. Die Frage war, ob Diccan dabei ebenfalls eine Rolle gespielt hatte. Grace bemühte sich, vor Scham nicht zu erröten. War die vergangene Nacht ebenfalls ein Versuch gewesen, sie aus dem Gleichgewicht zu bringen? Sie vom Nachdenken über die Frage abzuhalten, in was er verwickelt war?

»Wollt ihr mir sagen, dass Diccan doch ein Vaterlandsverräter ist?«, fragte sie.

Kit starrte auf seine Faust. »Es gibt Fragen. Die Regierung untersucht derzeit die Anschuldigungen.«

Sie zog die Augenbrauen hoch. »Du willst sagen, dass er ein Verräter ist.«

Er schüttelte den Kopf. »Dieses Urteil fälle ich nicht.«

»Es ist nur deine Aufgabe, mich zu warnen.«

»Du bist zu mir gekommen«, erinnerte er sie sanft.

Sie seufzte. »Ja, das stimmt. Sonderbarerweise habe ich auf Antworten gehofft.«

»Das ist die Antwort.«

Einen Moment lang wandte sie sich ab und konzentrierte sich auf die ordentliche Welt Mayfairs, die vor ihrem Fenster lag. »Was ist mit Mr. Carver? Ist er derjenige, der zu sein er behauptet?«

Es war Alex, der antwortete: »Er arbeitet für das Innenministerium.«

Das war ein Schlag, aber sie ließ sich nichts anmerken. »Und was mache ich, wenn er und Onkel Dawes zu mir kommen und Informationen haben wollen?«

»Wir werden uns darum kümmern«, versprach Alex und nickte.

»Wer?«, fragte sie, wohl wissend, dass Alex, den man auch den Weißen Ritter nannte, genauso wenig lügen konnte wie Kit. »Diejenigen, die mich lieben, oder die Regierung? Ich nehme an, dass die Anschuldigungen von dort kommen.«

»Beide.«

Abwesend nickte sie. Ihre Wut wuchs. »Alles klar.«

»Du musst das verstehen, Grace«, beharrte Kit. »Es könnte gefährlich sein.«

Tatsächlich brachte er sie zum Lachen. Es war ein freudloses Lachen. »Ich könnte dir das verzeihen, wenn du in den vergangenen fünf Jahren nicht zwei Zelte entfernt gewohnt hättest. Sag mir, Kit: Bin ich zu dumm, um das alles zu verstehen, oder zu schwach, um irgendwas ausrichten zu können?«

Kit sah aus, als wäre er derjenige, der verletzt worden war. Er ging zu ihr und setzte sich neben sie. »Gracie«, sagte er und griff nach ihrer Hand, »bitte, versteh doch. Es ist kompliziert.«

Geschickt entzog sie sich ihm und erhob sich. »Oh, das kann ich mir vorstellen«, erwiderte sie. Sie war sich nicht sicher, wie, aber im nächsten Moment stand sie wieder vor dem Fenster, als hätte sie so eine bessere Sicht auf das Problem. »Sind die Löwen in die Angelegenheit verwickelt?«

Es dauerte einen Moment, bis er antwortete. »So viel schulden wir dir … ja.«

Sie drehte sich um. »Und ihr denkt, dass Diccan ein Löwe ist – auch wenn er uns vor nicht einmal drei Monaten vor ihnen beschützt hat. Oder ist vielleicht mein Onkel Dawes – der Mann, der Seite an Seite mit Cornwallis gekämpft hat – der Vaterlandsverräter?«

Kit seufzte. »Ich habe es dir gesagt. Wir wissen es nicht. Es ist wahrscheinlicher, dass Diccan auf Geld aus ist. Berichte besagen, dass er an seinen ehemaligen Wirkungsstätten jeweils ein kleines Vermögen angehäuft hat, weil er zwielichtige Aufgaben für die Regionalregierungen erledigt hat.«

Grace schüttelte den Kopf. Nein. Entgegen aller Beweise konnte sie es nicht glauben. Doch andererseits dachte sie an den Hohn in Diccans Stimme, als er mit seiner Geliebten zusammen gewesen war. Und an sein Lachen in der vergangenen Nacht. Diccan war zweifellos ein Lügner, ein sehr guter Lügner sogar.

»Und ihr wollt nicht, dass ich für euch nach verdächtigen Dokumenten suche.«

Kit trat zu ihr. »Nein. Wir wollen, dass du dich zurückziehst und heraushältst.«

Grace wandte sich wieder der beinahe idyllischen Szenerie vor ihrem Fenster zu, wo eine Nanny mit ihren Schützlingen vorbeispazierte und einige Damen sich unter ihren mit Rüschen besetzten Sonnenschirmen unterhielten. Sie wusste, dass sie von ihr erwarteten, dass sie sich zurückzog und ihnen alles überließ. Was, fragte sie sich, sollte sie tun? Was *wollte* sie tun?

»Also gut«, sagte sie und drehte sich wieder zu Kit um.

»Ich halte mich zurück. Ihr könnt euch mit meinem Onkel, meinem Ehemann und dem Innenministerium auseinandersetzen. Aber merkt euch eines: Sollte jemand, den ich liebe, deswegen Schaden nehmen, schwöre ich, sehe ich euch in der Hölle wieder.«

»Ach, komm, Gracie«, protestierte Kit.

»Bevormunde mich nie wieder, Kit.« Sie ging zur Tür und öffnete sie. »Und nun, meine Herren, habe ich eine Verabredung und bin schon spät dran. Ich wünsche euch noch einen schönen Tag.«

Kit wirkte todunglücklich. Doch er verbeugte sich kurz und folgte Alex hinaus. »Ich bin immer da, wenn du mich brauchst, Gracie.«

Grace konnte nichts anderes tun, als zu nicken. Kit hatte ihr die letzte Zuflucht genommen. Wenn Kit ihr nicht die Wahrheit sagen konnte, dann konnte es niemand. Er hätte allerdings ahnen können, dass sie sich nicht einfach in die Arme der Gesellschaft zurückziehen würde. Sie würde auf eigene Faust nach Antworten suchen.

Nachdem sie die beiden zur Tür begleitet hatte, kehrte sie zurück und war entschlossen, mit den Nachforschungen anzufangen, als Schroeder sich näherte. Sie hielt Grace' Haube in der Hand.

»Ich verstehe das nicht«, sagte die Frau und runzelte die Stirn. »Sie wollen mich nicht mitnehmen?«

Grace nahm die Haube und setzte sie auf. »Danke, nein, Schroeder. Genau genommen bin ich der Meinung, dass ich überhaupt keine Zofe brauche. Ich fahre aufs Land, wissen Sie, und dort wäre Ihr Talent vergeudet. Danke für Ihre Hilfe. Ich habe Ihnen ein Empfehlungsschreiben dagelassen.«

Einen Moment lang war sie sich nicht sicher, ob Schroeder gehen würde, schließlich machte die Zofe jedoch einen

Knicks und verschwand. Grace fühlte sich noch trauriger als zuvor. Sie wollte sich gerade wieder umdrehen, als sie erneut gestört wurde. Diesmal war es Benny, der zweite Diener.

»Entschuldigen Sie, Ma'am«, sagte der jugendlich frische Veteran aus Cornwall. Seine Haltung war starr. »Wir haben beschlossen, dass ich mit Ihnen gehen werde.«

Grace wusste nicht genau, wie sie reagieren sollte, da Benny – schmächtig, wie er war – als Beschützer vermutlich keine große Hilfe war.

»Sie haben nicht einmal eine Zofe«, beharrte er. Die Hände hatte er hinter dem Rücken verschränkt, und sein Gesicht war gerötet. »Sie sollten jemanden haben, der sich um Sie kümmert.«

»Danke, Benny«, brachte sie hervor, auch wenn ihre Kehle wie zugeschnürt war. »Ich weiß das Angebot zu schätzen.«

Nur eine Sache war noch zu tun. Sie atmete tief ein, um sich zu beruhigen, und ging dann zu Diccans Büro. Dort machte sie die Tür auf. Einen Moment lang zögerte sie. In diesem Zimmer konnte sie ihn wahrnehmen. Sie roch den Duft von Zitrone und Rauch und den schwachen Hauch von etwas, das ganz Diccan war. Sie sah die Beweise seines Lebens: Pferdemagazine, einen kleinen Stapel von Büchern und eine eingerahmte Karte des Osmanischen Reiches, die er an die Wand gehängt hatte. Bilder, die sie nicht wiedererkannte, und Schattenrisse von Menschen, die sie nicht kannte.

Noch eine Erinnerung daran, wie wenig sie über ihn wusste. Was war mit den Schwestern, die sie nie getroffen hatte? Wie hatte sie sich in einen Mann verlieben können, der so wenig von sich preisgab?

Aber sie war gekommen, um sich Papier und einen Stift

zu holen. Sie trat an seinen eleganten Schreibtisch aus Walnussholz und machte die oberste Schublade auf. Ganz hinten in der Schublade blitzte etwas auf. Sie nahm es heraus.

Es war ein Dolch, handgefertigt aus Gold und Stahl, das Werk eines meisterhaften Künstlers. Eines mohammedanischen Künstlers. Grace hätte den Stil überall erkannt. Doch das war es nicht, was ihre Aufmerksamkeit fesselte. Es war die Tatsache, dass der perfekt ausbalancierte Griff mit Edelsteinen besetzt war: mit Rubinen, Smaragden, Saphiren, Peridots, Perlen. Überraschend für einen Mann, der vorgab, alles Verzierte nicht zu mögen. Beweise für diejenigen, die ihn für geldgierig hielten – vor allem, da er so lange in Konstantinopel gelebt hatte. Mit den Edelsteinen allein hätte man Longbridge fünf Jahre lang unterhalten können.

Aber andererseits wusste Grace besser als die meisten anderen, wie großzügig Geschenke vor allem im Osten ausfielen. Für einen Moment sah sie sich selbst als Fünfzehnjährige. Sie hatte die Hand ausgestreckt, und jemand legte ihr eine Halskette auf die Handfläche. Es war ein glitzernder Wasserfall von Saphiren, leuchtend grüner Emaille und 24-karätigem Gold. All das war kunstvoll verarbeitet worden: zu kleinen Pfauen, Lotusblüten und Spiralen. Es war eine wirbelnde Symphonie von Farbe, Außergewöhnlichkeit und Reichtum. Der Schmuck der Frau eines Moguls.

Sie hatte versucht, den Schmuck zurückzugeben, da er viel zu wertvoll war. Doch der Vater ihrer Freundin Radhika hatte sich damit bei ihr für die Erschießung des Tigers bedanken wollen, der seinen Sohn bedroht hatte. Grace wollte ihm erklären, dass sie seinen Sohn gar nicht gesehen hatte. Sie hatte nur den Tiger gesehen, der mit seinen leuchtend gelben Augen und dem weit aufgerissenen Maul fauchend auf sie zugesprungen war. Sie hatte instinktiv geschossen. Es war ein Glückstreffer gewesen. Ihre Belohnung hatte aus sechs Halsketten von Jaipurs führender Familie bestanden. Ein armseliger Dolch verblasste dagegen.

Sie wog den Dolch in der Hand. Eine Waffe von tödlicher Schönheit. Sie legte den Dolch zurück und schrieb eine Nachricht für Lady Kate und Olivia Wyndham. Und auf dem Weg hinaus nahm sie sich eine von Diccans Reitgerten, die auf dem Ohrensessel aus Leder neben dem Kamin lag. Sie stellte sich Diccan vor, der in ihrem Schlafzimmer im Sessel saß und langsam mit der Gerte gegen seinen Schenkel schlug, dann drehte sie sich um und verließ mit der Gerte und den Briefen, die sie noch immer in der Hand hielt, das Zimmer. Behutsam schloss sie die Tür hinter sich. Es war an der Zeit, nach Hause zu gehen.

Zum zweiten Mal in einer Woche ertappte Diccan sich dabei, wie er jemanden dümmlich anstarrte und sich sicher war, dass er sich verhört hatte. »Was soll das heißen, Mrs. Hilliard ist nicht hier? Ich habe Gäste mitgebracht.«

Gäste, die er lieber woanders gelassen hätte – am liebsten in irgendeinem Graben. Die Thorntons, die sich im Haus umsahen, als würden sie die Kosten für die Möbel zusammenrechnen, Geoffrey Smythe, der sich an die Wand lehnte, als hätte er nicht mehr die Kraft, allein zu stehen, und Minette, die in der Kutsche wartete. Minette hatte darauf bestanden, draußen zu bleiben, während er seine Frau über seine Reise zur Galopprennbahn in Newbury informierte, wo er sich Pferderennen ansehen wollte.

Die gesamte letzte Woche hatte Diccan mit Minette verbracht, um herauszufinden, wo sie den Vers versteckt haben mochte. Und um herauszufinden, was genau dieser

Vers eigentlich war. Vergeblich. Geblieben waren ihm nur nicht enden wollende, fürchterliche Kopfschmerzen, eine Abneigung gegen französisches Parfum und eine Überdosis Thorntons.

Nur einen Erfolg hatte er zu verbuchen: Er hatte herausgefunden, dass die Löwen Princess Charlotte auf den Thron ihres Großvaters bringen wollten, weil sie der Überzeugung waren, sie würde dann ihren Wünschen und Forderungen nachgeben. Angesichts der Tatsache, dass die Prinzessin erst neunzehn Jahre alt war und den Großteil ihres Lebens in völliger Abgeschiedenheit verbracht hatte, konnte Diccan die Möglichkeit, dass dieser Plan gelingen könnte, nicht abtun. Laut Smythe hatten sie es bereits geschafft, die Verlobung zu unterbinden, die Prinny arrangiert hatte: Princess Charlotte hätte Prince William von Oranien heiraten sollen. Jetzt hatten sie einen anderen Kandidaten in der Hinterhand, der ihrer Meinung nach sehr viel genehmer war.

Alles wertvolle Informationen. Doch trotzdem nichts, das ihm verraten hätte, was es mit dem verdammten Vers auf sich hatte. Oder wie die Löwen planten, Princess Charlotte auf den Thron zu bringen – abgesehen von dem Attentat auf Wellington.

Im Augenblick jedoch musste er sich um sein persönliches Desaster kümmern. »Wo ist Mrs. Hilliard?«, wollte er wissen.

Roberts sah abschätzend an seiner gewaltigen Nase vorbei auf Diccans Gesellschaft, als wäre er nicht im Laufe von nur einem Tag vom Geschützführer zum Butler erhoben worden. »Madame hat mir ihr Ziel nicht genannt, Sir«, entgegnete er.

Diccan wollte, dass sie hier war. In Sicherheit. *Aber wenn sie nicht will, ist zumindest Babs bei ihr*, dachte er.

»Wer hat sie außer ihrer Zofe noch begleitet?«, fragte er.

Diccan hätte schwören können, dass der verdammte Butler sich hämisch freute. »Schroeder ist an dem Tag, als Sie nach Brighton gereist sind, entlassen worden.«

Diccan hatte das Gefühl, der Boden würde sich unter seinen Füßen auftun. »Wer ist bei Mrs. Hilliard?«

»John Coachman und Benny, der zweite Diener.«

Diccan wollte irgendjemanden erwürgen. Der einzige Trost, den er in der vergangenen Woche gehabt hatte, war, dass er wenigstens Grace in Sicherheit wähnte. Sie war von Menschen umgeben gewesen, die er und Babs überprüft hatten. Doch sie war vor ihnen geflohen, ohne zu wissen, dass sie in Gefahr schwebte. Er musste etwas tun. Er musste sie zurückholen. Und er musste sich unauffällig verhalten und so tun, als ginge es dabei nicht um ihre Sicherheit, denn sonst würde Smythe misstrauisch werden.

Mit einem gequälten Seufzen drehte er sich zu seinen Begleitern um. »Warum gönnen Sie sich nicht ein Gläschen Sherry im Salon? Ich bin gleich wieder bei Ihnen.«

Lady Thornton kicherte und tätschelte ihm die Wange, als sie an ihm vorbeikam. »Sieht so aus, als könnte Ihre Frau ein bisschen Disziplin vertragen, Diccan. Es ist gut, dass Sie gern für Zucht und Ordnung sorgen.«

Diccan musste sich sehr zusammenreißen. Er war seine aufgesetzte Persönlichkeit, hinter der er sich versteckte, so leid und hatte große Lust, Grace zu nehmen und mit ihr zu verschwinden, sodass niemand sie finden konnte. Aber es wäre viel zu gefährlich, diese erstaunliche, magische Nacht zu wiederholen, die er mit ihr verbracht hatte. Wenn er wieder in Grace' Bett landete, würde er wahrscheinlich nie wieder gehen.

»Longbridge«, sagte mit einem Mal der erste Diener, der in den Schatten neben der geschlossenen Tür zum Arbeitszimmer gestanden hatte. »Sie hat gesagt, sie würde nach Hause gehen.«

Diccan erkannte den Mann. Er war einer der Bediensteten, die Babs hierhergeholt hatte. Er ging zu ihm. »Was ist mit Schroeder passiert?«

Der Mann zuckte mit den Schultern. Sein hübsches Gesicht blieb vollkommen ungerührt. »Mrs. Hilliard hat gemeint, sie würde keine Zofe mehr brauchen.«

Diccan nickte nur und rieb sich wieder über die Augen. Er musste Babs, die sich bestimmt genüsslich in seinen Laken wälzte und sehr großzügig mit seinem Brandy umging, eine Nachricht schicken. Und er musste auf jeden Fall Grace finden. Sie konnte nicht einfach losgehen, als wäre alles ganz normal. Bestimmt hatte Braxton sie bereits gewarnt und behielt sie im Auge. Es war schon eine ganze verdammte Woche vergangen.

»Warum haben Sie Mrs. Hilliard nicht begleitet?«, fragte er den Diener. »Deshalb habe ich Sie doch eingestellt.«

Der Mann zog die Schultern hoch. »Sie hat den neuen zweiten Diener mitgenommen. Auch ein ehemaliger Soldat. Wir dachten, er würde auf sie achten.« Er beugte sich zur Seite und blickte sich argwöhnisch um. »Noch etwas, Sir«, sagte er und griff in seine Tasche, »diese Nachricht ist für Sie gekommen.«

Die Nachricht wurde übergeben. Diccan las sie und fluchte.

Habe die Namen von neulich Nacht überprüft. Carver ist so weit sauber. General Dawes hat fragwürdige Kontakte, darunter auch Bentley. Sei vorsichtig. Drake

Und was, zur Hölle, sollte er damit anfangen? Er konnte es Grace unter keinen Umständen sagen. Es würde sie zugrunde richten. Aber wenn er ihr diese Information vorenthielt, würde sie vielleicht in noch größerer Gefahr schweben.

»Es ist nicht gut, eine so unberechenbare Frau zu haben«, erklang auf einmal eine Stimme.

Er drehte sich um und erblickte Smythe, der mit einem Glas Whisky in der Hand in der Tür zum Salon stand. Er war ungefähr in seinem Alter, mit ausdruckslosem Gesicht, kleinen braunen Augen und schütterem, mausgrauem Haar. Smythe warf ihm ein bedächtiges Lächeln zu. Diccan konnte die unterschwellige Drohung in dem Lächeln bis in sein Innerstes spüren. Wenn er nicht einmal seine eigene Frau im Griff hatte, wie sollten sie dann glauben, dass er ihre Geheimnisse bewahren würde?

»Das ist einem meiner Nachbarn passiert«, fuhr Smythe fort und nippte an seinem Drink. »Er konnte nicht mit ihren Ausbrüchen umgehen und musste sie zu ihrem eigenen Besten einsperren lassen. Baroness Sanbourne. Haben Sie von ihr gehört?«

Das hatte er. Sie war eine liebenswürdige, ruhige Frau gewesen, ihrem Mann ergeben. Diccan hatte an ihrer Beerdigung teilgenommen. Was wollte Smythe ihm damit sagen?

»Grace ist nicht unberechenbar«, knurrte Diccan. »Nur etwas schwierig. Ich weiß, wie ich mit ihr fertig werde.«

Nickend straffte Smythe die Schultern. »Wir begleiten Sie als moralische Stütze. Das wird eine schöne Abwechslung.«

Es würde auf keinen Fall eine schöne Abwechslung werden. Es würde in einer Katastrophe enden. Sie hatte ihn verlassen. Einen anderen Grund konnte es nicht dafür geben, dass sie kurzerhand Babs gefeuert hatte und nach Longbridge geflüchtet war. Zu jeder anderen Zeit hätte er ihr den Raum gelassen, den sie offensichtlich brauchte. Das hatte sie verdient. Doch sie musste beschützt werden. Und er konnte sich nicht auf seine Aufgabe konzentrieren, wenn er sich ständig Sorgen um sie machen musste. Im Übrigen beobachtete Smythe ihn, um zu sehen, wie er auf Grace' Verhalten reagierte. Es war der reinste Drahtseilakt.

Und so endete es damit, dass Diccan von Zeugen begleitet wurde, als er seine Frau das nächste Mal begrüßte. Er wollte sie vorwarnen. Erklären, sich entschuldigen. Betteln, falls es nötig werden sollte. Aber als die Kutsche zehn Stunden später durch die Tore von Longbridge rollte, waren seine sogenannten Freunde an seiner Seite. Sogar Minette war mitgekommen.

»Ja, sie ist ein Krüppel«, sagte die hübsche blonde Frau und biss sich wie ein junges unschuldiges Mädchen auf die Unterlippe, »doch ich möchte ihr nicht wehtun.«

»Machen Sie sich darüber keine Sorgen, meine Liebe«, erwiderte Letitia Thornton, tätschelte ihr Knie und lächelte zufrieden. »Sie weiß, wer Sie sind. Und es spart Zeit, da wir schon auf dem Weg nach Newbury sind.«

»Wir müssen das Mädchen nicht mitnehmen, oder?«, fragte Thornton und nahm eine Prise Schnupftabak. »Ich kann den Sport nicht genießen, wenn eine fischgesichtige Frau dabei ist.«

»Das werden wir alles sehen, wenn wir da sind«, erwiderte Diccan.

Longbridge selbst war eine Überraschung. Als Grace ihm erzählt hatte, dass sie das Anwesen von einer Tante geerbt hatte, hatte er sich ein Haus vorgestellt, wie seine Tante es bewohnte: dunkel, abweisend, so präzise wie eine Radierung von Dürer. Longbridge war möglicherweise einmal ein Kloster gewesen, aber eine Reihe von Anbauten hatte den Ursprung verwischt. Nicht jedoch das Aussehen. Aus Sandstein gebaut, war es mit Fantasie erweitert worden.

Das Hauptgebäude bestand aus drei Stockwerken und hatte große, vertikal unterteilte Fenster, eine Brüstung mit Säulen und angrenzende Flügel mit gotisch gewölbten Gauben und einem Wald von Schornsteinen. Der Garten wirkte ein bisschen verwildert, doch auf dem Vorplatz, der mit Kies bedeckt war, befand sich ein Neptun-Brunnen, aus dem eine Fontäne in die Luft spritzte.

»Oh, sehr schön gemacht, Hilliard«, bemerkte Smythe, der Diccan aus der Kutsche folgte. »Es ist viel herrschaftlicher als Ihr Stadthaus. Und sehen Sie sich nur diese Wiesen an.«

Wie hatten ihm die Wiesen entgehen können? Zäune umschlossen leuchtend grünes Gras, das sich über die hügelige Landschaft Berkshires bis hin zum River Kennet erstreckte. Das hier wäre der perfekte Ort, um Pferde zu züchten und aufzuziehen. Wollte Grace das? Sie hatte es ihm nie wirklich gesagt.

Noch eine Sache, die ich auf später verschieben muss, dachte er, als er die Stufen zur Eingangstür hinaufging. Sein Herz hatte heftig zu pochen begonnen, und sein Magen hatte sich vor Furcht schmerzhaft zusammengezogen. Er wollte nicht hier sein – vor allem nicht, nachdem er gesehen hatte, wie besonders dieser Ort war. Er wollte Grace' Zuhause nicht mit der Anwesenheit der Menschen besudeln, die ihn einen Freund nannten. Ihm blieb nur zu hoffen, dass Grace ihm irgendwann vergeben würde.

Die Tür ging auf, noch ehe er sie erreichte. Der o-beinige Harper stand da und blickte ihn so finster an, als wäre er die Vorhut einer französischen Brigade, die zum Angriff blasen wollte.

»Ich möchte gern mit meiner Frau sprechen«, sagte Diccan.

Harper warf Diccan einen vernichtenden Blick zu und blockierte mit seinen beachtlichen Schultern die Tür. »Und warum sollte ich Sie zu ihr lassen?«

Diccan stand kurz davor, den kleinen Mann hochzuheben und gegen die Wand zu schleudern. »Weil ich dafür sorgen werde, dass Sie und Ihre Gattin meine Frau niemals wiedersehen werden, wenn Sie mich nicht zu ihr lassen«, knurrte er leise genug, dass nur sie beide es hörten.

Harpers Miene versteinerte, aber er trat zur Seite. Diccan ging in die elisabethanische Halle. Die vertäfelten Wände waren mit Schnitzereien verziert, sodass sie wie gefalteter Stoff wirkten, und der Marmorfußboden im Schachbrettmuster glänzte in dem Licht, das durch die Fenster fiel. »Wo ist sie?«

Harper deutete mit einem Kopfnicken zum hinteren Teil. »In der großen Galerie. Wenn Sie ihr wehtun …«

Diccan hob sein Monokel und starrte ihn so lange an, bis er schwieg. Dann lief er zu einem Rundbogengang, aus dem Frauenstimmen an sein Ohr drangen. Er musste sich nicht umdrehen, um zu wissen, dass seine Freunde ihm folgten. Er konnte sie wie einen Pesthauch hinter sich spüren, als er an einer blank polierten Eichentreppe und an Wänden, die mit glänzenden Waffen dekoriert waren, vorbeiging. Mittlerweile erkannte er die einzelnen Frauenstimmen: Grace und eine Irin – Mrs. Harper, wie er vermutete. Und noch eine andere Frau mit einem exotischen, trällernden Akzent.

Nachdem er durch einen kurzen Flur gegangen war, trat er in eine hohe, helle Galerie, die sich im hinteren Teil des Hauses erstreckte. Seine Schritte hallten auf dem knarrenden Holzfußboden wider. Über ihm befand sich eine mit Fresken verzierte, gewölbte Decke. An der Südseite reihte sich ein Fenster in der weiß vertäfelten Wand an das nächste, an der Nordseite hingen Bilder und standen Sessel. Es war ein bezaubernder, einladender Raum, der seltsamerweise genau zu seiner Frau passte, die ihn immer wieder überraschte.

Sie stand mit zwei Frauen in der Mitte des Zimmers.

»Seid gegrüßt«, rief er und blieb in der Tür stehen.

Beim Klang seiner Stimme zuckte Grace zusammen und blickte von der Kiste auf, die sie sich gerade angesehen hatte. Sie trug wieder ihre typischen grauen Kleider und eine große Schürze und hatte gelacht, bevor er gesprochen hatte. Das Leuchten in ihren Augen erstarb in dem Moment, als ihr klar wurde, wer da gekommen war.

»Diccan«, sagte sie und trat vor die Kiste, als wollte sie sie vor ihm beschützen.

Eine Frau, die beinahe so breit war wie Grace groß, stellte sich mit vor der Brust verschränkten Armen neben sie.

»Das ist also dein Mann«, sagte Mrs. Harper beinahe vorwurfsvoll.

»Nein, nicht meiner«, sagte Grace leise.

Diese Worte taten mehr weh, als er gedacht hätte. Neben Grace stand noch eine andere Frau, die zart, dunkel und ausnehmend hübsch war. Sie hatte ein fließendes türkisfarbenes Seidengewand an, einen Salwar Kamiz, den indische Frauen oft trugen. Sie schien Diccans Blick nicht erwidern zu können, sondern richtete ihre Aufmerksamkeit auf die Kiste, die sie gerade untersucht hatte.

Genau genommen war der Raum voll von Kisten. Er wirkte fast wie der Packraum eines Importunternehmens.

»Ich habe nicht damit gerechnet, dich hier zu sehen, Diccan«, sagte Grace.

»Nein?«, erwiderte er. »Womit hast du denn gerechnet?«

Sie zuckte mit den Schultern. Das Licht funkelte seltsam in ihrem Haar. »Ich habe damit gerechnet, dass du wie immer dein Leben genießt. Ich dachte, es wäre ein guter Zeitpunkt, um mich in mein Zuhause zurückzuziehen und einige Dinge zu regeln.«

»Du meinst: Du wolltest weglaufen.«

Eine andere Frau wäre zusammengezuckt. »Ich hätte eher das Wort ›ausbrechen‹ gewählt, doch ich denke, wir verstehen uns. Ich musste mich nur wieder mit etwas vertraut machen, das alles mir gehört.«

Er hörte nicht, wie seine Begleiter eintraten. Und das war auch gar nicht nötig. Er sah es in dem Moment, als die Miene seiner Frau sich änderte. Wenn es möglich war, schien sie zu wachsen – nicht nur ihr Körper, sondern auch ihre Würde. Und er war dabei, sich in ihren Augen nur noch weiter herabzusetzen. Er war dabei, seinen schlechten Ruf durch Menschen, die er verachtete, zu festigen.

»Dir?«, fragte er leise und ignorierte die Tatsache, dass sie nicht länger allein waren. Er blickte sich im Raum um. »Was genau ist ›deines‹?«

Grace hielt ihren Blick auf ihn gerichtet. »Longbridge«, entgegnete sie ruhig. »Meine Tante hat es mir hinterlassen.«

Er nickte und bemühte sich, Haltung zu bewahren. Nun würde er eine unaussprechliche Schreckenstat begehen und diese ernste Frau verletzen. Und es gab nichts, was ihn davon abhalten konnte.

Er drehte das Monokel in seiner Hand. »Und du hast mich geheiratet. Offenbar ist es dir nicht klar, meine Liebe. Aber andererseits ist es vermutlich nicht förderlich für das Erlernen von Eherecht, wenn man in Spanien durch den Schlamm kriecht.« Er seufzte, als wäre er gelangweilt. »Was dir gehört hat, gehört jetzt auch mir, Grace. Dein

Geld, dein Pferd, deine Bediensteten, dein Haus. Du hast nichts, Grace. *Ich* habe alles.«

Er bemerkte, wie tief er sie damit getroffen hatte. Sie hatte wirklich geglaubt, mit diesem hellen, gemütlichen Ort einen Rückzugsort von der feindlichen Welt der feinen Gesellschaft zu haben. Und sie hatte geglaubt, er würde es verstehen.

»Du kannst mir zumindest das hier gewähren, Diccan«, sagte sie, und mit einem Mal klang ihre Stimme dünn.

Diccan glaubte, dass er sich sein Verhalten niemals würde verzeihen können. Er legte den Kopf schräg und tippte sich mit dem Monokel ans Kinn, als würde er nachdenken. »Ich soll Ungehorsam und Erniedrigung zulassen? Das glaube ich nicht. Wie würde es denn aussehen, wenn meine Frau – nach allem, was ich für sie geopfert habe – einfach weglaufen würde? Das könnte meinen Ruf als begehrenswertester Mann Europas gefährden.«

Hinter sich hörte er ein unterdrücktes Kichern und wusste, dass er, wenn das alles hier vorbei war, Letitia Thornton höchstpersönlich vernichten würde.

»Ich werde dich diesmal nicht bestrafen, Grace«, sagte er. »Deine Freunde können bleiben. Das Haus kann schließlich nicht leer stehen. Doch du wirst nach Hause zurückkehren. Wenn ich wiederkomme, werde ich meinen unverzeihlichen Fehler wiedergutmachen und mit deinem Anwalt die Einzelheiten deiner Aussteuer durchgehen. Und das beinhaltet auch alles, was du in diesen Kisten vor mir zu verstecken versuchst.«

Sie wich zurück, als wollte sie ein kleines Kind vor einem wilden Wolf bewahren. »Nein.«

Diccan zog eine Augenbraue hoch. »Nein?«

»Sind Sie sich sicher, dass sie es Ihnen nicht gestohlen hat?«, fragte Smythe lässig. »Vielleicht wollte sie ihren Geliebten hier treffen und Ihre Wertsachen auf den Kontinent schaffen, ehe Sie es bemerken.«

Smythe würde er direkt nach Letitia Thornton vernichten. »Grace?«, fragte er.

Unwillkürlich straffte sie die Schultern wie ein Soldat vor dem Erschießungskommando. Die beiden anderen Frauen traten an ihre Seite und nahmen dieselbe Haltung ein. Diccan hatte nur Augen für Grace. War es lächerlich zu hoffen, dass sie hinter seine Worte blicken konnte? Dass sie glauben würde, dass er nichts von alledem meinte, was er gesagt hatte, auch wenn es dafür keinen Beweis gab?

»Du kannst dir das Haus nehmen«, sagte sie ruhig. »Du kannst dir auch Epona nehmen, obwohl sie dich niemals auf ihren Rücken lassen wird. Aber ich habe mein Leben damit verbracht, das zu sammeln, was sich hier befindet. Es gehört mir, und ich werde es lieber verbrennen, als es dir zu überlassen.«

»Um Himmels willen, Grace«, versetzte er schroff. Er war mit seiner Geduld am Ende. »Was kann in den Kisten sein, das solch ein Theater wert ist?«

»Silber«, mischte Thornton sich ein. In seiner Stimme schwang Freude mit. »Gold. Es könnte der Familienschmuck der Hilliards sein. Smythe hat recht. Sie sollten besser nachsehen.«

Diccan antwortete nicht. Er ging auf Grace zu. Mit einem Mal war er neugierig darauf zu erfahren, was seine Frau vor ihm versteckte, als wäre es ihr Kind, das sie beschützen musste. Genauso neugierig wie die anderen. Er schob sie zur Seite und griff in die Kiste, damit diese Szene endlich ein Ende hatte. Er wollte ihr gequältes Gesicht nicht mehr sehen müssen. Grace schrie auf. Er packte das Erste, was er erreichen konnte, und zog es heraus.

Ein Kissen.

Ein smaragdgrünes Seidenkissen mit goldenen Quasten und mit einem Pfau aus goldenem Garn bestickt. Diccan starrte es an, als würde es sich selbst erklären. Dann warf er es auf den Boden und griff wieder in die Kiste, nur um noch mehr ähnliche Dinge hervorzuziehen: Kissen in leuchtenden Farben, eine sündhaft weiche Kaschmirdecke mit goldenem Paisleymuster und scheinbar endlos viel Seidenstoff in bunten Farben. Er ging zu den nächsten Kisten, um dort genau dasselbe vorzufinden: noch mehr Kissen, mehr Stoffe, funkelndes Messing, Perlen und Armreife. Er entdeckte sogar einen Gürtel, den man beim Bauchtanz trug.

»Was, zur Hölle, ist das?«

Natürlich erkannte er alles. Es war die Ausbeute eines orientalischen Handelsschiffes. Das Interieur des Zeltes eines Großwesirs. Die Farben und Stoffe exotischer Länder, die die meisten Menschen niemals sehen würden.

In der nächsten Kiste fand er Perlenarbeiten. Korbwaren. Gefranstes Rehleder, das so weich und weiß war, dass es aussah wie aus einem Märchen. Felle und Federn und Stoffe aus Amerika. Er holte eine rote Webdecke hervor und trat zurück. Ihm stockte der Atem. Er blickte zu seiner Frau und bemerkte den Schmerz in ihren Augen. Er hatte sie gerade auf die schlimmste Art und Weise verletzt. In seinen Händen hielt er das Herz von Grace Fairchild.

Grace, die ihr Leben in Grau verbracht hatte, um ihren Vater zu unterstützen. Grace, die sich in Pastelltöne und Anstand gezwängt hatte, um ihm zu gefallen. Grace, die ihre wahre Seele in geschlossenen Packkisten mitten in Berkshire verborgen gehalten hatte.

Farbe. Beschaffenheit. Üppigkeit. Die Edelsteine der Erde und die Kunst der Menschheit, handgefertigt in Ländern, die von England weit entfernt waren. Kisten und

Kisten voll davon, voller Liebe gesammelt, über Jahre hinweg versteckt, bis sie sie wieder hervorholen konnte. Und er hatte dieses sacht schlagende Herz nicht nur den Geiern offenbart, sondern hatte es auch noch gedankenlos zu Boden geschleudert.

»Grundgütiger, Hilliard«, hörte er Thornton höhnen. »Das ist schlimmer als Diebstahl. Ich glaube, Ihre kleine Frau will ein Geschäft eröffnen.«

Diccan sah, dass die Worte Grace den finalen Schlag versetzten. Er ließ die Decke fallen, drehte sich langsam um und nahm das Monokel hoch. »Ich glaube, ich habe es Ihnen schon einmal gesagt, Thornton. Es gibt Dinge, die ich einfach nicht dulden kann.« Seine Augen verengten sich zu schmalen Schlitzen, während Thornton erstarrte. »Sie verstehen das sicher.«

Der dicke Mann errötete. »Durchaus. Durchaus. Bin nur erschöpft, wissen Sie? Lange Fahrt. Bin völlig ausgetrocknet.«

»Eine gute Idee«, sagte Diccan und breitete die Arme aus, um alle Gäste aus der Galerie zu treiben. »Leider trinkt Grace nicht besonders gern Alkohol. Ich habe allerdings im Dorf ein Gasthaus gesehen, das perfekt wäre.«

Er musste sie loswerden, ehe er sich selbst verriet, indem er die Beherrschung verlor. Er brauchte Zeit, um sicherstellen zu können, dass Grace nach London zurückkehrte.

»Vorsicht und Nachsicht, meine Lieben«, sagte er und drängte sie hinaus. »Sie können ein spätes Mittagessen genießen, während ich die Sache mit meiner Frau kläre.«

»Auf mich wirkt es, als wären Sie auf dem Rückzug, Diccan«, sagte Letitia mit einem Lächeln.

Diccan zog eine Augenbraue hoch. »Ich behalte mir nur vor, so etwas mit meiner Frau unter vier Augen zu besprechen«, erwiderte er, als er sie nach draußen begleitete. »Das verstehen Sie sicher, Letitia. Wie würden Sie sich denn fühlen, wenn Percy Sie hier in aller Öffentlichkeit wegen Ihres letzten kleinen Fehltritts beim Glücksspiel ausschimpfen würde?«

Thornton wurde dunkelrot. »Glücksspiel? Letitia, was habe ich dir gesagt?«

Letitia warf Diccan vernichtende Blicke zu, doch sie schwieg. Minette sagte: »Der Krüppel kommt nicht mit uns? Oh, das ist gut. Es tut mir weh, sie ansehen zu müssen.«

Er machte sich nicht die Mühe, darauf zu reagieren.

»Sie müssen das klären«, sagte Smythe so leise zu Diccan, dass die anderen ihn nicht hören konnten. »Sie brauchen bald Ihre ganze Konzentration für die Ehre, die ich Ihnen erweisen werde.«

Diccan erstarrte. Alles in ihm sagte ihm, dass er nun die Belohnung für all diese furchtbaren Wochen bekommen würde. »Ehre?«, fragte er und gab sich Mühe, fasziniert zu klingen.

Smythe lächelte. »Das ist das Mindeste, was ich für einen Freund tun kann. Vor allem für einen Freund, der Wellington hasst.«

»Und für einen, dem man vertrauen kann, dass er seine eigene Familie im Griff hat?«, fragte Diccan.

Smythe lachte, und Diccan stimmte mit ein, als sie beide in die Kutsche stiegen. Diccan wusste ohne Zweifel, dass die gesamte Mission von Smythes Einladung abhing. Dennoch konnte er sich nicht so darauf konzentrieren, wie er es eigentlich hätte tun sollen. Seine Gedanken waren bei seiner Frau. Vor seinem inneren Auge sah er sie: majestätische Haltung, die Augen traurig. Wie sollte er das alles jemals wiedergutmachen? Wieso sollte sie es ihm überhaupt erlauben?

Eine Ahnung davon, wie erfolgreich er in dieser Hinsicht sein würde, bekam er, als er eine Stunde später auf einem geliehenen Pferd nach Longbridge zurückkehrte. Er war noch paar Meter vom Haus entfernt, als Grace ihm ihre Meinung unmissverständlich deutlich machte. Er hörte einen lauten Knall, und sein Hut flog ihm vom Kopf.

Sein Pferd scheute. Er brachte es zum Stehen und suchte nervös den Horizont nach Feinden ab. Die Mühe hätte er sich sparen können. Seine Frau stand mit ihrer Uniformjacke bekleidet auf dem Dach und lud ein *Bakers*-Gewehr durch. Schulter an Schulter mit ihr und ebenfalls bewaffnet, standen die Harpers neben ihr, außerdem die zierliche indische Frau, die er gesehen hatte, und ein gegen die anderen riesengroß wirkender, dunkelhäutiger Mann mit einem violetten Turban und einem prachtvollen Bart.

»Grace«, rief Diccan und saß reglos auf seinem Pferd, »sei nicht so widerborstig.«

Sie schulterte ihr Gewehr. »Ich bin nicht widerborstig, Diccan. Und du bekommst mein Haus nicht.«

Kapitel 17

Wenn Grace nicht bewaffnet gewesen wäre, hätte Diccan vor lauter Frust laut aufgelacht. Bei jedem nur erdenklichen Ausgang dieser Reise wäre er nie darauf gekommen, dass es so enden könnte. Aber andererseits hatte er es hier mit Grace zu tun – und wann hatte er je von Grace erwartet, den Regeln zu folgen?

Die ganze Zeit über, musste er sich eingestehen. Und das war sein größter Fehler gewesen. Er trieb sein Pferd an, kam näher und hielt den Blick auf die verschiedenen Waffen gerichtet, mit denen Grace und ihre Freunde auf ihn zielten. »Wenn ihr alle da oben steht«, rief er provozierend, »wer hält mich dann davon ab, einfach durch die Eingangstür zu spazieren?«

Harper stieß einen schrillen Pfiff aus. Sofort flog die Eingangstür auf. Dahinter stand eine Gruppe von Männern in ramponierten Uniformen und streckte ihm von einer *Brown-Bess*-Muskete bis hin zu einer Mistgabel alles entgegen, was sich als Waffe eignete.

»Sie helfen mir im Garten«, erklärte Grace.

Natürlich taten sie das. Die Vorstellung von Recht und Ordnung war bei Männern, die Grace ihr Leben verdankten, außer Kraft gesetzt. Wahrscheinlich hatten sie ihr fünf Minuten nach ihrer ersten Begegnung schon aus der Hand gefressen. Und Diccan konnte ihr nicht erklären, warum sie in London sicherer wäre, weil sie es möglicherweise gar nicht war.

»Grace, bitte«, rief er ohne seinen Hut auf dem Kopf, sodass sie ihm vermutlich ansehen konnte, dass er es ehrlich meinte. »Wir können uns nicht unterhalten, wenn die ganze Grafschaft zuhört.«

Sie steckte eine Kugel in den Lauf ihres Gewehrs und nahm den Ladestock in die Hand. Ihre Bewegungen wirkten fließend und schnell. »Ich kann mich nicht daran erinnern, dass ich den Wunsch geäußert hätte, mit dir zu reden«, sagte sie gelassen.

»Ich kann dafür sorgen, dass in spätestens zwanzig Minuten ein Polizist hier ist, um dich herauszuholen.«

Nun lächelte sie, und er erkannte wieder die Kriegerin in ihr. Das erregte ihn mehr als alles andere, was er in der Woche gesehen und erlebt hatte. Gott, es kam ihm sogar so vor, als wäre ihr Haar röter.

»Möchtest du noch einen Beweis sehen, wie erfahren ich mit einem Gewehr bin?«, fragte sie.

»Ich nehme an, dass es auch etwas ist, was die Männer deines Vaters dir beigebracht haben.«

Sie lächelte. »Das fünfundneunzigste Schützenregiment. Sie haben mich gelehrt, auf fast vierhundert Meter ein Ass zu treffen. Wenn du nicht augenblicklich zu deinen Freunden zurückkehrst, wird es mir ein großes Vergnügen sein, es dir zu zeigen.«

»Das sind nicht meine Freunde.«

»Was?«

Er presste seine Fingerknöchel an seinen Kopf, als würde das helfen, den Schmerz hinter seinen Augen zu lindern. Wie sollte er sie dazu bringen zu tun, was nötig war, wenn er fand, dass sie in ihrer alten roten Uniformjacke im Sonnenlicht verdammt großartig aussah? Gott, er sah sie noch immer vor sich, wie sie ihn in dieser einen Nacht geritten hatte. Wie ein Jäger, der auf seinem Pferd in wildem

Galopp ansetzte, über einen Zaun zu springen – den Kopf in den Nacken geworfen, die Augen weit geöffnet, lachend. In dem Moment hatte er ihre Grübchen gesehen, diese scheuen Zwillinge, die nur herauskamen, wenn sie ihre Abwehrhaltung aufgab.

Sie hatte ihre Abwehr aufgegeben, und er hatte sie dafür bestraft.

»Grace, bitte, du weißt, dass nicht immer alles so ist, wie es scheint. Darf ich es dir wenigstens erklären?«

»Wirst du mir die Wahrheit sagen?«

Er wäre beinahe zusammengezuckt. »Natürlich.«

Abwesend nickte sie und steckte sich lässig das Gewehr unter den Arm. »Tja, das wäre mal etwas Neues. Ich glaube nicht, dass ich die Wahrheit gehört habe, seit der Bischof uns zu Mann und Frau erklärt hat.« Einen Moment lang hielt sie inne. »*Er* hat doch die Wahrheit gesagt, oder?«

»Ja, Grace.« Diccan lächelte. »Sosehr dich das auch mit Kummer erfüllen mag – Cousin Charles ist sich seiner Stellung und Bedeutung als Erzbischof von Canterbury viel zu bewusst, als dass er illegale Eheschließungen vollziehen würde. Du bist tatsächlich meine Frau.«

Sie nickte bedächtig. »Und ich stehe auf dem Dach deines Hauses. Auf deinem Land. Und esse dein Essen. Ich habe verstanden, Diccan. Trotzdem – solltest du versuchen, mich mit Gewalt aus diesem Haus vertreiben zu wollen, werde ich dich erschießen.«

Diccan sah auf und war bereit, sich zu streiten. Aber in dem Moment bemerkte er den verzweifelten Ausdruck des Verlustes in Grace' Augen. Es traf ihn wie ein Schlag in den Magen. Er wollte ihr so gern sagen, dass er sie verstand. Dass er diese Aasgeier niemals in das Haus gelassen hätte, wenn er von ihren Schätzen gewusst hätte. Aber er durfte nichts sagen. Nicht hier draußen.

»Könnten wir einen vorübergehenden Waffenstillstand ausrufen, bis ich mit dir geredet habe?«, fragte er. »Ich verspreche dir, dass ich nicht die Polizei rufen werde, wenn du mir versprichst, dass du nicht zulässt, dass einer von deinen Freunden mich mit einer Mistgabel aufspießt.«

Eine ganze Weile war er sich nicht sicher, ob sie antworten würde. Sie stand einfach dort oben auf dem Dach und dachte nach. Die Sonne funkelte in ihren Haaren, und ihre Augen waren zu schmalen Schlitzen verengt. Ihre Freunde sahen schweigend zu.

Schließlich seufzte sie und legte ihre Waffe ab. »Rühre dich nicht von der Stelle.«

Während ein Bataillon von ehemaligen Soldaten mich im Blick hat? Wohl kaum.

Kurz darauf teilte sich die Gruppe im Eingangsbereich des Hauses, um Grace hindurchzulassen. Diccan schwang sich vom Pferd und traf sie am Fuße der Treppe.

»Also gut«, sagte sie. Die Röte auf ihren Wangen strafte ihre scheinbare Gelassenheit Lügen. »Ich höre.«

Plötzlich war sie ihm so nahe, dass er den exotischen Blumenduft ihrer Seife wahrnehmen konnte. Sie hatte an Gewicht verloren und sah blasser aus. Zugleich war sie von einem sonderbaren Glühen umgeben, eine Lebendigkeit, die ihm vorher nicht aufgefallen war. Es kam ihm beinahe so vor, als hätte London ihr wie ein bösartiger Blutegel alles Leben ausgesaugt. Er wollte sie in die Arme schließen und ihr sagen, dass er diese Grace mochte und ihr niemals wehtun würde. Er wollte wieder mit ihr schlafen. Er wollte keinen Sex – Sex hatte er mit Minette gehabt. Er wollte sie *lieben.* Doch er bezweifelte, dass Grace stehen bleiben würde, wenn er ihr den Unterschied erklärte.

Es gab so vieles, was er sagen musste, dass ihm nichts

einfiel. Er warf einen flüchtigen Blick zum Dach hinauf. »Wer sind deine Freunde?«

Sie blinzelte. Dann warf auch sie einen kurzen Blick nach oben. »Harper kennst du ja schon. Und daneben steht Breege, seine Frau. Dann sind da noch Radhika und Bhanwar Singh. Bhanwar ist mein Chefkoch.«

»Unsinn. Ich erkenne den Turban und den Bart. Bhanwar ist ein Sikh-Kämpfer.«

»Das auch.«

»Er muss dir sehr ergeben sein, wenn er deinetwegen Indien verlassen hat.«

Sie zuckte mit den Schultern. »Es war besser, als dafür hingerichtet zu werden, mit der Geliebten des Moguls geschlafen zu haben.«

Hat sie ihr ganzes Leben damit verbracht, anderen Leuten zu helfen?, fragte er sich. Hatte sie je etwas für sich eingefordert – außer der Sicherheit, irgendwann in ihrem eigenen Haus in Ruhe diese Kisten öffnen zu können? Plötzlich wollte er es wissen. Er wollte alles wissen, was ihm vorher zu fragen nicht eingefallen war: Wie ihre Träume aussahen, ihre Wünsche, ihr Trost. Was sie aufregte und was sie beruhigte. Er schämte sich, zugeben zu müssen, dass er nach den letzten Wochen noch immer nichts über sie wusste.

Gott, er wünschte sich, ihre Hand nehmen und mit ihr in das Haus gehen zu können – zur Hölle mit den *Rakes* und den Grenadieren und der verdammten Regierung. Sollte doch jemand anders sein Leben riskieren, um England zu retten. Sie sollten ihn jedenfalls in Ruhe lassen, damit er diese vielschichtige, verführerische Frau kennenlernen konnte.

Zu wissen, dass er das nicht konnte, sorgte nicht gerade dafür, dass er sich besser fühlte. Es stand mehr auf dem

Spiel als nur sein Seelenfrieden oder der seiner Frau. Also musste er sie zurück in diese Ehe zwängen und weitermachen, bis er alles erklären konnte. Bis sie ihm, wie er hoffte, verzieh.

Den Kopf in den Nacken gelegt, warf er dem Sikh auf dem Dach an der Balustrade einen Blick zu. »Wann wolltest du mir von alldem hier erzählen?«, fragte er. »Oder hattest du vor, es geheim zu halten?«

Sie sah ihn eindringlich an. »Ich weiß nicht. Wolltest du deine Geheimnisse für dich behalten?«

Entschlossen erwiderte er ihren Blick. »Komm zurück nach London, und ich werde dir meine erzählen. Jedes einzelne.«

Sie schüttelte den Kopf. »Ich glaube nicht. Ich glaube nicht, dass ich es besonders gut vertrage, in eine Ecke gestellt zu werden, damit ich niemanden belästige.«

Er machte den Mund auf, um zu widersprechen, als ihm klar wurde, dass Drake ihn genau darum gebeten hatte. »Grace«, sagte er, und der Schmerz schnürte ihm die Kehle zu, »deine Geheimnisse betreffen deine Freunde. Meine betreffen Großbritannien.«

Diccan sah, wie der letzte Rest an Wärme aus ihren Augen schwand. »Ich verstehe. Du schläfst zum Wohle Englands mit einer Französin. Oder hast du mit mir fürs Vaterland geschlafen?«

Wieder hatte sie sich unter seiner Deckung hindurchgeschlichen. Dieses Mal traf sie ihn schwer. »Ich werde nicht darüber diskutieren, Grace«, sagte er und wünschte sich insgeheim, er könnte ihr alles erklären.

»Jedenfalls bestimmt nicht zu meiner Zufriedenheit. Fahr zurück, Diccan. Ich werde dich nicht behelligen. Ich werde nicht einmal mehr mit meinem Onkel sprechen. Du bist außer Gefahr.«

»Das reicht nicht.«

Sie wirkte müde. »Ich fürchte, das muss reichen. Ich kann so nicht weiterleben. Und sei ehrlich: Du brauchst mich nicht.«

Er sprach es aus, ehe der Gedanke ihm bewusst war. Bevor er darüber nachdenken konnte, wie gefährlich diese Worte waren. »Wenn ich dich aber will?«

Er hatte nicht gewusst, wie trostlos ein Lachen klingen konnte. »Du bist nett, Diccan, doch wir wissen es beide besser. Bitte, lass mir einen Rest Würde.«

»Streite nicht mit mir, Grace.«

»Ich streite nicht, Diccan. Ich werde einfach nicht nach London zurückkommen.«

Er ertappte sich dabei, wie er sich über die Stirn strich, um die verfluchten Kopfschmerzen zu lindern. Mit einem Mal kam ihm eine Idee. »Wenn du es schon nicht für mich tust, dann tu es für Kate.«

Sie erstarrte. »Kate? Was hat sie damit zu tun?«

»Ihre Familie lässt sie wieder beschatten. Sie haben das Gerücht gehört, dass sie sich als Aphrodite malen lässt, die aus dem Meer steigt.«

Er bemerkte, dass Grace ein Stück weit in sich zusammensank. »Nackt, nehme ich an.« Seufzend schüttelte sie den Kopf. »Die liebe Kate. Sie macht keine halben Sachen, oder?«

»Sie werden sie schneller nach Moorhaven Castle zurückholen, als du schießen kannst. Und wenn sie sie erst dort haben, werden sie sie nie wieder gehen lassen. Sie werden nicht zögern, sie einzusperren, um einen möglichen Skandal zu verhindern.«

Grace blickte ihn an. »Können sie wirklich eine Duchess entführen?«

»Ja. Und wenn du denkst, sie kann die Familie ihres

Mannes um Hilfe bitten, hast du dich getäuscht. Bea ist die Einzige von ihnen, die ihr ein Seil zuwerfen würde, wenn sie ertrinken würde. Der alleinige Grund, warum sie sie noch nicht angreifen konnten, ist, dass sie sich noch nie wirklich unanständig benommen und gegen die Regeln verstoßen hat. Ein Nacktbild könnte das allerdings ändern.«

Eine ganze Weile hörte Diccan nur Vogelgezwitscher, Kuhglocken, die in der Ferne bimmelten, und gedämpfte Schritte auf dem Dach. Smythe wartete im Gasthaus auf ihn und würde vielleicht endlich genug verraten, um den Anschlag auf Wellingtons Leben verhindern zu können – und doch schien Diccan sich nur auf Grace konzentrieren zu können.

»Sagst du mir die Wahrheit?«, fragte sie schließlich. »Bei deiner Ehre?«

Nun, zumindest das konnte er reinen Gewissens bestätigen. »Bei meiner Ehre. Ich bin im Royal Pavilion in Brighton dem Duke und der Duchess von Livingston in die Arme gelaufen.«

Grace zuckte zusammen. »Eine niederträchtige Frau.«

»Bitte, Grace. Kate braucht dich. Bring sie dazu, das Bild zu verbrennen oder sich wenigstens in Kleidung malen zu lassen. Du bist eine der wenigen Personen, auf die sie hört.«

»Wir sollen eigentlich zu Olivias Hochzeit fahren«, sagte sie.

»Ich werde versuchen nachzukommen.«

Einen Moment lang blickte sie zu den Bäumen, als suchte sie Unterstützung. Irgendwann zuckte sie jedoch mit den Schultern und seufzte. »Natürlich. Jetzt reite zurück zu deinen Freunden. Ich muss Vorbereitungen treffen.«

»Danke, Grace.«

Sie blickte ihn an, und er erkannte wieder die Kriegerin in ihr. »Oh, danke mir nicht, Diccan. Ich glaube kaum, dass dir der Ausgang der ganzen Angelegenheit gefallen wird.«

Sein Herz pochte vor Erleichterung. »Ich weiß. Trotzdem: danke.«

Er wollte sie umarmen, wollte ihr zumindest einen zärtlichen Kuss auf die Stirn hauchen. Aber sie würde nicht glauben, dass es aufrichtig gemeint war. Also trat er zurück und verbeugte sich vor ihr.

»Danke, meine Liebe. Wir sehen uns bald wieder.«

Er drehte sich gerade zu seinem Pferd um, als Grace einen Schritt nach vorn machte. »Diccan? Eine Sache noch.«

Er wandte sich zu ihr um und entdeckte echte Sorge in ihrem Blick. »Dieser Mr. Carver …«, sagte sie.

»Ja?«

»Er macht mir Angst. Sei vorsichtig.«

Plötzlich war er beunruhigt und trat auf sie zu. »Hat er dich bedroht?«

Sie schien darüber nachzudenken, was Diccan nur noch nervöser machte. »Nein«, sagte sie dann, »ich habe nur das Gefühl, dass es für ihn aus irgendeinem Grund etwas … Persönliches ist. Er kann es kaum erwarten, dich zu verhaften.«

Eine ganze Weile stand Diccan wie versteinert da. Auch wenn er noch so lange darüber nachgedacht hätte, so hätte er Grace' Warnung nicht erwartet. Andererseits kannte er nicht allzu viele Menschen mit so viel unerschütterlicher Anständigkeit.

»Danke«, sagte er, »ich werde vorsichtig sein.«

Er wünschte sich, eine andere Wahl zu haben, aber er schwang sich auf sein Pferd und ritt davon.

Grace stand so lange reglos auf dem Vorplatz, dass Harper ihr besorgt zurief: »Geht es dir gut, mein Mädchen?«

Erschrocken blickte sie auf und sah, dass alle ihre Freunde noch auf dem Dach an der Balustrade standen und dass die Gärtner und Benny noch immer in der Eingangstür ausharrten. »Oh. Ja, Harps. Danke für eure Hilfe. Ich glaube, wir sind dann fertig.«

»Soll ich dem Sahib folgen und ihn körperlich züchtigen?«, fragte Bhanwar vom Dach aus. Seine dichten schwarzen Augenbrauen hatte er zusammengezogen, sein Schwert hielt er bedrohlich im Arm.

Grace bemerkte, dass sie immer noch lächeln konnte. »Nein danke, Bhanwar. Ich hätte viel lieber ein leckeres Biryani zum Abendessen. Dann muss ich für London packen.«

Er machte eine majestätische Verbeugung und hielt der zierlichen Radhika die Hand hin. Grace beobachtete, wie sie den Harpers vom Dach herunter folgten, und sehnte sich beinahe schmerzhaft wie ein verirrtes Kind nach dem, was sie nie haben würde. Nach jedem Traum, der an diesem Nachmittag auf dem Vorplatz ihres Hauses gestorben war, nach jeder Hoffnung, die seltsamerweise an die beiden ungleichen Paare auf ihrem Dach erinnerte.

Ehe sie sich dessen bewusst war, humpelte sie über die Rasenfläche. Im Moment wollte sie allein sein.

»Grace?«, hörte sie Breege rufen.

»Lass sie gehen«, antwortete Harper. »Sie muss zur Ruhe kommen.«

Zur Ruhe kommen. Ja, sie glaubte, dass sie das musste. Ein Spaziergang würde helfen. Das hatte sie schon damals in Spanien gemacht, wenn das Gemetzel und der Schmerz sie überwältigt hatten. Dann nahm sie sich ein Gewehr und ging in die vertrockneten braunen Berge. Es hatte keine

Rolle gespielt, dass bei ihrer Rückkehr ihr Knie sehr geschmerzt hatte. Jetzt tat es das nicht. Es war ein Schlag zu viel gewesen. Sie konnte den Schmerz nicht still hinnehmen, sondern musste sich bewegen.

Diese Wiesen und Felder waren das Gegenteil von den spärlichen, vertrockneten Hügeln Spaniens. Diese Landschaft war sanft und bewaldet und so wunderbar grün. Saftig grün. Leben spendend grün. Sie konnte das Grün fast riechen und fühlte sich, als könnte sie in die Farbe eintauchen.

Als sie durch die kargen Hügel Spaniens gelaufen war, hatte sie an einen Ort wie diesen gedacht, der die Belohnung für ihren Dienst an Vaterland und Familie sein würde. Ein Zuhause, das ihr allein gehören würde. Ein Zuhause, wo sie sie selbst sein konnte, ohne bemitleidet, angegriffen oder verspottet zu werden. Innerhalb von fünf Minuten, nachdem sie aus der Kutsche gestiegen war, hatte sie gewusst, dass das hier das Zuhause war. *Ihr Zuhause.*

Nur war es das nicht.

Epona sah, wie sie vorbeihumpelte, und galoppierte am Zaun entlang, warf den Kopf hoch und wieherte, um Grace' Aufmerksamkeit zu erregen. Für gewöhnlich musste Grace über diese Possen lachen. Für gewöhnlich hatte sie auch eine Leckerei für ihre geliebte Freundin dabei. Doch ihre Freundin gehörte nicht länger ihr. Nichts gehörte mehr ihr. Sie konnte nicht länger so tun, als würde irgendein Teil ihres Lebens wirklich ihrer sein. Weder ihr Haus noch ihr Leben oder ihre Träume. Nicht einmal ihre Schätze, im Laufe der Jahre im Exil liebevoll Stück für Stück gesammelt, nur für sie von Wert und unauflösbar mit den Träumen verbunden, die ihr die Kraft gegeben hatten, all das zu überstehen.

Diccan hatte ihr alles genommen. Er wusste, dass sie

nach London zurückkehren würde – wenn auch nur wegen Kate. Er wusste, dass sie die Kisten wieder zunageln und wegstellen würde, weil sie einfach nicht in diese Welt gehörten. Allerdings hatte Grace dieses Mal das Gefühl, dass sie sie nie wieder öffnen würde.

Sie lehnte sich über die Brüstung der Steinbrücke, die dem Anwesen seinen Namen gab. Sie liebte die weiche, runde Struktur. Sie liebte es, wie der Kennet darunter leise flüsternd vorbeifloss. Sie liebte die Zeit, die sie auf der Bank unter den Weiden verbracht hatte, eingehüllt in stilles Grün und den Gesang der Insekten, während sie den ganzen Tag lang geangelt hatte. Was sie am meisten geliebt hatte, war das Gefühl, dass sie nach einem Leben an weit entfernten und fremden Orten endlich nach Hause gekommen war.

Sie spürte, wie ihre Selbstbeherrschung schwand und Schmerz sie ergriff. Und sie wusste, dass es noch schlimmer werden würde. Sie hatte alles getan, was man von ihr erwartet hatte. Sie war eine gute Tochter gewesen, eine gute Frau, eine gute Freundin. Sie hatte ihr Leben damit verbracht, ihre Träume hintanzustellen, damit sie all das sein konnte. War es abwegig, dass sie erwartete, irgendwann dafür belohnt zu werden – wenn auch nur mit einem Zuhause, wo sie sich willkommen und geliebt fühlte?

Es war nett von Diccan gewesen zu sagen, was er gesagt hatte. Aber sie wusste es besser. Er wollte sie nicht. Trotzdem würde er sie niemals gehen lassen. Nicht jetzt. Vor allem nicht, wenn das, was sie vermutete, tatsächlich der Wahrheit entsprach.

Sie legte die Hand auf ihren flachen Bauch, und das schlechte Gefühl verschwand aus ihrer Brust. Wäre es denn so schlimm? Sicherlich könnte sie einen Platz für sich selbst gegen eine Zukunft eintauschen, die sie sich nie im

Leben zu erträumen gewagt hätte. Eine Zukunft, die sie sich nicht einmal hätte vorstellen können. Wenn sie sich nicht einmal eine Hochzeit ausgemalt hatte, wie hätte sie dann ein Kind vorhersehen können?

Wieder wurde sie von Empfindungen überrollt. Doch dieses Mal war es ein ausnehmend süßer Schmerz. Ein Baby. War es tatsächlich möglich? Ihre Zeit war überfällig, aber eigentlich kam sie nie besonders pünktlich. Allerdings war ihr in der vergangenen Woche übel gewesen, und sie hatte sich bei allem, was gehaltvoller als trocken Brot und Suppe gewesen war, übergeben müssen. Breege hatte sie misstrauisch beäugt, und Radhika, die schon ein Kind hatte, hatte gelächelt.

Ja, dachte sie. *Sie würde das alles hier aufgeben – und sie würde es mit Freude tun –, wenn Diccan ihr ein Kind geschenkt hätte. Wenn sie jemanden hätte, der ihr gehörte, der sie lieben würde und Freude, Trost und Ruhe bei ihr suchen und finden würde. Wenn sie einen kleinen warmen Körper hätte, den sie umarmen könnte*. Sie versäumte nie die Gelegenheit, Radhikas Tochter Ruchi zu umarmen, auch wenn das Mädchen inzwischen sieben Jahre alt und klüger als alle anderen im Haushalt war. Sie erinnerte sich daran, was für ein Wunder es gewesen war, dieses winzige Baby auf dem Arm zu haben. Ein kleines Händchen hatte eine Haarsträhne umklammert, das Herzchen hatte beruhigend an ihrem Herz geschlagen. Sie erinnerte sich daran, eine schreckliche Sehnsucht nach einem eigenen Baby empfunden zu haben.

Natürlich hatte sie sich davor hüten wollen zu hoffen, dass dieser Wunsch in Erfüllung ging. Unverzeihlicherweise war ihr das nicht gelungen.

Und so nagelte sie die Deckel wieder auf ihre wertvollen Kisten, packte die Uniformjacke wieder beiseite und nahm die quietschende alte Reisekutsche ihrer Tante, um nach London zurückzufahren. Eine Woche, wiederholte sie immer wieder. *Nur eine Woche, bis ich wieder fliehen kann. Eine Woche, bis ich zu Olivias Hochzeit reise und wenigstens meine Freundinnen um mich habe, die mich unterstützen, während ich versuche, mein verworrenes Leben zu ordnen.* Und dann würde sie vielleicht endlich mit Sicherheit wissen, wie ihr Leben aussehen würde.

Eine Sache tat sie allerdings für sich selbst. Sie nahm Mr. Pitt mit nach London. Wenn Diccan wissen wollte, was er nun dank der Hochzeit alles besaß, dann sollte er es selbst herausfinden. Innerhalb von zwölf Stunden nach seiner Ankunft in der Clarges Street hatte der Affe – ein ziemlich mürrischer Langur mit einem dunklen Gesicht – Diccans Lieblingsglobus zerschmettert, den ersten Diener gebissen und Diccans Bett mit reifen Früchten beworfen. Grace erinnerte jeden der Bediensteten daran, dass es nun Diccans Haustier war und dass sie das nicht vergessen sollten. Alle grinsten.

Während der Affe auf der Vorhangstange in Diccans Arbeitszimmer hockte, zog Grace ihre Haube aus, zog ihren Mantel an und brach zu Kate auf. Grace hielt ihr Versprechen. Beim Tee informierte sie Kate über die neueste Drohung ihrer Familie wegen des Bildes. Wie nicht anders zu erwarten, lachte Kate. »Grundgütiger. Was für eine überaus kreative Idee. Ein Bild. Ich nehme an, ich muss mich geehrt fühlen, dass sie so viel Energie darauf verwenden, mich gefügig zu machen. Leider kann ich ihrem Wunsch nicht nachkommen.«

Grace sah, wie Bea Tränen in die Augen stiegen. »Un… würdig«, stieß die alte Dame hervor, und Grace wusste, dass sie nicht von den Malern sprach.

Kate streckte den Arm aus und ergriff Beas Hand. »Meine liebe Bea, du und ich wissen beide, dass es am Ende nur noch eine weitere Blamage für Edwin geben wird.«

»Gefälscht«, protestierte Bea mit besorgter Miene und fuchtelte mit der freien Hand herum.

»Falls es tatsächlich ein Bild geben sollte«, sagte Kate, »ist es ganz sicher gefälscht. Was sich leicht beweisen lassen wird – und das ist schade für Edwin.«

Darüber hatte Grace nicht nachgedacht.

»Das würde er nicht tun.«

Kate lachte leise und hielt noch immer die Hand der offensichtlich beunruhigten Bea. »Das würde er tun. Nun ja, Glynis würde. Edwin fehlt dazu die Gerissenheit. Er würde es allerdings für eine brillante Idee halten, dieser erbärmliche kleine Idiot.«

Grace wünschte sich, die schlechten Nachrichten hätten ein Ende und sie könnte den Tee genießen. Auf der Fahrt zurück nach London hatte sie eine Entscheidung getroffen. Es war zu gefährlich, Geheimnisse für sich zu behalten. Sie brauchte Hilfe. Sie musste ihr Wissen über Diccan mit jemandem teilen. Sie hatte bereits eine Nachricht an Olivia geschickt und sie gebeten, sich hinsichtlich der Ermittlungen über die Löwen einmal umzuhören. Sie sollte es auch Kate nicht vorenthalten. Eines stand fest: Niemand konnte Kate etwas vormachen.

»Es gibt noch Schlimmeres, fürchte ich«, sagte Grace und stellte ihre Tasse ab. »Es geht um Diccan.«

Kate hatte Grace' Verzweiflung offenbar bemerkt, denn sie stellte ihre Tasse ebenfalls ab und lehnte sich zurück, die Hand auf Beas Arm, die Miene ruhig. Bea nippte an ihrem Tee. Die Aufmerksamkeit auf ihre eigene Tasse gerichtet, erzählte Grace den beiden von allen Anschuldigungen gegen Diccan. Weil sie wusste, wie sehr die beiden ihn liebten, musste sie ihnen alles sagen – selbst das, was sie in der Half Moon Street gesehen hatte. Grace berichtete so nüchtern wie möglich. Als sie geendet hatte, herrschte Schweigen.

Mit einem Mal erwachte Bea zum Leben. »Unsinn!«, stieß die alte Dame hervor und stellte ihre Tasse so heftig ab, dass der Tee überschwappte.

Grace blickte auf und bemerkte, dass ihre Freundinnen weder anklagend noch wütend wirkten, sondern mitfühlend.

»Warum bist du nicht zu uns gekommen?«, fragte Kate und hielt Grace' kalte Hand.

Plötzlich fing Grace an zu zittern. »Ich sollte nicht mit euch sprechen. Und dann hat Kit mir gesagt, dass gegen Diccan ermittelt werde und dass ich mich raushalten solle. Ich habe beschlossen, dass ich das nicht tun kann.«

Kate drückte Grace' Hand ein letztes Mal und nahm ihre Teetasse. »Also behauptet ein Mann aus dem Innenministerium, dass Diccan ein Verräter ist, und Braxton – von dem ich vermute, dass er zu *Drake's Rakes* gehört – sagt, dass Diccan ein Löwe sein könnte. Bea hat natürlich recht. Das ist alles Unsinn. Gut, Diccan hat seine Geheimnisse. Doch es ist absurd zu glauben, dass er ein Vaterlandsverräter sein könnte.« Kopfschüttelnd griff sie nach einem Stück Mohngebäck. »Nur fürs Protokoll: Das Anwesen seines Onkels ist deshalb in dem schlechten Zustand, weil er ein berühmt-berüchtigter Geizkragen war und sich solche Ausgaben lieber gespart hat. Er hat Diccan eine Menge Geld hinterlassen. Dir ist allerdings nie die Idee gekommen, ihn zu fragen, oder?«

»Warum?«, wollte Grace wissen. Zumindest diese eine Sache war sicher. »Das hätte meine Meinung über ihn auch nicht geändert. Die Frage ist, ob das alles mit dem Vorfall in Canterbury in Verbindung steht.«

Kate lachte unvermittelt auf. »Grace, nur du nennst einen Skandal und eine erzwungene Eheschließung einen ›Vorfall‹. Aber, ja. Ich denke, das wäre durchaus möglich. Die Frage ist, warum. Wer profitiert von seinem Ruin? Und wie?«

»Zehn Schritte«, schlug Bea vor.

Kate nickte abwesend. »Ja, er hat ohne Zweifel Feinde aus den Duellen. Doch was passiert ist, ist kein bloßer Racheakt. Es ist sehr viel komplizierter. Sehr viel … bösartiger. Es gibt sicherlich leichtere Wege, den Namen eines Mannes zu verleumden, als dafür zu sorgen, dass seine Frau dabei zusieht, wie er seine Geliebte bespringt.«

Einen Moment lang blickte Kate in die Ferne. Gedankenverloren griff sie nach einem weiteren Stückchen Gebäck. Bea hatte offenbar etwas bemerkt. »Ungezogenes Mädchen«, warnte sie und gab Kate einen Klaps auf die Hand.

Kate lächelte verschmitzt. »Meine Neugierde ist ein Gewohnheitslaster. Aber du kannst mir nicht sagen, dass du nicht auch für einen Moment gedacht hast, wie gern du einen Blick durch das Fenster geworfen hättest, du schamloses Frauenzimmer.«

Beas Lachen war vielsagend. Grace errötete. Sie konnte etwas so Intimes nicht besprechen, auch nicht mit ihren Freundinnen. Vor allem nicht, wenn sie nicht mal selbst verstanden hatte, was genau passiert war.

»Ich glaube, die Löwen stecken dahinter«, sagte sie und versuchte verzweifelt, das Thema zu wechseln. »Ich denke, Diccan ist bedeutender und wichtiger, als wir ahnen. Er hatte es sehr eilig, nach unserer Hochzeit nach London zurückzukehren. Könnte es nicht sein, dass er Informationen aus Europa hatte und dass jemand ihn unglaubwürdig machen wollte?«

»Wie die Informationen, die Jack Gracechurch mitgebracht hat?«, fragte Kate und zog die Augenbrauen zusammen. »Wenn das der Fall wäre, warum bringen sie ihn dann nicht einfach um? Das haben sie bei Jack schließlich auch versucht.«

Grace' Magen zog sich zusammen. Es war ein Gedanke, den sie möglichst weit von sich schob. »Ich bin mir nicht sicher, dass sie es nicht noch versuchen werden. Sie haben ihn jedenfalls nicht ruiniert. Diccan ist überall akzeptiert, und ich werde ihn nicht verraten.«

Kate nickte abwesend. »Und du hast gesagt, dass du Olivia schon eine Nachricht hast zukommen lassen?«

»Ich dachte, wenn jemand herausfinden kann, was los ist, dann sie. Schließlich hat sie alles getan, um Jacks Erinnerung zurückzuholen. Jack kann ihr wohl kaum erklären, dass *sie* keinen Anspruch auf die Informationen hat.«

»Er kann versuchen, sie davor zu *beschützen.* Der Himmel weiß, dass das die Lieblingsbeschäftigung der Männer ist: Frauen zu ihrem eigenen Besten im Dunkeln tappen zu lassen.«

Bea seufzte. »Nannys.«

»Wie wahr«, entgegnete Kate und tätschelte Beas Hand. »Erstaunlich, oder? Als würden sie glauben, dass wir mit einem Mal vergessen hätten, was nötig war, um die Löwen überhaupt zu enttarnen. Na ja, wir werden es weiter versuchen.«

»Irgendwelche Ideen?«, fragte Grace. »Ich fürchte, ich bin dazu nicht in der Lage.«

»Orangenblüten«, sagte Bea vernehmlich.

Kate grinste. »Grace ist schon verheiratet, meine Liebe.«

Doch Bea schüttelte den Kopf. »Sussex.«

»Du denkst, wir sollten warten, bis wir zur Hochzeit nach Sussex reisen?« Kate nahm ein Schlückchen von ihrem Tee und nickte bedächtig. »Du könntest recht haben. Jack Gracechurch ist ein Gründungsmitglied von *Drake's Rakes.* Das bedeutet, dass Marcus Drake wahrscheinlich auch bei der Hochzeit ist. Diccan ist auf jeden Fall da. Wenn wir sie alle zusammenhaben, können wir sie vielleicht dazu bringen, ihre Informationen mit uns zu teilen.«

Grace wollte nicht warten. Sie war unruhig und gereizt. Das Gefühl, etwas übersehen zu haben, ließ sie nicht los. In den folgenden Tagen nahm sie mit Kate und Bea wieder an gesellschaftlichen Ereignissen teil und fühlte sich noch eingeengter als zuvor. Wohin sie auch kam, begegnete sie dem Flüstern und den hinterhältigen Blicken und musste sich ständig auf die Zunge beißen.

Noch immer konnte Grace nicht über ihren Verdacht hinsichtlich ihres Zustands sprechen. Und so lebte sie von Brot und Suppe und ignorierte die hochgezogenen Augenbrauen des Dienstmädchens, als sie schließlich so viel Gewicht verloren hatte, dass ihre Kleider enger genäht werden mussten. Der einzige Trost war, dass Grace Kates Dienstmädchen Lizzy zu ihrer neuen Zofe machen konnte. Sie erklärte ihren Bediensteten, dass Lizzys kleine Tochter ebenfalls willkommen war. Seltsamerweise gewöhnte der Affe Mr. Pitt es sich an, wie ein Hund das Baby zu bewachen, was jeden im Haus entzückte.

Grace weigerte sich allerdings, eines zu tun: Sie ließ Schroeder nicht wieder in ihren Haushalt zurückkehren. Nicht einmal, nachdem sie von Diccan per Post eine Anordnung bekommen hatte. Sie schrieb zurück.

Du musst schon zu Hause sein, um mit mir über meine Dienstboten zu diskutieren. Viel Spaß bei den Pferderennen.

Am nächsten Tag bat sie Kit Braxton, Recherchen über ihre Verfolger anzustellen. Er teilte ihr mit, dass es sich um Agenten der Regierung handele, die geschickt worden seien, um sie zu beschützen. Sie nickte, aber die Antwort beruhigte sie nicht. Irgendetwas an der Geschichte kam ihr eigenartig vor. Ihre Beobachter wirkten zu ... beiläufig. Und dann, an ihrem dritten Tag in London, glaubte sie, die Antwort gefunden zu haben. Sie machte einen Ausritt im Park und stellte sich vor, nicht in London zu sein, als sie ihren Onkel Dawes erblickte.

»Wo ist denn deine schöne Stute?«, erkundigte er sich. Sein Backenbart sträubte sich, als er sein riesiges graues Schlachtross zum Stehen brachte.

»Auf dem Land, wo sie genug Auslauf hat«, erwiderte Grace und lenkte ihren ansehnlichen schwarzen Wallach namens Barney, der Kate gehörte, neben ihn.

Sie hatte gewusst, dass sie ihrem Onkel eines Tages gegenübertreten müsste. Sie hätte sich nur gewünscht, es noch ein bisschen hinauszögern zu können.

»Wir müssen ungestört reden«, bellte der General und warf dem mondgesichtigen George, der Grace bedächtig auf einem schwerfälligen Braunen folgte, einen misstrauischen Blick zu.

»George ist der Inbegriff an Diskretion«, sagte sie und verkniff es sich, Onkel Dawes zu erzählen, dass Kates Stallbursche die Intelligenz eines Kleinkindes hatte.

Der General warf noch einen Blick zu George, ehe er sich wieder Grace zuwandte. »Und, mein Mädchen? Wie hast du dich entschieden?«

»Es tut mir leid, Onkel Dawes«, sagte sie und bedauerte wirklich, dass sie ihn enttäuschen musste, »ich werde meinen Mann nicht hintergehen.«

Einen Moment lang fürchtete sie um seine Gesundheit.

Er wurde dunkelrot und so aufgeregt, dass sein Pferd erschrocken zurückwich. »Nach allem, was du gesehen hast?«

Sie wurde noch trauriger. »Wie hast du mich an diesen Ort bringen können?«, fragte sie leise. Der Schmerz saß noch immer tief. »Wie konntest du zulassen, dass ich mir das ansehen muss?«

Er polterte los, und sein Gesicht wurde noch röter. »Es war zu deinem eigenen Besten«, knurrte er. »Du musstest wissen, was er ist.«

»Ich weiß, was er ist, Onkel Dawes. Er ist alles andere als perfekt. Doch er ist kein Vaterlandsverräter.«

Der General beugte sich vor und packte Grace am Arm. Seine Miene wirkte ehrlich erschüttert. »Ist dir nicht klar, dass du dich selbst in Gefahr bringst? Er muss aufgehalten werden, mein Mädchen.«

Sie hob ihre freie Hand und tätschelte seine. »Aber nicht von mir.«

Er schüttelte weiter den Kopf, den Blick ins Leere gerichtet, die Stirn gerunzelt. Grace tat es leid, dass sie ihn so ernüchtern musste. Sie wusste, dass er es niemals verstehen würde. Seiner Meinung nach hatte sie ihn enttäuscht.

»Du weißt nicht, was du getan hast«, sagte er wie zu sich selbst. »Du weißt es einfach nicht.«

»Arbeitet der Mann wirklich für das Innenministerium?«, fragte sie und hatte mit einem Schlag seine Aufmerksamkeit. »Mr. Carver?«

Der alte Mann zog seine Hand zurück. »Jetzt beschuldigst du *mich* zu lügen?«

»Nein. Ich will dich nur warnen, dass vielleicht nicht alles so ist, wie es scheint.« Und als sie in sein liebes, vertrautes Gesicht blickte, das vor Sorge angespannt war, fasste sie den Entschluss, ihm von den Britischen Löwen zu erzählen. Onkel Dawes war der Typ Mensch, den sie täuschen könnten, und sie könnte es nicht ertragen zu sehen, dass man ihm wehtat. »Bist du dir ganz sicher, dass Mr. Carver derjenige ist, der er vorgibt zu sein?«, fragte sie ihn schließlich.

Einen Moment lang machte er ihr Angst. Seine Augen wirkten leer. »Bist du dir sicher, dass dein Ehemann es ist? Hast du dich je gefragt, woher er sein Geld hat? Sein Vater hat ihn vor zehn Jahren verstoßen und unterstützt ihn seitdem nicht mehr.«

»Ja, das habe ich gehört. Ich weiß allerdings auch, dass sein Onkel nicht so pleite war, wie alle glaubten.«

»Er will, dass du das denkst.«

Sie seufzte und legte behutsam ihre Hand auf seinen Arm. »Onkel Dawes, ich weiß, dass du dich um mich sorgst. Bitte, pass auf dich auf. Tu es für mich. Ich glaube, dass diese Männer skrupellos sind.«

Er reagierte nicht auf ihre liebevolle Geste. Ehe sie ihn um Verzeihung bitten konnte, ritt er davon. Sie blieb mit schwerem Herzen zurück. Sie wollte gerade weiterreiten, als sie bemerkte, dass Mr. Carver ihrem Onkel gefolgt war.

»Er macht sich Sorgen um Sie«, sagte der Mann und ritt auf einem Mietpferd an ihre Seite.

Grace musste ihr Pferd beruhigen, weil es diese Nähe genauso wenig mochte wie sie selbst. »Ich sage Ihnen dasselbe, was ich auch ihm gesagt habe, Mr. Carver«, erklärte sie und wünschte sich, der Mann hätte ein bisschen mehr Abstand zu ihr gehalten. »Ich werde Ihnen nicht helfen.«

Eine ganze Weile saß Carver reglos auf seinem Pferd und blickte sie abschätzend an. Als hätte er eine Entscheidung gefällt, lächelte er. »O doch, das werden Sie«, sagte er selbstzufrieden, als stünde ihre Kapitulation schon von vornherein fest. Er zog ein schmales Etui hervor und reichte ihr eine Karte. »Kontaktieren Sie mich hier.«

Grace warf einen Blick auf die Karte und las seinen Namen und eine Adresse am Lincoln's Inn Fields. »Warum nicht in Whitehall, Mr. Carver?«

»Das habe ich Ihnen schon erklärt«, erwiderte er und lächelte noch immer. »Es gibt eine undichte Stelle. Ich vertraue niemandem.«

Sie nickte. »Trotzdem liegen Sie falsch – es ist nicht Diccan.«

Er sah zu den Bäumen hoch, als wären seine Worte nicht weiter wichtig. »Doch«, entgegnete er, »seien Sie auf der Hut, Mrs. Hilliard. Sie wissen nicht so viel, wie Sie denken.«

Er tippte sich an die Hutkrempe und ritt davon. Grace blieb mit einem Gefühl der Verunsicherung und einer unauffälligen Visitenkarte in der Hand zurück. Irgendetwas beunruhigte sie.

»Miss Grace«, meldete George sich hinter ihr zu Wort, »wer ist der Mann?«

Grace blickte auf und sah George, der besorgt zu sein schien. »Ein Mann, der für die Regierung arbeitet, George.«

Die Aufmerksamkeit auf den davonreitenden Carver gerichtet, schüttelte er den Kopf. »Ich glaube, ich mag ihn nicht.«

Grace folgte seinem Blick und nickte langsam. »Ich auch nicht, George. Ich auch nicht.« Sie steckte die Karte trotzdem ein, damit sie sie nicht verlor. Sie musste herausfinden, was sie so stutzig machte, so beunruhigte.

Wieder folgte ihr einer dieser ständig wechselnden Beobachter. Dennoch fühlte sie sich kein bisschen sicherer.

»Achten Sie darauf, dass das Haus heute Nacht abgeschlossen ist«, wies sie Roberts an, als sie sich an diesem Abend auf den Weg ins Bett machte. »Im Moment möchte ich keine weiteren Überraschungen erleben.«

Sie erlebte allerdings eine Überraschung …: einen Eindringling. Aber es war keiner, den sie erwartet hatte.

Sie wusste nicht, wie lange sie schon geschlafen hatte, als sie etwas hörte. Es war nicht laut, nur ein Flüstern, als wäre Luft verwirbelt worden. Doch mit einem Mal war sie wach und konnte ihr Herz pochen hören. Jemand war bei ihr im Zimmer.

Sie versuchte, so leise wie möglich zu sein, als sie unter ihr Kissen griff und den Mund aufmachte, um zu schreien. Der Schrei blieb ihr im Hals stecken. Ihre Hand griff ins Leere. Ihre Pistole war verschwunden.

Plötzlich legte sich eine Hand über ihren Mund, und ein Körper lag auf ihr. Ihr Herz wollte in ihrer Brust zerbersten. Sie biss in die Hand. Kräftig. Aber der Eindringling drückte nur noch fester zu. Sie wand sich. Er hielt sie umklammert. Von einem Herzschlag auf den anderen wusste sie, dass die Gefahr noch größer war, als sie gefürchtet hatte. Sie kannte diesen Körper und hatte den Kampf schon aufgegeben, als sie eine wohlvertraute Stimme in ihrem Ohr hörte. »Grace«, murmelte er und klang belustigt, »in meinem Bett scheint ein Affe zu hocken.«

Kapitel 18

»Wo ist meine Pistole?«, fragte sie, als er die Hand von ihrem Mund nahm und über ihre Schulter streichelte.

Sie hätte ihn von sich stoßen sollen. Sie hätte ihn dorthin treten sollen, wo es ihm am meisten wehtat. Stattdessen bog sie den Rücken durch und bot ihm ihren Hals an. Er hauchte einen Kuss knapp unter ihr Ohr und jagte ihr damit wohlige Schauer über den Nacken.

»Ich wollte nicht, dass du mich fälschlicherweise für einen Schurken hältst.«

»Ich kann mich nicht erinnern, dass du eingeladen worden wärst.«

Er beugte sich wieder so nah über sie, dass sie im Schatten kaum die Umrisse seines Gesichts erkennen konnte. Sie konnte jedoch die Hitze spüren, die sein Körper ausstrahlte. Sie schien ihre Wut aufzuzehren wie eine lähmende Droge.

»Macht es dir wirklich etwas aus, dass ich hier bin?«, fragte er und strich mit seinen Händen ihre Arme hinab.

»Ja«, brachte sie heraus und fragte sich, wohin die Empörung in ihrer Stimme verschwunden war, »das macht mir etwas aus. Was machst du überhaupt hier?«

Er drückte seine Stirn an ihre. »Es gab einen kleinen Streit, der beigelegt werden musste.«

Sein Duft umhüllte sie wie Rauch und zog sie unerbittlich an. Sie hatte das Gefühl, dass ihre Kehle vor Wut und vor Erregung wie zugeschnürt war. »Welcher Streit?«, stieß sie hervor und lag reglos unter ihm, als wäre das ein Schutz.

»Der Streit darüber, ob ich dich nun will oder nicht.«

Er griff nach ihrer Hand und presste sie in seinen Schritt. Grace keuchte auf. Er war hart und heiß und pulsierte. Es juckte sie in den Fingern, in diese Hose zu greifen und ihre Finger um seinen Schaft zu schlingen, ihn festzuhalten und nie mehr loszulassen. Sie sehnte sich nach seinem warmen, salzigen Geschmack auf ihrer Zunge.

»Was beweist das, Diccan?«, fragte sie und kämpfte darum, vernünftig zu bleiben, auch wenn sie vergaß, ihre Hand zurückzuziehen.

Sie konnte ihm nicht einfach wieder erliegen. Das würde bedeuten, dass sie sich wissentlich selbst zerstörte. Doch es war schwer, stark zu bleiben, da ihr klar wurde, dass das, was in seiner Stimme mitschwang, Begehren und Verlangen waren. Himmel, er zitterte beinahe, als hätte er seit Jahren keine Frau gehabt – sie wusste es allerdings besser.

»Ich will in dir sein, Grace«, flüsterte er ihr ins Ohr und hob die Hand, um die Decke zurückzuschieben. »Ich will spüren, wie dein Körper mich aufnimmt, um mich herum schmilzt. Ich will dich wieder lachen hören.«

Sie versuchte, sich von ihm zu lösen. Sie versuchte es wirklich. Aber er hielt sie fest und ließ sie nicht los. Und irgendwie vergaß sie, gegen was sie sich wehrte.

»Wie viele Frauen brauchst du eigentlich pro Tag?«, fragte sie und wusste, dass ihre Stimme unverzeihlich schwach klang.

»Ich *will* nur mit dir zusammen sein.« Er hob den Kopf. Sie konnte seine Lust und seinen Humor und noch etwas anderes erkennen – etwas, das sie sich nicht zu erhoffen wagte. »Wir könnten natürlich die Zeit auch damit verbringen, über meinen brillanten Kleidungsstil zu diskutieren, obwohl ich gerade den Krawattenknoten zerstört habe, mit dem Biddle sich so viel Mühe gegeben hat. Wir könnten über dein gutes Werk an den heimkehrenden Soldaten sprechen. Ich unterhalte mich gern mit dir, Grace. Ich liebe dein Lachen. Doch ich verzehre mich danach, dich vor purer, schwindelerregender Freude, vor Lust lachen zu hören. Bitte …«

Sie ließ ihn nicht aussprechen. Kurz entschlossen zog sie ihn an sich und küsste ihn voller Leidenschaft. Er schloss sie fest in seine Arme. Sie konnte sein Herz an ihrer Brust schlagen fühlen, sie konnte den Duft seiner Sandelholzseife in der Nachtluft wahrnehmen. Sie schmeckte Diccans Wesen, seinen Kern – keinen Brandy, keine Zigarren, sondern nur Süße und diese ganz besondere Würze.

Sie wollte das alles – seinen Geschmack, das raue Eintauchen seiner Zunge, den unerträglich sanften Angriff seiner Lippen – in vollen Zügen genießen. Sie fühlte, wie ihr Körper unter ihm zum Leben erwachte, und wusste, dass sie alles nehmen würde, was er ihr geben konnte. Und sie würde ihm noch mehr zurückgeben. Auf die ihr einzig mögliche Weise würde sie ihm sagen, dass sie ihn liebte – ob er es hörte oder nicht, ob er es anerkannte oder nicht. Und morgen würde sie die Überreste ihrer Schutzmauern zusammensammeln und sich daranmachen, sie wieder aufzurichten.

Ein letztes Mal versuchte sie, sich von ihm zu lösen und sich zurückzuziehen. »Ich muss mit dir reden«, beharrte sie. »Es ist dringend.«

»Später«, murmelte er und neigte seinen Kopf auf ihre Brust. »Versprochen.«

Es gab keine Diskussion mehr, kein Wort wurde mehr gewechselt. Sie spürte, wie er ihren Zopf löste und ihr Haar wie einen Fächer auf dem Kissen ausbreitete. Sie hielt ihn fest und erwiderte seinen Kuss, verlockte, reizte, verführte ihn dazu, die Kontrolle zu verlieren. Zwischen ihren Schenkeln fühlte sie, wie sie bei dem bloßen Gedanken daran, wie er in sie drang und zum Höhepunkt kam, feucht wurde. Die Vorstellung, dass er die Selbstbeherrschung verlor, löste einen süßen Schmerz in ihr aus, der sich paradiesisch anfühlte. Sie konnte es kaum erwarten, sich hinzugeben.

Mit einem Kuss zerstörte er ihre Zurückhaltung. Mit seinen Händen beseitigte er ihre Abwehr, riss er ihre Schutzmauern ein. Grace spürte seine erfahrenen Hände auf sich wie einen Traum. Sie berührten, tasteten, zogen, zerrten an der Bettdecke und entledigten sie ihres Nachthemdes, als wäre es nicht mehr als eine Anregung gewesen.

Sie zitterte in der kühlen Nachtluft, die ihre erhitzte Haut küsste, die von Diccans Zunge und seinen Liebkosungen feucht war. Zwar konnte sie Diccan im Dunkeln nicht sehen, aber sie konnte ihn fühlen, ihn hören, den berauschend männlichen Duft wahrnehmen. Es reichte, um sie um den Verstand zu bringen. Es reichte, um sie alles andere vergessen zu lassen.

Sie zog ihm das Hemd aus und erforschte mit ihren Händen seine Brust und seinen Rücken, die vor Anstrengung angespannt waren. Gierig nahm sie den Schwung seiner Schultern, die sanfte Vertiefung der Halsgrube, das Rumpeln in seiner Brust in sich auf, als sie über seine Brustwarzen leckte. Sie bemerkte, wie sein Körper sich nach ihr verzehrte, und sie genoss es. Ihr Körper reagierte augenblicklich, als sie sich zu dem Tanz vereinten, der so alt wie die Menschheit war. Sie hörte ihren eigenen Atem als Kontrapunkt zu seinem, hörte Musik. Sie wandte sich wieder den Knöpfen zu, hinter denen sich sein harter Schaft verbarg, und öffnete sie.

Diccan hielt nicht inne, sie mit Händen, Lippen und Zunge zu erkunden: ihre Schultern, Arme, ihren Bauch, ihre Brüste. Oh, ihre Brüste, die sich nach seiner Berührung sehnten und sich aufrichteten, noch bevor er sie liebkoste.

Und als er endlich seine Lippen um ihre Brustspitzen schloss, zuckte Grace erschrocken zusammen. Sie hätte schwören können, dass er versuchte, sie zu verschlingen. Mit der Zunge leckte er über ihre empfindsame Haut, mit den Zähnen knabberte er an ihren harten Nippeln. Sie bog den Rücken durch, um ihm näher zu sein. Sie zerrte an seinen Knöpfen, wollte ihn endlich spüren. Wieder hörte sie dieses sonderbare Klagen, und ihr wurde klar, dass sie selbst es war, ihr unstillbares Verlangen. Und wieder hörte sie, wie er zu lachen begann und dann aufstöhnte, als sie schließlich den letzten Knopf geöffnet hatte und ihn mit ihrer Hand umschlingen konnte. Sie lächelte. Begierig drängte sie ihn, die Hüften anzuheben und sich die Hose auszuziehen. Nun konnte sie ihn ganz erforschen, konnte seine Muskeln, seine Knochen und das raue Gefühl seiner Haare unter ihren Fingern spüren. Beinahe konnte sie ihn schon auf ihrer Zunge schmecken.

Doch er gab ihr nicht die Gelegenheit dazu. Er legte die Arme um sie und drehte sie auf den Rücken. Die Finger in ihren Haaren verschlungen, rieb er mit seiner Erektion über ihren Bauch. Sein Körper war angespannt, feucht, sein Atem ging stoßweise. Grace umklammerte mit den Händen seinen Po, zog ihn an sich und kostete ihren Triumph aus, als er seinen Kopf in ihre Halsbeuge sinken ließ und aufstöhnte.

Er fragte sie nicht. Sie bat ihn nicht. Er verlagerte nur sein Gewicht, und sie spreizte die Beine, um ihn willkommen zu heißen. Wieder küsste er sie. Diesmal war es ein langer, tiefer, sündhafter Kuss. Dann drang er in sie, und sie vergaß die Welt um sich herum. Sie vergaß Bedürfnisse oder Zugehörigkeit oder Besitz. Sie vergaß Stolz und Selbstachtung und die Verzweiflung einer einsamen Frau. In diesem Augenblick gehörte er ihr, und sie ließ es zu. Sie stemmte ihre Füße in die Matratze und hob ihr Becken an, um ihm nah zu sein, ihn ganz und gar aufzunehmen, bis tief in ihr Innerstes. Sie rang nach Luft, nach Geduld, nach Stärke, denn das Feuer, das er in ihr entfacht hatte, fing an, sie zu verzehren. Nicht sanft, nicht wie Musik. Ihre Vereinigung war wie eine Urgewalt – beide strengten sich an, wanden sich, keuchten, lachten, die Leiber feucht vor Schweiß, die Augen in der Dunkelheit weit geöffnet. Die Gier, der Hunger, in denen sie sich so ähnlich waren, berauschten sie.

Ein Sturm ergriff Grace, riss sie mit, wirbelte sie herum. Blitze, die scharf, tödlich und gleißend hell waren, durchzuckten sie. Donner, Wind und Zorn. Sie fühlte, wie ihr Körper diesen Kräften erlag, wie er sich anspannte, verdunkelte, auflöste. Sie warf den Kopf in den Nacken und schrie auf. Sie spürte, wie Diccan ihr folgte, hörte, wie er ihren Namen rief, als er sich in sie ergoss, und sie lachte. Sie lachte, bis sie beide erschöpft, schweigend und eng umschlungen einschliefen.

Vogelgezwitscher weckte sie. In diesem Augenblick wusste Grace, dass sie die Chance, mit ihm zu reden, vertan hatte. Er war fort, hatte sich genauso leise davongeschlichen, wie er in der Nacht zuvor gekommen war, und hatte offensichtlich sein Versprechen vergessen, mit ihr zu reden. Sie hatte ihn nicht gefragt, warum er gekommen war oder wohin er gehen würde. Sie hatte ihm nicht von ihrem Verdacht erzählt oder ihn vor seinen Feinden gewarnt. Sie hatte ihm nicht einmal verboten, wieder in ihr Schlafzimmer einzudringen. Sie hatte seinen Worten der Zuneigung gelauscht und sich selbst erlaubt, daran zu glauben. Und jetzt musste sie wieder von vorn beginnen und anfangen, ihren Stolz wiederherzustellen.

Zum Teufel mit ihm. Zum Teufel mit *ihr*, weil sie sich kampflos ergeben hatte. War ihre Reise nach Longbridge nur ein Vorwand gewesen? Hatte ihre Entscheidung keinen Wert? Sie hatte geschworen, ihn zu verlassen und ihren Stolz zurückzubekommen. Ein Kuss hatte allerdings ausgereicht, um sie als die Heuchlerin zu enttarnen, die sie war.

Eine ganze Weile lag sie da, den Arm über die Augen gelegt, während das Sonnenlicht an Intensität zunahm. Wie oft würde sie noch so erwachen und sich schwören, es niemals wieder zu tun? Wie oft würde sie Diccan oder, schlimmer noch, sich selbst ihre Fehler verzeihen? Wann würde sie sich darauf verlassen und darauf angewiesen sein, dass er auftauchte?

In Wahrheit tat sie es schon.

Sie verbrachte den Tag mit Vorbereitungen für ihre Reise zu Olivia. Die ganze Zeit über fühlte sie sich verletzlich und zerbrechlich – und ständig in Gefahr, einen fürchterlichen Zusammenbruch zu erleben. Sie brachte keinen Bissen hinunter, nicht einmal Suppe. *Hoffentlich werden die kommenden Monate nicht genauso*, dachte sie bei sich. Sie wusste, dass sie eine Geburtshelferin aufsuchen sollte, aber bis sie das Verhältnis zwischen sich und Diccan nicht geklärt hatte, wollte sie das kleine Geheimnis für sich behalten.

Sie wusste nicht, was sie von ihm erwarten oder erhoffen sollte. Würde er sie bemitleiden oder verspotten, oder würde er einfach verschwinden, weil ihm sein anderes Leben wichtiger war? Und spielte es eine Rolle? Sie würde das Kind bekommen. Sie könnten auf dem Land gut zurechtkommen – der Junge könnte mit seiner Mutter reiten und angeln und lernen, das Land zu lieben, das ihm einst gehören würde. Sie war davon überzeugt, einen Jungen zu bekommen. So selten war sie mit Mädchen zusammen gewesen, dass sie sich in ihrer Nähe unbehaglich fühlte. Doch mit Jungs kannte sie sich aus, und sie sah sich selbst einen braven Jungen großziehen.

Im Moment konnte sie sich Diccan in diesem Bild vorstellen. Aber sie wollte erst mal die neue Situation auskosten. Sie wollte an diese Zukunft glauben. Sie *wollte* auf etwas hoffen, von dem sie nie zu träumen gewagt hatte, dass es einmal in Erfüllung gehen könnte. Sie wollte es Diccan sagen und es hinter sich bringen, damit sie sich darüber klar werden konnte, wie es weiterging.

Ihre Sorgen lenkten sie so sehr ab, dass ihre Gedanken diffus wurden, dass sie ungeduldig und müde wurde. Die Reise machte alles noch schlimmer. Obwohl sie wieder in Kates luxuriöser, gut gefederter Kutsche fuhr, wurde ihr zum ersten Mal auf einer Fahrt übel. Sie wusste, dass ihre Freunde etwas ahnten, jedoch freundlich genug waren, nichts zu sagen. Ihr Diener Benny sah das Ganze nicht so positiv.

»Der Koch und Mr. Roberts werden mich köpfen, wenn es Ihnen schlecht geht«, sagte er, als er und Lizzy ihr in die Büsche am Straßenrand halfen. »Wollen Sie nicht etwas vom Stärkungsmittel des Kochs trinken?«

Die Vorstellung, etwas zu trinken, bedrohte ihren ohnehin schon irritierten Magen nur noch mehr. »Gleich«, keuchte sie und beugte sich vor. »Ich weiß eure Sorge zu schätzen, aber ich bin mir nicht sicher, ob es helfen wird.«

Die Hand auf Grace' anderen Arm gelegt, lachte Lizzy leise. »Ich würde sagen, nicht in den nächsten zwei Monaten.«

Grace warf ihr einen Blick zu. »Kein Wort zu irgendjemandem, Lizzy.«

»Ich schweige wie ein Grab, Miss.«

Sie nahm das Stärkungsmittel, damit Benny sich besser fühlte, und spürte keine Veränderung, auch wenn sie das Tonikum bei sich behielt. Sie wusste nicht, warum sie so vorsichtig war. Jeder mit einem Kalender und Augen im Kopf konnte sich vorstellen, was los war. Doch das alles war so neu für sie und so persönlich, dass sie es im Moment mit niemandem teilen wollte.

Als sie am nächsten Tag Oak Grove erreichten, stieg Grace aus der Kutsche, als wäre blassgrün ihre normale Gesichtsfarbe. Sie lächelte, plauderte und riss sich mit dem Mut der Verzweiflung zusammen. Sie wollte die Wiedersehensfreude mit ihrer Freundin nicht trüben, indem sie sich auf dem Vorhof übergab.

Das Haus war reizend. Es war ein freundliches Backsteingebäude im Queen-Anne-Stil mit hohen Schiebefenstern und einem Steingeländer, das einen Ehrenplatz am Ende einer mit Eichen gesäumten Auffahrt hatte. Aber für Grace wartete der schönste Anblick auf der Eingangstreppe: Olivia und Jack, Hand in Hand.

»Endlich«, sagte Bea mit einem breiten Lächeln, als sie die beiden erblickte.

Grace nickte. »Es ist schön, sie so glücklich und gesund zu sehen, oder?«

Olivia und Jack hatten so viel durchgemacht. Ihre erste Ehe war durch Verrat und Lügen zerstört und ihr Leben beinahe ruiniert worden. Nachdem sie sich wiedergefunden hatten, hatten sie sogar noch mehr durchstehen müssen. Die Narben bewiesen das. Jack hatte Waterloo und Olivia nur knapp den Chirurgen überlebt. Die Narbe, die sich an der Seite ihres Gesichtes entlangzog, war noch immer rot und sah schlimm aus. Doch als Grace den Frieden in den einst so gramerfüllten und traurigen Augen sah, spielte das alles keine Rolle mehr.

»Da seid ihr ja endlich!«, rief Olivia und rannte der Kutsche entgegen. Ihr hellgelbes Baumwollkleid flatterte ihr um die Beine, und Strähnen ihres blonden Haars tanzten ihr um den Kopf. »Oh, wie ich euch vermisst habe!«

»Seit Tagen treibt sie mich in den Wahnsinn«, sagte Jack, der in seiner Reitjacke und der Reithose aus Rehleder sehr attraktiv aussah.

Er scheint genesen zu sein, dachte Grace, als er ihr einen Kuss auf die Wange gab. Er hatte ein paar Pfund zugenommen und zu seiner eleganten, hochgewachsenen, schlanken Gestalt zurückgefunden. Seine seegrünen Augen funkelten lebendig. Er konnte sich glücklich schätzen, dass er diese zweite Chance bekommen hatte. Und es bewies seine Klugheit, dass er sie auch beherzt ergriffen hatte. Aber andererseits konnte Grace sich nicht vorstellen, dass irgendein Mann sich von Olivia abwandte.

Sie umarmten und begrüßten einander. Grace hielt sich ein wenig im Hintergrund und war froh, dass sie endlich festen Boden unter den Füßen hatte. Mit einem Mal fragte sie sich jedoch, ob sie ihre Ängste, Hoffnungen und Fragen mit ihren Freundinnen teilen könnte. Wie sollte sie erklären, welche weltbewegenden Änderungen in ihrem Leben passiert waren, wenn jede andere Frau diese als selbstverständlich betrachten würde?

Wie seltsam, dass sie bei den drei Frauen, die sie am besten kannte, mit einem Mal so zurückhaltend war.

»Grace?« Olivia runzelte die Stirn. »Du bist so still.«

Für Grace war es plötzlich eine Überwindung zu lächeln. »Ich versuche, das alles in mich aufzunehmen. Ich bin so froh, euch beide zu sehen.«

Olivias große braune Augen füllten sich mit Tränen, als sie ihre Freundin umarmte. »Und ich freue mich, dich zu sehen. Ihr könnt euch nicht vorstellen, wie sehr ich darauf gehofft habe, dass ihr Zeugen meiner Hochzeit werdet.«

»Das ist nur gerecht«, entgegnete Kate ironisch, »nachdem wir auch schon Zeugen aller Ereignisse im Vorfeld gewesen sind.«

»Geburtshelfer«, fügte Bea mit einem Nicken hinzu.

Selbst Jack lachte. »Eine sehr treffende Beschreibung eurer Rolle. Ich würde allerdings vorschlagen, nicht hier auf dem Vorplatz in Erinnerungen zu schwelgen.« Er drehte seine Frau zur Tür und winkte alle herein. »Wir nehmen den Tee in unserem frisch renovierten Südsalon ein.« Er zog die Stirn in Falten. »Oder ist es der rote Salon? Olivia benennt die Zimmer immer wieder neu.«

»Wenn du nicht aufpasst, wird es der Salon, in dem Jack den Kopf verliert«, erwiderte Olivia liebenswürdig und erlaubte ihm, den Arm um sie zu legen.

Als sie gerade die Stufen erreichten, kam eine wahre Kinderschar um die Hausecke gerannt. Die Kleinen kreischten vor Freude und jagten einem bellenden, zotteligen Ungetüm von einem Hund hinterher. Grace zählte sechs Kinder, die zwischen drei und zehn Jahre alt waren. Ihnen folgte eine hübsche junge Frau mit rotblonden Locken.

»Ich möchte euch meine Schwester Georgie vorstellen«, sagte Jack, als sie mit einem kurzen Winken an ihnen vorbeirannte. »Ihre Lully ist die Anführerin der Truppe. Der Bengel in ihrem Schlepptau ist unser Sohn Jamie. Ich habe keine Ahnung, wer die restlichen Rangen sind.

Georgie schart immer Kinder um sich wie Diccans Mutter Hunde.«

Grace war erstaunt beim Anblick der lärmenden, lachenden Kinder. Es schien, als hätten ihre Hoffnungen direkt vor ihr Gestalt angenommen. Glückliche, gesunde Kinder, die auf dem Rasen herumtollten wie junge Hunde. Ihr Lachen war so klar und strahlend wie der Morgen. Das ungewohnte Gefühl von Freude schnürte ihr die Kehle zu.

Es dauerte allerdings nur einen Moment, um auf den Boden der Tatsachen zurückzukehren. Sie wollten gerade die Stufen erklimmen, als Jack stehen blieb und sich umsah. »Wo ist Diccan?«, fragte er. »Ich kann mir nicht vorstellen, dass eine Kutsche Gadzooks hinter sich lassen könnte.«

Grace' empfindlicher Magen zog sich zusammen. »Er … wird versuchen, noch zu kommen.«

Jack sah sie an. »Diccan soll das größte gesellschaftliche Ereignis in diesem Herbst versäumen? Unsinn. Ich bin überzeugt, dass er sich für dieses Wochenende allein drei Westen hat anfertigen lassen.«

Grace wusste, dass ihr Lächeln schwach wirkte. »Und er hat ein goldenes Monokel besorgt. Doch er ist aufgehalten worden.«

Von seiner Geliebten. Oder von den Löwen. Oder von einer Vorladung vor Gericht, wo wegen Hochverrats gegen ihn verhandelt werden würde.

Vielleicht trafen auch alle drei Möglichkeiten zu.

Es dauerte nicht lange, bis Grace sich in ihrem hübschen Zimmer eingerichtet hatte. In frischem Grün und in Gelbtönen gehalten, befand sich das Eckzimmer im Südosten des Hauses. Große Fenster boten zu beiden Seiten einen wundervollen Blick über die weiten Rasenflächen und den Wald. Grace half Lizzy beim Auspacken. Danach schickte sie die junge Frau los, damit sie nach ihrem eigenen Kind sah, das mitgekommen war und den daheimgebliebenen Mr. Pitt zu vermissen schien.

Sobald ihre Übelkeit sich ein bisschen gelegt hätte, wollte Grace Olivia aufsuchen. Sie wusste, dass es die beste Gelegenheit wäre, um ungestört über ihr eigenes Befinden reden zu können. Immerhin hatte Olivia schon ein Kind. Sicherlich hatte sie Ähnliches durchgemacht. Würde sie mit Grace über ihre Erfahrungen sprechen?

Grace fühlte sich jedoch unerklärlich scheu. Nie hätte sie damit gerechnet, diese Unterhaltung jemals führen zu müssen, und sie war sich nicht sicher, wie sie die Neuigkeiten erzählen sollte. Zumindest diese Sorge wurde ihr abgenommen, als Olivia genau in dem Moment ins Zimmer kam, als Grace sich im Ankleidezimmer über das Nachtgeschirr beugte.

»Grace?«, fragte sie hinter der Tür zum Schlafzimmer. »Bist du das?«

Grace konnte gerade nicht antworten, und plötzlich kniete Olivia mit einem feuchten Handtuch neben ihr in dem überfüllten kleinen Raum.

»Du lieber Himmel«, sagte Olivia. »Was ist los?«

Eine dumme Frage, dachte Grace. Sie hockte, auf die Hände gestützt, vor einem Nachttopf. »Ich glaube … ich glaube …«

Sie konnte die Worte einfach nicht laut aussprechen. Es war fast so, als hätten sie allein die Macht, die zarte Seifenblase ihrer Hoffnung zum Platzen zu bringen. Es war etwas, das zu groß und zu vergänglich zugleich war, so zerbrechlich und wundersam und geheimnisvoll wie das Baby selbst.

Erstaunlicherweise verstand ihre Freundin sofort. Olivia tupfte ihr die Stirn ab und lachte leise. »Oh, ich erinnere mich genau daran. Ich dachte, ich würde irgendwann meine Leber in einem Eimer wiederfinden, so übel war mir. Doch es ging vorbei. Es geht immer vorbei.«

»Das hoffe ich«, stieß Grace hervor. Sie hielt die Augen geschlossen und befahl ihrem Magen, sich endlich zusammenzureißen. »Ich fühle mich wie ein gigantischer Krampf. Sogar meine Finger tun mir weh.«

Olivia lächelte noch immer. »Du hast einfach zu viele Nachttöpfe umklammert, meine Liebe. Sicherlich hast du es schon mit Ingwer probiert, nicht wahr?«

Sie nickte. »Ich glaube, ich habe sämtliche Ingwervorräte von London aufgekauft. Mir tun die Hausfrauen leid, die in dieser Woche Lust auf Gewürzkuchen haben.«

Lachend reichte Olivia ihr das Handtuch und wechselte den Topf gegen neues Nachtgeschirr aus. »Dann müssen wir uns etwas anderes überlegen. Warst du schon bei einem Arzt?«

Grace schüttelte den Kopf, dankbar für Olivias gesunden Menschenverstand.

»Das geht nicht«, sagte Olivia. »Wir werden meinen Arzt rufen, einen wunderbaren Mann. Er hat in Edinburgh studiert. Sobald du von ihm untersucht worden bist, wirst du dich besser fühlen.«

»Ich bin so überwältigt«, gab Grace zu, richtete sich auf und drückte sich das feuchte Handtuch an die Stirn. »Wie hast du dich gefühlt?«

Olivia ließ sich neben ihr auf dem Boden nieder. »O Himmel. Aufgeregt, erstaunt, verängstigt und überzeugt davon, dass das noch keiner anderen Frau passiert ist.«

Grace nickte. Olivia hatte ihre Empfindungen in Worte gefasst. »Ich kann mir nicht vorstellen, das allein durchzustehen, so wie du es geschafft hast, Olivia. Du bist die stärkste Frau, die ich kenne.«

»Unsinn. Du hast dein Leben beim Militär verbracht und weißt, dass ich nicht die Einzige bin, die eine nicht ganz optimale Zeit hatte.«

Olivias Tortur eine »nicht ganz optimale Zeit« zu nennen, das war der Gipfel der Untertreibung. Olivia war im vierten Monat, als sie von zu Hause vertrieben worden und gezwungen gewesen war, durch Nebenstraßen zu wandern, um sich Arbeit zu suchen, damit sie ihren Lebensunterhalt bestreiten konnte. Und das alles, obwohl sie eine Countess gewesen war. Es gab Momente, in denen Grace sich noch immer fragte, wie Olivia Jack hatte vergeben können, dass er daran beteiligt gewesen war.

»Hast du es Diccan schon gesagt?«, fragte Olivia.

»Noch nicht. Ich wollte erst sicher sein und … na ja, ich wollte mit dir sprechen. Außerdem müssen wir erst wissen, was mit den Löwen los ist.«

Unvermittelt erhob Olivia sich und reichte ihr die Hand. »Was das angeht, weiß ich kaum mehr als du. Nur, dass Männer auf dem Anwesen patrouillieren und dass Jack mich nicht allein unser Grundstück verlassen lässt. Aber darüber können wir später reden. Im Augenblick geht es um dich.« Sie half Grace auf die Beine und schob sie dann ins Schlafzimmer. »Gleich morgen früh rufen wir Dr. Spence hierher. Danach musst du es Diccan erzählen.«

Grace seufzte. »Falls Diccan überhaupt kommt. Er war sich noch nicht sicher.«

Olivia setzte sie in einen Sessel am Fenster und breitete eine Decke auf Grace' Knien aus. »Das ist noch ein Thema, das wir besprechen müssen. Ich will auch wissen, wie es dazu kommen konnte, dass du Diccan Hilliard geheiratet hast. Ich vermute, das ist eine tolle Geschichte.«

»Ja.« Grace seufzte. »Das stimmt.«

Da sie sich unsicher auf den Beinen fühlte wie ein frisch geborenes Fohlen, ließ sie sich von Olivia verhätscheln. Zum ersten Mal ging es ihr zu elend, um zu widersprechen. Sie vergaß ihre Einwände, als Olivia eine Kanne Tee und etwas Gebäck bringen ließ und sich dann im Sessel gegenüber niederließ, um gemütlich ein wenig mit Grace zu plaudern. Sie unterhielten sich fast eine Stunde lang über das, was wirklich wichtig war: Wie glücklich Grace sein konnte – egal, wie sehr ihr Magen sie quälte.

Grace hatte gehofft, dass ihre Unterhaltung mit Olivia helfen würde, ihre verworrenen Gefühle zu ordnen. Stattdessen machte es alles noch schlimmer, vergrößerte ihre Hoffnung und auch ihre Ängste. Zu viele Möglichkeiten, die sie zu überwältigen drohten. Sie wusste nicht, wie sie all die Emotionen in sich in Schach halten sollte.

Ein Baby.

Allein das Wort ließ ihr den Atem stocken.

Am nächsten Morgen hatte sie das Gefühl, explodieren zu müssen, wenn sie nicht etwas von ihrer Anspannung abbaute. Ihr ging es noch schlechter als am Tag zuvor, doch sie glaubte, dass es möglicherweise an der Aussicht lag, den Arzt und Diccan zu treffen. Sie war unruhig, ihr war schlecht, und sie war so müde, dass sie sich eine Woche lang hinlegen wollte. Ihre Finger waren wieder verkrampft. Sie hätte schwören können, dass ihre Haut einen leicht grünlichen Ton angenommen hatte.

Sie hasste dieses Gefühl und begegnete ihm wie immer damit, dass sie sich in emsige Geschäftigkeit stürzte. Hätte sie doch nur daran gedacht, Epona nach Sussex bringen zu lassen. Ein guter Ausritt hätte ihren Seelenzustand vielleicht so verbessert, dass sie sich dem, was noch kommen würde, leichter stellen konnte. Und selbst wenn sie … na ja, sie hatte noch nie gehört, dass einer gesunden Frau ein leichter Galopp geschadet hätte. Also humpelte sie zum Stall und holte George ab. Kurz darauf machte sie sich auf den Weg über Pfade, die die Stallburschen ihr gewiesen hatten. Und lief Mr. Carver direkt in die Arme …

Sie hatte ihren Ausritt genossen. Die Morgenluft war ungewöhnlich warm für die Jahreszeit, und dicke Quellwolken türmten sich über den Hügeln. Ein Unwetter zog auf. Ein frischer Wind kündigte es an, wirbelte die ersten heruntergefallenen Blätter hoch und kühlte ihre erhitzten Wangen. Harps hätte ein Blick in den Himmel genügt, und er hätte vor Wellington-Wetter gewarnt – diese fürchterlichen Stürme, die Wellingtons Aktionen immer zu begleiten schienen. Aber das stürmische Wetter passte zu Grace' Stimmung.

»Der Regen wird noch warten«, hatte George gesagt, als er ihr aufs Pferd geholfen hatte. »Es wird erst heute Nachmittag regnen.«

Sie mochte George. Er war ruhig, redete nicht viel und war aufmerksam. Er hatte das Lächeln eines Kindes. Und was noch besser war: Er bestand nie darauf zu wissen, was sie dachte.

Grace ritt gerade wieder zurück auf dem Weg zum River Arun, der das Grundstück im Osten begrenzte, als ihr Pferd scheute. Vermutlich hatte die ängstliche Stute sich vor den fallenden Blättern erschreckt. Aber dann sah sie, was das Pferd gespürt hatte. Ein anderes Pferd stand versteckt unter einigen Erlen.

Sofort schloss George mit seinem Pferd zu ihr auf. Der Reiter saß regungslos in den Schatten.

»Mr. Carver«, sagte sie und wurde langsamer, »was machen Sie denn hier?«

Er schien nicht beunruhigt zu sein, dass sie ihn gesehen hatte. »Beobachten.«

Sie warf George einen schnellen Blick zu und bemerkte, dass er die Stirn gerunzelt hatte. Sie wusste, wie er sich fühlte. Irgendwie kam es ihr falsch vor, Mr. Carver hier zu treffen.

»Sie befinden sich auf Privatgrund, Sir«, sagte sie. »Ich muss Lord Gracechurch Bescheid geben.«

»Wenn Sie das tun, muss ich Sie verhaften, weil Sie eine Ermittlung der Krone behindert haben«, entgegnete Mr. Carver und klang noch immer freundlich.

»Warum? Weil ich nicht zulasse, dass Sie das Landrecht verletzen?«

»Weil ich Ihren Ehemann beschatten muss, ohne gestört zu werden.«

Sie wandte sich um. »Diccan ist hier?«

»Seit einer halben Stunde. Hat er Ihnen nicht gesagt, dass er kommt?«

Sie sah Mr. Carver an, straffte die Schultern und war fast einen Kopf größer als er. »Seltsamerweise, Mr. Carver, glaube ich nicht, dass es zu meinem Ehegelöbnis gehört, dass ich mit Beamten über vertrauliche Unterhaltungen mit meinem Ehemann sprechen muss. Falls sich daran allerdings etwas ändern sollte, werde ich Sie selbstverständlich umgehend informieren.« Mit der Reitgerte tippte sie sich an den Tschako und ritt davon.

Diccan war tatsächlich angekommen. Als sie das Haus betrat, wusste sie es. Es lag nicht nur an der hektischen Betriebsamkeit, die zeigte, dass noch mehr Gäste gekommen waren. Sie konnte ihn *fühlen.* Es war wie ein Blitz, der durch ihr Innerstes zuckte. Sie hätte schwören können, dass sie ihn auch hätte riechen können, wenn sie geschnüffelt hätte.

Zuerst sah sie Biddle, der mit einem Stapel Oberhemden in der Hand durch den Flur lief.

»Biddle«, begrüßte sie ihn lächelnd, »wie schön, Sie zu sehen. Wie ist es Ihnen ergangen?«

Biddle warf ihr einen gequälten Blick zu. »Gut, Madame«, sagte er und klang schwermütig. »Natürlich war viel zu tun.« Er legte den Kopf ein bisschen schräg. »Ich habe allerdings ein paar Probleme mit den Krawatten des Herrn. Sie neigen in letzter Zeit dazu, unter meinem Bügeleisen zu versengen.«

Grace war sich nicht sicher, ob sie lächeln oder die Stirn runzeln wollte. Er lehnte sich auf die einzige Art und Weise, wie ein Diener es konnte, gegen Diccans Verhalten auf. Wenn ihr nicht wieder so übel gewesen wäre, dann wäre sie geblieben und hätte sich mit ihm zusammen weitere kleine Racheaktionen überlegt. Aber für ihren Geschmack hatte sie sich heute schon mit genug seelischen Erschütterungen auseinandersetzen müssen, also legte sie dem Diener nur kurz die Hand auf den Arm.

»Biddle«, sagte sie und hatte es satt, bemitleidet zu werden, »es würde mich zutiefst erschüttern, wenn ich erfahren würde, dass Ihr Ruf als bester Diener der britischen Inseln leiden würde. Und noch mehr würde es mich erschüttern, wenn ich glauben müsste, der Grund dafür zu sein.«

Einen Moment lang befürchtete sie, der steife kleine Mann würde in Tränen ausbrechen. Nach allem, was sie im Laufe ihres Lebens ertragen hatte, hatte sie Angst, dass das nun das Fass zum Überlaufen bringen würde. »Bitte, Biddle.«

Seine Verbeugung wäre auch einem König gegenüber nicht tiefer ausgefallen. »Sie sind sehr nett, Madame.«

»Ja, Biddle«, seufzte sie und ließ die Reitgerte durch ihre

Finger gleiten. »Ich glaube, das muss ich wohl sein. Denn sonst hätte ich Ihnen ein paar Vorschläge unterbreitet, wie leicht es ist, Wäschestärke zur Läuterung einzusetzen.«

Sie lächelte. Er erwiderte ihr Lächeln, schwieg jedoch über die Tatsache, dass Diccans Initialen in das Leder von Grace' Reitgerte eingestanzt waren. Sie erkundigte sich nicht nach Diccans Befinden. *Vielleicht später*, dachte sie und ging in ihr Zimmer. Wenn sie sich besser fühlte. Im Moment schaffte sie es gerade noch rechtzeitig, zum Nachttopf zu gelangen. Eigentlich wollte sie ins Bett steigen, doch es war zu weit weg, und sie war zu müde. Sie würde einfach einen Moment hier auf dem Boden liegen bleiben.

Diccan war sich nicht sicher, ob er sich noch schlechter fühlen konnte. Er war erschöpft, frustriert und brauchte Rat. Darüber hinaus hatte sich sein Diener gegen ihn gestellt, was bedeutete, dass er in nächster Zeit nichts tragen konnte, das nach einer Krawatte verlangte. Und er hasste gemusterte Halstücher.

Nicht dass er es nicht verstehen würde. Nicht dass er nicht sympathisierte. Biddle schwärmte für Grace. Genau genommen war die gesamte Dienerschaft vernarrt in sie. Verdammt, sogar *er* verfiel ihr. Aber er hatte diesen verfluchten Vers noch immer nicht gefunden und konnte sich nicht vorstellen, welche Sachen von Minette er noch durchsuchen sollte. Und er wusste nicht, was er noch tun sollte, um sie dazu zu bringen, ihm zu verraten, wo der Vers war. Er war es so verdammt leid, es zu probieren.

»*Hier* bist du«, hörte er aus Richtung der Tür zum Arbeitszimmer, in das er sich geschlichen hatte.

Natürlich war es Kate, und sie sah nicht gerade erfreut

aus. Er konnte nicht einmal die Energie aufbringen, vorsichtig zu sein. »Wie schön, dich zu sehen, Kate. Du siehst so wundervoll aus wie immer.«

Kate rauschte in ihrem lachsfarbenen Morgenrock herein, in dem mehr Federn verarbeitet waren als in seiner Daunendecke. »Ich sehe wütend aus, und das weißt du auch. Wo, zur Hölle, hast du gesteckt? Weißt du nicht, was du da tust?«

Er war so schnell auf den Beinen, dass sie überrascht einen Schritt zurücktrat. »Wage es nicht«, knurrte er und zeigte drohend mit dem Finger auf sie. »Wage es … ja nicht.«

Jeder andere wäre erstarrt und hätte zugehört. Kate schnaubte nur wie ein überhitztes Pferd. »Ich habe meinen Mund gehalten, als du etwas mit dieser Hure angefangen hast«, erklärte sie. »Ich habe nicht einmal etwas gesagt, als Grace alles, was ihr lieb und teuer war, für dich aufgegeben hat.«

»Alles, was ihr lieb und teuer war? Wovon sprichst du?«

Sie legte den Kopf schräg und sah ihn ungläubig an. »Du behauptest, nicht zu wissen, dass sie ihre freiwillige Arbeit im Militärkrankenhaus aufgegeben hat? Oder dass sie viel lieber auf dem Land leben würde?«

»Ich habe ihr gesagt, dass sie auf dem Land leben kann.«

Sie wirkte empört. »Und ich bin mir sicher, dass du ihr auch gesagt hast, dass du sie liebend gern begleiten würdest, nicht wahr?«

Darauf hatte er keine Antwort, und sie wusste es.

»Ich weiß, dass du von Epona erfahren hast. Warum hast du dir die Mühe gemacht, das Pferd herzuholen, wenn du Grace dann so schnell verlassen hast, dass sie sie nicht reiten konnte? Du erlebst nicht, wie sie sich jedes Mal, wenn du sie nicht begleitest, mit den Damen der feinen Gesellschaft auseinandersetzen muss. Sie muss so tun, als würde ihr Ehemann sie nicht öffentlich demütigen, indem er sich mit einer billigen Hure sehen lässt.«

»Kate«, wandte er ein und drehte sich um, »ich bin zu müde, um mich für etwas ausschimpfen zu lassen, an dem ich im Augenblick nichts ändern kann.«

Er hatte das alles nicht gewusst. Nicht wirklich. Er hatte sich bemüht, so zu tun, als wäre alles nur halb so schlimm. Andernfalls hätte er nicht weitermachen können, ein solcher Mistkerl zu sein. Der Schmerz, den er ihr zufügte, hätte dann auch ihn aufgezehrt. Irgendwann hätte er Grace gepackt und wäre, wie sie es sich wünschte, mit ihr aufs Land geflohen, wohin niemand ihnen folgen konnte. Und dann hätte er alles wiedergutgemacht.

Kate seufzte. »Ich nehme nicht an, dass du uns einfach sagen kannst, was hier los ist, nicht wahr?«

»Nichts ist hier los«, stieß er hervor.

In dem Moment erklang eine nüchterne Stimme hinter Kate: »Stiftest du noch mehr Unruhe, Katie?«

Sie wirbelte herum, als hätte der Teufel selbst sie angesprochen. »Ach Harry«, begrüßte sie ihn, »wieso nur habe ich geahnt, dass du in dieses Chaos verwickelt bist?«

Lidge trat hervor. Er hatte die Hände in den Taschen vergraben und trug eine Reitjacke statt seiner Uniformjacke. Sein Blick war noch um einige Grad kühler als Kates. »Verwickelt?«, entgegnete er und zog eine Augenbraue hoch. »Das Einzige, in das ich hier verwickelt bin, ist, der Hochzeit eines Freundes beizuwohnen, *meine Liebe.*«

Kate hob die Hand, als wollte sie eine lästige Fliege verscheuchen. »Ach, Unsinn. Wenn du hier bist, dann bist du – ob nun offiziell oder nicht – ein Mitglied von *Drake's*

Rakes. Wann verschwindet ihr Männer in Jacks Arbeitszimmer, um bei Whisky und diesen ekelhaften Zigarren, die ihr von der Iberischen Halbinsel mitgebracht habt, ungestört Pläne zu schmieden?«

»Das geht dich wirklich nichts an«, erwiderte Diccan.

Voller Wut drehte Kate sich zu ihm um. »Das tut es doch, wenn es eine meiner besten Freundinnen zerstört. Ich weiß nicht, welches Spiel ihr da spielt, aber Grace verdient diese Demütigung und den Schmerz nicht, die du ihr zufügst. Weißt du überhaupt, wo sie gerade ist?«

Diccan sah sich um. »Ich habe angenommen, sie wäre mit dir hierhergekommen.«

»Sie ist oben in ihrem Zimmer und lässt sich von Olivias Arzt untersuchen, weil sie seit zehn Tagen keine feste Nahrung mehr bei sich behalten kann. Nicht dass es dich kümmern würde. Obwohl es ohne Zweifel *deine* Schuld ist.«

»*Meine* Schuld?«, wiederholte er. »Ich habe ihr nichts angetan, um ...«

Und plötzlich begriff er. Sein Magen zog sich zusammen. Ach, du lieber Himmel. Kate konnte es nicht ernst meinen.

Harry lehnte sich an die Mauer und grinste schief. »Wäre jetzt eine Gratulation angebracht, alter Knabe?«

Diccan rieb sich die Augen. Er musste nicht nachrechnen. Nie würde er die erste Nacht vergessen, in der sie sich geliebt hatten. Bisher hatte er nicht einmal den Mut aufgebracht, es so zu nennen. Er hatte es Sex genannt. Inzwischen wusste er es besser.

Hätte es zu einem noch schlechteren Zeitpunkt passieren können? Smythe hatte Diccan endlich in den Kreis seiner Vertrauten aufgenommen und ihm eine wundervolle Chance versprochen, wenn er an Jacks Hochzeit teilnehmen und ihnen von Jacks neuesten Erinnerungen erzählen würde. Wenn Smythe erfuhr, dass Grace schwanger war, würde sie damit unweigerlich in sein Visier geraten.

»Wo ist sie?«, wollte er wissen und war schon losgegangen.

»Ich komme mit«, sagte Kate. »Allmählich habe ich den Eindruck, jemand muss sie vor dir schützen.«

Er seufzte. »Sei nicht albern.«

Kate erwiderte nichts. Sie ging voran, und er folgte ihr. Er musste nicht fragen, in welchem Zimmer Grace untergebracht war. Olivia stand vor der Tür und unterhielt sich flüsternd mit einem Dienstmädchen.

»Was ist hier los?«, fragte er.

Olivia sah ihn gelassen an. »Wir erfahren es jeden Moment, auch wenn ich gehofft hatte, dass Grace diejenige sein würde, die es dir erzählt. Ich glaube, sie befürchtet, dass du dich nicht freuen könntest.«

Die Worte kamen ihm über die Lippen, ehe er darüber nachgedacht hatte. »Das tue ich auch nicht.«

Er freute sich nicht. Und dafür gab es einige Gründe. Zum Beispiel, dass er die unangebrachten dynastischen Erwartungen seines Vaters nicht erfüllen wollte. Oder dass er noch immer in Angelegenheiten verstrickt war, die zu gefährlich und zu staatsfeindlich waren, um an die Gründung einer Familie zu denken. Oder dass er überhaupt keine Kinder wollte. Und Grace wusste das. Er hatte es ihr gesagt – unmittelbar nachdem er sie offenbar geschwängert hatte.

Wenn all diese Gründe stimmten, warum fühlte er sich dann mit einem Mal so beschwingt? Warum hatte er plötzlich das Bedürfnis, Grace in die Arme zu schließen?

Er brauchte einen anständigen Drink, und er wollte zu Minette, bei der er genau wusste, was er tun musste.

»Wenn du gegenüber dem armen Mädchen auch nur mit *einem* Wort erkennen lässt, dass du dich nicht freust«, warnte Kate ihn und blickte ihn an, »werde ich mich so an dir rächen, wie nicht einmal dein Herr Vater es sich in seinen biblischen Träumen ausmalen könnte.«

»Ruhig, Kate«, bat Olivia, die Hand beschwichtigend erhoben. »Wir müssen an Grace denken. Der armen Kleinen geht es so schlecht, dass wir sie auf dem Boden gefunden haben. Es wird in der nächsten Zeit nicht leicht für sie.«

Er wollte gerade eine Erklärung verlangen, als die Tür aufging. Jeder im Flur drehte sich um und blickte dem jungen Herrn in Tweed mit der Brille entgegen, der mit einem Dienstmädchen aus dem Zimmer kam.

»Ich denke, es ist an der Zeit aufzubrechen«, murmelte Harry und wollte gehen.

Seine Worte ließen den Arzt aufhorchen. »Ich glaube, Sie sollten alle bleiben.«

Seine Worte ließen Diccan erstarren. Der Mann hatte Angst.

Plötzlich wollte Diccan ihn zur Seite stoßen und Grace vor alldem retten, was sie bedrohte. War die Schwangerschaft nicht gut für sie? Würde sie das Kind verlieren? Wieso machte ihm der Gedanke so viel Angst?

»Wer ist der Ehemann?«, erkundigte der Arzt sich und trocknete sich die Hände an einem Handtuch ab.

Kate schnaubte wieder. Diccan machte einen zögerlichen Schritt nach vorn. »Das bin ich. Stimmt etwas nicht? Ihr geht es doch gut, oder?«

Die Augen des Arztes, mit denen er Diccan fixierte, waren stechend grün. »Nein.«

Selbst die Frauen keuchten auf.

»Mr. Hilliard«, sagte der Arzt, nahm die Brille ab und

massierte sich die Nasenwurzel, »hier stimmt etwas ganz und gar nicht.«

»Was denn, verdammt noch mal?«

Wieder blickte der Arzt ihn eindringlich an, und Diccans Angst wuchs. »Ihre Frau ist nicht schwanger, Mr. Hilliard, sie wurde vergiftet.«

Kapitel 19

Grace war sich nicht sicher, was sie tun sollte. Der Arzt war nett, behutsam und fürsorglich gewesen. Er hatte sich von ihr erzählen lassen, welche Symptome sie hatte, und hatte ihr die meisten Fragen beantwortet. Lächelnd hatte er sie dann gebeten, sich anzuziehen und kurz auf seine Rückkehr zu warten. Doch er hatte sein Urteil noch nicht gesprochen. Gab es ein Baby? War das Kind möglicherweise in Gefahr? Sie fühlte sich immer schlechter. Ihr war, als würde sie von einer Welle mitgerissen. Ihr Magen hatte sich schmerzhaft verkrampft. Trotzdem hatte der Arzt ihr gesagt, dass sie sich keine Sorgen machen solle und dass er sich um alles kümmern werde. Aber was hatte er gemeint?

Lizzy half ihr beim Ankleiden und trug dann den Nachttopf nach draußen. Grace rollte sich auf dem Bett zusammen. Sie fühlte sich entsetzlich schwach und fragte sich, wann der Arzt zurückkehren und was er sagen würde. Er hatte erklärt, dass die Symptome auf eine Schwangerschaft hindeuten könnten. Und er hatte noch ein paar andere Gründe für die Übelkeit genannt. Doch eine richtige Antwort hatte er ihr letztendlich nicht gegeben. Sie wollte gerade all ihren Mut zusammennehmen und aufstehen, als es an der Tür klopfte. Aus irgendeinem Grund begann ihr Herz, heftig zu pochen.

»Ja?«

Sie schien sich nicht aufrichten zu können. Die Besorgnis überwältigte sie. Sie ballte die Hände zu Fäusten, um ihnen etwas zu tun zu geben. Sie fragte sich, ob sie für Dr. Spence würde aufstehen können. Aber es war nicht Dr. Spence. Es war Diccan.

Verwirrt blinzelte Grace. »Oh.«

Diccan lächelte und schloss die Tür hinter sich. »Guten Tag, Grace.«

Er sah so gut und so weltmännisch aus wie immer. Grace fühlte sich schlecht und unansehnlich, außerdem war sie sich sicher, nach Schweiß zu riechen. Sie konnte den Vergleich nicht ertragen. Mühsam nahm sie alle Kraft zusammen, kam zittrig auf die Beine und strich ihr Kleid glatt. »Es ist … schön, dich zu sehen, Diccan.«

Sein Lächeln wirkte steif. »Ebenso. Können wir uns einen Augenblick setzen? Ich habe gerade mit Dr. Spence gesprochen.«

Grace machte den Mund auf, auch wenn sie nicht wusste, was sie sagen sollte. Selbstverständlich sagte Dr. Spence Diccan, was los war. Trotzdem fühlte es sich wie ein Verrat an. Es war *ihr* Baby, nicht Diccans. Sie war diejenige, die sich eine Horde von lauten, ungestümen Kindern wünschte, die auf Longbridge durch den Garten tollten und vor Freude kreischten, wenn sie ihr erstes Pony geschenkt bekamen, wie Indianer durch die Wälder schlichen, wenn sie ihre ersten Schmetterlinge und Käfer sammelten, und wie Engel aussahen, wenn sie schliefen. Sie war diejenige, die sich all das wünschte. Diccan nicht.

Doch Diccan war ihr Mann, und er hatte das Recht, es als Erster zu erfahren. Also holte sie tief Luft, um sich zu beruhigen, und ließ sich in einen der gelben Ohrensessel am Fenster sinken. Diccan nahm ihr gegenüber Platz. Ehe er ein Wort sagte, ergriff er ihre Hände. Seine Hände waren kalt.

»Grace«, sagte er und starrte auf ihre Hände, »ich habe mit Dr. Spence geredet.«

Sie nickte. Ihr war schon wieder übel, aber sie nahm an, dass es ihr vor Angst so schlecht ging. »Ich hätte es dir ja gesagt …«

Er schüttelte den Kopf. »Ich habe dir nicht die Möglichkeit gegeben. Es tut mir leid. Doch jetzt bin ich hier. Aber, Grace …« Er holte ebenfalls tief Luft, und mit einem Mal hatte Grace Angst. »Die Dinge liegen nicht so, wie du denkst.« Sein Lächeln war flüchtig. »Sicherlich freut es dich zu hören, dass der Kelch noch einmal an dir vorübergegangen ist.«

Die Worte versetzten ihr einen Stich ins Herz, und sie hatte das Gefühl, keine Luft mehr zu bekommen. »Was?«

Bestimmt hatte sie ihn missverstanden. Er wollte nur geistreich sein, und die Pointe kam noch.

Sein Blick war jedoch fest auf sie gerichtet, und der Ausdruck in seinen Augen war besorgt. »Du wirst kein Baby bekommen, Grace. Dir ist ständig übel, weil man dich vergiftet hat.«

Später würde sie sich an diese Worte als die Kanonenkugeln erinnern, die die Wand des Forts eingerissen hatten. Doch in diesem Moment starrte sie Diccan nur verständnislos an. Sie schüttelte den Kopf, als würde das Diccans Worte verändern.

»Wir glauben, dass es Arsen ist, Grace«, fuhr er fort und beugte sich vor, als würde das einen Unterschied machen. »Der Arzt meint, dass irgendjemand dir schon seit einiger Zeit das Gift verabreicht. Wir werden dir natürlich ein Mittel geben, das die Wirkung aufhebt. Ich hoffe, du magst Knoblauch, denn das scheint eines der Heilmittel zu sein …«

Er redete weiter. Grace wusste es, denn sie sah, wie sein

Mund sich bewegte. Aber sie hörte ihn nicht. Sie spürte seine Hände nicht mehr, obwohl sie sah, dass er sie noch immer festhielt. Sie schien nicht mehr atmen zu können.

Gift. Jemand hatte sie vergiftet.

Es würde kein Baby geben.

Sie riss sich von ihm los, stand auf und wäre beinahe umgefallen. Doch als Diccan aufsprang, um ihr zu helfen, stieß sie ihn von sich. Sie drehte sich um, obwohl sie nicht wusste, warum oder was sie tun sollte, aber sie verspürte den unbändigen Wunsch, nach draußen ins Grüne zu blicken. In ihr Grün, auf das Land, von dem sie geträumt hatte, wenn Frieden und Trost unerreichbar gewesen waren. Wenn sie zu viel Angst gehabt hatte, um zu träumen.

»Grace?«

Zwar hörte sie seine Stimme, aber auch die schien unglaublich weit weg, schien unerreichbar zu sein. Sie rieb sich über die Brust, sicher, dass sie in Flammen stand. Ihr Innerstes füllte sich so schnell mit ätzender Säure, dass sie nicht atmen konnte. Sie konnte nicht atmen, sie konnte nicht *atmen.*

O Gott, ihr Kind. Ihr Kind.

Ihr Grün.

»Grace, Liebling, bitte.«

Sie machte den Mund auf, doch es kamen keine Worte über ihre Lippen. Nur ein Laut, und es war ein entsetzlicher Laut. Es war das Geräusch ihrer Schutzmauern, die in sich zusammenfielen. Sie schluchzte.

Sie presste die Hand vor den Mund. Sie durfte nicht weinen. Wenn sie damit anfing, würde sie nie mehr aufhören. Am Ende würde sie wie eine Verrückte heulen, und es würde sie zerstören.

Ein weiteres Schluchzen ergoss sich wie Wasser über ein Wehr. Noch eines. Es waren tiefe, gequälte Schreie, die aus ihrer Seele kamen. Es waren keine menschlichen Laute, sondern die eines Tieres, ein raues, kehliges Klagen, das in ihr anwuchs, größer, stärker wurde wie eine nicht zu stoppende Welle, zu gewaltig, um sie zurückzuhalten. Es war einfach zu viel.

Zu viel.

Die Welle brach sich Bahn.

»Grace … Grace, sieh mich an.«

Aber sie konnte nicht. Sie konnte nichts tun, außer zu weinen. Sie weinte, bis ihre Tränen sie zu ersticken drohten und bis ihr Kleid nass war. Bis sie unter dem Gewicht der Tränen zusammenbrach und auf den Boden sank, zusammengerollt, die Fäuste auf den Mund gepresst, schluchzend wie eine Verrückte. Ihr Leben strömte aus ihr heraus, bis nur noch ihre Hülle übrig blieb. Nur eine Hülle, denn alles, womit sie diese Hülle gefüllt hatte, war eine Illusion gewesen. Sie bestand nur aus verlorenen Träumen. Verbrauchten Träumen. Pflicht, Ehre, Verantwortung, die bittere Asche der Hoffnung.

Irgendwann erstarb ihr Schluchzen. Doch die Stille, die folgte, war schlimmer. Sie war leer.

Diccan zitterte, als hätte er Schüttelfrost. Ihm war kalt, als er auf dem Boden saß, mit dem Rücken an die Wand gelehnt, seine Grace in den Armen. Sie schlief, und ihre Brust hob und senkte sich gelegentlich, wenn sie aufschluchzte. Sie wirkte wie ein Kind, das vor Schmerz erschöpft war. Ihre Hände hatte sie vor ihrem Bauch verkrampft. Ihr Gesicht war gerötet und verschwitzt, und ihr Haar fiel zerzaust über seine Hände. Er sollte aufstehen und ihr das Gesicht waschen. Er sollte sie auf das Bett legen, damit sie sich ausruhen konnte. Er sollte verschwinden, irgendwohin, wo er ihr nicht mehr wehtun konnte.

Er konnte es nicht ertragen. Er war für so etwas nicht geschaffen. Niemand hatte ihn darauf vorbereitet, solch ein Unglück zu überstehen. Sein Hemd war tränenfeucht. Es waren Grace' Tränen. Und seine. Er war erschüttert. Er konnte sich nicht einmal vorstellen, wie sie sich fühlen musste. Bis zu diesem Moment hatte er nicht gewusst, wie sich echter Schmerz anfühlte, weil er nie wegen jemandem gelitten hatte, den er liebte.

Er liebte sie. Was für ein Dummkopf war er, dass ihm das nicht schon bei ihrer allerersten Begegnung klar gewesen war? Wie hatte ihm entgehen können, dass sich hinter der unscheinbaren Fassade der wertvollste aller Edelsteine verbarg? Was genau war ihm so wichtig gewesen, dass er nicht hatte zugeben können, wie sehr er sie begehrte, wie viel Spaß er mit ihr hatte, wie sehr er sie respektierte? Dass er nicht hatte zugeben können, dass er Himmel und Erde in Bewegung setzen würde, um sie zu beschützen? Nie wieder könnte er die Augen schließen und dabei nicht die Verzweiflung und Resignation sehen, die in Grace' Blick gestanden hatte, als ihr Leben sich mit einem Schlag aufgelöst hatte.

Als *er* ihr Leben zerstört hatte.

Wie hatte ihm nicht auffallen können, wie stark sie war – nach allem, was sie überstanden hatte? Wie hatte ihm nicht auffallen können, wie zerbrechlich sie war – eine Frau, die sich so sicher war, nichts zu verdienen, dass sie um nichts bat? Die den härtesten Schlag hatte einstecken müssen, als sie sich irgendwann erlaubt hatte, sich mehr zu erhoffen?

Er hatte ihr das angetan.

»Diccan?«

Er machte sich nicht die Mühe hochzusehen. Er hatte jeden, der versucht hatte, die Tür zu öffnen, verjagt, weil er wusste, dass sie ihm Grace wegnehmen wollten. Aber das hier war seine Pflicht. Es war seine Strafe für ein Leben, in dem er nicht viel Menschlichkeit bewiesen hatte. Er musste Grace davor bewahren, bloßgestellt zu werden, er musste ihren Fall abfangen, ihre Trauer mittragen. Er wusste, dass seine Boudicca es nicht ertragen hätte, dass ihre Freunde ihre Schwäche sahen – und Tränen waren in ihren Augen eine Schwäche.

Er hätte gedacht, dass sie Kate hereinschicken würden, doch es war Olivia, die sich vor ihn hockte und ihre Hand sacht auf seine legte. Mit einem scharfen Atemzug blickte er schließlich auf und erkannte die Angst und das Mitgefühl in Olivias Augen. »Was habe ich ihr angetan?«, fragte er.

Und seltsamerweise lächelte Olivia. »Denk nicht immer nur an dich. Du bist nicht für alles verantwortlich. Grace hat schon Schlimmes ertragen und sich in der Welt zurechtfinden müssen, ehe du in ihr Leben getreten bist.«

»Aber ich habe sie benutzt.«

Olivia seufzte. »Wir alle haben das getan. Es ist so leicht. Weißt du, dass sie sich nicht einmal die Zeit genommen hat, um ihren Vater zu trauern? Sie war zu beschäftigt damit, sich um alle anderen zu kümmern.«

Sein Lachen klang gequält, als er Grace eine feuchte Strähne aus der Stirn strich. »Das glaube ich. Mein armes Mädchen.« Er hatte das Gefühl, nicht aufhören zu können, ihr über die Wange zu streicheln, als wollte er sie beruhigen, trösten, obwohl sie schlief. »Was sollen wir tun?«

Olivia erhob sich. »Wir müssen sie ins Bett bringen. Du musst herausfinden, wer derjenige ist, der ihr Böses will.«

Er blickte auf, und Seelenschmerz schnürte ihm die Kehle zu. »Außer mir?«

Olivia runzelte die Stirn. »Jetzt wirst du rührselig.

Komm, Diccan, wir brauchen deinen Verstand. Der Rest der *Rakes* ist unten und versucht, aus alldem schlau zu werden. Dein Diener Benny ist verschwunden, und Jack hat eine halb volle Flasche mit Arsen in Bennys Zimmer gefunden.«

Er schüttelte den Kopf und war sich sicher, dass das alles bald einen Sinn ergeben würde. »Nein. Mein Platz ist hier. Ihr wird es noch viel schlechter gehen, oder?«

»Ich glaube, ja. Doch ich glaube nicht, dass sie möchte, dass du sie so siehst. Gib uns die Chance, uns ausnahmsweise mal um sie zu kümmern. Du kannst deine Energie einsetzen, um zu tun, was du gut kannst: Pläne schmieden, Intrigen spinnen, Recherchen durchführen. Bis wir der Sache nicht auf den Grund gegangen sind, ist Grace in Gefahr. Ihr alle seid es.«

Noch immer strich er mit den Fingern über Grace' bleiche Wangen. Sie war endlich entspannt und schlief, und er wollte sie nicht stören. Nein, um ehrlich zu sein, wollte er sie nicht verlassen. Er musste ihr helfen, sich zu erholen. Er musste ihr sagen, dass er sie liebte. Und vor allem musste er sie um Vergebung bitten für jedes schroffe Wort, das sie sich hatte anhören müssen. Er musste ihr erklären, dass er keines davon ernst gemeint hatte.

»Ist das nicht komisch?«, fragte er und strich mit der Hand wieder über ihre zerzausten Locken, die ihr über die Schultern fielen. »Ihr Haar sieht röter aus. Liegt das am Arsen?«

Olivia legte ihre Hand auf seinen Arm. »Wir werden später fragen. Komm jetzt. Wir haben einiges zu tun.«

Schließlich trug er Grace zu ihrem Bett, wo die Frauen wie eine Schar besorgter Kindermädchen warteten. Ehe er ging, beugte er sich über Grace und küsste sie. Er wünschte sich, er wüsste, was zu tun war. Wie er helfen konnte. Wie er ihr beweisen konnte, dass sie nicht alles verloren hatte.

»Helft ihr, gesund zu werden«, sagte er. »Ich komme wieder. Im Moment muss ich mich mit ihren Angestellten auf Longbridge in Verbindung setzen.« Er warf seiner schlafenden Ehefrau ein Lächeln zu, küsste sie noch einmal und murmelte: »Wir wollen mal sehen, was diese Leute hier von deinem Sikh-Krieger halten.«

Diccan kehrte tatsächlich zurück. Und Grace war krank. Todkrank. So krank, dass Diccan am nächsten Morgen um ihr Leben fürchtete. Er blieb an ihrer Seite – sogar als man ihr ein Abführ- und ein Brechmittel gab, als man sie zur Ader ließ, als sie vor Schmerzen laut schrie. Sogar als sie mitten in der Nacht Krampfanfälle bekam.

Er hielt sie in den Armen, als die Krämpfe begannen. Sie wachte auch nicht auf, als sie alle Flüssigkeit, die sie ihr verabreichen wollten, wieder ausspie. Und dann, in den frühen Morgenstunden, versteifte ihr Körper sich, bäumte sich auf und erzitterte in seinen Armen.

»Halten Sie sie fest«, forderte der Arzt ihn auf, der ebenfalls bei ihr geblieben war. »Vorsichtig.«

Voller Angst hielt Diccan ihre wild zuckenden Arme und Beine fest, als könnte er sie so zusammenhalten. Als könnte er sie vor ihrem eigenen Körper beschützen.

»Sie stirbt!«, schrie er. »Tun Sie etwas!«

Der Arzt, der ganz ruhig wirkte, hörte ihr hämmerndes Herz ab und schüttelte den Kopf. »Ich hatte gehofft, dass das nicht geschehen würde.«

Diccan hielt sie fest, obwohl sie noch immer um sich schlug. »Was sollen wir tun?«

Der Arzt richtete sich auf, und sein Blick verfinsterte sich. »Halten Sie sie fest«, sagte er und klang nicht mehr so zuversichtlich. »Das ist alles, was wir tun können, bis das Gift ausgeschieden ist.«

»Es sieht nicht so aus, als würde das so leicht gehen«, sagte Kate, die im Zimmer in einer Ecke saß.

Der Arzt schüttelte den Kopf. »Ich weiß. Um die Wahrheit zu sagen, habe ich noch nie jemanden erlebt, der so schnell abgebaut hat. Ich glaube, ihr ging es viel schlechter, als wir alle geahnt haben.«

Diccan hatte das Gefühl, an einem breiten, dunklen Abgrund entlangzustolpern, auch wenn der Krampfanfall allmählich schwächer wurde. »Was wollen Sie damit sagen?«

Der Arzt erwiderte seinen verzweifelten Blick und sah dann wieder zu Grace, die nach dem Krampf erschöpft und reglos in Diccans Armen lag. »Ich will damit sagen, dass sie die stärkste Frau sein muss, die ich je kennengelernt habe, wenn sie die Symptome so lange unterdrückt hat. Aber selbst starke Frauen haben ihre Grenzen. Wenn sie aufgegeben hat, wird sie es nicht überleben.«

Kate schnaubte. »Seien Sie nicht albern. Grace war noch nie feige.«

Doch Diccan wusste, dass es hier nicht um Mut ging. Es ging um Verzweiflung, Resignation.

»Sie wird nicht sterben«, sagte er schlicht. In seiner Stimme klang seine eigene Verzweiflung mit. »Das werde ich nicht zulassen.«

Und das tat er auch nicht. Er kämpfte zusammen mit ihr. Er kämpfte *für* sie – die ganze Nacht und den gesamten nächsten Tag hindurch. Er schlief neben ihr im Bett, weil er Angst hatte, dass er sie verlieren würde, wenn er sie auch nur einen Moment losließ. Er half dabei, sie umzuziehen, als sie Nachthemden und Laken durchgeschwitzt hatte. Er wusch sie, als sie es brauchte. Und im Laufe dieser furchtbaren Stunden fühlte er, wie sie ihn immer weiter in ihren zarten Bann zog. Es war nicht die Art von Bann, die eine Frau ausstrahlte, um einen Mann zu verführen. Es war die Art von Bann einer mutigen Frau.

Er wollte da sein, wenn sie erwachte. Wenn sie die Augen aufschlagen, lächeln und sagen würde: »Oh, das war nicht schön. Aber jetzt geht es mir viel besser.« Doch je länger er in diesem stinkenden Zimmer war, desto weniger glaubte er daran, dass es tatsächlich passieren würde. Und wenn es nicht passieren würde, wusste er nicht, wie er weiterleben sollte.

»Bitte, Grace«, flüsterte er in ihr zerzaustes, feuchtes Haar und versuchte, sie mit Leben, mit Hoffnung zu füllen, »verlass mich nicht.«

Aber sie reagierte nicht.

Kapitel 20

Grace wusste, dass sie krank war. Sie glaubte, sterben zu müssen – und es war ihr egal. Sie hatte einfach nicht mehr die Kraft, sich dagegen zu wehren. Sie wollte sich nur ausruhen, wollte sich vor dem Schmerz, der Trauer und der Mühe verschließen, die auf sie warteten. Sie wollte nicht mehr hoffen.

Es gelang ihr beinahe. Sie hatte das dumpfe Gefühl, dass sie noch mehr Träume schuf, um sich selbst den Übergang leichter zu machen. Träume von warmen Armen, die sie umfingen, von Stimmen, die zu ihr sprachen, und von einer besonderen Stimme. Diccans Stimme, die sie zurückrief, die sie ermahnte, es zu versuchen. Und dann, tief in der Dunkelheit, als es sie eine unglaubliche Kraft kostete, ihr Herz dazu zu bringen, überhaupt weiterzuschlagen, war sie sich sicher, ihren Vater zu hören.

»Was für eine Fairchild bist du?«, bellte er, wie er es getan hätte, wenn sie sich vor einer schwierigen Aufgabe hätte drücken wollen. »Fairchilds geben niemals auf.«

Diese Fairchild tut das schon, dachte sie und war traurig darüber, ihn enttäuschen zu müssen.

Doch da war noch etwas. Irgendetwas ließ ihr keine Ruhe. Etwas, das sie nicht vergessen sollte. Etwas, das sie Diccan sagen musste, um ihn zu warnen. Irgendetwas …

Diccan lag wieder neben Grace im Bett. Die Sonne war längst untergegangen. Einzig das Kaminfeuer erhellte das

Zimmer mit flackerndem Licht. Er war so müde. Ihm war kalt. Er versuchte, den letzten Rest Hoffnung festzuhalten.

»Diccan ... Diccan?«

Er fühlte sich, als wären seine Augen voller Sand und als hätte er Blei in den Armen. »Was?«

»Da gibt es etwas ...«

In dem Moment wurde es ihm bewusst: Diese schwache, heisere Stimme gehörte Grace. Er richtete sich abrupt auf. »Gracie?«

Sie sah fürchterlich aus. Selbst im schwachen Licht der Kerze war sie wachsweiß mit tiefen Schatten unter den Augen und vollkommen zerzaustem Haar. Er nahm an, dass sie allein in den vergangenen zwei Tagen an die zehn Pfund Gewicht verloren hatte. Und trotzdem konnte er sich nicht daran erinnern, je etwas Schöneres gesehen zu haben.

»Grace«, sagte er und legte seine Hand an ihre Wange, »wie fühlst du dich?«

Sie leckte sich über die trockenen Lippen und sah sich um, als wäre sie überrascht, sich im Bett wiederzufinden. »Habe ich Malaria?«

Er hasste es, ihr die Wahrheit zu sagen. Er nahm ein Glas Wasser und hob behutsam ihren Kopf an, um ihr etwas davon einzuflößen. »Hast du es schon vergessen? Jemand hat versucht, dich zu vergiften.«

Das kleine Leuchten in ihren Augen wurde schwächer. »Oh. Ja.«

»Grace.« Er stellte das Glas ab und schloss sie in die Arme. »Du wirst jetzt nicht aufgeben. Versprich mir, dass du nicht aufgeben wirst. Ich muss dir noch so viel sagen.«

Ihr Blick verschleierte sich, und er bemerkte, wie ihre Kraft nachließ. »Was für eine Fairchild wäre ich dann?«, fragte sie.

Als sie dieses Mal einschlief, spürte er etwas anderes – es war ein Gefühl der Ruhe und des Friedens in ihr, das vorher nicht da gewesen war, so als hätte sie eine Entscheidung getroffen.

»Du solltest dich lieber nicht so einfach aus dem Staub machen«, ermahnte er sie und zog sie an sich, damit er ihrem Herzschlag lauschen konnte und damit er seine Wärme, seinen Wunsch, sein Verlangen teilen konnte. Damit er ihr alles geben konnte, wenn sie es zuließ. Ihm war nicht bewusst, dass seine Tränen ihre Haare benetzten, als er sie umarmte.

Offenbar war er eingeschlafen, denn das Nächste, was er wahrnahm, war, dass jemand ihm auf die Schulter tippte.

»Diccan?«

Er zuckte zurück und erblickte Kate, die sich über ihn beugte. »Ihr geht es besser«, sagte er und betrachtete Grace. Sie schlief noch immer, aber er hätte schwören können, dass sie eine gesündere Gesichtsfarbe hatte. Er musste es glauben.

»Gut«, erwiderte Kate, »dann kannst du dich schnell frisch machen und nach unten kommen. Biddle wartet unten auf dich.«

Vorsichtig löste er sich von Grace, stand auf und reckte sich. In dem Moment bemerkte er, dass die Sonne schon aufgegangen war. Warm schien sie auf die hellgelben und grünen Farbtöne, die den Raum beherrschten, und warf einen goldenen Schimmer auf Grace' Haut.

»Nein danke«, sagte er, ohne sie aus den Augen zu lassen. »Grace braucht mich hier.«

Mit spitzen Fingern nahm Kate die Jacke, die er vor drei Tagen ausgezogen hatte. »Grace braucht vor allem jemanden, der logisch und vernünftig ist und besser riecht als du jetzt.« Als er sich störrisch weigern wollte, sah sie ihn streng an. »Diccan, ich hätte mir nicht vorstellen können, dir das jemals sagen zu müssen, doch du stinkst. Du hast das Zimmer in den letzten drei Tagen nicht verlassen. Sei ein guter Junge und nimm ein Bad. Du hast Besuch.«

Schließlich ließ Diccan sich zu einem kleinen Lächeln erweichen. »Na ja, sie schläft ja …«

Er streckte den Arm aus, um seine Jacke zu nehmen, als er Bea im Flur erblickte. Die alte Dame sah angespannt zur Treppe, als fürchtete sie sich vor dem, was heraufkommen würde. Diccan überlief ein Schauer der Angst. »Wer wartet auf mich?«

Bea schüttelte den Kopf. »Gehenna.«

Gehenna – die Hölle. Diccan wandte sich Kate zu, die nur seufzte. »Der Bischof.«

Er fühlte sich, als hätte er einen Schlag bekommen. »Welcher Bischof?«

Kate funkelte ihn finster an. »Du weißt ganz genau, welcher Bischof. Er und deine Mutter sind im roten Salon und tun ihr Bestes, um Olivia in Angst und Schrecken zu versetzen.«

Diccan wusste, dass sein Gehirn träge war, aber er wurde aus Kates Äußerung nicht schlau. »Was, zur Hölle, wollen die beiden hier?«

»Fegefeuer«, murmelte Bea und rührte sich nicht.

»Abgesehen davon.« Diccan rieb sich über das Gesicht. Mit einem Mal forderte der Schlafmangel seinen Tribut. »Jack hat sie doch nicht zur Hochzeit eingeladen, oder?«

»Sei nicht albern.« Kate machte einen Lappen nass, um ihn auf Grace' Stirn zu legen. »Sie sind hier, um dich zu sprechen. Olivia meint, dein Vater scheint außer sich zu sein.«

Es machte ihn wütend, doch Diccan wusste, dass seine Eltern die Feier zerstören würden, wenn er die Vorladung ignorierte. Also hauchte er einen letzten Kuss auf Grace'

Stirn und machte sich auf den Weg ins Ankleidezimmer, wo Biddle sich seiner annehmen würde.

Eine halbe Stunde später trat er in Olivias roten Salon, wo die arme Frau sich ganz allein seinen Eltern gestellt hatte.

»Ich glaube, Kate braucht dich oben«, sagte er zu ihr, als er die Panik in ihrem Blick bemerkte. Seine Eltern waren offensichtlich in Bestform. Es war ein Jammer für sie, dass er keine Geduld mehr hatte, um sich höflich mit ihnen auseinanderzusetzen.

»Mutter, Vater«, begrüßte er sie, nachdem Olivia geflüchtet war, »habt ihr meine Freunde eingeschüchtert?«

»Deine Leichtfertigkeit ist unerträglich«, entgegnete sein Vater und stand auf. »Es ist *wichtig*, sonst wären wir nicht hier.«

Diccan beugte sich über die Hand seiner Mutter. »Wo sind meine Schwestern? Geht es ihnen gut?«

Seine Mutter schnaubte verächtlich. »Ich habe sie bei deinem Cousin, dem Duke, in Moorhaven gelassen. Ich weiß, dass Catherine Seaton hier ist. Ich werde meine Töchter nicht diesem … Flittchen aussetzen.«

Diccan zog eine Augenbraue hoch. »Und Kate sagt nur Gutes über euch.«

Seine Mutter schnaubte erneut. »Ich werde diese Hure nicht begrüßen.«

»Eloise«, schimpfte der Bischof, »dafür haben wir keine Zeit.«

»Wenn ihr nicht einmal Zeit habt, um Kate zu beleidigen«, sagte Diccan und nahm auf dem goldenen Sofa Platz, während sein Vater sich ebenfalls wieder setzte, »muss es wirklich dringend sein. Ich bin ganz Ohr, Sir.«

»Sei nicht albern«, knurrte sein Vater und klang müde. »Wir sind hier, um dein Leben zu retten.«

Diccan ließ sich seine Überraschung über die ziemlich dramatischen Worte seines Vaters nicht anmerken. »Ach ja. Und wie wollt ihr das anstellen?«

Er war erstaunt, als sein Vater sich wieder erhob und im Zimmer auf und ab ging, denn ein Bischof ging nie nervös auf und ab. Das war unter seiner Würde. »Der Duke war so freundlich, seine Hilfe anzubieten«, erklärte der Bischof. »Sein Schoner wird in Hove auf uns warten und dich nach Jamaika bringen. Die Familie braucht dort dringend Hilfe mit ihren Plantagen. Wir dachten, dass du die Aufsicht übernehmen könntest.«

»Sicherlich könnte ich das«, stimmte Diccan milde zu, auch wenn sein Herz seltsam holperte. »Die Frage ist: Warum, um alles in der Welt, sollte ich das tun?«

Sein Vater blieb abrupt stehen und blickte ihn finster an. »Weil die Soldaten gleich hier sein werden – mit einem Haftbefehl. Sie haben die handschriftliche Nachricht gefunden, Diccan. Wie du so unvorsichtig sein konntest, sie nicht verschwinden zu lassen, will mir nicht in den Kopf. Aber sie haben sie jetzt, und es ist ein vernichtender Beweis.«

Diccan lehnte sich zurück und schlug die Beine übereinander. »Wofür?«

»Himmel, wie kannst du nur so gedankenlos sein?«

»Das ist ohne Zweifel eine Schwäche. Trotzdem bin ich verwirrt. Was ist das für eine Nachricht, die mich verurteilt?«

»Die Nachricht, mit der du deinem Diener aufträgst, deine Frau umzubringen.«

Grace hörte Stimmen. Sie war jedoch nicht in der Lage zu antworten. Im Moment war sie zu erschöpft, um mehr zu tun, als zu atmen.

»Wie konnte das passieren?«, flüsterte Olivia über ihren Kopf hinweg. »Er ist dein Cousin. Du musst doch wissen, ob etwas Wahres daran sein kann.«

»Natürlich ist das eine dreiste Lüge!«, erwiderte Kate. »Wie kannst du nach den drei vergangenen Tagen überhaupt so etwas denken? Und wenn diese Schlangen, die er Eltern nennt, auch einmal nachgedacht hätten, dann hätten sie es gewusst.« Sie schnaubte verächtlich. »So ein Unsinn. Wenn ich nicht wüsste, dass den beiden nie einfallen würde, etwas Wohltätiges zu tun, würde ich sagen, dass Diccan als Baby in einem Körbchen vor ihrer Tür abgestellt worden ist.«

Was war los? Was gab es für ein neues Problem? Grace wünschte, sie hätte die Kraft, um darüber nachzudenken. »Immer gut beim Rätseln«, hörte sie die Stimme ihres Vaters, und sie konnte beinahe vor sich sehen, wie er sie anlächelte, ehe er in den Kampf zog. »Benutze deinen Verstand.«

Aber es kostete zu viel Energie, und sie war so müde. Trotzdem nagte an ihr das Gefühl, etwas sehr Wichtiges zu wissen. Etwas Bedeutsames.

Diese Ahnung ließ sie schließlich aufwachen. Sie schlug die Augen auf. Die goldene Nachmittagssonne erfüllte den Raum, sie nahm den Duft von frisch gemähtem Rasen wahr, das Summen von Stimmen im Haus. Eine ganze Weile lag sie nur da und sammelte sich. Sie fühlte sich schlaff wie feuchter Leinenstoff, und ihr Kopf kam ihr nutzlos vor. Doch wenigstens hatte ihr Magen sich beruhigt, und die qualvollen Krämpfe waren zu einem dumpfen Schmerz abgeklungen.

Als sie sich in dem hübschen, frühlingshaft dekorierten Zimmer umsah, bemerkte sie überrascht, dass sie allein war. Hatte sie nicht gerade noch gehört, wie ihre Freundinnen sich leise gestritten hatten? Sie drehte den Kopf ein bisschen weiter und sah die Rasenfläche, die sich unter dem Fenster erstreckte. Es war ein grünes Feld, gesäumt von Bäumen, die alle im sanften Schimmer der Sonne erstrahlten.

Wieder hatte sie dieses Gefühl, etwas sagen zu müssen, und es hatte etwas mit dem Rasen zu tun. Wie seltsam. Ihre letzte klare Erinnerung war die an einen düsteren Himmel, kurz vor dem Regen. Im Augenblick war draußen alles ruhig – die Bäume standen still unter einem klaren Himmel. Sie fragte sich, ob es überhaupt geregnet hatte. Hatten sie Wellington-Wetter gehabt? Hatte der Himmel seine Schleusen geöffnet und die Erde vom Donner gebebt? Und warum machte der Gedanke an einen stürmischen, wolkenverhangenen Himmel sie unruhig und nervös? Was lauerte in ihrer Erinnerung?

Über das Baby wusste sie Bescheid. Die unerträgliche Trauer, selbst diese Hoffnung verloren zu haben, zehrte an ihr. Sie würde wohl niemals Mutter werden. Diccan würde ganz sicher nie mehr so unvorsichtig sein.

»Grace?«, hörte sie und wandte den Kopf. Sie erblickte Kate, die ins Zimmer kam. »Wirst du jetzt wach bleiben?«

Grace blinzelte. »Ich war schon einmal wach?«

Kate trat zu ihr. »Immer mal wieder für kurze Zeit. Du warst sehr krank.«

Grace hob die Hand und fuhr sich über den noch immer schmerzenden Kopf. »Ja, ich kann mich erinnern. Das Arsen?«

»Es ist überstanden«, entgegnete Kate und nahm Platz. »Und ehe du fragst: Es hat fünf Tage gedauert.«

»Die Hochzeit!«

»Ist um ein paar Tage verschoben worden.«

»Es tut mir so leid …«

Kate winkte ab. »Jetzt hab dich nicht so, Grace. Nach allem, was du als Krankenschwester geleistet hast, darfst du ruhig ein paar Tage im Bett liegen. Obwohl ich es gut fände, wenn du beim nächsten Mal einfach nur so tust, um ein bisschen im Mittelpunkt zu stehen und dich interessant zu machen. Diese Vergiftung hat uns allen entsetzliche Angst gemacht. Ich habe sogar ein paar Fältchen bekommen.« Ihr Lächeln war so frech wie immer, als sie Grace half, sich im Bett aufzusetzen. »Aber ich werde dir nicht zeigen, wo. So, wie wäre es jetzt mit ein bisschen leckerem Haferschleim?«

Grace stöhnte. »Das, meine liebe Kate, ist ein Widerspruch in sich.«

Konnte sie es wagen zu fragen, wo Diccan steckte? Ob er geblieben war, um an der Hochzeit teilzunehmen? Oder ob er der Sache ein Ende gemacht und sich zu Minette geflüchtet hatte? Sollte sie verraten, wie lebendig ihr die Träume vorgekommen waren, in denen er sie getröstet und gehalten hatte?

»Ich dachte, ich hätte euch über Diccan sprechen hören«, sagte sie.

Kate, die die Kissen in Grace' Rücken aufschüttelte, wandte den Blick ab. »Oh, du musst dir keine Sorgen um ihn machen.«

Grace runzelte die Stirn. »Das tue ich allerdings. Was ist passiert?«

»Was passiert ist? Du hast seit fünf Tagen nichts gegessen. Und wenn du so, wie du im Moment aussiehst, auf Olivias Hochzeit erscheinst, werden alle denken, dass es ein Leichenschmaus ist. Was kann ich dir bringen?«

Grace brachte ein kleines Lächeln zustande. »Ich nehme nicht an, dass du deinen Brandy bei dir hast?«

Endlich erwiderte Kate ihr Lächeln. »Sei nicht albern.«

Sie griff in ihre Tasche, zog die schmale silberne Flasche hervor und schraubte den Verschluss auf. Grace' Hand zitterte, doch sie zögerte nicht, die Flasche zu ergreifen und einen großen Schluck zu nehmen. »Ah«, seufzte sie, als das flüssige Feuer ihren Magen erwärmte. »Wenn es etwas gibt, das ich beim Militär gelernt habe, dann, dass es nichts gibt, was mit einem Schluck Brandy nicht gelindert werden könnte.«

Kate lächelte. »Dem kann ich nur zustimmen. Wie wäre es jetzt mit einem Bad und einem frischen Nachthemd?«

Grace wollte mit einem begeisterten Ja antworten, als sie von der Flasche abgelenkt wurde. Sie schraubte sie gerade zu, als ein seltsames klickendes Geräusch ertönte und eines der Seitenteile aufklappte.

»O nein«, rief sie und versuchte, die Seitenteile wieder zusammenzufügen. »Ich glaube, ich habe die Flasche kaputt gemacht.«

Kate lachte. »Habe ich dir das Geheimnis nie verraten?«, fragte sie, nahm die Flasche an sich und teilte die Rückseite.

Die Flasche war nicht kaputt; sie hatte einen Klappdeckel, in dem sich tatsächlich eine Überraschung befand. Es war ein kleines Bild auf Elfenbein. Das Porträt war entzückend und zeigte eine junge rehäugige blonde Schönheit in ziemlich skandalösen Kleidern. Darunter stand eingraviert: *Ist die erste Frucht nicht die süßeste, meine Liebe?*

Grace starrte auf das Bild. Mit einem Mal war ihr eiskalt. »Ich dachte, du hättest gesagt, es wäre Jacks Flasche gewesen.«

Kate lächelte. »Das stimmt. Olivia hat sie in Waterloo bei ihm gefunden. Er hat sie nicht wiedererkannt, also hat er sie mir überlassen. Ich habe sie ihm nie zurückgegeben.«

Sie deutete auf das Bild. »Und sie?«

Kate beugte sich vor, um einen Blick auf das Bild zu werfen. »Oh, hast du das noch nie gesehen? Das ist Mimi. Jacks französische Geliebte. Du kannst dir vorstellen, was die arme Olivia gedacht hat, als sie das Porträt entdeckt hat. Deshalb habe ich es als einen Akt der Barmherzigkeit betrachtet, die Flasche an mich zu nehmen. Olivia muss nicht daran erinnert werden, dass Jack in den Jahren, in denen sie getrennt waren, nicht enthaltsam gelebt hat. Vor allem, nachdem sich herausgestellt hat, dass Mimi eine Spionin Napoleons war.« Sie lachte leise und wollte auch Grace zum Lachen bringen.

Aber Grace hörte ihr nicht mehr zu. »Das ist nicht ihr Name.«

Kate betrachtete noch einmal das Bild. »Doch, das ist er.«

Grace sah auf und hatte das Gefühl, wieder einmal vollkommen aus dem Gleichgewicht geraten zu sein. »Das«, sagte sie und hob die Flasche an, damit Kate das Porträt sehen konnte, »ist Minette. Diccans Geliebte.«

Kate erstarrte. »Bist du dir sicher?«

Grace lachte unfroh auf. »Glaube es mir, Kate, ich kenne jeden Zentimeter von dieser Frau. Glaubst du, dass Diccan es weiß?«

Kate ließ sich auf den Sessel fallen. »Wer weiß? Diese Männer schweigen wie die Gräber.« Sie schüttelte den Kopf. »Grundgütiger. Das ist eine ganz neue Wendung.«

»Was bedeutet das?«, fragte Grace und rieb sich über die Stirn, während sie das gewinnende Lächeln auf dem Bild betrachtete.

Kate seufzte. »Es bedeutet entweder, dass *Drake's Rakes*

sich die Geliebten teilen, was ich persönlich geschmacklos fände, oder jemand spielt hier ein hinterlistigeres Spielchen, als wir alle dachten.« Sie nahm die Flasche wieder an sich. »Das fände ich noch geschmackloser.«

»Ich muss mit Diccan sprechen.«

»Wir müssen mit ihnen allen reden.« Abrupt erhob Kate sich und ließ die Flasche in ihre Tasche gleiten. »Ich werde Lizzy raufschicken, damit sie dir beim Baden hilft und dir etwas zu essen bringt. Ich glaube, ich kümmere mich mal darum, die Männer in ein Zimmer zu locken und sie nicht mehr entwischen zu lassen, bis wir ein paar Antworten haben.«

Kate war fast aus der Tür, als Grace plötzlich etwas einfiel. »Kate? In welchen Schwierigkeiten steckt Diccan?«

Kate blieb stehen. »Diccan? Ach, nichts.«

»Ich habe euch gehört. Wird ihm etwas vorgeworfen? Du hast etwas über seine Eltern gesagt, die ihn nicht unterstützen würden.«

Die Hand auf dem Türknauf, seufzte Kate. »Er will nicht, dass du dir Sorgen machst, Grace.«

»Das ist schon misslungen.«

Einen Moment lang schien Kate intensiv nachzudenken und starrte auf die Tür. Dann drehte sie sich zu Grace um. »Es sollte eigentlich keine große Überraschung sein«, sagte sie schnell. »Vor allem, nachdem man schon versucht hat, seinem Ansehen zu schaden. Das hier ist nur ein weiterer Versuch.«

Grace' Verstand arbeitete sehr langsam, aber nach einer Weile drangen Kates Worte in ihr Bewusstsein vor. Sie spürte, wie das Blut aus ihrem Gesicht wich. »Oh, mein Gott«, flüsterte sie, »er wird beschuldigt, mich vergiftet zu haben. Wer? Wer könnte so etwas auch nur denken?«

Sie hatte noch nie erlebt, dass Kate etwas unangenehm

zu sein schien. »Es wurde eine Nachricht von ihm für euren Diener Benny gefunden. Und Benny ist verschwunden.«

Grace wünschte sich, sie könnte noch einen großen Schluck von Kates Brandy nehmen. »Benny? Aber er war so pflichtbewusst.« Immer war er bemüht, ihr dieses fürchterlich schmeckende Tonikum einzuflößen.

Kate zuckte mit den Schultern. »Das ist alles, was ich weiß.«

»Weißt du nicht, wer Diccan beschuldigt? Denn diese Leute stecken sicherlich mit demjenigen unter einer Decke, der versucht hat, mich zu vergiften. War es Mr. Carver, der Mann vom Innenministerium? Ich glaube, ich würde es ihm zutrauen. Er kommt mir irgendwie besessen vor.«

Sie erinnerte sich: Mr. Carver war der Grund für ihre Besorgnis. Er war hier und beobachtete Diccan. Und sie sah ihm an, dass er sich wünschte, Diccan würde zu Fall gebracht werden. »Er ist es«, sagte sie und stand mit einem Mal unter Spannung. »Mr. Carver. Er hat es offenbar aufgegeben, Beweise zu finden, die Diccan belasten, und hat selbst …«

»Nein, Grace, er war es nicht.«

Grace sah auf und bemerkte eine fremde, untypische Verzweiflung in Kates Augen.

»Es war dein Onkel Dawes.«

Ja, dachte Grace. *Das Herz eines Menschen kann abrupt aufhören zu schlagen.* Sie hätte schwören können, dass ihr Herz gerade ausgesetzt hatte. »Ich glaube, er hat Diccan beobachten lassen«, sagte sie unsinnigerweise. »Um mich zu beschützen.«

»Er hat die Nachricht gefunden. Seine Leute haben Recherchen über eure Bediensteten angestellt, und anscheinend hat einer von ihnen einen Verdacht gegen euren Diener Benny gehegt. Sie haben die Nachricht in einem möblierten Zimmer gefunden, das er sich in Covent Garden genommen hatte. Der General hat es glückliche Fügung des Schicksals genannt. Ich nenne es ein bisschen zu günstig und passend.«

»Willst du damit sagen, dass der General etwas mit meiner Vergiftung zu tun hat? Du kannst nicht ernsthaft der Meinung sein, dass mein Onkel mir absichtlich wehtun würde. Wenn er es getan hätte, würde das bedeuten, dass er auf einer Stufe mit den Löwen steht. Mein Onkel, Kate, ein General in Cornwallis' Armee.«

Kate sagte nichts. Sie schüttelte nur den Kopf, und Grace fühlte sich unermesslich schlecht.

»Lass uns hören, was die Männer herausgefunden haben«, sagte ihre Freundin schließlich. »Bis dahin ist es unsinnig, irgendwelche Verdächtigungen auszustoßen.«

Grace kämpfte gegen das schmerzvolle Gefühl an, es nicht glauben zu können. »Das klingt so, als wären schon Verdächtigungen ausgestoßen worden.«

Gegen Diccan. Sie musste erforschen, warum das so war.

Kate konnte zaubern. Zumindest war Grace dieser Überzeugung. Innerhalb einer Stunde hatte sie es geschafft, die anwesenden *Rakes* in dem großen Salon zu versammeln. Es war ein altmodischer, in Weiß gehaltener Raum. Kunstvolle Stuckverzierungen schmückten die hohe Decke, die Kamine waren aus Alabaster gefertigt und die Türrahmen mit stilvollen Randleisten versehen. Die Möbel, zu gemütlichen Gruppen angeordnet, waren in Graugrün gehalten und eher schlicht, als könnte der Raum keine weiteren Ausschmückungen mehr vertragen. Es ist, als würde man in einer barocken wienerischen Kirche zur Beichte gehen, dachte Grace, während sie darauf wartete, dass Kate neben ihr auf dem Sofa am Kamin Platz nahm.

»Gibt nichts zu sagen«, knurrte Chuffy und ließ sich in einen Sessel zu ihrer Linken fallen.

»Vielleicht gilt das für Sie«, sagte Kate zu dem dicklichen Adligen und strich sich das Kleid glatt, »doch ich kann Ihnen versichern, dass wir auf jeden Fall etwas zu sagen haben.«

Grace schwieg. Sie hatte das Bad und das Essen überstanden und fühlte sich ein bisschen gestärkt. Aber im Moment konzentrierte sie sich darauf, sich die Anwesenden anzusehen. Jack Wyndham war natürlich da und schenkte gerade für die Männer Whisky in Gläser. Marcus Drake stand am Fenster. Chuffy Wilde saß neben Lady Bea. Harry Lidge, der Kate verstohlene Blicke zuwarf, stand mit einem Glas Whisky in der Hand am anderen Ende des Raumes. Alle Männer hatten eine undurchdringliche Miene aufgesetzt – wie Schuljungen, die zum Direktor gerufen worden waren. Grace vermutete, dass sie nicht leicht zu knacken sein würden.

Von den Frauen waren außer Olivia, die hinter einem unberührten Teetablett saß und Jack anfunkelte, als hätte er etwas ausgefressen, noch Kate, Bea und Grace im Salon. Der Einzige, der in der Runde fehlte, schien Diccan zu sein.

»Wo ist er?«, fragte Grace.

Die Männer blickten abrupt auf.

»Wie bitte?«, fragte Drake, die Karaffe und ein Glas in den Händen, und tat lächerlich unschuldig.

Grace zog eine Augenbraue hoch. »Mein Ehemann. Wo ist er?«

»Hier«, hörte sie, und Diccan kam ins Zimmer geschlendert. »Meine Liebe, obwohl es immer eine Freude ist, dich zu sehen, hätte ich mir gewünscht, du wärst in deinem Zimmer geblieben. Du siehst noch immer schrecklich blass aus.«

Wie immer spürte Grace eine tiefe Freude, als sie ihn erblickte. Dieses Mal empfand sie allerdings noch mehr – es war eine Vertrautheit, als wäre alles kein Traum, sondern Wirklichkeit gewesen. Als hätte sie tatsächlich in seinen Armen geschlafen. Sie glaubte, ein Aufblitzen von echter Erleichterung in seinen Augen gesehen zu haben, als er sie betrachtete. Doch wie immer waren etwaige Emotionen schnell wieder aus Diccan Hilliards Augen verschwunden.

»Ich fühle mich besser«, versicherte sie. »Wo hast du gesteckt?«

Diccan warf ihr eines dieser lässigen, amüsierten Lächeln zu, als er von Marcus ein Glas Whisky entgegennahm und sich ihr gegenüber in einen Sessel setzte. »Ach, hier und da.«

»Haben sie dich verhaftet?«, fragte sie. »Oder haben sie nur falsche Anschuldigungen ausgesprochen?«

Diccan warf einen anklagenden Blick in die Runde. »Vielen Dank, dass ihr Rücksicht auf den Seelenfrieden meiner Frau genommen habt, während ich weg war.«

Grace spürte, wie ihre Geduld allmählich schwand. »Um meinen Seelenfrieden war es spätestens geschehen, als du mir erzählt hast, dass jemand versucht hat, mich zu vergiften«, erklärte sie. »Genau genommen war mein Seelenfrieden schon vorher schwer angeschlagen. Und ich glaube, jetzt reicht es. Wie stehen die Dinge, Diccan? Werde ich dich demnächst im Gefängnis besuchen?«

»Nicht, solange ich bei ihm bin«, sagte Harry Lidge leise. »Er befindet sich sozusagen in meiner Obhut.« Ein schiefes Lächeln erschien auf seinem Gesicht. »Du scheinst die Pläne der Gegenpartei über den Haufen geworfen zu haben, indem du überlebt hast.«

Grace spürte, wie sich Kate die Haare sträubten, und sie legte ihrer Freundin beruhigend die Hand auf den Arm. »Danke, Harry.« Grace sah sich um und bemerkte, dass die Mienen der Männer von Skepsis bis Angst alles zeigten. »Ihr müsst uns sagen, was los ist.«

»Nein, das müssen wir nicht«, entgegnete Diccan. »Nicht, wenn es dich in Gefahr bringt.«

»In schlimmere Gefahr als eine Arsenvergiftung?«, versetzte Grace scharf. Sie hatte nicht gewusst, dass sie so viel Wut in sich hatte. Der Zorn breitete sich brennend in ihrer Brust aus.

Sie musste Diccan zugutehalten, dass er errötete. »Das wird nicht wieder passieren, Grace. Du wirst bewacht.«

»Ich bin auch vorher schon bewacht worden, Diccan«, erwiderte sie. »Es hat nicht gereicht.«

»Stimmt«, sagte Chuffy. »Glaube nicht, dass Schroeder besonders in Form war.«

Grace blickte ihn an. »Schroeder?«

Chuffy errötete. »Eine große Hilfe«, murmelte er. »Hat Diccan mir selbst erzählt. Sie ist Kopf seiner Armee. Trotzdem konnte sie nicht wissen, womit sie es zu tun hatte.«

Grace wusste, dass sie ihn anstarrte. »Sie hat mich *überwacht*?«

»Beschützt«, korrigierte Diccan. »Deshalb wollte ich nicht, dass du sie feuerst.«

Sie glaubte, verrückt zu werden. »Tja, zum Glück hast du mir das gesagt. Andernfalls hätte ich, nachdem ich sie wiederholt in deinem Schlafzimmer erwischt habe, denken können, dass du auch mit ihr schläfst!«

Wenigstens besaß er den Anstand, zerknirscht auszusehen. »Ich wollte dich nicht beunruhigen.«

Sie schrie fast: »Sag das *nie* wieder zu mir. Wie konntest du annehmen, ich könnte *nicht* beunruhigt sein? Olivia ist angegriffen worden. Du bist entführt worden. Ich bin vergiftet worden.«

»Und verheiratet«, murmelte Kate. »Vergiss das nicht.«

»Grace«, sagte Marcus Drake und beugte sich vor, »versuchen Sie zu verstehen. Es ist uns nicht erlaubt, diese Informationen zu verbreiten.«

Grace sah ihn eindringlich an. »In dem Fall müssen wir mit dem vorliebnehmen, was wir wissen, und eigene Recherchen durchführen.«

Diccan sprang auf. »Das verbiete ich dir!«

»Zu spät«, erwiderte Kate mit einem strahlenden Lächeln, »wir haben bereits begonnen. Und anders als ihr teilen wir unser Wissen. Tatsächlich haben wir neue Informationen.« Mit einem Griff in ihre Tasche zog sie die Flasche hervor. »Was wisst ihr über das hier?«

Jack Wyndham kam auf sie zu. Er runzelte die Stirn. »Die gehörte Evenham.«

Alle starrten ihn an. Das war ganz sicher nicht die Antwort, die Grace erwartet hätte. »Der Junge, der sich das Leben genommen hat?«, fragte sie.

»Sie gehörte Evenham?«, fragte Marcus Drake und trat näher, um sich das Stück genauer anzusehen. »Was, zur Hölle, macht Kate mit etwas, das Evenham gehört hat?«

Kates Lächeln war ironisch. »Tja, ich habe Jack diese Flasche abgenommen. Olivia hat sie bei ihm entdeckt, als sie ihn in Waterloo wiedergefunden hat.«

»Ich denke, die Frage muss lauten, warum Jack im Besitz von Evenhams Flasche war«, sagte Marcus.

Jack schüttelte den Kopf. »Ich weiß es nicht. Ich erinnere mich überhaupt nicht daran.«

»Das könnte helfen«, schlug Kate trocken vor. Sie machte den Klappdeckel an der Flasche auf und reichte sie ihm. »Ich nehme an, du kennst sie?«

Jack ergriff die Flasche. »Mimi«, keuchte er überrascht.

»Deine Geliebte?«, wollte Diccan wissen. »Die Frau, die dich zu den Franzosen gebracht hat?«

»Offenbar war sie auch Evenhams Geliebte«, sagte Drake, »wenn das Bild schon im Versteck in der Flasche war.«

»Evenham hatte keine Geliebte«, erwiderte Diccan leise. »Glaubt mir.«

»Er hatte die Flasche«, beharrte Jack, »und das bringt ihn mit Mimi in Verbindung.«

»Es bringt beide mit jemand anders in Verbindung.« Grace streckte die Hand aus. Mit einem letzten wehmütigen Blick auf die Flasche reichte Jack sie ihr. Grace gab sie weiter an Diccan.

Diccan warf einen Blick auf das Porträt und erbleichte. »Mein Gott.«

Sein Glas fiel auf den Boden, und der Whisky ergoss sich über das Holz. Es schien ihm nicht aufzufallen. Seine ganze Aufmerksamkeit galt dem Bild. Die Männer scharten sich um ihn.

»Verdammt, Diccan«, sagte Harry, »das ist Minette.«

»So ist es«, entgegnete Grace. »Findet es außer mir noch jemand bemerkenswert, dass sie zwei von *Drake's Rakes,* äh … unterhalten hat? Zwei *Rakes,* die zufällig gerade Nachforschungen über die Löwen angestellt haben?«

»Zwei Lebemänner und ein Löwenbaby«, sagte Chuffy kopfschüttelnd. »Alles sehr undurchsichtig.«

»Ich sage euch, dass sie *nicht* Evenhams Geliebte war«, beharrte Diccan.

»Sie hat ihn aber sicherlich gekannt«, erwiderte Chuffy.

»Bewundernswertes Durchhaltevermögen«, sagte Kate grinsend.

»Liederlich«, entgegnete Bea mit missmutig geschürzten Lippen.

»Diccan«, fragte Grace, »was meinst du? Ist die Frau auf dem Bild nur übermäßig freundlich, oder steckt mehr dahinter?«

Diccan nahm langsam wieder Platz und starrte die Flasche an. Schließlich schüttelte er mit einem rauen Auflachen den Kopf. »Ich habe das ungute Gefühl, dass die Henne in Wahrheit ein verkleideter Fuchs ist. Und wir haben uns alle für so überaus schlau gehalten.«

»Ist sie der Grund dafür, dass du in Verruf gebracht worden bist?«, wollte Grace wissen.

Es war Marcus, der ihr antwortete. »Ich fürchte, darüber kann er nicht reden.«

»Weil wir alle ja so überaus freigebig mit unseren Informationen umgegangen sind«, knurrte Olivia. »Selbst nachdem wir angegriffen, bedroht und ruiniert wurden.«

Grace seufzte und spürte, wie ihre Kraft nachließ. »Wir kennen das Wesentliche über die Löwen und wollen wissen, wie die Gefahren für uns aussehen. Und für euch. Wir wollen wissen, ob wir irgendwie helfen können.«

»Nein«, sagten die Männer wie aus einem Mund.

Kate schüttelte den Kopf und wies auf die Flasche. »Ihr vergesst, dass wir schon geholfen haben. Ich nehme an, dass du etwas von Evenham erfahren hast, Diccan. Wenn die Löwen das herausfanden, warum haben sie dann nicht versucht, dich zu töten – so wie sie es auch bei Jack versuchten? Warum dieses ganze Theater?«

Wieder wurden Blicke getauscht. Ein Moment des Unbehagens entstand. »Wir wissen es nicht«, gab Marcus zu. »Es scheint tatsächlich … unpraktisch zu sein.«

»Nicht ganz«, entgegnete Diccan und fuhr abwesend mit den Daumen über das Porträt seiner Geliebten. »Nicht, wenn sie noch eine Aufgabe für mich finden, die meinem Ruf noch weiter schadet.«

Alle Augen waren auf ihn gerichtet. Grace fühlte, wie ihr Herz stockte. »Was für eine Aufgabe?«

Diccan nahm sich einen Moment, um ihren Blick zu erwidern, ehe er sich Jack Wyndham zuwandte. »Zum einen soll ich Smythe über Jacks Erinnerungen berichten. Ich bin mir sicher, dass sie Angst haben, dir könnten weitere Namen einfallen. Und des Weiteren …« Er blickte mit einem ungewöhnlich trockenen Lächeln auf. »Ich glaube, sie wollen mich dazu zwingen, Wellington umzubringen.«

Grace ertappte sich dabei, dass sie ihn anstarrte. »Die Löwen? Was hast du getan?«

»Nur das, was du gesagt hast«, erwiderte er, ohne sie anzusehen. »Ich habe für die Krone mit der Französin geschlafen.«

»Diccan«, ermahnte Jack ihn.

»Endlich«, murmelte Kate, »ein Stückchen Wahrheit.«

Diccan sah wieder auf die Flasche. »Evenham hat mir gesagt, dass die Löwen mit allen Mitteln versuchen würden, mich anzuwerben. In Whitehall war man der Meinung, ich könnte einigen Verdächtigen näherkommen, wenn ich meine Affäre mit Minette wiederaufnehmen würde. Es schien wunderbar zu funktionieren. Sie glauben, ich hätte für andere Regierungen spioniert und wäre leicht zu beeinflussen. Ich war der perfekte Sündenbock.« Er blickte Grace eindringlich an. »Eigentlich hätte nie Gefahr für dich bestehen sollen. Ich hätte dir niemals so wehgetan, wenn ich nicht der Überzeugung gewesen wäre, dass du damit aus der Schusslinie und in Sicherheit bist. Es tut mir unendlich leid.«

Grace hörte den Schmerz in seiner Stimme und verstand mit einem Mal, was jeder niederträchtige Angriff, jedes scheinbar grausame Verhalten ihn gekostet hatte. Es erschütterte sie, wie sehr diese Einsicht sie traf, wie sehr sie für ihn litt.

»Ich verzeihe dir«, sagte sie sanft.

Sie war noch tiefer getroffen, als sie die Tränen in seinen Augen bemerkte. O Diccan.

»Was können wir tun?«, fragte Kate und riss Grace aus ihren Grübeleien.

»Ihr könnt euch zurückhalten«, erwiderte Harry Lidge. »Es ist zu gefährlich.«

»Tatsächlich?«, entgegnete Kate mit einem vielsagenden Blick. »Wer hätte das gedacht?«

»Nein, nein«, wandte Chuffy ein, »schlimmer als ein flaues Gefühl im Magen. Messer.«

»Chuff …«

Doch Chuffy schüttelte den Kopf. »Sie sollen es, verdammt noch mal, wissen. Da draußen läuft ein Kerl herum, der Menschen Shakespeare-Zitate in die Stirn ritzt. Tja, einen von *uns* hat er noch nicht erwischt. Für gewöhnlich ist er hinter Frauen her. Wie zum Beispiel hinter Lady Gracechurch.«

Olivia wurde kreidebleich. »Der Chirurg?«, fragte sie fassungslos. »Was ist mit ihm?«

»Zitate?«, fragte Grace. Plötzlich war ihr wieder übel. »Wovon sprecht ihr?«

Niemand hörte sie. Sie hatten ihre Aufmerksamkeit Jack zugewandt, der sich neben Olivia gekniet hatte und ihre Hände hielt. »Es tut mir so leid, Liv«, sagte er. »Der Chirurg ist entkommen, und niemand weiß, wo er derzeit steckt. Aber wir haben für deine Sicherheit gesorgt. Ich schwöre es.«

Der Chirurg. Oh, mein Gott. Mein Gott. Das kann nicht ihr Ernst sein, dachte Grace.

»Der Chirurg ist auf freiem Fuß?«, fragte sie und wusste, dass ihre Stimme schrill klang. »Hast du das gewusst, Olivia?«

Die Totenblässe in Olivias Gesicht zeigte ihr, dass sie es nicht gewusst hatte. Die Narbe, die sich über die Wange ihrer Freundin zog, hob sich wie eine Anklage gegen die weiße Haut ab.

»Was soll das mit dem Zitat bedeuten, Chuffy?«, wollte Grace wissen.

Chuffy errötete. Unsicher rutschte er auf seinem Sessel herum. »Hätte ich nicht sagen sollen. Eine Frau sollte so etwas nicht hören.«

»Das ist seine Signatur«, erklärte Diccan zögerlich. »Er … ritzt ein Zitat in sein Opfer.«

Ein Zitat. Wie einen Satz von Sophokles. Einen Moment lang schloss Grace die Augen. Übelkeit durchströmte sie. »Zur Hölle mit euch«, keuchte sie und schlug mit der Faust auf die Sessellehne. »Zur Hölle mit euch allen. Ihr hättet uns warnen müssen! Doch ihr habt entschieden, dass ihr es besser wisst, und habt das Monster herumlaufen lassen, ohne uns darüber zu informieren!«

»Grace, komm schon«, erwiderte Diccan und wollte ihre Hand ergreifen, »glaubst du wirklich, ich würde den Chirurgen in deine Nähe lassen?«

Aber sie schlug seine Hand beiseite. Sie konnte ihn nicht anblicken. Wie hatte sie je Mitgefühl mit ihm haben können? »Kate«, sagte sie, »könntest du mir meine Handtasche holen, bitte? Sie liegt auf meiner Kommode.«

»Grace«, fragte Olivia, »was ist los?«

Doch sie schüttelte den Kopf und schwieg, bis Kate mit der praktischen Handtasche zurückkehrte. Grace konnte

Diccan nicht ansehen, als sie die Tasche entgegennahm und öffnete. Ihre Hände zitterten.

»Ich habe versucht, dir das hier zu zeigen«, sagte sie zu Diccan und holte die Visitenkarte hervor, die sie aufbewahrt hatte. »Ich habe versucht, dir zu sagen, dass etwas nicht stimmt. Aber du hast nicht zugehört. Du hast nicht mit mir gesprochen. Ihr habt beschlossen, dass das zu *gefährlich* wäre. Wie hätte ich wissen sollen, dass der Chirurg nicht mehr im Gefängnis ist? Wie hätte ich die beiden miteinander in Verbindung bringen sollen? Sagt mir das.«

Sie hätte ihm die Visitenkarte beinahe entgegengeschleudert.

»Grace«, sagte Marcus sanft, »was ist mit dem Chirurgen?«

Sie antwortete auch ihm nicht. Sie spürte, wie ihr Herz sich zusammenzog. In diesem Moment wurde ihr klar, wie sehr man sie benutzt hatte.

Diccan las die Karte. »Mr. Carver«, sagte er, und sie sah, wie es ihm langsam dämmerte.

»Was ist mit ihm?«, fragte Marcus und kam näher.

Diccan reichte ihm die Karte, und seine Hände zitterten ebenfalls. »Mr. Carver hat Grace eine Karte mit der Adresse am Lincoln's Inn Fields gegeben. Chuffy? Was befindet sich am Lincoln's Inn Fields?«

Chuffy erwiderte nachdenklich: »Das Königliche College der …«

Marcus starrte die Visitenkarte an, als wäre sie eine Schlange. »Chirurgie.«

Das hatte Grace nicht losgelassen, denn sie hatte die ganze Zeit gewusst, dass die Adresse am Lincoln's Inn Fields von Bedeutung war. Sie wollte vor Wut aufschreien. Vor Zorn. »Er war die ganze Zeit vor eurer Nase, und ihr habt es nicht bemerkt. Weil ihr mir nichts gesagt habt!«

Diccan sah sie an, und sie erkannte die Angst, die in seinen sonst so kühlen grauen Augen stand. »Wo ist er, Grace? Weißt du das?«

»Natürlich weiß ich das. Er ist mir dichter gefolgt als meine eigene Zofe. Er wollte, dass ich dich anzeige. Er hat mich vor dir gewarnt, hat mir mit Verhaftung und Ruin gedroht, wenn ich ihm nicht helfen würde. Wie sollte ich *nicht* wissen, wo er gerade ist?«

Wieder versuchte Diccan, ihre Hand zu nehmen, doch sie ließ es nicht zu. »Wo, Grace?«, fragte er. »Wo ist er?«

Angst erfasste sie und breitete sich in ihr aus. »Er ist hier, Diccan. Er ist auf Oak Grove.«

Sie hätte genauso gut eine Bombe zünden können. Plötzlich waren alle Männer auf den Beinen, und alle wollten einander übertönen. Es dauerte gute zwanzig Minuten, bis es ihr gelang, ihnen die ganze Geschichte zu erzählen und den Mann zu beschreiben, den sie ab und an getroffen und von dem sie geglaubt hatte, er wäre ein Regierungsbeamter. Weitere zehn Minuten dauerte es, ehe die Männer verschwunden waren, um schnell eine Truppe zusammenzustellen, mit der sie das Grundstück absuchen wollten.

Das Grundstück, das eigentlich hatte sicher sein sollen.

Grace schien sich nicht bewegen zu können. Vor ihrem inneren Auge sah sie das kalte Lächeln des Mannes, hörte sein Flüstern. Nie hatte sie jemandem davon erzählt. Sie fühlte sich kalt und schmutzig und hatte Angst.

»Komm mit, Grace«, sagte Diccan, als er schließlich wieder in den Salon kam, »ich bringe dich nach oben, wo du in Sicherheit bist, bis wir ihn gefunden haben.«

Und ohne ihre Antwort abzuwarten, zog er sie in seine Arme und hob sie hoch. Sie hätte widersprechen sollen. Sie hätte ihn weiter beschimpfen sollen. Es gab so vieles, das sie ihm vorwerfen konnte. Aber als sie seine Arme spürte, gab sie nach und hielt sich an ihm fest, als wäre er der einzig Vertraute. Sie schloss die Augen, als ihr wieder Tränen kamen, legte ihren Kopf in seine Halsbeuge und ergab sich.

»Alles wird gut, Grace«, versicherte er ihr, als er die Schlafzimmertür aufschob und sie ins Zimmer trug, »ich verspreche es.«

»Du kannst das nicht versprechen, Diccan«, erwiderte sie. »Niemand von uns kann das. Ich bin froh, wenn du unversehrt bleibst. Doch wenn das alles vorbei ist, müssen wir uns zusammensetzen und besprechen, wie es weitergehen soll. Ich will so nicht weitermachen, Diccan. Ich … kann es nicht.«

»Ich weiß«, entgegnete er und klang traurig, »aber wir haben alle Zeit der Welt, um uns damit zu beschäftigen.«

»Nein«, ertönte in dem Augenblick eine Stimme vom Fenster her, »ich fürchte, das haben Sie nicht.«

Diccan blieb abrupt stehen. Grace kämpfte gegen das eisige Gefühl der Angst an. Sie musste nicht einmal die Augen öffnen, um zu wissen, wer dort lauerte. Sie tat es trotzdem.

»Diccan«, sagte sie und funkelte den Mann an, der mit einer Pistole in der Hand am offenen Fenster stand, »ich glaube, du kennst Mr. Carver bereits.«

Kapitel 21

»Ja, ich bin es«, sagte Mr. Carver und klang belustigt. »Davor hatte ich Angst. Es war Ihre Entscheidung, Hilliard, ausgerechnet jetzt zum ersten Mal nach einem Monat das Schlafzimmer Ihrer Gattin zu betreten. Ich bin so froh, dass ich darauf vorbereitet bin.« Er hob die Pistole – eine Pfefferbüchse mit zwei Schüssen. »Sehen Sie? Ich habe mich sogar angepasst. Sie beide müssen sterben, und die Zeit ist knapp.« Er schüttelte den Kopf. »Und ich hatte einen ganz reizenden Vers, den ich Ihnen in die Brust ritzen wollte.«

Diccan war so stolz auf Grace. Er spürte, wie sie sich bei Carvers Worten anspannte, doch sie rührte sich nicht und gab sich vollkommen unbeeindruckt. »Verse«, knurrte Diccan und rang um Ruhe und Selbstbeherrschung, während er Grace noch immer in den Armen hielt. »Ich höre immer irgendwas von Versen. Ich glaube, ich habe allmählich genug davon.«

Der Attentäter warf ihm ein bedächtiges, drohendes Lächeln zu. »Und Sie wissen noch immer nicht, was es bedeutet. Oder wer den Vers hat. Ob Sie überrascht sein werden?«

»Ganz sicher.«

»Eigentlich gibt es noch eine ganze Menge Überraschungen, die aufgedeckt werden müssen«, sagte Carver genüsslich. »Wenn Sie doch nur die Zeit dazu hätten. Aber Sie haben mich nun beide gesehen. Das geht natürlich nicht.«

Diccans Herz hämmerte, und seine Hände schwitzten, doch er ließ sich nichts anmerken. »Für einen Mann, der niemals lebendig aus diesem Haus gelangen wird, kommen Sie mir ein bisschen zu selbstsicher vor.«

Carver lächelte noch immer. »Unterschätzen Sie mich nicht, Mr. Hilliard. Ich werde entkommen. Und bevor ich verschwinde, werde ich den Vers holen, den alle hier suchen.« Sein Lächeln wurde breiter. »Nicht von Minette. Sie hatte den Vers nie. Ich bin mir allerdings sicher, dass sie Sie für Ihre sorgfältige Suche bei ihr großzügig entlohnt hat.«

»Werden Sie sich jetzt endlos brüsten?«, fragte Diccan. »Oder werden Sie mir erzählen, wer der Mann ist, der hinter alldem steckt, ehe Sie mir eine Kugel in die Brust jagen?«

»Der Mann?« Der Chirurg legte den Kopf schräg und war offensichtlich amüsiert. »Grace, wenn ich Sie wäre, dann wäre ich beleidigt, dass mein Mann dem schönen Geschlecht so wenig Anerkennung zollt. Sie sollten das ›schwache‹ Geschlecht niemals verkennen, Hilliard. Das hat schon mehr als einen Spion zu Fall gebracht.«

»Eine Frau steckt hinter den Versuchen, meinen Ruf zu ruinieren?«

»Sozusagen.«

Diccan stand still da. In seinen Armen sagte Grace kein Wort, als würde sie sich in sich selbst zurückziehen. Diccan konnte allerdings die Anspannung in ihr spüren, die von jeder Faser ihres Körpers ausging. Er hoffte, dass sie aufmerksam aufpasste, denn die nächsten Augenblicke waren lebenswichtig.

»Gut«, sagte er und spannte seine Muskeln an, »ich schätze, dann werde ich mich bei ihr entschuldigen, wenn ich sie treffe. In der Zwischenzeit würde ich gern meine

Frau absetzen. Sie ist keine Nymphe. Tatsächlich wird sie allmählich verdammt schwer.«

Und ohne zu zögern, legte er sie schwungvoll auf ihr Bett.

»Also dann, Mr. Carver«, sagte er und warf keinen Blick zu Grace, »lassen Sie uns weitermachen.«

Carver achtete ebenfalls nicht weiter auf Grace, die auf dem Bett gelandet war wie ein achtlos weggeworfener Mantel. Diccan hätte beinahe gelacht. Und Carver warf ihm vor, die Damen zu unterschätzen. Carver bemerkte nicht, dass Grace unter ihr Kopfkissen griff. Als er die Pistole sah, die sie hervorzog, war es zu spät. Bevor er sich umdrehen konnte, hatte sie bereits auf ihn geschossen.

Der Knall ließ die Fensterscheiben erzittern. Rauch kräuselte sich aus der Pistole. Carver blickte erstaunt zu seiner Schulter, wo sich auf seinem Hemd ein Blutfleck bildete. Ehe dem Mann einfiel, dass er eine Waffe in der Hand hielt, griff Diccan ihn an. Er wollte die Pistole packen und krachte mit Carver zusammen gegen die Wand. Beide versuchten, die Kontrolle über die Waffe zu bekommen. Carver wollte Diccan wegstoßen. Er war ihm so nahe, dass Diccan die schwarzen Sprenkel in seinen blauen Augen sehen konnte. Er konnte seine Angst riechen. Er konnte das angstvolle Aufkeuchen hören, als er angerempelt wurde.

Diccan schlug ihm mit voller Wucht gegen die Schulter. Carver stöhnte, doch er gab nicht auf. Er wollte seinen Kopf gegen Diccans Nase rammen. Diccan gelang es gerade noch auszuweichen, sodass sie mit den Köpfen aneinanderstießen. Mit der freien Hand umklammerte er Carvers Kehle. Carver machte es ihm nach. Diccan konnte seinen keuchenden Atem in seiner Brust spüren. Er trat einen Schritt zurück, schleuderte Carver wieder gegen die Wand und versuchte, ihn abzuschütteln. Er wollte die Pistole packen, die noch immer zwischen ihnen war. Unbeirrt verstärkte er den Griff an Carvers Kehle, bis er hätte schwören können, dass Carver rotblau anlief.

»Stoß ihn weg!«, schrie Grace. »Ich kann noch einmal schießen.«

Er wollte Carver diese Chance nicht geben und ließ nicht los. Unerwartet drängte er seinen Körper gegen Carvers, um sich befreien zu können. Vergeblich. Plötzlich hörte er Schritte auf der Treppe, und für einen winzigen Moment war er abgelenkt. Carver nutzte diesen Augenblick und rammte ihm das Knie in den Schritt. Ein heftiger Schmerz durchzuckte Diccan, trotzdem ließ er nicht von seinem Gegner ab. Er umklammerte ihn, als Carver versuchte, sich aus seinem Griff zu winden, drehte sich, um mehr Druck ausüben zu können, wirbelte herum und krachte mit jeder Drehung wieder gegen die Wand.

Diccan ließ von Carvers Kehle ab und schlug ihm mit dem Handballen gegen die Nase. Carver stöhnte auf. Blut strömte ihm über das Gesicht. Er versetzte Diccan einen Stoß in die Rippen, und Diccan blieb kurz die Luft weg. Sie kämpften, rangen und entfernten sich von der Wand.

»Schieb ihn weg!«, rief Grace wieder. Sie war ganz in Diccans Nähe.

Diccan probierte es. Er versetzte Carver einen Kinnhaken. Carver stellte sein Bein hinter Diccans, um ihn aus dem Gleichgewicht zu bringen. Stattdessen erreichte er so jedoch nur, dass er mit Diccan zusammen wieder in Richtung Wand taumelte.

Aber Carver hatte sich verrechnet. Sie fielen nicht gegen die Wand, sondern gegen die Fensterscheibe. Das Glas zersprang an Diccans Schulter. Holz splitterte, und er spürte die kalte Luft. Er bemerkte, wie er den Halt verlor und seine Füße den Boden nicht mehr berührten. Er glaubte, Grace schreien zu hören. Plötzlich sah er nur noch Carver und den Himmel und Bäume, die sich wild zu drehen schienen.

Oh, verdammt, war alles, was ihm durch den Kopf schoss, als er durch die Luft flog. Er ließ Carver los und sah die Pistole fallen, bevor er gegen einen Baum krachte. Er hörte Carver, der knapp hinter ihm zu Boden stürzte, fluchen und Äste und Zweige brechen. Im nächsten Moment schlugen beide mit einer Wucht, die ihnen den Atem raubte, zwei Stockwerke tiefer auf dem Boden auf.

Diccan bekam keine Luft mehr. Sein Kopf fühlte sich an wie ein geplatzter Kürbis. Er glaubte, im Haus Menschen rufen zu hören. An seinem Körper spürte er den Buchsbaum, in den er gefallen war und der ihn zu umarmen schien. Neben sich vernahm er ein keuchendes Lachen.

»Dieses Mal … kommen … Sie … nicht davon«, schwor Diccan, sobald er wieder genug Luft zum Sprechen hatte. Das Atmen war qualvoll, doch die Schmerzen waren nicht so schlimm. Es war glimpflich ausgegangen. Was seinen Arm betraf, der seltsam verdreht unter ihm lag, war er sich da nicht so sicher.

Neben ihm stieß Carver ein gurgelndes Lachen aus. »Ja«, stimmte er zu, »das glaube ich … auch. Aber … eines noch. Ich hätte Sie … töten sollen. Doch wer wollte … nicht, dass Sie … sterben? Wer, den Sie kennen … würde … Sie schützen? Selbst über … England?«

Diccan gelang es, sich auf einen Ellbogen zu stützen. Er sah Carver neben sich auf den Büschen liegen. Ein Ast ragte aus der Brust des Attentäters. Blut rann ihm aus dem Mundwinkel, und seine Beine zuckten. Und, verflucht, er lächelte.

»Wer?«, fragte Diccan.

»Ist es eine … Frau?«, fragte Carver. Seine Augen verschleierten sich. »Oder ein Mann? Ihre Cousine … oder Ihr …«

Diccan beugte sich zu ihm herüber und packte ihn am Jackenaufschlag. »Mein was?«

Aber sein Gegenspieler lächelte nur. »›Die Hure … hat … den Vers.‹ Von wem … würde er … sonst noch … so reden …«

Das war alles. Blutiger Schaum drang aus Carvers Mund, und seine Augen verdrehten sich, ehe sie erstarrten. Eine schwache Brise hob das Haar von seiner Stirn, und Diccan konnte den Tod riechen. Er nahm auch den Duft von Triumph wahr. Der Chirurg hatte seine Geheimnisse mit ins Grab genommen.

Die Hure hat den Vers. Allerdings nicht Minette.

Carver hatte Diccans Cousine erwähnt. Was hatte Kate mit alldem zu tun? Diccan starrte auf die erschlafften Züge des Mannes neben sich. Carver hatte einige Anschuldigungen ausgestoßen – einige allgemein, eine gezielt. Wen hatte er gemeint?

Und dann, von einem Herzschlag zum nächsten, kannte er die Antwort. Er schloss die Augen. Sein Gehirn arbeitete fieberhaft. Er fragte sich, ob er möglicherweise doch eine tödliche Verletzung erlitten hatte, denn mit einem Mal breitete sich sengender Schmerz in seiner Brust aus, und er konnte keine Luft mehr bekommen.

Er wollte auf Carver einschlagen, wollte so lange auf die Brust dieses Mistkerls einhämmern, bis er seine Beschuldigung zurücknahm. Denn das, was er hatte durchblicken lassen, konnte einfach nicht wahr sein.

Unmöglich konnte es wahr sein.

»Diccan? Diccan!«

Seine Kraft schwand, und er ließ Carver los und sank

auf den Boden. Sein Arm schmerzte höllisch. Seine Rippen. Sein Kopf. Am nächsten Morgen würden die Schmerzen und Qualen, die von gebrochenen Knochen und verletzter Haut herrührten, den Ton angeben. Aber das alles war Leiden, das man lindern konnte, was man über den Schmerz, den ein Verrat auslöste, nicht sagen konnte.

Es durfte nicht wahr sein.

Harry war der Erste, der bei ihm war. Der ruppige blonde Mann ließ sich auf die Knie fallen und sah sich Diccans Verletzungen kurz an. »Wirst du es überleben, alter Junge?«

Diccan warf ihm ein schiefes Lächeln zu. »Ich fürchte, ja. Der Chirurg ist dagegen auf dem Bauch gelandet.«

Harry blickte zu dem Chirurgen, der ausgestreckt auf den Büschen lag. »So ein Jammer.«

Diccan bemerkte, dass noch weitere Leute Harry aus dem Haus folgten. Er packte Harry am Ärmel. »Harry. Ehe irgendjemand hierherkommt, musst du mir zuhören.«

Harry gehorchte wie jeder gute Soldat und blieb ruhig. »Selbstverständlich.«

»Ich glaube, Kate hat den Vers.«

Harry riss die Augen auf. »Was?«

»*Die Hure hat den Vers*«, zitierte Diccan. »Minette ist nicht die Einzige, die Hure genannt wird. Zumindest von einigen Leuten, die ich kenne.«

Er glaubte, dass Harry aufgehört hatte zu atmen. »Sie ist in das alles verwickelt?«

»Ich glaube, ja. Ich glaube, dass der Chirurg mir das gerade sagen wollte.«

Harry schüttelte den Kopf. »Warum überrascht mich das nicht?«

»Sie schwebt in Gefahr, Harry.«

»Sie wird gut bewacht, Diccan. Wie wäre es, wenn wir uns jetzt erst einmal um dich kümmern würden?«

Diccan bekam keine Gelegenheit zu antworten. Plötzlich war Grace bei ihm, keuchte und weinte. »Zur Hölle mit dir, Diccan Hilliard. Was hast du dir dabei gedacht?«

Sie kniete sich nicht hin, sondern fiel ihm beinahe auf die Brust, und er zuckte vor Schmerz zusammen.

»Ich dachte, wir hätten immer noch die Wand hinter uns«, entgegnete er und schlang seinen gesunden Arm um sie. »Geht es dir gut, Gracie? Habe ich dir auch nicht wehgetan?«

Sie war immer noch aufgebracht. »Ich hatte nachgeladen. Ich hätte ihn ausschalten können, wenn du dich bewegt hättest!«

Er warf ihr ein kleines Lächeln zu. »Warum, meinst du, sind wir aus dem Fenster gefallen?«

Bestürzt blickte sie ihn an. »Oh.«

Er konnte es sich nicht verkneifen. »Ich dachte, du wärst diejenige, die aus vierhundert Metern ein Ass treffen kann. Was war los?«

Ah, da war es. Dieses wunderbar einzigartige Erröten, von dem er wusste, dass es sich bis zu ihren Zehenspitzen erstreckte. Sie ließ den Kopf sinken und erschauerte. »Harps wird mir das nie verzeihen.«

»Ich weiß nicht«, entgegnete Harry, »für mich sieht es so aus, als hätte der Mann eine große Schusswunde in der Schulter.«

Grace funkelte ihn an. »Ich habe nicht auf seine Schulter gezielt.«

Diccan fühlte sich schlecht, als ihm klar wurde, wie sehr sie sich schämte. »Grace«, sagte er und zog sie an sich. »Uns geht es gut, und der Chirurg ist tot. Das ist alles, was zählt.«

Obwohl das so nicht stimmte. Aber er würde sich im Moment nicht um das andere Problem kümmern können. Glücklicherweise erschien im nächsten Augenblick der Rest der Hochzeitsgesellschaft, und er hatte sowieso nicht mehr die Zeit dazu.

Diccan wusste, dass er seinem Widersacher allein hätte gegenübertreten sollen. Doch er schien Grace nicht zurücklassen zu können. Ihm war nicht bewusst gewesen, dass sie ihm Ruhe gab und Kraft. Und die würde er für diese Unterredung brauchen. Er nahm Marcus mit und bat ihn, im Salon zu warten, denn er wusste, dass das Gespräch nicht gut enden würde.

Und so war es auch.

»Du hast versucht, meine Frau umbringen zu lassen«, sagte er unumwunden.

Sie befanden sich vierundzwanzig Meilen von Oak Grove entfernt in der Bibliothek von Moorhaven Castle, dem perfekten Ort für eine Aussprache mit der Familie. Dankenswerterweise hatte sein Cousin Edwin, der Duke of Livingston, Diccans Bedürfnis nach einer Unterredung und seine Bitte um Ungestörtheit nicht hinterfragt. Und im Zuge ihres fingierten Besuchs bei der Verwandtschaft waren Diccans Mutter und seine Schwestern gerade zufällig mit der Duchess unterwegs.

Die Bibliothek selbst schien den Grund für den Besuch noch zu unterstreichen. Wie ein Beleg männlicher Dominanz war der Raum mit Eichenholz vertäfelt und mit dicken Perserteppichen ausgelegt. Die Wände waren mit grünem Stoff bespannt, Polstermöbel vervollständigten das Bild. All das ergänzte die unschätzbare Sammlung von Büchern, die, soweit Diccan sich erinnern konnte, nie jemand gelesen hatte. Eine Demonstration von Macht,

Reichtum und einem guten Erbe. Ein sehr passender Ort, um seinen Vater zu treffen.

Gelassen saß Diccans Vater in einem der braunen Ledersessel und reagierte auf die Anschuldigung, wie er es auch getan hätte, wenn ein Untergebener sein Wort angezweifelt hätte – er zog eine Augenbraue hoch. Er trug seinen Kragen, das kirchliche Kreuz und die Kette, als hätte er vor, zu einer wichtigen Zeremonie zu gehen. Grace saß auf einer Ledercouch. Sie war so still und reglos, dass man hätte meinen können, sie wäre in ihrem hübschen lachsfarbenen Kleid gar nicht da. Das ist eine ihrer Gaben, dachte Diccan. Manchmal meinte man, sie würde nicht einmal einen Abdruck auf der Couch hinterlassen; sie war da und doch nicht. Im Augenblick war er dankbar dafür. Er war dankbar für *sie.*

Diccan stand mitten im Zimmer. Sein gebrochener rechter Arm lag in einer Schlinge, sein Kopf schmerzte noch immer, und jeder Zentimeter seines Körpers protestierte gegen jegliche Art von Bewegung. Trotzdem hatte er dieses Treffen nicht so lange aufschieben wollen, bis es ihm besser ging. Er musste seinen Vater hier darauf ansprechen, wo sie ungestört waren.

»Sag mir, dass du nicht so ein Feigling bist, Bischof«, sagte er. Seine Stimme klang kälter als der Tod. »Sag mir, dass du keine Kampagne gestartet hast, um meinen guten Namen zu ruinieren und meine Frau einzuschüchtern.«

Der Bischof grinste höhnisch. »Dein guter Name? Du hast keinen guten Namen. Den Anspruch darauf hast du vor Jahren mit deinem ersten Duell verwirkt. Und inzwischen hast du wie viele Duelle ausgefochten? Vier? Und wie viele Geliebte gehabt? Es ist keine Überraschung, dass dir solche Verbrechen angelastet werden. Die Überraschung ist, dass es nicht schon viel früher passiert ist.«

Kein Leugnen. Kein wütender Protest, wie Diccan so etwas auch nur denken konnte.

»Wir konnten nicht daraus schlau werden«, sagte Diccan und warf Grace einen beruhigenden Blick zu. »Immerhin wurde Jack Gracechurch, als er die Verschwörung gegen die Krone aufgedeckt hat, wie ein Fuchs gehetzt. Als ich dann Beweise brachte, um seine Behauptung zu stützen, wurde ich … verheiratet. Danach wurde mir aufgetragen, mich wieder mit meiner ehemaligen Geliebten einzulassen, und meine Frau wurde einer erniedrigenden Situation ausgesetzt, um zu erreichen, dass sie sich gegen mich stellt. Und schließlich, Bischof, wurde ihr Arsen verabreicht. Langsam. Bewusst. Sie wurde als Schachfigur in einem Spiel benutzt, das sie nicht hatte spielen wollen.« Er schüttelte den Kopf, als wäre er noch immer in Gedanken versunken. »Das hat alles so viel Mühe gekostet. So viele Mitstreiter waren involviert. Wir konnten nicht verstehen, warum der Chirurg nicht einfach in der Nacht gekommen ist und mir die Kehle durchgeschnitten hat.«

Er sah, wie Grace zusammenzuckte, aber er konnte im Moment nichts tun. Sein Blick ruhte auf seinem Vater, dessen Miene versteinert wirkte.

»Du meinst, *du* hast ein unschuldiges Mädchen ruiniert, sie gedemütigt und am Ende vergiftet, um frei zu sein und zu deiner Hure zurückkehren zu können«, klagte der alte Mann ihn an.

»Und dann«, fuhr Diccan fort, als hätte sein Vater nichts gesagt, »bist du völlig unerwartet mit Mutter im Haus meines Cousins aufgetaucht, das ihr sonst nie besucht habt, um mich außer Landes zu bringen. Jeder Mensch mit ein bisschen Verstand fragt sich, warum ihr ausgerechnet diesen Moment gewählt habt, um eure Fürsorge zu zeigen.«

Sein Vater sprang auf. »Du bist der einzige Sohn, der mir noch geblieben ist! Meinst du, ich würde zulassen, dass du zerstört wirst? Meinst du, ich würde zulassen, dass das Monster dich zum Spaß zerstückelt? Ich bin dein *Vater*!«

Diccan erstarrte und war so erstaunt, dass er sich nicht rühren konnte. Er sah die Emotionen im Blick seines Vaters, und zum ersten Mal war es keine Verachtung. Es war auch keine Enttäuschung. Es war Verzweiflung.

Diccan konnte es nicht begreifen. Sein Vater machte sich Sorgen um *ihn*?

»Und Grace ist nicht von Bedeutung?«, fragte er.

Sein Vater wischte seinen Einwand ungeduldig beiseite. »Sie ist die Tochter eines Soldaten und weiß, dass man für das große Ganze Opfer bringen muss. Und du wärst in Sicherheit gewesen. Dein Ruf hätte ein bisschen gelitten, und du hättest ein paar Jahre auf den Westindischen Inseln verbringen müssen, doch du wärst am Leben gewesen. Verstehst du das nicht?«

Er verstand, und das ungeheure Ausmaß war kaum zu ertragen. Sein Vater meinte das, was er gesagt hatte, vollkommen ernst. Er hatte die Kampagne gegen Grace gestartet, um seinen Sohn vor seinen eigenen Verbündeten zu retten.

Sein Vater war ein Löwe.

»Warum?«, fragte Diccan schließlich. »Was ist der Grund für deinen Verrat am Vaterland?«

»Verrat?«, erwiderte sein Vater zornig. »Ich helfe dabei, das Land zu retten! Siehst du nicht, was um dich herum geschieht? Finanzieller Ruin! Aufruhr in den Straßen! Der Ruf nach einer Revolution! Und wer soll uns beschützen? Dieser verrückte König? Ein unfähiger, lasterhafter Erbe? Whigs, die versuchen, uns ins Chaos zu ziehen, und Tories, die die Gefahr einfach nicht erkennen? Wenn wir jetzt nichts unternehmen, wird es kein England mehr geben, das verteidigt werden müsste!«

Trauer versetzte Diccan einen heftigen, unvermuteten Stich. »Und um England zu schützen«, sagte er, »würdet ihr einen der größten Führer des Landes ermorden?«

Sein Vater schnaubte verächtlich. »Das Letzte, was man tun kann, ist es, den Prince of Wales ›groß‹ zu nennen.«

Diccan rang seine immer stärker werdende Ungläubigkeit nieder. *Sie wollen den Prince of Wales auch ermorden? Ja*, dachte er nach einem kurzen Zögern. *Natürlich müssen sie ihn beseitigen. Nur so kann Princess Charlotte den Thron besteigen.*

»Er spricht von Wellington«, meldete Grace sich von ihrem Platz auf der Couch aus zu Wort.

Diccans Vater drehte sich um, als wäre sie aus dem Nichts aufgetaucht. Diccan war nicht überrascht. Ein Blick in ihre Augen offenbarte die unerbittliche Härte im Innern dieser stillen Frau.

»Wellington?«, entgegnete sein Vater mit einem kurzen Auflachen. »Seien Sie nicht albern, Kind.«

»Der Versuch wird irgendwann vor November ausgeführt«, sagte Diccan. »Ich habe es selbst gehört.«

Zum ersten Mal wirkte sein Vater unsicher. Er sah sich um, als könnte er irgendwo Ermutigung finden. Schließlich griff er mit einer instinktiven Geste, die Diccan gut kannte, an das Kreuz, das er um den Hals trug. Kein Symbol seines Glaubens, sondern Symbol seiner Macht. »Das ist lächerlich. Warum sollten sie das tun?«

Nun zog Diccan eine Augenbraue hoch. »Kannst du dir vorstellen, dass Wellington tatenlos zusieht, wie sein Land angegriffen wird? Kannst du dir nicht vorstellen, wie leicht es für ihn ist, eine Armee zusammenzurufen, die gegen euch kämpft? Nein, Vater, erst müssen sie sich um ihn kümmern, ehe der Plan in die Tat umgesetzt werden kann. Das Einzige, was noch fehlt, ist ein Vers.«

Der Bischof schnaubte wütend. »Das ist es nicht, was die …«

Mit gerötetem Gesicht verstummte er.

»Dann weißt du über den Vers Bescheid«, schloss Diccan und trat näher zu ihm. »Ein Vers, den die ›Hure‹ hat. Hast du meine Cousine Kate nicht eine Hure geschimpft?«

Der Bischof wehrte sich. »Diese Frau *ist* eine Hure.«

Diccan schüttelte den Kopf. »Über diese Beleidigung werden wir uns später unterhalten. Kennt sie den Vers?«

Sein Vater blinzelte, als würde ihm plötzlich bewusst werden, mit wem er sprach. Nicht mit seinem Sohn, sondern mit dem Feind. Er schüttelte den Kopf. Kurz schloss er die Augen, als würde er ein Stoßgebet gen Himmel schicken, straffte sich und wandte sich ab.

Diccan ging zu ihm und kniete sich hin – eine Position, die er eigentlich schon vor langer Zeit aufgegeben hatte. »Verstehst du nicht?«, fragte er. »Für das, was du mir gerade erzählt hast, könntest du gestreckt und gevierteilt werden.«

Sein Vater drehte sich nicht um. »Und du würdest mich anzeigen?«

»Das muss ich.« Diccan atmete tief ein. »Ich liebe mein Land ebenfalls.«

Sein Vater sagte nichts. Diccan wartete, doch es kam nichts mehr. Er war am Boden zerstört. Er konnte die Tragweite dessen, was es bedeutete, nicht fassen. Sein Vater hatte gerade zugegeben, ein Landesverräter zu sein. Sein Vater, Bruder eines Dukes. Ein Geistlicher. Obwohl Diccan eine Ahnung von dem Verbrechen seines Vaters gehabt hatte, würde das gesamte Ausmaß wahrscheinlich Monate, wenn nicht gar Jahre brauchen, um ihm bewusst zu werden. Sein Vater hatte die Krone verraten.

»Grace«, sagte er schließlich und erhob sich, »würdest du Marcus hereinholen?«

In ihrem Blick stand ihre unerschütterliche Unterstützung, als sie ihn ansah. Ohne ein Wort zu sagen, stand sie auf. Als sie an ihm vorbeikam, legte sie wortlos die Hand auf seinen Arm.

»Wellington ist das eigentliche Ziel?«, fragte sein Vater, der ihn noch immer nicht ansah.

»Ja«, erwiderte Diccan und ging zum Fenster, von wo aus er den Himmel sehen konnte.

»Warte«, sagte sein Vater und streckte die Hand aus. »Sie auch, junge Dame.«

Die Hand auf dem Türknauf, hielt Grace inne. Diccan drehte sich um.

»Bevor du mich den Soldaten übergibst«, sagte sein Vater und klang seltsam hohl, »gibt es noch etwas, das du wissen solltest.«

Diccan sah seinen Vater an und erkannte die Niederlage in seinen Augen. »Was?«

Der Bischof sah zu Grace. »Sie kam gerade gelegen. Eine Frau mit einem Ruf, der deinen zerstört hätte, wenn du geflüchtet wärst, wie jeder vernünftige Mann es getan hätte. Aber bis zu dem Tag hatte ich sie nicht getroffen. Mir war nicht klar …« Er warf einen kurzen Blick zu Grace, die reglos an der Tür stand, und sah dann wieder Diccan an. »Sie war es nie wert, den Namen Hilliard zu tragen. Du hast etwas Besseres verdient.«

Diccan lachte. »Sei nicht albern. Sie ist viel mehr wert als wir alle zusammen.«

»Das ist sie nicht. Deshalb konnte ich die Eheschließung nicht zulassen.«

Diccan fühlte sich, als würde er am Rande eines Abgrundes entlangstolpern. »Was?« Er rang die Übelkeit nieder, die ihn ergriffen hatte, denn sein Vater lächelte, als hätte er ihm ein Geschenk gemacht.

»Ihr seid nicht verheiratet.«

Kapitel 22

Diccan hörte ein gequältes Aufstöhnen hinter sich, doch er konnte den Blick nicht von seinem Vater abwenden. »Falls das deine Rache sein soll, Vater, muss ich dich enttäuschen. Wenn es in diesem Chaos irgendetwas gibt, das unbestritten ist, dann ist es meine Ehe.«

»Keine Rache«, entgegnete sein Vater und hielt noch immer das Kreuz umschlungen. »Verstehst du nicht? Selbst für dieses Ziel konnte ich dich nicht zu einem Leben mit dieser Frau verdammen.«

»Vater«, sagte Diccan mild, »erinnerst du dich nicht? Cousin Charles hat die Zeremonie vollzogen. Er hat selbst die Worte ausgesprochen, die Richard Hilliard mit Miss Grace Fairchild vermählt haben. Auch du kannst den Erzbischof von Canterbury nicht infrage stellen.«

Sein Vater schüttelte den Kopf. »Nicht Richard Hilliard. *Robert.* Ich habe den Namen deines Bruders auf die Heiratsurkunde geschrieben. Ich wusste, dass niemand so genau hinsehen würde, um das zu bemerken.«

Diccan fühlte sich, als hätte er einen Schlag in die Magengrube bekommen. Er ging zu seinem Vater und zog ihn auf die Beine. »Sag, dass das nicht stimmt.«

Sein Vater löste Diccans Hände und schob sie weg. »Ich lüge nie. Ich weiß, dass du von mir nicht gern etwas annimmst, aber wenn du ein bisschen Zeit hattest, um darüber nachzudenken, wirst du merken, welch großen Gefallen ich dir getan habe. Ich habe dich befreit.«

Diccan konnte sich nicht rühren. Hinter ihm wurde die Tür geöffnet und wieder geschlossen. Er konnte fühlen, dass sie gegangen war, aber er rief sie nicht zurück. Er hatte nicht das Recht dazu. Immerhin war er – egal, was sein Vater sagte – nicht derjenige, der befreit worden war.

In diesem Moment wurde Diccan klar, dass sein Vater sich irrte. Es war nicht die Ehe, die ihn zerstören würde, sondern das Ende dieser Ehe.

Er wich zurück. Seine Worte hatten ein unerbittliches Gewicht. »Lord Evelyn Hilliard, im Namen des Königs nehme ich Sie fest.«

»Ich werde nicht ins Gefängnis gehen«, entgegnete sein Vater und strich den Mantel glatt, an dem Diccan ihn auf die Beine gezerrt hatte. »Diesen Skandal kann die Regierung sich nicht leisten.«

»Das ist nicht meine Entscheidung.«

Er versuchte, sich abzuwenden. Doch sein Vater hielt ihn fest. »Denk daran, was du deiner Mutter damit antust.«

Diccan weigerte sich, ihn anzublicken. »Ich werde mich um meine Mutter und meine Schwestern kümmern.«

»Deine Mutter wird dich nicht in ihre Nähe lassen. Lass mich gehen.«

»Nein.«

Das hätte eigentlich das Ende sein müssen. Er hätte seinen Vater an Marcus übergeben und mit Grace aus diesem Haus an einen Ort verschwinden sollen, wo er versuchen konnte, ein bisschen von dem Schaden wiedergutzumachen, den sein Vater gerade angerichtet hatte. An einen Ort, wo er und Grace sich gemeinsam ein neues Leben aufbauen konnten. Er hätte es besser wissen müssen …

Marcus hatte eine Kutsche organisiert, die draußen wartete. Diccan entschuldigte sich bei seinem Cousin Edwin und geleitete seinen schweigenden Vater durch die riesige Eingangshalle zu der großen Eichentür, die von dem korrekten Butler des Dukes aufgehalten wurde. Marcus folgte Diccan hinaus, und Grace ging wortlos hinter ihnen her.

Nachdem es im Schloss so düster gewesen war, musste Diccan blinzeln, als ihn das helle Sonnenlicht plötzlich blendete. Am Fuße der Treppe stand die Kutsche mit den zwei Vorreitern, die darauf warteten aufzusteigen. Er hörte die mürrische Stimme seines Cousins, der seinen Butler aufforderte, die Tür zu schließen. Vorsichtig führte er seinen Vater die Stufen hinunter. Plötzlich stolperte sein Vater, und im selben Moment hörte Diccan ein unverwechselbares Knallen.

»Pistole!«, schrie er. »Alles in Deckung!«

Er sah, wie Grace sich zu Boden warf und in die Richtung blickte, aus der der Pistolenschuss offenbar gekommen war, der noch widerhallte. Marcus stürmte die Treppe hinab. Diccan versuchte, seinen Vater mit sich hinunterzuziehen, aber es schien, als wäre der Bischof versteinert. Stocksteif stand er auf den Stufen. Ein überraschter Ausdruck stand auf seinem Gesicht.

»Vater?«

Sein Vater sah auf, doch er kippte bereits nach vorn. Ehe Diccan ihn festhalten konnte, stürzte der Bischof, rollte die restlichen Steinstufen hinab und blieb regungslos auf dem Kies des Vorplatzes liegen.

Diccan rannte zu ihm. Grace folgte ihm. Marcus rief seinen Vorreitern zu, den Schützen zu suchen.

»Ein Scharfschütze«, sagte Grace leise, als sie neben seinem Vater in die Knie ging. Sie wies auf eine Gruppe von Bäumen zu ihrer Rechten. »Dort.«

Marcus warf ihr einen schiefen Blick zu. Die Vorreiter

stürzten los. Mit hämmerndem Herzen drehte Diccan seinen Vater um, bereit, etwas zu tun. Irgendetwas.

Aber er konnte nichts mehr tun. Sein Vater war tot.

Am Tag vor ihrem neunzehnten Geburtstag war Grace in einen reißenden Fluss gestürzt. Es war Frühling gewesen, es hatte viel geregnet, und ihr Vater, der damals noch Colonel gewesen war, hatte ein Bataillon Gardisten angeführt, das Wellingtons Truppen in Spanien unterstützen sollte. Aus Angst, ein Gefecht zu verpassen, hatte der Colonel seinen Leuten und Grace befohlen, im strammen Marsch durch die unwegsame Landschaft Portugals zu marschieren.

Es war Grace nicht in den Sinn gekommen, dass sie es nicht schaffen könnte, den namenlosen Gebirgsbach zu überqueren. Sie hatte schon unzählige andere Flüsse überquert, und sie saß auf ihrem zuverlässigen Rotschimmel Joker. Dieses Mal jedoch stolperte Joker, und Grace wurde kopfüber in den wilden Fluss geworfen, aus dem gefährliche Felsbrocken ragten. Unaufhaltsam riss das Wasser sie flussabwärts.

Sie erinnerte sich an die Orientierungslosigkeit und die nackte Angst. An den Kampf um jeden Atemzug und den flüchtigen Blick auf das Ufer, das immer wieder verschwand, ehe sie es erreichen konnte. Doch vor allem erinnerte sie sich an das Gefühl der Sinnlosigkeit, das sie ergriff, als sie im Wasser hilflos mit den Armen ruderte. Und an das Gefühl, dass sie, egal, wie sehr sie sich auch anstrengte, unweigerlich ertrinken würde.

Natürlich war sie nicht ertrunken. Kit Braxton war ihr hinterhergesprungen und hatte sie eineinhalb Meilen flussabwärts ans Ufer gezogen. Aber die Erinnerung verursachte ihr noch immer Albträume.

Im Augenblick fühlte sie sich genauso. Gefallen, angeschlagen, verwirrt. Wütend und ängstlich. Hohl und leer, von einem immer stärker werdenden Gefühl der Sinnlosigkeit erfasst. Sie hatte Diccan verloren. Nein, sie sollte ehrlich sein. Die Wahrheit war, dass er ihr nie gehört hatte. Er war nett gewesen und hatte das Beste aus dem Blatt gemacht, das das Schicksal ihm zugespielt hatte. Doch sein Vater hatte recht gehabt. Er war frei.

Sicherlich würde er widersprechen. Er war ein ehrbarer Mann und ließ auch jetzt nicht zu, dass ihr Ruf ruiniert wurde. Aber Grace konnte den Gedanken nicht ertragen, dass sie ihn bestrafen würde, um Sicherheit zu bekommen.

Sie hatten sich darauf geeinigt, dass sie ihren Freunden die Wahrheit erst nach Jack und Olivias Hochzeit sagen würden. Schließlich war die Stimmung durch den Tod von Diccans Vater schon genug getrübt. Die ganze Wahrheit über den Tod des Bischofs würde niemals verraten werden. Evelyn Hilliard, Bischof von Slough, war ums Leben gekommen, als er ein Komplott gegen die Krone aufgedeckt hatte. Das war die Geschichte, die der Erzbischof von Canterbury verkünden würde, wenn er kam, um zum Tod seines Cousins eine Messe zu halten. Nur so konnten Diccans Mutter und seine Schwestern geschützt werden.

Grace hatte endlich Diccans Schwestern kennengelernt – die blasse, stille Charlotte, genannt Charlie, und die rastlose junge Winnie. Die beiden suchten Trost bei ihrem Bruder und begegneten ihrer neuen Schwester mit Misstrauen. Grace hätte so gern geholfen, doch Diccans Mutter erlaubte es nicht. Angesichts des Zustands von Lady Eloise hielt Grace sich zurück – es war das Einzige, was sie tun konnte.

Lady Eloises Reaktion war der größte Schock in einer

Woche voller schockierender Ereignisse gewesen. Diese unnachgiebige, arrogante Frau, die auf jeden anderen Menschen herabblickte, war am Tod des Bischofs zerbrochen. Offensichtlich hatte sie ihren engstirnigen Ehemann abgöttisch geliebt.

»Grace?«, fragte jemand. »Geht es dir gut?«

»O ja, danke«, antwortete Grace automatisch, »mir geht es gut.«

Sie versuchte, sich wieder auf ihre Umgebung zu konzentrieren. Es war Kate, die gesprochen hatte. Sie saßen Seite an Seite an einem Tisch in der großen Halle von Oak Grove, umgeben von Gemurmel und Lachen und dem gelegentlichen Klirren von Gläsern und Gabeln. Einen Moment lang war Grace sich nicht sicher, warum sie hier war. Dann hörte sie Jack lachen. O Himmel, sie war während des Hochzeitsmahls von Jack und Olivia mit ihren Gedanken ganz woanders gewesen.

Sie wünschte, sie hätte den Aufruhr in den vergangenen Tagen dafür verantwortlich machen können. Aber in Wirklichkeit hatte sie sich absichtlich in sich zurückgezogen. Sie fühlte sich so klein, und es schmerzte, das Glück in Jack und Olivias Augen zu sehen. Sie endlich glücklich zu sehen, nachdem sie so viel durchgemacht hatten.

Die Zeremonie selbst war schlicht und ehrlich gewesen. Der Pfarrer der Gemeinde hatte sie in der kleinen normannischen Kirche in Bury getraut. Olivia sah in ihrem blassrosafarbenen Kleid und der Strohhaube unbeschreiblich hübsch aus, als sie mit leuchtenden Augen zu ihrem Ehemann aufgeblickt hatte. Angesichts des liebestrunkenen Ausdrucks in Jacks Augen war er offensichtlich derselben Meinung. Grace bezweifelte, dass die beiden irgendetwas um sich herum wahrgenommen hatten.

Grace war es nicht gewohnt, Neid zu verspüren. Sie

mochte das Gefühl nicht. Doch sie beneidete ihre Freunde. Sie beneidete sie um ihre Freundschaft, ihre Hingabe, ihre Hoffnung. Am meisten beneidete sie sie um ihre Freude. Sie wünschte sich eine Ehe wie ihre. Das war die Ehe, die auch Diccan verdiente.

Sie sah sich um und erwartete fast, ihn zu erblicken. Aber er würde nicht kommen. Er kümmerte sich um seine Mutter.

»Grace«, ermahnte Kate sie, »trage zumindest deinen Teil dazu bei, dass Olivias Chefkoch nicht beleidigt kündigt. Iss ein Hummerpastetchen.«

Instinktiv lächelte Grace und nahm eine der Köstlichkeiten, die auf ihrer Zunge doch wie Asche schmecken würde. »Ich sollte das hier wahrscheinlich für Diccan aufbewahren. Er hasst es, bei Hummerpastetchen zu kurz zu kommen.«

»Wenn du Diccan eine Freude machen willst«, entgegnete Kate, »verfüttere den Hummer an die Katze. Bring ihm lieber eine Flasche Champagner mit.«

Wieder lächelte Grace, wenn auch nicht so strahlend. »Ich habe bereits eine Flasche für ihn reserviert. Er hatte ein paar sehr schlimme Tage.«

»Ist seine Mutter noch immer …«

»Still und hohläugig? Soweit ich weiß, ja.«

Kate nickte. »Nun ja, sag Diccan, dass ich mich auf der Beerdigung nicht sehen lassen werde. Das wäre das Letzte. Im Übrigen habe ich es nicht eilig, meine feine Familie wiederzutreffen.«

Grace runzelte die Stirn. »O Kate, nein. Er braucht dich dort.«

Kate nahm einen Schluck Wein. »Sei nicht albern. Er hat doch dich.«

Eine neue Welle des Schmerzes überrollte sie. Wie sollte sie ihrer Freundin sagen, dass sie wahrscheinlich nicht an seiner Seite sein würde? Dass Grace aus Gründen des guten Geschmacks und des Anstands nicht teilnehmen durfte? Diccan schwor, dass sein Vater die Behauptung bezüglich ihrer Ehe nur gemacht hatte, um ihn zu verletzen. Doch Grace hatte den Ausdruck in den Augen des alten Mannes gesehen und war anderer Meinung. Sie wusste, dass ihre Ehe nur noch so lange Bestand haben würde, bis der Erzbischof mit den offiziellen Unterlagen angereist wäre.

»Na ja«, sagte Kate, erhob sich unvermittelt und strich ihr fuchsiafarbenes Kleid glatt, »sieht so aus, als wäre es an der Zeit, unsere Turteltauben loszuschicken.«

Grace wandte sich um und sah, dass Olivia und Jack tatsächlich an der Tür standen. Sie hatten sich für ihre kurze Hochzeitsreise zur Isle of Wright umgezogen. Ihr Sohn Jamie hüpfte auf und ab, und Jacks Schwester Georgie hielt ihn an der Hand. Der Rest der Gesellschaft versammelte sich, um die Frischvermählten zu verabschieden.

In dem Moment erblickte Grace Diccan. Er schlenderte zur Tür, lässig und lächelnd. Seine Selbstsicherheit schien ihn wie ein Mantel zu umhüllen. Aber Grace erkannte, welche Anstrengung es ihn kostete. Er wirkte hager und zerbrechlich auf sie. War sie die Einzige hier, die bemerkte, wie angespannt er war? Dass er eine Last auf den Schultern zu tragen schien, die ihn zu erdrücken drohte? Er lachte mit Jack und hauchte Olivia einen Kuss auf die Wange. Das Paar legte ihm die Hände auf den Arm. Grace konnte fast hören, wie besorgt sie waren. Diccan lächelte die Sorge jedoch einfach weg.

Sie hatte sich danach gesehnt, ihn zu trösten, seinen Kopf an ihre Schulter zu ziehen, damit er sich ausruhen konnte. Doch seine Mutter schien Grace' Anwesenheit nicht ertragen zu können – als wäre sie eine Fliege, die jemand versehentlich durch das Fenster hereingelassen hatte. Also hatte sie sich von ihnen ferngehalten.

Sie spürte den Moment, als er sie entdeckte. Seine Miene blieb unbewegt, aber sie fühlte trotzdem, dass sich etwas in ihm veränderte. Ihr Herz schlug schneller. Sie war wie erstarrt. In seinen Augen las sie, dass etwas geschehen war.

Sie musste sich gedulden, bis Olivia und Jack für die Reise zur Kutsche geleitet worden und hineingestiegen waren. Die Gäste lachten und streuten Blumen, die Kinder rannten ausgelassen der Kutsche hinterher. Dann kam Diccan zu ihr und Kate auf den Treppenabsatz.

»Sehen sie nicht sehr … selbstzufrieden und dümmlich aus?«, begrüßte er sie und blickte noch immer dem Brautpaar hinterher.

»Ich glaube, das ist der vorgeschriebene Zustand bei Hochzeiten«, erwiderte Kate. »Erschrocken und mulmig, selbstzufrieden und dümmlich, erschöpft und verrückt.«

»Ich bin froh, dass du es geschafft hast«, sagte Grace zu ihm.

Er warf ihr einen eindringlichen Blick zu, ehe er wegsah. »Wir müssen reden.«

Grace nickte. »Kate hat vorgeschlagen, ich solle dir ein bisschen Hummer und Champagner aufbewahren.«

Ihm schien nicht einmal eine passende geistreiche Bemerkung einzufallen. Er schüttelte nur den Kopf und lächelte. Sie machte einen Schritt nach vorn, wollte ihn unterstützen. Sie wollte ihn berühren, ihn festhalten, damit er wusste, dass er das alles nicht allein durchstehen musste. Doch sie hielt sich zurück und war mit einem Mal unsicher. Alles hatte sich verändert. Diccan war nicht länger verpflichtet, ihre Fürsorge zu tolerieren.

Kate hatte keine derartigen Vorbehalte. Grace sah, wie sie an Diccans andere Seite trat und seinen Arm nahm. Er betrachtete die wunderschöne Duchess, und sein Lächeln wurde warmherziger. Es wurde nicht gesprochen. Grace wusste, dass die beiden sich auch ohne Worte verstanden, und das tat ihr noch mehr weh.

»Kommt mit, meine Lieben«, sagte er und hob die Ellbogen an, damit sie sich unterhaken konnten. »Es gibt wichtige Angelegenheiten, über die wir sprechen müssen.«

Grace' Mut schwand. Es war eine Sache, mit Diccan über ihr Leben zu sprechen. Etwas ganz anderes war es, wenn auch Kate dabei war.

Es schien, als wäre sie für Diccan wie ein offenes Buch. »Komm, meine Boudicca. ›Wärs abgetan, so wie's getan, wärs gut, s' wär schnell getan.‹«

Grace' Herz stolperte. Trotzdem sah sie ihn mit komisch verzogenem Gesicht an. »Das, mein Lieber, war nicht Boudicca. Das war Lady Macbeth.«

Kate grinste. »Und wenn hier jemand als Lady Macbeth betitelt werden kann, dann bin das ja wohl ich.«

Zehn Minuten später, nachdem Diccan ihr die Situation erklärt hatte, war Kate nicht mehr so gut gelaunt.

»Was, zum Teufel, meinst du damit, ihr seid nicht verheiratet?«, wollte die kleine Duchess wissen. Vor Wut war sie aufgesprungen. »Ich habe euch ein Geschenk besorgt!«

Sie hatten sich in Jacks Arbeitszimmer zurückgezogen und waren vor dem Lärm der im Aufbruch befindlichen Gäste geschützt. Grace saß auf dem Sofa, die Hände im Schoß gefaltet, und ihr Herz hatte sich schmerzhaft zusammengezogen. Diccan lehnte am Schreibtisch aus Eichenholz und hatte die Arme vor der Brust verschränkt. Kate stand zwischen ihnen und funkelte sie an.

»Heute hat man uns eine Nachricht von Cousin Charles übermittelt«, sagte Diccan und wandte seine Aufmerksamkeit Grace zu. Seine Miene war zerknirscht. »Er meinte, es wäre nicht so schlau, wenn wir erst dann über unseren ehelichen Status Bescheid bekämen, wenn er Ende der Woche anreist. Er lässt uns sein Bedauern ausrichten. Der Name auf der Urkunde lautet tatsächlich Robert. Du bist damit Witwe, meine Liebe.«

Grace wollte im Polster der Couch versinken. Sie wollte weglaufen, weglaufen, weglaufen. Nur ihre Willenskraft hinderte sie daran zu fliehen.

»Das ist nicht lustig, Diccan«, versetzte Kate. »Wir müssen Charles dazu bewegen, den Fehler zu korrigieren, sobald er hier ist.«

Diccan nickte. »Er hat schon gesagt, dass er das tun wird.«

»Gut.« Kate ging im Zimmer auf und ab. »Ich weiß, dass man Hochzeiten und Beerdigungen nicht vermischen sollte, aber ich glaube, ihr habt keine andere Wahl. Ich denke, Olivia und Jack wird es nichts ausmachen, wenn hier noch eine Hochzeit stattfindet. Der Erzbischof wird vermutlich eine Sondererlaubnis dabeihaben.«

Schließlich konnte Grace nicht länger warten. Die Hände verschränkt, stand sie auf. »Nein«, sagte sie schlicht und war erleichtert, dass ihre Stimme nicht so verzweifelt klang, wie sie sich fühlte.

Diccan und Kate wandten sich zu ihr und sahen so überrascht aus, als hätte gerade die Couch zu ihnen gesprochen. »Wie, nein?«, wollte Diccan wissen.

»Unsinn *nein*«, entgegnete Kate unverblümt. »Du hast keine Wahl.«

Oh, wie es schmerzte, diese Szene wieder zu erleben. Zuvor hatte Grace nur vermutet, wie sie sich fühlen würde, wenn Diccan ihr das Herz brach. Nun wusste sie es. »Nein«, wiederholte sie sanft. »Dein Vater hatte recht, Diccan. Er hat dir eine zweite Chance geschenkt. Er hat uns beiden eine zweite Chance gegeben, um frei zu entscheiden, statt gezwungen zu sein.« Sie nahm all ihren Mut zusammen, stand vor dem Mann, den sie für ihren Ehemann gehalten hatte, und erwiderte die Weigerung in seinen Augen, mit Überzeugung, mit Stärke. »Nein.«

»Aber dann ist dein Ruf ruiniert«, entgegnete er so sacht, dass sie weinen wollte.

Also lächelte sie. »Das macht mir immer noch nichts aus, Diccan. Ich habe mir stets nur gewünscht, mich aufs Land zurückzuziehen und Pferde zu züchten. Ich brauche keine besondere Herkunft, um das zu tun. Und du brauchst die Ehe auch nicht, um deine politische Karriere zu retten. Ich glaube, es wird ganz leicht, die Geschichte in Umlauf zu bringen, dass unsere Ehe ein kluger Schachzug war, um Vaterlandsverräter zu enttarnen.«

In Diccans hypnotischen grauen Augen sah sie, dass er verstand. Sie sah Schmerz, Bedauern und Verlust. Aber sie wusste, dass er einverstanden war. Angesichts dieser schnellen Einwilligung blutete ihr armes angeschlagenes Herz noch ein bisschen mehr.

»Es hilft, dass Marcus in London ist und Haftbefehle gegen noch mehr Mitglieder der Löwen erwirkt«, sagte er. »Zumindest haben wir das. Mein Vater war anmaßend genug, um Beweise in seinem Gepäck zu hinterlassen.«

»Dein Name ist damit reingewaschen?«, fragte Grace.

»So wird es sein. Marcus hat versprochen, mit General Dawes zu reden.«

Das war eine weitere Frage, bei der Grace sich nicht sicher war, ob sie die Antwort wissen wollte. Welche Rolle hatte ihr Onkel in der ganzen Geschichte gespielt?

»Was ist mit deiner Rolle als Anwärter für einen Platz in den Reihen der Löwen?«

Diccan zuckte mit den Schultern. »Minette ist verschwunden. Genau wie Smythe. Ich nehme an, ich werde abwarten und sehen müssen, ob irgendjemand anders auf mich zukommt.«

»Sei vorsichtig«, sagte Grace und legte instinktiv die Hand auf seinen Arm, »bitte.«

Sein Lächeln wirkte blass. »Das werde ich sein.«

»Entschuldigt bitte«, unterbrach Kate sie. »So fasziniert ich von alldem bin, muss ich doch darauf bestehen, dass wir zum eigentlichen Punkt zurückkehren. Eure Ehe. Ihr werdet das Thema nicht einfach so übergehen. Das lasse ich nicht zu.«

Es war Diccan, der Kate beruhigte. »Grace hat recht, altes Mädchen. Sie hat eine zweite Chance bekommen. Warum sollte sie sich mit einem Tagedieb wie mir begnügen? Wenn ich an ihrer Stelle wäre, würde ich sofort zu diesem hübschen Fleckchen Erde zurückkehren.«

Grace hätte nicht gedacht, dass sie sich noch schlechter fühlen könnte, doch ihr ging es allerdings noch schlechter, als ihr klar wurde, dass sie nie mehr über die Wiesen von Longbridge gehen könnte, ohne Diccan zu sehen, der sie daran erinnerte, wie das Leben hätte sein können, wenn sein Vater geschwiegen hätte.

Diccan schloss Grace liebevoll in die Arme. »Du warst wunderbar, meine Liebe. Die perfekte Lady. Ich wünschte nur, du wärst in der ganzen Sache besser weggekommen.«

Grace schloss kurz die Augen und gab sich dem tröstlichen Gefühl von Diccans Umarmung hin. »Sei nicht albern«, sagte sie, und ihre Stimme zitterte nur ein bisschen. »Um nichts in der Welt hätte ich das versäumen wollen.

Aber ich denke, es ist an der Zeit für mich, mich zurückzuziehen.«

»Bleibst du noch, um an der Beerdigung teilzunehmen?«

»Wenn du es möchtest?«

Er wollte es. Also blieb sie in Oak Grove – lange genug, um zu erleben, wie Diccans Vater begraben und seine Mutter vorübergehend im Witwenhaus auf dem Schloss untergebracht wurde. Sie überstand den Hass der Mutter, unterstützte seine Schwestern und hielt Diccans Hand, wenn er es brauchte. Und sie tat es ohne die Hilfe von Kate oder Bea, die Kates Versprechen wahrmachten und nicht zur Beerdigung erschienen. Als Grace in die Kutsche stieg, die sie zur Kapelle nach Moorhaven bringen sollte, waren ihre Freundinnen bereits auf dem Weg nach London.

So kam es, dass sie keine Freunde an ihrer Seite hatte, als das Leben mit Diccan offiziell endete. Die Trauergäste kehrten gerade von der Beisetzung, die der Bischof geleitet hatte, nach Moorhaven zurück. Diccan führte den Trauerzug an. Der Erzbischof ging ohne ein Wort an Grace vorbei. Diccans Mutter hatte sich nicht mehr sehen lassen. Grace stand auf dem Vorplatz, ungefähr an der Stelle, an der Diccans Vater gestürzt war, und blickte Diccan entgegen, als er auf sie zukam.

Er wirkte so angespannt, so mitgenommen. Doch außer ihr schien das niemand zu sehen.

»Grace«, begrüßte er sie mit einem traurigen Lächeln.

Sie erwiderte sein Lächeln und wusste, dass es ein Abschied war. »Diccan.«

Die Trauergäste gingen an ihnen vorbei, wie ein Fluss an Felsen vorbeiströmte. Aber Grace bemerkte sie nicht. Sie war damit beschäftigt, sich Diccans Züge einzuprägen, seinen Duft, sein Lächeln. Ohne Worte sagte sie ihm Lebewohl. Er antwortete mit einem Nicken.

Marcus Drake stand daneben, als würde er eine Zeremonie vollziehen. »Ich frage mich, wer das wohl ist«, sagte er.

Diccan blickte auf und erstarrte. Grace folgte seinem Blick und sah eine Reisekutsche, die am Ende des Weges hielt. Sie warf Diccan einen überraschten Blick zu. Die Kutsche war nicht besonders gekennzeichnet, trotzdem wusste sie, was kam. Und sie sah, dass auch Diccan es wusste. Sie wollte etwas sagen, da ging schon die Tür auf, und heraus stiegen nicht nur Harps, sondern auch Breege und Bhanwar, dessen weiße Kleidung und Schwert in der Morgensonne leuchteten. Schmerz machte sich in Grace breit; Tränen traten ihr in die Augen.

»Tja, es ist an der Zeit«, knurrte Diccan. Grace blickte auf und sah ihn lächeln. »Es tut mir leid, dass es so lange gedauert hat, bis sie hier waren, Grace. Ich hätte sie früher herbestellen sollen, damit sie dich hätten beschützen und unterstützen können.«

Sie konnte nichts anderes tun, als ihn in die Arme zu schließen. Die Leute starrten sie an. Die Duchess of Livingston stieß einen missbilligenden Laut aus. Grace war es egal. Diccan hatte ihr ein letztes Geschenk gemacht, und sie konnte nicht in Worte fassen, was es ihr bedeutete.

»Werde glücklich, meine Grace«, flüsterte er ihr ins Ohr und hielt sie fest.

Ein Schluchzen entrang sich ihr. »Du auch, Diccan. Du hast es verdient.«

Ehe sie schwach wurde und ihn anflehte, sie zu bitten, bei ihm zu bleiben, gab sie ihm einen letzten Kuss und rannte den Weg entlang in Breeges Arme. Und ohne einen Blick zurück stieg sie in die Kutsche und begab sich auf den einsamen Weg nach Hause.

Im knapp fünfzig Meilen entfernten Guildfort lenkte Frank Shaw die Reisekutsche der Murthers um die Ecke des *Angel Inn.* Er war spät dran. Es war nicht seine Schuld: Die Stallburschen hatten Probleme gehabt, die frischen Pferde anzuspannen. Nicht dass es am Ende eine Rolle spielen würde. Es war seine Pflicht, pünktlich zu sein. Doch man hätte meinen sollen, dass die Burschen sich ein bisschen mehr beeilen würden, nachdem die Duchess so oft hier haltgemacht hatte.

Geschickt steuerte er den Vierspänner über den überfüllten Hof, sah sich um, betrachtete die hektische Betriebsamkeit. Zu seiner Rechten stiegen die Fahrgäste aus einer Postkutsche aus. Zwei Damen mittleren Alters kämpften mit übergroßen Hutschachteln. Ein Paar trieb drei kleine Satansbraten vor sich her, die vor Freude kreischten, während sie über das Kopfsteinpflaster tobten. Ein Schuljunge, der kaum älter als die drei Bälger war, ging neben einem rundlichen Pfarrer mit rotem Gesicht her. Alle eilten auf das Fachwerkhaus zu, in dem sich das Wirtshaus befand, und freuten sich auf die versprochene Mahlzeit.

Neben der Kutsche steuerte ein auffälliger Bursche seine Herrenkutsche Richtung Ausfahrt. Der Kerl schien sein Handwerk zu beherrschen, denn er fuhr durch den Eingangsbogen in die High Street, ohne einen Kratzer in seine Kutsche zu machen und ohne Frank zu schneiden.

Frank nickte zufrieden. Seine Pferde waren frisch und erstklassig. Sobald er erst durch den Bogen gefahren war, sollte er ein gutes Tempo vorlegen können.

Wenn die kleine Duchess doch nur nicht so viel Zeit fürs Teetrinken vergeuden würde.

Ah, da war sie ja, trat gerade auf den Hof. Sie war eine zierliche Person mit vielen Federn an ihrer Haube und großen hübschen Augen. Im Moment unterhielt sie sich mit einer mürrisch dreinblickenden Tante, die einen halben Kopf größer war als sie. Sie tupfte der alten Dame mit einem Taschentuch die Wangen ab. Nicht so gut.

Na ja, dachte Frank, man muss sich auf die Gegebenheiten einstellen. Er fuhr um die Postkutsche herum und brachte seine ungeduldigen Pferde vor den Frauen zum Stehen.

»Ho, du da!«, rief er einem der Postkutscher zu. »Hilf den Damen!«

Der Junge, ein schlaksiger Rothaariger, eilte zur Kutsche, um die Tür aufzuhalten. Frank nahm die Zügel fest in die Hand. Der Junge wandte sich den Reisenden zu. Frank löste behutsam die Bremse. Er sah die Federn auf der Haube der Duchess, als die Dame die Stufen erklomm, und hob verstohlen die Peitsche. Der Junge drehte sich um, um der alten Frau behilflich zu sein.

Jetzt!, dachte Frank. Mit einem Schrei ließ er die Peitsche knallen. Die Pferde wieherten und jagten los. Frank hörte, wie die Tür der Kutsche zuschlug, als der Postkutscher die Balance verlor. Er hoffte, dass es dem Jungen gut ging, denn er konnte für ihn oder für die alte Dame, die noch immer mit ausgestreckter Hand und offenem Mund dastand, nicht anhalten. Er zog mit aller Kraft an den Zügeln, lenkte die Pferde vom Hof und auf die High Street. Er raste gerade durch den Torbogen, als er die Rufe hinter sich vernahm. Sie kamen allerdings zu spät. Er hatte die Duchess, und sie würden ihn nicht aufhalten. Er hatte etwas abzuliefern.

Kapitel 23

Es war ein langer Tag gewesen. Es waren einige sehr lange Wochen gewesen, seit Kate verschwunden war. Als sie von der Entführung gehört hatte, war Grace sofort nach London geeilt, um zu helfen, wo sie konnte. Erst als es nichts mehr gegeben hatte, was sie noch hätte tun können, war sie nach Hause zurückgekehrt.

Der Winter stand vor der Tür. Auf Longbridge gab es vieles vorzubereiten, denn Grace plante, aus dem Anwesen das Zuhause zu machen, von dem sie zwanzig Jahre lang geträumt hatte. Heute hieß es, ihren Kader von ehemaligen Soldaten zu überwachen, die das Fundament für die Erweiterung des Stalles legten.

Wieder gesund, arbeiteten die Soldaten hart. Die Herbstsonne schickte ihre letzten warmen Strahlen zur Erde. Während die Männer unermüdlich die schweren Steine ablegten, sang ein alter Seemann ein Shanty. Harper führte zwar die Aufsicht, aber es ging um Grace' Zukunft. Und so half sie Bhanwar dabei, das Essen für die Arbeiter zu kochen, stand neben Harper, während er die Arbeiten organisierte, und bückte sich mit den Männern zusammen, um Stein auf Stein zu legen. Sie hatte Blasen an den Händen, einen Sonnenbrand und spürte die wunderbare Erschöpfung, die einen ergriff, wenn man etwas geschafft hatte.

Die Ställe sollten fertig werden, noch ehe der erste Schnee fiel. Sie hatte bereits das Heu gemäht und die Ernte eingefahren. Mit Breege und Radhika gemeinsam hatte sie das Obst aus dem Garten eingekocht. Morgen früh würde sie für einige Stunden auf dem eigenen Hof vorbeischauen, auf dem die Vorräte produziert wurden, und sicherstellen, dass genug Holz geschlagen wurde, damit es auf dem Anwesen während der kalten Jahreszeit immer schön warm war.

Es würde der erste Winter in ihrem Zuhause werden. Sie musste dafür sorgen, dass es genau so wurde, wie sie es sich ausgemalt hatte.

»Meine Liebe, hast du diesen fürchterlichen Affen gesehen?«, erklang eine Stimme aus der Speisekammer, als Grace und Breege durch die Küche gingen, in der emsiges Treiben herrschte.

Grace lächelte. »Mr. Pitt passt auf Ruchi und Lizzys Baby auf, Tante Dawes.«

Unter ihrer alten Uniformjacke trug Grace Schwarz. Vor zwei Wochen hatte sie noch einen Verlust erlitten. Ihr Onkel Dawes, der zuvorderst bei einer Jagd mitgeritten war, wollte mit seinem besten Pferd über einen Steinzaun springen, war gestürzt und hatte sich das Genick gebrochen. Er war nie darüber hinweggekommen, dass er unwissentlich mit Vaterlandsverrätern zusammengearbeitet hatte. Erst nach seinem Tod hatte die Regierung anerkannt, dass der großherzige alte Kämpfer in gutem Glauben gehandelt und nicht geahnt hatte, dass die Verbrecher ihn ausnutzten.

Auf der Beerdigung, zu der auch Wellington höchstpersönlich erschienen war, hatte Grace Tante Dawes eingeladen, bei ihr zu leben. Tante Dawes, die ihren Verlust mit dem ruppigen Mut ertragen hatte, durch den sie einst Onkel Dawes' Zuneigung gewonnen hatte, hatte zugestimmt, da Grace ihrer Meinung nach eine Anstandsdame brauchte. Überraschenderweise hatte sie eine außergewöhnliche Verbundenheit zu Mr. Pitt entwickelt, sodass man sie und Pitt und die kleine Ruchi oft zusammen sah. Die drei tranken gemeinsam Tee und dekorierten Hüte. So hatte Tante Dawes das Gefühl, sich nützlich machen zu können, und die kleine Ruchi hatte eine Großmutter. Was den Affen betraf, so sah er mit einer Haube erstaunlich reizend aus.

»Ich glaube, ich gehe heute früh ins Bett«, sagte Grace zu Breege, als sie durch die mit grünem Stoff bespannte Tür in die Eingangshalle traten. »Morgen wird wieder ein langer Tag.«

Breege brummte missbilligend. »Sicherlich weißt du, dass Steineschleppen und Fundamentebauen Arbeiten für Männer sind.«

Grace musste lächeln. »Mein ganzes Leben habe ich darauf gewartet, Breege. Lass es mich genießen.«

Breege schüttelte ihren ergrauten Kopf. »Du kannst es auch aus ein paar Metern Entfernung genießen.«

Grace musste zugeben, dass das sicherlich mit weniger Schmerzen verbunden wäre. Ihr Bein tat weh. Ihr Rücken tat weh. Die Blasen an ihren Händen taten weh. Doch es fühlte sich gut an. Sie hatte für die Erfüllung ihrer Wünsche hart gearbeitet. Was es noch schöner machte, war, dass es auch das war, was ihre kleine Familie sich wünschte.

Sie kam am roten Salon vorbei, den sie mit Seidenkissen und Samowaren dekoriert hatte. Die Bibliothek war angefüllt mit Schätzen, die sie aus Kanada mitgebracht hatte, und im Salon befanden sich bunte Majolika-Stücke. Die Jade hatte sie für ihr Arbeitszimmer aufbewahrt – es war ein getäfelter Raum, den sie in Creme gestrichen hatte, damit die Regale mit dem leuchtenden Grün besser zur Geltung kamen. Ihre Teppiche stammten aus Persien und die seidenen Tapeten aus China. Jeder Raum war eine Explosion von Farben und Stoffen. Und das war erst der Anfang. Sie hatte noch immer zwanzig Kisten, die sie auspacken musste.

Als sie an dem Tisch in der Eingangshalle vorbeikam, rückte sie die kleine golden angemalte Statue von Ganesha, dem Elefantengott, in die Mitte. Er stand immer in der Nähe der Tür, um Glück zu bringen. Grace wusste, dass sie Glück nun mehr als je zuvor brauchen konnte.

»Möchtest du ein Bad nehmen, ehe du ins Bett gehst?«, fragte Breege.

Grace hätte beinahe aufgestöhnt. »Nein. Selbst dazu bin ich zu müde.«

Wie an jedem Abend würden sie und Breege sich an der großen Treppe verabschieden. Breege würde die letzten Runden drehen, um zu sehen, ob alles in Ordnung war, ehe sie sich in die Räume der Haushälterin zurückziehen würde. Und Grace würde die Treppe zu ihrem eigenen Zimmer hinaufgehen. Lange Zeit hatten sie sich zum Abschied nur zugenickt oder mal den Arm getätschelt. Inzwischen hatte Grace es sich angewöhnt, die kräftige Frau zu umarmen. Breege war noch immer überrascht über die herzliche Geste, aber sie erwiderte die Umarmung liebevoll.

Es war die wichtigste Lektion, die Grace in den letzten Wochen gelernt hatte. Man durfte sich durch nichts davon abhalten lassen, den Menschen, die man liebte, diese Gefühle auch zu zeigen. Nur so konnte man verhindern, später einmal irgendetwas zu bereuen oder sich schuldig zu fühlen.

Denn Reue und Schuldgefühle lagen wie ein Leichentuch auf ihren Schultern. Die Last wurde nur durch die Zuneigung ihrer Freunde etwas leichter. Dennoch würde sie nie mehr die Gelegenheit bekommen, ihrem Onkel Dawes zu sagen, wie viel er ihr bedeutet hatte. Sie würde ihren Vater nie mehr umarmen und ihm zuflüstern können, wie sehr sie ihn liebte. Sie würde niemals den Grenadieren, den Freunden, die sie auf unzähligen Schlachtfeldern verloren hatte, sagen können, wie dankbar sie ihnen dafür war, dass sie einem hässlichen, unbeholfenen Mädchen das Gefühl gegeben hatten, etwas Besonderes zu sein.

Doch die größte Reue verspürte sie in ihrem Schlafzimmer. Lizzy wartete schon, als sie in das Zimmer trat. Ein Flanellnachthemd lag auf dem Bett.

»Oh, kein Flanell«, widersprach Grace. »Das trage ich noch früh genug. Was ist mit meinem Kaftan?«

»Tja, der passt natürlich besser zu den neuen Möbeln.«

Grace lächelte. Sie hatte ihre erste Kiste hier ausgepackt. Von dem Tag an, als sie zum ersten Mal eine Zenana betreten hatte, hatte sie gewusst, wie ihr Schlafzimmer eines Tages aussehen würde. Ihre Wände waren mit orangefarbenem und rotem Seidenstoff abgehängt. Es waren die Farben eines Sonnenuntergangs in der Wüste. Am Kerzenleuchter hingen Glastropfen in unterschiedlichsten Farben, und an den Fenstern waren golddurchwirkte Saris angebracht. Auf dem Bett, das außergewöhnlich tief war und ein Betthaupt aus kunstvoll verziertem ceylonesischem Teakholz besaß, hatte sie ein Nest von Seidenkissen in den Farben des Regenbogens angeordnet: hellgrün, leuchtend gelb, königsblau, blaugrün. Eine Symphonie von Farben, eine Explosion von Tönungen.

Die schönsten Kunstwerke hatte sie für diese Wände aufgehoben, die niemand sonst sah. Ihrem Vater war nie bewusst gewesen, welche Art von Kunst sie im Laufe all der Jahre auf den indischen und türkischen Basaren gesammelt und versteckt hatte oder was die Frauen des Harems sie zu malen gelehrt hatten. Jetzt versteckte sie das alles nicht mehr. An ihren Wänden hingen Bilder von ausnehmend schönen Frauen und Männern, eingefangen im ewigen Tanz sinnlicher Liebe, gemalt in den leuchtendsten Farben. Da sie nun genau wusste, was die Frauen empfanden, wenn sie ihre Liebhaber anlächelten, rang Grace eine Welle des Neids nieder. Sie würden für immer in dem intimsten Moment des Lebens gefangen sein, die Lust auf dem Höhepunkt, ihre Welt in wundervollen Farben auf Leinwand gebannt. Grace, die das alles kurz hatte erleben dürfen, war hingegen wieder in die Dunkelheit hinausgejagt worden.

Hier vermisste sie Diccan am meisten. Oh, sie vermisste ihn auch sonst. Sie dachte zum Beispiel jedes Mal an ihn, wenn sie Epona ritt. Vor ihrem inneren Auge sah sie, wie er sein Monokel heben würde, um ihre Renovierungsarbeiten zu begutachten, und wie er sich besonders gut benehmen würde, wenn er von Ruchi und Tante Dawes zum Tee eingeladen werden würde. Sie hörte sein Lachen und nahm den Duft von Sandelholz wahr. Und all das raubte ihr einen Teil der Freude über ihr neues Leben.

»Kann ich noch etwas tun, Ma'am?«, fragte Lizzy.

»Danke, nein, Lizzy. Gute Nacht.«

Lizzy schloss leise die Tür hinter sich und ließ Grace an der Frisierkommode zurück. Grace' Haar hing ihr offen über die Schultern. Wehmütig strich Grace über die blaue und goldene Seide des Kaftans, den sie in Kairo erstanden hatte. Sie erinnerte sich lebhaft an den Tag, als sie das Kleidungsstück gekauft hatte. Es war einer ihrer ersten Ausflüge in die Stadt gewesen. Die Gassen in dem Basar, die von Menschen gewimmelt hatten, standen ihr noch vor Augen. Sie hatte den Kopf einziehen müssen, um die an den Ständen hängenden Waren nicht herunterzureißen:

Blumenkränze, Halsketten, Kupferarbeiten, Stoffe, Seile und Kräuter. Es war, als könnte sie jetzt noch den Duft von Staub und Gewürzen wahrnehmen, den Geruch von Pferden und Kamelen, das Aroma von exotischem Weihrauch und Kaffee.

Für Grace war das alles großartig gewesen: die von der Sonne verwaschenen Farben, die Stimmen, die in Dutzenden Sprachen durcheinandergerufen hatten, die Männer, die im Schneidersitz auf dem Boden gesessen und miteinander gefeilscht hatten. Sie wünschte sich, sie könnte Diccan davon erzählen. Sie hatte das Gefühl, dass er Reisegeschichten mehr liebte, als er zugab.

Draußen vor ihrem geöffneten Fenster strich eine kühle Oktoberbrise durch die Bäume. Am Himmel, der das besondere Blaugrün des Herbstes zeigte, funkelte ein einsamer Stern. Die Sonne war untergegangen, und eine lange Nacht stand ihr bevor. Es waren die Nächte, die sie am meisten quälten. Denn nachts kam Diccan zu ihr, flüsterte ihr ins Ohr, verehrte ihren Körper und verstreute unbeabsichtigt wie Rosenblüten vergebliche Versprechungen.

In der Nacht gab Grace zu, dass der Traum, der ihr so lange Kraft gegeben hatte, nicht mehr ausreichte. Sie hatte ihr Zuhause und ihre kleine Familie. Sie hatte jedes Schmuckstück und jedes Kunstwerk, die sie im Laufe der Jahre gesammelt hatte, bei sich, und sie spendeten ihr Trost. Und trotzdem war ihre Freude getrübt. Die Farben waren nicht mehr so leuchtend und das Gefühl, etwas erreicht zu haben, nicht mehr so befriedigend. Sie konnte sich nicht mehr daran erinnern, wie es war, glücklich zu sein. Diccan hatte die Erinnerung an dieses Glück mitgenommen.

»Verrätst du mir, woran du gerade denkst?«, hörte sie jemanden hinter sich sagen.

Die Stimme klang so real, dass Grace unvermittelt aufkeuchte. Ihr Herz fing an zu rasen, und ihre Brust war wie zugeschnürt. Sie sah in den Spiegel und betrachtete suchend die Schatten hinter sich. Sie hatte Angst, ihn wie ein Trugbild heraufbeschworen zu haben, um ihre Einsamkeit zu lindern. Tränen stiegen ihr in die Augen.

Es war ein weiteres Erbe aus ihrer kurzen Ehe. Im Gegensatz zu früher weinte sie nun. Sie hatte geweint, als sie die Nachricht von Onkel Dawes' Tod bekommen hatte, und sie hatte geweint, als sie das erste Kissen aus seiner Kiste genommen hatte. Sie fürchtete, jetzt schon wegen eines Hirngespinstes in der Dunkelheit in Tränen auszubrechen.

»Verschwinde«, sagte sie laut, als könnte sie damit ihre eigenen erbärmlichen Träume verscheuchen.

»Und wenn ich das nicht tue?«

Sie machte die Augen zu, flehte um Vernunft. Sie konnte nicht aufhören zu zittern. Ihr Herz raste.

»Mach die Augen auf, Gracie«, sagte er, und sie konnte nicht anders. Sie schlug die Augen auf.

Innerlich stellte sie sich auf eine Enttäuschung ein. Stattdessen bekam sie einen Schrecken. Ihr Herz schlug ihr bis zum Hals, und ihr Innerstes schien zu schmelzen. Er war aus den Schatten getreten.

Er wirkte müde. Sein rabenschwarzer Mantel und seine Hirschlederhose waren ein bisschen zerknittert, als hätte er nicht besonders auf sein Äußeres geachtet – etwas, das Grace sich nie hätte vorstellen können. Aber seine Augen waren immer noch geisterhaft grau, und sein Gesicht konnte noch immer nicht als hübsch bezeichnet werden. Sie musste sich beherrschen, um wegen des Schmerzes, ihn wiederzusehen, nicht in sich zusammenzusinken.

»Was machst du hier?«

»Ich hatte ein wenig Zeit, und da war jemand, den ich sehen musste.«

Sie hätte schwören können, dass ihr das Herz aus der Brust springen wollte. »Da war jemand?«

»Da war jemand. Es gibt nur ein Problem.«

Er trat hinter sie – wie ein dunkles Fantasiegebilde, das sie nur in ihrem Spiegel sah.

»Es scheint, dass der Affe noch immer in meinem Bett ist«, fuhr er fort.

Sie konnte nicht anders – sie musste lachen. Es war ein unvermitteltes, ein überraschtes Lachen. »Sei nicht albern. Mr. Pitt braucht dich jetzt nicht mehr, nachdem Ruchi und Tante Dawes ihn mit Rosinenbrötchen und Lakritzen füttern.«

Seine Augen funkelten belustigt. Doch Grace sah noch etwas in ihnen, das sie nicht zu benennen wagte. »Ein trauriger Tag, wenn ein Mann sich nicht einmal mehr auf seinen Affen verlassen kann.«

»Diccan.« Er war ihr so nahe, dass ihr der Atem stockte. Ihr Körper erkannte ihn wieder und fing an zu kribbeln. »Warum bist du hier?«

Er stand hinter ihr und neigte den Kopf, um ihn auf ihren zu legen – dunkel auf hell, leidenschaftlich auf ängstlich. »Es gibt noch immer eine Sache zwischen uns, die geklärt werden müsste.«

Sie konnte nichts sagen. Das Verlangen war so eng mit der Angst verwoben, dass sie kein Wort über die Lippen brachte. Und anscheinend musste sie das auch gar nicht. Ohne sie um Erlaubnis zu bitten, kam Diccan ihr noch näher und umschloss mit den Händen ihre Brüste.

Der Schreck ließ sie erstarren. Die süße Lust ließ sie dahinschmelzen. Die Unmöglichkeit lähmte sie.

»Hast du angefangen, deine Haare zu färben, damit sie

zu deinen Schamhaaren passen?«, fragte er. Seine Stimme klang wie ein leises Rumpeln in ihrem Ohr.

Sie saß so reglos da wie ein Tier, das einem Jäger ins Gesicht blickte. Er knabberte an ihrem Ohrläppchen, pustete in ihr Haar, streichelte ihre Brüste. Und er schwächte ihre Vernunft.

Ehe sie ihm erlag, löste sie sich von ihm, sprang auf und wirbelte herum, um ihn anzusehen. Ihr Kaftan flog um ihre Beine, die so sehr bebten, dass sie sich an ihrer Kommode festhalten musste.

»Nein«, sagte sie so deutlich, wie sie konnte, bevor sie gar nichts mehr sagen konnte, »ich habe *aufgehört,* mein Haar zu färben. Das ist meine natürliche Haarfarbe. ›Hurenrot‹ hat meine Mutter es genannt. Der Pfarrer, der mich in St. John's in Kalkutta getauft hat, hat es abscheulich genannt. Also habe ich die Sünde ausgebleicht, damit kein Soldat auf eine falsche Idee kommt. Aber ich werde es nie wieder bleichen. Das bin ich, Diccan. Und jetzt möchte ich wissen, was du willst.«

Seine Augen weiteten sich ein bisschen, doch er lächelte, und es zehrte an ihrer Kraft. »Wirklich?«

Sie straffte die Schultern, richtete sich voll Würde und hart erkämpftem Stolz auf. »Wirklich.«

Seltsamerweise wurde sein Lächeln breiter, bis es merkwürdig erleichtert aussah. »Ich nehme an, du bist mit all deinen gesammelten Schätzen in eine Art Dekorationsrausch verfallen?«

Sie entspannte sich nicht. Sie wusste noch immer nicht, warum er da war. »Das bin ich.«

Sein Lächeln wurde noch breiter, als er sich umsah. »Warum hast du das alles nicht hervorgezaubert, als du das Stadthaus eingerichtet hast? Ich wäre nie mehr gegangen.«

Ihr wurde klar, dass sie ihn mit offenem Mund anstarrte. »Es *gefällt* dir?«

»Meinst du, dass du noch Platz für ein paar Kisten mit Dingen hast, die ich gesammelt habe?«, fragte Diccan, während er die Symphonie der Farben betrachtete. »Das meiste kommt aus dem Osmanischen Reich, aber auch aus Russland, Finnland und Griechenland. Ich habe die Sachen eingelagert. Ich wollte erst einen Ort finden, den ich Zuhause nennen kann.«

Sie schüttelte den Kopf. »Warum hast du nichts *gesagt*? Weißt du, wie sehr ich Wedgwood-Steingut hasse?«

»Bestimmt nicht mehr als ich – so viel ist sicher. Das tut mir auch leid, Grace. Als ich deine Kisten gesehen habe, habe ich mit dem Gedanken gespielt, dir davon zu erzählen. Doch es war alles noch zu unsicher, und ich hatte Angst, dass ich zu viel Nähe zeige.«

Sie nickte. »Ich weiß. Ich verstehe.«

Er streckte die Hand aus und legte sie an ihre Wange. Er zitterte. »Verstehst du das wirklich?«, fragte er und klang traurig. »Ich wüsste nicht, wie.«

Sie legte ihre Hand auf seine. »Du hast versucht, mich zu schützen. Natürlich wäre das alles leichter zu ertragen gewesen, wenn du mir einfach die Wahrheit gesagt hättest.«

»Wie hätte ich …« Sein Protest erstarb. »Du hast recht. Ich hätte dir alles sagen sollen.«

Sie lächelte. »Ich weiß.«

Einen Moment lang sah er sie nur an. Und dann, endlich, erschien das verschmitzte Lächeln wieder auf seinem Gesicht.

»Habe ich in deinen Kisten Majolika-Geschirr gesehen?«

»Im Salon.« Sie holte unsicher Luft. »Jetzt musst du gehen. Wir sind nicht länger verheiratet, und ich habe keine lockeren Affären.«

»Ich habe auch keine lockeren Affären«, erwiderte er. »Nicht mehr.«

Er versuchte, die Arme um sie zu legen. Grace schreckte zurück wie ein junges Pferd.

Diccan musste etwas verstanden haben, denn er wirkte mit einem Mal noch fröhlicher. »Ich hätte wissen müssen, dass du es dir ganz traditionell wünschst.« Er griff in seine Tasche und zog eine kleine Schatulle heraus. Dann klappte er sie auf und sank auf ein Knie.

Grace versuchte, einen Schritt zurückzutreten. Aber er ergriff ihre Hand und hielt sie fest.

»Grace Georgianna Fairchild, würdest du diesen dummen Müßiggänger aus seinem Elend befreien und ihn heiraten?«

Sie erstarrte. Ihre Beine hätten ihr beinahe den Dienst versagt. Sie konnte ihren Blick nicht von dem lächerlich hoffnungsvollen Ausdruck auf seinem Gesicht abwenden, um zu sehen, was in der kleinen Schatulle war, die er in der Hand hielt.

»Hör auf«, flüsterte sie, und der Schmerz zerriss sie fast, »bitte. Ich kann nicht …« Sie legte eine Hand auf den Mund, als könnte sie so jede Hoffnung, jeden Traum, jede Angst aufhalten, die aus ihr herauszuplatzen drohten.

Es schien ihm nicht einmal aufzufallen. »Habe ich dir schon gesagt, wie sehr ich rote Haare liebe, Grace? Echte rote Haare, nicht diesen verwaschenen ausgeblichenen Abklatsch, den du auf dem Kopf hattest, als wir uns zum ersten Mal begegnet sind. Haare, die die Farbe der Pyramiden im Sonnenuntergang haben. Die Farbe von Feuer, Wärme und Leben.« Sein Blick war vollkommen ehrlich. »Ich bin zurückgekommen, ehe ich von deinen echten roten Haaren wusste, also nehme ich an, dass ich dich auch so liebe. Ich muss allerdings zugeben, dass es eine reizende Zugabe darstellt. Meinst du nicht, dass Gott es für besonders lustig gehalten hat, dass ich mich in dich verliebt habe, noch ehe ich wusste, dass du meine Traumfrau bist?«

Jetzt hatte er es schon zwei Mal gesagt. Trotzdem konnte es nicht sein Ernst sein. Sie hatte Angst, dass sie unter der Heftigkeit ihrer Empfindungen zusammenbrechen würde. Schmerz, Verlangen, Hoffnung, Verzweiflung.

»Du glaubst nicht, dass ich es ernst meine«, sagte er und neigte erstaunt den Kopf. Frustriert seufzte er auf und stellte die Schatulle mit dem Ring zur Seite. »Grace. Liebst du mich? Das ist alles, was ich wissen will.«

Doch das konnte nicht alles sein, denn er erhob sich und legte seine Hände auf ihre Schultern. Ehe sie irgendetwas sagen konnte, drehte er sie herum, sodass sie beide in den kleinen Spiegel blickten. Sein Gesicht war wie ein Traumbild über ihrer Schulter zu sehen, ihre Augen waren weit aufgerissen, ihre Brust hob und senkte sich viel zu schnell unter der schimmernden blauen Seide ihres Kaftans.

»Bitte, sag mir, dass du mich liebst«, flüsterte er und klang ehrlich. »Ich glaube nicht, dass ich es überleben könnte, wenn du mich nicht liebst. Ich könnte ganz sicher keine andere Frau heiraten.«

Sie wollte sich umdrehen, aber er hielt sie fest. Er fing an, ihr Haar zu streicheln. Seine Finger fuhren durch die feuerroten Strähnen und jagten ihr wohlige Schauer über den Körper.

»Ich verstehe das nicht«, sagte sie. Ihre Stimme klang atemlos, ängstlich. »Du warst frei. Du bist geflohen. Warum kommst du zurück? Du siehst doch, dass es keinen schrecklichen Skandal gegeben hat.«

Er hauchte einen Kuss auf ihr Haar, als wäre es wertvoller als alle ihre gesammelten Kunstschätze zusammen. »Ich habe bis jetzt gewartet, weil ich sichergehen wollte, dass es wirklich und wahrhaftig vorbei ist. Die Dokumente sind unterzeichnet, beglaubigt und abgeschlossen. Es ist offiziell. Wir waren nie verheiratet.«

Die Worte versetzten ihr einen schmerzhaften Stich. »Ja«, wisperte sie, »ich weiß.«

Er nickte. »Und du hast gesagt, dass ich nicht aus Pflichtgefühl zurückkommen und dich heiraten soll.«

Dieses Mal konnte sie nur nicken.

Sein Lächeln wurde breiter und strahlender. »Gut. Das heißt, dass ich zurückgekehrt bin, weil ich es wollte. Hast du dir überhaupt die Mühe gemacht, dir den Ring anzusehen? Um ihn zu bekommen, habe ich einiges auf mich genommen. Es ist der Smaragd der Hilliards. Wie ich gehört habe, passt er gut zu roten Haaren. Er ist ein Vermögen wert. Ich habe gehofft, dass du, wenn du schon nicht vernünftig, verliebt oder verrückt bist, zumindest vielleicht ein bisschen käuflich bist und mich des Ringes wegen nimmst.«

Wieder schüttelte sie den Kopf und fragte sich, ob er hier der Verrückte war. »Du kannst mich nicht wollen.«

Er zog eine Augenbraue hoch. »Kann ich nicht?«

Er strich mit der Hand über ihren Arm zu ihren Händen und an der Unterseite wieder hinauf. Das Gefühl seiner Finger auf der Seide war unerträglich erregend. Ehe Grace auch nur der Gedanke kam, sich zu rühren, öffnete er bereits die Knöpfe am Kragen ihres Kaftans.

»Sonderbares Gewand«, murmelte er und hauchte kleine Küsse auf ihren Hals. Sie konnte das Flüstern seines Atems auf ihrer Haut kaum aushalten.

»Das ist ein Kaftan«, erklärte sie leise. »Ich musste … einen … für Männer nehmen. Zu groß.«

Er schob den Stoff über ihre Schultern. »Da möchte ich widersprechen. Du hast die perfekte Größe. Mit einem perfekten Mund und perfekten Schultern und perfekten, zarten Füßen.«

»Sei nicht …«

Der Kaftan glitt herunter, und sie war nackt. Grace schloss die Augen.

»Ach Grace«, murmelte er, »hast du solche Angst vor mir?«

Ja, wollte sie sagen. *Nein, ich habe Angst vor mir selbst.* »Du willst das nicht. Unmöglich.« Sie hätte nicht gedacht, es erklären zu müssen. Sie wusste, dass er genau sehen konnte, was sie meinte, denn es war im Spiegel deutlich zu erkennen.

Sie spürte seinen Mund auf ihrer Schulter, auf ihrem Rücken, seine Lippen an ihrem Hals. »Noch einmal, meine Liebe«, sagte er und streichelte über ihre Taille. »Ich möchte widersprechen. Zugegebenermaßen ist der Körper einer Reiterin Geschmackssache. Nicht jeder Mann kann das besondere Vergnügen schätzen, ein Paar Brüste mit den Händen vollkommen umschließen zu können.«

Um zu zeigen, was er meinte, legte er seine schlanken Hände um ihre Brüste. Wieder erschauerte sie, und Lust durchzuckte ihr Innerstes – vom Kopf bis zu den Zehen.

»Zu … klein.«

»Grace«, seufzte er, und sie hätte beinahe gelächelt, »sag mir eines: Bin ich nicht in der gesamten feinen Gesellschaft für meinen außerordentlichen Geschmack bekannt?«

Sie wollte lachen, aber sie war zu atemlos. »Biddle ist dieser Meinung.«

Tiefer. Seine Hand glitt bedächtig über ihre Hüfte, erkundete ihr Becken, ihren Nabel, die leichte Wölbung ihres Bauches.

»Genau. Wenn ich also sage, dass ich etwas schön finde, solltest du mein Wort nicht anzweifeln.«

Sie hätte schwören können zu glühen. Sein Atem kitzelte an ihrem Hals, und seine Finger tauchten in die Löckchen zwischen ihren Schenkeln ein. Ihre Brüste schienen sich nach seiner Berührung zu sehnen, und ihre Arme und Beine zitterten so heftig, dass sie auf den Boden sinken wollte.

»Mach die Augen auf, Grace«, befahl er.

Und sie schlug die Augen auf. Sie schlug sie auf und sah *seine* Augen – fast schwarz vor Lust, offen, unbefangen, weich vor ... Nein, das durfte sie nicht einmal hoffen.

»Ich liebe deinen Körper, Grace«, sagte er, als hätte er sie gehört. »Ich habe ihn in den letzten Wochen schmerzlich vermisst. Ich kann deinen Geschmack auf meiner Zunge nicht vergessen und auch nicht deine Schreie. Ich möchte dich in den Armen halten, wenn du einschläfst, und ich will in dich eindringen, wenn du aufwachst. Ich möchte sehen, was du mit den großen Steinen anfängst, die ihr vor den Stallungen ausgelegt habt, und ich möchte mir jedes Zimmer ansehen, das du gestaltet hast.« Er schloss die Augen und drückte seinen Kopf in ihre Halsbeuge. »Ich möchte jedes Bild an deiner Wand mit dir nachstellen.«

Dieses Mal lachte sie leise, denn er hatte ihren geheimsten Punkt gefunden und streichelte mit den Fingerspitzen darüber. »Es würde unendlich lange dauern.«

Er fuhr mit der Zungenspitze über ihr Ohr, und sie keuchte auf. »Nein«, widersprach er, »es gibt nur ungefähr dreißig Bilder oder so. Das wird nur circa eine Woche dauern.«

Sie rang nach Luft, als glühend heiße Lust sie ergriff. »Ich habe noch einige ... auf Lager.«

Er knabberte an ihrem Hals. »Wie viele?«

Den Kopf an seine Brust geschmiegt, die Beine gespreizt, sagte sie: »Genug für viele Jahre.«

Er lachte. Es war das wundervollste Geräusch der Welt. »Freches Biest. Bitte, Grace, heirate mich, damit wir das hier jeden Tag tun können. Ach, zweimal am Tag.«

»Bist du dir sicher, dass du es nicht nur aus … Pflichtgefühl tust? Du brauchst mich doch nicht.«

Er hielt inne, und Grace spürte, wie still er geworden war. »Ich glaube, du hast mehr verdient, als nur gebraucht zu werden, Grace. Ich glaube, du hast es verdient, begehrt zu werden. Ich begehre dich. Ich liebe dich. Plötzlich stelle ich mir kleine Mädchen mit roten Haaren und grauen Augen vor.« Er stand reglos da – eine Andeutung in den Schatten. Seine Augen waren allerdings klar, leuchtend und begierig. »Lass uns Kinder bekommen, damit dies ein Ort voller Leben und Lachen wird. Lass uns Pferde züchten und Babys machen und das idyllischste Paar in ganz England werden.«

Lieber Gott, dachte sie und konnte es nicht fassen. *Er meint es ernst. Er liebt mich.*

»Was ist mit deiner Karriere?«

»Das ist auch noch eine Möglichkeit. Mir wurde eine Stelle in Kalkutta angeboten. Du möchtest die Stadt doch bestimmt wiedersehen, oder?«

Sie hob so abrupt den Kopf, dass sie beinahe sein Kinn getroffen hätte. »Wirklich? Indien?«

Er lachte. »Also müssen die Pferde noch ein bisschen warten. Es sei denn, du möchtest sie beide mitnehmen. Ich habe gehört, dass es in Kalkutta eine wunderbare Rennbahn gibt.«

Sie nickte. »Oh, das stimmt.«

»Dann heirate mich. Mach mich zum glücklichsten Mann der Welt.«

»Ja«, sagte sie, ehe sie den Mut verlor und es nicht schaffte einzufordern, was sie wirklich wollte. Die Einzelheiten würde sie später erfragen, denn die Einzelheiten waren nicht so wichtig. »Ich liebe dich. Ich will dich. Ich werde dich heiraten.«

Er schien aufgehört zu haben, Luft zu holen. »Ist das dein Ernst?«

Zum ersten Mal erwiderte sie seinen Blick, ohne zurückzuzucken. Ihr Herz schlug so schnell wie die Flügel eines Kolibris. »Von ganzem Herzen.«

Er schien aufzuatmen, als hätte er sich innerlich auf ein Nein eingestellt. Es war ein so fremdartiger Gedanke, dass sie sich noch etwas mehr in ihn verliebte. Glücklicherweise hatte sie die Gelegenheit, ihm ihre Gefühle zu zeigen. Er drehte sie zu sich um, zog sie an sich und küsste sie, als hätte er sich seit einer Ewigkeit danach gesehnt.

»Gut«, sagte er schnell, »dann muss ich Gadzooks und Epona ja nicht mehr trennen. Beim letzten Mal hat er mich gebissen.«

»Er ist verliebt.«

Sein Lächeln war anzüglich. »Ich weiß, wie er sich fühlt. Ich habe auch versucht, Biddle zu beißen, aber er war zu schnell. Ich würde dich gern mit in die Stadt zerren und den Pfarrer wecken, doch ich glaube, beim letzten Mal haben wir unsere Lektion gelernt. Zuerst wenden wir uns an einen Notar, der sicherstellen wird, dass du Longbridge nicht einfach so an den ersten Ehemann verschenkst, der dir über den Weg läuft. Und dann gebe ich dir den Smaragdring, damit du damit angeben kannst. Meine Mutter hat deutlich gemacht, dass es ein größerer Schatz ist als alles, was du je gesehen hast.«

Sie wollte lachen. »Da bin ich mir sicher.« Sie konnte den Blick nicht von dem beinahe jungenhaft begeisterten

Ausdruck auf Diccans Gesicht wenden. Sie konnte es nicht glauben. Er sah wirklich jünger aus, als wären durch ein Wort all die Langeweile und das Getue von ihm abgefallen.

Tränen drohten, ihr in die Augen zu schießen. Aber diesmal waren es Tränen der Freude. »Diccan.«

Ihre Stimme schien ihn aus seinen Träumereien zu reißen. »Ja?«

Sie lächelte. »Da wir uns nun auf die wichtigen Punkte geeinigt haben, siehst du das erste Bild an der Wand neben meiner Kommode?«

Er sah in die Richtung, und seine Augen schienen – wenn das überhaupt möglich war – noch dunkler zu werden. »Ja.«

»Können wir die Szene heute Nacht nachstellen? Was meinst du?«

Er hob sie hoch und ließ sich mit ihr in einen Berg von Kissen fallen. »O ja.«

Diccan und Grace' zweite Hochzeit fand in der kleinen Dorfkirche in der Nähe von Longbridge statt. Der Pfarrer, ein freundlicher junger Mann namens Sharp, hielt die Messe, und die Nachbarsfrauen sorgten für den Blumenschmuck. Es gab keine Gäste. Nur Grace' Angestellte waren da, und die Harpers waren die Trauzeugen. Die erste Ehe war für die anderen geschlossen worden – diese Hochzeit gehörte Grace und Diccan ganz allein.

»Ich glaube, unser Mädchen wird sehr überrascht sein«, sagte Sean Harper, der neben Diccan stand.

Diccan hoffte es. Er hatte stundenlang darüber nachgedacht, ob er seine eigenen Geheimnisse preisgeben sollte. Doch wenn Grace den Mut hatte, ihr wahres Gesicht zu zeigen, dann konnte er das auch. Egal, wie sehr Biddle geweint hatte.

»Nicht annähernd so sehr, wie sie mich überrascht hat«, erwiderte er. Er konnte es nicht glauben, aber ihr Haar war noch leuchtender geworden, bis es eine Sonne war, ein Leuchtfeuer, ein Feuersturm, den er aus weiter Ferne erblicken konnte. Und so wie ihr Haar immer mehr an Leuchtkraft gewonnen hatte, war es auch mit Grace passiert. Sie war wie eine Blume, die in fruchtbarem Boden wuchs und voller Kraft erblühte. Es war kein Vergleich mehr zu der ernsten jungen Frau in den grauen Kleidern.

»Sehen Sie sich das nur an«, murmelte Harper neben ihm.

Diccan kehrte in die Wirklichkeit zurück. Er sah den Mittelgang entlang zur Tür. Ihm stockte der Atem. »Verdammt.« Er lachte leise. »Und ich dachte, ich könnte *sie* überraschen.«

Er hätte es besser wissen müssen. Wann hatte Grace ihm je die Oberhand überlassen? Trotzdem hatte er geglaubt, sie mit dem türkischen Hochzeitsgewand, das er aufgetrieben hatte, wenigstens beeindrucken zu können. Er hatte geglaubt, dass das Gewand mit der in goldenem und weißem Brokat gefassten Tunika und dem Salwar Eindruck schinden würde. Auf dem Kopf trug er einen weißen Turban mit zwei Reiherfedern, und seine Schuhe waren aus weichem Leder mit aufgenähten Ornamenten. Er trug sogar einen mit Edelsteinen besetzten Dolch an seinem Gürtel. Es war ein befreiendes Gefühl gewesen, die verdammte schwarz-weiße Kleidung beiseitezulegen und sich in Gold zu hüllen. Es war angenehm gewesen. Es war dekadent gewesen.

Nicht so dekadent wie seine Braut.

Grace schritt den Mittelgang entlang, als würde sie schweben. Sie war mit einem mit Gold bestickten roten Sari bekleidet. An den Armen klirrten leise rote und weiße Reifen. Auch ihre Zehen in den Sandalen waren mit Ringen geschmückt. Um ihren Hals trug sie drei Hochzeitsketten, die mit unbezahlbaren Edelsteinen besetzt und aus 22-karätigem Gold waren. Eine goldene Tikka mit Saphiren und Rubinen zierte ihr Haar, und die passenden Ohrringe strichen über ihre Schultern, als sie ging. Diccan konnte das kunstvolle Muster von Henna-Tattoos auf ihren Armen erkennen. Gott, sie sah unübertrefflich aus.

Und dann hob sie die züchtig gesenkten Augen, sah ihn an und begann zu lachen.

»Tja«, begrüßte Mr. Sharp die beiden und blinzelte, »das ist ganz sicher mal ein ungewöhnlicher Aufzug für unsere Kirche.«

»Wie kann ein Mädchen mit solcher Schönheit konkurrieren?«, fragte sie mit leuchtenden Augen, als sie neben Diccan stehen blieb. Die Seide ihres Gewandes strich flüsternd wie ein Versprechen über den Steinfußboden.

Diccan ergriff ihre Hand und hob sie an, um einen Kuss auf ihre Finger zu hauchen. Der Smaragdring der Familie Hilliard funkelte neben seinem Siegelring mit dem Rubin. »Wie kann ein Mann so viel Glück haben, eine so einzigartige Frau an seiner Seite zu haben?«

Er machte keine Scherze. Seine einst so unscheinbare Grace sah in ihren Kleidern exotisch und sinnlich und lebendig aus. Der Sari, der über ihr offenes Haar gelegt war, umrahmte ihr Gesicht, das noch immer zu schmal, zu unauffällig war, um als klassisch schön bezeichnet werden zu können. Doch für Diccan war es ein Gesicht voller Mut, Temperament und Freude. Es war das Gesicht, das er gern in seinen Kindern wiedererkennen und morgens als Erstes erblicken wollte, bis sie eines Tages nicht mehr aufwachen würden.

Tatsächlich war er so verzaubert von ihrem Gesicht,

dass ihm beinahe das Vermögen entgangen wäre, das sie sich um den Hals gehängt hatte. »Ich nehme nicht an, dass all das Gold und das Geschmeide außergewöhnlich gut gemachte Imitate sind?«

Sie lachte leise. »Ein kleiner zusätzlicher Anreiz, mich zu nehmen, mein lieber Mann.«

Er runzelte die Stirn. »Das ist kein Anreiz. Du bist mehr wert als jeder Edelstein und alles Gold an dir.«

Damit hatte er sie anscheinend überrascht. Und er war sich sicher, dass es Spaß machen könnte, das öfter zu tun. Seine Grace hatte, was Wertschätzung und die Beurteilung ihrer eigenen Person betraf, noch einiges nachzuholen.

»Da dieses Kompliment von einem großen Kalifen kommt«, sagte sie mit zitternder Stimme, »werde ich es annehmen.«

»Gefällt es dir?«, fragte er und wies auf seine Kleider. »Ich glaube, es wird jetzt noch viel schwieriger, mich wieder in das schreckliche Schwarz und Weiß zu zwängen.«

»Dann lass es doch.«

Er lächelte den Pfarrer an, der noch immer geduldig wartete. *»Ihr Preis liegt über dem Rubin.* Ist es nicht so, Herr Pfarrer?«

»Ich hätte es nicht besser sagen können«, erwiderte Mr. Sharp mit einem Lächeln.

Diccan lächelte seine Frau an. »Du hast mich befreit, Grace. Du hast mich aus dem Gefängnis der Perfektion befreit.«

Einen Moment lang glaubte er, sie hätte ihn nicht verstanden. Sie blickte ihn nur mit großen Augen an. Dann änderte sich ihre Miene fast unmerklich und erblühte zu einem strahlenden Lächeln.

»Offensichtlich findest du das lustig«, reizte er sie.

Sie schüttelte den Kopf, und die goldenen Ohrringe

klingelten leise. »Ich finde es faszinierend«, entgegnete sie. »Ich habe mich nur daran erinnert, wie ich bei unserer ersten Hochzeit vor dir stand und fand, dass dein Abendanzug wie eine Uniform wirkte – genau wie meine grauen Kleider. Ich dachte gerade, dass wir diese Uniformen gegen etwas Neues eingetauscht haben. Aber ich habe mich geirrt. Wir haben nie Uniformen getragen – wir haben uns hinter einer Maske versteckt.«

Früher hätte er ihr widersprochen, denn das, was sie als Maske bezeichnete – seinen Ruf, seine Kleidung, seinen Witz –, hatten Diccan Hilliard ausgemacht. Doch jetzt war alles anders. Diccan wollte ein glücklicher Ehemann sein, ein ehrgeiziger Diplomat und ein vorbildlicher Gutsherr. Grace hatte ihm endlich die Erlaubnis gegeben, er selbst zu sein.

»Sollen wir das in unsere Ehegelöbnisse einbauen?«, fragte er und hielt sie fest. »Dass wir, solange wir leben, niemals zulassen wollen, dass wir uns voreinander hinter einer Maske verstecken?«

Ihr Lächeln war strahlend. »Ich glaube, das haben wir gerade schon getan. Ich liebe dich, Diccan.«

Er küsste sie. »Ich liebe dich, Grace. Und nachdem niemand uns dazu zwingt, lass uns heiraten und bis ans Ende unserer Tage glücklich zusammenleben, ja?«

Und genau das taten sie.

Danksagung

Ich möchte mich bei allen bedanken, die mich auf dieser Reise in die Vergangenheit unterstützt haben. Natürlich bei den Divas. Bei den Mitgliedern der geschätzten Versammlung. Bei den Mitgliedern meiner leidgeprüften Familie, die im Namen der Deadline viel ertragen haben. Bei meiner Familie bei *Rotrosen,* vor allem bei Andrea Cirillo, und bei meiner Familie bei *Grand Central.* Ich danke dir, Amy, weil du mich immer ermutigt hast, noch genauer nachzudenken. Und ich danke dir, Beth, für deinen Beistand und deine Freundschaft. Danke auch an meine Korrektorin Isabel Stein, die meine Anschlussfehler berichtigt und dafür gesorgt hat, dass jede Figur im Roman auch wirklich nur einen Namen hat. Mein Dankeschön auch an das Art Department und vor allem an Clare Brown für die sinnlichen Cover. Und danke an alle im Vertrieb, in der Marketing- und PR-Abteilung – allen voran Samantha Kelly und Anna Balasi.

Ich möchte mich auch bei allen bedanken, die mir meine Rechercheretse nach Indien ermöglicht haben – von meinem lieben Rick bis hin zu allen Mitarbeitern bei *Larsen & Toubro* für ihre Gastfreundschaft. Vor allem möchte ich mich bei Mr. und Mrs. A. P. Misra, R. S. Kapur und Sangeeta bedanken, die nicht nur eine wunderbare Gastgeberin war, sondern mir auch einen westlichen Sari entworfen hat. Danke an unsere Freunde Saurabh und Ghitika Kant und an Ricks Bruder Manmohan Chowla und an

Ruchi und Chintoo Mohanty, die uns wie ihre eigene Familie bei ihrer Hochzeit aufgenommen haben. Danke an Michele und an *Travel and Leisure Elite*, und an Bhankaj, den außergewöhnlichen Fahrer, der keine Mühen gescheut hat, um das Fort Lohagarh in Bharatpur zu finden, als ich ihn darum gebeten habe. Und danke an all die wundervollen Gastgeber, die uns in ihren Wirtshäusern und Bed-&-Breakfast-Pensionen willkommen geheißen haben (und die inzwischen auf der Travel-&-Fun-Seite meiner Website www.eileendreyer.com aufgelistet sind). Sie haben uns so viel über ihr Land beigebracht. Ich werde meinen Besuch in ihrem Land niemals vergessen und hoffe, dass ich bald wiederkommen kann.

Danke an die echte Barbara Schroeder, die Geld für die *Brenda Novak Auction for Diabetes Research* gespendet hat, damit eine Figur im Buch nach ihr benannt wird. Gute Wahl. Du wirst sie wiedersehen. Dank an die großzügigen Freunde bei *Beau Monde* – Ninc, Teabuds, MoRWA – und an alle Freunde, die ich bei Facebook habe. Seit ich weiß, dass es euch gibt, habe ich nicht mehr das Gefühl, einsam und verlassen in meinem Büro zu hocken und mein Gehirn auszuwringen, um Worte zu Papier zu bringen.